ハヤカワ・ミステリ

DONATO CARRISI

六人目の少女

IL SUGGERITORE

ドナート・カッリージ

清水由貴子訳

TOKYO HAYAKAWA BOOKS

A HAYAKAWA POCKET MYSTERY BOOK

装幀／水戸部 功

六人目の少女

おもな登場人物

ミーラ・ヴァスケス………子どもの失踪を専門とする捜査官
ゴラン・ガヴィラ…………犯罪学者
ステルン
クラウス・ボリス
サラ・ローザ
（以上三名）………連邦警察行動科学部の特別捜査官
ロシュ警部…………………連邦警察行動科学部のリーダー
ドクター・チャン…………法医学者。本名レオナルド・ヴロス
クレップ……………………科学捜査のエキスパート
テレンス・モスカ…………軍警察の大尉
モレクス巡査部長…………ミーラの上司
トミー………………………ゴランの息子
ルーナ夫人…………………トミーのベビーシッター
ニクラ・パパキディス……不思議な能力を持つ元修道女
アルベルト…………………少女連続誘拐犯
プリシラ……………………誘拐された六人目の少女

第四五矯正管区
[redacted]刑務所
所長　ドクター・アルフォンセ・ベレンガーの報告書
十一月二十三日
J・B・マリン検事総長事務所宛て

件名　**極秘**

前略　本日は、ある奇妙な囚人についてご報告したいと思います。

問題の囚人は登録番号RK‐357／9。所内での通称もこの番号です。男が身元をいっさい明らかにしようとしないため、そのように呼ばれています。

囚人RK‐357／9が身柄を拘束されたのは十月二十二日のことでした。彼は深夜に[redacted]州の田舎道を、ひとり全裸でさまよっていました。

データベースによる指紋照合の結果、男に前科はなく、未解決事件に関わった様子もありませんでした。ただし、身元を決して明かさず、裁判官の前でも黙秘を続けたために、四カ月十八日の懲役が科されることとなった次第であります。

当刑務所に収監以来、囚人RK‐357／9はつねに模範的な態度を示し、諸規則も遵守しております。ひとりでいるのが好きなようで、他人と打ちとけようとはしません。

看守のひとりが最近発見した男の奇妙なふるまいにこれまで誰も気がつかなかったのは、そのためもあるのでしょう。

囚人ＲＫ‐３５７／９は、みずからの手が触れたあらゆる物品を布切れできれいに拭き、毎日落ちる頭髪や体毛を一本残さず拾い集め、さらには食器と便器を使用のたびに完璧に磨きあげるのです。

つまり、男は潔癖症か、あるいは、こちらのほうがより妥当な仮定かと思われますが、いわゆる「生体物質」を是が非でも残すまいとしているように見受けられます。

こうした事実から、囚人ＲＫ‐３５７／９は過去になんらかの重大犯罪を犯しており、ＤＮＡ検査によって正体が判明することを恐れているのではないか――われわれはそう疑うようになりました。

これまで男は別の囚人一名と雑居房に入れられていたため、みずからの生体的痕跡を同居人のものに紛らわすことも容易だったはずです。そこで今日、われわれは最初の一手として、男を独房に移す対策をとった次第であります。

以上、ご報告いたしましたのは、囚人ＲＫ‐３５７／９に関する捜査の要請、ならびに必要とあれば囚人に対する強制ＤＮＡ検査を認める緊急司法措置を要請するためです。

なお、問題の囚人は本日から数えて百九日後の三月十二日に釈放されます。これも今回の要請に至った理由のひとつであることを特記いたします。

草々

所長　ドクター・アルフォンセ・ベレンガー

1

二月五日
W市近郊

大きな蛾《が》は彼を乗せ、記憶を頼りに夜闇を渡っていった。粉っぽい羽を震わせながら、肩を寄せあい眠る巨人のごとく静かに待ち伏せている山々を巧みに避けて飛んでいく。

頭上にはつややかな空。眼下には森が広がっていた。深い森だ。

パイロットは乗客を振りかえって前方を指さした。地上に、輝く噴火口のような巨大な白い穴が見える。

ヘリコプターはその穴に向かって方向転換をした。

七分後、国道のわきにヘリコプターは着陸した。道路は封鎖され、付近一帯が警察に占拠されている。そのとき、紺のスーツを着た男がわざわざ回転翼の下まで乗客を迎えにきた。激しくばたつくネクタイをなんとか手で押さえている。

「ようこそ、先生。お待ちしていました」ローターの騒音に負けじと、男は大きな声を出した。

ゴラン・ガヴィラは返事をしなかった。

ステルン特別捜査官は構わず言葉を続けた。「こちらです、歩きながらご説明しましょう」

ふたりは荒れた小道を歩きだした。背後でヘリコプターが上昇し、ふたたび真っ暗な空に吸いこまれていく音がした。

ベールのように地を這《は》う靄《もや》の隙間に、ときおり丘の稜線《りょうせん》が見えた。あたりは森の香りに包まれている。湿った夜気と入り混じって、甘みを帯びた香りだ。夜気は服を這いあがり、肌を冷やした。

「いやもう、大変でした。とにかくご覧いただかないと」

ステルン捜査官は灌木《かんぼく》をかき分けながらゴランの少し前を進み、振りかえることなく話を続けた。

「今朝、十一時ごろのことです。ふたりの少年が犬を連れてこんな道を歩いていたと思ってください。彼らは森に入り、丘を登って、草地に出ました。犬はラブラドールです。ラブラドールってやつは穴を掘るのが大好きでして……犬は飛びまわって喜んだそうです。なにかを嗅ぎつけたんですね。そして掘った穴から出てきたのが、一本目でした」

ゴランはステルンに遅れまいと苦労していた。進めば進むほど行く手をふさぐ茂みが濃くなり、上り坂もきつくなってきた。ステルンのズボンが少し破れていることにゴランは気がついた。夜になってから、ここをもう何往復もしたのだろう。

「少年たちはもちろんすぐに逃げだし、地元の署に通報しました。署員たちは草地に向かい、現場検証をして、見取り図を書き、証拠品を探しました。まあ、お決まりの手順です。そのうち、誰かが思いついたようです。もっと掘ったらまだなにか出てくるかもしれないと……。すると二本目が見つかった！　そこでわれわれが呼び出されたというわけです。午後三時からずっとここにいます。あとどれだけのものが埋まっているのかは、まだわかりません。さあ、着きました……」

投光器に照らされた林間に小さな草地があった。輝く噴火口の正体だ。とたんに森の香りが消え、強烈な臭気がふたりを襲った。ゴランはあえて顔を上げてその独特なにおいを嗅ぐと、「フェノールか」とつぶやいた。

そして、目にした。

輪をつくって並ぶ小さな穴。地面を掘る三十人ばかりの白い防護服を着た男たち。どこか非現実的なハロゲンライトの光に照らされた彼らの手には、土を丁寧に取り除くための小さなスコップと刷毛《はけ》があった。草のあいだを探す者もあれば、カメラを構え、掘りだされたものをこまめに記録する者もいる。誰もがスローモーションで動き、その一挙一動はまるで機械のように精確で、見る者の眠気を誘った。ときおり光るフラッシュだけが、彼らを包む厳《おごそ》かなまでの静けさを破った。

ゴランは、特別捜査官のサラ・ローザとクラウス・ボリスに気がついた。ロシュ警部もいる。ロシュはゴランを見ると、すぐに飛んできた。しかし相手が口をひらく前に、ゴランは先に質問をした。

「穴はいくつですか?」

「五つだ。どれも長さ五十センチ、幅二十センチ、深さ五十センチ……。大きさからして、なにを埋めるための穴だと思うか?」

どの穴にも同じ、ひとつのもの。

犯罪学者は警部を見つめ、答えを待った。

「左腕さ」それが答えだった。

ゴランは、この奇怪な森の墓地で作業を続ける白装束の男たちを眺めた。大地はもはや腐敗の進んだ遺体しか返してくれない。だが、この不確かで非現実的な時間よりも以前には、この場所に悪が蠢《うごめ》いていたはずだ。

「彼女たちの腕ですか?」ゴランは尋ねたが、今度は答えを知っていた。

「簡単なDNA検査によれば、腕の持ち主はいずれも女性だ。しかも白人で、年齢は十歳から十三歳ということだ……」

少女たち。

ロシュの口調は淡々としていた。長く口にためていた唾を苦くならないうちに吐きだすかのように。

デビー。アネケ。サビーネ。メリッサ。カロリーネ。

事件の発端は二十五日前、当初は地方紙の記事によくありそうなささいなエピソードかと思われた。裕福な家庭の子どもたちが学ぶ有名寄宿学校から、ひとりの女子生徒が姿を消した。逃げだしたのだろう、誰もがそう思った。主人公は十二歳の少女、名前はデビー。学校の仲間たちは、授業が終わって教室を出るデビーの姿を最後に目撃している。彼女がどこにもいないことが判明したのは、女子寮の夜の点呼の時間になってからだった。どう見ても、取り立てて騒ぐほどのことはない事件としか思えなかった。最初は大きな三面記事になるものの、そのうち小さな囲み記事へと格下げされる、ハッピーエンドまちがいなしの失踪事件。

ところが、次にアネケが姿を消した。

質素な家々と白い教会があるばかりの小さな村で事件は起こった。アネケの年齢は十歳。当初は、彼女がマウンテンバイクでいつも遊びにいく森で迷ったのだろうと思われていた。そこで村人総出で捜索が行なわれたが、手がかりひとつ見つからなかった。

ふたつの失踪事件の本当の意味に人々が気づく間もなく、またひとりの少女が姿を消した。

三人目の名はサビーネ。最も幼い被害者で、まだ七歳だった。今度の事件は街で、土曜の晩に起きた。サビーネは両親に連れられて、多くの家族連れでにぎわう遊園地に行き、メリーゴーラウンドに乗った。メリーゴーラウンドは子どもでいっぱいだった。一周目、母親は馬にまたがる娘に手を振った。二周目も同じく、手を振った。三周目、サビーネはもういなかった。

この時点で、ようやく人々は気づきはじめた。三日のあいだに三人もの少女が行方不明になるのは異常ではないかと。

そして大がかりな捜索が始まり、テレビでも情報提供が呼びかけられた。まもなく単独または複数の変質者、あるいはグループによる犯行ではないかという噂が流れるようになったが、実際には犯人の特定につながる証拠はなにひとつ発見されていなかった。警察は、匿名で利用できる情報提供ダイヤルを設置した。何百本という電話がかかってきて、内容の精査だけで何ヵ月もかかりそうだった。それでも少女たちの行方はようとして知れなかった。しかも失踪現場がばらばらであったために、複数の署が管轄争いをする始末だった。

ロシュ警部の指揮する凶悪犯罪捜査班が捜査に加わったのは、このころだ。失踪事件は彼らの本来の任務ではなかったが、高まる世間の不安に押される形で特別に出動を命じられたのだ。

いまや大事件となったこの一件に、ロシュとその部下たちが本格的に取り組みだしたころ、四人目の少女が姿を消した。メリッサは被害者のなかでいちばん年上の十三歳。同世代の少女たちがみなそうであったように、彼女も夜の外出を両親に禁じられていた。どの親も、自分の娘が得体の知れない変質者の手にかかることを恐れていたのだ。だが、事件の晩はメリッサの誕生日で、彼女には親の言いつけよりも大事な用事があった。仲間の少女たちとそろって家を抜けだし、ボウリング場で誕生会をひらくことになっていたのだ。友人たちはみんな約束の場所に姿を見せた。ただひとり、メリッサだけが来なかった。

こうして怪物狩りが始まったが、現場は準備不足で混乱していた。市民たちも立ちあがり、必要とあれば、みずからの手で犯人に裁きを下す構えでいた。警察は道という道に検問を設けた。過去に未成年に対して罪を犯した者、あるいはその容疑を受けた者に対する取調べもいっそう厳しくなった。親たちは子どもを家から出すことを恐れ、学校にすら行かせなくなった。生徒が足りず、多くの学校が休校した。人々は本当に必要な場合を除いて、家を空けないようになった。日が暮れると、全国の市町村の往来から人の姿が消えた。

それから二日間は新たな少女失踪のニュースもなかった。一連の対策が功を奏し、変質者は不安になったのだと多くの者が考えた。だが、それは早計だった。五人目の少女の誘拐は、これまで以上に恐ろしいものだった。

少女の名はカロリーネ、十一歳。自宅で寝ていたところをさらわれたのだ。しかも、隣の寝室にいた両親は事件にまったく気づかなかったという。

一週間のうちに五人もの少女が誘拐され、その後、十七日間にわたる長い沈黙が続いた。

このときまで。

五本の腕の墓場が発見されるまで。

ゴランは、丸く並んだ五つの小さな穴に目をやった。デビー。アネケ。サビーネ。メリッサ。カロリーネ。少女たちの手が輪を描いて踊る不気味な遊戯に。歌声まで聞こえてくるようだ。

「これで、ただの誘拐事件ではないことがはっきりしたわけだ」ロシュ警部の声がした。ちょっとした演説をするつもりらしく、部下たちを手招きしている。

それはいつもの儀式だった。サラ・ローザにボリス、そしてステルンは警部のもとに集まると、背中で手を組んで下を向いた姿勢で耳をかたむけた。

ロシュは演説を始めた。「いま、わたしは、今夜ここにわれわれを連れだした者、この事件のすべてを計画した人物について考えているところだ。われわれがここにいるのは、やつがそれを望み、やつがかくあれと想像したからだ。犯人はこの一切合切をわれわれのために用意した。おわかりかな？　これは、やつがわれわれだけのためにわざわざ打ったショーなのだ。犯人はこちらの反応を予想して楽しみながら、手間をかけて準備したはずだ。われわれを驚かそうとしてな。そして、自分がどれだけ偉大で、力があるかを知らしめようとしたにちがいない」

部下たちはうなずいた。

犯人が誰であれ、犯行はじつに綿密に計画されたものだった。

ロシュはゴランが上の空でじっと考えこんでいるのに気づいた。しばらく前に犯罪学者ゴラン・ガヴィラを捜査班の一員に迎えたのはロシュだった。

「それで、先生のご意見は？」

ロシュの言葉に、ゴランは沈黙を破って、ただひと言「鳥」と言った。

その言葉の意味をすぐに解する者はなかった。

ゴランは構わず続けた。「わたしもさっきまでは気がつかなかった。どうも奇妙だ。ほら、聞こえるだろう……」

暗い森から響いてくるのは無数の鳥の鳴き声だった。

「鳥が鳴いてるわ」ローザは驚いた声を出した。

ゴランはローザにうなずいた。

「投光器か……鳥はこの光を朝日と勘違いして、鳴いているんだ」ボリスが言った。

「無意味なことのようだが」ゴランがふたたび口を切った。今度は四人に向かって話しかけている。「じつは意味がある……。土に埋められた五本の腕。体はなく、腕だけ。それはかけらにすぎない。あえて言えば、これはそれほど残酷な光景ですらない。体がなければ、当然、顔もない。顔がなければ、そこに個人は存在しないのだ。われわれが考えるべき問いは、〝あの子たちはどこだ？〟ということだけだ。あの穴に五人の少女はいないのだから。その目を見つめることもできないし、彼女たちが自分と同じ人間であると感じることもできない。ここにはなにひとつ、人間的なものがないからだ。あるのは部分だけ……。これでは同情もできない。犯人がそう決めたからだ。やつが許したただひとつの感情は、恐怖だ。幼い被害者たちへの哀れみは認めず、少女たちが死んでしまったこと、それだけを伝えようとしている……。さて、こうした事実には意味があるのだろうか。暗闇のなかで無数の鳥が、本来あってはならない光につられて鳴く。われわれに声の主は見えない、でも向こうはわれわれを観察している。何千羽という鳥。それはなんなのか。単なる動物だ。ただし、ひとつの幻術の産物でもある。幻術使いには注意が必要だ。悪というのは、ときに物事の最も単純な形を装ってわれわれを騙す」

沈黙が続いた。犯罪学者ゴランは、またしても小さな事象に込められた深い象徴的意味を察知した。余人には見出すことも——あるいは今回のように——聞きつけることも困難な、細かな事実や微妙な意味。物事の周囲に漂う影、悪が身をひそめるそうした暗いオーラに気づく才能が、ゴランにはあった。

殺人犯には、かならずそれぞれの〝設計図《デザイン》〟がある。そこに記された型を精確になぞることで、彼らは満足し、誇りを感じるのだ。最も難しいのは犯人の世界観を理解することだ。ゴランがここにいるのは、まさにそのためだった。だからこそ捜査班は彼を呼んだのだ。犯罪学者一流の頼もしい科学知識でこの正体不明の悪を包囲することこそが、彼の任務だった。

そのときだった。白い防護服姿の捜査員のひとりが近づいてきて、曖昧《あいまい》な表情でロシュに報告した。

「警部、ちょっとよろしいですか？　じつは……腕は全部で六本ありました」

2

音楽教師が口をひらいた。

そのこと自体には驚かなかった。音楽教師が口をひらくのは、これがはじめてではなかったからだ。自宅にいるとき、声を出してものを考えるひとり暮らしの人間は少なくない。ミーラも、家では独り言をつぶやくことがある。

そうではなくて、重要なのは別のある事実の発見だった。茶色い家の前に停めた車の中で、ミーラが凍える思いで長い張り込みを続けてきたのは、まさにその事実を確認するためだった。一週間ものあいだ、小さな双眼鏡で家の中をのぞき、音楽教師の動きに注視してきた。色の白い太った四十代の男は、よく片づいている彼の小さな宇宙で毎日、落ち着きはらって同じ行動を繰りかえしていた。その様子は、自分だけが知っている横糸を行き来する蜘蛛にも似ていた。

音楽教師が口をひらいた。しかも今度は、**ある名前を口にした**。それが重要な事実だった。

その名がひと文字ずつ彼の唇に浮かび、声になって発せられるのをミーラは目撃した。パブロ。それこそが、あの謎めいた世界の扉をひらく鍵だ。ミーラの疑惑は、いまや確信へと変わった。

あの音楽教師はひとりではない。

ほんの十日前まで、パブロはどこにでもいる八歳の男の子にすぎなかった。スケートボードで近所を走りまわるのが大好きな、栗色の髪の元気な少年だ。母親か祖母にお使いを頼まれれば決まってスケートボードで行き、同じ通りをいつまでも飽きずに行ったり来たりするほど、あの乗り物が好きだったらしい。小さな〝パブリート〟――みんなが彼をそう呼んだ――がスケートボードに乗って窓の外を走り去る姿は、付近の住人にとって、もはや日常風景の一部だった。

そのためもあったのだろう。二月のあの朝、住人の誰もが知り合いで、家も暮らしも似たりよったりの小さな住宅地で、異変に気がついた者はひとりとしてなかった。まず、一台の緑色のボルボ・ステーションワゴンが人影のない通りに姿を見せた。音楽教師がこの車を選んだのは、あたりの道端に駐車してあるファミリーカーにも似たような車種が多かったからにちがいない。ありふれた土曜の朝の静けさを破るのは、ゆっくりと回る車のタイヤとアスファルトがこすれあうかすかな音、そして、徐々にスピードを上げていくスケートボードのゴーッという音だけだった……。その六時間後、いつもと同じはずの土曜になにかが足りないことに、住人たちはようやく気がついた。パブリートのスケートボードの音だ。こうして幼いパブロは、凍えるようなある晴れた朝、忍び寄る影に呑みこまれて帰らず、大好きなスケートボードとも離ればなれになってしまった。

四つの車輪がついたその板は、通報を受けて一帯を占拠した警察の大規模な捜査陣のなかで、じっと動かずにいた。

それがほんの十日前の出来事だった。

だが、すでに手遅れかもしれない。子どもの精神はひどく脆《もろ》い。トラウマを残すことなくパブロが悪夢から目覚めるには、あまりに長い時間がたってしまっているのかもしれない。

男の子のスケートボードは、彼の玩具や服などと一緒にミーラの車のトランクに入っていた。そうしたものを手がかりにミーラは捜査を続け、ついにこの茶色の家にたどり着いたのだった。音楽教師はある高校で教鞭を執《と》り、日曜の朝には教会でオルガンを弾いていた。毎年、小規模なモーツァルト音楽祭を開催する音楽協会の副会長も務めていた。地味で内気な独身。眼鏡をかけ、髪が少し薄く、ぶよぶよした手にいつも汗をかいている。

ミーラはこれまで音楽教師を細かく観察してきた。まさにその観察力こそ彼女の才能だった。

そもそもミーラが警察官になったのは、ある特別な目的があったからで、警察学校を出てからは、その実現のために全身全霊を捧げてきた。じつのところ犯罪者には関心がなく、法律すらどうでもよいと思っていた。闇が巣食い、ひっそりと心が腐りゆく場所をひたすら彼女が探しつづけているのは、けっして正義を果たすためではなかった。

パブロの名を監禁者の唇の動きから読みとった瞬間、ミーラは右脚に激しい痛みを感じた。このときを待って、あまりに長い時間を車の中で過ごしたせいかもしれない。自分でふた針縫った太腿の傷のせいもあるのだろう。

あとでまた手当てをしなければ、ミーラは心の中でつぶやいた。でも、あとで。そのときには、すでに彼女はあの家に入ることを決めていた。魔法を解《と》いて、悪夢を終わらせるのだ。

「ミーラ・ヴァスケス捜査官より本部へ。パブロ・ラモス少年の誘拐容疑者の所在を突きとめました。アルベラス大通り二十七番地、茶色い一軒家です。状況は予断を許しません」

「了解、ヴァスケス捜査官。いま、パトロール隊を二隊向かわせているところだ。到着には三十分はかかるだろう」

遅すぎる。

ミーラにそんな余裕はなかった。もちろんパブロにも。

あとで〝手遅れだった〟と言われるのは嫌だった。

ミーラは車を出て音楽教師の家に向かった。

警察無線の声が背後で遠くなるのを聞きながら、ミーラは握った拳銃を体の重心位置で低く構え、視線はあたりを警戒しつつ、短い歩幅ですばやく動いて、一軒家の裏手を囲むクリーム色の柵のところまで来た。

幹の白いプラタナスの巨木が家におおいかぶさるように立っている。葉が風にざわついて、木は銀色に輝いて見えた。ミーラは木製の小さな門に身を寄せ、耳を澄ました。ときおり、どこか近所の家からロックミュージックの激しい旋律が風に乗って運ばれてきた。門の上から中をのぞくと、手入れの行き届いた庭が見えた。道具小屋があり、芝生の上には赤いゴムホースがくねくねと伸び、その先端には撒水ノズルがついている。プラスチックのテーブルセットとバーベキュー用のガスグリルもあった。ありふれた風景だ。淡い紫色の曇りガラスのドアも見えた。ミーラは門の上から手を伸ばし、そっとかんぬきを外した。蝶番《ちょうつがい》が軋《きし》んだので、少しだけ門をひらいて庭に入る。

門を閉じた。家の中の人間が外を見ても、変化に気づかないようにするための用心だった。すべて元どおりにしておく必要がある。それから、彼女は警察学校で習ったとおりに、芝生に足跡を残さぬよう爪先立ちで一歩一歩慎重に、しかもいざとなればすぐに飛びだせる体勢で進んだ。ほどなく勝手口の横にたどり着く。ここからなら、家の中をのぞいてもガラス戸に影が映らない。のぞいてみると、曇りガラスではっきりわからなかったものの、家具の輪郭からして、どうやらそこはキッチンらしかった。ドアの取っ手に手を伸ばして押すと、かちゃりと音がした。

鍵はかかっていない。

音楽教師は自分とその犠牲者のために用意した隠れ家で安心しきっているということだろう。その理由が明らかになるのは、しばらくしてからのことだった。

一歩進むたびに、ゴム底の靴の下でリノリウムの床が鳴った。ミーラは音を立てぬように注意したが、やがてあきらめてスニーカーを脱ぐと、家具のわきに置いた。裸足で廊下の手前まで来たとき、音楽教師の声が聞こえた……。

「キッチンペーパーもひとパックお願いします。あと、食器用の例の洗剤……そう、それです……。それからチキンスープを六箱と砂糖、テレビガイドにいつもの煙草も頼みます。ええ、ライトです……」

声は居間から聞こえてきた。音楽教師は買い物の注文をしているようだ。家を出られないほど忙しいのだろうか。それとも客の一挙一動を見張るために家を離れたくないのか。

「そうです。アルベラス大通り二十七番地。ありがとう。大きな札しか手もとにないので、お釣りを用意してきてください」

ミーラは声に向かって廊下を進んだ。途中で鏡の前を通った。鏡に映った自分の姿は奇妙にゆがんでいた。遊園地にあるような鏡だ。ミーラは居間の手前まで来ると、拳銃を握った両手を前に伸ばし、ひとつ深呼吸をしてから部屋の入口にさっと立った。男の意表をついたつもりだった。てっきり背中をこちらに向け、受話器を手に握ったまま、窓の横にいるものと予測していた。外しようのない生きた標的だと。

ところが、標的は見当たらなかった。

居間には誰もおらず、受話器も電話機の上に置かれたままだ。

誰も電話などかけてはいなかった。そう悟った瞬間、冷たい銃口が口づけのごとくうなじに当てられた。

彼は後ろにいたのだ。

ミーラは自分の愚かさを呪った。音楽教師は隠れ家を周到に準備していた。庭の門が軋み、リノリウムの床が鳴ったのは、侵入者の存在を知らせるための警報装置だった。そして偽の通話は獲物をおびき寄せるための餌。姿をゆがめる鏡は、相手に見られることなく背後に忍び寄るためのものだった。すべては罠だったのだ。

背後の男が手を伸ばし、拳銃を取りあげようとするのがわかった。ミーラは逆らわなかった。

「撃つなら撃ちなさい。でも、逃げようとしても無駄よ。もうすぐ援軍が来るから。無駄な抵抗をせずに投降することね」

音楽教師は答えなかった。ミーラは横目で男の顔をとらえた。笑顔に見えたのは目の錯覚だったのか。

音楽教師が後ずさりした。銃口は首から離れたが、それでもミーラは、自分の頭と薬室の中の弾丸のあいだに働く磁力を感じずにはいられなかった。男はおもむろにミーラのまわりを歩きだし、ついに彼女の視界に入った。ふたりは長いこと向きあっていたが、男はなにも見ていなかった。ミーラは相手の目の奥底に闇への入口めいたものを見た気がした。

やがて、音楽教師は無防備にミーラに背を向けると、落ち着いた様子で壁ぎわのピアノに近づいた。そして楽器の前の椅子に腰かけると、鍵盤を眺め、その左端に拳銃を置いた。

彼は鍵盤の上で両手を浮かせたかと思うと、すぐに下ろした。

ショパンの『夜想曲第二十番嬰ハ短調』の音に包まれながら、ミーラは荒い息をついていた。首の筋肉が緊張でこわばるのがわかった。音楽教師の指は優雅に、そして軽やかに鍵盤の上をすべりつづける。美しいメロディに催眠術をかけられたかのように、ミーラはその場を動けず、演奏を聴きつづけることを余儀なくされた。

どうにかわれに返った彼女は、裸足のかかとをゆっくりと後退させて廊下に戻った。そして動悸を静め、落ち着きを取り戻すと、ピアノの音に追われながら書斎、トイレ、物置と、家じゅうの部屋をひとつずつ調べていった。

すると鍵のかかったドアを見つけた。

ミーラは肩からドアに体当たりした。太腿の傷がひどく痛む。もう一度、肩に体重をのせて試すと、木のドアが破れた。

廊下のぼんやりした光が部屋に射しこむ。窓はどれも塗り固められているようだ。暗がりをさまようミーラの視線は、やがて濡れそぼったふたつの目に出合った。目は瞬きもせずにこちらを見つめている。パブリートだ。男の子は下着姿で、痩せた胸に膝を抱えてベッドに座っていた。目の前の侵入者を恐れるべきなのか、彼女もまた悪夢の一部なのか、必死で考えているようだった。ミーラは子どもたちを発見したときにかならず言う言葉を口にした。

「ここを出ましょう」

パブロはうなずくと、両腕を彼女に差しのべて、その胸にしがみついた。一方のミーラは音楽に集中していた。メロディはあいかわらず彼女を追いかけ、急《せ》き立てていたが、曲がいまにも終わり、家を出る時間もなくなるのではないかとミーラは怯えていた。新たな不安もあった。すでに自分と男の子の命をあやうく失うところだった。またミスを犯すのではないか、それが怖かったのだ。このおぞましい隠れ家を出る最後の一歩で、つまずいてしまいそうな気がしていた。あるいは家が外に出ることを許さず、繭《まゆ》のように彼女を包みこんで、閉じこめてしまうのではないか。

しかし勝手口のドアはひらき、ふたりは外に出た。

弱い陽ざしもじゅうぶん頼もしく感じられた。

動悸も静まりはじめ、男の手もとに残してきた拳銃のことも気にせずにすむ場所まで来ると、ミーラはその温かな胸にパブロをぎゅっと抱き寄せた。不安をすっかり取り除いてやろうと思ったのだ。すると少年は彼女の耳もとに顔を寄せて、ささやいた……。

「あの女の子は来ないの?」

その言葉に、ミーラはふいに足が重くなって地面にめりこむような感覚を覚えた。体がぐらついたが、倒れはしなかった。

本能的に状況を察知して、自分でも気づかないうちに彼女は尋ねていた。

「どこにいるの?」

パブロは腕を上げて、二階を指さした。音楽教師の隠れ家は窓からこちらを見下ろして、ふたりを送りだしたばかりの開きっぱなしのドアからあざ笑っていた。

それを見て、ミーラの恐れは完全に消えた。彼女は車にたどり着くと、パブロ少年をシートにやさしく寝かせてから、きっぱりと約束した。

「すぐに戻るわ」

そして、口を開けて待つ家にふたたび飛びこんだ。


ミーラは階段を見あげた。なにが待っているのだろうか。手すりにつかまりながら上りはじめる。ショパンのメロディは、いまも彼女を淡々と追いかけていた。足は一段ごとにそこに沈み、手すりが手に張りついてなかなか離れなかった。

ふいにメロディが途絶えた。

ミーラは息をのんで警戒した。次の瞬間、乾いた銃声が響き、どすんという物音とピアノの不協和音が鳴り響いた。音楽教師の体が鍵盤におおいかぶさったのだろう。彼女は上の階を目指して急いだ。これも罠かもしれない。曲がった階段を上りきると、厚い絨毯を敷いた狭い廊下が伸びていた。廊下の突き当たりには窓。その前に、ほっそりと頼りない体が見えた。逆光にシルエットを浮きあがらせて椅子の上に立ち、天井からぶら下がったロープの輪に両手を伸ばしている。

少女が首を吊ろうとするのを見て、ミーラは叫んだ。少女もミーラに気づいて手を速めた。男の命令だった。そうするように教えられたのだ。

「やつらが来たら、おまえは死になさい」

〝やつら〟というのは、音楽教師以外の人間、すなわち外の世界のことだった。彼を理解することができず、けっして許そうとはしない者たち。

ミーラは少女を死なせたくない一心で走りだした。

近づけば近づくほど、時間を遡《さかのぼ》るような錯覚にとらわれた。

もう何年も前、ここととは別の世界で、その少女はもっと幼い女の子だった。

ミーラは女の子の写真をいまでもはっきりと憶えていた。写真を眺めつづけ、肌の細かなしわの一本一本にいたるまで、その子の顔の特徴を記憶したのだ。目も印象的だった。複雑な色合いの青い活発そうな瞳には、フラッシュの光がくっきりと映っていた。十歳のエリーザ・ゴメスの目。撮影したのはエリーザの父親で、パーティで娘がプレゼントの箱を開けようとしているところをいきなり撮ったスナップ写真だった。ミーラは当時、撮影のときの様子まで想像したものだった。父親がエリーザの名を呼び、娘が振りかえったところでシャッターを切る。エリーザは驚く間もなかったはずだ。それは人間の目ではとらえられない一瞬の表情だった。口もとがほころび、瞳がきらめきだす寸前、まさにほほ笑みが生まれようとする奇跡の瞬間がそこにあった。

だから、エリーザ・ゴメスの両親から娘の最近の写真としてその一枚を受け取ったときも、ミーラは驚かなかった。たしかに、警察に提供するのに最適な写真とは言いがたかった。歳月による変化を予測するにはあまりに不自然な表情だったからだ。エリーザの捜索を担当した仲間の捜査官たちは一様に不満を言ったが、ミーラは平気だった。あの写真には、なにかエネルギーのようなものがあった。それを探そうと彼女は思ったのだ。無数の顔のなかのひとつでも、無数の少女のなかのひとりでもなく、輝く瞳を持つあの女の子を見つけるのだと。その瞳に浮かんだ光を誰かに消されてしまわないうちに……。

ミーラはぎりぎりのところで、首を吊ろうとする少女の脚を抱きとめた。少女はミーラを蹴飛ばして、もがいて、叫ぼうとした。そこでミーラは彼女の名前を呼んだ。

「エリーザ」あくまでやさしい声だった。

少女はそれが自分の名であることに気づいた。

彼女は自分が誰なのか、すっかり忘れていた。長い年月、囚《とら》われの身でいるうちに、毎日少しずつ本当の自分を失って、やがてあの男が自分の家族だと思いこむようになった。どうせ外の世界は彼女を忘れ去って、けっして救いだしてはくれないのだから。

エリーザは驚いた顔でミーラを見つめた。そして落ち着きを取り戻すと、救いの手を受け入れた。

3

六本の腕、五人の名前。

この謎とともに捜査班は森の草地を離れ、国道沿いに停めた移動警察車に乗りこんだ。淹れたてのコーヒーとサンドイッチはいまの状況にはどうにも不釣り合いだったが、落ち着いた雰囲気を演出するために必要な小道具だった。いずれにしても、二月のその寒い朝、用意された食べ物に手を伸ばす者はなかった。

ステルンはポケットからミントタブレットのケースを出すと、軽く振ってからふた粒を手に出して、口に放りこんだ。彼に言わせれば、ミントには思考をうながす効果があるそうだ。「いったい、どういうことだ?」彼は独り言のようにつぶやいた。

「ちくしょう……」ボリスは思わず悪態をついたが、その小さな声は誰の耳にも届かなかった。

ローザはなにか集中できるものを探して、車の中をきょろきょろ見まわしていた。ゴランはその様子に気づいて、彼女に同情した。ローザには誘拐された少女たちと同じ年ごろの娘がいる。未成年を狙った犯罪が身近で起きたとき、親であれば、まずわが子の心配をするのは当然だ。もしも……と親は自問しかけて、その先の言葉を続けられない。考えるだけでいたたまれなくなる。

「やつは遺体を少しずつわれわれに発見させるつもりだ」ロシュ警部が言った。

「それじゃあ、おれたちの仕事は、バラバラ死体を集めて回ることだって言うんですか？」ボリスはいらだたしげに反論した。行動力が自慢の彼は、死体運搬人の役目などまっぴらごめんだった。仲間たちも思いは同じらしく、彼の言葉にうなずいた。

ロシュは部下たちを落ち着かせようとした。「むろん、最優先事項は犯人の逮捕だ。しかし、つらい仕事だが、遺体の捜索も避けては通れないだろう」

「あらかじめ計画されていたんだ」

その言葉に驚いて、一同はゴランに注目した。

「ラブラドールが腕のにおいを嗅ぎつけ、穴を掘りかえす。この犬も計画のうちだ。犯人はラブラドールを連れたふたりの少年を以前から観察していて、よく森に散歩に行くことも知っていた。だから、あの場所に墓場をこしらえた。単純な発想だ。そして彼は〝作品〟を完成させ、われわれに披露した。それだけの話だ」

「つまり、やつを捕まえることはできない、そういうことなんですか？」信じられずにボリスは気色《けしき》ばんだ。

「この手の事件の展開は、きみたちのほうがよく知っているだろう……」

「犯人はまたやる、そうでしょう？　また殺すはずよ」

……」ローザも黙ってはいられなかった。「一度うまくいけば、繰りかえすわ」

ローザは自分の言葉が否定されることを期待していたが、ゴランには適当な答えが思い浮かばなかった。それに答えようにも、いまの自分のつらい思いを人間らしい言葉で伝えるすべを持っていなかった。彼は少女たちの無残な死を悼《いた》みながらも、犯人がふたたびその牙をむくことを願わずにはいられなかった。ここでやつが立ち止まってしまったら、逮捕できなくなる。それは捜査班の誰もがわかっていた。

ロシュがまた口をひらいた。「せめて遺体が見つかれば、遺族も葬儀をして、墓の前で涙を流すことができるというものだ」

このように問題点をずらして、世論の同意を得ようとするのが、ロシュの得意なやり方だった。自分のイメージを損なわぬように、残酷な事件を美談に仕立てあげる記者会見の予行演習だ。まずはお涙頂戴の葬儀で時間を稼ぐ。そして捜査、犯人逮捕という段取りなのだ。

ロシュの作戦は失敗に終わるに決まっている。ゴランにはわかっていた。記者たちはこの事件に貪欲に食らいつき、残酷な手口を誇張して報道するだろう。そうなれば、ゴランたちにはいっさいのミスが許されなくなる。あらゆる発言や行動が、かならず守るべき誓言と見なされるようになるからだ。ロシュは記者たちに対して彼らの期待どおりの言葉を小出しにして、手なずけるつもりでいる。ゴランは警部の吹けば飛ぶような幻想をあえて壊さないことにした。

「犯人に名前をつけたほうがよさそうだな……マスコミの連中が決めてしまう前に」ロシュが提案した。

ゴランは賛成だった。ただし、理由は異なる。警察の捜査に協力する犯罪学者のご多分にもれず、ゴラン・ガヴィラ博士にも独自の方法論があり、その最も特徴的な手法こそ、犯人に仮のアイデンティティを与え、現時点ではまだあやふやな架空に近い存在をより人間らしくするというものだった。かくも残忍で奇怪な犯罪を目の当たりにすると、その犯人もまた被害者と同じひとりの人間である事実はしばしば忘れられてしまう。こうした犯人が、じつは仕事もあり、家族もいるふつうの生活者だったという場合も少なくない。大学の講義では、ゴランはこの理論の実例として、「連続《シリアル》殺人犯《キラー》が逮捕されると、その隣人や家族は例外なく仰天する」という事実を学生たちに思い出させることにしていた。

「われわれは彼らを怪物と呼ぶ。犯罪者を遠くかけ離れた存在に感じるからだ。もっと言えば、自分とは〝ちがう〟存在であってほしい、そう望んでいるからだ」ゴランは講義でいつもそう説明した。「ところが、実際には犯罪者とわれわれはどこまでも似ている。にもかかわらず、自分と似た者がそこまで残忍な行為をするという考えをわれわれは受け入れまいとする。これは人間がもともと備えている残忍性を部分的に否定する心の働きで、人類学者が〝犯罪者の非人間化〟と呼ぶ現象だが、連続殺人犯の特定においては、しばしば最大の障害となる。なぜなら、人間にはかならず弱点があって逮捕可能だが、怪物に弱点はないからだ」

　ゴランの講義室の壁に、ひとりの子どもが写ったモノクロ写真が貼ってあるのもそうした理由からだった。ぽっちゃりとかわいい無垢《むく》な男の子の写真だ。学生たちはその写真を毎日見つづけているうちに、愛着を持つようになる。そして、たいていは学期もなかばまで過ぎたころに、この子はいったい誰なのかと思いきって質問する学生が現われる。ゴランは学生たちに当ててみるように言い、さまざまな答えが返ってくる。ついに正解を告げたときに彼らが見せる表情が、ゴランには楽しみだった。男の子の正体はアドルフ・ヒトラーなのだ。

　第二次世界大戦後、ナチスのリーダーは一般に怪物と見なされるようになり、戦勝国となった国々は長年、そのイメージを修正しようとするあらゆる試みに反対してきた。だから総統の幼年時代の写真など誰も知らない。怪物は人間の子どもであってはならず、過去にも憎しみ以外の感情を持てたはずがない。やがてその犠牲者となる同世代の子どもたちと変わらない男の子であったはずがないのだ。

さらにゴランは次のように講義を続けることにしていた。「多くの人々にとって、ヒトラーを人間として描くことは、彼をなんらかの形で〝説明する〟ことと同義だ。ただし社会は、極端な悪というものは説明のつかない、理解不能な存在だと考えようとする。そこをあえて説明しようとすれば、その行為は悪の正当化を試みるものと見なされてしまう」

移動警察車の中で、ボリスが腕の墓場の犯人を〝アルベルト〟と呼ぼうと提案した。それは捜査班が以前に担当したある事件にまつわる名前だったが、一同は笑顔で賛成した。決定だ。

こうして捜査班のメンバーは以降、殺人犯をアルベルトと呼ぶことになった。アルベルトの容貌は日を追うごとにはっきりしてくるはずだ。目の色も鼻の形も、顔つきも見えるようになり、その生活ぶりも次第にわかるだろう。ゴランたちの意見によってアルベルトは肉付けされ、曖昧な影と見なされることは二度とないはずだった。

「ふむ、アルベルトか」ミーティングが終わっても、ロシュはその名がはたしてメディア受けするかどうかを考えているようだった。何度も唇に乗せて、味わっている。どうやら気に入ったらしい。

だが、警部にはまだ別の不安があった。彼はゴランに向かってこう言った。

「じつを言えば、わたしもボリスと同じ気分だ。かわいい部下たちに死体集めの仕事などさせられやしない。頭のおかしい変質者にそこまでばかにされてたまるか！」

　ゴランは知っていた。ロシュが本当に心配しているのは〝部下たち〟ではなく、自分自身のことだ。他の誰でもなくロシュ自身がこの事件で輝かしい成果をあげることができないのではないかと恐れ、万が一犯人の逮捕がかなわなかったとしたら、連邦警察の無能ぶりを責める声が高まるのではないかと怯えているのだ。

　それに、六本目の腕の問題もあった。

「六人目の犠牲者の存在については、しばらく発表を控えるつもりだ」ロシュは言った。

　ゴランにはわけがわからなかった。「でも、それでどうやって身元を突きとめるつもりなんですか？」

「心配無用。それもちゃんと考えてある……」

　ミーラ・ヴァスケスは過去に八十九件の失踪事件を解決し、三個の勲章と数多くの表彰を受けていた。同分野のエキスパートとしてしばしば相談を受け、海外出張することもあった。

　パブロとエリーザのふたりが同時に解放された今朝の作戦は、きわめて大きな成功と見なされた。ミーラは黙っていたものの、内心では不愉快だった。数多くのミスを犯したことを正直に認めたかったのだ。応援を待たずに茶色の家に突入したこと。罠が仕掛けられている可能性を軽視したこと。容疑者に武器を取りあげられたうえ、後頭部に銃を突きつけられ、自身と人質の生命を危険にさらしたこと。そして、音楽教師の自殺を防げなかったことだ。

　だが、上司らはそうした事実を黙殺し、記者会見につきものの記念撮影のあいだ、ミーラの功績ばかりを強調した。

　そうした写真に、ミーラの姿はまずなかった。将来の捜査のために顔を知られたくないというのが表向きの理由だったが、本当は写真を撮られるのが嫌いなだけだった。鏡に映る自分の姿を見るのも嫌だった。とはいえ、器量が悪いわけではなく、むしろ人並み以上だ。ただ、今年三十二歳のミーラはジムで丹念に体を鍛えあげ、女らしい曲線を完全に抹殺していた。その徹底ぶりは、女性であることが克服すべき罪悪でもあるかのようだった。男物の服を着ることもあるが、さりとて男っぽいわけでもない。単に性別を意識させる要素が彼女の外見にはまったくなかったのだ。そしてミーラ自身、そうあることを望んでいた。彼女の服装は個性に欠けていた。それほどタイトではないジーンズ、しっかりと履きこまれたスニーカー、そして革のジャンパー。所詮は服でしかない。体温を保ち、体をおおう役割さえ果たせばいい。選ぶことに時間を割《さ》かず、必要だから買った物ばかりだった。同じ服を一度に何着も買うこともあった。ミーラにとってはどうでもよいことなのだ。それが彼女の生き方だった。

姿なき者たちのなかでも、さらに目立たぬ存在であること。

こうして署の更衣室を男性捜査官たちと一緒に使えるのも、そのおかげかもしれなかった。

開けっぱなしの自分のロッカーの前で、ミーラはもう十分間もたたずんで、今日の出来事を振りかえっていた。やるべきこともあったが、いまはそこまで気が回らなかった。やがて太腿に鋭い痛みが走って、彼女ははっとわれに返った。また傷口がひらいてしまった。

生理用ナプキンをテープで止めて止血を試みたのだが、うまくいかなかったようだ。縫合しようとしたが、傷口の周囲の皮膚の縁が短すぎてうまくいかない。今度ばかりは医者に見せるべきなのかもしれない。でも、病院には行きたくない。よけいな詮索をされるに決まっている。あとでしっかり包帯を巻いて出血を止めて、それからまた縫い直すことにしよう。いずれにしても抗生物質で化膿を防がなければ。駅のホームレスに新顔が現われるたびに知らせてくれるあの男に、偽の処《しょ》方箋《ほうせん》を書いてもらおうか……。

駅。

奇妙な話だとミーラは思った。たいていの場合、駅は単なる通過点にすぎない。だが、一部の者にとってはそこが終着点となる。そこで足を止め、二度と離れない者たちがいるのだ。地獄の玄関のようなものかもしれない。道に迷った魂たちが集い、誰かの迎えをじっと待つ場所。

毎日、平均して二十人から二十五人の人間が失踪する。ミーラはこの統計データを熟知していた。彼らは突如として姿を消す。誰に告げることもなく、鞄《かばん》ひとつ持たずに、無に呑みこまれたかのように。

その大部分は、麻薬に溺れた人生の敗者や、平然と軽犯罪を犯して刑務所に出たり入ったりを繰りかえすチンピラだ。しかしなかには、人生のある時点でとつぜん蒸発を決意する者もいた。謎めいた少数派だ。スーパーへ買い物に向かったきり二度と家に帰らなかった母親や、列車に乗ったことまではわかっているが、そのまま行方知れずとなった誰かの息子や兄弟たち。

人にはそれぞれ道がある、ミーラはそう考えていた。その道は自分の家やいちばん大事な人たち、つまり、最も強い絆《きずな》で結ばれたものへと通じている。ふつうであれば道は一本しかない。人は幼いころに自然と学んだ道を一生歩みつづけるものだ。ただし、ときにその歩みがふいに途切れることもある。それから先は、別の場所から再スタートを切ったり、あるいはしばらく別の過酷な道をたどったあとで途切れた地点に舞い戻る。そこからどこにも行かず、宙ぶらりんのままでいるかもしれない。

だが、そこで暗闇に迷ってしまう者もいる。

失踪者の半分はやがて戻ってきて、ありもしない話を大げさに語って聞かせるものだ。逆に、帰ってきてもロを閉ざして、ふつうの生活に戻るケースもある。物言わぬ冷たい体だけしか残らない不幸な者たちもいる。そして最後に、いつまでも行方不明のままの者がいる。

そうした者のなかには、子どもも含まれている。

両親は、たとえ命と引きかえにでも真相を知りたいと願う。いったい自分たちはなにをまちがえたのか。どんな不注意が原因でこの沈黙の悲劇が始まったのか。わが子はどうなってしまったのか。誰がなぜ誘拐したのか。どのような罪でこんな罰を受けなければならないのか、神に問いかける。答えを求めて人生の残りの日々を苦しんで過ごす。あるいは、そのまま死ぬのを待つ。「せめて、まだ生きているのかどうかだけでも教えてください」と親たちは言う。わが子の死を望む者すらいる。そうとわかれば、ひたすら泣いて過ごせるから。彼らはあきらめることを望んでいるわけではない。ただ、希望を持ちつづけるのをやめたいと願っている。希望はより緩慢な死をもたらすものだからだ。

だが、ミーラは〝真相解明が救いをもたらす〟というもっともらしい意見には賛成できなかった。かつて、はじめて行方不明者を発見した際に、それが嘘であることを身をもって知らされた。今日の午後、パブロとエリーザをそれぞれの家に連れ帰ったときも、やはり同じ体験をした。

パブロは地区の住人たちから歓呼の声で迎えられた。たくさんの車がクラクションを派手に鳴らしながら走りまわり、まさにお祭り騒ぎだった。

だがエリーザはちがった。あまりにも長い歳月が過ぎていたのだ。

救出後、ミーラはエリーザを連れて社会福祉施設に向かった。施設ではソーシャルワーカーが彼女に食事を与え、清潔な服を着せてくれた。どうしてこの手の服はいつもひとまわりもふたまわりも大きいのだろう、ミーラは疑問に思った。こうして服を与えられる者は、それぞれの忘却の日々を過ごすうちに次第に消耗してしまうのかもしれない。きっと誰もがそのまま消えてなくなってしまう寸前で発見されたのだ。

エリーザはそのあいだじゅう、黙ってされるがままになっていた。両親の待つ家に帰るとミーラに告げられても、やはりなにも答えなかった。

ロッカーをじっと見つめたまま、ミーラは自分とエリーザを玄関で迎えたときの両親の表情を思い出した。ふたりはとまどい、少し迷惑にさえ思っているようでもあった。ひょっとしたら、すっかり成長した見知らぬ娘ではなく、十歳の女の子を連れ帰ってもらえるものと思っていたのかもしれない。

エリーザは幼いころ、とてもおしゃまで利発な子どもで、言葉を覚えるのも早かった。最初に口にした言葉は〝メイ〟。お気に入りのクマのぬいぐるみの名前だ。だが、母親はのちに娘が発した最後の言葉も忘れられなくなる。あの日、友だちの家に泊まりにいくはずだったエリーザが玄関で言った、「行ってきます、また明日ね」の〝明日〟だ。けれども、その日はいくら待っても訪れなかった。エリーザ・ゴメスの明日はまだ来ない。その一方で、ひどく長く続いた〝昨日〟は一向に終わる気配がなかった。

そんな永遠の一日を過ごしてきた両親の心の中で、エリーザはずっと十歳の女の子のままだった。彼女の部屋はあいかわらず人形にあふれ、暖炉のかたわらにはクリスマスプレゼントが山積みになっている。エリーザはいつまでもふたりの記憶と同じ姿でいるはずだった。あたかも一枚の記念写真に魔法で閉じこめられたかのように。

いま、こうしてミーラがエリーザを見つけたあとも、両親は心休まることなく、自分たちが失った小さな女の子を待ちつづけるにちがいなかった。

当然予期された感動と涙の抱擁が終わると、ゴメス夫人はエリーザとミーラを中に招き、紅茶とクッキーを出した。じつの娘というよりも、来客を迎えるようなふるまいだった。ひょっとすると夫人は、訪問が終わったらエリーザが出ていってくれやしないかと心の奥で願っていたのかもしれない。そしてこれまでどおり、いまでは快適でさえあるいつもの喪失感のなかで、夫とふたりきりにしてほしいと。

悲しみとは古い簞笥《たんす》のようなものだ、ミーラはそう考えていた。捨ててしまいたいのに捨てきれず、結局はそのままになってしまうおんぼろの簞笥。やがてそれは独特のにおいを放つようになり、部屋全体がそのにおいに染まる。時とともに人はにおいに慣れ、ついにはその一部となるのだ。

エリーザが家に帰ってきたのだ。両親は喪に服すのはやめて、長年寄せられてきた同情をすべて返上するべきだろう。もはや悲しみつづける理由などないはずだ。「わが家はまたしても不幸に見舞われた。今度は他人がひとり、家の中をうろつくようになったんだ」などと、どんな顔をして世間に語ることができるというのか?

当たり障りのない会話を一時間ばかりしたあと、ミーラは家を出た。帰りぎわ、エリーザの母親の目が助けを求めているように見えた。「これからどうしたらいいの?」新たな現実と直面しなければならない不安を訴える、彼女の声なき叫びが聞こえた。

ミーラ自身にも直面すべき現実がひとつあった。エリーザ・ゴメスの発見は単なる偶然だったという事実だ。音楽教師がいまごろになって〝家族〟を増やすべくパブリートをさらったりしなければ、彼女の行方はわからずじまいだった。そしてエリーザは、自分とその牢番のためだけに作られた小さな世界で、まずは男の娘として、それから貞節な妻として一生を過ごすはめになっただろう。

ミーラは煩悶《はんもん》を閉じこめるように、ロッカーを閉めた。そして心の中でつぶやいた。忘れるのよ。それがいちばんの薬だわ。

いつのまにか署はひと気もまばらになり、ミーラは家に帰ろうと思った。シャワーを浴びたら、ポートワインのボトルを開けて、ガスコンロで栗を焼く。そしていつものように居間の窓から見える木を眺めていれば、すぐにソファの上で眠りに落ちるだろう。

ところが、彼女が静かなひとりの夜を求めて帰宅の用意をしていると、更衣室に同僚のひとりが顔を出した。

モレクス巡査部長が呼んでいるらしい。

二月のその夜、道という道は、よだれのような湿気におおわれて黒光りしていた。ゴランはタクシーを降りた。彼には車もなければ免許もなく、行くべきところがあれば、運転はほかの誰かに任せることにしていた。運転しようとしたことはあったし、けっして不得意ではなかった。ただ、思索のうちにわれを忘れる癖のある人間には、運転などさせないほうがいい。だからあきらめたのだ。

運転手に金を払い、二十七センチの靴を左右とも歩道に下ろすと、ゴランはこの日三本目の煙草を上着のポケットから取りだした。火をつけて、ふた口吸って投げ捨てる。禁煙を決意してからずっと続いている習慣だった。ニコチンへの欲求をごまかすためだけの妥協策のようなものだ。

そうして立ち止まっているあいだに、ショーウィンドウに映った自分の姿に気づいたゴランは、しばらく目を留めた。日に日に疲労感の増す顔の輪郭は無精ひげでおおわれ、目には隈《くま》ができ、髪はくしゃくしゃだ。自分でもみっともない姿だと思ってはいたが、かつて彼の容姿を気にかけてくれていた人物がその役目を投げだしてからもう久しかった。

ゴランを知る者は、誰もが口をそろえて彼のミステリアスな長い沈黙を第一の特徴に挙げた。

そして、思慮深い大きな目も。

もうじき夕食の時間だった。ゴランはアパートメントの階段を上って自宅のドアを開けると、しばらく耳を澄ました。まだ馴染みのないその静けさにも慣れたころ、子ども部屋で遊ぶトミーの愛らしい声が聞こえてきてほっとした。ゴランは子ども部屋に向かったが、中には入らずに、戸口から息子を眺めた。遊んでいるところを邪魔したくなかったのだ。

トミーは無邪気な九歳の男の子だ。髪の毛は栗色、好きな色は赤、得意なスポーツはバスケット、大好物はアイスクリームで、冬でも喜んで食べた。仲よしの男の子はバスティアンといって、いつも校庭で愉快な〝アフリカ探検〟ごっこをして遊ぶらしい。トミーとバスティアンは同じボーイスカウトに所属していて、この夏は一緒にキャンプに行く予定だ。最近のふたりは、会えばこのキャンプの話ばかりしている。

トミーは驚くほど母親に似ていたが、ただひとつ、まちがいなく父親譲りの特徴があった。

思慮深い大きな目だ。

ゴランに気づいたトミーが振りかえって、笑顔を見せた。「遅いよ」

「うん、悪かったな。ルーナさんはいつ帰った？」

「三十分くらい前に、子どもが迎えにきて帰っちゃった」

それを聞いて、ゴランはいらだちを覚えた。ルーナはもう何年も前から来てくれている家政婦だ。トミーを家でひとりぼっちにさせるのをゴランが嫌がっていることくらい、とっくに承知のはずだった。この手のちょっとしたトラブルはしばしばあったが、それはゴランにとって、いまの暮らしを続けることに限界を感じるときでもあった。ひとりでなにもかもに対処するのは無理だった。かつては、そんな問題をすべて解決してしまう神秘の力を備えた人物がひとりだけいた。だが、この家を去る前に、魔法の呪文が記されたマニュアルを残していくのを忘れてしまったようだ。

ルーナに一度はっきり言わなくては、とゴランは思った。少し厳しい態度をとる必要があるかもしれない。

自分が帰宅するまで、夜はかならず待っていてほしいと伝えるのだ。彼の怒りを感じたのか、トミーが暗い顔になったので、ゴランは息子の気をそらすために尋ねた。「おなか減ったかい？」

「りんごをひとつとクラッカーを食べて、水も飲んだよ」

ゴランはやれやれといったふうに大げさにかぶりを振った。「ずいぶんさびしい夜ご飯じゃないか」

「ううん、おやつだもん。そう、まだなにか食べたいな……」

「スパゲッティなんてどうだい？」

トミーは喜んで手をたたき、ゴランは息子の頭を撫でてやった。

ふたりはスパゲッティを茹《ゆ》でるのも、テーブルを支度するのも一緒にやった。いちいち相手に相談することなく、分担された仕事をやり遂げる息の合ったチームワークだ。なんでもあっという間に覚えてしまうトミーがゴランは誇らしかった。

ここ数カ月、ふたりともけっして楽ではなかった。彼らの生活は崩壊の危機にさらされていた。ゴランは日々、そのほころびの一つひとつを繕おうと懸命に努力していた。彼は規則正しい毎日を送ることで、ぽっかり開いた穴を埋めようとした。食事は三度きちんととり、一日のタイムテーブルと習慣を守る。この点から見れば、ふたりの日々は以前とまったく同じだった。あいもかわらぬ日々の繰りかえしにはトミーを安心させる効果があった。

ゴランとトミーは互いに学びあい、ついに空白を抱えたまま生活できるようになった。とはいっても、現実を否定したわけではなく、どちらかがそうしたければ、ふたりはそのことについて話しあうことさえあった。

ただ、その空白をけっして名前で呼ぼうとはしなかった。ふたりの辞書に、もうあの名前は載っていなかった。だから別の呼び方、表現を用いた。おかしな話だった。自分が出くわす連続殺人犯にはかならず名前をつける男が、かつて妻であった女性をいまはどう呼んだものかわからず、そのうえ、毎晩父親に読み聞かせてもらう童話の登場人物について話すように、息子が母親を〝非人間化〟することは許しているのだから。

トミーはゴランをこの世界につなぎとめている唯一の重りだった。この息子がいなければ、彼はまたたく間に仕事で毎日のように模索している深淵にすべり落ちてしまうだろう。

夕食が終わると、ゴランは書斎に向かった。トミーもついてきた。それはふたりの毎晩の習慣だった。父親は音を立てて軋む古ぼけたひじかけ椅子に座り、息子は絨毯に腹ばいになって、いつものようにひとりで空想の友だちとおしゃべりを始める。

ゴランは蔵書を眺めた。書架には犯罪学に犯罪人類学、法医学の書籍がずらりと並んでいる。ダマスク織りに金文字の入った豪華な背表紙の本もあれば、ずっと簡素な装丁の本もあった。そこにはあらゆる答えが収められている。だが、彼がいつも講義で学生たちに言うように、難しいのはその答えを見出すことなのだ。おぞましい写真だらけの本も多かった。痛めつけられたり、虐《しいた》げられたり、焼かれたり、切り刻まれたりした肉体は、いずれもつややかなページに封じこめられ、細かい解説文が添えられている。冷たい研究対象になりはてた人間の命の姿だ。

だから、ゴランは最近まで聖具室めいたこの部屋にトミーを入れなかった。好奇心にかられたトミーが蔵書のどれかをひらいて、生きていればかくも残酷な目に遭うこともあるという事実を知ってしまうのではないかと恐れたのだ。しかしある日、トミーが言いつけを破った。ちょうど今夜のように床に寝そべって、一冊の本をひらいていたのだ。ゴランはその光景をいまでも憶えていた。トミーは、若い女性の遺体をとらえた写真に見入っていた。冬の川で発見された死体は全裸で、肌は紫に変色し、動かぬ目を見ひらいていた。

意外なことに、トミーは平気そうな顔をしていた。ゴランは叱りつけるかわりに自分も腰を下ろして、息子のかたわらであぐらを組んだ。

「これがなんだかわかるかい?」

父親の問いに驚いた様子もなく、トミーはしばらくじっと考えていたが、やがて、写真に写った物を一つひとつ挙げていった。ほっそりとした両手、霜の降りた髪の毛、なにかを考えているようにも見えるその瞳。最後にトミーは、彼女がどんな仕事をしていたか、どんな友だちがいたか、どこに住んでいたかを思いつくままに語りだした。そこでゴランは気がついた。トミーが写真の中に見ていないものがひとつだけある――死だ。

子どもたちは死を意識しない。なぜなら、彼らの命は目が覚めてから寝るまでの一日で終わり、それの繰りかえしだからだ。

そしてゴランは、どんなに努力をしても、世界の悪からわが子を守りきるのは不可能だと悟った。事実、その数年後、ゴランは妻の仕打ちからトミーを守ってやれなかった。

モレクス巡査部長はミーラの上司のなかでも一風変わっていた。輝かしい手柄を立てることには興味もなく、新聞に自分の写真など載らなくてもいいと考えている。その彼が呼んでいるのだから、音楽教師の家での作戦について大目玉を食らうにちがいない。ミーラはそう予感した。

モレクスはふるまいも慌ただしければ、気分も目まぐるしく変化する男だった。いらいらと怒りっぽいかと思えば、数秒後には笑みを浮かべ、嘘のようにやさしくなるといった具合だ。さらに、彼は時間を節約するためにいっぺんにふたつ以上の動作をする癖があった。たとえば、誰かを慰めようと思えば、相手の肩に手をやりつつ、そのまま自分のオフィスの外にいざなった。あるいは電話をしながら、受話器でこめかみを掻くこともあった。

ところが、今日のモレクスは妙にのんびりしていた。机の前に立ったミーラに椅子をすすめることなく、足を投げだして腕を組んだ格好で、彼はじっと部下を見つめた。

「今日の一件だが、なにが起きたのか、きみはわかっているのか……」

「わかっています。わたしはミスを犯しました」ミーラは先回りをして答えた。

「いや、じつはきみは三人の命を救ったんだ」

その言葉に啞然として、ミーラはしばらく黙りこんだ。

「三人?」

モレクスは体を起こしてひじかけ椅子に座り直すと、目の前にある一枚の紙に目を落とした。

「音楽教師の家でメモが見つかったんだ。それによると、あの男はもうひとり少女をさらうつもりだったらしい……」

巡査部長はミーラに手帳のページをコピーしたものを渡した。ページの日付の下には、ある名前が記されていた。

「プリシラ?」

「そう、プリシラだ」

「誰なんですか」

「運のいい女の子さ」

モレクスはそう言うにとどめた。彼もなにも知らなかったのだ。姓も住所も写真も見つからず、わかっているのはその〝プリシラ〟という名前だけだった。

「だから、もう自分を責めるのはやめろ」ミーラに反論する隙を与えずに、モレクスはさらに言った。「記者会見のときは、ずいぶん無関心に見えたぞ」

「本当にどうでもいいんです」

「おいおい、ヴァスケス！　救われたあの子たちがどれだけ感謝しているか考えてもみろ。家族だってもちろんそうだ」

巡査部長はエリーザ・ゴメスの母親のあの目を見ていないから、そんなことが言えるんです——ミーラはそう言いかえしてやりたかったが、ただ黙ってうなずいた。上司はそんな彼女の態度にやれやれと首を振った。

「きみがこの署に来てから、わたしは誰かがきみを悪く言うのを一度も聞いたことがない」

「それは褒め言葉ですか、それとも？」

「そんなことも自分でわからないようでは、かなり重症だぞ……だから、きみにはしばらくチームワークを経験してもらうことにした」

ミーラは納得がいかなかった。「どうしてですか？　わたしは自分の仕事をしっかりやっていますし、ほかのことにはいっさい興味ないんです。ずっとひとりでやってきたのに、いまさら誰かに合わせるなんて。いったいどうやって……」

「さあ、帰って支度をするんだ」モレクスはミーラの訴えに聞く耳を持たなかった。

「どうしてこんな急に？」

「今夜、出発だ」

「罰ですか？」

「罰でも、褒美《ほうび》の休暇でもない。向こうは専門家のアドバイスが必要なんだそうだ。きみはとても有名だからな」

それを聞いてミーラは冷静さを取り戻した。

「どんな事件ですか？」

「五人の少女が誘拐された例の一件だ」

テレビのニュースでだいたいのところは知っていた。彼女は尋ねた。「でも、どうしてわたしが？」

「どうやら六人目の被害者がいるらしい。ただ、それが誰だかわからないそうだ……」

　ミーラはもっとくわしい事情を知りたかったが、モレクスはここで話を切りあげるつもりらしく、いつもの慌ただしい調子に戻ると、彼女に一冊のファイルを差しだして、ついでにそれでドアを指さした。

「列車の切符も入ってるからな」

　ミーラはファイルを受け取ると、いったん部屋を出ようとしたが、最後にもう一度、巡査部長を振りかえった。

「プリシラ、でしたよね？」

「そうだ……」

4

　一九六七年『夜明けの口笛吹き《ザ・パイパー・アット・ザ・ゲイツ・オブ・ドーン》』。一九六八年『神秘《ア・ソーサーフル・オブ・シークレッツ》』。『ウマグマ』は六九年で、映画『モア』のサントラも同じ年だ。七一年には『おせっかい《メドル》』が出ている。でも、その前にまだ一枚あったはずだ……そう、一九七〇年だ。まちがいない。でもタイトルが思い出せない。カバーはよく憶えているのに。雌牛の写真のやつだ。ちくしょう、なんて言ったか？

　ガソリンを入れなければ、と男は思った。

　燃料計はとっくにゼロを示し、警告灯も点滅をやめ、断固として真っ赤に灯ったままだ。

　それでも彼は車を止めたくなかった。

もう五時間以上も運転しどおしで、六百キロ近く走っていた。今夜遭遇した事件からそれだけ遠のいても、彼はまだ不安でしかたなかった。両手はあいかわらずハンドルを固く握りしめ、張りつめた首の筋肉が痛かった。

男はちらりと振りかえった。

考えるな……考えたらだめだ。

彼は気をまぎらわすために、慣れ親しんだ、心休まることを次々に思い出そうと努力していた。ここ十分ばかりはピンク・フロイドの全アルバムに頭を集中させていた。それまでの四時間にも、好きな映画の全タイトル、応援しているホッケーチームの過去三シーズンの全選手、さらに学生時代の同級生全員の名前に加えて、教師たちの名前も思い出そうとした。教師といえば、ベルガー先生のことまで思い出した。いまごろどうしているだろう。会えるものなら会いたい——。

こうした彼の努力はすべて、あのことを思い出さないようにするためだった。ところが、ここにきて彼の思考は、雌牛の写真がカバーになったアルバムのせいでつまずいてしまった。

そして、あのことがまた気になりだした。

忘れなくてはならない。今夜、これまでにも彼は頭の片隅にそいつを追いやることに何度も成功していた。うまくいかなくなると、またあぶら汗をかきながら、絶望的な状況に声を上げて泣くはめになる。そうして涙を流していられるのも短いあいだのことだったが。恐怖がふたたび胃を締めつけたものの、男はどうにか冷静さを保った。

「『原子心母《アトム・ハート・マザー》』！」

それがアルバムのタイトルだ。ちょっと幸せな気分になったが、一瞬のことだった。幸せになどなりようのない状況なのだ。

彼はまた振りかえった。

そして、やはり思った。ガソリンを入れなければ。

ときおり、足もとのフロアマットから立ちのぼるアンモニア臭が鼻を突き、小便までもらしていたことを思い知らされた。脚の筋肉が痛み、片脚のふくらはぎがしびれている。

ひと晩じゅう高速道路を激しくたたきつづけた雨は、山の向こうへ遠ざかりつつあった。緑がかった雷光が地平線に見える。ラジオはまた気象情報を流している。もうじき日が昇るはずだ。一時間ほど前に、男は高速道路を出て国道に下りた。料金所は止まらずに突破した。いまはなによりも、どこまでも前進することが大切だった。

あの命令を忠実に守るために。

数分間だけ、あらぬ方向に向かおうとする頭をそのままにした。すると、思ったとおり今夜の事件の記憶がよみがえってきた。

昨日の午前十一時ごろ、彼はホテル・モディリアーニに車で到着した。その日は市内で午後いっぱいセールスの仕事をして、夜はホテルのビストロで予定どおり顧客たちと夕食をともにした。そして午後十時を過ぎたところで部屋に戻った。

部屋のドアを閉めると、男はまず鏡の前でネクタイを緩めた。その瞬間、鏡の中の顔が汗まみれになり、目も充血して、暗い欲望をむき出しにした正体をあらわにした。それが、欲望を抑えきれなくなったときの彼の姿だった。

鏡を見つめながら、男は驚かずにはいられなかった。いったい自分はどうやって、夕飯の席であの客たちにこの本性を隠しおおせたのだろう。彼は会話をそつなく交わし、ゴルフや強欲な妻についてのくだらない話に耳をかたむけ、下ネタがらみの不愉快なジョークにもちゃんと笑ってみせた。だが、心はまるで上の空だった。部屋に戻ってネクタイを緩める瞬間のことばかり考えていたのだ。喉に詰まった酸っぱいかたまりが逆流して炸裂し、顔は汗だくになり、呼吸は荒く、まなざしがいちだんと陰鬱になるあの瞬間が待ちきれなかった。

　仮面の下の真《しん》の顔。

　こうして部屋にこもるまで、その欲望は胸とズボンの中でふくれあがり、いまにも破裂しそうだったが、彼は自分を抑えきることに成功した。そこまで我慢できたのは、もうすぐ出かけるからだ。いつものことだったが、これが最後だ、と男は心の中で誓った。行動に出る前と終わったあとに、彼は決まって同じ誓いを立てた。そしてやはりいつものように、次の機会になれば、その誓いはまた破られるはずだった。

　夜半近く、男はホテルを出た。興奮の絶頂だった。時間には早かったので、あてもなく車を走らせた。午後に、仕事の合間をぬってあらかじめ各ポイントの下見もしてあった。計画を支障なく実行するためだ。今夜のために、愛しの〝ちょうちょ〟にもう二カ月も甘い言葉をささやいてきた。待ち時間は快楽を得るたびに必要な代金の前払いのようなもので、それも楽しみのうちだった。計画の細部にはとくに注意を払った。ほかの連中はみんな細かいミスで墓穴を掘るが、自分はちがう、けっしてミスを犯さないという自信がある。もちろん、あの腕の墓場が発見されて以来、これまで以上の用心は必要だった。あたりを巡回する警官の数も増え、誰もが警戒しているように見えた。だが、彼は姿を消すのが得意だった。心配はいらない。リラックスするだけでいい。もうじき、大通りの昨日約束した場所でちょうちょに会える。ただ、いつものことだが、気まぐれな理由でちょうちょが心変わりすることだけは心配だった。そんなときは、悲しみに暮れて何日も立ち直れない。しかも最悪なことに、そのつらさは顔に出てしまう。だいじょうぶ、今夜もうまくいくはずだ、男は繰りかえし自分に言い聞かせた。

　ちょうちょはきっと来る。

そうしたらすぐに車に乗せて、例の親切な口調で話しかけてやろう。ちょうちょたちはおしゃべりが大好きだし、話していれば不安も取り除くことができる。それから、午後に見つけておいた湖の見える小道で車を停めよう。

ちょうちょはみんなとても強い香りを発する。チューインガムにスニーカー、そして汗。男はその香りが大好きだった。今ではそれはもうすっかり車に染みこんでいた。

いまも小便の臭いに混じって、その香りを感じた。男はまたしても泣いた。いったいなんて夜だろう。興奮混じりの幸せな気分でいたところを、あの出来事でいきなりどん底に突き落とされたのだ。

彼は振りかえった。

ガソリンを入れなければ。

だが、男はすぐにそのことを忘れてしまった。そして、車内の汚れた空気を吸いこんだとたん、また今夜の事件の回想をはじめた……。

車を停めて、ちょうちょを待っているところだった。ぼんやりした月がときおり雲から顔をのぞかせるのが見えた。不安をまぎらわすために、彼は計画を復習していた。まずはおしゃべりだ。ただし、できるだけ聞き手に回ること。ちょうちょたちはふだんから、誰も自分の話に耳をかたむけてくれないという不満を抱えているものだ。聞き役は男の得意技だった。彼が熱心に話を聞いてくれるのを見て、小さな獲物はやがて心をひらき、自分からガードを下げる。そして、ついには彼の侵入を奥深くまで許してしまうのだ。

魂の一歩手前まで。

ちょうちょたちに対して、男はいつもきわめて的確なアドバイスをした。毎回そうやって心をつかみ、その教師となってきた。本当の望みとはいったいなにかということを、人に教えるのは楽しかった。本人が心から望んでいるはずのことを丁寧に説明し、そのやり方を見せてやるのだ。みずからちょうちょたちの学校となり、実習の場となって、快楽について指導する。重要なことだった。

今夜のちょうちょの心の扉を残らずひらくであろう魔法の授業について考えながら、男はなにげなくバックミラーに目をやった。

そして、見た。

それは影よりも不確かなものだった。実際に見たのかどうかも不確かな、夢にも似たもの。だから真っ先に幻覚だと思った。

だが、それも誰かの拳がふいに横の窓に現われるまでのことだった。

ドアのひらく乾いた音がしたかと思うと、外から伸びてきた一本の手に首を強く締めあげられた。反撃のしようもなかった。冷たい外気が勢いよく入ってくるのを感じながら、そのとき自分が〝ドアロックを忘れていた〟と思ったことははっきり憶えている。いずれにしても、ドアロック程度では襲撃を防ぐことはできなかっただろうが。

襲撃者はすさまじい力の持ち主で、彼は片手で車から引きずりだされた。黒い目出し帽をかぶった男だった。首をつかまれ持ちあげられたまま、彼はちょうちょのことを考えていた——せっかく苦労しておびき寄せた大切な獲物だったのに、これでおしまいだ。

それにいま、獲物になっているのは、どう見ても彼のほうだった。

やがて、目出し帽の男は首にかけた手を緩めると、彼を道路に放り落として、車のほうへ戻っていった。ああ、おれを始末する武器を取りにいったんだ。男は絶望的な生存本能に突き動かされて、冷たく濡れたアスファルトの上を這いずりだした。だが、いくら逃げようとしても、相手がその気になれば、あっという間に追いつかれてとどめを刺されるだろう。

死が目の前に迫ると、人間はなんと無駄な抵抗をするのか――いまも車を走らせながら、彼は考えていた。銃口に向かって必死に手を伸ばして、結局、手のひらに穴を開けられて死んでしまうやつもいれば、火事から逃げようとしてビルの窓から飛び降りるやつもいる……。みんな避けられないことをなんとか避けようとして、間抜けな真似をするのだ。

以前は彼も、まさか自分がそうした連中の仲間だとは思わず、おれはもっと威厳ある死に方ができると信じていた。ところが今夜、その自分が恥も外聞もなく命乞いをしながら、虫けらのように地を這ったのだ。懸命に逃げたはいいが、せいぜい二、三メートルしか進まなかった。

そこで気を失った。

頬を二度軽くたたかれて、彼は目を覚ました。目出し帽の男だった。光のないぼんやりとした目がじっとこちらを見つめている。武器は持っていない。男はあごで彼の車を指して、ただこう言った。「**行け。止まるんじゃないぞ、アレクサンデル**」

目出し帽の男は彼の名を知っていた。

そのときは別に変だとも思わなかった。だが、考えれば考えるほど、恐ろしくなった。

行けだと？　信じられなかった。それでも彼は立ちあがると、よろめきながら車にたどり着いた。相手の気が変わらぬように、できるだけ急いだ。すぐにハンドルを握ったが、視界はまだかすみ、両手も震えてなかなかエンジンがかからない。それでもついに車は発進し、長い夜の逃避行が始まった。遠くへ、できるだけ遠くへ行かなくては……。

ガソリンを入れるんだ。彼はそう念じて冷静になろうとした。

ガソリンはもうほとんど空だった。サービスエリアの標識を探しながら、彼は自問していた。給油は、はたして今夜あの男から受けた命令に反することになるのだろうか？

止まるんじゃないぞ。

午前一時まで、彼の頭の中はふたつの疑問でいっぱいだった。なぜ目出し帽の男はおれを逃がしてくれたのか？　それに、気を失っているあいだになにがあったのか？

ようやく少し落ち着きを取り戻したころ、その答えが見つかった。あの物音が聞こえてきたのだ。車体になにかがこすれるような音、それに、トン、トン、トンという鈍い金属音がリズミカルに途絶えることなく響いている。やっぱり、車になにか細工をしやがったのか。そのうち車輪が外れて、ガードレールに激突するぞ——しばらくはそう思っていたが、なにも起こらなかった。車の構造のどこかが発する音ではなかったのだ。ただし、そのことを彼が理解するのは、もうしばらくたってからのことだった……その音の正体を受け入れることができなかったとしても。

そのとき、道路標識が見えた。次のサービスエリアまであと八キロ。なんとかなりそうだ。だが、着いたらすぐに出発だ。

その瞬間、またしても彼は振り向いた。

しかし、その視線がとらえたのは、いま走ってきたばかりの国道でもなければ、後続の車でもなかった。もっと手前だった。

彼を追い立てていたものは、道の上ではなく、ずっと近くにあった。物音の正体。それは逃れようのない場所にあった。

そう、車のトランクの中に。

何度も振りかえったのは、そのせいだった。なにが入っているのかはできるだけ考えまいと努力したが、アレクサンデル・ベルマンがふたたび前を向いたときにはもう遅かった。前方には、車を路肩に寄せるよう指示している警官の姿があった。

5

ミーラは列車を降りた。顔はべとつき、寝不足で目も腫れぼったい。そのままひさしのついたプラットホームを歩いた。駅舎は一八〇〇年代の壮麗な建物と、巨大なスーパーマーケットで構成されていた。どこも清潔できちんとしていた。それでも、少し歩いただけで、ミーラはこの駅の暗い物陰をすべて把握していた。行方不明の子どもたちを探すべき場所、命が売り買いされ、住みつき、身を潜める場所だ。

だが、いま彼女が駅にいるのは、そうした任務のためではなかった。

すぐに誰かがこの場所から救いだしてくれるだろう。事実、鉄道警察の事務室にふたりの同僚が待っていた。

ひとりはずんぐりした四十代の女性。肌はオリーブ色で髪は短く、やけにきつめのジーンズからたっぷりとした腰がはみ出ている。もうひとりは、長身で体格もいい三十八歳くらいの男性だ。彼を見て、ミーラは生まれ育った田舎町の大柄な少年たちを思い出した。中学時代にはその何人かと付きあったこともあったが、例外なく迫り方がひどくぎこちなかったのをよく憶えている。

男性は笑顔で迎えてくれたが、女性のほうは眉を上げて一瞥しただけだった。ミーラはふたりに歩み寄ると、自己紹介をした。女性はサラ・ローザと名乗って、階級を告げただけだった。それに対して男性はミーラに握手を求めながら「上級特別捜査官のクラウス・ボリスだ、よろしく」と大きな声で言って、彼女のボストンバッグを手に取ろうとした。「持つよ」

「ありがとう。でも、大丈夫よ」ミーラは断わった。

それでも彼はあきらめなかった。「遠慮しないで」

その口調とわざとらしい笑顔からして、どうやらこのボリス捜査官という男はプレイボーイらしい、とミーラは思った。まわりの女性は誰でも自分の魅力にまいってしまう、そう信じて疑わないタイプの男だ。わたしを遠くから見たときに、すでにその魅力を発揮してやろうと決めていたにちがいない。

ボリスは出発の前にコーヒーでも飲もうと提案したが、サラ・ローザににらまれた。

「なんだよ？　おれ、なにか言ったかな」

「時間がないのよ、忘れたの？」

「この人は遠くから到着したばかりなんだ。だから……」

「ありがとう、でもわたしなら平気よ」ミーラは口をはさんだ。

彼女はサラ・ローザと対立するつもりはなかったが、ローザはミーラの加勢に感謝する気はなさそうだった。

三人は駐車場の車まで歩いていき、ボリスが運転席に、ローザは助手席に座った。ミーラは後部座席にボストンバッグと一緒に収まった。やがて車は川沿いの道で渋滞につかまった。

サラ・ローザは付添い役という任務にかなりいらだっているようだが、ボリスは楽しげだった。

「どこへ向かってるの？」ミーラは遠慮がちに尋ねた。

ボリスがバックミラーで彼女を見ながら答える。

「本部だよ。きみはロシュ警部と会うんだ。警部から今後の指示があるはずだ」

「連続殺人事件の捜査ははじめてよ」ミーラは先にはっきりさせておくべきだと思って言った。

すると、サラ・ローザが辛辣に答えた。「あなたは誰も逮捕しなくていいの。それはわたしたちの仕事だから。六人目の少女の名前を明らかにすること、あなたの仕事はそれだけよ。事件のファイル、ちゃんと読んでおいてくれたかしら……」

ミーラは同僚の高慢な口調は気にならなかった。その言葉に、一睡もせずにファイルを読んで過ごした昨夜の記憶がよみがえったからだ。埋められた腕の写真。被害者の推定年齢と死亡推定時刻についての法医学者の具体性に乏しい報告。

「あの森でなにがあったの?」ミーラは尋ねてみた。

「近年稀《まれ》に見る大事件さ」ボリスがそう答えた。運転も疎《おろそ》かになるほど、子どものように興奮している。「きっと、けつに火がつくお偉方がたくさん出るぜ。だからロシュもあんなに脅えてるんだ」

彼の下品な表現はサラ・ローザを不快にしたようだった。じつのところ、ミーラも不快だった。まだ警部には会ったこともないが、どうやら部下にはあまり評判がよくないようだ。もちろんボリスが単刀直入なせいもあるだろうが、ローザの前でこれほど露骨な批判をしたということは、ローザも同じ意見だという証拠だ。いいえ、だめよ、ミーラは考えた。事前にどんな意見を聞こうとも、ロシュ警部の人物と仕事ぶりは自分の目で評価すべきだ。

サラ・ローザが同じ質問を二度繰りかえして、ようやくミーラは自分がなにか尋ねられていることに気づいた。

「それ、あなたの血なの?」

サラ・ローザは後部座席を振りかえって、足もとを指さしていた。ミーラは自分の太腿を見た。ジーンズに血がにじんでいる。傷口がまたひらいてしまったのだ。彼女はあわてて染みを隠した。

「ジョギングで転んでしまって」嘘をつく。

「そう、ちゃんと手当てすることね。あなたの血が証拠と混じったりでもしたら厄介だから」

ローザに責められて、ミーラはにわかに居心地が悪くなった。ボリスがバックミラーでこちらをうかがっているせいもある。これで終わりにしてほしいと切に願ったが、ローザは説教を続けた。

「前に一度、レイプ殺人の現場を警備していた新米警官が、被害者の家のトイレでおしっこをしたことがあったの。おかげでこっちは殺人犯が水を流すのを忘れたものとばかり思って、半年も幽霊探しをするはめになったのよ」

ボリスは思い出話に笑い声をあげたが、ミーラは話題を変えたかった。

「どうしてわたしが呼ばれたの？　最近一カ月の失踪届を確認すれば、六人目の少女の身元もわかったんじゃない？」

「どうしてって、こっちが教えてほしいくらいよ……」サラ・ローザは吐き捨てるように言った。

汚れ仕事にちがいない、とミーラは思った。まちがいなく自分はそのために呼ばれたのだ。ロシュはこの役目を彼のチームとは関係のない部外者に委ねることで、万が一、六人目の少女の名前が判明しなかった場合にはその人物に泥をかぶせようと考えたのだろう。

デビー。アネケ。サビーネ。メリッサ。カロリーネ。

「残り五人の家族は？」ミーラは尋ねた。

「家族も本部に向かっているはずだ。DNA検査があるから」

わが子がむごい殺され方をして、遺体を切り刻まれたという確証を得るためにDNA検査を受ける哀れな両親たちのことをミーラは思った。彼らの人生は遠からず二度と修正できないかたちで変化するだろう。

「怪物について、いまのところなにかわかったことは？」ほかのことを考えたくて、ミーラは尋ねた。

「おれたちは犯人を怪物とは呼ばないことにしている。さもないと、やつらを非人間化してしまうからな」言いながら、ボリスはサラ・ローザと意味ありげな視線を交わした。「それがガヴィラ先生の方針なんだ」

「ガヴィラ先生？」

「すぐに会えるよ」

ミーラはますます不愉快になった。事件に関する知識の差が、まちがいなく自分を不利な立場に置いていた。おかげでボリスとローザに弄《もてあそ》ばれている。そうは思ったものの、今度もあえてなにも言わずにおいた。

ところが、サラ・ローザは彼女を放ってはおかず、ばかにした口調で言った。「いい？　なにもわからないからって驚いたらだめよ。あなたはたしかに優秀だろうけれど、ここでは話は別だから。連続殺人には、あなたの知らないルールがたくさんあるの。被害者だってそうよ。なにか特別なことをしたから殺されたわけじゃない。唯一、罪と言えるものがあるとすれば、まちがった時間にまちがった場所にいた、ふつうはそれだけのこと。さもなければ、ある色の服のかわりに特定の色の服を選んで出かけた、とかね。今回の事件みたいに、白人の女の子で、七歳から十三歳だったのがまずかった、そんなこともあるわ……。怒らないでほしいんだけど、あなたにそこまでわかるわけないでしょう。別に個人的に責めてるわけじゃないけど」

よく言うわね、ミーラは憤然とした。知りあった瞬間から、あらゆる点でわたしを目の敵《かたき》にしてきたくせに。

「大丈夫、わたしは呑みこみが早いほうだから」ミーラはそう答えておいた。

その言葉にローザが振りかえった。険しい顔だ。

「あなた、子どもはいるの？」

ミーラはしばしぽかんとした。「いいえ、どうして？　なんの関係があるの？」

「関係あるわ。六人目の両親を見つけたら、ふたりの大事な娘がどうしてあんな目に遭ったのか、説明しなくちゃいけないのよ。でも、子どもがいない女には、親の気持ちなんてわかるわけがない。その子を育てるためにどれほど苦労してきたかも、眠れぬ夜をいくつ過ごしてきたかも、まともな教育を受けさせて、確かな将来を与えるためにどれだけ懸命に貯金してきたかも、何度一緒に遊んだり、勉強を見てやったかも、あなたにはわかりっこないわ」ローザの口調はますます熱を帯びる。「たとえば、三人の女の子がどうして同じマニキュアをしていたのかもわからなければ、ひとりのひじに古い傷跡があったのは、もしかしたら、五歳のときに自転車で転んだのかもしれない、なんてこともわかるわけがない。六人はみんなまだ小さくて、子どもらしい夢も願いもあっただろうに、その純粋な心をめちゃくちゃにされてしまったのよ！　でも、そんなこともあなたにはきっとわからない」

「〈ホーリー〉よ」ミーラは短く答えた。

「なんですって？」サラ・ローザが怪訝《けげん》な顔をする。

「マニキュアのメーカーは〈ホーリー〉、パールタイプで、ひと月前にティーンエイジャー向けの雑誌に付録としてついてきたの。すごく売れたから、三人ともい……。それに、女の子のひとりは幸運のブレスレットをしていたはずよ」

〈ホーリー〉のマニキュアをしていても不思議じゃな

「ブレスレットなんて発見されなかったぞ」会話の成り行きにボリスも興味を持ったようだった。

ミーラはファイルから写真を一枚、取りだした。

「ふたり目の少女、アネケね。手首のまわりだけ陽に焼けてないでしょう。なにかを身につけていたんだと思う。殺人犯が外したか、誘拐されたときになくなったか、揉み合いになって落ちたのかもしれない。それから、被害者はみんな右利きだったけど、ひとりだけ、三人目の子はちがうわ。人さし指の横にインクの染みがあるから左利きね」

感嘆するボリスと、呆気にとられたローザを前に、ミーラは一気に続けた。「もうひとつあるわ。六人目の名前のわからない少女は、最初に失踪したデビーを知っていたはずよ」

「なんでそんなこと、あなたにわかるのよ？」

ミーラはファイルからひとり目と六人目の腕の写真を出した。

「ふたりとも、人さし指の腹に小さな赤い点があるでしょう……ふたりは血の誓いを交わした親友どうしだったのよ」

連邦警察の行動科学部は、おもに残虐犯罪を担当する部署だった。ロシュ警部は八年前からそのトップにあり、行動科学部の捜査方式と手法の改革を進めてきた。ガヴィラ博士をはじめとする民間人スタッフの採用を始めたのも、やはりロシュだった。ゴラン・ガヴィラは一連の論文と研究成果から、こんにちの犯罪学者のなかでも最も革新的なひとりとして広く認められていた。

ガヴィラと同じ捜査班のメンバーであるステルンは調査担当官だった。チーム最年長で、階級も一番高い。彼の任務は、犯人のプロファイル作りに欠かせない情報の収集、そして過去の事件との類似性の確認作業だった。ステルンは捜査班の〝記憶装置《メモリ》〟とも呼ぶべき存在だ。

サラ・ローザは後方支援担当官で、情報処理のエキスパートだった。勤務時間の多くを最新IT関連技術の把握に割く彼女は、警察の各種作戦行動を計画するための特別訓練も受けている。

そして最後のメンバー、ボリスは尋問担当官だった。事件になんらかの形で関わった者を取り調べるのが彼の任務で、もちろん容疑者を尋問して自白させることも仕事のうちだった。ボリスはその目的達成のためにさまざまなテクニックを身につけており、十中八九、必要な情報を得ることに成功した。

ロシュ警部は捜査班に命令を下しはしたが、実際の指揮は執らなかった。捜査の方向性を定めるのは、つねに犯罪学者ガヴィラのひらめきだった。ロシュはなによりもまず政治家であり、たいていの場合、物事の判断基準は自分の出世に影響するかどうかだ。目立ちたがり屋で、捜査がうまくいけば手柄は自分のものとしたが、失敗すれば、彼が呼ぶところの〝ロシュ組〟のメンバー全員に責任を押しつけた。こうした彼のやり方は部下の反感を呼び、しばしば軽蔑されてもいる。

行動科学部の拠点は、市の中心に建つ連邦警察本部の六階にある会議室だった。この日、会議室には捜査班のメンバーが勢ぞろいした。

ミーラは最後列の席を選んだ。会議室に入る前に、トイレで脚の傷の手当てをした。傷口に絆創膏《ばんそうこう》を二枚重ねて、血のにじんだジーンズをまったく同じきれいな一着とはきかえた。

ボストンバッグを床に置いて、彼女は席についた。

背の高いひょろりとしたあの男がロシュ警部にちがいない。警部が熱心に議論を戦わせている相手は、ひどくみすぼらしかったが、灰色の光とでも呼ぶべき奇妙なオーラを漂わせていた。この部屋を一歩でも出たら、幽霊みたいに姿を消してしまいそうな人だわ。ミーラは思った。ただし、この空間には不思議と調和している。あれこそ、ボリスとローザが車で話していたガヴィラ博士にちがいなかった。

スーツはよれよれで、頭はくしゃくしゃだが、その外見をすぐに忘れさせるなにかが彼にはあった。目だ。大きな思慮深い目。

そのとき、ロシュと話していたゴランがふとこちらを見た。ミーラは自分が観察されていることに気づき、あわてて目をそらした。少ししてゴランも視線をそらし、彼女からそう遠くない席に座った。それ以降、犯罪学者はミーラを一顧だにせず、やがてミーティングが正式に始まった。

ロシュは演壇に立ち、五人の聴衆に向かって、まるで大観衆を前にするように大げさな手振りで話しだした。

「たったいま、科学班の報告を受けた。われらがアルベルトは現場にいっさい証拠を残していないそうだ。たいしたものだ。指紋も足跡も腕の墓場に残さず、六名の少女を捜す任務だけをわれわれに残したのだ。より正確には、六人の遺体と……そう、ひとりの名前だ」

　そこで警部はゴランにバトンタッチしたが、ゴランは立ちあがろうともせず、腕を組み、脚は前の席の下に伸ばした格好で、座ったまま話しはじめた。

「アルベルトは事件の展開を最初から完全に予測していた。きわめて細かいところまでわかっていたはずだ。主導権は彼の手にある。それに、六というのは連続殺人事件において、ひとつの完結した数だ」

「六六六、悪魔の数字ね」ミーラが口をはさむと、一同が非難の表情で振り向いた。

「そういうばかげた迷信を当てにしてはいけない」ゴランの言葉に、ミーラは首をすくめた。「ここで言うところの完結した数とは、犯人がすでにひとつ、あるいはふたつのシリーズを完結させたという意味だ」

　ミーラが軽く眉をひそめるのを見て、彼女が理解していないのに気がついたゴランはこう続けた。

「われわれは、連続殺人犯を〝三回以上似たような手法で殺人を行なった者〟と定義している」

「ふたり殺しただけでは、まだ複数殺人犯だ」ボリスがつけ加えた。

「だから、六人の被害者はふたつのシリーズとも言える」

「便宜上、そう決められているということですか？」

「そうじゃない。三度目の殺人を犯すと、もう二度とやめられなくなるってことよ」サラ・ローザがいらだちもあらわに答えた。

「そのころには抑制の働きは弱まり、罪悪感も薄れて、機械的に人を殺すようになる」ゴランはそうまとめると、あらためて前を向いた。「ところで、六人目の遺体についてまだなにも情報がないのはどういうわけです？」

　するとロシュが言った。「ひとつわかったことがあるぞ。われらがヴァスケス捜査官が、わたしに言わせれば、きわめて重要な手がかりを発見した。例の名前のない被害者と、ひとり目のデビー・ゴルドンとのあいだにはつながりがあるということだ」あたかもミーラのひらめきが自分の手柄であるかのような口ぶりだった。「さあ、捜査官。みんなに説明してくれ」

またしても注目の的《まと》となったミーラは、話に筋道をつけるためにメモに目を落とした。立って発言するよう、ロシュがしきりにうながしているのが見える。

ミーラは立ちあがった。「デビー・ゴルドンと六人目の少女は知り合いでした。もちろんまだ仮説の段階ですが、ふたりの人さし指にまったく同じしるしがあることもそれで説明がつきます……」

「正確にはなんのしるしだ?」ゴランが尋ねた。興味を引かれたようだ。

「それは……手の指先のどれかひとつを安全ピンで刺して、その指を誰かとくっつけあって、血を混ぜあわせる儀式があるんです。血の誓いの若者版といったところでしょうか。ふつうは永遠の友情を神に誓うために行ないます」

ミーラも過去に親友のグラシエラとそうした誓いを立てたことがあった。ただし、ふたりは錆びた釘を使った。安全ピンではいかにも意気地《いくじ》無しの女の子みたいな気がしたからだ。いまのいままで、ミーラはそんなことはすっかり忘れていた。グラシエラは幼馴染《おさななじ》みだった。ふたりは互いの秘密をすべて知っていて、一度など、ひとりの少年を共有したこともあった。もちろん彼には知らせずに。騙されているのは自分とも知らずに、その少年は親友どうしのふたりと付きあいながら、どちらもその事実に気づいていないと思って得意がっていたようだ。グラシエラはどうしているだろう。もう何年も連絡が途絶えたままだった。永遠の友情を誓った仲だというのに、ふたりはあまりにも早く別れ、それっきりになった。どうしてこんなにも簡単に彼女のことを忘れてしまったのか。

「それが本当なら、六人目の少女はデビーとほぼ同い年ということになる」

「六本目の腕の骨年齢は、検査の結果、十二歳だった。この仮定の正しさを裏づけているな」ボリスはミーラに対して点数稼ぎをしたくてうずうずしていた。

「デビー・ゴルドンは裕福な家庭の子女が集まる寄宿学校の生徒でしたが、血で友情を誓いあった相手は学校の友人ではないと思われます。生徒のなかに、ほかに行方不明者はいませんから」

「つまり、学校の外で知りあったということか」またもボリスが口をはさんだ。

ミーラはうなずいた。「デビーはその学校に入ってまだ八カ月でした。家族と離れて寂しかったはずです。おそらく友だちもあまりいなかったのではないでしょうか。だから、別の環境で知りあったものとわたしは考えています」

ロシュが言った。「きみにはデビーの寄宿舎の部屋を見てきてもらおう。なにか捜査の手がかりが見つかるかもしれない」

「彼女の両親とも話したいのですが」

「ぜひ頼む」

警部が言葉を続ける前に、ドアを三回すばやくノックする者があった。返事を待つことなく、白衣姿の小男が入ってきた。ツンと立たせた髪と、やけに切れ長の目が特徴的だった。

「やあ、チャン」ロシュが声をかけた。

彼は今回の事件を担当する法医学者だった。ミーラは、すぐに彼が東洋人ではないことに気づいた。その独特の容貌は、あくまで遺伝の神秘がもたらしたものらしい。法医学者の名はレオナルド・ヴロスといったが、誰もが彼をチャンと呼んでいた。

チャンはロシュの隣に立つなり、抱えていたファイルをひらいた。しかし、発言のあいだは書類に目を落ととすことは一度もなかった。内容をすべて記憶しているが、そうして広げておいたほうが落ち着くのだろう。

警部は言った。「一部のスタッフには難しい用語も出てくると思うが、ドクター・チャンの分析結果にしっかりと耳をかたむけてくれ」

わたしのことにちがいない、とミーラは察した。

白衣のポケットから眼鏡を取りだすと、チャンはひとつ咳ばらいをしてから報告を始めた。「まず遺体の保存状態ですが、土に埋もれていた割には良好でした」

犯人が腕の墓を完成させてからそれが発見されるまでには、それほど時間はたっていないという推測がこれで証明された。チャンはしばらく分析結果の詳細を淡々と報告していたが、六人の少女の殺害手段を解説する段に至ると、こう断言した。

「六人とも腕の切断による死亡です」

創傷にはさまざまなタイプがあり、その一つひとつに意味があることをミーラはよく知っていた。だから、腕のひとつの拡大写真を法医学者が示したときに、断面の肉と骨の輪郭がいずれも赤っぽく染まっていることにもすぐに気づいた。ある創傷が致命傷か否かを判断する際、まず探すべきなのが、こうした周辺組織への血液の浸透の有無なのだ。死後にできた傷であれば、心臓が血液を送りださないため、血液は創傷の周辺組織に浸透することなく、切断された血管からそのまま流れでてしまう。ところが、被害者が死亡する前にできた傷の場合、動脈と毛細血管による血液の運搬が継続される。損傷した組織をどうにか止血しようとして、心臓が必死に血液を送りつづけるためだ。つまり、被害者の少女たちの体の中でこの救命システムが停止したのは、腕が切断されたあとということになる。

チャンは話を続けた。「創傷の部位は上腕二頭筋の中央です。骨は砕けておらず、断面もきれいでした。おそらく精密ノコギリを使用したものと思われます。

周辺部に削れた跡はありませんでしたから。さらに、外血管と腱の断面がいずれもきれいにそろっていて、外科医並みの正確な腕で切断が行なわれたことがわかります。死因は失血死です」彼はここでいったん言葉を切った。そして言った。「ひどく苦しい最期だったはずです」

それを聞いて、ミーラは死者を悼《いた》むしるしにうつむきかけたが、ここでは誰もそんな真似はしないと気がついてすぐにやめた。

チャンはさらに続けた。「犯人は六人をすぐに殺害したと思われます。必要以上に生かすことはしなかった。ためらった形跡もありません。殺害方法も共通しています。ひとりを除いて……」

最後の言葉は、しばし宙に留まったのち、冷たいシャワーのようにミーラたちに降りかかってきた。

「どういうことだ？」ゴランが尋ねた。

チャンは鼻にずり落ちた眼鏡を指で直すと、犯罪学者を見つめた。「ひとりだけ、さらにひどい最期が待っていたのです」

会議室はしんと静まりかえった。

「薬物検査で、遺体の血液と各組織から複数の薬剤のカクテルが検出されました。具体的には、ジソピラミドやACE阻害薬といった複数の抗不整脈薬とアテノロール。アテノロールはβ遮断薬です……」

「つまり、脈拍を落とすと同時に血圧を下げたというわけか」もはやすべてを理解したゴランがつけ加えた。

「いったいなんのために？」逆にさっぱりわからないステルンが尋ねる。

チャンは唇をゆがめた。それは苦笑いにも似た表情だった。「出血を遅らせ、ゆっくりと死なせるための処置です……。犯人はショーを楽しもうと考えたにちがいありません」

「で、どの被害者なんだ？」ロシュが尋ねた。その答えはすでに明らかだったにもかかわらず。

「六人目です」

連続殺人事件の専門家ではないミーラも、今度ばかりは状況を理解することができた。法医学者はいま、殺人犯がその殺害方法に変化を加えたと言った。それは、犯人がみずからの行為に対する自信を得たことを意味している。つまり、アルベルトは新しいゲームを試して、それを気に入ったのだ。

「殺害方法の変更は、それまでの結果に満足したためだろう。回を重ねるごとにうまくできるようになった。どうやら、犯人は味をしめたようだ」ゴランはそう結論を出した。

そのとき、ミーラは例の感覚に襲われた。失踪事件の捜査で真相に近づくたび、うなじがむずむずする、あの感覚だ。不思議な癖だった。いつもなら、その感覚に続いて頭にうっすらと光が射し、それまで考えてもみなかったような真相が浮かびあがる。ところが今回はいつもよりも早く感覚が消え、メッセージをつかむ間もなかった。チャンの次の言葉が邪魔をしたのだ。

「もうひとつ……」法医学者はミーラに向かって言った。ふたりが会うのはこれがはじめてだったが、この場で部外者はミーラひとりであり、彼女がいる理由もチャンは知っていたのだろう。「失踪した少女たちの両親が向こうで待っています」

山に囲まれた交通警察署の窓から、アレクサンデル・ベルマンは署の駐車場を隅々まで見わたすことができた。彼の車は五列目のいちばん奥にある。そこからはやけに遠く見えた。

すでに陽は高く、駐車場の車はどれも輝いている。昨夜の嵐を思えば嘘みたいな天気だった。初夏のような陽気で、暑いといってもいいほどだ。ひらいた窓から心地よいそよ風が吹きこんでくる。奇妙なことに、ベルマンは幸せだった。

夜明けごろに検問で停められた際に、ベルマンは落ち着きを失わなかった。湿った股が不快だったが、運転席に座ったまま事態を見守った。

フロントガラスからはパトロールカーの横に並んだふたりの警官がよく見えた。ひとりは彼から受け取った身分証明書などの書類を調べ、その内容を相棒に伝えている。相棒はさらにそれを無線で報告していた。

もうじき戻ってきて、トランクを開けるよう命じるはずだ。ベルマンはそればかり考えていた。

彼の車を停めた警官の対応はとても礼儀正しかった。

「あの土砂降りのなかを夜どおし運転したんですか？それは災難でしたね」と、ベルマンに同情までしてくれた。

「地元の方ではありませんね」ナンバープレートを見て、警官は言った。

「ええ、ちがいます」ベルマンは答えた。

会話はそれだけだった。ベルマンは一瞬、なにもかも打ち明けてしまおうかと思ったが、やめておいた。まだそうするべきときではなかった。警官が車を離れて相棒のもとへ向かうと、今後の成り行きはさておき、とりあえず、ハンドルを握りしめていた手をはじめて緩めた。ふたたび血が巡るようになった両手が色を取り戻した。

そして、ベルマンはまたちょうちょたちに思いを巡らせた。

あんなにも無防備で、しかも自分の魅力にまったく気づいていない無垢な存在。あのちょうちょたちのために時間を止めて、その魅力の秘密を教えてやった。ほかの連中のやることといえば、ちょうちょの美しさを台無しにするばかりだ。それなのに、どうしておれが非難されなければならないんだ？

そのとき、警官が戻ってくるのが見えた。妄想はあっという間に立ち消え、しばし緩んでいた気分がまた緊張した。ずいぶん時間がかかったな、ベルマンは思った。警官はベルトの位置に片手を添えて運転席の窓に近づいてくる。いつでも拳銃を抜ける構えだ。ついに警官が窓の横に立ったとき、相手の発した言葉は思いがけないものだった。

「ベルマンさん、署までご同行願います。いただいた書類のなかに車両登録証が見当たりませんので」

おかしいぞ。フォルダーに入っていたはずだ。次の瞬間、ベルマンは気づいた。自分が気を失っているあいだに目出し帽の男が盗んだにちがいない……。そしていま、ベルマンは警察署の小さな待合室で、季節外れの暖かなそよ風を楽しんでいるというわけだった。車を没収されたあと、ここに連行されたのだ。警官たちはベルマンが罰金などはまったく恐れていないことに気づく様子もなく、事務室にこもって、もはや彼にとってはどうでもいいことを決めようとしていた。ベルマンは自分の置かれた状況を振りかえり、失うものがなにもなくなった人間の価値観がどれほど変化するものか、興味深く考えた。それというのも、いまこの瞬間に彼が最も恐れているのは、やさしいそよ風がやんでしまうことだったから。

そうしているあいだにも、彼の視線は駐車場とそこを行き来する警官たちの上にあった。彼の車はまだ同じ場所で、その姿を陽のもとにさらしていた。トランクに隠された秘密に気づく者はまだ誰もいない。

ベルマンはあいかわらずこの奇妙な状況に思いを巡らせていたが、やがて、午前のコーヒータイムを終えて職場に戻ろうとする警官のグループに気づいた。男三人と女ふたり、みな制服を着ている。男のひとりがなにやら話をしているらしく、身振り手振りを交えながら歩いている。話が終わって、残る四人が笑った。ベルマンにはひと言も聞こえなかったが、笑い声につられて思わずにやりとした。頬が緩んだのはごく一瞬のことだった。グループが彼の車の前を通りすぎたかと思うと、いちばん背の高い男がふいに足を止めたのだ。なにかに気づいたらしい。

警官の表情が意味するものをベルマンはすぐに理解した。

においだ、彼は考えた。においに気づいたにちがいない。

先を行く同僚たちにはなにも告げず、背の高い警官はあたりを見まわしていた。はっとさせられたわずかなにおいのもとを探っているようだ。そして、ついに嗅ぎつけて、警官は横の車を見た。数歩近づいて、閉ざされたトランクの前で立ち止まる。

その一部始終を目撃したアレクサンデル・ベルマンは、安堵のため息をもらした。彼は喜んでいた。自分をそこに導いた偶然を喜び、そよ風という贈り物を喜び、あの忌まわしいトランクを自分で開けずにすんだ幸運を喜んだ。

そよ風がやんだ。ベルマンは窓に面した席を立って、ポケットから携帯電話を取りだした。

とうとう電話をかける時が来た。

6

デビー。アネケ。サビーネ。メリッサ。カロリーネ。

ミーラは少女たちの名前を心の中で繰りかえしていた。目の前の窓の向こうには、五人の犠牲者の肉親たちが見える。彼らが呼び出された死体安置所のある法医学研究所は、空疎な庭に囲まれた、窓の大きなゴシック様式の建物だった。

ここにはあとふたり足りない、ミーラは先ほどからそればかりを考えていた。もうひと組の両親を、わたしたちはまだ見つけられずにいる。

そのためには六本目の左腕の名前、アルベルトが例の薬剤のカクテルで残酷かつ緩慢な死をもたらした少女の名前を明らかにする必要があった。

〝犯人はショーを楽しもうと考えたにちがいありません〟

ミーラは最後に解決した事件を思い出した。音楽教師の家からパブロとエリーザを救出したあの事件だ。

「いや、じつはきみは三人の命を救ったんだ」モレクス巡査部長はそう言って、音楽教師の手帳にあったメモのことを話してくれた。あの名前はなんと言ったか……。

プリシラ。

モレクスの言うとおり、彼女は幸運にちがいない。プリシラと六人の犠牲者のあいだに残酷な共通点があることにミーラは気づいた。

プリシラは死刑執行人からすでに指名を受けていた。その餌食《えじき》にならずにすんだのは偶然にすぎない。いまはどこで、どんな日々を送っているのだろう。もしかしたら心の奥底では、自分がかくも恐ろしい運命から逃れたことを知っているのではないか。

音楽教師の家に一歩足を踏み入れたその瞬間、ミーラはプリシラを救った。だが、少女はその事実を知る由もなく、彼女に与えられた第二の人生をありがたく思うこともないはずだ。

プリシラはデビー、アネケ、サビーネ、メリッサ、カロリーネと同じ運命《さだめ》にありながら、死を免れた。六人目の少女とも同じだ。顔のない犠牲者と。だが、彼女には少なくとも名前がある。

チャンは六人目の身元が判明するのも時間の問題だと言っていたが、ミーラはそれほど期待していなかった。六人目は永久に見つからないような気がしてならなかったのだ。

でもいまは、頭を切り替える必要があった。わたしの出番だ、すでに名前の判明している五人の少女たちの両親をガラス越しに眺めながらミーラは思った。そこは、静かに哀しみに暮れる被造物たちが一幕の舞台を演じる水槽のようだった。まもなくガラスの向こうに行って、デビー・ゴルドンの両親と対面し、ふたりにさらなる痛みをもたらさなくてはならない。

法医学研究所の地下に位置する死体安置所の廊下は長く、薄暗かった。地下への下り口は階段か、たいてい故障中のエレベーターだ。天井の両横には細い窓が開いていたが、ほとんど光は射さず、白いタイル張りの壁も、おそらく設計者の意図を裏切り、そのわずかな日光を反射することはなかった。その結果、死体安置所は昼でも暗く、つけっぱなしの天井の蛍光灯が立てるジーッという音が不気味な静けさのなかで響いていた。

わが子の死という事実と向かいあうには最悪の場所だ、打ちひしがれた両親たちを見つめながら、ミーラは思った。その場の雰囲気をやわらげるものといえば、ありふれたプラスチックの椅子が数脚と、表紙を笑顔の写真で飾った古い雑誌が積み重なったテーブルくらいしかなかった。

デビー。アネケ。サビーネ。メリッサ。カロリーネ。

ふいにゴランが後ろから声をかけてきた。「ミーラ、向こうに何が見える？」

さっきはみんなの前でばかにしておきながら、今度はずいぶんなれなれしい口調だ。

ミーラはまたしばらくガラスの向こうを眺めてから答えた。「あの人たちの苦しみが見えます」

「もっとよく見るんだ。それだけじゃないはずだ」

「死んだ女の子たちも見えます。実際にはここにいなくても、両親の顔を足したものが彼女たちの顔のはずだから、わたしには犠牲者たちが見えます」

「そうか。わたしには五組の夫婦が見える。階層も、豊かさも、生活レベルも異なる夫婦だ。ただ、いずれの夫婦も理由こそちがうだろうが、子どもはひとりしかいない。妻はみな四十歳を大幅に超えていて、新たな妊娠は難しいだろう……わたしにはそうしたものが見える」ゴランはミーラを振り向いた。「彼らこそが真の犠牲者だ。アルベルトは複数の家族を観察し、この人たちを選んだ。ひとり娘を狙ったのは、夫婦がいつかわが子の死を乗り越えて、忘れようとする可能性を完全に断つためにちがいない。彼らはいつまでも犯人の仕打ちを忘れられないはずだ。そう、彼は将来を奪い、夫婦の苦しみをさらに深いものとした。彼らは後世にみずからの記憶を伝え、自分の死を子孫の心に留めるすべを失ったのだから……アルベルトの狙いはそこにある。それが彼のサディズムが求めるもの、喜びの源《みなもと》だ」

ミーラはゴランから視線をそらした。犯罪学者の言うとおりだった。目の前の人々に用意された悪夢には、ひとつの類似点があった。

「アルベルトの設計図《デザイン》だ」ゴランは口に出して言い、彼女の胸中の結論が正しいことを示した。

ミーラはまたしても六人目の少女を思った。まだ誰も泣いてくれる人のいない少女。残り五人と同じく、彼女もまた誰かに泣いてもらう権利を持っているはずだ。悲しみには、死者と残された者を生前とはちがう形で結びつける働きがある。悲しみは言葉にかわる表現手段となり、問題点を変化させる。ガラスの向こうの親たちは、まさにいま、その真っ最中なのだ。いまは亡き命の断片を痛みとともに丁寧に再現する作業。脆《もろ》い記憶を編みあげながら、過去の汚れなき糸と現在の細い糸をしっかりと結びつける。

ミーラは勇気を出して部屋に入った。そのとたん、親たちは一斉に彼女に注目して沈黙した。

ミーラはデビー・ゴルドンの母親に歩み寄った。隣にはその夫が座り、妻の肩に手を置いている。部屋の中でミーラの足音だけが不吉に響いた。

「ゴルドンさん、お話があるのですが……」

言いながらミーラが隣の小部屋を指さすと、夫妻は立ちあがって先に進んだ。部屋にはコーヒーマシンとスナックの自販機が並び、壁ぎわにはすり切れたソファがひとつ、水色のプラスチック製テーブルセット、紙コップであふれたゴミ箱があった。

ミーラはゴルドン夫妻をソファに座らせると、自分は椅子を取りにいった。腰を下ろして足を組むと、またしても太腿の傷が痛んだ。だが、たいした痛みではない。どうやら治りつつあるようだ。

彼女は気持ちを奮い立たせて、自己紹介を皮切りに事件の話を始めた。とはいうものの、夫妻がすでに知っている以上の事実には触れなかった。まずはふたりをリラックスさせ、それから肝心の質問に移るつもりだった。

夫妻は片時もミーラから目を離さなかった。あたかも、彼女に今回の悪夢を終わらせる力があるとでも言わんばかりに。ふたりとも洗練された身なりをしていた。職業はどちらも弁護士。時間単位で報酬を受け取るタイプの弁護士だ。ミーラはふたりの完璧なマイホームを想像した。選りすぐりの友人たちに囲まれた優雅な日々、ひとり娘を有名私立学校に寄宿させるほどの豊かな暮らし。どちらも職場ではやり手にちがいない。どんなに危うい状況でもみごとに切り抜け、敵と見れば攻撃も容赦なく、逆境にはけっして負けない弁護士だ。ただし、そんな夫妻でも、こうした悲劇の前には完全に無力だった。

ミーラは事件のおさらいを終えて、いよいよ質問に移った。「ひょっとしてデビーには、寄宿学校の友だちとは別に、誰か同じ年ごろの仲のいい女の子がいませんでしたか？」

ふたりは質問の理由がわからない様子で顔を見あわせた。

「いいえ、少なくともわたしたちは知りません」少ししてデビーの父親が答えた。

だが、ミーラはその程度の答えで満足するわけにはいかなかった。「よく思い出していただきたいのですが、たとえば電話でそんな話をしませんでしたか？」

その言葉に考えこむゴルドン夫人の姿に、ミーラはいつしか見入っていた。すっきりとしたウエスト、よく引きしまった脚の筋肉。子どもがひとりきりなのは、明らかに彼女の意志だろう。夫人には二度目の出産で自分のスタイルを台無しにする気などなかったはずだ。いずれにしても、もう遅い。まもなく五十に手が伸びるその年齢では妊娠も難しいだろう。ゴランの言うとおりだった。アルベルトはたまたまこの夫婦を選んだわけではなかった……。

「いいえ……ただ、最近は電話の声が前より元気そうでした」夫人は言った。「そうですか。でも、家に帰りたがることもあったんでしょうね……」

ミーラは夫婦の痛いところを突いたが、真相を解明するにはやむをえなかった。デビーの父親はうなずいて、罪の意識をにじませた声をしぼり出した。「たしかに。デビーは寄宿生活に馴染めないようで、わたしたちに会いたい、スティングに会いたい、と言っていました……」ミーラが訝《いぶか》しげな顔をしたのに気がついて、彼は説明した。「ああ、娘の犬の名前です。デビーは家に帰って、元の学校に戻りたかったようです。はっきりとそう言ったことは一度もありませんでしたが。わたしたちをがっかりさせまいとしたのでしょう。ただ……声の調子を聞けば本音はわかりました」

ミーラにはわかっていた。ふたりはこの先、家に連れ帰ってほしいと願っていた娘の本当の気持ちを受けとめてやらず、自分たちの望みを優先させたことをいつまでも悔やみつづけるのだろう。夫婦は自分たちと同じように、娘に野心的な道を歩ませようとしたのだ。だが、よくよく考えてみれば、夫婦の判断はけっして非難されるべきものではなかった。ふたりはひとり娘に最高の教育を与えたいと思った。そう、親としてごく当然のことをしただけなのだ。今回の事件さえなければ、デビーはいつの日かふたりに感謝すらしていたかもしれない。ただし、残念ながらゴルドン夫妻には、もはやその日は永久に訪れない。

「同じことばかりお尋ねして本当に申し訳ないのですが、お嬢さんとの電話の内容をよく思い出していただけませんか。寄宿学校の外での交友関係が、事件を解明する鍵になるかもしれないんです。お願いします。もし、なにか思い出されましたら……」

ふたりは同時にうなずいて、努力すると約束してくれた。そのときミーラは、ドアの小窓から誰かがのぞいているのに気づいた。見ると、サラ・ローザが外に出てくるよう手招きをしている。ミーラは夫妻に断わって部屋を出た。廊下で顔を突きあわせると、サラは手短に用件を告げた。

「出発するから、支度をして。少女の遺体が発見されたの」


特別捜査官のステルンは、いつもスーツにネクタイ姿だ。スーツは茶色かベージュか紺、シャツは細いストライプの入ったものを好んで着た。ステルンの妻は夫がいつも糊のきいたシャツとぱりっとしたスーツで外出することをきわめて重視しているにちがいない、ミーラはそう確信していた。服装だけではなく、頭はポマードをちょっとつけて後ろに撫でつけ、ひげは毎日剃り、顔もすべすべどころかやわらかそうな肌をしていて、おまけにいい香りまでした。ステルンは几帳《きちょう》面《めん》な人間だった。自分の習慣はなにがあっても変えず、きちんとした身なりを守るのはファッションの流行《はや》りすたりよりもずっと大切だと考えるタイプの男だ。

それに、みずからの情報収集という仕事に自信を持っているようだった。

遺体の発見現場へ向かう車中で、ステルンはミントタブレットをひと粒口に放りこんでから、現時点で判明している情報を簡潔に報告した。

「拘留されている男の名はアレクサンデル・ベルマン。

年齢は四十歳、セールスマンだ。売っているのは繊維産業用の機械で、売上成績は優秀。既婚者で、これまでは平穏な生活を送ってきた。現住所のある町では有名で、住民から尊敬されている。収入は悪くない。金持ちではないが、余裕のある暮らしをしている」

「つまり、善良な一市民ってわけ」サラ・ローザがつけ加えた。「とても犯罪者には見えない男よ」

問題の交通警察署に到着してみると、死体を発見した警官はオフィスの一室の古びたソファにぼんやりと座っていた。まだショック状態から脱していなかった。

地方当局は、事前に捜査の権限を連邦警察の凶悪犯罪捜査班に委ねていた。そこで、ロシュの部下たちはゴランとともにさっそく仕事に取りかかった。だが、彼らの作業を見守るミーラの役目といえば、失踪した少女たちの探索に役立つ要素が現場にあるかどうかの確認に限られ、自発的な行動は許されていなかった。

一方、ロシュは真相解明を部下たちに任せ、自身は本部のオフィスに留まっていた。

ミーラはサラ・ローザに避けられていることに気がついた。それ自体は大歓迎だ。だが、ローザは自分から片時も目を離さず、なにかでしくじるのを心待ちにしているようだった。

ミーラたちを死体の発見現場へ案内したのは若い分署長だった。彼は動揺を隠そうとしながら、現場にはいっさい手を触れていないと、冷静な対応ぶりを強調した。だが、分署長がこの手の事件に遭遇したのはこれがおそらくはじめてであろうことは、捜査班の誰の目にも明らかだった。地方の警察官は通常、これほど残酷な犯罪には一度も巡りあうことなくそのキャリアを終えるものだ。

歩きながら、分署長は事実関係を驚くほど詳細に語った。本番に備えてあらかじめ練習をしたようで、事実、報告書を読みあげるような口調だった。「アレクサンデル・ベルマン容疑者が昨日の午前中にここから非常に遠い町のホテルにチェックインをしたことは、すでに確認済みです」

「六百キロ離れた町ですね」ステルンが言い足した。

「ええ、夜どおし運転してきたようです。ガソリンもほとんど空《から》でした」

「ホテルで容疑者は誰かに会ったんですか？」ボリスが質問した。

「複数の顧客と夕飯をともにしたようです。それから部屋に戻ったとか……。容疑者と食事をした者たちはそう言っています。現在、その点も確認中です」

サラ・ローザは手帳にメモをしている。彼女の背後に立っていたミーラには、〝ホテル宿泊客から時刻を確認〟という文字が見えた。

ゴランが口をひらいた。「ベルマンはまだなにも白状していない、そうでしょう？」

「ベルマン容疑者は弁護士が来るまではなにも話さないと言っています」


やがて駐車場に着いた。ベルマンの車は周囲を白いシートでおおわれていた。無残な光景を隠すためだろう、とゴランは推測した。しかしそれは、毎度のことながら、じつに偽善的な配慮だった。ある種の凶悪犯罪に対して人々が見せる悲痛の表情は、単なる仮面にすぎない。ゴランはそのことをかなり前に学んでいた。死は生者に不思議な魅力を発揮する。それが残酷な死であればなおのことだ。死体を前にすると誰もが興味津々になる。そう、死はとても誘惑的な存在なのだ。

現場に入る前に、おのおのがビニールのシューズカバーとヘアキャップをつけて、いつもの滅菌手袋をはめた。そして、カンフルクリームの小瓶を順番に回し、鼻の下に塗って嗅覚を麻痺させる。

それはもはや言葉を交わす必要もない、ひとつの完成された儀式だったが、同時に精神を集中させる役目もあった。ボリスの手から小瓶を受け取ったとき、ミーラは自分もこの奇妙な集団に仲間入りを果たした気分になった。

先に入るよううながされた分署長は、ふいに落ち着きを失い、しばらくためらっていたが、ついにシートをくぐった。

ミーラが新しい世界への境界線を越える前に、ゴランが彼女を一瞥した。ミーラがうなずくのを見て、犯罪学者はいくらか安心したようだった。

最初の一歩はいつでも最も困難だ。このときの一歩は、ミーラにとってそう簡単には忘れられそうにないものとなった。

それは異次元に入りこんだような体験だった。ハロゲンライトの人工的な冷たい光が日の光を含めたあらゆるものを変質させる数メートル四方の狭い空間に、別世界が広がっていた。そこでは物理的法則までもが異なり、三次元を構成する高さ、幅、奥行きに加えて、虚無という第四の次元があった。犯罪学者ならば誰であれ、犯行現場のこうした〝虚無〟にこそ答えが隠されているのを知っている。犠牲者と殺人者の存在でその虚ろな空間を埋めてやれば、犯行を再現し、凶行にひとつの意味を与え、謎の正体を明らかにできる。その張りつめた精神状態を利用すれば、時を拡張させて、過去に遡ることさえできるのだ。だが、その独特の精神状態はいつもごくわずかな時間しか持たず、しかも二度と戻ってこない。だからこそ、どんな事件でも犯行現場から受けた第一印象がなによりも大切なのだ。

ミーラの第一印象の大半は嗅覚によるものだった。

カンフルクリームの効果もなく、そのにおいは強烈に鼻孔を突いた。死の香りは吐き気をもよおすと同時に甘美でもあるという、矛盾したにおいだ。まずは胃の引っくりかえるような臭気に襲われるが、やがて人はそこになにか、芳香としか呼びようのないものも混じっていることに気づかされる。

捜査班のメンバーは、ただちにベルマンの車を取り囲む形で並んだ。異なる観察点に立った彼らの様子は、まるでそれぞれが東西南北に変わる新たな方位の基準点となり、その目を起点に伸びる細かなグリッドによって、どんなものも見逃すまいとしているかのようだった。

ミーラはゴランに従い、車の後部に立った。トランクは死体を発見した警官が開けたままになっていた。ゴランが中をのぞきこむのを見て、ミーラも同じようにした。

死体は見えなかった。だが、大きな黒いビニール袋があり、その形から人間の体が入っているらしいことはわかった。

少女の遺体だろうか。

ビニールは体にぴったりと張りつき、顔立ちもある程度わかった。大きくひらいた口が音のない叫びを発している。その暗い淵から空気がすっかり吸いとられてしまったように見えた。

遺体を包む呪わしい屍衣のように。

デビー、アネケ、サビーネ、メリッサ、カロリーネ……それとも六人目だろうか。

両目のくぼみも見え、頭は後ろにのけぞっている。死の瞬間は穏やかなものではなかったらしい。とつぜんのフラッシュに驚いたかのようにこわばった姿勢だった。肉でできた彫刻にも見えるこの死体には、明らかになにかが足りなかった――腕だ。左腕がない。

「よし、分析を始めよう」ゴランが言った。

犯罪学者ゴラン・ガヴィラの手法、それは問いかけによる方法だ。彼の問いは、ときにひどく単純なものであったり、まったく無意味に聞こえたりもした。それから答えを全員で探していくのだ。答えを出すためには、どのような意見でも歓迎された。

「まずは位置だ。さて、どうしてわたしたちはここにいる?」ゴランが問いかけた。

「まずはおれから」車の横、運転席側に立っているボリスが真っ先に口をひらいた。「紛失した車両登録証に連れてこられたんだ」

「どうだろう。きみたちはそれで納得できるかな？」

ゴランは全員に尋ねた。

「検問のおかげよ」サラ・ローザが答えた。「少女の失踪が始まってから、検問所がいたるところに何十とできた。だから、捕まってもおかしくなかったし、実際に捕まった……運がよかったんだわ」

ゴランは首を振った。彼は運など信じていなかった。

「なぜベルマンはあんな荷物を積んで出かけるような危険を冒さなければならなかったのか？」

「片づけたかっただけかもしれない」とステルン。

「自分に捜査の手が及ぶのを恐れていたのかもしれない。だから、死体をできるだけ遠くに運んで、わたしたちの目をごまかそうとした」

「そうだ。捜査を攪乱しようとしたんだ。だが、やつは失敗した」ボリスも同意した。

アレクサンデル・ベルマンこそアルベルトだと、ボリスたちはすでに確信している。ミーラはそのことに気づいた。ただひとり、ゴランだけはまだ迷っているようだった。

「われわれはまだ犯人の計画を理解していない。いまのところ、こちらの手もとにあるものといえば、トランクに入った死体がひとつだけだ。それはともかく、最初の質問は、どうしてわたしたちはここにいるのか、というものだった。その答えがまだ出ていない。なにがわたしたちをここに導いたのか。どうしていま、この車を囲み、死体を前にしているのか。わたしたちは捜査が始まって以来、犯人は巧妙な男にちがいないと考えてきた。もしかすると、こちらの上を行く頭脳の持ち主かもしれないと。実際、警察はもう何度も彼に出し抜かれているし、厳戒中にも少女の誘拐を許してしまったのだから……そこで、考えてほしい。そんな犯人がはたして、車両登録証の不携帯などというつまらぬミスで墓穴を掘るものだろうか？」

ゴランの疑問に誰もが黙って考えこんだ。

やがて犯罪学者は、静かに片隅に立っていた分署長にふたたび質問をした。分署長の顔は制服の下のシャツのように青白かった。

「署長は先ほど、ベルマンが弁護士を要求している、そうおっしゃいましたね」

「そのとおりです」

「とりあえずは国選弁護士で用が足りるかもしれません。いまから行なうわたしたちの分析結果に対して、容疑者に反論の機会を与えるための面会ですから」

「では、すぐに手配しますか？」

そう答えた分署長の声は、ゴランがうなずいて、ビニールシートの外に自分を送りだすことを期待していた。ゴランもその願いをかなえてやるつもりだった。

「おそらくベルマンもアリバイを用意しているはずです。彼が作り話をすっかり覚えてしまわないうちに会って、矛盾点をつくべきです」ボリスも助言した。

「閉じこめられて、少しは反省もしているといいのですがね」

それを聞いて、捜査班のメンバーは信じられない思いで顔を見あわせた。

「まさか、彼をひとりにしたんじゃないでしょうね？」ゴランが問いただした。

分署長はとまどいを顔に浮かべて言った。「ええ、通例にしたがって独居房に入れておきましたが。なにかまずいことでも……」

彼の言葉が終わるのを待たず、まずボリスがビニールシートの外に飛びだした。さらにステルンとサラ・ローザがシューズカバーを急いで脱ぎ捨ててあとに続く。

交通警察の分署長と同様、ミーラにもなにが起きたのかさっぱりわからなかった。すると、ゴランが「ベルマンは危険な行為に及ぶ可能性がある。監視下に置くべきだったんだ！」とだけ言って、ボリスたちを追犯罪学者の言う〝危険な行為〟がなんであるかは、ミーラと分署長もすぐに理解した。

まもなく全員が、男の閉じこめられた独居房の前にそろった。ボリスのIDカードを見て、看守は独居房ののぞき窓を急いでひらいたが、その小さな穴からアレクサンデル・ベルマンの姿は見えなかった。

死角を選んだな、ゴランは思った。

看守が頑丈な錠前を開ける横で、分署長はすべては規則どおりの手順で行なわれたと繰りかえし主張していた。この期に及んで皆を安心させようとしたというよりは、誰よりも自分を落ち着かせたかったようだ。ベルマンは腕時計もズボンのベルトも取りあげられ、ネクタイも、さらには靴紐まで外されて、自殺に使える道具はなにひとつ持っていなかったと言う。

だが、鉄の扉がひらいたとたん、分署長は前言を撤回した。

男はのぞき窓の死角の部屋の片隅で息絶えていた。壁に背をもたれ、両手は腹の上に投げだし、脚をひらいた格好で、口が血だらけだった。周囲の床にはどす黒い血だまりができている。

それは、ありふれたとは言えない死に方だった。アレクサンデル・ベルマンは手首の肉を噛みちぎって、失血死を待ったのだ。

7

この子を家に連れて帰ってあげよう。

そんな暗黙の約束とともに、捜査班は少女の遺体を預かった。

彼女のために殺人犯に裁きを下すのだ。

ベルマンが自殺した以上、それも難しくなってしまったが、彼らは努力するつもりだった。

そうしていま、遺体は法医学研究所にあった。

ドクター・チャンは、天井からぶら下がっているマイクブームの向きをステンレスの解剖台に対して完全に垂直になるよう調整すると、録音機のスイッチを入れた。

医師はまずメスを持つと、遺体の入ったビニール袋の表面に刃をさっとすべらせ、驚くほど正確に直線を引いた。そしてメスを置いて、切れ目の両側を指先で慎重につまんだ。

部屋の照明は解剖台の上のまばゆいライトだけで、あたりには暗闇の淵が広がっている。その淵に落ちる寸前のところに、ゴランとミーラは立っていた。捜査班の他のメンバーはこの儀式に参加する必要を感じなかったようだ。

法医とふたりの見学者は証拠を汚染しないために、滅菌衣を着て、手袋にマスクをしていた。

生理食塩水の助けを借りて、チャンはゆっくり袋の切れ目を広げていった。ぴたりと肌に張りついたビニールを少しずつ剝がす。

やがて……緑色のコーデュロイのスカートがミーラの目に入った。続いて白いシャツにウールのベスト、ブレザーのフランネル地も見えはじめる。

チャンの手が上に向かうにつれて、さらなる詳細が明らかになった。腕の欠けた肩もあらわになる。ブレザーの肩口はまったく血に汚れておらず、左袖がすっぱりと切断されているだけで、そこから腕の付け根がはみ出していた。

「殺害当時、この服は着ていなかったのでしょう。あとから犯人が遺体に服を着せたんですね」法医学者が言った。

その言葉は、解剖室の中で深い井戸に落ちた小石が壁にぶつかる音のようにこだまして、やがて三人を取り囲む暗い淵に消えた。

チャンは少女の右腕からビニールを剝がした。手首にはブレスレットがつけられ、鍵の形をした飾りがぶら下がっている。

首のところまで来ると、チャンはいったん手を止めて、額の汗を拭った。彼が汗だくになっていることにミーラはようやく気がついた。これからが最もデリケートな部分だ。ビニールと一緒に少女の顔の皮膚まで剝がしてしまうのをチャンは恐れているのだろう。

過去にも司法解剖に立ち会ってきたミーラだったが、彼女の出会った法医たちは、検屍する遺体の扱いにはそれほど気を使わず、ただ解剖し、縫合するだけだった。だが、チャンはちがった。少女の両親に最後にもう一度、わが子をできるだけ美しい姿で見せてやりたい、そう願っているにちがいなかった。だからこそ、これほど慎重なのだ。ミーラはこの医師に敬意を抱いた。

やけに長い数分が過ぎて、ついにチャンは少女の顔から黒いビニール袋を完全に取りのけることに成功した。顔を見て、ミーラはすぐにそれが誰だかわかった。デビー・ゴルドン。十二歳。最初に姿を消した少女だ。

目を見はり、口を大きくひらいた表情は、まるで必死になにかを訴えようとしているようだった。

頭には白百合の飾りがついたヘアピンがあった。犯人は犠牲者の髪を梳いてやったのだ。なんとふざけた行為だろう、ミーラは憤《いきどお》った。生きていたときよりも、死体になってからのほうがずっと哀れに思えたというのか。だが、すぐにそうではないと気づいた。

わたしたちのために、彼女をきれいにしたのだ。

腹が立ったが、現時点でその怒りを覚えるべき者は自分ではなく、ほかにいるとミーラは気がついた。まもなく彼女はその者たちのもとを訪れ、深い闇を超え、すでに心もずたずたに引き裂かれたひと組の両親に、人生が本当に終わってしまったことを告げなくてはならないのだ。

ドクター・チャンはゴランと視線を交わした。殺人者のタイプを特定する瞬間が来たのだ。この少女に対する犯人の関心が特徴的なものであったか否か、言い換えれば、少女が性的暴行を受けたかどうかの判定だ。

解剖室にいる三人はそれぞれ、ふたつの気持ちのあいだで揺れていた。少女がさらなる苦しみを受けずにすんだことを願う気持ちと、その反対に、そうはいかなかったことを祈る気持ちだった。なぜなら後者の場合、犯人が身元判明につながるなんらかの生体痕跡を残した確率が高まるからだ。

レイプ事件の捜査には特定の手順が定められている。少女がその被害を受けた確率を除外する理由もないので、チャンは手順どおり、まずは問診《アナムネーシス》を開始した。暴行の行なわれた状況と手法を、記憶をたどって再構築する作業だ。ただし今回の事件の場合は、被害者から情報を得る手立てがないため、事実にはたどり着きようがなかった。

次の作業は外見所見だ。写真で記録を撮りながら、被害者の肉体の状態を、その全体の様子から、被害者が犯人に抵抗したか、あるいは犯人と格闘になったことを示す外傷の有無にいたるまでをチェックする。

通常は被害者の服装の記録に始まり、疑わしい染みが服についていないか、繊維や毛髪、木の葉などが残っていないかを調べる。次は爪下遺留物検査。爪楊枝《つまようじ》に似た道具で、被害者の爪の下から抵抗した際に残された殺人者の皮膚の一部や、殺害現場に結びつく土、繊維などを探す。

この外見所見も結果はゼロだった。少女の遺体には――左腕が切断されていることを除けば――傷ひとつなく、服も清潔だった。まるで、誰かがあらかじめ遺体を洗浄してからビニール袋に押しこんだようだった。

第三の作業はそれまでよりずっと踏みこんだ陰部の検査だった。

チャンは子宮鏡を手にすると、まずは内腿の表面に血痕や精液といった犯人の分泌物が残されていないかを調べた。それから膣内検査用の道具の入った金属の小皿を手にした。道具は皮膚細胞採取用と粘膜採取用の二本の綿棒だった。採取した標本は別々のスライドガラスにのせ、皮膚細胞はシトフィックススプレーで固定、粘膜は自然乾燥させた。

こうした標本が殺人者のDNA特定のためのものであることをミーラは知っていた。あくまで、そこになにかが残されていれば、という条件付きだが。

最後の検査は最も醜悪なものだった。チャンは解剖台の上部を斜めに倒し、少女の両脚を持ちあげると左右のフットレストに乗せた。そして椅子に座り、特殊な紫外線ランプのついた拡大鏡で膣内の創傷を探しはじめた。

数分後、医師はゴランとミーラを見あげ、冷静な声で判決を下した。「犯人は手を触れていません」

ミーラはその言葉にうなずくと、部屋を出る前にデビーの遺体の上に身をかがめて、小さな鍵のぶら下がったブレスレットを手首から外した。ゴルドン夫妻に持っていってやろうと思ったのだ。少女が性的暴行を受けなかったという知らせと一緒に、ささやかな手土産にするつもりだった。

ミーラはチャンとゴランのもとを離れたとたん、清潔な滅菌衣を脱ぎたくてたまらなくなった。ひどく汚れた気分だった。更衣室に向かったミーラは、大きな陶製の洗面台の前で足を止めると、蛇口の湯で両手を強くこすりはじめた。

気が触れたように手を洗いつづけながら、ふと目の前の鏡を見て、彼女は空想を始めた。鏡の中の更衣室にデビーが入ってくる。あの緑色のスカートに紺のブレザーを着て、白百合のヘアピンをしている。片方しかない腕を使って、少女は壁ぎわのベンチに座る。そして脚を揺らしながら、ミーラをじっと眺める。デビーはなにかを伝えるように口を大きく開けては閉じ、また開けては閉じを繰りかえした。だが、言葉は聞こえてこない。ミーラは尋ねたかった。あなたが血の誓いを交わした親友、六人目の少女は誰なの？

そこでミーラはわれに返った。

蛇口の湯は勢いよく流れ、もうもうと立つ湯気に、鏡のほぼ全面が真っ白になっていた。

そのときになって、ようやく彼女は痛みを感じた。はっとして下を向き、熱湯から両手を引く。手の甲は真っ赤になり、指にはもう水泡ができていた。ミーラはすぐに両手をタオルでくるむと、壁かけ式の救急箱に駆け寄って包帯を探した。

この出来事は、ぜったいに誰にも知られたくなかった。

目を覚まして、まず思い出したのは手の火傷《やけど》のことだった。だから、彼女はさっと起きあがった。おかげで、自分の部屋とはちがうベッドルームといきなり対面しなくてはならなかった。目の前には鏡のかたむいた衣装簞笥、左手には整理簞笥と窓。窓には陽よけが下がっていたが、それでも青白い光が何本か射しこんでいる。昨晩、ミーラは服も着替えずに寝た。このモーテルの殺風景な部屋はシーツも毛布も汚らわしかったからだ。どうして目が覚めたのだろう？　誰かがドアをノックしたような気もする。それとも夢を見ただけだろうか。

またドアをたたく音がした。ミーラは立ちあがってドアに近づくと、数センチだけひらいた。

「誰？」ボリスの笑顔が見えたにもかかわらず、無意味な問いかけをする。

「迎えにきたよ。あと一時間で、ベルマンの家の捜索が始まるんだ。みんなはもう現地で待ってる……それから、朝飯を持ってきた」ボリスは彼女の鼻先で紙袋を揺らした。クロワッサンとコーヒーらしき匂いがした。

ミーラは自分の格好をちらりと確認した。みっともないが、かえっていいかもしれないと思った。ボリスのホルモンを失望させてくれるはずだ。そこで彼女はドアを開けて、同僚を中に招いた。

ボリスは部屋を眺め、とまどった様子だった。そのあいだにミーラは片隅の洗面台に向かった。顔を洗うためもあったが、なにより、包帯を巻いた手を隠したかったのだ。

「あいかわらずひどい部屋だな。前より悪いかもしれない」そう言うと、ボリスは部屋のにおいを嗅いだ。「においまで変わらない」

「虫よけのにおいでしょう」

「捜査班に異動してきたばかりのころ、貸し部屋が見つかるまで、おれもここでひと月近く暮らしたんだ……そうだ、このモーテルはどの部屋も鍵が同じだって知ってたかい？　金も払わずに出ていく客があまりに多くて、オーナーは、そのたびに鍵を替えるのに飽き飽きしたらしい。だから、夜はそこの整理箪笥でドアが開かないようにしたほうがいい」

「ありがとう、覚えておくわ」ミーラは洗面台の上の鏡に映ったボリスに向かって言った。

「真面目な話だ。もっとましな場所に移りたかったら、おれが手を貸すよ」

ミーラは疑わしげな顔をした。「それって、あなたの家に来いってこと?」

ボリスは大慌てで否定した。「ちがうちがう。誰か部屋をシェアしてくれる女性がいないか、職場で仲間に声をかけてもいいという意味だ。それだけだよ」

「出張がすぐに終われば、その必要もないけれど」そう言ってミーラは肩をすくめた。顔を拭いてしまうと、彼女はボリスの持ってきた紙袋を見つめた。それを相手の手から奪いとるようにしてつかみ、ベッドの上にあぐらをかいて座って中身をあらためる。

思ったとおり、クロワッサンとコーヒーだった。

ボリスはまずミーラの勢いに呆気にとられ、包帯をした手を見て驚いた。だが、あえてそのことには触れず、恐るおそる「はらぺこかい?」とだけ尋ねた。

ミーラは口をもぐもぐしながら答えた。「丸二日も食べてなかったの。あなたが来てくれなかったら、部屋も出られなかったわ」

喜ばせることは言うべきではないと思ったが、それ以外に礼のしようがなかった。それに、本当におなかが減っていた。ボリスは勝ち誇ったような笑みを浮かべた。

「こっちでの生活はどうだい?」

「わたし、どこに行ってもすぐに馴染めるの。だから上々よ」

あなたの友だちのサラ・ローザには嫌われてるみたいだけど、ミーラは内心そう思ったが、口には出さなかった。

「血の誓いを結んだ親友っていうあの推理はすごいね……」

「ただの幸運よ。自分が十代だったころを思い出してみただけ。あなただって十二歳のときには、ばかげたことのひとつやふたつやったでしょ?」

するとボリスがどう答えたものかわからず目をぱちぱちさせたので、ミーラは思わず笑った。

「冗談よ……」

「そうだよな」彼は顔を赤らめた。

ミーラはひとつ目のクロワッサンを食べ終わり、指をなめると、ふたつ目をつかんだ。それはボリスの分だったが、空腹のあまり、彼の許可を求める気にもなれなかった。

「ひとつ教えてほしいんだけど……どうして犯人をアルベルトと呼ぶことにしたの？」

「ああ、それにはなかなか面白い理由があるんだ」そう言うと、ボリスはなれなれしくミーラのかたわらに腰を下ろして語りはじめた。「五年前、おれたちはとても奇妙な事件を担当した。犯人は連続殺人犯で女性を誘拐し、暴行、それから首を絞めて殺すんだが、発見される遺体はどれも右足がなかったんだ」

「右足？」

「そうだ。理由は誰にもわからなかった。犯人はとても狡猾《こうかつ》で、現場にはなにひとつ痕跡を残さなかった。右足を切り落としているのが唯一の特徴で、しかもその犯行には規則性がまったくない……発見された遺体が五人目になっても、おれたちはやつを捕まえることができずにいた。そのとき、ガヴィラ先生が思いついたんだ……」

ミーラはふたつ目のクロワッサンを食べ終えて、コーヒーを手に取った。「なにを？」

「過去の資料から、足に関係のある事件をすべて探しだすよう、先生はおれたちに言った。どんなにちっぽけな事件でも報告するようにと」

ミーラはわけがわからず、曖昧《あいまい》な顔をした。

彼女が発泡スチロールのカップに砂糖を三袋も入れるのを見て、ボリスは気味の悪そうな表情でなにか言いかけたが、構わず話を続けることにした。「最初は、おれもちょっとばかばかしいと思ったよ。ところがみんなで調べてみると、靴屋が店先で見本に並べている女物の靴ばかりを狙った泥棒が、事件のあった一帯でしばらく前から徘徊《はいかい》しているのがわかった。ふつう、ああいう靴の見本は盗難を防ぐために、モデルごとに各サイズの片方ずつしか置かないものなんだ。それも客が試しやすいように、右だけのことが多い」

ミーラはコーヒーを持った手を宙に浮かせたまま、ゴランの奇抜な着目点に感動していた。「靴屋という靴屋を見張って、犯人を逮捕したのね……」

「アルベルト・フィンリー。三十八歳のエンジニアで既婚、小さな子どもがふたりいた。田舎の一軒家に住み、バカンス用のキャンピングカーも持っていた」

「いたってふつうの市民ね」

「だが、ガレージの中にあった冷蔵庫からは、ラップで丁寧にくるまれた女性の右足が五個見つかった。盗んだ靴を履かせるのが楽しかったらしい。ある種のフェチだな」

「右足、左腕。それでアルベルトというわけね」

「そのとおり」ボリスはそう言いながら、親しみを込めてミーラの肩に手を回した。すると彼女が身をよじって、さっと立ちあがったせいで、若い捜査官は傷ついた。

「ごめんなさい」ミーラは謝った。

「いや、気にしてないよ」

その言葉が嘘であることはミーラにもわかったが、信じたふりをすることにした。ボリスに背を向けると、彼女は洗面台のほうに戻りながら言った。「すぐに支度をすませるわ」

ボリスは立ちあがって出口に向かった。「急がなくてもいい。外で待ってるから」

彼が出ていくのを見届けてから、ミーラは鏡の中の自分を見つめてため息をついた。いつになったら、また誰かに触れられても平気になるのだろう。

ベルマンの家に着くまで、ふたりはひと言も口をきかなかった。というよりも、車に乗りこんだミーラは、カーラジオがついているのを見て、それがボリスのサインであることをすぐに察したのだ。彼のプライドを傷つけてしまったせいで、捜査班のなかにまた敵を作ってしまったのかもしれない。

現地には一時間半ほどで到着した。アレクサンデル・ベルマンの住居は、住宅街の一角にある緑に囲まれた一軒家だった。

家の前の道路は警察によって封鎖されていた。非常線の外には野次馬に近隣の住民、マスコミが群がっている。その光景を見て、いよいよ始まったとミーラは思った。道すがら聴いたニュースは小さなデビーの遺体発見を知らせ、しかも、ベルマンの名前まで伝えていたのだ。

マスコミが熱狂する理由は単純だった。腕の墓場の事件は世間に大きなショックを与えたが、いま、ようやくひとりの容疑者が現われて、悪夢を名前で呼ぶことができるようになったからだ。

ミーラは過去の経験から今後の展開を熟知していた。マスコミはベルマンの一件に食らいついて放さず、彼の人生のあらゆる要素をあっという間に徹底的に踏みにじるにちがいない。自殺したという事実は罪を認めたものと同じと見なされ、ベルマンが犯人だという説をマスコミはいつまでも主張しつづけるはずだ。そして、いかにもそれが当たり前であるかのように、一致団結して彼に怪物の役目を押しつけるだろう。マスコミはベルマンを無残にも滅多斬りにする。それは、ベルマンが幼い犠牲者たちに行なったとされる行為と同じだが、そんな皮肉に彼らは気づきもしない。むしろ事件をこれでもかというほど血みどろに描き、トップニュースを派手に味つけしようとするだろう。そこには個人の尊厳もなければ、公正さも存在しない。そうした報道に対して、誰かが批判めいたことでも言おうものなら、いかなるときにも有効で便利なあの〝報道の自由〟という大義名分を振りかざして、恥も外聞もない行為をごまかそうとするに決まっている。

車を降りたミーラは、記者と一般人のちょっとした人の山をかき分けて非常線の中に入ると、玄関へと続く小道を急ぎ足で歩いた。フラッシュが容赦なく光る。その瞬間、窓からこちらを見ているゴランの視線に気づいた。ボリスと一緒に到着したところをゴランに見られたのが、妙に気まずかった。それと同時に、そんなふうに感じた自分がばからしく思えた。

ゴランは家の中に視線を戻し、ミーラもほどなく中に入った。

ステルンとサラ・ローザは他の警官たちの協力を受けてしばらく前から家宅捜索を指揮し、みずからも働き蜂のように動きまわっていた。家具はもちろん、壁の一つひとつにいたるまで、事件の鍵が隠れていそうな場所を洗いざらい調べている。

今度もミーラは捜索に参加できなかった。そうしたくても、すぐに飛んできたサラ・ローザから、あなたに許されているのは観察する権利だけだと厳しく言いわたされた。そこで、ミーラはあたりの様子を観察しはじめた。両手はポケットに入れたままだった。巻いた包帯のわけを尋ねられたくなかったからだ。

まず目を引いたのは写真だった。

クルミの根材や銀の美しい写真立てに入った写真が何十枚も、あちこちの家具の上に並べられている。どれもベルマンとその妻の幸せな瞬間をとらえたものだった。いまではあまりに遠く、本当にあったのかと疑いたくなるような日々のさまざまな場面。ふたりはよく旅行をしたらしく、世界各地の写真があった。ただ、日付が現在に近づいて夫婦の顔が歳をとるにつれて、ふたりの表情が精彩を欠いていくのが気にかかった。これらの写真にはなにかがある、ミーラの直感はそう告げていたが、そこまでだった。そういえば、この家に入ったときになんとなく奇妙な感覚を覚えたが、いまになってそれがはっきりと感じられた。

誰かの気配だ。

捜査官たちの行き交う家の中に、自分以外に見物人がもうひとりいることにミーラは気づいた。写真の女性、ヴェロニカ・ベルマン。容疑者の妻だ。ミーラはひと目で、ヴェロニカがプライドの高い女だとわかった。見知らぬ警官が自分の所有物になんの断わりもなく触れて、その一つひとつに込められた思い出を汚しているというのに、ヴェロニカはやけに堂々とした落ち着きを見せている。あきらめているというよりも、あえて蛮行を許しているといったふうだ。事実、彼女はロシュ警部に進んで協力し、一連の悪質な容疑と夫は無関係であると断固として主張していた。

そんな彼女を眺めつつ、ふと後ろを向いたミーラは、驚くべき光景に出合った。

壁一面が蝶の標本で埋め尽くされていたのだ。

標本はガラスケースに収められ、奇態なものから美しいものまでさまざまだった。いかにも異国風の名がついている蝶もあった。品種は生息地とともに真鍮のの小さなプレートに記されている。とりわけ魅力的なのはアフリカと日本の蝶だった。

「蝶は死んでいる。だからこんなに美しいんだ」

言葉の主はゴランだった。犯罪学者は黒いセーターとウールのズボンといういでたちだったが、シャツの襟が片方だけ立っていた。彼はミーラの横に来ると、蝶の壁に見入った。

「これほど迫力ある光景を前にすると、つい最も重要かつ明瞭な事実を忘れてしまう……この蝶たちはもう二度と飛ばないという事実を」

「不自然なのに、すごくきれい……」

「それこそ、死というものが一部の人間に対して発する効果だ。だからこそ連続殺人犯が存在するんだ」

そして、ゴランは軽く手を振った。それだけで捜査班の全員が集まった。おのおのの仕事に没頭しているようで、じつはいつもゴランに注意を払い、その言葉や行動による指示を待っていたのだ。

　このとき、ミーラは彼らが犯罪学者のひらめきに対して絶大な信頼を寄せていることに気づいた。ゴランは彼らの指導者なのだ。もっとも、それはいささか奇妙でもあった。というのも、ゴランは警察官ではないからだ。ふつうのおまわりは――少なくともミーラの知るかぎり――民間人になかなか指揮権を渡そうとしたがらない。この捜査班は〝ロシュ組〟というよりは、むしろ〝ガヴィラ組〟と呼んだほうがよさそうだった。ロシュは今日も現場に姿を見せていない。ベルマンの有罪を完全に裏づける決定的証拠が見つかるまでは来ないつもりなのだろう。

　ステルンとボリス、そしてサラ・ローザはゴランの周囲にいつもの配置で並んだ。ミーラは一歩下がった位置に留まった。仲間外れの気分を味わいたくなくて、自分から身を引いたのだ。

　ゴランは小声で話しはじめ、彼らにも声を落とすよう暗に求めた。ヴェロニカ・ベルマンを傷つけないための配慮だろう。

「それで、なにが見つかった？」

　まずはステルンがかぶりを振りつつ答えた。「家の中には、ベルマンと六人の少女を結びつけるものはなにひとつありません」

「妻はなにも知らないようです。少しついてみましたが、嘘をついているようには見えませんでした」ボリスも言った。

「いま、遺体捜索犬で庭を調べていますが、まだなにも見つかっていません」ローザが報告する。

「最近六週間のベルマンの移動経路をすべて洗いだす必要がある」ゴランの言葉に誰もがうなずいたが、かなり難しい作業になるのは必至だった。

「ステルン、ほかになにか伝えておきたいことは？」

「銀行口座を調べてみましたが、怪しい金の動きはありませんでした。ここ一年で最大の出費は、妻の不妊治療でした。かなりの額です」

ステルンの報告を聞きながら、ミーラは理解した。この家に入った瞬間、そして、写真を見ていたときに感じたものは、誰かの気配などではなかった。むしろ、それは誰かの不在とでも呼ぶべきものだった。

この家には、子どもがいないことを示す空気が漂っていたのだ。高価で没個性的な家具が並び、ふたりきりの老後を覚悟している夫婦らしい家。だから、ステルンの触れた不妊治療の話がミーラには納得がいかなかった。子どもを切望する気持ちのかけらもこの家には感じられない。それなのに人工授精？

ステルンは最後にベルマンの私生活を簡単にまとめた。「麻薬はやらず、酒も飲まず、しかも煙草も吸いません。スポーツジムとレンタルビデオ店の会員証がありましたが、ビデオは昆虫のドキュメンタリーしか借りていません。月に二度、地区にあるルーテル教会に通い、老人ホームでボランティアをやっていました」

「まるで聖者だな」ボリスが皮肉を言った。

ゴランはヴェロニカ・ベルマンのほうを見て、ボリスの言葉を聞かれずにすんだことを確認すると、次にローザに尋ねた。

「ほかには？」

「この家とオフィス、両方のコンピューターのデータを確認しました。消去済みデータの復元も行ないましたが、目ぼしいものはなにひとつありませんでした。どれも仕事関連のファイルばかり。恐ろしいほど仕事人間です」

一瞬、ゴランが上の空になったことにミーラは気づいた。しかし放心状態は長くは続かず、彼はすぐにまた会話に集中した。「インターネットの使用状況は？」

「サーバー運営会社に電話して、最近六カ月間にベルマンが閲覧したサイトの履歴を手に入れました。でも、こちらも成果ゼロ……関心の対象は自然に旅行、動物に昆虫。オンラインショッピングでは骨董品や、そちらの購入先はイーベイですが、おもにコレクター向けの蝶の標本を買っていたようです」ローザが報告を終えると、ゴランはふたたび腕を組んで、全員をひとりずつ見つめた。その視線が自分にも巡ってくると、ミーラはようやく輪に入れたような気がした。

「なるほど、きみたちはどう思う？」ゴランは問いかけた。

「あんまりクリーンで、目がくらみそうですよ」ボリスは片手で目をおおう仕草をしながら答えた。他のメンバーもうなずく。

ミーラはボリスがなにを言わんとしたのかわからなかったが、教えてもらうつもりもなかった。ゴランは額に手をやって、疲れた目をこすった。そしてまた、あのぼんやりとした表情を浮かべた……なんらかの思考がほんの一、二秒、犯罪学者の心をここではない場所へ連れてゆく。だが、どういうわけかまたしても彼はそれを保留にして、われに返った。「容疑者に関する捜査の基本ルールは憶えているか？」

「人間は誰でも秘密を持っている」ボリスがはりきって答えた。

「そのとおり。誰でも人生で一度は過ちを犯すものだ。大なり小なり、人には言えない秘密がある……ところが、このベルマンはどうだろう。模範的なよき夫にしてよき信者、働き者の見本だ」ゴランはベルマンの美点を指折り数えながら続けた。「慈善家で健康主義者、借りるビデオはドキュメンタリーのみ、賭事もせず、蝶を収集するだけ……こんな男が、はたして存在しうるものだろうか」

答えは明らかだった。そんな男などいるはずがない。

「仮にいたとしても、それほどの男が、なぜトランクに少女の死体などを入れていたのだろう？」

ステルンが答えた。「証拠を隠したんだ……」

ゴランはうなずいた。「表向きの完璧さは、こちらの目をそらすための策略だろう……。さて、われわれにはなにが見えていないか？」

「で、なにをすればいいの？」サラ・ローザが犯罪学者を急かした。

「最初からやり直しだ。答えは、きみたちがいままで調べたもののなかにきっとある。もう一度、よく調べてくれ。この家のすべてをおおう美しい表層を剝がす必要があるんだ。完璧な生活の輝きに騙されないではしい。その輝きはこちらの注意をそらして、混乱させるためだけのものだ。それから……」

ゴランはまた放心状態になった。その心はどこかに行ってしまった。今度は全員が気づいた。犯罪学者の頭の中で、ようやくなにかが具体的な形をとりつつあるようだ。

ミーラは、部屋の中をさまよう犯罪学者の視線を追った。彼の目は単に虚空を見つめているわけではなく、いま、なにかを凝視している……。

小さな赤いパイロットランプだ。注意を引くべく、一定のリズムで点滅している。

ゴランは大きな声で尋ねた。「誰か、留守番電話のメッセージをチェックした者は？」

同じ部屋にいた者たちは一様にはっとして、赤い目でウインクを続ける装置を見つめ、あってはならないミスに罪の意識を覚えた。しかしゴランはそれには構わず、留守番電話のところに直行し、録音再生ボタンを押した。

ほどなく暗闇が死人の言葉を吐きだしはじめた。

アレクサンデル・ベルマンがわが家の敷居を最後にまたいだ瞬間だった。

「もしもし……ぼくだ……ええと……あまり時間がな

いんだが……きみに謝っておきたくて……いろいろと悪かった……もっと前に伝えたかったが、できなかった……どうか許してくれ。すべてぼくのせいだ……」

　メッセージはそこで途切れ、広間には冷たい沈黙が降りた。誰もがおのずと、石像のように無表情なままのヴェロニカ・ベルマンに注目する。

　そんななか、ゴラン・ガヴィラだけがベルマン夫人に歩み寄った。彼は夫人の肩に手をやって、その身柄を婦人警官に委ねると、別室に向かわせた。

　やがて、ステルンがその場の全員の思いを代弁するように言った。「どうやら彼は自白したようだ」

8

これからあの子のことはプ、リ、シ、ラと呼ぼう。

　ミーラはゴランの手法を真似ることにした。彼が追い求める殺人犯に名前をつけることで、ただのおぼろげな影ではなく、より具体的な人間らしい姿を与えるように、ミーラは六人目の少女をプリシラと名づけることにした。自分がどんな危機を免れたとも知らず、どこかで——実際、どこなのか？——いまもふつうの暮らしを続けている、あの幸運な女の子の名前だ。

　モーテルまでの帰路、車の中でミーラはそう決めた。運転しているのは現場にいた警官のひとりだった。今度はさすがのボリスも自分が送ると言わなかったが、今朝の出来事を思えば、彼を責める気にはなれなかった。

六人目の少女をプリシラと呼ぼうと決めた理由はほかにもあった。少女を数字で呼ぶことにうんざりしたのだ。少女の身元捜しに必死になっているのは、いまや自分だけではないか、ミーラはそう思っていた。ベルマンのメッセージが発見されてからというもの、少女の身元は捜査の優先事項ではなくなっていた。

車の死体、そして留守電に録音された自白めいた言葉。そのふたつがあれば、警察はこれ以上あせる必要はない。あとはただ、セールスマンと残りの少女たちの関係を洗いだし、動機をはっきりさせるだけでいい。いや、その動機すら、すでに判明しているのかもしれない……。

真の犠牲者は少女たちではなく、その家族だ。

死体安置所のガラス越しに少女たちの両親を観察していたときに、ゴランはそう説明した。さまざまな理由から、いずれも子どもがひとりしかいない夫婦。年齢も四十なかばを過ぎ、生理的にもはや新たな妊娠を望むべくもない母親……。「彼らこそが真の犠牲者だ。アルベルトは複数の家族を観察し、この人たちを選んだ。ひとり娘を狙ったのは、夫婦がいつかわが子の死を乗り越えて、忘れようとする可能性を完全に断つためにちがいない。彼らはいつまでも犯人の仕打ちを忘れられないはずだ。そう、彼は将来を奪い、夫婦の苦しみをさらに深いものとした。彼らは後世にみずからの記憶を伝え、自分の死を子孫の心に留めるすべを失ったのだから……アルベルトの狙いはそこにある。それが彼のサディズムが求めるもの、喜びの源だ」あのとき、ゴランはそう言った。

アレクサンデル・ベルマンには子どもがなかった。妻に人工授精を施して子どもを授かろうともしたが、その甲斐はなかった。だからこそ、あの哀れな家族に怒りの矛先を向けたのかもしれない。子宝に恵まれぬ宿命を恨み、彼らに復讐したのだ。

ちがう、復讐なんかではない、ミーラは思った。きっとなにかほかの理由がある……そう思えてならない。もっとも、自分でもその確信めいたものがどこからくるのかはわからなかったが。

やがて車がモーテルに到着した。ミーラは降り、送ってくれた警官に手を振った。警官はうなずくと、車をUターンさせ、来た道を戻っていった。そして彼女は、砂利敷きの前庭にひとり残された。後ろには森が広がり、その森に面してモーテルのバンガローが並んでいる。寒いうえに、〝空室／有料テレビあり〟と記された看板のほかには明かりひとつない。ミーラは自分の部屋に向かって歩きだした。どのバンガローも窓は真っ暗だ。

そう、客は彼女ひとりだった。

管理人室の前を通る。部屋の中はテレビ画面の青白いほのかな光に照らされていたが、映像に音はなく、管理人の姿もなかった。トイレにでも行ったのだろう。ミーラはそう思って通りすぎた。さいわい鍵は自分で持っていたので、管理人の帰りを待つ必要もなかった。

ミーラは紙袋を持っていた。中には炭酸飲料とチーズトーストが二枚——今夜の夕食だ——そして、軟膏の瓶が入っている。軟膏は食事のあとで手の火傷に塗るつもりだった。凍えるような空気に、吐く息も真っ白だった。寒さに耐えきれず、ミーラは足を速めた。砂利を踏みしめる足音だけが静かな夜に響いていた。彼女のバンガローは列の一番奥にあった。

歩きながらミーラはプリシラを思い、法医学者のチャンの言葉を思い出していた。「犯人は六人をすぐに殺害したと思われます。必要以上に生かすことはしなかった。ためらった形跡もありません。殺害方法も共通しています。ひとりを除いて……」そして、ゴランがどういうことかと尋ねると、チャンは犯罪学者を見つめて、六人目は誰よりもひどい最期を迎えた、そう言ったのだ……。

その言葉に、ミーラはなぜかずっと引っかかっていた。

プリシラがほかの五人よりも苦しまなくてはならなかったという事実――「出血を遅らせ、ゆっくりと死なせるための処置です……。犯人はショーを楽しもうと考えたにちがいありません」――のほかにも、なにか別の理由があるような気がした。なぜ犯人は殺害方法を変更しなくてはならなかったのだろう。そう考えたとたん、チャンの報告を聞いたミーティングのときと同じように、ミーラはまたしてもうなじがむずむずするような感覚に襲われた。

部屋まではあと数メートル、ミーラは例の感覚に意識を集中させていた。今度こそ原因をつかめそうな気がした。おかげで地面の小さなくぼみに気づかずに、あやうく転びそうになった。

その瞬間、音が聞こえた。

ほんの一瞬、背後に響いた音がそれまでの考えをすっかり吹き飛ばした。誰かが砂利を踏んだ音だ。ミーラの歩調にぴったり合わせて跡をつけ、そっと近づこうとしていた者がいる。彼女がつまずいたせいで、追跡者はリズムを乱して、尻尾を出すはめになった。

ミーラはあわてたそぶりは見せず、足も緩めなかった。追跡者の足音はふたたび彼女のそれと重なって消えていた。おそらく十メートルほど後ろにいるはずだ。どうするべきか考えなくてはいけない。背中の拳銃を抜こうとしても無駄だ。相手も銃を持っていれば、先に撃たれてしまう。管理人はどうしたんだろう？　ミーラの脳裏にテレビのついた無人の管理人室が浮かんだ。先に始末したのだ。そして今度はわたしの番。ミーラはそう結論を出した。バンガローはもう目の前だった。決断のときだ。彼女は心を決めた。それしかない。

ポケットの鍵を探しながら、三段の階段を上り、玄関のポーチに立つ。鍵を二回転させてドアを開け、息が詰まりそうになりながら、部屋にすべりこんだ。片手で拳銃を抜いて、反対の手を照明のスイッチに伸ばす。ナイトテーブルのランプがついた。ミーラは身をこわばらせ、ドアに背を押しつけたまま耳を澄ました。襲ってこない、と安心したのもつかの間、ポーチの床板を歩く足音が聞こえたような気がした。

ボリスはモーテルの部屋の鍵がどれも同じだと言っていた。宿代を踏み倒す客が鍵まで持っていってしまうため、オーナーは錠前の交換が面倒になったのだ、と。向こうも鍵のことを知っているのだろうか。おそらく。同じ鍵を持っているにちがいない。だとしたら、相手が部屋に入りこむつもりであれば、それを逆手に取って追いつめてやろうと彼女は考えた。

ミーラは床に膝をつくと、染みだらけのカーペットの上をすべるように窓の下まで移動した。そして壁に背を寄せたまま、片手を上げて窓を開けようとした。寒さで蝶番が凍りつき、なかなか動かなかったが、どうにかひらいた。立ちあがって窓から飛び下りると、彼女はふたたび夜闇に立った。

目の前は森だ。高い木々の梢《こずえ》がリズミカルに揺れている。モーテルの裏手にはコンクリートの遊歩道があり、すべてのバンガローをつないでいた。あたりの様子に目を配り、耳を澄ましながら、ミーラは道に沿って低い姿勢で進んだ。隣のバンガローの裏手を通りすぎ、次の部屋も通りすぎたところで足を止め、二軒のバンガローのあいだの狭い隙間に入る。

そこを抜ければ、彼女のバンガローのポーチがよく見える位置に出るはずだが、危険が待ち受けている可能性もあった。ミーラは拳銃を両手でしっかりと握り直し、手の火傷の痛みを忘れた。そして深呼吸を三回、それと同時にすばやく三まで数えると、銃を構えて飛びだした。誰もいない。すべては思いこみだったのか？　そんなはずはない。完全に足音を消して忍び寄る能力を持つ者に、たしかに追われていた。

獲物を狙う野獣に。

ミーラは敵が残した痕跡を求めて前庭を眺めた。まるで敵は風のなかに消えてしまったかのようだった。モーテルを囲む木々が風に吹かれて奏《かな》でる単調な音楽とともに。

「すみません……」

ミーラはぎょっとして振りかえり、声をかけてきた男を凝視した。いまのなんでもない言葉に仰天して、拳銃を構えるのも忘れてしまった。男が管理人であることに気づくまでに何秒かかかった。彼女を驚かしたことに気づいた管理人は、今度は謝るために、また「すみません」と言った。

「なんですか？」胸の動悸を静められないままミーラは尋ねた。

「お電話です……」

彼が自分の小屋を指さしたのを見て、ミーラは相手を待たずに管理人室に向かった。

「ミーラ・ヴァスケスです」受話器を手に取って名乗る。

「ステルンだ……ガヴィラ先生が会いたいそうだ」

「わたしに？」ミーラは驚いて問いかえしたが、いくらか誇らしい気分だった。

「ああ。先ほど送った警官が、またそっちに向かっているところだ」

「わかりました」そうは答えたものの、事情がよくわからない。ステルンも黙っているので、ミーラは思いきって訊いてみた。「捜査に動きがあったんですか？」

「アレクサンデル・ベルマンはやはりなにかを隠していたようだ」

ボリスは道路から目を離すことなく、カーナビの目的地設定を試みていた。ミーラは前を見つめたまま黙りこみ、ゴランはひとり後部座席でよれよれのコートにくるまって目を閉じている。三人はヴェロニカ・ベルマンの妹の家に向かっていた。取材攻勢を逃れるために、夫人が避難した先だ。

ベルマンはなにかを隠そうとした。例の留守番電話のメッセージだけで、ゴランはそう結論づけた。「もしもし……ぼくだ……ええと……あまり時間がないんだが……きみに謝っておきたくて……いろいろと悪かった……もっと前に伝えたかったが、できなかった……どうか許してくれ。すべてぼくのせいだ……」

通話記録から、ベルマンが電話をかけたのは交通警察署にいたとき、しかも幼いデビー・ゴルドンの遺体が発見された時刻とほぼ一致していることが判明した。

それを知って、ゴランは疑問に思った。なぜアレクサンデル・ベルマンのような状況に置かれた男が――トランクには死体があり、しかもできるだけ早く自殺を遂げようと考えていたはずだ――妻にそんな電話をしなくてはならなかったのか。

通常、連続殺人犯は他人に許しを求めたりはしない。仮にそうすることがあるとすれば、それは、相手に与える自分の印象を偽り、あざむくためだ。彼らはそうして真実を曖昧にし、身を包む煙幕をさらに濃いものとする。だが、ベルマンの場合はなにかがちがっていた。メッセージの声はどこか切羽詰まっていて、手遅れになる前にすませておきたいことがあった、そんな印象を与えた。

ベルマンはなにを許してもらいたかったのか。

ゴランはそれがベルマンと妻との問題、夫婦関係に限られた話だと確信していた。

「すみません、ガヴィラ先生。もう一度、説明してもらえますか……」

その声にゴランが目をひらくと、助手席のミーラが答えを待って助手席から彼のほうを振り向いていた。

「おそらく夫人はなにかに気づいて、それが原因でベルマンと喧嘩になった。そのことでベルマンは謝りたかったんだと思う」

「そうだとしても、この捜査になんの関係が？」

「まだよくわからない……だが、ああした状況で、ベルマンが単なる夫婦喧嘩の解決に時間を無駄にするとも思えない。なにかほかに目的があったはずだ」

「たとえば？」

「もしかしたら夫人は、自分が気づいたことの本当の意味を知らないのかもしれない」

「だからベルマンはあの電話で、妻が問題をそれ以上追求することを阻止した。あるいは、彼女がわたしたちにそのことを話さないように釘を刺した。そういうことですか？」

「ああ、わたしはそう思っている……ヴェロニカ・ベルマンはこれまで非常に協力的だったし、それが夫の容疑とは関係がない夫婦の問題だと考えていないかぎり、なにかを隠そうとはしないはずだ」

ようやくミーラにも理解できた。ただし、ゴランの推理はまだ捜査の急展開を告げるものではなく、まずは事実と突きあわせる必要がある。だからゴランもまだロシュにはなにも伝えていなかったのだ。

三人はヴェロニカ・ベルマンとの面会から有利な情報を得られることを願っていた。本来なら、事件の証人や関係者への事情聴取のエキスパートであるボリスが、たとえ非公式の雑談でもその主役を果たすべきところだ。ところがゴランは、夫人と会うのは自分とミーラのふたりだけだと決めていた。その決断を、ボリスは民間人ではなく上司からの命令のように受け入れたものの、一方でミーラに対する態度をますます硬化させた。なぜ彼女がその場にいる必要があるのか、わからなかったのだ。

ミーラはボリスのいらだちに気づいていた。そして彼女自身、ゴランがボリスではなく自分を選んだ理由をすっかり呑みこめたわけではなかった。ボリスの役目は夫人との会話の進め方をミーラにきちんと教えることだけで、実際、目的地を探してカーナビと格闘する前まではそうしていた。

ステルンとサラ・ローザがアレクサンデル・ベルマンについて報告するのを聞いてボリスが放った感想をミーラは思い出した——あんまりクリーンで、目がくらみそうですよ。

ベルマンの完璧な経歴はどう見ても怪しかった。まるで誰かのためにわざわざ準備したものに見えた。

人は誰でも秘密を持っている、ミーラはその言葉を心の中でつぶやいた。自分も例外ではない。

誰にでも隠しごとはかならずある。彼女が幼いころ、父親がよくこう言っていた。「鼻をほじらない人間などいない。誰にも見られてないときしかやらないかもしれないが、みんなほじるんだ」

では、アレクサンデル・ベルマンの秘密とはなにか。

妻はなにを知っていたのか。

六人目の少女の名前は？


夜が明ける少し前、三人は目的地に到着した。川の湾曲部に押しこまれたような小村で、こぢんまりした教会を中心に家々が集まっていた。

ヴェロニカ・ベルマンの妹はパブの上のアパートメントに住んでいた。訪問したい旨をサラ・ローザがあらかじめ電話で告げると、予想どおり、夫人はすんなりと受け入れた。予告したのは、それが正式な取調べではないことを彼女に理解させ、安心させる意図があったからだが、ヴェロニカ・ベルマンはローザの配慮などまったく気にかけず、厳しい尋問を受けることすら承諾しそうな雰囲気だった。

午前七時前、ベルマン夫人はミーラとゴランを家に迎え入れた。部屋着にスリッパというリラックスした格好だった。そして、天井の梁《はり》がむき出しで、象眼細工の家具の並ぶ居間にふたりを誘うと、淹《い》れたてのコーヒーをすすめた。ミーラとゴランはソファに座り、夫人はひじかけ椅子に浅く腰かけた。その目に生気はなかった。眠ることも涙を流すこともできずにいるのだろう。腹の前で組まれた両手を見て、ゴランは彼女が緊張していることに気づいた。

居間は古いスカーフをシェードにしたランプの暖かな黄色い光に照らされ、窓に並んだ観葉植物の香りも居心地のよい空間を演出していた。

やがて夫人の妹がコーヒーを運んできて、トレーだけを持って下がった。三人だけになると、ゴランはミーラが夫人と会話を始めるのを待った。用意してきた質問はデリケートな内容のものばかりだ。ミーラは焦ることなく、ゆっくりとコーヒーを味わった。質問に入る前に、まずは夫人の警戒心を完全に解いておきたかった。ときには不適切な言葉ひとつで相手に心を閉ざされ、協力を拒否されることもある。ボリスにもそう注意された。

「ベルマンさん、お疲れのところ、こんなに朝早くからお邪魔して申し訳ありません」

「いいんですよ。どうせ早起きですから」

「今日はご主人がどういう方だったか、くわしく教えていただきたいと思って来ました。でないと、ご主人が本当に今回の事件に関わっていたかどうかをはっきりさせることはできない、というのも理由のひとつです。じつはこの一件はまだよくわからないことだらけなんです。お願いします……」

ヴェロニカは表情をまったく変えなかったが、視線がにわかに力を増した。彼女は語りはじめた。「夫とは高校が同じだったんです。あの人は二年先輩で、ホッケーチームの選手でした。たいした選手じゃありませんでしたが、人気者でした。共通の友人を通じて知りあい、一緒に出かけるようになりました。でも、ふたりきりではなくて、みんなで。まだふつうの友だちでした。特別な関係ではなかったし、そんなことはわたしも彼も少しも考えなかったわ。正直なところ、あの人はわたしをそういう目で見たこともなかったんじゃないかしら……自分の恋人候補として、という意味ですけど。それはこっちも同じでした」

「つまり、そのころではなくて……」

「そう、変わってるでしょう？　卒業してから連絡も途絶えて、何年も会いませんでした。大学に行ったらしいことは共通の友人から聞いていました。それがある日とつぜん、わたしの人生にまた姿を現わしたんです。電話をかけてきて、電話帳でたまたまわたしの番号を見つけたなんて言うんですよ。あとでいつもの仲間が教えてくれたんですが、本当はあの人、大学を出て実家に戻ってから、わたしがどこでどうしているかみんなに尋ねてまわったらしいんです……」

　夫人の話を聞きながら、ゴランはある印象を持った。ヴェロニカ・ベルマンの昔話は単に思い出に浸るためのものではなく、むしろなにか正確な目的を持ったものではないか。語ることで、彼女は過去のある地点へと自分たちを導こうとしているようだった。そこでこちらの探しものも見つかるのではないか、ゴランにはそんな気がしていた。

「そのときから交際を始めたんですね……」ミーラがそう言うのを聞いて、ゴランは満足した。彼女がボリスの教えどおり、あえて質問はせず、話題を投げかけて相手の言葉を引きだす作戦に出たことに気づいたのだ。事情聴取ではなく、ふつうの会話だと思わせるためのテクニックだった。

「そう、そのときから交際を始めました」ベルマン夫人はおうむ返しに認めた。「あの人はそれはもう猛烈なアタックをかけてきました。何度も結婚してくれって言って。それで、とうとうわたしも承諾したんです」

　夫人の最後の言葉がゴランには妙に引っかかった。さりげなくつけ加えたつもりの傲慢な嘘に聞こえたのだ。ヴェロニカ・ベルマンは美しい女ではないし、若いころもそうではなかったはずだ。それが彼女からゴランの受けた第一印象だった。情感に乏しくぱっとしない女。それに対して、生前のアレクサンデル・ベルマンはハンサムな男だった。瞳は青く、その自信に満ちた笑顔からは自分の魅力が他人に与える影響をよく心得ているのがわかった。だから、ベルマンがヴェロニカへの求婚にそれほどまでに苦労したとは信じがたかった。

そのとき、ミーラがふたたび会話の主導権を握った。

「ですが、最近おふたりの仲はうまくいってなかったようですね……」

ベルマン夫人はしばし黙りこんだ。ゴランにはその沈黙がかなり長く感じられ、餌を投げるタイミングをミーラが急ぎすぎたのではないかと心配した。

「ええ、いろいろとありまして」だが、夫人はついに認めた。

「お子さんを授かるために努力されていたとか……」

「しばらくホルモン療法を受けました。それから人工授精もやってみました」

「そうですか。残念でしたね……」

「ただ、子どものことはわたしより夫がこだわっていたんです」

自分は悪くない、夫人はいかにもそう言いたげだった。夫婦の不仲の最大の原因はそこにあったのかもしれない。

目標に着実に近づきつつある。ゴランは満足だった。夫人の相手にミーラを選んだのは、女性のほうが連帯感を持たせやすく、たとえ抵抗にあっても対処しやすいはずだと考えたからだ。もちろんサラ・ローザに任せておけば、ボリスの反感を買うこともなかったはずだが、ミーラのほうが適任だと思えたのだ。その判断は正しかった。

ミーラは、ヴェロニカ・ベルマンと自分とのあいだを隔てているテーブルに身を乗りだして、コーヒーカップを置いた。夫人に気づかれないようにゴランと視線を交わすための方便だった。ゴランが軽くうなずくのが見える。遠回しに探るのはやめて、単刀直入な質問をぶつけるときが来たという合図だ。

「奥さん、ご主人はどうして留守番電話のメッセージで〝許してくれ〟などとおっしゃったんでしょう？」

夫人はさっと横を向いて、高ぶる思いにあふれかけた涙を隠そうとした。

「今日のお話は、けっして外には漏らしません。正直に言うと、じつは、これは本来、どんな警官であっても検事であってもあなたに回答を強制できない質問なんです。捜査とはまったく無関係な内容ですから。それをあえてお尋ねするのは、ご主人がもしかしたら無実かもしれないという……」

そのとたん、ヴェロニカ・ベルマンはふたたびミーラを振り向いた。

「無実かもしれない？　もちろんあの人は誰も殺してなんかないわ……でも、だからといって、なにも罪を犯さなかったわけじゃない」

夫人は暗い怒りをいきなり爆発させ、声をうわずらせた。ゴランは先ほどの予感が正しかったことを知った。そしてミーラも理解した。ヴェロニカ・ベルマンは今回の訪問を待ち受け、ミーラが会話にまぎれこませたつもりの一連の質問でさえ、あらかじめ予想していたのだ。ゴランとミーラは自分たちが会話を主導しているつもりだったが、実際には夫人が最初から用意した筋立てどおりに正確な目的地へ導かれただけだった。そう、彼女は誰かに打ち明けたくてしかたなかったのだ。

「あの人には愛人がいるのではないかとわたしは疑っていました。妻は夫が浮気する可能性をつねに計算に入れておくものです。そして、いざというときには夫を許せるかどうかも決めなくてはなりません。ただ、遅かれ早かれ、妻は知りたくもなるのです。それであるときから、わたしは彼の持ち物を探るようになりました。なにを探せばよいのかもわかりませんでしたし、証拠が見つかったときに、自分がはたしてどんな反応をするのかも想像できませんでした」

「なにが見つかったんです？」

「不義のあかしです。あの人は、仕事に使っていたのと同じ電子手帳をもうひとつ隠し持っていたんです。同じものをふたつも持っているなんて、ふたつ目があるのをごまかすために決まっているでしょう？　そして、ついに愛人の名前を見つけました。ふたりの約束の日取りが全部メモしてあったんです！　夫の目の前に証拠を突きつけてやったわ。なんだかんだと否定されて、見つけた手帳もすぐにまた隠されてしまったけれど、わたしはあきらめませんでした。今度は尾行したんです。女の部屋はずいぶんみじめな地区にありました。でも、それがわたしの勇気の限界でした。部屋のドアの前で立ち止まってしまったんです。顔を見るのもこわかった」


アレクサンデル・ベルマンの口には出せぬ秘密とは、その程度のものだったのか？　ゴランは訝った。愛人？　そんなことのために、自分たちはわざわざここまでやってきたというのか。

さいわい、ロシュ警部には今回の行動についてまだ報告していない。もはや事件は解決したものと決めこんだ警部の嘲笑まで買うところだった。そんなことを考えている彼の前で、ヴェロニカ・ベルマンは亡夫の愚痴をこぼしつづけていた。恨みごとをすべて吐きだしてしまうまで、ふたりとも帰さないとでも言いたげな勢いだった。車のトランクから遺体が発見された直後、頑《かたく》なに夫を擁護した彼女のあの態度は、明らかに抜け目なく被った仮面にすぎなかったのだ。夫への非難の重さから逃れ、泥のしぶきをかわすための方便だったのだ。いまやヴェロニカは、夫婦がいかなるときも助けあうことを命じた結婚の契約からみずからを解放する力を見出し、今度は誰にも負けない勢いでアレクサンデル・ベルマンという人間を徹底的に攻撃しはじめた。

ゴランはミーラをちらりと見た。この会話をなるべく短く切りあげさせようと思ったのだ。ところが、まさにその瞬間、犯罪学者はミーラが急に表情を変えたことに気づいた。彼女はなかば驚き、なかばなにかに確信が持てないような顔をしていた。

長年の経験から、ゴランは他人の顔から恐怖のしるしを読みとれるようになっていた。どういうわけか、ミーラはなにかに深く動揺しているようだ。

それはある名前だった。

ミーラがヴェロニカ・ベルマンに質問した。「ご主人の愛人の名前をもう一度教えてもらえますか?」

「言ったでしょう、あの売女の名前はプ、リ、シ、ラだって」

9

偶然の一致とは思えなかった。

ミーラは全員のために、自分が最後に担当した音楽教師の事件のあらましを説明した。だが、怪物の手帳からあの名前——プリシラ——が発見されたとモレクス巡査部長が彼女に伝えると、サラ・ローザはあきれて天を仰ぎ、ステルンまでかぶりを振った。

信じてもらえなくてもしかたのないことだった。だが、ミーラはあきらめられなかった。ゴランだけはそんな彼女を止めようとしなかったが、なにを期待しているのかは誰にもわからなかった。ミーラはなんとしてでもこの運命のいたずらを追求したかった。とはいっても、ヴェロニカ・ベルマンとの会話から得たのは、彼女が夫を追って愛人の部屋まで行ったことがあるという事実だけだった。そこで、捜査班はその場所へ向かうことになった。そこに新たな恐ろしい事実が隠されている可能性もある。ひょっとすると、残り五人の遺体もあるかもしれない。

そして六人目の少女の謎の答えも。

「わたしはあの子をプリシラと呼んでいたの……」ミーラは彼らにそう告げたかったが、やめておいた。いまとなっては、罰当たりな名前にすら思えたからだ。少女を殺したベルマン自身がその名を選んだような気がしていた。

それは大都市の郊外によくある団地だった。一九六〇年代に、新しい工業地区の登場に伴って自然と生まれた低所得者向けの住まいだ。並んだ灰色のアパートメントは、いずれも近くの製鋼工場が吐きだす赤い埃におおわれている。商業的価値はほとんどなく、すぐにでも補修工事が必要な建物ばかりだった。住んでいるのは移民に失業者、生活保護でなんとか食べている家族を中心とする貧しい者ばかりだった。

ゴランは捜査班の誰もがミーラから顔をそむけているのに気づいた。彼女が思いもしなかった手がかりをつかんだせいで、避けているのだ。ミーラは越えるべきではない一線を越えてしまったのかもしれない。

「よくもこんな場所に住もうなんて思うものだ」ボリスが嫌そうな顔であたりを見まわして言った。

探しあてた住所は団地の奥に位置していた。外階段から下りる半地下の部屋で、入口のドアは鉄製、窓は道路の高さに面したものが三つあり、どれも格子に守られ、内側から板でおおわれていた。

ステルンは窓から中の様子をのぞこうとして身をかがめた。両手で目の上にひさしをつくり、ズボンを汚さぬよう腰を後ろに突きだした格好は、どこか滑稽だった。

「なにも見えない」

ボリスとステルン、サラ・ローザの三人は顔を見合わせてうなずきあうと、鉄のドアの前に並んだ。ステルンが手振りでゴランとミーラを後ろに下がらせる。

ボリスがドアに近づいた。呼び鈴がないので、ノックをする。ただし、手のひらで必要以上に強くたたいた。そうやって大きな音で脅かしておいてから、彼はわざと平静な声で呼びかけた。

「警察の者です。ドアを開けてください……」

落ち着いたそぶりで相手を急かすのは、あわてさせるための心理的トリックだったが、この場合はうまくいかなかった。家には誰もいないようだった。

「もういいわ、入りましょう」待ちきれないようにローザが言った。

「令状が出たら、ロシュから電話があるはずなんだ」

ボリスはそう答えて、腕時計を見た。「そろそろだと思うけど……」

「ロシュとか令状とか言ってる場合じゃないでしょ。一刻を争う事態かもしれないのよ」

そこでゴランが助け船を出した。「ここはローザの言うとおりだ。入ろう」

三人が彼の決断を受け入れた様子を見て、ミーラはこの小さな集団でゴランはロシュよりも影響力があることをあらためて思い知った。

全員がドアの前に集まる。ボリスがドライバーセットを取りだして錠前をいじると、すぐに錠がひらいた。彼は片手で拳銃を構えつつ、もう一方の手で鉄のドアを押した。

ミーラの目には、長いこと誰も住んでいない空間のように見えた。

目の前には、飾りひとつない狭い廊下が伸びている。真昼の光もほとんど届かずに暗い。サラ・ローザが懐中電灯で照らすと、三つのドアが見えた。左手にふたつ、突き当たりにもうひとつ。

最後のドアだけは閉ざされていた。

ボリス、ローザ、ステルン、ゴランの順で入る。ミーラはしんがりについた。犯罪学者を除く四人の手には拳銃があった。捜査班に〝出向〟している身分にすぎないミーラも、本来は拳銃携帯を許されていなかったが、ジーンズの腰にはさんだ銃をいつでも抜けるように握っていた。最後に入ったのはそのためだった。

ボリスが廊下の壁にあるスイッチを押してみる。

「電気は来ていないようだ」

彼は懐中電灯を持ちあげて、最初の部屋を照らした。空っぽだ。土台から這いあがる湿気が壁に染みをつくり、まるで癌細胞のごとく漆喰をぼろぼろにしていた。天井では暖房の配管と排水管が何本も交差し、床には得体のしれない水たまりができていた。

「ひどい臭いだな」ステルンがこぼした。

人間が生活できる状態ではなかった。

「ベルマンの愛人なんて、そもそも存在しないのはこれで確かね」サラ・ローザが断言した。

「じゃあ、この場所はいったいなんだ？」ボリスが疑問の声を上げた。

ふたつ目の部屋に向かう。ドアは半開きで、錆びついた蝶番も見えたが、後ろの壁とのあいだに待ち伏せに最適な物陰ができていた。そこでボリスはドアをひと蹴りした。だが、後ろには誰もいなかった。中の様子は最初の部屋と同じだった。床のタイルは剝がれ、基礎のコンクリートがむき出しになっており、家具はひとつもなく、ソファの骨組みが残っているだけだった。先に進むことにした。

あとは廊下の奥にあるドアの閉ざされた部屋だけだった。

ボリスが左手の親指と人さし指を目に近づけた。すると、そのサインを受けてステルンとローザはそれぞれドアの左右に立った。次にボリスは一歩下がってから、ノブの付近を激しく蹴りつけた。ドアはぱっとひらき、三人はすぐに射撃の構えをとって懐中電灯で部屋の隅々を照らした。中には誰もいない。

ゴランは三人を押しのけて部屋に入ると、ラテックスの手袋をした手を壁にすべらせ、電気のスイッチを探しあてた。天井の蛍光灯が短く二回点滅してから、埃っぽい光で部屋を照らした。そこは、前のふたつの部屋とはまったく異なり、なによりもまず清潔だった。壁は耐水性コーティングの施された壁紙におおわれ、湿気にもやられてない。床のタイルもすべてきれいにそろっていた。窓はなかったが、エアコンが一台あり、電灯がついて数秒後に自動的に作動しはじめた。電気の配線が壁の表面を走っているのは、後から設置されたためにちがいない。プラスチックの配線カバーがゴランの押した照明のスイッチへと伸び、右側の壁のコンセントへも伸びていた。コンセントのある壁ぎわには小さな机と事務用の椅子がひと組置かれ、机の上には電源の入っていないコンピューターがあった。

それを除くと、あとは左手の壁ぎわに革張りのひじかけ椅子がひとつあるだけだった。

「ベルマンにとって大事だったのは、この部屋だけだったみたいですね」ステルンがゴランに言った。

サラ・ローザはコンピューターに近づこうとした。

「あの中に、きっとすべての答えがあるはずよ」

だが、ゴランは彼女の腕をつかんで止めた。「だめだ。いつもの手順を踏むことにしよう。いったん外に出て、部屋の湿度を保ったほうがいい」続いて、ステルンに向かって言う。「クレップに電話をして、指紋検出のためにチームを連れてくるように言ってくれ。わたしはロシュに連絡する」

ミーラは犯罪学者の瞳のなかできらめく光をじっと見つめた。まもなく重要な何かを発見できるとゴランは確信しているようだった。

男は髪をかきあげるように頭に手をやったが、そこに髪はなかった。後頭部に一部だけ丸く残った髪がポニーテールにまとめられて背中に垂れ、右上腕には緑と赤の斑模様《まだら》の蛇が一匹横たわり、手の甲で牙をむいている。似たようなタトゥーが左腕にも、そして胸にも入っているのが白衣の隙間から見えた。顔じゅうピアスだらけのこの男こそが、科学捜査班のエキスパート、クレップだった。

いわゆる六十代の男性とはあまりにかけ離れたその外見から、ミーラは目を離せなかった。パンクな人間が歳をとるとこうなるのね、と彼女は思ったが、じつは数年前までクレップもごくふつうの中高年だった。それも生真面目で、どちらかといえば目立たぬタイプだったのだ。彼の変身はとつぜんだった。だが、クレップが正気を失ったわけではないことがわかると、誰も新しいルックスについてはいっさい触れなくなった。彼が科学捜査の第一人者である事実に変わりはなかったからだ。

現場の湿度を保っておいてくれたゴランにひと言感謝すると、クレップはすぐに仕事にかかった。白衣をまとい、指紋検出に使用する薬品を吸いこまぬようマスクをつけた部下たちと、一時間ほど問題の部屋にこもってから、クレップは半地下を出てゴランのところに来た。そこには電話を受けて駆けつけたロシュ警部の姿もあった。

「万事順調かな、クレップ?」警部は鑑識官に声をかけた。

「腕の墓場事件には、さんざん苦労させられている。電話でこちらに呼び出されたときも、六本の腕に指紋が残っていないか、調べていたところだった」

肌に残された指紋を検出するのがきわめて困難なことをゴランはよく知っていた。検査対象者の発汗や、今回の腕のように死体の皮膚となれば腐敗による汚染がありうるからだ。

「ヨウ素ガスはもちろん、クロムコートによる転写法も試したし、エレクトログラフィまで使ってみた」

「それはどういう方法だ？」犯罪学者が質問した。

「皮膚に残された指紋を検出する最新技術で、光を照射するレントゲンのようなものだ……。このアルベルトってやつは、指紋を隠すのがかなりうまいぞ」クレップは言った。彼が殺人犯をあいかわらずアルベルトと呼んでいることにミーラは気がついた。この鑑識官を除けば、いまや誰もがアレクサンデル・ベルマンを真犯人と見なしているはずだ。

「で、この現場からはなにが出たんだ？」関心のないことばかり聞かされるのに飽き飽きした様子でロシュが尋ねた。

クレップは手袋を脱ぐと、これまでどおり視線を落としたまま、科学班が行なった調査の内容を説明した。

「まずはニンヒドリンを使ってみたが、レーザーを当てても指紋がよく見えなかったため、塩化亜鉛処理で鮮明にしたんだ。それから、照明スイッチの周囲の壁紙、多孔質塗装の施されたテーブル表面から一連の指紋を採取した。コンピューターはずっと難しかったな。指紋が重なっていて、こういう場合はシアノアクリレートが必要なんだが、いずれにしてもキーボードは調圧室で検査する必要が……」

「それは後回しだ。替えのキーボードを用意する時間もないからな。あのコンピューターをいま調べたいんだ」焦れったそうにロシュが口をはさんだ。「結局どうなんだ。指紋はすべてひとりのものなのか、それとも……」

「そうだ、すべてアレクサンデル・ベルマンのものだ」

クレップの答えは衝撃的だったが、ひとりだけそれを平然と受けとめた者がいた。彼は、半地下の空間に足を踏み入れたときから答えを知っていたのだ。事実、ゴラン・ガヴィラはこう言った。

「プリシラは最初から存在しなかったようだな」

ミーラは、犯罪学者が自分を一瞥もせずに断言したことに傷ついた。

クレップが言葉を続ける。「ひとつ気になったことがある……革張りのひじかけ椅子なんだが」

「なんですって?」ミーラが沈黙を破って聞きかえした。

クレップははじめて存在に気づいたように彼女に目を向けた。その手の包帯を見ると顔をしかめた。よりによって彼のような風体の人にそういう態度をとられ、とまどいを隠せなかったものの、ミーラは平静を保った。

「ひじかけ椅子には指紋が残っていなかった」

「不自然ですか?」

「わからない。ただ、どこも指紋だらけなのに、あの椅子だけはゼロだということだ」

「とはいえ、ベルマンの指紋が部屋じゅうで検出されたのは事実なんだ。ひじかけ椅子なんてどうでもいい。そうだろう?」ロシュが口をはさんだ。「やつを追いつめるにはそれでじゅうぶんだ……。それに正直なところ、わたしはこのベルマンという男がますます嫌いになってきた」本当は大のお気に入りのくせに、とミーラは意地悪く思った。ベルマンこそが警部の悩みをいっぺんに解決してくれる存在なのだから。

「では、ひじかけ椅子の分析はもういいのか?」

「ばかげた椅子のことは忘れて、わたしの手兵にさっさとコンピューターを調べさせるんだ」

そんなふうに呼ばれた捜査班のメンバーたちは、吹きだしそうになるのをこらえて目をそらした。ロシュの鬼軍曹気取りの口調は、ときおりこのように違和感をかもし出す。場違いなことにかけてはクレップの風体の比ではなかった。

「頼んだぞ、諸君。期待してるからな」そんな激励の言葉を残して、警部は建物の端で待っている車に向かった。

ロシュの姿がじゅうぶん遠くなるのを待ってから、

ゴランは言った。「よし、それではコンピューターになにが入っているのか、見てみるとしよう」

問題の部屋はふたたび捜査班の舞台となった。ビニールで壁をおおわれた部屋は巨大な胚のように見え、アレクサンデル・ベルマンの隠れ家は、その秘密を彼らにだけ明かそうとしていた。少なくともゴランたちはそう願っていた。全員が手袋をはめると、サラ・ローザがコンピューターの前に座った。彼女の腕の見せどころだ。

電源を入れる前に、ローザはUSBポートに小さな機器を接続した。ステルンが録音機のスイッチを押して、キーボードのそばに置く。ローザは作業内容を口述しはじめた。「ベルマンのコンピューターに外部メモリを接続。コンピューターに記憶された全データが消失した場合も、このデバイスにすべてのデータが保存されます」

残りのメンバーは彼女の背後に立って固唾《かたず》をのんでいる。

コンピューターの電源が入った。

ピピッという電子音に続き、各種ドライブが起動する音がした。どこにも異常はなさそうだ。ゆっくりとではあるが、コンピューターは冬眠から目覚めつつあった。すでに生産の中止された古いモデルだ。ディスプレイにオペレーションシステムの情報が表示されたかと思うと、画面はデスクトップイメージに変わった。ごくありきたりの画面で、水色の背景に、誰もが使うプログラムのアイコンがいくつか並んでいるだけだ。

「うちのパソコンとそっくりじゃないか」ボリスが軽口をたたいたが、誰も笑わなかった。

「それでは、ベルマン氏のドキュメントフォルダの中身を拝見……」

ローザは書類フォルダのアイコンをクリックした。空だった。画像フォルダも、最近使用したデータのフォルダもやはり空だった。

「テキストファイルがひとつもない……奇妙だな」ゴランは首をかしげた。

「セッション終了のたびに全部消去していたのかもしれませんね」とステルン。

「だとしても、ファイルは復元できるはずよ」ローザは自信たっぷりに言うと、CDドライブにディスクを挿入して、あらゆる消去済みファイルを復元するプログラムをインストールした。

コンピューターの記憶装置というのは、完全に空になることはなく、ある種のデータを消去するのは不可能に近い。どのコンピューターにも備わっているシリコン化合物は、人間の脳の働きにも似ていると、ミーラは誰かに聞いたことがあった。忘れたつもりでいる情報も、じつは脳のどこかで一群の細胞によって保存されており、その情報が必要な場面に遭遇すると、イメージや直感といった形でそこから引きだされてくるものらしい。たとえば、子どものころにはじめて火で手を火傷したときのことを記憶しているかどうかは、たいして重要ではない。大切なのは、その事件が発生した当時の付随的条件はすべて取りはらい、〝火は火傷をする〟という知識のみが心に刻みこまれ、なにか熱いものに近づくたびにそれがよみがえることなのだ。

ミーラは包帯を巻いた自分の両手を見つめた……。どうやら彼女の脳にはどこかに誤った知識が保存されているようだ。

「なにもないわ」

ローザのがっかりした声でミーラはわれに返った。コンピューターは完全に空っぽだった。

だが、ゴランはまだ納得していなかった。「ウェブブラウザーがある」

「でも、インターネットには接続されていませんよ」ボリスが指摘した。

一方、犯罪学者の意図を理解したサラ・ローザは、携帯電話を取りだして、受信状態を示す画面のアンテナ表示を確認した。「電波は来ています……携帯で接続した可能性はあるわ」

サラ・ローザがすぐさまウェブブラウザーをひらいて、履歴のアドレスリストを調べると、はたしてひとつだけアドレスが記録されていた。

「ベルマンがここに来ていたのは、このためだったのよ!」

そのアドレスは数字の羅列のようだった。

http://4589278497.89474525.com

「たぶん非公開サーバーのアドレスね」

「どういう意味だい?」ボリスが尋ねた。

「検索エンジンからはたどり着くことのできないサイトで、しかもその中に入るにはパスワードが必要なの。パスワードはこのパソコンに保存されているんじゃないかしら。だって、そうでないと、最悪の場合はアクセスを永遠に拒否されてしまうから」

「慎重にやろう。ベルマンとまったく同じ手順で進めるんだ……」そこまで言ったところで、ゴランはステルンを振りかえった。「ベルマンの携帯はあるか?」

「はい、彼の自宅のパソコンと一緒に車の中に」

「じゃあ、取ってきてくれ……」

携帯電話を持ってステルンが戻ると、他のメンバーは黙りこんでいた。待ちきれずにしびれを切らしていたのだ。ローザは電話を受け取ると、コンピューターにつないで、すぐに回線に接続した。サーバーの呼び出しにしばらく時間がかかったが、やがてデータが処理されると、みるみるサイトの読み込みが始まった。

「問題なくアクセスしているようね……」

ほどなく画面に表示されるはずのものを待って、全員がモニターに釘づけだった。なにが表われてもおかしくない、とミーラは思った。捜査班のメンバーたちは、体から体へと伝わるエネルギーのような極度の緊張感でつながれていた。部屋じゅうの空気にそれがみなぎっているのがわかった。

やがて画面上でピクセルがパズルの小さなピースのように規則的に並び、なにかを描きはじめた。だが、彼らが期待していたものとはちがっていた。緊張の糸はぷつんと切れて、興奮は失望に変わった。

画面は黒一色になった。

「たぶんセキュリティシステムが作動して、アクセスは不正侵入と見なされたのよ」ローザが解説する。

「信号は隠したんだろうな？」ボリスが不安を口にする。

「当たり前でしょ、ばかにしないでくれる？　たぶん、暗号かなにかがあったのよ……」

「ログイン名とパスワードみたいなものか？」状況を把握するためにゴランが尋ねた。

「似たようなものです」ローザは投げやりに答えてから、あらためて説明した。「これはサイトに直接接続するためのアドレスなんです。ログイン名とパスワードはセキュリティ方式としてはもう古いんです。どうしても足跡が残ってしまうし、本人も特定される危険がありますから。このサイトにアクセスするユーザーは匿名でいることを望んでいます」

ミーラはひと言も口をきかず、そのうえローザたちのやりとりにいらだっていた。深呼吸を繰りかえしつつ、拳を握って指の関節を鳴らす。なにかがおかしい、そんな気がしていたが、それがなんなのかはわからなかった。そんな彼女の視線に背を刺されたかのように、ゴランが一瞬振り向いた。だが、ミーラは気づかぬふりをした。

その間にも部屋の空気は緊迫しつつあった。無駄骨を折らされた怒りを、ボリスはサラ・ローザにぶつけることにしたようだ。「アクセスを防ぐガードの存在を予期できたなら、どうして並列接続の手順を踏まなかったんだ？」

「そういうあなたは、どうしてそれを先にアドバイスしてくれなかったのよ？」

「ガードがあるとなにが問題なんだ？」ゴランが尋ねた。

「この手のシステムが防御態勢に入ると、もう侵入は不可能なんです！」

「別のコードを作って、もう一度試してみましょう」

「本気か？　組み合わせは無数にあるんだぜ！」ローザのアイデアをボリスは皮肉った。

「なによ！　みんなわたしのせいだと言いたいんでしょ」

ミーラはやはり黙ったまま、この奇妙な対決を眺めていた。

「言いたいことがあったなら、先に言ってくれたっていいじゃない」

「こっちが口をひらけば、きみはすぐにつっかかってくるじゃないか」

「言わせてもらいますけどね……」

「あれはなんだ？」

ゴランの言葉に、ローザとボリスはぴたりと口を閉じた。その口調は警戒するようでもなく、ミーラが意外に思うほど平静だったが、いずれにしてもようやくふたりを黙らせる効果があった。

犯罪学者は前方を指さしていた。そのまっすぐに伸びた腕の先を目で追うと、ミーラたちはふたたびコンピューターの画面と向きあった。

画面はもう真っ黒ではなかった。

左上端に文字が表示されている。


＞イルノ？


「これは！」ボリスが声を上げた。

「なんなんだ？　誰か説明してくれないか」ゴランが

ふたたび尋ねた。

すると、モニターに向き直ったローザがキーボードに両手を添えて答えた。「サイトの中に入りました」

一同はもっとよく見るためにモニターに近づいた。文字の下では、カーソルが答えを催促するかのように点滅している。だが、まだ返答はない。

＞ネエ　イルノ？

「さっぱり意味がわからない。これはどういうことなんだ？」ゴランもついに我慢の限界にきたようだ。

ローザが即答した。「これはドアと呼ばれるものです」

「ドア？」

「つまり入口です。わたしたちはいま、ある複雑なシステムの内部にいるものと思われます。そしてこれは対話用のウィンドウ、いわゆるチャットのようなもの……向こうに誰かがいるんです」

「そして、その誰かはこちらと話をしたがっている……」ボリスがつけ加えた。

「あるいは、アレクサンデル・ベルマンと」ミーラが訂正した。

「だったら、なにをしているんだ？　すぐに返事をしよう」ステルンが焦れったそうに言った。

ゴランはボリスを見た。ボリスこそ、コミュニケーションのエキスパートだからだ。若き捜査官はうなずくと、返答の内容を指示するためにサラ・ローザの背後に立った。

「いるよ、と答えてくれ」

ローザは入力した。

＞ウン　イルヨ

少しして、モニターにまた別の文が表われた。

＞シバラク　レンラク　ナイカラ　ボク　シンパイダタ

「よし、〝ボク〟というからには男だな」ボリスは満足そうに言って、次の返事をサラ・ローザに伝えた。ただし、相手と同じように簡単な文体で書くように注意した。世の中には難しい表現に及び腰になる人間も存在するというのがその理由で、画面の向こうの人物をできるだけリラックスさせる必要があったからだ。

＞サイキン　イソガシカッタンダ　ソッチハ　ドウダイ?

＞イロイロ　キカレタ　デモ　ナニモ　イワナカタヨ

訊かれた?　いったいなにについて?　この男はなんらかの違法行為に巻きこまれたのではないか、ゴランはとっさにそう思った。他のメンバーもほぼ同じ印象を受けていたらしい。

「警察の取調べを受けたのかもしれません。でも逮捕には至らなかったとか」ローザが言った。

「証拠が不十分だったのかもしれないな」ステルンも彼女の意見を支持した。

おのおのの頭の中で、ベルマンの共犯者の姿が次第に浮かびあがりつつあった。ミーラはモーテルでの出来事を思い出した。前庭で誰かに跡をつけられたような気がした、例の一件だ。もっとも、単なる錯覚ではないかという不安から、まだ誰にもそのことを打ち明けてはいなかった。

正体不明の相手にボリスはこう尋ねることにした。

＞ダレニ　イロイロ　キカレタンダ?

しばらく間が空いたあと、返事があった。

＞アイツラ

＞アイツラッテ　ダレ？

答えがない。ボリスは相手の沈黙をとりあえず無視して、別の質問で遠回りに答えを引きだすことにした。

＞ソレデ　ナンテ　コタエタノ？

＞マエ　オシエテクレタトリ　コタエタラ　ウマクイタ

曖昧な表現よりも、あちこちに見られる文法の誤りのほうがゴランは気になった。

「これは仲間内の言葉のようなものかもしれない」彼は指摘した。「こちらも同じように書かないと、会話が打ち切られるかもしれない」

「先生の言うとおりだ。向こうの表記をできるだけ真似るようにしてくれ」ボリスがローザに言った。

すると、またしても画面に新しい文が表示された。

＞ミンナ　イワレタトリニ　ジユンビシタヨ　タノシミタ　デモ　イツニスル？

会話はどこにもたどり着きそうになかった。そこで、ボリスはサラ・ローザにこう書くよう指示した――もうすぐ予定は伝える、けれども念のため、以前に伝えた計画の内容を書いてみてほしい。

ミーラは目からうろこが落ちたようだった。知りたいことを相手から聞きだすための逆転の発想だ。しばらくして返事がきた。

＞ケイカク　タレモ　ミレナイヨオニ　ヨル　ソトデル　2ジナタラ　ドオロノオク　イク　ウエキノナカ

カクレルマツ　クルマノヒカリ　３カイ　ツク　ソシタラ
ボク　デテキテイイ

これがなにを意味するのか、その場にいる誰にもわからなかった。ボリスは意見を求めて仲間を見まわしたが、やがてゴランに尋ねた。「先生はどう思います？」


犯罪学者は思案顔で答えた。「ううむ……なにか見落としている気もするが、よくわからない」

「同じく。こいつはまるで……頭かどこかに大きな問題を抱えた人物みたいだ」

ゴランはボリスに迫った。「相手の正体をはっきりさせるんだ」

「でも、どうやって？」

「そうだな……おまえのことはもう信用できないから、計画を取り消そうと思ってる、というのはどうだ？　あるいは〝アイツラ〟はこちらの動きも見張っている、とか、信用されたければ証拠を出せ、というのもいい……そうだ、〝安全な番号を教えるから電話をしてくれ〟にしよう」


指示どおりの言葉をローザはただちに打ちこんだが、カーソルは点滅を続けるばかりでなかなか返事がなかった。

そして、ようやく表われた文字が綴ったのは次のメッセージだった。

＞　デンワワデキナイ　アイツラニ　キカレル

これで、画面の向こうの男は相当に頭が切れるのか、あるいは本当に盗聴を恐れているかのどちらかであることははっきりした。

「いいぞ、この調子で粘ろう。わたしは〝アイツラ〟が誰なのかを知りたい。いま〝アイツラ〟がどこにいるのか訊いてくれ……」

今度の答えはわりあい早かった。

＞ソバニ　イル

「どのくらいそばだか訊くんだ」ゴランはあきらめなかった。

＞イマ　ボクノトナリ

「まったく、これはどういうわけだ！」ボリスはうんざりした声を出して、首の後ろで手を組んだ。

ローザは椅子の背にもたれてかぶりを振り、疑わしげに言った。「〝アイツラ〟に隣で見張られてるなら、どうしてこんなこと書けるのよ？」

「向こうは、わたしたちが見ているのとは別の画面を見ているからよ」

その言葉の主はミーラだった。自分の声に誰も振り向かず、幽霊を見るような顔もされなかったことに彼女はほっとした。それどころかミーラの発言は、一瞬白けた部屋の空気に活気を取り戻した。

「どういうことだ？」ゴランが尋ねた。

「わたしたちは、相手もこちらと同様に、真っ黒な画面を見ているものと仮定していましたよね？　でも、そうじゃないかもしれない。向こうのチャット用ウインドウは、ひょっとしたらウェブページに埋めこまれているんじゃないかしら。チャットのほかにも、アニメーションやテキストや画像といったものがレイアウトされているようなページに……だから、すぐそばにいる〝アイツラ〟も、彼がこちらと会話しているとは気づかないのかもしれません」

「きっとそうだ」ステルンが賛成した。

ベルマンの隠れ家はふたたび奇妙な興奮に包まれた。

ゴランはサラ・ローザに質問した。「向こうが見ている画面を見ることは？」

「もちろん可能です。こちらから認識信号を送って、向こうの男のコンピューターが応答を返してきたら、向こうの接続しているサイトのアドレスが判明します」説明しながら、ローザの手は早くも自分のノートパソコンをひらいていた。そちらでもネットに接続するつもりなのだ。

やがて、ベルマンのモニターにふたたびメッセージが表われた。

＞マダ　イル？

ボリスはゴランを見た。「どう答えますか？」

「疑われないように、うまく時間を稼いでくれ」

ボリスは〝誰かが玄関でベルを鳴らしたからちょっと見てくる〟と入力した。

その横で、サラ・ローザはノートパソコンを使って、男がコミュニケーションに利用しているアドレスのコピーに成功した。「よし、できたわ……」

それをブラウザーのアドレスバーにペーストして、リターンキーを押す。

数秒後、ウェブページが表示された。

それを見て、一同は言葉を失った。だが、それが驚きの沈黙だったのか、それとも恐怖ゆえのものなのかは誰にもわからなかったはずだ。

画面ではクマがキリンと踊り、カバがボンゴをたたく横で、一匹のチンパンジーがウクレレを弾いていた。部屋は突如、ウェブサイトのBGMで満たされた。にぎやかな森の中央には一匹の色鮮やかな蝶が舞い、ホームページの訪問者を歓迎していた。

〝プリシラへようこそ〟

捜査班のメンバーたちは呆然としていた。目の前の光景が信じられなかった。やがて、ボリスがベルマンのコンピューターの真っ黒な画面に目を戻した。先ほどの質問が表示されたままになっている。

＞マダ　イル?

それを見て、彼はようやく短くも重いそのセリフを吐きだした。「ちくしょう……子どもだったのか」

10

検索エンジンで最も人気のキーワードは〝セックス〟、二位は〝神〟だという。ゴランにはずっと不思議だった。よりによって、なぜネット上で神を探そうなどと思うのか。三位にはふたつの言葉が同数で並んでいる。ひとつは〝ブリトニー・スピアーズ〟で、もうひとつは〝死〟。

セックス、神、死、ブリトニー・スピアーズ。

一方、ゴランが妻の名をはじめて検索したのは、ほんの三カ月前のことだった。理由はわからない。ただ、そうしてみようと思ったのだ。もちろんネットで見つかるとは思わなかったし、実際、だめだった。だが、それは妻を捜すための文字どおり最後の場所だった。

夫である自分が彼女のことをこんなにも知らないなど、ありうるだろうか？　このときからゴランの中でなにかが変わった。

自分がなぜ妻を追いかけているのかがわかったのだ。正直なところ、居場所など知りたくもなかった。そんなことはどうでもいい。気になるのは、いま、彼女がはたして幸せでいるかどうかだった。なによりも腹立たしいのは、妻がどこかで幸せになるために自分とトミーを捨てたという事実だったから。人は自分勝手な幸福願望を追いかけるために、誰かをこれほど深く傷つけることができるものなのか？　きっとできるのだろう。あの女は実際にそうした。しかも、帰ってこなかった。一度は人生を分かちあおうと決めた男とわが子の胸に開けた傷口をふさごうとはしなかったのだ。後戻りはできるはずだし、そうすべきだ。前だけを見て進んでいても、いつかはなにか——呼び声のようなもの——を感じて、少しばかり振りかえるのがふつうだ。残してきた者に変わりはないか、あるいは変わってしまったかが気になるものだ。それは、同時に自身の変化を振りかえる機会でもある。誰にでもそうした時期が訪れる。なのに、どうして彼女だけはちがうのか？　なぜ試そうとすらしない？　深夜の無言電話もなければ、文面なしの絵葉書も届かなかった。妻がトミーをどこかからそっと見守っているところを不意打ちしようとして、ゴランは何度も息子の学校の前で待ち伏せした。ところが収穫はゼロだった。子どもが元気でいるか、確かめに来ようともしなかったのだ。そしてゴランは自問するようになった。わたしはなんという女と一生を添い遂げるつもりだったのか。

そんな自分は、ヴェロニカ・ベルマンといったいどこがちがうというのか？

あの女も騙された。ベルマンは彼女を利用して世間体のいいうわべをつくりあげ、自分の名前も家も財産も、所有するものすべてを彼女に一任した。いずれにしても、ベルマンが本当に欲しいのはそんなものではなかった。ただし、ヴェロニカはゴランとちがって、完璧な暮らしの足もとに大きく口をひらいていた深淵に気づいた。腐臭を嗅ぎつけたのだ。そのうえで彼女は口を閉ざし、積極的ではないにせよ、夫の偽りに手を貸した。ヴェロニカ・ベルマンは沈黙によって夫の共犯者となり、ともに芝居を演じつづけ、良きにつけ悪しきにつけ妻でありつづけた。

一方のゴランは、妻に捨てられようなどとは考えたこともなかった。なんの兆候もなかったし、あとから思いかえして、「そうだ、わかりきったことじゃないか。どうして気づかなかったんだろう。ばかなことをしたものだ」と言えるような前触れのひとつもなかった。自分が最低の夫であったと知らされ、すべての責任は自分の怠慢や不注意にあったと反省できたなら、どれだけ楽だったことか。原因がこちらにあるとわかれば、少なくとも原因不明ではない。ところがゴランに残されたのは、沈黙と疑惑だけだった。世間にはありのままに、〝妻は出ていった〟とだけ伝えることにしていた。なんと言おうが、勝手な想像をされるだけだからだ。哀れな夫、そう思う者もいれば、妻に逃げられるからにはそれだけのことをしたにちがいない、と考える者もいた。そうした役柄をゴランはどれもすぐに演じられるようになり、しかも相手によって簡単に役を替えてみせた。どんな苦悩にも平凡さはつきもので、それはそれぞれの心の中に留めておくべきものなのだ。

彼女はどうだったのか？　妻はいつから素知らぬ顔でその思いを温めてきたのだろうか。寝ている夫の隣で、彼女は毎晩、口に出せない夢や考えに胸をふくらませていたのだろう。母親として、妻として、いつもどおりにふるまいながら、ずっとたくらんでいたにちがいない。やがて空想はひとつの計画となった。設計図《デザイン》だ。自分の空想が実現できると確信したのは、いったいいつのことだろう。蝶の繭のように変容の願望を内に秘めたまま、彼女は夫と息子のかたわらで生活を続けた。そして、ひそかに孵化に向けて準備をしていたのだ。

いまはどこにいる？　妻が生きているのは確かだった。ただし、そこはある種のパラレルワールドだ。ゴランが毎日出会うのと同じような人々、山積みの家事、腹の立つ夫、世話の焼ける子どもたちから成り立つ、彼の世界と一見どこも変わらない場所。しかし、そこに彼とトミーはいない。その世界には新しい色があり、新しい友人がいる。そこで彼女はなにを探しているのだろう。この世界で見つからないなにが欲しかったというのか。つまるところ、わたしたちは皆、パラレルワールドになんらかの答えを求めようとしているのだろう、とゴランは思った。ネットでセックスに神、死、そしてブリトニー・スピアーズを探す者たちと同じだ。

一方、アレクサンデル・ベルマンはそこで子どもたちを探して、餌食にしていた。

ベルマンのコンピューターで〈ちょうちょのプリシラ〉のサイトをひらいてから、システムを管理する外国サーバーが特定され、その全貌が明らかになるまでに、さして時間はかからなかった。

それはさまざまな国に根を張る児童性愛者のネットワークだったのだ。

ミーラの予想どおり、彼女の音楽教師もそのメンバーだった。

ネット犯罪特別捜査班は百名近い登録者を特定し、すでに最初の数人を逮捕、これからも逮捕者が相次ぐ見込みだった。メンバーは少ないが厳選されており、一見、こうした世界とは無縁の裕福な専門職の男たちばかりだった。つまり、匿名性を守るためには高額な料金を払う用意のある者たちだ。

アレクサンデル・ベルマンもそのひとりだった。

家路につきながら、ゴランはベルマンのことを考えていた。いつも笑顔で穏やかな非の打ちどころのない男。彼の友人や知人は、皆そう思っていたようだ。完璧な仮面だ。しかし、ベルマンのことを考えていたはずが、なぜ妻のことを思い出したのだろう。理由はわかっているような気もしたが、ゴランはその事実を認めまいとした。いずれにしても、家に戻ったら完全に頭を切り替えて、トミーの相手をするつもりだった。

電話で早めの帰宅を伝えたときに、息子にそう約束したのだ。トミーはひどく喜んで、夕食にピザを注文してもいいかと訊いてきた。そんなささいな希望をかなえるだけで幸せにできるのなら、お安い御用だ。ゴランは承知してやった。子どもというのは、どんな出来事にも幸せを見出すものなのだ。

家に帰ると、ゴランはいつものとおり自分にはペパロニ、トミーにはダブルモッツァレラのピザを注文した。ふたりで一緒に電話口で頼んだ。それが互いに協力すべきお決まりの儀式だった。トミーが番号を押し、ゴランが注文を告げる。届いたピザは、そのためにわざわざ買った大きな平皿にのせてテーブルに並べる。トミーはフルーツジュース、ゴランは特別にビールを一杯飲むことにした。グラスはあらかじめ冷凍庫に入れておいた。霜で半透明に曇るくらいに冷やしたほうがおいしいからだ。

だが、ゴランは気持ちが晴れなかった。あの完璧な犯罪組織のことが頭から離れない。ネット犯罪特別捜査班が発見したデータベースには、三千人もの子どもたちの名前が登録され、それぞれの住所と写真もアップされていた。ネットワークは犠牲者を罠におびき寄せるために、児童向けページに見せかけた複数の偽装サイトを利用していた。〈ちょうちょのプリシラ〉もそのひとつだ。あとは動物たちとカラフルなゲームをレイアウトして、無邪気な音楽をかければ完成というわけだ……夕食をすませてからトミーと一緒に見た衛星放送のアニメと、なにもかもそっくりだった。水色のトラと白いライオンが主人公の物語。自分のすぐ横で、ジャングルの二頭の友だちの冒険に目を輝かせているトミーを、ゴランはじっと見つめていた。

自分が守ってやらないとだめだ、心からそう思った。だが同時に、胸の奥から奇妙な恐れがこみあげるのも感じた。陰鬱で、容易には拭い去れない恐怖が。それは、息子を守るための努力が足りないのではないか、そもそも自分には守りきれないのではないかという不安でもあった。片親では足りないに決まっている。ふたりで精いっぱいがんばっているのは確かだったが、たとえば、あのベルマンのコンピューターの真っ黒な画面の向こうにいたのが、見知らぬ男の子ではなくトミーだったらどうだったか。息子の心と生活に誰かが忍びこもうとしているのを、はたして自分は事前に察知することができただろうか。

宿題をしているトミーを残して、ゴランは書斎にこもった。まだ七時にもなっていなかったので、ベルマンのファイルを見直してみようと思ったのだ。すると、捜査の進展に役立ちそうな興味深い点がいくつかあることに気づいた。

まずは、クレップが指紋をひとつも発見できなかった、あの革張りのひじかけ椅子。

部屋の中で、あの椅子だけは指紋がついていなかった……なぜだ？

この謎にもきっと答えがあるとゴランは確信していた。だが、なにかがひらめきそうになるたびに、彼の思考は、息子の生活を取り囲む無数の危険へとそらされた。

犯罪学者であるゴランは、悪がどのようなものかは熟知していたが、これまでは研究者としてつねに距離を置いて観察してきた。悪が骨張った手を伸ばして自分に触れようとする光景を思い描いて不安を感じたことなど、一度としてなかった。ところがいま、ゴランは脅えていた。

人間はいつ〝怪物〟になるのだろう。

みずから公《おおやけ》に使用を禁じたはずのその呼称が、近ごろはしばしば脳裏に浮かんだ。どのようにして人は怪物となり、一線を越えたことをいつ自覚するのか、ゴランは知りたかった。

ベルマンが所属していたのは、メンバーの序列も会則もしっかり定められた本格的な組織だった。入会は大学時代、まだインターネットも獲物探しに適した空間とは見なされておらず、陰にひそんで誰にも疑われないようにするのは困難なころだった。そのため、メンバーには模範的な日常という安全な隠れ蓑をつくりあげることが奨励されていた。本性をごまかし、衝動をそこに隠すためだ。偽装して、周囲に溶けこみ、姿を消す。それが彼らの生き残るための作戦だった。

大学を卒業して故郷に戻ったベルマンは、すでに今後の計画をきちんと立てていた。まずは何年も会っていない女友だちを探す。ヴェロニカは、昔から彼を含め、少年たちの関心を惹きつけるほど魅力があるとは言えなかった。ベルマンはヴェロニカに、自分の愛情が長いこと温められてきたものであり、以前には言いだす勇気がなかったと信じこませた。すると彼女は、案の定、プロポーズをすぐに受け入れた。結婚してから数年間は、どんな夫婦でもそうだが、波風が立つこともあった。ベルマンは出張も多かったが、その空き時間には同じ性的傾向を持つ仲間と会ったり、小さな獲物たちを誘惑したりすることがしばしばだった。

インターネットの到来とともに、あらゆることが驚くほど容易となり、児童性愛者たちはただちにそれを使いこなすようになった。匿名での行動を可能にするだけではなく、手の込んだ罠で犠牲者たちを操ることまでできる、彼らにとってはまったくありがたい発明だった。

だが、アレクサンデル・ベルマンの計画した完璧なカモフラージュはまだ完成していなかった。ヴェロニカが子どもを産んでくれなかったからだ。あとはその願いさえかなえば、ベルマンは誰からも疑われようのない存在になれるはずだった。妻も子もある男は他人の子どもにその手の関心を持つことはない、そう見なされるからだ。

犯罪学者は胸の中で増大した怒りを振りはらうと、この数時間でずいぶん分厚くなったベルマンのファイルを閉じた。これ以上、読む気はしなかった。さっさと眠って、なにもかも忘れてしまいたかった。

ベルマンがアルベルトではないと、どうして言えよう。あの男が腕の墓、そして六人の少女の失踪に関わっていた事実を突きとめて、残り五人の遺体を発見する必要はまだあるにせよ、ベルマンほど殺人鬼の役にふさわしい人間がほかにいるはずはない。

しかし考えれば考えるほど、ゴランの確信は揺らいだ。

今夜八時には、ロシュが犯人逮捕を大々的に発表することになっている。ゴランの疑念は、じつはいまに始まったことではなく、ベルマンの秘密が明らかになった直後にすでに頭をもたげていた。霧のようにぼんやりとした疑問はずっと心の片隅にへばりついて、その場を動こうとはしなかったものの、暗がりで鼓動しながら、ゴランに自分の存在を訴えつづけていた。わが家で落ち着いてみて、ようやく彼は考えを整理してみる気になったのだ。

この話にはどこかおかしなところがある……では、おまえはベルマンが無実だというのか？　いや、それはない。あの男は児童性愛者だった。ただ、六人の少女を殺したのはベルマンではない。彼は無関係だ……なぜそう言いきれる……？

なぜなら、アレクサンデル・ベルマンが本当に自分たちの捜しているアルベルトだとしたら、車から発見されるべき遺体は、最後の――つまり六人目の――少女のものでなくてはならないから。ところが見つかったのはデビー、ひとり目のものだった。最初の遺体を隠すつもりなら、もっと前にそうしていたはずではないか……。

犯罪学者ははっとして時計を見た。八時の記者会見まで、あと何分もない。

ロシュを止めなくては。

ベルマンの事件に新展開があったという噂が流れはじめると、ロシュ警部はすぐに主要各紙の記者を招集した。表向きの理由は、怪しい情報筋から得た不確かな話が広まるのを防ぐためということだったが、実際には、自分に注目が集まることなく情報が筒抜けになるのを恐れていたのだ。

ロシュはこの手のイベントの演出が得意だった。記者たちを待たせて焦らすことにも喜びを感じていた。だから、記者会見はかならず何分か遅らせて始め、捜査班のトップはつねに捜査の進展に急き立てられていると印象づけるようにしていた。

みずからのオフィスに隣接する記者会見場から聞こえてくるざわめきに、警部はにんまりした。これこそがエゴを満たす活力源だ。彼はこの部屋の前の住人が残していったデスクに両足をのせ、じっと座って時間をやりすごした。長年——ロシュに言わせれば長すぎるあいだ——警部補止まりだった先の住人は、案の定、八年前に左遷された。

電話機の内線ボタンがひっきりなしに点滅しているが、出るつもりはない。可能なかぎり緊張を高めたかった。

そのとき、ノックの音がした。

「入れ」ロシュはドアに向かって言った。

部屋に入るなり、ミーラは警部の顔に浮かんだ満足げな冷笑に気づいた。彼女は悪魔に呼び出されたような気分になった。

「ヴァスケス捜査官、よく来てくれた。今回の捜査におけるきみの大いなる貢献に、個人的に感謝したかったんだ」

これが周到な厄介払いの前奏《プレリュード》だと察していなければ、ミーラは顔を赤らめていただろう。「たいしたことはしていません」

ロシュはペーパーナイフを手に取ると、刃先で爪の掃除を始め、上の空で続けた。「いや、じつにみごとだった」

「まだ六人目の少女の身元は判明していません」

「それも時間の問題だ」

「警部、せめてもう数日間だけでも、捜査を続けさせてもらえないでしょうか。なんらかの手がかりをつかんでみせます……」

ロシュはペーパーナイフを置いてデスクから足を下ろすと、席を立ってミーラに歩み寄った。そして、輝くような笑顔でまだ包帯の巻かれた彼女の右手を取って、お構いなしに握りしめた。「きみの上司と話したよ。モレクス巡査部長も非常に喜んでいた」

彼はミーラをドアのほうへうながした。

「気をつけて帰りたまえ。たまにはわたしたちのことを思い出してくれよ」

ミーラはうなずいた。それ以上なにも言うことはなかった。警部の部屋を出て数歩も行かないうちに、背後でドアが閉まる音が聞こえた。

この件に関して、ゴラン・ガヴィラの意見が聞きたかった。とつぜんのお払い箱には納得がいかなかった。だが、ゴランはすでに帰宅しているだろう。数時間前、電話で夕食の相談をしているのを耳にした。その口調からすると、おそらく電話の相手は八、九歳くらい。ピザを注文することにしたようだ。

ゴランには息子がいると聞いている。彼の人生には、はたして妻もいるのだろうか。父と子が仲むつまじく準備をする夜に彩《いろど》りを添えるような女性が。そう考えると、どういうわけかミーラはふいに嫉妬にかられた。

入館証を返却すると、それと引きかえに家へ帰るための列車の切符が入った封筒を渡された。今度は誰も駅まで送ってはくれない。経費と認めてもらえるよう祈りながらタクシーを呼び、モーテルへ寄って荷物を取ってこなければならない。

通りに出ると、やはり急ぐことはないとミーラは思い直した。あたりを見まわして、空気を吸いこむ。急に穏やかで澄みきっているように感じられる。街はあたかも冷たい泡に包まれ、差し迫った気象現象に備えて危ういバランスを保っているようだった。ほんのわずか右か左にかたむいただけで、すべてが変わってしまう。この薄められた空気は早すぎる雪の気配を隠している。あるいは、このままなにも変わらないのかもしれない。

ミーラは封筒から列車の切符を取りだした。発車時刻までまだ三時間ある。だが、すぐに考え直した。たったそれだけのあいだに、いったいなにができるというのか。結局は無駄骨に終わるかもしれないのだ。彼女にはそう思えてならなかった。

三時間。それで事足りたら……。

レンタカーを借りて、もうかれこれ一時間ほど走っている。前方には空を突き刺す山々の頂《いただき》が見える。建ち並ぶ切妻屋根の木の家。煙突からは松脂《まつやに》のにおいがする灰色の煙が立ちのぼっている。庭先には薪が並べられ、窓からは心地よい黄土色の明かりがもれていた。

ミーラは二十五番口から入って、国道一一五号線をまっすぐ進んだ。目指すはデビー・ゴルドンの在籍していた寄宿学校。彼女の部屋を見てみたかったのだ。六人目の少女につながるなにかが見つかると確信していた。名前がわかるかもしれない。たとえロシュ警部が無能でも、ミーラは少女を身元不明のままにしておくことはできなかった。せめてこれくらいはしてあげたい。殺された少女が五人だけではなかったというニュースはまだ公表されていないため、誰も六人目の犠牲者のために涙を流す者はいない。名前がわからなければ、なおさらだ。そのことをミーラは経験上知っていた。墓碑にはなにも刻まれず、短い名前のリストの最後は空白で、無機的な死亡台帳に書き加えるための番号だけ。そんなことをぜったい許すわけにはいかなかった。

しかし、わざわざここまで車を走らせてきたのは、それとは別にもうひとつ気にかかることがあったからだ。そのせいで、例のうなじがむずむずする感覚が消えなかった……。

二十一番口を過ぎて少し行くと、ようやく目的地にたどり着いた。寄宿学校は標高千二百メートルのこぢんまりとした村にあった。この時間は人通りがない。校舎は村はずれの美しい公園に囲まれた丘の上にあり、馬場とテニスコート、バスケットボールのコートが併設されている。校舎までは長い並木道が続き、運動帰りの生徒たちがぐずぐずと居残っていた。少女たちのクリスタルのような笑い声が静寂を破っている。

ミーラは坂道を上って前庭に車を停めた。そして事務室に行って名前を告げ、祈るような気持ちでデビーの部屋を見たいと申しでた。事務員は上司のところへ相談に行き、しばらくしてから戻ってきて「どうぞ」と言った。さいわいにも、デビーの母親が面会のあとに彼女の訪問を電話で伝えていたのだ。事務員はミーラに〝ビジター〟と書かれた名札を渡して場所を教えた。

言われたとおりに廊下を進むと、突き当たりが寄宿舎になっていた。デビーの部屋を見つけるのは難しくなかった。ドアにリボンや色とりどりのカードが貼りつけられていたからだ。事件のことを聞いて、デビーを忘れたくないと仲間たちが手向《たむ》けたものだろう。思ったとおり、〝永遠にわたしたちの心の中に〟というメッセージが添えられていた。

ミーラはデビーのことを考えた。彼女が家に帰りたくて両親にかけた電話、仲間の仕打ちのせいで、十二歳の内気で困惑した少女が耐えなければならなかった孤独を。そう思うと、こうした悪趣味なカードは偽善に思えてならない。ミーラは憤りを覚えた。ここにいるあいだに彼女に気づいてやれなかったの？　あるいは、あなたたちの目の前で何者かに連れ去られたときに。

廊下の端のほうから叫び声やにぎやかな騒ぎ声が聞こえてきた。追悼のしるしにドアの前に誰かが置いたロウソクの燃え残りをまたぐと、ミーラはデビーの隠れ場に足を踏み入れた。

後ろ手でドアを閉めると、ふいに静寂が訪れた。電気スタンドに手を伸ばしてスイッチを入れる。部屋は狭かった。正面に公園に面した窓がある。壁ぎわにはありふれた勉強机が置かれ、その上の棚には本がぎっしり並んでいた。デビーは読書が好きだったようだ。右側のバスルームのドアは閉まっており、ミーラはあとで見てみることにした。ベッドの上のぬいぐるみが、侵入者に気づいたかのように、虚ろな目でこちらを見つめている。部屋にはいたるところにポスターや写真が貼られていた。昔の学校の仲間と一緒に撮ったもの、友だち、愛犬のスティング——どれもデビーにとっては懐かしい思い出だ。このよそよそしい寄宿学校に入るために引き裂かれた、愛する者たち。

デビーはとても美しい女性に成長したにちがいない、ミーラは写真を見ながら思った。同級生たちがいまさら気づいても、あとの祭りだ。彼らは、ひとりぼっちのアヒルの子の姿に隠れた白鳥を見抜けなかったことを悔やむだろう。だが、いまはそんなことを考えてもしかたがない。

ミーラはみずからも立ち会った検屍を思い出した。法医学者のチャンが顔のビニール袋を取り除くと、髪のあいだから白百合の飾りのついたヘアピンが現われた。殺人者が彼女の髪を梳いたのだ。そのときは、それが自分たちのための行為だと思った。

そうではない。あれはアレクサンデル・ベルマンのためだった……。

ふと壁の一点に目がとまった。そこだけ不自然に隙間ができている。その周囲の壁紙はあちこち剝がれていた。以前はなにかが貼ってあったかのように。やはり写真だろうか？　無理やり剝がされたようにも見える。ほかの誰かがデビーの世界、彼女のもの、思い出に手をかけたのだろうか。あるいは母親かもしれない。いずれにしても調べる必要がある。

ミーラがそういった考えにふけっていると、ふいに物音が聞こえた。部屋の外だ。だが廊下ではなく、バスルームの中からだった。

とっさにベルトに手を伸ばす。拳銃を握りしめ、背筋をぴんと伸ばしてバスルームにぴたりと狙いを定めた。またしても物音。今度はもっとはっきり聞こえた。中に誰かがいる。自分ほど用心深くない者が。自分と同じく、いまがデビーの部屋に忍びこんで、なにかを持ち出すチャンスだと考えた人物が……。証拠を？　心臓が激しく鼓動していた。踏みこんではだめ。じっと待つのよ。

だしぬけにドアがひらいた。ミーラは引き金の安全装置を外した。が、すんでのところで手を止めた。恐怖に青ざめた少女が腕を広げて、手に持っていたものを落とした。

「誰なの？」ミーラは尋ねた。

少女は震える声で答えた。「デビーの友だちです」

嘘だわ。ミーラにはすぐにわかった。彼女は拳銃をベルトに戻すと床に目をやり、少女の落としたものを見た。コロンの小瓶、シャンプーのボトルが数本、つばの広い赤い帽子。

「彼女に貸したものを取りにきたんです」言い訳のよ

うに聞こえる。「わたしのほかにもみんな……」

赤い帽子には見覚えがあった。壁の写真でデビーがかぶっているものだ。デビーの仲間たちが略奪していたのだ。おそらく今日に始まったことではあるまい。壁の写真を剝がしたのが彼女たちの誰かだとしても不思議ではない。

「もういいわ」ミーラはそっけなく言った。「行きなさい」

少女は一瞬ためらってから、床に落ちたものを拾い集めて部屋を出ていった。ミーラはなにも言わなかった。デビーもそう望んでいる気がした。どうせ彼女の母親にとっても役に立たないものだ。死ぬまで、娘をここに送りこんだことを悔やみつづけるのだから。でも、ある意味ではゴルドン夫人は〝幸運〟だったかもしれない——あくまでこの場合に限ってだが。少なくとも、彼女は娘の遺体を見て泣くことができる。

ミーラは次にノートや本を調べはじめた。どこかに友人の名前が書かれていないだろうか。日記が見つかれば話は早い。おそらくデビーは日記に寂しさを書き綴っていたはずだ。そして、十二歳の少女ならみんなそうするように、秘密の場所に隠していたにちがいない。心から遠すぎない場所に。必要なときに、すぐに取りだせるところに。デビーはいつ日記の世界に逃げこんでいたのだろうか、ミーラは自分に問いかけた。夜だ。ベッドのわきに身をかがめ、マットレスの下に手を差し入れると、なにかが手に触れた。

銀色の小ウサギの絵が描かれたブリキの箱だった。小さな南京錠がついている。

ミーラはベッドに腰を下ろすと、鍵の隠し場所を探してあたりを見まわした。が、ふいに自分がその鍵を目にしたことを思い出した。デビーの検屍のときだ。右腕につけていたブレスレットにぶら下がっていた。

ブレスレットは母親に渡してしまった。いまは取りにいく時間がない。しかたがない。ミーラはボールペンを梃子《てこ》にして、どうにか南京錠の輪の部分をこじ開けた。箱のふたを開ける。出てきたのは香辛料や花や木屑のポプリ。先端に赤い染みのついた安全ピンは血の誓いで用いたものにちがいない。刺繡の入った絹のハンカチ。耳のちぎれたゴム製のクマ。誕生日ケーキのロウソク。どれも思春期の思い出の宝物だ。

だが、日記はなかった。

おかしいわ、ミーラはつぶやいた。箱の大きさにしては中身が少ない。ほかにもなにかが入っていたとしても不思議ではなかった。しかも、わざわざ南京錠をかけていたくらいだ。あるいは、そもそも日記などつけていなかったのかもしれない。

当てがはずれて、ミーラはがっかりして時計を見た。すでに列車は出てしまった。こうなったら、ここに留まってデビーの謎の友だちを突きとめるしかない。だが、デビーの持ち物を調べるうちに、またしても例のとらえどころのない感覚に襲われた。うなじがむずむずする感覚。

これがなにを意味するのかを理解するまでは、ここから立ち去るわけにはいかない。だが、筋道を立てて考えるきっかけが必要だった。すでに時刻は遅かったが、ミーラは苦渋の末に決断した。

彼女は携帯電話にゴラン・ガヴィラの番号を打ちこんだ。

「ガヴィラ先生、ミーラですが……」

しばらく返答がなかった。

「どうしたんだ、ミーラ？」

迷惑だったかしら？　いいえ、気のせいよ。ミーラは、本来ならいまごろ列車に乗っているはずだったが、実際には寄宿学校のデビー・ゴルドンの部屋に来たことから話しはじめた。ゴランはひと言も口をはさまず、じっと耳をかたむけていた。ひととおり説明が終わると、長い沈黙が続いた。

ミーラには知る由もなかったが、ゴランは湯気の立ったコーヒーのカップを手に、先ほどからずっとキッチンにいた。ロシュ警部の記者会見を阻止すべく、何度も連絡を取ろうとしたが、徒労に終わったのだ。

「アレクサンデル・ベルマンの件では、少し結論を急ぎすぎたかもしれない」

ミーラはガヴィラの肺からしぼり出すような話し方に気づいた。

「わたしもそう思います」彼女は同意した。「先生はどうしてそう考えたんですか?」

「トランクに入っていたのがデビー・ゴルドンだったからだ。なぜ六人目の少女ではなかったのか?」

ミーラはステルンの説明を繰りかえした。「おそらくベルマンは死体を隠しきれなくなったのでしょう。それで、発見されることを恐れて、できるだけ見つからない場所へ運ぼうとしていた」

ゴランは黙って聞いていた。電話の向こうから息遣いが聞こえてくる。

「どうしたんですか? わたし、なにかまちがったことを言ったでしょうか?」

「いや。だが、どうも納得がいかなくてね」

「ええ、たしかに」ミーラはしばらく考えてから答えた。

「なにかが欠けている。正確に言えば、ほかの点と統一性がないんだ」

優秀な警察官は感覚的に行動するものだ。それは正式な報告書には記録として残らない。そのため〝事実〟のみが意味を持つ。だが、口火を切ったのはゴランのほうだったので、ミーラはあえて例の感覚のことを打ち明けた。「最初は法医学者の報告を聞いているときでした。調子の狂った音のような感じで……でも、すぐに消えてしまったんです」

うなじがむずむずする感覚。

ゴランが椅子を動かす音が聞こえたので、ミーラも腰を下ろした。するとゴランが言った。「試しに、ベルマンが犯人ではないと仮定してみよう……」

「はい」

「一連の事件を引き起こした人物は別にいるとする。われわれのまったく知らないその男が、腕を切断した少女をベルマンの車のトランクに積みこんだ……」

「だとしたら、ベルマンは容疑を晴らすためにそう言っていたはずです」ミーラは迷わず言った。

「いや、そうは思わない」ゴランはきっぱりと否定した。「ベルマンは児童性愛者だった。いわば脛《すね》にきずを持つ身だ。どうやっても容疑が晴れないことはわかっていた。みずから命を絶ったのは逃げ道がなかったからだ。そして、自分の登録していた組織の存在を隠したかった」

ミーラはあの音楽教師も自殺したことを思い出した。

「では、どうすればいいんですか？」

「もう一度アルベルトから始めるんだ。また最初から犯人像をつくりあげていく」

ミーラははじめて自分がこの事件に深く関わっているように思えた。捜査班の仕事は慣れないことが多かったが、ガヴィラ博士と行動をともにするのは悪くなかった。まだ知りあったばかりだが、ミーラはすでに彼を信頼していた。

「少女の誘拐と腕の墓場には動機があることが前提だ。たとえ不合理だとしても、かならずある。それを説明するには、犯人のことを知らなければならない。知れば、それだけ動機を理解できる。理解すれば、それだけ犯人に近づくことができる。わかるか？」

「ええ……ですが、わたしはなにをすればいいんですか？」ミーラは尋ねた。

ゴランの声は低く力強かった。「獲物を仕留める、そうだろう？　では、さっそく狩りの報告をしてくれ……」

ミーラはいつも持ち歩いているメモ帳をひらいた。

ページをめくる音が電話の向こうに伝わる。彼女は被害者に関するメモを読みあげた。「デビー、十二歳。学校から姿を消す。授業が終わって教室を出ていくのを同級生たちが目撃。学校側が彼女の不在に気づいたのは夜の点呼時」

ゴランはゆっくりとコーヒーを飲んでから尋ねた。

「次の犠牲者は……？」

「アネケ、十歳。当初は森で迷ったと思われていた……三人目はサビーネ、最年少で七歳。土曜の晩、両親と遊園地を訪れていたときの出来事だった」

「そして、両親の目の前でメリーゴーラウンドから連れ去られた。この時点で国じゅうに警報が発せられ、われわれの捜査班が捜査に加わった。その矢先に四番目の少女が姿を消した」

「メリッサ。最年長の十三歳。両親が外出を禁じていたにもかかわらず、誕生日を友人たちとボウリング場で祝うために家を抜けだした」

「全員が集まった。メリッサを除いて」犯罪学者がつけ加えた。

「カロリーネは自宅に忍びこんだ犯人にベッドからさらわれた……そして六人目の少女が誘拐された」

「それはあとだ。とりあえず五人にしておこう」

ゴランは自分がこの女性捜査官と驚くほど意気投合していることに気づいた。こんな気分を味わうのはずいぶん久しぶりだった。

「いまはわたしと議論してほしい、ミーラ。きみはどう思う？　われらがアルベルトはどんなふうに行動する？」

「最初は家を離れて友だちの少ない少女を連れ去る。そうすれば誰にも気づかれずに、時間を稼ぐことができる……」

「なんのための時間だ？」

「テストです。うまくいくことを確かめたい。それに時間があれば、被害者の死体を始末して逃げることが

「デビーと六人目の子です」

「アルベルトはなぜその子を選んだのか」ゴランは自問した。「どう考えても理不尽だ。警察が警戒している。すでにデビーの捜索が始まっているのに、彼女の親友を連れ去るために戻ってくるとは。なぜそんな危険を冒す？　なぜだ？」

犯罪学者の言わんとしていることがミーラにはわかったが、たとえ自分が答えるにせよ、結論を導き出すのはゴランの役目だった。「ひょっとしたら、一種の挑戦では……」

ミーラの発した最後の言葉が、ゴランの頭の中で閉ざされていた扉をひらいた。彼は椅子から立ちあがると、キッチンを歩きはじめた。

「続けてくれ……」

「彼はなにかを示したかった。たとえば、自分がいかに賢いかということを」

「自分にかなう者はいないと。彼が自己中心的な男でできます」

「アネケのときにはいくらか余裕があるが、やはり森で連れ去ることにする。目撃者のいない場所で……。そしてサビーネのときは？」

「衆人環視のなかで彼女をさらいます。遊園地で」

「なぜだ？」ゴランは間髪をいれずに尋ねた。

「すでにみんなが用心しているときにメリッサをさらい、カロリーネを自宅から連れ去ったのと同じ動機です」

「その動機とは？」

「ぜったいに捕まらないと確信したからです」

「そのとおり」ゴランは言った。「先にいこう……次は、血の誓いについてもう一度説明してほしい……」

「子どもどうしの儀式です。お互いに人さし指を安全ピンで刺して、ふたりである文句を唱えながら指先をくっつけあいます」

「そのふたりの少女とは？」

あることは明らかだ。自己愛性パーソナリティ障害の傾向がある……それはさておき、今度は六人目の少女について話してくれ」

　ミーラは困惑を隠さなかった。「なにもわかりません」

「いままでと同じように話せばいい。わかっている範囲で……」

　彼女はメモ帳を置いた。今度は思いつくままにしゃべらざるをえない。「わかりました。ええと……デビーとほぼ同い年です。ふたりは友だちなので。したがって十二歳くらいです。骨年齢の分析結果でも確認されています」

「その調子だ……それから？」

「法医学者の鑑定によれば、彼女はそれまでとは異なる方法で殺されました」

「つまり？　説明してくれ……」

　ミーラはふたたびメモを手に取った。「腕を切断されたのは、ほかの少女たちと同じです。ですが、彼女の血液と組織から複数の薬剤が検出されました」

　ゴランはドクター・チャンの挙げた薬剤を思い浮かべた。ジソピラミドやACE阻害薬といった抗不整脈薬、β遮断薬のアテノロール……。

　納得がいかないのはこの点だった。

「納得がいかないのはこの点です」ミーラの言葉に、ゴラン・ガヴィラは一瞬、彼女が心の中を読めるのではないかと疑った。

「会議のときに、先生はアルベルトが彼女の脈拍を落として血圧を下げたとおっしゃいましたね」ミーラは指摘した。「そして、ドクター・チャンが、ゆっくり死なせるために出血を遅らせたとつけ加えた」

　出血を遅らせる。ゆっくり死なせる。

「そのとおりだ。だが、今度は彼女の両親について話してくれ……」

「誰の両親ですか？」ミーラはとまどって尋ねた。

「たとえメモになにも書いていなくても関係ない。わたしが聞きたいのはきみの考えだ」

どうしてメモの中身がわかるのか。ミーラは相手の反応に動揺したが、気を取り直して続けた。「六人目の少女の両親は、ほかの少女の場合とちがってDNA検査を受けていません。誰なのかもわかっていません。娘の失踪を届け出ていないからです」

「なぜ届け出ない？　まだ知らないのか？」

「それは考えられません」

出血を遅らせる。

「彼女には両親がいないのか。孤児なのか。世の中の誰ひとり、彼女を気にかける者はいないのか！」ゴランは興奮していた。

「いいえ、家族はいます。ほかの少女と同じように。思い出してください。ひとり娘、四十歳を超えた母親、ひとりしか子どもを産まないと決めた夫婦。彼は狙いを変えたりしない。そういう少女だけが真の生贄《いけにえ》となりうるのだから。おそらく彼には子どもがいません。彼は家族を選んだんです、少女ではなく」

「そのとおり」ゴランは満足して言った。「それから？」

ミーラは少し考えてから言った。「彼は挑戦を楽しんでいる。わたしたちに挑もうとしています。たとえば血の誓いを立てた少女たち。でも、この真意はわからない……彼はわたしたちを試している」

ゆっくり死なせる。

「両親がいて、娘の失踪を知っているのなら、なぜ届け出ないんだ？」キッチンの床を見つめながらゴランは繰りかえした。もう少しでなにかがわかりそうだった。ことによると答えが。

「恐れているから」

ミーラの言葉はキッチンの暗がりを隅々まで照らした。そして、ゴランはうなじになにかを感じた。むずむずするような感覚を……。

「なにを恐れているんだ？」

その答えは、すなわち結論だった。しかもつい先ほどミーラが口にしている。いまさら言うまでもない。だが、やはりその考えを言葉のかたちにしておきたかった。消えてしまわないようにきちんと理解しておきたかった。

「両親はアルベルトが娘に危害を加えるのを恐れている……」

「どういうことだ？　すでに死んでいるのに」

出血を遅らせる。ゆっくり死なせる。

ゴランは立ち止まって膝をついた。ミーラは立ちあがった。

「出血を遅らせたのではなく……止めた」

ふたりは同時に言った。

「なんてこと……」ミーラはつぶやいた。

「ああ……彼女はまだ生きている」

11

少女は目をひらく。

そして大きく息を吐く。底知れぬ海から浮かびあがるかのように。同時に、目に見えないたくさんの小さな手に引き戻されそうになる。けれども朦朧とした状態で、どうにか均衡を保とうとする。

ふいに左肩に激痛が走り、われに返る。

苦痛は耐えがたいほどだったが、正気を取り戻してもくれる。ここはどこ？　方向感覚はまったくなかった。自分が仰向けに寝ているのはわかった。どこに頭を向けても、闇のカーテンに包まれている。全身が熱く、体が動かない。まるで押しつぶされたようだ。この夢うつつの靄《もや》にしみこんでくるのは、ふたつの感覚だけ。洞窟のような、湿気と岩壁のにおい。そして、気が遠くなるほど延々としたたり落ちる滴《しずく》の音。

なにがあったの？

記憶が断片的によみがえる。そのたびに涙がこぼれる。熱い涙は頬を伝い落ち、乾いた唇を濡らす。そうしてはじめて喉が渇いていることに気づく。

週末に湖へ行く約束だった。パパとママとあたし。いつもとなにも変わらなかった。パパが釣りを教えてくれるはずだった。庭でミミズを集めて入れものに入れた。ミミズはくねくね動いて生きていた。それでも驚かなかった。というか、とくになんとも思わなかった。ミミズはなにも感じないと思っていたから。だから、入れものの中にいるのはどんな感じかきいたりもしなかった。でも、いまはわかる。いまのあたしが、まさにそうだから。かわいそうなミミズ、そしてあたし。なんて意地悪だったのかしら。どうか、あたしをつかまえて楽しい毎日をとりあげた人が、あたしよりもやさしい人間でありますように。

どれくらいそうやって祈ったかわからない。

あの日は学校へ行くために早起きした。木曜だったから、いつもよりも早く。毎週木曜は、パパが取引先のところへ行くから学校まで送ってもらえない。パパは美容院にヘアケア用品を売っている。週末はお客さんが増えてもいいように、ヘアスプレーとかシャンプーとかを用意しておく。だからひとりで学校へ行かなければならなかった。でも、九歳のころからそうだった。はじめてパパがバス停までの短い道を送ってくれた日のことをおぼえている。手をつなぎながら、いろんなことを注意された——道を渡る前は右と左を見ること、運転手はぜったいに待ってくれないから遅刻しないこと、危ないから知らない人とは話さないこと。そういった注意はだんだんと身にしみこんで、そのうちにもう頭の中でパパの声が聞こえることもなくなった。すっかり慣れた。

あの木曜の朝は、いつもよりもうきうきして目が覚めた。週末に湖へ行くのと別に、もうひとつうれしいことがあった。指の絆創膏。バスルームで、はしっこをお湯でぬらしてそっとはがして、後悔と誇らしさの混じった気持ちで指の先を見た。

血の誓いを交わした。

会いたくてたまらなかった。でも、別々の学校へ行っているせいで、夜まで待たなくちゃいけなかった。もう何日も会っていなかったから、いつものようにニュースを交換しあう。それから遊んで、計画を立てて、別れる前にもう一度、永遠の友情を誓いあう。

本当に忘れられない一日になるはずだった。

リュックに代数の教科書をつめこんだ。得意な科目で成績もよかった。十一時からは体育だったから、簞笥の引出しから体操着を出して、紙袋に運動靴と厚手の靴下を入れた。ベッドを直していると、ママに朝ごはんに呼ばれた。テーブルでは、いつもみんなあわただしかった。あの朝もふだんと同じだった。いつもコーヒーしか飲まないパパは、テーブルのわきに立ったまま新聞を読んでいた。顔の前には片手に持った新聞、もう片っぽの手にはコーヒーカップを持って、ロボットみたいに口に運んでいる。ママはさっそく会社の人と電話中で、相手の話をきちんと聞きながらあたしのお皿に卵をのせてくれた。フーディニはテーブルの下のかごの中で丸まっていて、誰にも見向きもされない。おじいちゃんに言わせると、この猫は低血圧で、朝は少し動かないとだめだとか。そんなフーディニがちょっぴりかわいそうだったけれど、それぞれの居場所は、家族のあいだで自然に決まっているからしかたがない。

食べ終わって、お皿を流しに下げてから、キッチンをひとまわりしてパパとママに頭にキスをしてもらった。それで出かけた。

ほっぺたに当たる風に、パパの口に残っているコーヒーのしめっぽい香りを感じた。空は澄みきっていて、ところどころ雲がすまなさそうに浮かんでいた。天気予報では週末もいい天気が続くと言っていた。「まさに釣り日和だな」とパパが言った。あたしはわくわくして、バス停まで歩道を歩いていった。全部で三百二十九歩。ちゃんと数えた。毎年、その数は少しずつ減ってきた。成長しているしるし。定期的に数えている。あの朝みたいに。そして三百十一歩目で、誰かに声をかけられた。

その数字はぜったいに忘れない。まさに人生が粉々になった瞬間。

振りかえって見た。にこにこしながら近づいてきたのは見覚えのない男。それでも、名前を呼ばれたから、すぐに考えた。あたしを知っている人なら危なくなんかない。だんだんと近づいてくる顔を見ながら、誰だったか思い出そうとした。男は追いつこうとして足を速めた。あたしはじっと待っていた。髪形は……変わっていた。小さい子が持っている人形にそっくりだった。本物の毛じゃないみたいに。かつらだと気づいたときには、もう遅かった。とめてあった白いバンにも気づかなかった。男はあたしを捕まえると同時に車のドアを開けて、そのまま運転席に乗りこんだ。声をあげようとしたけれど、手で口をふさがれた。男の頭からかつらがすべり落ちたと思ったら、しめったハンカチで顔を押さえられていた。急に涙がこみあげてきて、目の前に黒い小さな点や赤いしみが現われて、だんだんと世界が色あせていった。そして、とうとう真っ暗になった。

あの男は誰？　あたしをどうするつもり？　どうしてこんなところに連れてきたの？　ここはどこ？

次々と疑問がわいては、答えが出ないまま消えていく。最後の朝の景色が遠のいて、ふたたびこの洞窟に戻った――自分を呑みこんだ怪物のじめじめしたおなかの中に。けれども、もうなにも感じなかった。いまのことを考えずにすむだけまし、と思う。目を閉じて、またしても闇の海にもぐる。

その闇のなかからじっと見つめられていることにも気づかずに。

12

ひと晩じゅう降りつづいた雪は静寂のごとく世界に積もった。

気温は上がり、通りにはかすかな風が吹き渡っていた。待ちわびていた気象はあらゆるものの速度を緩めたが、捜査班は新たな熱狂に包まれていた。

ようやく目標ができた。部分的ではあるものの、まちがいを正す。六人目の少女を捜し出して、救うのだ。それはまた自分たちを救うことでもある。

「ただし、まだ生きているならば、だ」ゴランは捜査班の興奮を静めるように念を押した。

この説が浮上してからというもの、チャンはロシュ警部からなぜもっと早く発見できなかったのか、さんざんざん責められていた。マスコミはまだ六番目に誘拐された少女のことは突きとめていなかったが、警部はあらかじめ記者会見用の言い訳を考えており、格好のスケープゴートを必要としていたのだ。

そうこうするうちに、ロシュは唯一かつ根本的な疑問に答えるべく医師のチーム——さまざまな分野の専門家の集まり——を招集した。

「そうした状態のまま、少女はいつまで生きられるのか?」

答えはひとつではなかった。楽観的な者は、適切な処置を施して感染が起きなければ、十日から二十日は耐えられるだろうと主張した。悲観的な者は、そのように腕を切断された場合、いくら若いとはいえ、時間の経過とともに生存率は下がり、すでに死亡している可能性も高いと断言した。

ロシュ警部は満足せず、いずれにしてもアレクサンデル・ベルマンが依然として最重要容疑者であるという公の見解を変えなかった。ゴランは少女たちの失踪に別の人物が関わっていると信じて疑わなかったが、警部の意見には口をはさまなかった。真相はさておき、ベルマンの有罪宣言を撤回すれば、たしかにロシュは面目を失う。それだけでなく、これは捜査方法の信頼性の問題でもあった。

だが、ゴランは確信していた。ベルマンは明らかに真犯人によって〝選ばれた〟のだ。

にわかにアルベルトの存在が再浮上した。

「彼はベルマンが児童性愛者だと知っていた」ゴランは会議室にそろった捜査班のメンバーの前で言った。「どうやら彼を見くびっていたようだ」

アルベルトのプロフィールに新たな項目が加わった。はじめてそれに気づいたのは、発見された腕の傷についてチャンが説明したときだった。殺人犯は〝外科医並み〟の精緻な技術で致命傷を与えた。六人目の少女に対して血圧を下げるために薬剤を用いた事実は、犯人の医学的な能力を証明している。さらに、おそらく彼女がまだ生きていることから、蘇生術および集中治療に関してかなりの知識を持っていると思われる。

「ひょっとしたら医者か、あるいは医療の経験がある人物かもしれない」ゴランは考えながら言った。

「医師登録簿を当たってみます」すかさずステルンが応じる。

取っかかりとしては悪くない。

「彼女を生かしておくための薬の入手経路は？」

「よく気づいた、ボリス。個人経営および病院内の薬局で、該当の薬剤を処方したところを洗いだしてみよう」

「もしかしたら、犯人は数ヵ月前から準備していたかもしれないわ」サラ・ローザが指摘した。

「とりわけ抗生物質だ。感染を防ぐためには欠かせない……ほかには？」

ほかに意見はないようだった。とにかくいまは、生死はともかく少女の居場所を見つけるだけだ。

会議室の面々はミーラに目を向けた。彼女は専門家だ。自分たちの仕事に意味を与えた目的を達するために、これほどふさわしい相談相手はいない。

「家族に連絡を取る方法を考えないと」

一同は互いに顔を見あわせた。ステルンがたまりかねて尋ねる。「なぜだ？　わたしたちはアルベルトより優位に立っている。こっちが突きとめたことはまだ気づかれていない」

「彼ほど頭のいい男が、本当にこちらの出方を予想できないと思いますか？」

「仮説が正しければ、彼はわれわれのために少女を生かしている」

ゴランはミーラの意見を支持して味方についた。

「彼にとってこれはゲームで、六人目の少女は最後の景品だ。より狡知に長《た》けた者が勝つ」

「じゃあ、彼女を殺すつもりはないと？」ボリスが尋ねた。

「彼女を殺すとしたら、それはアルベルトではない。われわれだ」

一見、理解に苦しむ答えだったが、この挑戦の本質を言い当てていた。

「捜索に時間がかかりすぎれば、少女は死ぬ。彼を少しでも刺激すれば、少女は死ぬ。われわれがルールを守らなければ、少女は死ぬ」

「ルール？　なんのこと？」サラ・ローザが眉をひそめて尋ねた。

「彼が定めたルールだ。あいにく、われわれにはわからない。彼の思考回路を他人がうかがい知ることはできないが、本人にとってはいたって明快だ。それに照らしあわせれば、われわれの行動がルール違反と見なされても不思議ではない」

ステルンは考えこんでうなずいた。「つまり、六人目の少女の家族に直接連絡を取るというのは、少なからず彼のゲームに参加することになる」

「そのとおり」と、ミーラ。「いまこの瞬間にも、アルベルトはそれを待ち望んでいるわ。それも計算済みです。一方で、わたしたちが失敗するとも考えている。なぜなら、両親は名乗り出るのを極端に恐れているから。でなければ、とっくに名乗り出ているはずだもの。彼は、自分の影響力がわたしたちよりも強いことを示したいんです。言うなれば、自分がこの物語の主人公だと両親に思い知らせようとしている。〝おまえたちの娘を救えるのはおれだけだ、おれだけを信じろ〟と言っているも同然だわ……それがどれだけ心理的なプレッシャーになると思いますか？　逆に、わたしたちが両親を説得できれば一歩リードすることになります」

「でも、犯人を刺激することになりかねないわ」サラ・ローザは納得がいかない様子だった。

「それくらいの危険は覚悟しないと。でも、それだけで少女に危害が及ぶとは思えない。むしろ追いこまれるのはわたしたちよ。おそらく時間との戦いになると思う。とにかく、彼はいまは殺さないわ。ゲームの参加者が全員そろうのを待っているはずだから」

ミーラがたちまち捜査の中心となったことに、ゴランは驚きを隠しきれなかった。じつにみごとな指揮ぶりだった。だが、仲間たちがようやく彼女の言葉に耳を貸すようになったとはいえ、完全に認められるのは容易ではない。すぐに部外者扱いされるのが落ちだ。彼らの考えがそう簡単に変わるはずがない。

そのとき、ロシュ警部がもうじゅうぶんだと言わんばかりに口をひらいた。「ヴァスケス捜査官の言うとおりにしよう。六人目の少女の存在を公表して、同時に彼女の家族に連絡をつけるんだ。いいか、少しは肝っ玉を見せてやれ。いいかげんあの怪物に主導権を握られて、ひたすら待ちつづけるのはもううんざりだ」

誰ひとり警部の変節ぶりに驚く者はいなかった。ゴランでさえも。それには気づかずに、ロシュはひたすら連続殺人犯との立場を逆転させ、ついでに責任もなすりつけることばかりを考えていた。もし少女が見つからなければ、それはいまだ暗中模索の捜査官たちを両親が信用していないからだと。

とはいうものの、彼の言葉はあながち的外れでもなかった。そろそろ相手に先回りしてしかるべきだ。

「あのペテン師どもの言うことを聞いたか？　六人目の少女は、もってあと十日だそうだ」そして、ロシュ警部は捜査班のメンバーひとりひとりを見て、真顔で告げた。「決めたぞ。スタジオを開けよう」

夕食時のニュースで、画面に有名な俳優の顔が映しだされた。捜査班は六人目の少女の両親に訴えかけるために彼を選んだ。よく知られた人物で、こうした状況において適度に感情を分かちあえると見込まれたのだ。言うまでもなくロシュ警部のアイデアだった。ミーラも賛成した。指定された番号にいたずらや嘘の電話が集中するのを防ぐ効果もあるだろう。

テレビの視聴者が、まだ生きている六人目の少女の存在を知ってからおよそ一時間後、捜査班は〝スタジオ〟に集合した。

それは中心街の近くの、ある建物の四階のアパートメントだった。連邦警察の分室として、おもに経理や総務が利用する部屋で、いまだにデータベース化されていない時代遅れの紙の資料が保管されている。

一時は、証人保護プログラムの極秘の居住場所として利用され、身を隠す必要のある人物をかくまっていたこともあった。同様の二箇所のアパートメントにくらべると、秘密の隠れ家によりふさわしく、したがって窓もない。エアコンは常時作動し、唯一の入口は玄関のドアだけだった。壁は非常に厚く、各種警報装置が備えつけられている。だが、いまは当初の目的には利用されておらず、そうした装置は電源が切られている。重い甲鉄板の防弾扉があるだけだ。

そもそもは、凶悪犯罪捜査班の結成時にゴランがこの場所を使いたいと言いだした。ロシュ警部はとくに反対しなかった。もう何年も使われていない隠れ家くらいにしか思っていなかったのだ。犯罪学者は、事件が解決するまでは全員が寝食をともにすべきだと主張した。そのほうが意思の疎通をはかりやすく、第三者を交えずにすぐに考えを共有できる。なかば無理やりの共同生活だったが、やがて調和が生まれ、最後には脈打つひとつの頭脳として機能するまでに至った。ゴラン・ガヴィラ博士は職場環境の構築にニュー・エコノミーの手法を取り入れ、共同のスペースと〝水平〟の役割分担を導入した。警察では等級別の縦割り分担がふつうだったが、それがしばしば衝突や対立の原因となる。それに対してスタジオでは、立場の差をなくして全員で事件を解決する。各自の貢献が求められ、正当に評価されるというわけだ。

スタジオに足を踏み入れるなり、ミーラは感慨にふけった。この場所で数多くの連続殺人犯が検挙されてきたのだ。現実の世界では不可能でも、ここで、この壁の内側でなら可能だった。

単に犯人を捜し出すだけでなく、一見不可解な凶悪犯罪の裏に隠された設計図を理解しようと努力する。病んだ心の生みだす歪んだ光景を。

みずからもそれを成し遂げたとき、その過程が捜査の新たな段階の始まりとなることをミーラは自覚していた。

ステルンは妻に用意させた茶色い合成皮革の鞄を手に、真っ先に奥へ進んだ。続いてリュックサックを背負ったボリス。そしてサラ・ローザ。最後にミーラ。

甲鉄板のドアに加えて、防弾ガラスで囲まれたブースがあり、かつてはそこに監視員が置かれていた。中には電源を切った監視システムのモニター、回転椅子が二脚、空の銃架が見える。その奥には、さらに電子ゲートのついた入口があり、玄関部分と他の部屋を仕切っていた。かつては監視員が操作していたにちがいないが、いまは開け放たれている。

ミーラは閉めきった部屋の湿気と煙の入り混じったにおいに気づいた。エアコンの通風口からは、絶え間ないうなりが聞こえてくる。これでは眠れそうにない。耳栓を手に入れたほうがよさそうだ。

長い廊下がアパートメントをふたつに分けている。壁には過去の事件の新聞や写真。

若くてきれいな娘の顔。

写真に投げかけられた他のメンバーの視線から、ミーラはその事件の解決が満足のいくものではなかったことを察した。おそらく彼らは二度とあの場所には立たないだろう。

誰も口をひらかず、なにも説明しなかった。ただひとりボリスが悪態をついた。「ちくしょう。せめてあの顔を壁から剝がせばよかった」

部屋には古いオフィス家具が置かれ、それらがみごとにクローゼットや食器棚に変身している。キッチンではデスクが食卓になっていた。冷蔵庫はいまだにオゾン層を破壊するフロンガス式だ。誰かが丁寧にも除霜をしてドアを開けっぱなしにしていたが、黒くなった中華料理の残りは手つかずだった。居間にはソファがふたつとテレビ、それにノートパソコンと周辺機器を接続するための場所がある。隅にはコーヒーメーカー。そして案の定、汚れた灰皿と、ありとあらゆるゴミ——とりわけ某ファストフード店の紙コップ。たったひとつのバスルームは狭くて悪臭を放っていた。シャワーの横に古いファイルボックスがあり、その上に使いかけの液体石鹸やシャンプーのボトル、五ロール入りのトイレットペーパーのパックが置かれていた。ドアの閉まったふたつの部屋は尋問用だ。

突き当たりはゲストルームだった。二段ベッドが三つと、壁には折りたたみ式の簡易ベッドがふたつ立てかけてある。それぞれのベッドの横には椅子があり、スーツケースや身のまわりのものを置けるようになっていた。ここでみんな一緒に眠るのだ。ミーラは他のメンバーがベッドを選ぶのを待った。おそらく各自のベッドが決まっているのだろう。新参者の自分は最後に残ったベッドだ。結局、彼女は簡易ベッドとなった。サラ・ローザとは最も離れている。

ボリスは二段ベッドの上段に避難した。「ステルンはいびきをかくんだ」彼はミーラの横を通りすぎるときに小声で警告した。そのおもしろがっているような口調と秘密めかした笑みに、ボリスの自分に対するいらだちはおさまったのだろうと思った。ミーラはほっとした。そのほうがスムーズに共同生活を送ることができる。これまでも同僚との距離が縮まることはあったが、彼女はいつでも最後の一歩を踏み出せなかった。同性に対しても同じだった。しばらく一緒にいて仲間意識が芽生えても、思いきって近づくことができずに距離を置きつづける。最初は悩んだ。やがて〝生き延びるための泡〟の中に身を置くことを覚えた。遠ざけている相手からの批判はもちろん、物音や騒音も含めて、自分で決めたものしか入ることのできない空間だ。

もう一方の簡易ベッドの上には、すでにゴランの荷物が整理されていた。彼はいちばん広い部屋で皆を待っていた。ボリスが〝瞑想室〟と名づけた部屋だった。

静かに部屋に入ると、黙々とホワイトボードに向かっているゴランの背中が目に入った。〝蘇生術および集中治療の手順に精通している人物、おそらく医師〟と書かれている。

壁には五人の少女の顔写真、腕の墓地とベルマンの車のスナップ写真、そして事件に関する報告書のコピーが貼ってある。ミーラが隅に置かれた箱を見ると、あの若くてきれいな娘の写真が入っていた。新しい写真を貼るためにゴランが剥がしたにちがいない。

部屋の中央には、五脚の椅子が円形に並べられていた。

瞑想室。

ミーラの視線に気づいたゴランが説明する。「集中するための配置だ。われわれは犯人の手がかりに全神経をかたむけなければならない。すべてはわたしが適切だと考える方式に基づいている。だが、いつも言っているように、うまくいかない点があれば変更しよう。きみたちの好きなように移動してくれ。この部屋では、頭に浮かんだことをなんでも試してみよう。椅子などささいな問題だ。もっとも、コーヒーとトイレに関しては争奪戦になるだろうが」

「わかりました」ミーラは言った。「それで、まずはなにを？」

ゴランはぱんと手をたたくと、連続殺人犯の特徴を記したホワイトボードを指さした。「アルベルトの性格を理解する必要がある。新たなことが判明するたびに、ここに書き加えていこう……きみは連続殺人犯の頭の中に入りこんで、本人になりきって考えようとしているか？」

「ええ、もちろんです」

「では、それは忘れるんだ。無意味なことだ。ここでは禁ずる。われらがアルベルトは自分の行為に対して正当性を抱いている。頭の中で完璧に構築している。それは長年にわたる体験、トラウマ、妄想によるものだ。したがって、彼がなにをしようとしているかを考えるのではなく、いかなる理由でそうした行為に至ったのかを理解する努力が必要だ。そうやって彼に近づくんだ」

だが、ミーラにはベルマン以降、殺人犯の足取りが途絶えているように思えた。

「残りの遺体の捜索にも全力を尽くすべきです」

「わたしもそう思うよ、ステルン。だが、目下のところなにかが欠けている。そう思わないか？」

「なんですか？」ボリスが尋ねた。他のメンバー同様に、犯罪学者がなにを言わんとしているのかを理解できずにいる。だが、ゴラン・ガヴィラはそう簡単に答えを与えることはしなかった。むしろ彼らに自力で推理させ、ある一定の結論に導くことを好んだ。

「連続殺人犯は象徴の世界で行動する。その道筋は、はるか昔に彼の心の奥底で始まり、いまや現実の世界に広がっている。さらわれた少女たちは目的を達するための手段にすぎない。ほんの一部分だ」

「幸福の追求ですね」ミーラがつけ加えた。

ゴランは彼女を見た。「そのとおり。アルベルトは満足を求めている。自分の行為だけでなく、存在そのものに対する見返りを。心が強迫観念をささやきかけている。彼はそれに従っているだけだ。そして、そうすることによって、われわれになにかを伝えようとしている……」

それが欠けているものだった。彼の意図すること。

アルベルトがこのうえなく個人的な世界の追求だけでは飽き足らず、世間に知らしめようとしていること。

サラ・ローザが口をひらいた。「一番目の少女の死体にはなんの痕跡もなかったわ」

「いいところに気がついた」ゴランはうなずいた。「いわゆるシリアルキラーものでは——映画も含めて——連続殺人犯は捜査官がたどれるような〝足跡〟を残すことが多い……だが、アルベルトはなにも残していない」

「わたしたちが気づいていないだけかもしれないわ」

「だとしたら、それは彼の意図を読めないからだろう」ゴランは認めた。「おそらく、われわれはまだじゅうぶんに理解していない。だからこそ、各段階を構築し直すべきなんだ……」

全部で五段階。すべて手順に関することだ。犯罪学の教科書では連続殺人犯の行動を分析するために用いられ、経験に基づいて行動を時系列に分類し、個別に分析を加える手法である。

前提となるのは、生まれながらの連続殺人犯は存在せず、さまざまな経験や刺激によって殺人犯の人格を孵化させ、残虐行為へ走るという理論だ。

第一段階は〝空想〟。

「欲求の対象は、現実の世界で求めるよりもはるか以前に心に描かれている」ゴランは説明する。「連続殺人犯の内なる世界では、刺激と緊張が絡みあっている。こうした内面を阻止することは不可能で、行動への推移は避けられない。その内面生活、つまり空想の世界は現実に取って代わることで終わりを迎える。連続殺人犯がみずからの手で現実をつくりだし、空想で取り囲むのはそういうわけだ」

「で、アルベルトの空想は？」ステルンがいくつ目かわからないミントタブレットを口に放りこんで尋ねた。

「やつはなにに取りつかれている？」

「挑戦よ」ミーラが答えた。

「おそらく彼は長いあいだ周囲から見下されていたか、見下されていると思いこんできた。そしていま、自分がすぐれていることを見せつけようとしている……わたしたちよりもすぐれていることを」

「それが単なる〝空想〟にとどまらなかった、というわけだな？」ゴランが尋ねたのは確かめるためではなく、すでにその段階が過ぎていると考えたからだった。

「アルベルトはさらに駒を進めた。われわれの反応を予想して犯行を企てた。彼は主導権を握っている。すなわち自分だけでなく、われわれのことも熟知しているということだ」

第二段階は〝具現化〟もしくは〝計画〟である。空想が熟して実行段階を迎えると、手始めに犠牲者を選ぶ。

「彼が選んだのは少女たちではなく、その家族だということはすでにわかっている。真の標的は両親――子どもをひとりしか持たないと決めた両親だ。その利己主義を罰するつもりなんだ……その証拠に、今回は犠牲者を象徴化することができない。少女たちは境遇もさまざまで、年齢も近いとはいえ、ばらつきがある。金髪やそばかすといった身体的特徴の共通点もない」

「つまり、それらは重要ではないということか」ボリスが言った。「そうした面には興味を示さなかった」

「じゃあ、どうして少女なの？　少年ではなくて」ミーラが尋ねた。

その問いには誰も答えられなかった。ゴランは考えながらうなずいた。

「その点はわたしも考えた。だが、問題は彼の空想がどこに端を発しているかがわからないということだ。そうした発端は、往々にして驚くほどありふれたものだ。たとえば学校で女子の同級生にいじめられたとか……ぜひとも知りたいところだが、いまはまだその時期ではない。当面は目の前の事実に集中するべきだろう」

その非難めいた口調にミーラは反発を覚えたが、ゴランが自分に腹を立てているわけではないことはわかっていた。むしろ誰も答えられないことが不満なのだろう。

第三段階は〝策略〟だ。

「犠牲者はどのようにしておびき寄せられたのか？　アルベルトはどんな策略を実行したのか？」

「デビーは学校から、アネケはマウンテンバイクで森へ行ったときに連れ去られました」

「サビーネはおおぜいが見ているなか、メリーゴーラウンドから連れ去られた」ステルンが指摘する。

「でも、どうせみんな自分の子どもしか見てなかったんでしょ」サラ・ローザが皮肉っぽくつけ加えた。「所詮、他人のことには関心がないのよ」

「いずれにしても、おおぜいの人の前で連れ去ったことには変わりない。まったく、なんてやつだ！」

ゴランはステルンをなだめた。少しくらいの嫌みに過剰に反応するのは好ましいとは言えない。

「最初のふたりは誰もいないところで連れ去られた。ある意味では小手調べだ。そして自信をつけた彼はサビーネを誘拐した」

「さらなる挑戦を突きつけたというわけですね」

「忘れてはならないのは、当時は誰もまだ彼の存在に気づいていなかったことだ。サビーネの件ではじめて少女たちの失踪が関連づけられて、人々は恐れおののいた……」

「ええ、ですが、アルベルトが両親の目の前で彼女を連れ去ったのは事実です。まるで手品のように彼女は姿を消した。わたしは、ローザの言うようにその場にいた人間が無関心だったとは思いません……そう、アルベルトは彼らの目もあざむいたんです」

「すばらしい、ステルン。その点については考えなければならない」ゴランは言った。「アルベルトはどのようにしてうまくやってのけたのか？」

「やつは透明人間だった！」

ボリスの受け狙いの答えに、一同は思わずにやりとした。しかしゴランはそこにある種の真実を見出した。

「つまり、ふつうの人間で言うなら、カモフラージュの能力にすぐれていることになる。サビーネをメリーゴーラウンドの木馬から連れだす姿は、どう見ても父親だった。すべてはあっという間の出来事だった。わずか四秒ほどだろう？」

「すぐに群衆にまぎれて見えなくなりました」

「少女は泣かなかったというのか？　まったく抵抗しなかったと？」ボリスが信じられないといったふうに声をあげた。

「七歳の少女がメリーゴーラウンドでおとなしくしているとは思えないわ」ミーラが指摘した。

「たとえ泣いたとしても、ごくありふれた光景だろう」そう言って、ゴランは話を先に進めた。「そしてメリッサだ……」

「すでに人々は警戒していた。彼女には外出禁止令が出ていたが、こっそり抜けだしてボウリング場へ友人たちに会いにいった」

ステルンは椅子から立ちあがると、壁に張られたメリッサの写真の前に立った。その笑顔の写真は学校の名簿から借りたものだ。最年長とはいえ、未熟な体つきは子どもっぽさを残しており、背もそれほど高くない。思春期に入れば、みるみる体は丸みを帯びて、少年たちの目にとまっていただろう。だが、名簿の写真の横には運動が得意なことと、学校新聞の編集長として活躍していたことが記されているのみだった。将来の夢は新聞記者になることだったが、それももはやかなわなくなった。

「アルベルトは待ち伏せをしていたんだ。本当になんてやつだ……」

ミーラはステルンを見つめた。彼はみずからの言葉に憤っているようだった。

「それに対して、カロリーネは自宅のベッドから連れ去られた」

「じつに用意周到だ……」

ゴランはホワイトボードに歩み寄ると、マーカーを取ってすばやく要点を書き出した。

「最初の二件は単に姿を消しただけだった。成績が悪かったとか、両親とケンカしたといった理由で家出をする子どもも珍しくない。したがって、誰もこのふたつの事件を結びつけなかった……だが、三人目は明らかに誘拐事件だったため、世間の警戒心が高まった。四人目の場合、犯人はメリッサが言いつけを破って仲間と誕生日を祝いに出かけるだろうと予想していた……そして最後の五人目のケースでは、家に侵入するために、時間をかけて間取りや家族の生活習慣を調べた。そこからどんなことが推論できるだろうか？」

「入念な策略だということです。それぞれの被害者について、徹底的に調べています。習慣、両親のこと、それに警察の動きまで」ミーラが答えた。「少女たちの信用を得るための演出は必要なかった。ただ有無を言わさず連れ去ったんです」

それに対して、連続殺人犯《シリアルキラー》という言葉を世に知らしめた、かのテッド・バンディは、女子大生を信用させて誘拐するために偽のギプスをつけていた。そのほうがいかにも困っているように見える。そして相手に重い荷物を運ばせ、まんまと自分のフォルクスワーゲン・ビートルに乗せた。彼女たちが自分の側のドアに取っ手がないことに気づいたときには、すでに手遅れだった……。

書き終えたゴランは、続いて第四の段階に話を進めた。〝殺人〟である。

「連続殺人犯が決まって死に対して執り行なう〝儀式〟がある。時とともに改められることもあるが、基本は変わらない。いわば自身のトレードマークだ。そして、儀式のたびに特定のシンボルが用いられる」

「現時点では六本の腕と一体の死体が見つかっているわ。犯人は少女たちの腕をばっさり切り落として殺している。最後のひとりを除いて」サラ・ローザがつけ加えた。

ボリスは法医学者の鑑定報告書を取りだして読んだ。

「チャンによれば、犯人は彼女たちを誘拐直後に殺害している」

「なぜそんなに急いだのか?」ステルンが尋ねる。

「少女たちに興味がなかったからでしょう。だから生かしておく必要がなかった」

「人間と見なしていないんだわ」ミーラが口をひらいた。「アルベルトにとっては、ただの物にすぎないのよ」

六人目の少女も同じだ、と誰もが思った。だが、それを口にする勇気はなかった。アルベルトは彼女が苦しもうがどうしようが構わない。ただ目的を達するまで生かしておくだけなのだ。

最終段階は〝細部の体系化〟だ。

「最初は腕の墓場、次にアルベルトは児童性愛者のトランクに死体を入れた。これはわれわれに対するメッセージなのか?」

ゴランは一同を見つめて意見を求めた。

「自分はアレクサンデル・ベルマンとはちがうということよ」サラ・ローザがきっぱり言った。「きっと子どものころに虐待されたのよ。こう言いたいんだわ。

〝こうなったのは自分のせいじゃない、誰かがおれを怪物にしたんだ〟と」

ステルンは首を振った。「彼はわれわれに挑んでいるんだ。世間の注目を浴びたい。ところが、最近の一面記事はベルマンのことばかりだ。おそらく自慢したいんだろう。児童性愛者を選んだのは復讐のためではない。ほかの動機があったはずだ……」

「もうひとつ注目すべき点がある……」ゴランはみずから立ち会った検屍を思い出しながら言った。「彼はデビー・ゴルドンの体をきれいにして、元どおり服を着せている」

「ベルマンのために着飾らせたのかもしれないわ」ミーラが考えを述べた。

「すべての少女にそうしたのか、こういった行動が儀式の一部なのかはわからない。それにしても奇妙だ……」

ゴランに――そして、専門家ではないが経験豊富なミーラにも――解せないのは、連続殺人犯は被害者からなにかを奪うケースが多いからだ。ひそかに回想するための性的倒錯の対象物《フェティッシュ》、つまり記念品のようなものを。

被害者のものを持つことは、すなわち被害者本人をわがものにすることである。

「彼はデビー・ゴルドンからなにも奪っていない」

ゴランがその言葉を口にした瞬間、どういうわけかミーラはデビーのブレスレットについていた鍵を思い浮かべた。おそらく秘密の日記が隠されていたブリキの箱の鍵を。

「なんてばかなのかしら」思わず声をあげて、またしても彼女は周囲の注目を集めた。

「われわれのことを言っているのか？　それとも――」

ミーラはゴランを見すえた。「デビーの寄宿舎の部屋で、マットレスの下にブリキの箱が隠してあったのを見つけたんです。中に日記が入っているかと思いましたが、ありませんでした」

「それで？」ローザがばかにしたように尋ねる。

「缶には南京錠が取りつけられていたわ。鍵はデビーの腕についていた。だから、開けられるのが彼女だけなら、そもそも日記などなかったんだと思ったけど……そうじゃない。日記はあったのよ！」

ボリスが勢いよく立ちあがった。「きっとそうだ！　やつはデビーの部屋へ行ったんだ」

「どうしてそんな危険を冒さなきゃいけないのよ?」ミーラの説を認めたくなくて、サラ・ローザが異を唱えた。

「なぜなら、彼はつねに危険を冒しているからだ。興奮を味わうために」ゴランは説明した。

「ほかにも理由があるわ」ミーラが自信たっぷりにつけ加える。「壁に貼ってあった写真が何枚か剝がされていた。きっとデビーと六人目の少女が一緒に写っていたんだわ。彼はなんとしてでも少女の身元を知られたくなかった」

「そのために日記も持ち去った……そして、もう一度箱に鍵をかけた……なぜだ?」ステルンは腑《ふ》に落ちない様子だ。

だが、ボリスにはぴんと来た。「わからないのか?日記はなくなっているが、箱には鍵がかかっている。その鍵はずっとデビーの腕についたままだった——つまり、〝日記を持ち出せるのはおれだけだ〟と言っているんだ」

「それをなぜわたしたちに知らせる?」

「そこになにかを残したんだ……おれたちのために」

それこそ探し求めていた〝証拠〟だ。

またしても瞑想室が功を奏し、ゴランはこの誘導法の有用性をあらためて実感することとなった。

彼はミーラに向き直った。「きみはそこへ行って、部屋にあるものを見た……」

ミーラは考えを集中させようとしたが、なにひとつそれらしきものは思い出せなかった。

「なにかあったはずだ」ゴランは迫った。「それはまちがいない」

「部屋の隅々まで調べてみましたが、とくに注意を引くものはありませんでした」

「明らかにそれとわかるはずだ。見逃すわけがない」

だが、ミーラには思い出せなかった。そこで、ステルンの提案で、全員で行ってあらためて調べてみることになった。ボリスが電話に駆け寄って寄宿学校に訪問を告げ、そのあいだにサラ・ローザはクレップに連絡して、早急に合流して鑑識を行なうよう依頼した。するとそれまで黙っていたミーラが口をひらいた。

「無駄よ」失ったばかりの信用を回復しようとするかのように告げた。「たとえなにかがあるにせよ、もうあの部屋からは消えているわ」

寄宿学校に着くと、デビーの学友たちは講堂に集まっていた。ふだんは集会や卒業証書の授与に使われる場所で、壁はマホガニーの寄木張りになっている。この学校を有名にした歴代の教師たちのいかめしい顔が、高価な額縁に守られて、舞台の上から見下ろしていた。肖像画の牢に閉じこめられた表情だった。

ミーラが話すことになった。少女たちはすでに脅えていたため、できるだけやさしい口調を心がける。校長はけっして処罰はしないと約束した。にもかかわらず、彼女たちの不安顔はその約束を信じていないことを物語っていた。

「このなかに、事件のあとでデビーの部屋に入った人がいます。不幸にも亡くなった友人の形見を欲しいと思う気持ちはよくわかるわ」

話しながら、ミーラはデビーのものを抱えてバスルームに隠れていた生徒の目を見た。あのささいな出来事がなかったら、こんなふうに話をすることなど考えつかなかっただろう。

講堂の隅で、サラ・ローザがこちらを見ていた。どうせなにひとつ収穫はないだろうと言わんばかりの顔つきだ。だが、ボリスとステルンは期待していた。ゴランは傍観者を決めこんでいる。

「問いただすつもりはないの。みんながどれだけデビーを思っていたかは知っているから。だから、持ち出したものをいま、ここに持ってきてほしいの」

ミーラは断固とした態度に出ることにした。

「とにかく全部持ってきてちょうだい。つまらないと思っても、じつは大事なものだということもあるわ。そのなかに、きっと捜査に役立つものがある。あなたたちもデビーを殺した犯人が捕まってほしいと思っているはずよ。それに、証拠隠匿の罪に問われるのは嫌でしょう。これはあなたたちの義務でもあるのよ」

実際には少女たちの年齢で罪に問われることはなかったが、責任を自覚させるために、ミーラはちょっぴり脅してみた。それに、デビーのためのささやかな復讐の意味もあった。生きているあいだはないがしろにされていたのに、死んだとたん、あさましいこそ泥行為のためだけに関心を向けられたのだから。

それぞれに考えるチャンスを与えるために、ミーラはわざと間を置いた。沈黙は説得の最良の手段で、彼女たちにとっては一秒ごとにますます重く感じられるはずだ。何人かの生徒がそっと目を見あわせた。誰も率先して動こうとはしない。当然だ。やがて、ふたりがほぼ同時に列から離れた。それにつられるように五人が出ていく。残りの生徒はその場を動かなかった。

ミーラはもう一分だけ考えさせ、そのあいだに連帯責任を逃れようと動揺している生徒がいないかどうか、ひとりひとりの顔を観察した。だが、いなかった。彼女は本当にいまの七名だけであることを願った。

「では、ほかの人はもう行ってもいいわ」

解放された生徒たちは、われ先にと出ていった。ミーラは捜査班の面々に向き直って、表情を変えずにゴランを見た。次の瞬間、彼女は不意打ちを食らった。ゴランがウインクをしたのだ。ミーラはほほ笑もうとしたが、やめた。他のメンバーの目も自分に向けられていたからだ。

十五分ほどして、七名が講堂に戻ってきた。それぞれがなにかしら手に持っている。彼女たちはそれらを長いテーブルに置いた。ふだんの式典で式服を着た教師たちの席が並ぶ場所だ。そして、ミーラたちが調べるのを待った。

ほとんどが服やアクセサリー、人形やぬいぐるみといった女の子のものだった。ほかにもピンクのMP3プレーヤー、サングラス、コロン、バスソルト、てんとう虫の形をした道具箱、デビーの赤い帽子、テレビゲームもある。

「わたし、壊してなんかないわ……」

ミーラはぽつりとつぶやいた少女を見た。いちばん小さくてぽっちゃりした少女は、せいぜい八歳くらいにしか見えなかった。長い金髪を一本の三つ編みにして、青い目からはいまにも涙がこぼれそうだった。ミーラは笑顔で安心させてから、彼女の置いたものに目を向けた。そして、それを手に取ってボリスに渡した。

「なにかしら?」

彼は引っくりかえしてみた。

「テレビゲームには見えないが……」

スイッチを入れる。

ディスプレイに赤い光が点滅し、短い音が一定の間隔で鳴りはじめた。

「だから言ったでしょ。壊れてるのよ。弾はどこにも飛んでいかないわ」ぽっちゃりした少女が早口で説明した。

ミーラがふと見ると、ボリスの顔が青ざめていた。

「わかったぞ……ちくしょう」

ボリスの悪態を耳にして、少女は目を丸くした。この厳《おごそ》かな場所を冒瀆《ぼうとく》する人がいることにびっくりすると同時に、おもしろがってもいるようだった。

だが、ボリスは彼女など目に入らない様子で、手にした機器に見入っている。

「これはGPS受信機だ。誰かがどこからか信号を送っている……」

13

いまのところ六人目の少女の家族への呼びかけも成果はなかった。

　殺到する電話は、もっぱらテレビを見て共感を示した人からのもので、彼らはむしろ電話回線を占領してしまうばかりだった。五人の小さな孫がいるおばあさんは、「かわいそうな少女の消息を知りたくて」七度も電話をかけてきた。そうした電話には捜査官がひとりずつ対応し、二度とかけてこないよう丁重に頼み、そのたびに電話の向こうから罵声を浴びせられるはめになった。

「タイミングが悪いことを気づかせようとすると、なんて冷たいやつだと言われる」実際にそう言われたことのあるステルンに向かって、ゴランは解説してみせる。

　彼らは移動警察車に乗ってGPSの信号を追跡していた。

　前方には特殊部隊の装甲車が連なり、先ほどからロシュ警部が多彩な方法で通信してみせるなど、その最先端の機能を披露していた。

　アルベルトがどこへ導こうとしているのかはまだわからないため、用心するに越したことはなかった。罠の可能性もある。だが、ゴランはそうは考えていなかった。

「彼はわれわれになにかを示そうとしている。自分の力を誇示しようと」

　GPSの信号は数キロメートル四方の地帯から発信されていた。これでは正確な発信機の位置を特定することはできない。もう少し近づく必要がある。

　移動警察車は緊張に包まれていた。ゴランはときおりステルンと言葉を交わした。ボリスは弾を装塡した銃の撃鉄を引き起こし、きちんと作動することを確認してから、今度は防弾チョッキがわき腹に密着しているかどうかを確かめる。ミーラは窓から外を眺めていた。高速道路のジャンクションが近づき、橋脚や舌のように絡みあったアスファルトが見える。

GPS受信機は特殊部隊の隊長が持っていたが、サラ・ローザがコンピューターのスクリーンで信号を追跡していたため、他のメンバーも状況を確認することができた。

そのとき無線機から声が聞こえた。「近づいてきました。信号は一キロ先の地点から発信されている模様です……」

全員が身を乗りだしてスクリーンを見た。

「どんな場所なのかしら」ローザがつぶやく。

ミーラは遠くに赤いレンガの大きな建物が見えるのに気づいた。複数の棟が渡り廊下でつながれた光景は十字架を思わせた。一九三〇年代に多く建てられたゴシック様式の重々しく陰気な建物で、当時の典型的な教会建築だ。一角に鐘楼がそびえ、その隣には聖堂がある。

装甲車は整地された長い街路を中心街へ向かって縦列で進んだ。大広場に到着すると、部隊は建物に侵入する態勢を整える。

ミーラは他の捜査官とともに車を降りて、年月を経て黒ずんだ荘厳なファサードを見あげた。扉口の上に文字が彫りこまれていた。

“Visitare Pupillos In Tribulatione Eorum Et Immaculatum Se Custodire Ab Hoc Saeculo”

「孤児《みなしご》をその困難にあたりて訪問し、みずから守りて世間に汚されざることこれなり」ゴランが彼女のために訳した。

かつては孤児院だったようだが、いまは閉鎖されている。

隊長の合図で特殊作戦班が二手に分かれ、横の入口から侵入した。後方支援隊がいないため、臨機応変に行動しなければならない。

一分ほど待ってから、ミーラたちは隊長とともに正面の扉から踏みこんだ。

そこは大きな広間になっていた。左右に階段があり、交差しながら上階へと続いている。天窓から薄暗い光が射しこんでいた。いまやその場所には数羽のハトが住みつき、とつぜんの侵入者に驚いて羽をばたたかせて、つかの間、床に影を落とした。部屋という部屋を調べる特殊部隊の兵士たちの靴音が響きわたる。

「異状なし！」部屋の安全を確認するたびに大きな声が聞こえてきた。

現実から隔絶されたような空間で、ミーラは周囲を見まわした。またしてもアルベルトの設計図に寄宿舎が登場した。とはいうものの、デビー・ゴルドンの閉鎖的な寄宿学校とはまったく異なる。

「孤児院か。少なくとも昔は誰か住んでいて、きちんとした教育が行なわれていたはずだ」ステルンが言った。

だが、ボリスはあくまで現実にこだわる。「ここには引き取り手のない子が送られてきたんだ。囚人や自殺した両親の子どもたちが」

一同はなにかが発見されるのを待ちわびていた。この恐怖の魔法を解くためのものなら、なんでもよかった。自分たちがここまで導かれた理由がついに明らかになるのであれば。ふいに足音がやんだ。少しして無線機から緊迫した声が聞こえた。

「隊長、すぐに来てください――」

GPS発信機が地下で見つかったという。ミーラたちは鉄の大鍋が置かれた厨房を抜け、青いフォーマイカでおおわれたチップボードの椅子とテーブルの並んだ広い食堂を横切って地下へ急いだ。狭い螺旋《らせん》階段を下りると、そこは天井の低い広い空間で、壁に並んだ通気穴から光が射しこんでいる。床は大理石で、排水口がむき出しになった中央の廊下に向かって傾斜していた。壁ぎわに並んだ水槽も大理石でできていた。

「洗濯場だったにちがいない」ステルンが言った。

隊員たちは洗濯槽のひとつを取り囲んでいた。現場を荒らさないように一定の距離を保っている。隊員のひとりがヘルメットを脱ぎ、その場に膝をついて嘔吐した。捜査班のメンバーは一瞬ためらった。

真っ先に国境のごとき円陣に割って入ったのはボリスだった。が、言語に絶する光景にすぐに足を止め、思わず手で口をふさいだ。サラ・ローザは目をそむけた。ステルンは絶句した。「神よ、許したまえ……」

ゴラン・ガヴィラは顔色ひとつ変えなかった。最後はミーラの番だった。

アネケ。

遺体は数センチほどの濁った水の中に横たわっていた。

顔は青白く、すでに早期の死後変化が見られる。そして全裸だった。右手に握られたGPS発信機が信号を発信しつづけ、この死の光景でそこだけが不自然に生命の兆しを見せていた。

アネケもやはり左肩からすっぱり腕を切断されていた。だが、この場にいる誰もが困惑したのはそのことではなかった。死体の保存状態でも、汚れなき秘部があらわになっていることでもない。まったくそうしたことではなかった。

アネケの死体は笑っていた。

14

彼の名はティモシー神父といった。年のころは三十五歳。細い金髪を横分けにしている。そして震えていた。

彼はこのあたりの唯一の住人だった。

小さな教会の隣にある教区司祭の家に住んでいる。広大な地域で利用されているのはここだけで、あとはもう何年も前から見捨てられている。

「わたしがここで暮らしているのは、この教会がまだ神に捧げられているからです」若き司祭は説明した。もっとも、いまではティモシー神父は自身のためだけにミサを執り行なっている。「誰もここまでは来ませんん。辺鄙《へんぴ》な場所ですし、高速道路で完全に遮断されていますから」

彼はここに来てまだ半年だった。前任のロルフ神父が年金生活に入り、そのあとを引き継いだのだ。言うまでもなく、孤児院で起きたことについてはなにも知らなかった。

「ほとんど足を踏み入れたことがないんです」神父は打ち明けた。「用もありませんから」

とつぜんの訪問の理由を説明したのは、サラ・ローザとミーラだった。そして、遺体の発見のことも。ティモシー神父の存在を知ると、ゴランはふたりを行かせた。ローザは手帳にメモを取るふりをしていたが、神父の話がたいして役に立たないことはわかっていた。ミーラは、なにもしなくても構わない、責任をとる必要もありませんよと言って神父を安心させた。

「なんと気の毒な少女だ」神父は叫んでから涙を流した。見るからに取り乱している。

「そう思うのなら、一緒に洗濯場までいらしていただけませんか」サラ・ローザはそう言って、ますます神父を狼狽《ろうばい》させた。

「いったいどうして？」

「あの場所について、いくつかお尋ねしたいことがあります。まるで迷路みたいですから」

「ですが、いま言ったように、中に入ったことは数えるほどしかありません。とても役に立てるとは――」

ミーラがさえぎった。「ほんの数分でけっこうです。遺体を運びだしてから」

彼女はさりげなくつけ加えた。もちろん、ティモシー神父は惨殺された少女の死体を脳裏に焼きつけたくはないだろう。彼はこれからもこのわびしい地で暮らしつづけなければならないのだ。すでにじゅうぶん動揺している。

「わかりました」神父はうつむいたまま、やっとのことで承諾した。

そして、約束はかならず守ると言って、ふたりを門のところで見送った。

帰り道、ローザはふたりのあいだの距離を強調するかのように、わざとミーラの数歩先を歩いた。こんなときでなければミーラは反発していただろう。だが、いまは同じ捜査班のメンバーとして、任務を完了するために自制しなければならない。

いつかこの決着をつけさせてもらうわ、彼女は心の中でつぶやいた。

そう考えるうちに、しかし結局はいつものようになることに気づいた。いくら腹が立っても、どういうわけか忘れてしまうのだ。

人間とはそういうものかもしれない、ミーラは思った。誰でも自分の人生を生きなければならない。死ねば葬られ、時がたつにつれて土に返るだろう。ちょっとした思い出だけが生きている者の心に残る。意味のない、いわば自動保存の機能だ。

誰もがそれに甘んじている。けれども、ミーラはちがった。まさにその晩、彼女はその記憶を心にはっきりと刻みこもうとした。

殺害現場からは、犯行時の様子や犯人の性格など、じつにさまざまな情報を得ることが可能だ。ベルマンの車はおそらく殺害現場ではないが、ふたり目の遺体の場合は、アルベルトについて推測できるものが見つかるだろう。

そのためには現場の徹底的な分析が必要である。全員のそうした鍛錬が捜査班の底力となり、追跡中の殺人犯の人物像をはっきりと定義することができるのだ。

サラ・ローザがなにかと部外者扱いしていたにもかかわらず、ミーラはいまや捜査班には欠かせないメンバーとなり――ベルマンの車から最初の死体を発見した際に認められたように――ボリスもステルンも彼女を仲間と見なしていた。

特殊部隊の兵士たちが引きはらうと、洗濯場にはゴランと捜査官たちだけが残った。

建物内には電源がなかったため、現場は発電機につながれて四つの台に固定されたハロゲンライトに照らしだされていた。

まだなにも動かされていなかったが、すでにチャンは死体周辺で作業に取りかかっていた。彼は試験管や試薬、顕微鏡などが詰まった小さな鞄の中に、見慣れぬ道具を持って現われた。いまは遺体の一部が浸かっていた濁り水のサンプルを採取している。クレップもじきに到着することになっていた。

現場を科学捜査班に明け渡すまでに、あと三十分ほどある。

「いうまでもないだろうが、殺害現場はまだ発見されていない」ゴランが切りだした。少女は他の場所で殺害されたはずで、ここはあくまで死体遺棄現場だと考えているのだ。連続殺人事件の場合、被害者の発見場所は殺された場所よりもはるかに重要だ。殺人は犯人が心の内に秘めておく行為であるのに対して、死体の発見はその経験を分かちあうための手段だからだ。被害者の死体を通じて、殺人犯は捜査官といわばコミュニケーションを試みる。

その意味では、アルベルトとて例外ではない。

「われわれは現場を読みとる必要がある。そこに隠されたメッセージを理解するんだ。誰に宛てたメッセージなのか。誰から始める？　どんな意見でも歓迎だ。だから思ったことを遠慮なく言ってほしい」

誰も口をひらこうとしなかった。頭の中には、あまりにも多くの疑念が渦を巻いていた。

「ひょっとしたら、彼は幼年期をこの施設で過ごしたのかもしれません。彼の恨みや憎悪はこの場所に由来しているのかも。だとしたら、記録を当たってみればなにかわかるはずです」

「あいにくだが、ミーラ、アルベルトがわれわれに自分についての情報を示すとは思えない」

「どうしてですか？」

「捕まりたくないからだ――少なくともいまは。われわれはまだふたり目の遺体を見つけたにすぎない」

「連続殺人犯は、殺人をやめられないから逮捕されたがるという可能性は？」

「くだらない」サラ・ローザがばかにしたように言った。

ゴランはつけ加えた。「たしかに、連続殺人犯の究極の願望が殺人を阻まれることだというのはよくある。だが、それは自分を抑えるためではなく、逮捕によってついに姿を現わすことができるからだ。ナルシストの傾向がある者は、自分の行為を誇示したいと思っている。正体が謎に包まれたままでは、その目的は達成できない」

ミーラはうなずいたが、完全に納得したわけではなかった。ゴランはそれに気づいて、他のメンバーに向き直った。

「犯行現場と犯人の計画した行動との関係を考え直したほうがいいかもしれない」

それはミーラに向けた忠告だったが、けっして彼女を邪魔者扱いしたわけではなかった。むしろ周囲と歩調を合わせるための配慮だった。それが功を奏して、すぐにボリスとステルンも遅れを取るまいと本腰を入れた。

口をひらいたのは年上の捜査官だった。ステルンはミーラを当惑させないように、彼女のほうは見ずに言った。

「犯行現場の状態から、連続殺人犯はふたつのタイプに分類できる。無秩序型と、秩序型だ」

ボリスが続ける。「前者は日ごろからあらゆる点で秩序に欠けている。人付き合いが苦手で孤立している。知能は人並み以下で教養がなく、特殊な能力を必要としない仕事に従事している。性的にも未熟で、早漏もしくは失敗の経験しか持たない」

ゴランは補足した。「たいていは幼年期に厳格な躾《しつけ》を受けた人物だ。それゆえ、特定の被害者に対して、自分が幼いころに受けた苦痛を与える傾向にあると考える犯罪学者も多い。怒りや敵意といった感情を隠して、ふだんは周囲の人間に見せることはない」

「無秩序型は計画を立てたりしない。本能的に行動するものよ」仲間外れにされたくなくて、ローザが口をはさんだ。

ゴランは持論を繰りかえした。「秩序が欠如している場合、犯人は殺害を遂行したとたんに不安になる。そのため、土地勘のある場所で犯行に及ぶことが多い。そのほうが余裕が生まれるんだ。不安と、逆に見知らぬ場所ではないという安心感によって、犯人はしばしばミスを犯す。身元の判明につながる痕跡を残すのもその一例だ」

「たいていの場合、被害者は運悪くその時間にその場所にいたにすぎない。犯人が殺害を遂行するのは、それが彼にとっては他人と関わるための唯一の手段だからだ」ステルンが締めくくった。

「じゃあ、秩序型は？」ミーラが尋ねた。

「なによりもまず頭が切れる」ゴランが答える。「カモフラージュは完璧で、正体を突きとめるのは非常に困難だ。一見、ごくふつうの人間で、法を犯すこともない。知能指数が高く、仕事もできる。多くの場合、地域社会での評判は高い。とくに幼少期のトラウマはなく、家族に愛されている。性的能力は高く、異性との関係にも問題はない。人を殺すのは純粋な楽しみのためだ」

最後の言葉にミーラはぞっとした。ショックを受けたのは彼女だけではなかった。そのときはじめて、チャンが顕微鏡から目を離して顔を上げた。彼もまた、いったいどのような人物が他の人間に次々と手にかけることに喜びを見出すのかを考えていたのだろう。

「彼にとって、殺人は狩りのようなものだ。入念に獲物を選ぶ。ふつうは自分の住んでいる場所から離れたところで。抜け目がなく用心深い。そして、捜査の進行具合を予測して先手を打つ。したがって逮捕するのは難しい。犯行を重ねるたびに熟達する。獲物を尾行し、待ち伏せして殺す。犯行は何日も、あるいは何週間もかけて計画する。あらゆる点を考慮して犠牲者を選び、じっくり観察する。相手の生活に入りこみ、情報を集めて生活習慣をメモする。信頼を得るために自信たっぷりの態度や親しみやすい人物を装って、つねに接触を試みる。暴力に訴えるよりも、言葉巧みに相手を誘う。つまり、一種の誘惑だ」

ミーラは振り向くと、この部屋で上演されている死の舞台に目を向けて言った。「彼の殺人現場はきっといつでも整然としている。なぜなら〝統制〟がモットーだから」

ゴランはうなずいた。「どうやらきみはアルベルトを理解したようだな」

ボリスもステルンもにっこりした。サラ・ローザは目をそらして、時間の無駄だというように時計を見た。

「ちょっといいですか……？」

この少人数の集まりで、それまで黙っていたメンバーが口をひらいた。チャンは顕微鏡のレンズの下から取りだしたばかりのスライドグラスを手に立ちあがった。

「どうしたんだ、チャン？」ゴラン・ガヴィラがせっつくように尋ねた。

だが、法医学者はこの瞬間をじっくりと味わっているようだった。彼の目が心なしか誇らしげにきらめいた。

「遺体を調べているあいだ、なぜこんなふうに少しだけ水に浸かっているのかを考えていたんです……」

「ここは洗濯場だ」ボリスが言った。わかりきったことだと言わんばかりの口調だ。

「ええ、ですがこの建物は電気と同じく、水まわりの設備も長らく機能していません」

誰もが不意をつかれた。とりわけゴランは愕然とした。

「では、この水はいったい――？」

「驚かないでください……涙です」

15

人間は自然界で泣いたり笑ったりできる唯一の存在だ。

それはミーラも知っていた。知らなかったのは、人間の目から三種類の涙が流れるということだ。目の表面にたえず潤いと栄養を与える〝基礎分泌による涙〟。異物が目に入ったときに出る〝刺激による涙〟。そして悲しいときに流れる〝感情による涙〟。この三番目の涙のみ成分が異なり、マンガンと、プロラクチンというホルモンの割合がずば抜けて高い。

自然現象の世界では、あらゆるものを化学式で表わすことができるが、精神的苦痛による涙が生理学的にほかの涙と異なる理由を説明するのは、事実上不可能である。

ミーラの涙に、おそらくプロラクチンは含まれていなかった。

それが誰にも言えない秘密だった。

彼女は悲しみを味わうことができなかった。他人を理解するうえで、それゆえ人類のなかで孤独を感じないために必要な共感を示すことが。

生まれつきそうだったのだろうか。それとも、なにか、あるいは誰かが彼女からその能力を奪ったのか。

そのことに気づいたのは、父親の死がきっかけだった。ミーラが十四歳のときだ。ある日の午後、応接間のひじかけ椅子で父が息絶えているのを見つけた。まるで眠っているようだった。少なくとも、なぜすぐに助けを呼ばずに、その場で一時間近くも見つめていたのか問われたときに、彼女はそう説明した。実際には、自分にできることはなにもないと瞬時に悟ったのだ。けれどもミーラが驚いたのは、その痛ましい出来事ではなかった。目の前の光景に対して、なんの感情もわいてこなかったのだ。父親――人生で最も大切な男性で、あらゆることを教えてくれた手本となる存在――はもはやこの世にいない。永遠に。それなのに胸が張り裂けることはなかった。

葬儀では涙を流した。ようやく心に絶望がこみあげてきたからではなく、単にそれが娘に期待されていることだったから。そのしょっぱい涙は必死の努力の賜《たま》物《もの》だった。

一時的なことよ、ミーラは心の中でつぶやいた。たまたま出なかっただけ。ただのストレス。ショックを受けているにちがいない。ほかの人だって、こういうことはあるはず。彼女はあらゆることを試した。みずからの過ちを思い出して心を苦しめた。けれども、なにも起こらなかった。

どうしてだかはわからない。だから、誰にも胸の内を明かさずに、けっして破られることのない静寂の世界に閉じこもった。母親でさえも、そのきわめて孤独な追悼では蚊帳《かや》の外だった。

周囲はミーラが打ちのめされ、憔悴《しょうすい》しているのだと思った。だが、彼女は部屋に閉じこもったまま、なぜ父親を心の中に埋葬して日常生活を取り戻すことしか頭にないのか、ひたすら自問していた。

歳月が流れても、なにも変わらなかった。父親を失った悲しみはこみあげてこなかった。それどころか、その後も祖母、級友、親族の死を経験したが、やはりミーラはなにも感じなかった。とにかく早く葬儀が終わってほしいと願う気持ちのほかは。

そんなことを誰に打ち明けられるというのか。冷淡だと思われるのが落ちだ。人類の世界には居場所のない怪物だと。ただひとり母親だけが、臨終の床でとつぜん娘の目に浮かんだ無関心に気づき、ふいに冷たさを感じたかのように握られた手を引き抜いた。

家族を残らず見送ったあと、赤の他人に対して感情を抱いているふりをするのはわけないことだった。だが、やがて人間どうしの――とりわけ異性との――触れ合いが必要な年齢になると厄介なことになった。相手に共感を抱けなければ恋愛などできるはずがない、ミーラは何度も自分に言い聞かせた。というのも、いつしか彼女はみずからの問題を自分なりに定義していたからだ。つまり〝共感〟という言葉は、〝自身の感情を相手に投射して一体化をはかるための能力〟を指していると。そのことを身に沁みて実感していた。

精神分析医のもとに通いはじめたのは、そのころのことだった。どう対処していいかわからない医師もいれば、治療は長く困難で、〝感情の根〟を見つけて気持ちの流れがどこでさえぎられているのかを理解するためには、かなり深く掘り起こさなければならないと言う医師もいた。

だが、誰もが口をそろえてこう言った――障害物を取り除く必要がある、と。

何年も分析を受けたが、効果は現われなかった。数えきれないほどの医師にかかり、あるときひとりの医師――とりわけ皮肉屋で、これっぽっちも感謝する気にはなれなかった人物――にはっきり言われなかったら、永遠に治療を続けていただろう。「心の痛みなど存在しない。ほかのあらゆる感情と同じように。すべては化学の問題だ。愛というのは、ただのエンドルフィンにすぎない。全身麻酔《ペントタール》を注射すれば、どんな感情的な要求も取り除くことができる。われわれは所詮、動く肉体にすぎないんだ」

やっとのことでミーラの心は軽くなった。満足したわけではないが、とにかく解放された。いっさいの関係を絶つのだ。過負荷の際に回路を遮断する電気器具のように、体を〝保護〟する。その医師が言うには、人生のある瞬間に極度の苦しみを感じる人間がいるという。もはや人間として生きられないほどの耐えがたい苦しみを。そういう人間はそのときに生きるのをやめるか、あるいはその状態に慣れてしまうらしい。

慣れたことを幸運だと考えていいのかどうか、ミーラには判断がつきかねたが、そのおかげでいまの自分があるのは確かだった。行方不明の子どもを捜すエキスパートとしての自分が。みずからはなにも感じないからこそ、他人に苦痛を癒やす手段を与えることができる。こうして長年の災いがふいに才能となった。

子どもたちを救いだす。家に連れ帰る。感謝される。ときには憧れの対象となり、成長した子どもがわざわざ訪ねてきて、おかげでどんな人生を送ってきたのか語ってくれることもある。

「もしあなたがわたしのことを考えてくれなかったら……」彼らは口をそろえる。

その〝考え〟が実際にはどんなものだったのか、もちろんミーラには言えるはずもなかった。どの子どもを捜すときも同じだった。彼らの身に起きたことには怒りを覚えるが——六人目の少女のときと同じように
——一度として〝同情〟を寄せたことはなかった。

ミーラは自分の運命を受け入れた。それでも、どうしても消えない疑問がひとつだけあった。

わたしは死ぬまで誰も愛せないのだろうか。

答えがわからずに、とっくの昔にミーラは頭も心も空っぽにした。誰かを愛することも、結婚や婚約も、子どもをもつことも、ペットを飼うことさえあきらめた。この秘密は一生消えはしないから。誰にも消し去ることはできないから。おかげで、彼女は捜している人物の頭の中に入りこめた。

自分自身の周囲を空にすることで、彼らの周囲にあるものを見つけた。

ところがある日、問題が生じた。児童性愛者の魔の手から小さな男の子を救いだしたときのことだった。犯人は週末を楽しむためだけに男の子を連れ去り、三日後に解放した。彼の病んだ心では、ちょっと〝借りた〟だけのつもりだったのだ。男の子を家族のもとへ

帰すことなどどうでもよかった。そして、ちっとも悪いことをしたという意識はなかったと弁明した。

だが、はたしてそれですむのだろうか。誘拐のショックはどう癒やしてやればいいのか。監禁の、暴力行為のショックは。

犯人がいくらみずからの罪を正当化しようとしても意味はなかった。彼は本当にそう思いこんでいたのだ。なぜなら、男の子の気持ちを理解することができなかったから。そのときミーラは悟った。自分もその男と同じだと。

その日から、彼女は他人も、同情を寄せる生き方も、二度と締めだすまいと心に誓った。たとえ相手に受け入れられなくても、形だけでも共感しようと。

ミーラは捜査班のメンバーも、ゴラン・ガヴィラもあざむいていた。実際には、連続殺人犯に関しては熟知していたことがある。少なくとも彼らの行動の一面は理解していた。

サディズムだ。

連続殺人犯の行動の根源には、かならずと言っていいほど明白かつ根深いサディスト的な要素が見受けられる。被害者は虐待の〝対象〟で、それによって犯人は個人的な満足を得ることができる。

被害者に苦痛を与えることに喜びを覚えるのだ。

多くの場合、連続殺人犯は他者と成熟した関係を築くことができず、それゆえ人間を物として見る。したがって、暴力が社会と接触するための唯一の手段なのだ。

だからこそこんな事件は起きてほしくない、ミーラの思いは切実だった。自分に同情を欠いた殺人犯との共通点があると思うと、彼女は吐き気を覚えた。

アネケの遺体が発見され、サラ・ローザとともにティモシー神父の家をあとにしたとき、ミーラは少女の身に起きたことが焼印のごとく脳裏に刻まれるだろうと覚悟した。だから他のメンバーがスタジオに戻って捜査の結果を総括しているあいだ、彼女はしばらくひとりで出かけた。

そして、いつものように薬局へ行って必要なものを手に入れた。消毒薬、絆創膏、脱脂綿、滅菌包帯、縫合用の針と糸。

そしてカミソリの刃。

ミーラはある目的を持って、前に泊まっていたモーテルに戻った。こんなこともあろうかと、チェックアウトせずに料金を支払いつづけていたのだ。カーテンを閉め、ふたつあるベッドの片方の枕もとの明かりをつける。そして腰を下ろし、小さな紙袋の中身をマットレスの上にぶちまけた。

ミーラはジーンズを脱いだ。

消毒薬を手に取ってじゅうぶんに塗りこむ。そして脱脂綿にも染みこませ、右脚の皮膚を消毒する。その上にはすでに治った傷の跡が残っていた。かつてみずからの失態で負ったものだ。だが、今回は災難に巻きこまれたわけではなく、名誉の負傷だ。口でティッシュペーパーを箱から引き抜き、カミソリの刃に巻きつける。その刃をしっかりと指のあいだにはさみこむ。目を閉じて、手を下ろす。三秒数えてから、腿の内側の皮膚に触れる。あらわになった肉にカミソリの刃が沈みこみ、ひらいた口から熱い血があふれでるのを感じた。

肉体の痛みが無音の轟音とともに炸裂する。傷口から全身を駆けめぐる。頭に到達して死のイメージを一掃する。

「これはあなたのためよ、アネケ」ミーラは静寂に向かってつぶやいた。

そして、はじめて泣いた。

涙のほほ笑み。

それがこの犯行現場の象徴的な光景だった。そして、ふたり目の少女の全裸死体が洗濯場で見つかった点も無視できなかった。

「神の創り出したものを涙で清めようとしたのか？」

ロシュ警部が尋ねた。

だが、例のごとくゴラン・ガヴィラはそうした単純な説明を信じなかった。これまでのアルベルトの殺害方法は、ありきたりの事件にくらべて洗練されすぎていた。過去の連続殺人犯のなかでは際立った存在だ。

いまやスタジオは目に見えて疲労感に包まれていた。午後九時ごろにモーテルから戻ったミーラは、目を赤く腫らし、右脚を軽く引きずっていた。彼女はすぐさまゲストルームへ行くと、簡易ベッドを広げもせず、服も脱がずに横になってしばらく体を休めた。十一時ごろ、彼女は廊下で携帯電話で話しているゴランの低い声に起こされた。そのまま動かずに眠っているふりをして、ひそかに聞き耳を立てる。どうやら電話の相手は妻ではなく、ベビーシッターか家政婦のようだ。

〝ルーナさん〟と呼ぶのが聞こえた。ゴランはトミーのことについて――それが彼の子どもの名前だろう――ごはんを食べて宿題をしたか、わがままを言わなかったかどうかなどを尋ねていた。ルーナが話しているあいだ、ゴランはひたすら小声で相槌を打っていた。そして、翌日に少しだけでもトミーの顔を見に家に寄ると約束して電話を切った。

ミーラは入口のわきで肩をすぼめたまま身動きひとつしなかった。だが、電話をしまったゴランが寝室の前で立ち止まり、こちらのほうに目を向けたような気がした。目の前の壁に映った影に気づいたのかもしれない。いま立ちあがったらどうなるだろう。薄明かりのなか、互いの視線が出合う。最初は気まずくても、なにかが起きるかもしれない。目と目の無言の会話。でも、それが本当に自分の求めていることだろうか。たしかにこの男性には不思議な魅力を感じる。けれども、それが正確になんなのかはわからなかった。ようやくミーラは立ちあがることにした。だが、すでにゴランの姿はなかった。

しばらくして、彼女はふたたび眠りに落ちた。

「ミーラ……ミーラ……」

黒い木々とどこまでも続く道の夢に、ささやくようなボリスの声が忍びこんできた。ミーラが目を開けると、簡易ベッドのわきに彼が立っていた。触れることなく、名前を呼ぶだけで起こしたのだ。だが、その顔はほほ笑んでいた。

「何時？　寝過ごした？」

「いや、まだ六時だ――いまから出かける。ガヴィラに、あの孤児院出身の何人かに会ってきてほしいと言われたんだ。きみも一緒に来ないかと思って……」

そう言われてもミーラは驚かなかった。むしろボリスとの気まずさを考えると、彼のアイデアではないはずだ。

「わかった、行くわ」

ボリスはうなずいた。これ以上、意地を張らずにすんでほっとしていた。

十五分ほどして、ふたりは建物の前の駐車場で落ちあった。車はすでにエンジンがかかっていて、ボリスは運転席の外で煙草をくわえ、ドアにもたれて立っていた。膝に届きそうなほど長いダウンのパーカーをはおっている。ミーラはいつもの革ジャンだった。荷造りの際に、このあたりがこれほど寒いとは思わなかったのだ。建物のあいだから遠慮がちに顔をのぞかせた太陽が道端に積もった黒ずんだ雪を溶かしはじめていたが、おそらく長続きはするまい。午後は吹雪の予報だった。

「もう少し着こんだほうがいいんじゃないかな？」ボリスが彼女の服装を見て心配そうに言った。「この時期、ここは凍りつくほど寒い」

運転席は暖かくて心地よかった。ダッシュボードの上にはプラスチックのカップと紙袋が置いてあった。

「あったかいクロワッサンとコーヒー？」

「全部きみのためだよ」彼女の食欲を覚えているボリスが答えた。

和解の申し入れだ。ミーラはなにも言わずに受け入れると、クロワッサンを頬張りながら尋ねた。「それで、どこへ向かってるの？」

「言っただろ。あの孤児院で暮らしていた人に話を聞きに行くんだ。ガヴィラは洗濯場の死体の演出はおれたちのためだけじゃないと考えている」

「過去のなにかに関連していると？」

「だとしたら大昔のことだ。さいわいにも、ああいった施設は二十八年前くらいに閉鎖されたんだ。そのころ法律が改正されて、ついに孤児院が廃止された」

ボリスの口調はどこか苦しげだったが、その理由はすぐにわかった。「じつは、おれもあんなところにいたんだ。十年くらいかな。父親の顔は知らない。母親はひとりでおれを育てられなかった。だからしばらく預けられた」

ふいに個人的なことを打ち明けられて、ミーラはなんと言っていいかわからなかった。ボリスはそれに気づいた。

「なにも言わなくていいよ。心配しなくていい。おれだって、なんできみにこんな話をしたのかわからないんだ」

「ごめんなさい。わたし、感情を表わすのが苦手なの。よく冷たい人間だと思われるわ」

「おれはそうは思わない」

そう言いながら、ボリスは前を見た。まだ路面が凍っているせいで車の流れはゆっくりだ。排気ガスの煙が空気を淀ませていた。歩道を行く人々は足早に通りすぎる。

「ステルンがあの孤児院にいた十二人を捜し当てたんだ。まったく頭が下がるよ。それで半分がおれたち、残りはステルンとローザが当たることになった」

「十二人だけ？」

「この地域ではね。ガヴィラ先生がなにを考えているかはわからないけど、それで捜査に役立つんなら……」

現時点ではほかに方法がないというのが実際のところだろう。それに、関連することはすべて当たるのが捜査の基本だ。

午前中は四人の孤児院出身者に会った。いずれも二十八歳を超えていて、多かれ少なかれ犯罪歴があった。孤児院、少年院、刑務所、仮出所、再入所、保護観察中の社会奉仕活動。ひとりだけが教会のおかげで完全に足を洗い、地域に多数存在するプロテスタント団体の牧師となっていた。ふたりはその日暮らしで、残るひとりは住み込みの店員をしていた。だが、いずれも孤児院時代のことを尋ねられると、動揺を見せた。たとえその後刑務所に入っても、孤児院のことはけっして忘れていないようだった。

「四人の顔に気づいた？」四人目の訪問を終えると、ミーラは同僚に尋ねた。「よっぽどひどい目に遭ったみたいね」

「どこの施設も似たりよったりだ。でも、おれに言わせれば、大人になってしまえば関係ない。年月がたつにつれて、だんだんと解放される。どんなにひどい目に遭っても。もっとも記憶は体に刻みこまれて、けっして消えることはないが」

ミーラたちがタイミングを見計らって洗濯場で遺体が発見された話を持ち出しても、四人とも黙ってうなずく程度だった。暗然たる時代を象徴するような出来事は、彼らにとってなんの意味もなさなかった。

昼ごろ、ふたりは通りがかりの店でツナサンドとカプチーノを胃に詰めこんだ。

空はどんよりとした鉛色だった。いまにも雪が降りだしそうだ。天気予報は外れなかった。

もう二名を訪ねることになっていた。できることなら吹雪になる前に帰りたい。ミーラとボリスは遠くに住んでいるほうから片づけることにした。

「フェルダーという男だ。三十キロほど先に住んでいる」

ボリスは機嫌がよかった。ミーラはこの機会にゴランについて訊いてみたかった。彼にはなぜか興味をそそられる。私生活やパートナー、息子といったこととは無縁な人物に思えたのだ。なかでも妻については謎だった。とりわけ、ゆうべ電話での会話を耳にしたあとでは。妻はどこにいるのだろう。なぜ家で幼いトミーの面倒を見ていないのか。その代わりに〝ルーナさん〟がいるのはなぜか。ボリスなら知っているかもしれない。けれども、どう切りだしていいかわからずに、結局ミーラはあきらめた。

フェルダーの家に着いたのは午後二時近くだった。事前に電話で訪問を告げようとしたが、録音された電話会社の女性の声が〝おかけになった電話番号は現在使われておりません〟と繰りかえすばかりだった。それを聞いたボリスが、「どうやら暮らし向きは楽ではなさそうだ」とつぶやいた。

実際に彼の家を見て、それが事実だとわかった。家は――そう呼べるのなら――スクラップ置き場の真ん中にあって、車の残骸に囲まれていた。周囲と同じくだんだんと錆びていくような一匹の赤毛の犬が、かすれた吠え声でふたりを出迎えた。少しして、四十代とおぼしき男が戸口に現われた。この寒さにもかかわらず、汚れきったTシャツとジーンズといういでたちだ。

「フェルダーさんですか?」

「ああ……あんたたちは?」

ボリスは身分証を掲げて見せただけだった。「少しお話できませんか?」

フェルダーはふたりの訪問を歓迎していないようだったが、とにかく中に入るよう合図した。

巨腹の男で、指はニコチンで黄ばんでいた。家の中も住人と同じく汚くて乱雑だった。不揃いのグラスでアイスティーを出すと、彼はふたりにソファをすすめ、自分は煙草に火をつけてからぎしぎし軋む寝椅子に座った。

「運がいいな。いつもなら仕事で出かけている……」

「今日はどうして休みなんですか？」ミーラは尋ねた。

フェルダーは外を見やった。「雪さ。こんな天気じゃあ、建設現場で働くやつは誰もいない。どのみち、ここのところずっと仕事に恵まれなかったが」

ミーラとボリスはグラスを手にしたが、ふたりとも口はつけなかった。だが、フェルダーは気にしていない様子だった。

「じゃあ、別の仕事を探してみてはどうですか？」会話の糸口をつかむために、ミーラはあえて興味のあるふりをした。

フェルダーは語気を強めた。「探したさ！　おれがただごろごろしているだけだと思うのか？　だが、なにもかもうまくいかなかった。女房も出ていった。あの女、もっとましな暮らしがしたいと抜かしやがったんだ。毎日毎日くだらないことばかり聞かされて、こっちもうんざりだった。いまはウエイトレスで端金《はしたがね》を稼いで、同じくばかな女ふたりと一緒に部屋を借りている。この目で見てきたんだ。いま、あいつの通っている教会が管理する部屋だ。あいつらときたら、自分たちみたいな役立たずでも天国へ行けると信じている。まったく、なにを考えているんだか」

ミーラはここへ来る途中、そうした新手の教会がいくつもあったことを思い出した。どれも大きなネオンの看板を掲げ、集会の名前のほかに独自のスローガンが書かれていた。ここ数年、全国でそうした団体が増えつづけ、失業者やシングルマザー、旧来の信仰に失望した人々などを次々と勧誘していた。それぞれに懺《ざん》悔《げ》の方法が異なっていることはあっても、創造論を無条件に受け入れ、同性愛や中絶に反対し、誰にも武器を所有して死刑を支持する権利があると主張する点は共通していた。

ミーラは考えた――昔の仲間のひとりがそうした教会の牧師になったと知ったら、フェルダーはなんと言うだろうか。

「あんたたちが来たとき、てっきりそいつらの仲間かと思ったよ。説教するためにわざわざここまでやってきたのかと。つい先月、別れた女房がおれを改宗させるためにふたり送りこんできたばかりだからさ」フェルダーは虫歯だらけの歯を見せて笑った。

ミーラは夫婦の話を切りあげようと、思いついたように尋ねた。「建設現場で働く前は、なにをしていたんですか？」

「想像もつかないだろうが……」フェルダーは周囲の散らかりぶりを見て笑った。「小さなクリーニング屋を経営していたんだ」

ふたりの捜査官はあやうく顔を見あわせそうになるのをこらえた。フェルダーの言葉に関心を持ったことを悟られるのは得策ではない。ミーラはボリスが腰に手をすべらせてホルスターのスナップを外すのを見逃さなかった。ここに着いたときに、携帯電話は圏外だったことを思い出す。目の前の男がどういう人物かわからないかぎりは、用心するに越したことはない。

「失礼ですが、服役したことは？」

「清廉潔白とは言わんが、鉄格子の中に入れられるような大それたことはしていない」

ボリスはその情報を心の中にメモしながら、フェルダーを気まずくさせるほどじっと見つめた。

「で、いったいなんの用だい、お巡りさん？」フェルダーはさも迷惑そうに尋ねた。

「われわれの調べによると、あなたは幼いころから成人するまでの期間を教会内の施設で過ごしたそうですね」ボリスが用心深く切りだした。

フェルダーは疑い深い目を向けた。それまでの四人とちがって、ふたりの警官がそのことを問いただすために来たとは思っていない。「人生のほとんどだ」彼は吐き捨てるように言った。

ボリスは自分たちがここまで足を運んだ理由を説明した。フェルダーは、マスコミが嗅ぎつける前にそのことを聞かされたとわかり、にやりとして言った。

「それを記者に話したら謝礼がたんまりもらえそうだ」

ボリスは彼を見すえた。「そんなことをしたら逮捕しますよ」

フェルダーの顔に浮かんだ笑みが消えた。ボリスは身を乗りだした。それが尋問のテクニックであることはミーラも知っていた。相手と感情的なつながりや親密な関係がないかぎり、人は話をする際に目に見えない線を引くのがふつうだ。しかしこの場合は、わざと相手の領域に侵入して気まずくさせるのが狙いだった。

「フェルダーさん、あなたは訪ねてきた警官をもてなすのがよっぽど好きなようですね。ことによったら小便でも入っていそうなアイスティーを出すくらいですから。それで、飲む勇気がなくてグラスを手に持て余す様子を見て楽しんでいる」

フェルダーはひと言も言いかえさなかった。ミーラはボリスを見た。はたして強気に出たのは正解だったのか。答えはすぐにわかるだろう。ボリスはそのまま口をつけずに平然とグラスをテーブルに置くと、ふたたびフェルダーの目を見つめた。

「では、孤児院時代の話を少しお聞かせいただけますか……」

フェルダーはうつむいて、ささやくような声で話しはじめた。「おれはあそこで生まれたも同然だ。両親には会ったことがない。生まれてすぐに預けられた。名前をつけたのはロルフ神父だ。昔からの知り合いで、若くして戦死した男から取ったそうだ。まったく頭がおかしいとしか思えない。そんな悪運に見舞われたやつの名前をつけて、おれが幸せになれるとでも考えていたのか!」

外でまたもや犬が吠えはじめ、フェルダーは話を中断して叫んだ。「静かにしろ、コッホ!」そして客に向き直った。「昔はもっとたくさん飼っていたんだ。ここはゴミ捨て場だった。この土地を買ったときには、きれいにしてみせると意気ごんでた。だが、次々と問題が生じた。汚水に汚物。とくに雨が降るとひどかった。それを飲んだ犬たちは腹をこわして、少しして死んだ。最後に残ったのがコッホだが、あいつも時間の問題だろう」

フェルダーは話をそらした。おそらく人生に傷跡を残したであろう場所のことを話す気はないのだ。その代わりに、さえぎられないのをいいことに死んだ犬の話をしている。だが、このまま引き下がるわけにはいかなかった。

ミーラは意を決して言った。「フェルダーさん、つかぬことをお尋ねしますが……」

「なんだ?」

「〝涙のほほ笑み〟と聞いて、どんなことを思い浮かべますか?」

「精神科医が使う言葉だろ? それがどうした? 連想ゲームかなにかか?」

「そんなところです」ミーラはうなずいた。

フェルダーはしばし考えこんだ。上を見ながらあごに手を当て、いかにもといったポーズをとっている。協力しているという印象を与えたいのか、〝不作為の罪〟に問われたくないのか、あるいは単にからかっているだけかもしれない。しばらくして、彼は言った。

「ビリー・モーレ」

「誰ですか? 知り合い?」

「あんなやつははじめてだった。孤児院に来たときは七歳だった。いつでも陽気に笑っていて、すぐに人気者になった……そのころは、もう閉鎖直前で、十六人しか残っていなかったが」

「あんな大きな建物に、たったそれだけ？」

「司祭たちもいなくなった。残っていたのはロルフ神父だけだ……おれは子どもたちのなかでかなり年上のほうだった。十五歳くらいだったか……ビリーの身の上話は聞くに堪えなかった。両親は首を吊って死んだ。彼が発見したんだ。泣きわめきもせず、助けも呼ばずに、椅子に乗ってふたりにしがみついた。ふたりは天井から落ちた」

「一生トラウマになってもおかしくないわ」

「いや、ビリーはいつも幸せそうだった。どんなにひどいことも乗り越える。彼にとっては、すべてがゲームだった。あんなやつは後にも先にもいなかった。あの場所は、おれたちには牢獄だったが、ビリーはちがった。なんと言ったらいいか、とにかく元気だった……大好きなものがふたつあったんだ。いつもローラースケートで誰もいない廊下を行ったり来たりしていた。それからサッカー。もっとも自分ではやらなかったがね。ずっとサッカー場にいて、実況中継をやってみせた。〝ビリー・モーレがメキシコシティのアステカ・スタジアムからワールドカップ決勝戦をお伝えします……〟といった具合に。彼の誕生日には、みんなで金を出しあってカセットレコーダーを買ってやったんだ。それはもう夢中になった。何時間もそんな調子で録音していたと思ったら、今度は自分で聞き直す始末さ」

フェルダーは関係ないことをとめどもなくしゃべりつづけた。ミーラはどうにか話を戻そうとした。「それは最後の数カ月間のことですよね」

「さっきも言ったが、孤児院は閉鎖が決まっていて、おれたちにはふたつの道しか残されていなかった。養子になるか、グループホームみたいなほかの施設に移るか。だが、おれたちみたいにみすぼらしい孤児を引き取ろうなんてやつは誰もいない。しかしビリーだけはちがった。列ができたんだ。みんな、ひと目で彼を気に入って引き取りたがった」

「それで、どうなったんですか？　ビリーはすばらしい家族に出会ったんですか？」

「ビリーは死んだよ」

その絶望的な口調は、まるでわが身に起きたことを話しているようだった。だが、多かれ少なかれ、そういった気持ちはあるにちがいない。ビリー少年は仲間たちにとって、いわば解放の象徴だったのだろう――ついに自由の身を勝ち得た存在として。

「どうして？」ボリスが尋ねた。

「髄膜炎さ」

フェルダーは思いきり鼻をすすった。その目は潤んでいた。そして、他人に弱みを見せたくないのだろう、彼は窓のほうを向いた。自分たちが帰ったあと、この家にはビリーの思い出が昔からの幽霊のごとく徘徊するにちがいない、とミーラは思った。だが、その涙のおかげで、フェルダーはふたりの信用を得た。ボリスがホルスターから手を離しているのが、ミーラにも見えた。フェルダーは危険な男ではない。

「髄膜炎にかかったのはビリーだけだったが、伝染するのが怖くて、おれたちはすぐに逃げた……まったく運がいいだろ？」彼は無理に笑った。「同情する余地もないさ。そのせいで、あの掃きだめは予定よりも半年早く閉鎖された」

そろそろ潮時だと腰を上げながらも、ボリスは尋ねた。「その後、そのときの仲間に会ったことは？」

「ない。だが、二、三年前にロルフ神父に会った」

「いまは年金生活を送っています」

「早くくたばっちまえばいいものを」

「なぜですか？」ミーラは身構えた。「なにかひどいことをされたんですか？」

「いや。だが、ああいった場所で育つと、自分がそこにいた理由を思い出すのも嫌になるものさ」

その思いはボリスも同じだったようだ。彼は無意識にうなずいていた。

フェルダーはふたりを見送らず、テーブルに身をかがめて、ボリスが飲まなかったアイスティーのグラスを手にした。彼はそれを口もとに運ぶと一気に飲み干した。

そして、ふたりをふてぶてしく見やった。「あばよ」


かつてのロルフ神父の部屋から、一枚の古い集合写真――閉鎖前の孤児院に最後まで残っていた少年たち――が見つかった。

年老いた司祭を囲む十六人の少年のなかで、ひとりだけがカメラに向かってほほ笑んでいた。

涙のほほ笑み。

生き生きとした目、もじゃもじゃの髪、欠けた前歯、緑色のシャツの油染みをメダルのように見せびらかしている。

ビリー・モーレは、孤児院に隣接する教会の小さな墓地に眠っていた。埋葬されているのは彼だけではないが、ビリーの墓がいちばん立派で、天使の石像が墓を守るように羽を広げている。

ミーラとボリスから話を聞くと、ゴランはビリーの死に関する書類を残らず入手するようステルンに頼んだ。そしてステルンが入念に書類に目を通した結果、ある奇妙な一致が明らかになった。

「髄膜炎のように感染する恐れのある病気の場合、衛生局に届け出ることが義務づけられています。ところが、ロルフ神父から届け出を受けた医師が、そのまま死亡証明書も作成しているんです。このふたつの書類は日付が同じです」

ゴランは推論した。「最も近い病院は三十キロ離れている。おそらく、わざわざ死亡を証明するために足を運ぶまでもないと考えたんだろう」

「神父の言葉を信じたんでしょう」ボリスがつけ加え

た。「聖職者が嘘をつくことはないから……」

「そうとも限らないわ」ミーラが異を唱える。「死体を掘り起こそう」

もはやゴランはためらわなかった。

やがて現われる地面を飾るように、わずかに雪が降りはじめていた。もうじき夜になる。急がなければならない。

チャンの率いる墓掘り班が作業に当たり、寒さで凍った土を小さな電動ドリルで掘りかえした。その間、誰も口をひらかなかった。

ロシュ警部は捜査の進展について報告を受け、にわかに動きだしたマスコミに対して細心の注意を払っていた。どうやらフェルダーが本当に金欲しさに接触したらしい。ミーラもボリスも、フェルダーに必要以上の情報が漏れないようじゅうぶん注意したが、ロシュがいつも言っているように、〝マスコミの仕事は話をでっちあげることだ〟。

そのこともあって、作業は急ピッチで進められていた。まことしやかな法螺《ほら》話でこの静寂が破られないうちに終わらせる必要がある。いったん騒ぎになれば容易におさまらず、かと思いきや、ある日とつぜん手のひらを返したように消滅するのだ。

ふいに鈍い音が響いた。ようやく電動ドリルがなにかに当たったようだ。

チャンの部下たちが穴に入って、手で掘りつづけた。棺は劣化を遅らせるためにビニールでおおわれていた。ビニールが破られる。裂け目から小さな白い棺のふたが見えた。

「完全に腐っている」法医学者は一瞥して言った。「ふたを開けたら壊れる危険があります。ただでさえこの雪でめちゃくちゃだ」チャンはゴランを見て指示を仰いだ。

「構わない……開けてくれ」

犯罪学者の決断には誰もが予想を裏切られた。チャンの部下たちは穴の上に防水布を広げてスコップで端を押さえ、大きな傘のようにして現場を保護した。

チャンは肩の部分にライトが内蔵されたチョッキを着ると、石の天使に見守られながら穴に入った。すでに技術者が棺にかぶせられた亜鉛をガスバーナーで溶かしており、ふたが少しずつ動きはじめた。

二十八年前に死んだ少年がどのように生きかえるのだろう、ミーラは心の中でつぶやいた。ビリー・モーレにはちょっとした儀式や祈りがふさわしいような気がした。けれども、そんな余裕は誰にもなかった。

チャンが棺を開けると、はたして最後の聖体拝領のときの服を着たままのビリーの亡骸《なきがら》が現われた。クリップ式のネクタイに裾を折りかえしたズボンでめかしこんでいる。棺の片隅には、ローラースケートと古いカセットレコーダーがおさめられていた。

ミーラの脳裏にフェルダーの声がよみがえる。〝大好きなものがふたつあったんだ。いつもローラースケートで誰もいない廊下を行ったり来たりしていた。それからサッカー。もっとも自分ではやらなかったがね。ずっとサッカー場にいて、実況中継をやってみせた〟

ビリーの持ち物はこれだけだったのだ。

チャンはメスで服の生地をゆっくりと切り裂いた。無理な体勢でも、その動作は迅速かつ正確だった。彼は骸骨の保存状態を確かめると、振り向いて捜査班のメンバーに告げた。「何箇所か骨折の跡が見られます。両脚については、どれだけ骨を接ぎあわせられるかわかりませんが……わたしの見たところでは、この少年の死因は髄膜炎ではありません」

16

ゴランをはじめ、捜査班の面々が待ち受ける移動警察車の中で、サラ・ローザはティモシー神父を紹介した。神父はあいかわらず不安げな面持ちだった。

「あなたの協力が必要なんです」さっそくステルンが切りだす。「早急にロルフ神父に連絡を取りたい」

「言ったでしょう。彼は年金生活に入りました。いまどこにいるかは知りません。わたしが半年前にここに来たときに何度か会っただけです。引継ぎのために。いくらか説明を受けて、書類と鍵を預かって、それっきりなんです」

ボリスがステルンを見た。「司教区庁に直接問いあわせたほうがいいかもしれない。年金生活の聖職者はどこへ送られると思う？」

「退職者のための家のようなものがあると聞いたことがある」

「そうかもしれません。しかし……」

ふたりはふたたびティモシー神父に向き直った。

「なんですか？」ステルンがうながす。

「そういえば、ロルフ神父は妹と一緒に暮らすつもりだと言っていたような……そうだ、たしかに彼女の年齢と、ずっと独身だということを聞きました」

神父はようやく捜査に貢献できて満足しているようだった。そして、ついさっき断わったばかりの協力を申しでた。

「よかったら、わたしが司教区庁に訊いてみましょう。よく考えてみたら、ロルフ神父の居場所を突きとめるのはそれほど難しくないかもしれません。ほかにも思い当たることがいくつかありますから」

そのときゴランが口をはさんだ。「できることなら、ここで起きたことについては報告したくないのです。司教区庁にとっては歓迎すべき話ではありませんから」

「わたしもそう思います」ティモシー神父は真顔でうなずいた。

神父が車から出ていくと、サラ・ローザは明らかに不満げにゴランを見た。

「ビリーの死が事故ではないという見解で一致しているなら、ロルフ神父の逮捕状を請求すべきじゃないでしょうか？　彼がなんらかの形で関わっているのは明らかだわ」

「ああ。だが、彼が少年を殺害したわけではない」

ゴランがはじめて〝殺害〟という表現を用いたのをミーラは聞き逃さなかった。ビリーの骨折は明らかに暴力による死を示していたが、何者かの手によって殺されたという証拠はなかった。

「神父が犯人ではないと、どうして断言できるんですか？」ローザは食い下がった。

「ロルフ神父は事実を隠しただけだ。髄膜炎ということにしておけば、感染を恐れて誰も深く追及しない。そして、ほかの孤児はみんな出ていった。彼らのことを気にかける者はいない。そうだろう？」

「そのうえ孤児院は閉鎖されることになっていた」ミーラが援護射撃に出る。

「真実を知っているのはロルフ神父だけだ。だから彼を問いただす必要がある。だが、もし令状を取ったとしたら、永久に捜し出せない恐れもある。もうかなりの年齢だ。この話を墓まで持っていく気かもしれない」

「だったら、どうすればいいんですか？」ボリスはいらだちを隠さなかった。「ただあの若い神父の知らせを待っていろとでも？」

「もちろんやることはある」犯罪学者は答えると、ステルンが町の土地台帳管理局の事務所で手に入れた孤児院の見取り図に目を向けた。そして、ボリスとローザに向かってある部分を示した。

「きみたちは東の棟を見てきてくれ。いいか、ここに記録保管室があって、孤児院が閉鎖されるまでに在籍した全員の名簿が保管されている。だが、注目すべきは最後の十六人だけだ」

ゴランはビリー・モーレひとりが笑っている集合写真をふたりに渡した。裏返すと、その写真に写っている少年全員のサインがあった。

「この名前を調べるんだ。ひとりだけ欠けているはずだ……」

ボリスとローザはとまどい顔でゴランを見た。

「どうしてわかるんですか？」

「なぜなら、ビリー・モーレは仲間のひとりに殺されたからだ」

そのビリー・モーレのほほ笑んでいる集合写真で、ロナルド・デルミスは左から三番目だった。当時八歳。ビリーが来る前は、おそらく彼がマスコット的な存在だったにちがいない。

子どもにとって、嫉妬はじゅうぶん人を殺す動機となりうる。

孤児院を出たあとの少年たちの行方は記録に残っていなかった。どこかに引き取られたのか？　その可能性は低い。グループホームに行き着いたのかもしれない。とにかく謎だった。おそらくその情報もロルフ神父の手で隠されたにちがいない。

どうしても神父を見つける必要がある。

ティモシー神父によれば、司教区庁は目下調査中とのことだった。「妹は亡くなっていて、彼は還俗を申しでたそうです」つまり、修道服を脱いだということだ。おそらく殺人を隠したことに対する罪滅ぼしだったのだろう。あるいは、悪は巧みに少年に姿を変えうることに気づいて、耐えられなくなったのかもしれない。

そうした仮説に、捜査班のメンバーは動揺を隠しきれなかった。

「俗世に戻った男を大々的に捜し出すべきか、それとも、きみがなんらかの答えを出すのを待つべきなのか、いったいどっちなんだ？」

ロシュ警部の大声に部屋の石膏ボードの壁が震えた。だが、警部の焦燥はゴランの落ち着きはらった態度に突っぱねられた。

「六人目の少女の件も、わたしに責任が押しつけられている。捜査が手ぬるいと非難されているんだ！」

「アルベルトがわれわれになんらかの痕跡を示そうとするまでは、発見することはできないでしょう。つい先ほど、クレップから報告がありました。今回の死体遺棄現場にも、なにひとつ手がかりは残されていなかったそうです」

「せめて、ロナルド・デルミスとアルベルトが同一人物であると考えることはできないのか」

「すでにアレクサンデル・ベルマンの件で同じミスを犯しています。現段階では結論を急ぐべきではありません」

これはただの助言であり、ロシュ警部は捜査方針に口をはさまれることに慣れていなかったが、今度ばかりは受け入れた。

「だが、あの変質者が好き勝手にやるのを指をくわえて待っているわけにはいかない。そんなことをしていたら、いつまでたっても少女を救いだせないぞ。まだ生きていればの話だが」

「彼女を救いだせる人物はひとりしかいません。彼本人です」

「本気で解放されるまで待つというのか？」

「わたしに言えるのは、彼もいずれミスを犯すだろうということだけです」

「なんだと？　ひたすら自分のケツをたたくことだけ

が期待されているというのに、よくもそんなのん気なことが言えたものだな。わたしは結果が欲しいんだ、先生！」

ゴランはロシュの怒声には慣れていた。しかも自分に向けられているわけではない。警部は、その立場ゆえに世間を相手にしなければならない。地位が高くなりすぎると、かならず引き下ろそうとする連中が出てくるものだ。

「いままでさんざん嫌みを言われたが、聞き流してきた。ひとつとしてわたしに向けられたものはないからな」

ゴランは辛抱強いほうだったが、ロシュがいると捜査がはかどらないことも承知していた。ここは自分が主導権を握って、どうにかして彼を追いはらわなければならない。

「わたしがいま、なにに注目していると思いますか？」

「なんでもいい。これ以上、恥の上塗りにならないことなら」

「これは、まだ誰にも話していません……涙です」

「それで？」

「ふたり目の少女の遺体の周囲に、少なくとも五リットルの涙がたまっていました。涙には塩分が含まれているため、通常はすぐに乾きます。ところが、今回は乾いていなかった。その理由を考えてみたんです……」

「なぜなんだ？　もったいぶるな」

「人工的に作られたものだからです。人間の涙の成分を完璧に再現して。ですが、完璧などありえない。だから乾かないんです……涙を作るにはどうすればいいか、ご存じですか？」

「見当もつかない」

「それです。アルベルトは知っている。そして実際に作った。時間をかけて。それがどういう意味か、わかりますか?」

「説明しろ」

「なにもかも周到に準備しているということです。彼が示しているのは、長年計画してきたことの成果なのです。しかし、われわれは短期間で彼の行動を追わなければならない。そういう意味です」

ロシュはひじかけ椅子の背にもたれ、宙を見つめていた。

「それで、これからどうなると言うんだ?」

「率直に言えば、最悪の事態が待ち受けているかもしれません」

ミーラは法医学研究所の地下に下りた。来る途中、有名なサッカー選手のカードを何枚か買ってきた――少なくとも店員は有名だと言い張った。別れの儀式にささやかな花を添えるために。死体安置所では、ビリー・モーレをあらためて天使の石像の下に埋葬するために、チャンが遺体を元どおりにしていた。

検屍はほぼ終わり、骨折部分のレントゲンが撮影されていた。白く光るパネルに写真が貼りつけられ、その前にボリスが立っている。ここで彼に会うとは、ミーラは思ってもいなかった。

彼女に気づくと、ボリスは弁解するように言った。

「新たにわかったことがないかと思って、ちょっと立ち寄ってみたんだ」

「で、なにかわかったの?」彼に気まずい思いをさせないように、ミーラは話を合わせた。だが、ボリスが個人的な目的があって来たのは明らかだった。

チャンが作業の手を止めて、ボリスに代わって答えた。

「この少年は高いところから落下しています。骨折の程度と、骨折箇所の数から、ほぼ即死と見ていいでしょう」

〝ほぼ〟という表現には、期待と同時に苦悩が込められていた。

「もちろんビリーが身を投げたのか、あるいは突き落とされたのかはわかりませんが……」

「もちろん」

ミーラは椅子の上に葬儀会社のパンフレットが置いてあるのに気づいた。言うまでもなく警察の職務には含まれないものだ。ビリーをきちんと埋葬してやろうと、ボリスがポケットマネーで費用を負担するつもりにちがいない。そばの台の上には、きれいに磨かれたローラースケートと、カセットレコーダーがあった。ビリーはその誕生日プレゼントを片時も離すことはなかったのだ。

「チャンはビリーがどこで死亡したかも見当をつけている」ボリスが言った。

法医学者は孤児院の拡大写真に歩み寄った。

「空中から落下する体には、速度によって重みが加わります。重力の働きです。そして、しまいには見えない手で押しつぶされたような状態になる。犠牲者の年齢――これは骨の石灰化の過程に関係しますが――それに骨折の程度を合わせて考えると、落下の高度を計算することが可能です。この場合は、十五メートル以上です。したがって、建物の平均的な高さと地面の傾斜から考えて、この少年は塔から落ちたと見てほぼまちがいないでしょう。ここです……わかりますか？」

またしても〝ほぼ〟という表現を用いながら、チャンは写真の該当箇所を示した。そのとき、アシスタントがドアから顔をのぞかせた。

「ヴロス先生、よろしいですか……？」

一瞬、ミーラには法医学者の顔と本名が結びつかなかった。どうやら部下のなかに彼を〝チャン〟と呼ぶ者はいないらしい。

「ちょっと失礼」チャンはふたりを残して出ていった。

「わたしももう帰らないと」ミーラが言うと、ボリスはうなずいた。

帰りぎわ、ミーラはビリーのローラースケートとカセットレコーダーの置かれた台に歩み寄って、それらの横に買ってきたカードを置いた。ボリスが目を向ける。

「そこに彼の声が残っている……」

「えっ?」ミーラはなんのことだかわからずに訊きかえした。

ボリスはあごでカセットレコーダーを指して繰りかえした。「ビリーの声だ。例の架空の実況中継が……」

ミーラはほほ笑んだ。だが、それは寂しげなほほ笑みだった。

「聞いたの?」

ボリスはうなずいた。「ああ、最初だけ。それ以上は、とても聞けなかった……」

「わかるわ……」ミーラはそれだけ言うのが精いっぱいだった。

「テープはほとんど劣化していないんだ。酸が……」ボリスは言葉に詰まる。「腐敗の過程で放出されたのに、テープは無事だった。チャンによれば、わりあい珍しいケースだそうだ。たぶん埋葬場所の地質のせいじゃないかな。電池がなかったから、わざわざ買いに走ったんだ」

彼の心痛をやわらげようと、ミーラは驚いたふりを続けた。「じゃあ、レコーダーは動くのね」

「もちろん。日本製だからね」

ふたりは笑った。

「一緒に最後まで聞いてみないか?」

ミーラは答える前に少し考えた。正直なところ、気乗りはしなかった。そっとしておくべきものもある、そう思ったが、ボリスは明らかに聞きたがっている。断わるのも悪い気がした。

「いいわ。スイッチを入れて」

彼はカセットレコーダーに近づいて再生ボタンを押

した。すると、ひんやりとした解剖室にビリー・モーレが生きかえった。

「……スポーツファンのみなさん、本日は聖地、ウェンブリー・スタジアムからお送りします。まさに歴史的な対戦とも言うべき、イギリス対ドイツの試合です」

生き生きとした声は、ところどころ交じる息の音でやや聞きづらい。言葉の端々に笑いが顔をのぞかせ、あたかも目の前にビリーがいるようだった。幼いながらも、自分の元気で周囲を明るくしようとしている健《けな》気《げ》な少年が。

それにつられて、ミーラもボリスもほほ笑んだ。

「気温は暖かく、秋も深まっていますが、雨は降りそうにありません。ピッチの中央では、すでに両チームのメンバーが並び、国歌に耳をかたむけています……観客席はぎっしり埋まっていて、空席ひとつありません。まさにすばらしい光景です。まもなく世紀の決戦が始まりますが、その前に本日のメンバー表を——ああ天主、われ、主の限りなくきらい給う罪をもって、限りなく愛する御父《おんちち》に背《そむ》きしを深く悔やみ奉《たてまつ》る」

ミーラとボリスはわけがわからずに顔を見あわせた。最初の録音に重ね録りされた声は弱々しかった。

「祈りだ」

「でも、ビリーの声じゃないわ」

「……聖寵の助けをもって今より心を改め、再び罪を犯して、御心《みこころ》に背くことあるまじと決心し奉る」

「それでよろしい」

男の声だった。

「わたしに言いたいことは？」

「最近、汚い言葉をたくさん口にしました。三日前には、食糧貯蔵庫からビスケットを盗みました。だけど、ジョナサンも一緒に食べたんです……それから……それから数学の宿題を写しました」

「それだけか？」

「ロルフ神父にちがいないわ」ミーラは推測した。

「……」

「よく考えるんだ、ロン」

その名前に室内の静寂が凍りついた。そして、ロナルド・デルミスも少年に戻った。

「本当は……ほかにも……」

「話してごらん」

「でも……」

「話さなかったら、どうやって罪を許せばいいのだ？」

「……わかりません」

「ビリーの身になにが起きたのか知っているね、ロン？」

「神に召されました」

「神ではない、ロン。誰だか知っているんだろう？」

「落ちたんです。塔から落ちたんです」

「だが、きみも一緒にいた……」


「……はい」

「誰があそこに上ろうと言いだしたんだ？」

「……誰かがローラースケートを塔に隠したんです」

「きみが隠したのか？」

「……はい」

「突き落としたのもきみか？」

「……」

「ロナルド、頼むから答えてくれ」

「……」

「事情を説明しても、誰もきみを罰したりはしない。約束する」

「あいつがそうするように言ったんです」

「あいつとは誰だ？　ビリーか？　ビリーがきみに突き落とすように頼んだのか？」

「ちがいます」

「では、ほかの子か？」

「いいえ」

「それでは誰なんだ？」

「……」

「ロン」

「はい」

「さあ、答えるんだ。本当はそんな人物はいないんじゃないのか？　作り話なんだろう……」

「いいえ」

「ここにはほかに誰もいない。わたしと、きみの仲間たちだけだ」

「あいつはぼくの前にしか現われないんです」

「いいか、ロン。ビリーの身に起きたことを心から後悔していると言うんだ」

「……ビリーの身に起きたことを心から後悔しています」

「本当にそう思っていることを祈るばかりだ……とにかく、このことはきみとわたしと神だけの秘密だ」

「わかりました」


「誰にも話してはならない」

「わかりました」

「きみの罪を許そう。父と子と聖霊の御名によって、アーメン」

「アーメン」

17

「われわれはロナルド・デルミスという人物を捜している」ロシュ警部はぎっしり並んだマイクとフラッシュの嵐に向かってきっぱりと言いきった。「年齢は三十六歳前後。金髪で目は茶色、肌の色は白い」

ロシュは、集合写真をもとに画像処理を施して作成した成人後のロナルドの顔を公開した。そして無数のフラッシュが瞬《またた》くなか、写真を高々と掲げてみせた。

「この男は少女たちの誘拐事件に関わっている可能性が高い。彼を知っている、情報を持っている、あるいはこの三十年のあいだに彼と連絡を取った者は、警察に知らせてほしい。よろしく頼む」

ロシュの言葉が終わるや否や、記者たちから矢継ぎ早に質問が飛んできた。「ロシュさん！……警部！……答えてください！……」

ロシュはそれには答えずに、わきのドアから会場をあとにした。

こうするしか方法はなかった。どうしても情報を公開する必要があったのだ。

ボリスとミーラの発見を受けて、捜査班では二時間に及ぶ熱論が交わされた。いまや状況は明らかになっていた。

ロルフ神父はビリーのカセットレコーダーでロンの告白を録音した。そして、地に種を蒔《ま》けばいずれ実をつけるのと同じように、遅かれ早かれ真実によって誰もが救われることを期待して、ビリーと一緒に埋めたのだ。悪意はなかったものの、この忌まわしい行為に及んだ者。その行為を受けた者。そして、そのことを地下二メートルに隠した者も。

〝……とにかく、このことはきみとわたしと神だけの秘密だ……〟

ゴランが発言した。「アルベルトはこの話をどうやって知ったのか。秘密を知っているのはロルフ神父とロナルドだけだった。したがって、唯一考えられるのは、ロナルドとアルベルトが同一人物だという可能性だ」

アレクサンデル・ベルマンの件も、おそらくこの仮定を前提に考え直す必要があるだろう。犯人は幼少期に虐待されたために児童性愛者に狙いをつけたというのが誰の意見だったのか、ゴランには思い出せなかった。たしかサラ・ローザだったか。しかしステルンがすぐに反論し、ゴランも彼に同意したのだった。だが、どうやらそれはまちがいだったと認めざるをえないようだ。

「児童性愛者は、孤児や親に見捨てられた子どもを選ぶ。誰もそうした子どもを守ってやらないからだ」

ゴランはいままでそのことに気づかなかった自分に腹が立った。最初からパズルのピースはすべて目の前にそろっていた。にもかかわらず、アルベルトが頭脳明晰な戦略家だと思いこんでいたのだ。

「連続殺人犯というのは、みずからの行動によって物語を語っている。心の中の葛藤《かっとう》を」と、自分も学生たちに対して何度となく解説していたではないか。

それなのに、なぜまったく別の仮説に導かれてしまったのか。

「自尊心のせいで、まんまと騙されてしまった。てっきり彼は戦いを挑んでいるのだと思っていた。そしてわたしは、自分を出し抜こうとする敵と相対することに固執していた」

ロシュの記者会見でテレビに出演したあと、ゴランはあらためて捜査班のメンバーを孤児院の洗濯場に集めた。アネケの遺体が発見されたこの場所こそ、捜査をやり直すのにふさわしいと思えたのだ。一瞬の後悔のおかげで、自分が犯罪学の研究室にいるのではなく、依然としてチームの一員であることをあらためて実感できた。

ふたり目の少女の遺体は少し前に運びだされ、涙の入っていた大理石の水槽は空になっていた。残されたのはハロゲンライトの明かりと発電機のうなる音のみだった。じきにそれらも撤去されることになっている。

ゴランはティモシー神父も呼んでいた。神父は息を切らしながら現われ、見るからに動揺していた。室内に犯罪現場を連想させるものはなくても、やはり落ち着かないのだろう。

「ロルフ神父はまだ見つかっていません」若い神父は説明した。「わたしが思うに――」

「おそらくロルフ神父は死んでいる」ゴランがふいにさえぎった。「でなければ、ロシュ警部の会見のあとで連絡があったはずだ」

ティモシー神父はショックを受けたようだった。

「では、わたしはなにをすれば?」

ゴランは時間をかけて慎重に言葉を選ぶと、全員に向かって言った。「とまどう者もいるかもしれないが……みんなで祈りを唱えよう」

サラ・ローザは唖然とした。それはボリスも同じで、すばやく彼女と顔を見あわせる。ミーラも意外な言葉に驚きを隠せなかった。だが、ステルンだけはちがった。信心深い彼は、真っ先にゴランの提案に同意した。そして中央に進み出ると、腕を広げて、一同に手をつないで輪になるよううながした。最初に動いたのはミーラだった。サラ・ローザもしぶしぶ続く。ボリスはまったく乗り気ではなかったものの、ゴラン・ガヴィラの誘いを断わることはできなかった。ティモシー神父はようやく落ち着きを取り戻してうなずくと、輪の中心に立った。

ゴランは祈りを知らず、そもそもこの場にふさわしい祈りなどないように思えたが、それでも重苦しい口調で言葉を紡いだ。

「ごく最近、われわれは悲惨な事件に遭遇した。ここで起きたことは言語に絶する。この世に神はいないのかと思うほどだ。だが、わたしは常々そう思っていた。悪の存在を確信していた。なぜなら悪は誇示することができるからだ。善はできない。悪は道すがら痕跡を残す。罪のない少女たちの遺体も然《しか》り。それに対して善は申し立てることしかできない。それでは、具体的な証拠を探しているわれわれにとって、じゅうぶんではない……」ゴランは間を置いた。「もし神がいるのなら、わたしは尋ねたい──なぜビリー・モーレは死ななければならなかったのか？　ロナルド・デルミスの憎しみはどこから生じたのか？　その後、彼はどうしていたのか？　どうやって人を殺《あや》めるすべを身につけたのか？　彼が悪に傾倒するようになった理由はなにか？　そして、なぜいつまでもこの恐怖に終止符が打たれないのか？」

ゴランの問いは、彼らを取り囲む静寂に漂うばかりだった。

「お願いします、司祭……」少しして、なにもかも心得たステルンが言った。

ティモシー神父がこの小さな集まりを取り仕切った。手を合わせ、聖歌を歌いはじめる。その声──揺るぎなく、このうえなく美しい声──が響きわたり、彼らの周囲を回りはじめた。ミーラは目を閉じて歌詞に身をゆだねた。歌詞はラテン語だったが、無関心な者の耳にも意味は伝わった。この歌によって、ティモシー神父は渾沌《こんとん》とした場所にふたたび平和をもたらし、悪の残痕を残らず払いのけた。

その手紙は犯罪行動科学部に宛てられたものだった。ロナルド・デルミスが少年時代にやった宿題と筆跡が部分的に一致しなければ、虚言症患者からの手紙として処理されていただろう。

ノートから破りとったページに、ごくありきたりのボールペンで書かれていた。差出人は堂々と筆跡を紙に残している。

もはやアルベルトには慎重な配慮は不要ということか。

文は紙の真ん中に固まっており、句読点はほとんどなく長々と綴られていた。

ぼくを捜している人へ

ビリーはほんとうにくそったれだクソッタレ!だから殺してよかった大嫌いだったぼくらをひどい目にあわせようとしていたあいつには家族ができたのにぼくらにはいなかったからどうしても我慢できなかったダレモぼくを助けにきてくれなかったダレモ。ぼくはずっとここにいたおまえたちの目の前になのに気がつかなかったそしてアイツが現われたぼくを覚えていた。アイツが教えてくれたぼくをこうしたのはおまえたちだそれでも気づかなかったやっと気がついたか?自業自得だなにもかもおまえたちの責任だぼくはぼくのままだ。ダレモ邪魔できないダレモ。

ロナルド

その手紙をくわしく分析するために、ゴランはコピーを持ち帰った。その晩はトミーと一緒に家で過ごすつもりだった。息子と過ごす時間が恋しくてたまらなかった。もうずいぶん顔を見ていない。

アパートメントのドアを開けたとたん、トミーが駆け寄ってきた。

「元気だった、パパ?」

ゴランは笑顔で息子を抱きあげた。

「もちろんだ。おまえは?」

「ぼくも元気だよ」

魔法の言葉。トミーがこの言葉を覚えたのは、ふたりで取り残されたときだった。心配しないで、ぼくは

〝元気〟だから、という意味だ。ママがいなくても大丈夫。寂しくなんかないよ。

だが、それは同時に終止符でもあった。この言葉で話が終わる。どうにか折り合いをつけて。〝ママがいなくなっていろいろたいへんだったけど、なんとかなるよ〟

そして、実際にそのとおりだった。

トミーは待ちきれないようにゴランの持っていた袋を開けた。

「わあ、中華だ」

「いつもルーナさんの作った食事ばかりじゃ飽きると思ってね」

トミーはうんざりした顔になった。「あの肉団子はひどいよ。ミントを入れすぎるんだ。まるで歯磨き粉みたいだよ」

ゴランは笑った。トミーの言うとおりだった。

「さあ、手を洗ってくるんだ」

トミーはバスルームに走っていった。そして急いで戻ってきて食事の用意をする。ゴランはほとんどの食器を棚の低いところに移していた。新たな家の切り盛りはふたりで分担したかったからだ。一緒になにかをするのは、いまは互いに相手を気遣わなければならないときだからだ。だから、どちらも〝やめる〟わけにはいかなかった。ふたりで悲しみに身を任せなければならない理由はない。

トミーは大きな皿に揚げワンタンをのせて甘酸っぱいソースをかけ、ゴランは広東風のチャーハンをそれぞれの茶碗によそった。箸《はし》も入っている。アイスクリームの揚げ菓子の代わりに、ゴランはバニラアイスを買ってきた。

ふたりはその日の出来事を話しながら食事をした。トミーの報告は、まるでボーイスカウトで行く夏のキャンプ計画のようだった。ゴランが学校のことを尋ねると、驚いたことに体育で先生に褒められたという。

「パパはほとんどのスポーツが苦手だった」ゴランは打ち明けた。

「じゃあ、なにが得意だったの？」

「チェスだ」

「だけど、チェスはスポーツじゃないよ」

「そんなことはない。オリンピック種目にもなっている」

　トミーは納得がいかないようだったが、父はけっして嘘を言わないと経験から学んでいた。トミーにとってはつらい経験だった。はじめて母親のことを尋ねられたときに、ゴランは本当のことを包み隠さず話した。遠回しな言い方はしなかった。トミーが相手に真面目な態度を求めるときに言うように、〝ふざけないで〟説明した。そして、すぐに息子を納得させた。母親に対する復讐や罰ではなかった。偽り――ひどいときには半分だけ真実の嘘――は子どもをますます不安にさせるだけだ。ゴランのついた大きな嘘はふたつだけだった――出ていくと言ったのは母親のほうで、自分はそれをトミーに言いだす勇気がなかったと。

「いつかチェスを教えてくれる？」

「もちろんだ」

　そう約束すると、ゴランは息子を寝かせてから書斎にこもった。そして、ロナルドの手紙を取りだして何度も繰りかえし読んだ。最初に読んだときから、ひとつ気にかかる点があった。〝そしてアイツが現われた。ぼくを覚えていた。アイツが教えてくれた〟という部分だ。

〝アイツ〟という言葉が強調されている。唐突に感じられるその代名詞は、過去にも耳にしたことがあった。ロナルドのロルフ神父に対する告白が録音されたテープだ。

〝あいつはぼくの前にしか現われないんです〟

　これは人格解離の典型的な例だ。つまり、否定的な自分がつねに動作主としての自分から切り離されている状態である。そして、その自分が〝あいつ〟となるのだ。

〝ぼくはぼくのままだけれど、あいつがそうするように命じた。だからあいつの責任だ〟というわけだ。

この文脈では、〝ダレモ〟というのは他のすべての人間を指す。それもやはり強調されている。

ダレモぼくを助けにきてくれなかった。ダレモ邪魔できない。

ロナルドは助けを求めていた。にもかかわらず、誰もが彼のことを、そして彼が子どもにすぎないということを忘れていた。

ミーラは食べるものを買いに出かけたが、どこの商店も飲食店も悪天候に備えてシャッターを下ろしていた。さんざん歩きまわった末に、結局、食糧雑貨店で買った出来合いのスープで満足せざるをえなかった。スタジオのキッチンにあった電子レンジで温めればいいだろう。だが、買ったあとで、電子レンジがちゃんと動くのかどうか不安になった。

凍えそうな夜気で筋肉が麻痺して歩けなくならないうちに、ミーラはアパートメントに戻った。スエットスーツとジョギングシューズが欲しかった。もう何日も体を動かしておらず、体内に乳酸が蓄積されて動きが鈍くなっていた。

階段を上ろうとすると、建物の前の歩道でサラ・ローザが男と激しく口論していた。男は彼女をなだめようとしていたが、その努力は報われていないようだ。おそらく夫だろう。気の毒に。あの意地悪女に気づかれて、これ以上嫌われないうちに、ミーラは建物の中に入った。

階段の途中で、下りてくるボリスとステルンに出くわした。

「どこへ行くの？」

「署に寄って、ロナルドの捜索がどうなっているか確かめてくる」ボリスが煙草を口にくわえながら答えた。

「一緒に来るかい？」

「やめとくわ」

ボリスがスープに目をとめた。「じゃあ、ゆっくり腹ごしらえをしてくれ」

ミーラはふたたび階段を上りかけて、ふと心配そうに同僚を振りかえった。「また吸ってるのね」

「これくらい大目に見てくれよ……」

ミーラはステルンのミントタブレットが箱にぶつかって立てる音に気づいて、にやりとしながらその場を去った。

スタジオには、ミーラのほかは誰もいなかった。ゴランは自宅で息子と過ごしている。心なしか寂しかった。いつのまにかゴランの存在に慣れ、彼の捜査方法に興味を引かれるようになっていたのだ。昼間の祈りは別にして。もし母が生きていて、娘がこんな宗教色の強い儀式に参加しているのを見たら、きっとわが目を疑うにちがいない。

電子レンジは問題なく動いた。スープはそれほどまずくなかった。あるいは空腹のせいでおいしく感じたのかもしれない。スープ皿とスプーンを持ってゲストルームへ行くと、しばしのあいだひとりの時間を楽しんだ。

簡易ベッドにあぐらをかいて座る。右腿の傷が少し引きつれたが、徐々に癒えてきている。どんな傷もいつかは癒えるものだ。スープを飲みながら、彼女はロナルドの手紙のコピーを手に取ってじっくり眺めた。

彼がタイミングよく姿を現わしたのは、けっして偶然ではない。だが、この手紙にはどこか腑に落ちないところがあった。それをゴランに話す勇気はなかった。はっきりしたことが言えるとは思えなかったからだ。それでも、午後じゅうずっと気になってしかたがなかった。

手紙はマスコミにも公開された。異例のことだ。ゴランは連続殺人犯の自尊心をくすぐってやることに決めたのだろう。「どうだ、おまえは注目を集めているぞ」と。しかしその一方で、囚われた少女から彼の気をそらす意図もあった。「彼が少女を殺したい衝動にどれだけ抗《あらが》えるかはわからないが」そう言って、ゴランは数時間前にスタジオをあとにしていた。

ミーラはよけいなことを考えるのはやめて、ふたたび手紙に集中した。彼女の頭を悩ませているのは、この書き方だった。それが腑に落ちなかった。なぜだかはわからない。中央に寄せ集められた文章、句読点のない長い文、内容を理解しにくい形式。

ミーラは一文ずつ区切ってみることにした。スープ皿を置いて、メモ帳と鉛筆を取りだす。

——ぼくを捜している人へ

——ビリーはほんとうにくそったれだ。クソッタレ！　だから殺してよかった。大嫌いだった。ぼくらをひどい目にあわせようとしていた。あいつには家族ができたのにぼくらにはいなかったから。

——どうしても我慢できなかった！　ダレモぼくを助けにきてくれなかった！　ダレモ。

——ぼくはずっとここにいた。おまえたちの目の前に。なのに気がつかなかった。

——そしてアイツが現われた。ぼくを覚えていた。アイツが教えてくれた。

——ぼくをこうしたのはおまえたちだ。それでも気づかなかった。やっと気がついたか？　自業自得だ。なにもかもおまえたちの責任だ。

——ぼくはぼくのままだ。ダレモ邪魔できない。ダレモ。

——ロナルド

ミーラは句点を打って、もう一度読みかえしてみた。

積み重なった恨みや憎しみをぶちまけている。それらは誰かれなしに世間に向けられていた。犯人の心の中で、ビリーがなにかを象徴する存在だったのはなぜか。そう、けっしてロナルドの手に入らなかったものを。

幸福。

両親の自殺を目の当たりにはしたが、ビリーは陽気な少年だった。みすぼらしいなりの孤児だったにもかかわらず、引き取り手が現われた。なにも与えるものがなくても、みんなに好かれていた。

彼を殺すことによって、ロナルドは世間の偽善的な顔からほほ笑みを永久に消し去ったのだ。

何度も読みかえすうちに、さらに気づいたことがあった。この手紙の文章は、告白や挑発というよりはむしろ答えのようだった。あたかも誰かに問いかけられて、長く貫いてきた沈黙を破りたくてたまらなかったかのように。ロルフ神父に課せられた秘密から解放されたがっていたかのように。

だとしたら、問いはなんだろう。いったい誰が尋ねたのか？

ミーラはゴランが祈りの際に言ったことを思いかえした。善を誇示することはできないが、悪については、その例はつねに目に触れるところにある。証拠。ロナルドは仲間を殺すことで必要かつ意義のある行為を成し遂げたと考えた。彼にとって、ビリーは悪の象徴だったのだ。失敗したことを誰がわざわざ誇示するというのか。彼の論理は非の打ちどころがない。なぜなら、ことによるとビリー・モーレは将来、最低の人間になるかもしれなかったから。誰がそうでないと言いきれるだろうか。

幼いころからキリスト教の教理問答書に親しんできたせいで、ミーラはなにかと自分に問いかけることが多く、成長してもその癖が抜けなかった。

なぜ神は子どもたちが死ぬことをお許しになったのか。

よく考えてみると、これは福音書で説かれている愛と正義の理想に反することだ。

だが、若くして死ぬことは、神が道を踏み外した子どもたちに用意する運命なのかもしれない。ミーラが助けだした子どもたちも、いずれ暗殺者や連続殺人犯にならないとは言いきれない。そうなれば、彼女の行為はまちがいだったことになる。たとえば、アドルフ・ヒトラーやジェフリー・ダーマー、チャールズ・マンソンといった人物を赤ん坊のうちに殺害したとしたら、それは善行なのか悪行なのか。だが、たとえ彼らを暗殺しても、そのために罪を宣告され、罰を受けることはあれ、人類の救世主として崇《あが》められることはあるまい。

結局のところ、善と悪はしばしば混同される。前者はときに後者の手段となり、その逆もありうるのだ。

それにしても、なぜ殺人犯のうわ言から祈りの言葉を連想したのだろうか。ミーラは不思議に思った。

最初はうなじがむずむずする感覚だった。なにかが背後から忍び足で近づいてくるような。もう一度、よく考えてみる。その瞬間、彼女は気づいた。ロナルドが手紙で答えようとした問いを知っていることに。

問いはゴランの祈りのなかにあった。

一度しか耳にしていない言葉を、ミーラはできるかぎり正確に思い出そうとした。そしてメモ帳に書き出してみる。順序をまちがえて、最初からやり直す羽目にはなったが、ようやくゴランの祈りが完成した。それらを手紙の文と組み合わせ、問いと答えを組み立ててみた。

最後に、はじめから読み直した……。

すると、すべてがみごとに呼応していた。

〝ぼくを捜している人へ〟

これは捜査班に向けられた言葉だ。ゴランが静寂のなかで呈した疑問に答えている……。

なぜビリー・モーレは死ななければならなかったのか？

〝ビリーはほんとうにくそったれだ。クソッタレ！　だから殺してよかった。大嫌いだった。ぼくらをひどい目にあわせようとしていた。あいつには家族ができたのにぼくらにはいなかったから〟

ロナルド・デルミスの憎しみはどこから生じたのか？

〝どうしても我慢できなかった！　ダレモぼくを助けにきてくれなかった！　ダレモ〟

その後、彼はどうしていたのか？

〝ぼくはずっとここにいた。おまえたちの目の前に。なのに気がつかなかった〟

どうやって人を殺めるすべを身につけたのか？

〝そしてアイツが現われた。ぼくを覚えていた。アイツが教えてくれた〟

彼が悪に傾倒するようになった理由はなにか？

〝ぼくをこうしたのはおまえたちだ。それでも気づかなかった。やっと気がついたか？　自業自得だ。なにもかもおまえたちの責任だ〟

そして、なぜいつまでもこの恐怖に終止符が打たれないのか？

〝ぼくはぼくのままだ。ダレモ邪魔できない。ダレモ〟

ミーラはどう考えていいかわからなかった。だが、おそらく答えは手紙の末尾にある。

名前だ。

〝ロナルド〟

一刻も早く、その仮説を検証しなければならない。

18

ふくれあがった空がスミレ色の雲からゆっくりと雪を降らせていた。

通りで四十分以上待ってから、ようやくミーラはタクシーを見つけた。行き先を告げると、運転手は渋い顔をした。遠すぎるし、夜に、しかもこんな天気では帰りに客を拾えやしないと文句を言う。倍の料金を払うと約束すると、やっと運転手はうなずいた。

融雪剤散布車の努力もむなしく、アスファルトの路面にはすでに雪が積もっていた。チェーンなしではとても運転できず、もちろんスピードも出せない。タクシーの中の空気は淀んでいた。見ると、助手席にケバブと玉ねぎの食べ残しが置いてある。そのにおいがエアコンの通風孔の上に置かれた松の消臭剤の香りと混じりあっていた。どう考えても客を歓迎する雰囲気ではない。

町を通り抜けるあいだに、ミーラは考えを整理してみた。考えるほどに自分の仮説は正しいと思えてきて、目的地に近づくにつれ、さらにその確信は強まった。ゴランに電話して確かめようと思ったが、携帯電話のバッテリーは残り少なくなっていた。事後報告でもやむをえないだろう。

高速道路のインターチェンジに差しかかると、道路管理事務所の前で交通整理の警察官が交通を遮断しており、長い車の列ができていた。

「大雪で危険です！」警察官が運転手たちに繰りかえし声をかけている。

路肩には数台のトラックが停車し、翌朝また貨物の輸送を再開できるようになるのを待っていた。

タクシーはあきらめて間道に入った。孤児院へは高速道路を通らなくても行ける。かつてはその行き方しかなかったのだろう。さいわいにも運転手は道をよく知っていた。

やがて門が見えてきた。ミーラは、さらに料金を払ってまでタクシーを待たせておこうとは思わなかった。自分の説にまちがいがなければ、じきに同僚たちがこの場所に駆けつけてくるだろう。

「用事がすむまで、ここで待っていましょうか?」運転手は辺鄙なその場所を見まわして尋ねた。

「その必要はないわ。行ってちょうだい」

運転手はそれ以上なにも言わず、ただ肩をすくめると、ケバブと玉ねぎの残り香を漂わせて、来た道を引きかえしていった。

ミーラは門を通り抜け、ところどころぬかるんだ並木道を雪をかき分けるように進んだ。ロシュ警部の命令で、警察官はひとり残らず引きあげていた。移動警察車も見当たらない。この場所には、もはや調べるべきことは残っていなかった。

今夜までは、とミーラは心の中でつぶやいた。

正面の入口にたどり着いたが、特殊部隊の突入で破壊された扉には新しい錠が取りつけられていた。彼女は教区司祭の家を振りかえって、まだティモシー神父が起きているかどうか様子をうかがった。

ここまで来たら、もはやほかに選択肢はない。

ミーラは神父の住居へ足を向けた。何度かノックするうちに、二階の窓に明かりがついた。少ししてティモシー神父が顔をのぞかせた。

「どなたですか?」

「警察です。先日お会いした者ですが、憶えていらっしゃいますか?」

神父は降り積もる雪のなか、目をこらして彼女を見た。

「もちろんです。こんな時間にどうしたんですか? てっきりここの捜査は終わったかと……」

「そうなんですが、ひとつだけ洗濯場で確かめたいことがあるんです。鍵を貸していただけないでしょうか？」

「わかりました。いま行きます」

だが、一向に神父が下りてくる気配はなく、ミーラが訝しんでいると、さらに数分してからようやくドアの向こうで掛け金を外す音が聞こえた。そして、ほころびてひじの部分がすり切れたカーディガンをはおった神父が笑みを浮かべて現われた。

「おやおや、震えているじゃないですか」

「どうぞご心配なく」

「中に入って服を乾かしてください。そのあいだに鍵を探しますから。あなたたちのおかげで部屋がめちゃくちゃなんです」

ミーラは神父のあとについて家に入った。暖かい空気が体の隅々にまで染みこむ。

「そろそろ休もうかと思っていたところです」

「すみません」

「気にしないでください。お茶でもいかがですか？　わたしはいつも寝る前に飲むんです。落ち着きますよ」

「けっこうです。なるべく早く帰りたいので」

「そう言わずに、ぜひ飲んでいってください。もう淹れてあるので、あとはカップに注ぐだけです。鍵はすぐにお持ちしますよ」

神父にうながされて、ミーラはしかたなく小さなキッチンに入った。神父の言ったとおり、テーブルにティーポットが置いてある。湯気とともに香りが漂い、彼女は我慢できずにカップに注いで、砂糖をたっぷり入れた。そして、ふとゴミ捨て場の家でフェルダーが彼女とボリスに出した、まずそうなアイスティーを思い出した。あのお茶を淹れた水はどこから汲んできたのか。

ティモシー神父が大きな鍵束を持って戻ってきた。

そのなかから目当ての鍵を探している。

「少しは落ち着きましたか？」神父は満足そうにほほ笑んだ。

ミーラも笑みを返した。「ええ、だいぶ」

「ありました。きっとこれが正面の扉の鍵です……一緒に行きましょうか？」

「いいえ、けっこうです」ミーラは神父のほっとした表情を見逃さなかった。「そのかわり、もうひとつお願いがあるんですが……」

「なんでしょう」

彼女はメモを渡した。「もしわたしが一時間以内に戻ってこなかったら、この番号に電話して救援を頼んでいただけますか？」

ティモシー神父は顔色を変えた。「もう危険なことはないと思っていましたが」

「念のためです。実際にはなにもないと思います。ただ、建物内の構造をよく把握していないので、ひょっとしたら不測の事態が起きるかと……中は明かりもつかないですし――」

そう言ったとたん、ミーラは自分がそのことをあまり考えていなかったのに気づいた。いったいどうするつもりなのか。電気は引かれておらず、ハロゲンライト用の発電機も解体されて、他の機材とともに撤去されているにちがいない。

「しまった」ミーラは思わずつぶやいた。「懐中電灯はお持ちではありませんか？」

「あいにくですが……しかし、携帯電話があれば画面の光が役立つかもしれませんね」

それは思いつかなかった。

「そうですね。ありがとうございます」

「どういたしまして」

その直後、ミーラはふたたび凍てつく夜に踏み出した。背後で神父が掛け金をひとつずつかける音が聞こえた。

坂道を上って孤児院の入口にたどり着く。鍵穴に鍵を差しこむと、金属音が奥の空間にのみこまれた。巨大な扉を押し開けて、ふたたび閉める。

ミーラは中に入った。

天窓に住みついたハトが羽をばたばたさせて彼女を迎えた。携帯電話の画面がかすかな緑色の光を放ち、かろうじて目の前を照らす。光に包まれた部分の先には濃厚な暗闇が待ち伏せ、いまにも押し寄せて襲いかかってきそうだった。

ミーラはどうにか洗濯場への道順を思い出して、歩きはじめた。

足音が静寂を破る。氷のような空気に息が固まりそうだった。やがて厨房に出ると、見覚えのある鉄の大鍋の影が見えた。食堂に入って、フォーマイカのテーブルを慎重によけつつ進んだ。だが、よけきれずにわき腹に当たり、テーブルの上にのせてあった椅子が落ちてきた。思わず耳をふさぎたくなるほど大きな音が響きわたる。その場で顔を上げると、地下へ続く狭い螺旋《らせん》階段の入口が見えた。ミーラは石の通路に入って、年月を経てすり減り、すべりやすくなった段をゆっくり下りた。

ようやく洗濯場に出た。

ミーラは携帯電話を掲げて周囲を見まわした。アネケの遺体が見つかった大理石の水槽に、誰かが花を手向けていた。彼女はこの場で皆で唱えた祈りの言葉を思い出した。

そして、探しはじめた。

まずは壁の表面に目をこらし、続けて腰板に手を這わせる。なにもない。携帯電話のバッテリーがいつまでもつかは考えないようにした。暗闇のなかを戻ることよりも、明かりをつけずに探せばよけいに時間がかかることのほうが心配だった。一時間を超えたらティモシー神父が救援を呼び、自分は恥をかくことになる。

急がなければならない。

どこだろう、ミーラは考えた。この中のどこかにあるはずだ……。

とつぜんの大音響に、心臓が胸から飛びだしそうになった。少しして、ようやくそれが電話の音だと気づく。

画面を見ると、〝ゴラン〟と表示されている。

ミーラはイヤホンをつけて電話に出た。

「スタジオには誰もいないのか？　この一時間で少なくとも十回は電話したんだぞ」

「ボリスとステルンは出かけているけど、サラ・ローザはいるはずです」

「きみはどこにいるんだ？」

ミーラは嘘をつくのは得策ではないと判断した。現時点でなにひとつ確かではないにしても、自分の推理を説明しておくほうがいい。

「このあいだの晩、ロナルドはわたしたちの祈りを聞いていたのではないでしょうか」

「なぜそう思う？」

「彼の手紙をあなたが祈りのときに呈した疑問と照らしあわせてみたら、ちょうど答えのようになっているんです……」

「みごとな推測だ」

だが、ゴランはまったく驚いていないようだった。あるいは、すでに同じ結論に達していたのかもしれない。ミーラは彼が驚くだろうと考えていた自分が少し恥ずかしくなった。

「だが、きみはわたしの質問に答えていない。いま、どこにいるんだ？」

「マイクを探しています」

「マイク？」

「ロナルドが洗濯場に仕掛けたマイクです」

「孤児院にいるのか？」

ふいにゴランの口調が険しくなる。

「はい」

「すぐにそこを出ろ！」

「どうしてですか？」

「ミーラ、マイクなどない」

「でも、たしかに――」

ゴランがさえぎった。「聞くんだ。その場所は徹底的に調べた。もしあれば見つけているはずだ」

その瞬間、ミーラは本当に自分が恥ずかしくなった。ゴランの言うとおりだ。そこまで思い至らなかったのは軽率だった。いったいなにを考えていたのか。

「では、彼はどうやって……」最後まで言えなかった。冷たいしずくが背筋をまっすぐすべり落ちるような気がした。

「彼はここにいたのね」

「祈りは彼をおびき寄せるための罠だったんだ」

「なぜもっと早く気づかなかったのかしら」

「ミーラ、とにかくそこを出ろ！」

彼女はようやく自分の身に危険が迫っていることに気づいた。拳銃を取りだし、少なくともここから二百メートルは離れている出口へと急ぐ。その距離は、孤児院の中にひそむ〝亡霊〟から身を守るにはあまりに長すぎた。

誰なの？ 螺旋階段を上って食堂に出ながらミーラは自分に問いかけた。

脚の力が抜けてくずおれそうになった瞬間、答えがわかった。

「あのお茶……」

電波が乱れる。イヤホンからゴランの声が聞こえた。

「どうした？」

「ティモシー神父がロナルドなんですね？」

電波の乱れ。雑音。またしても乱れ。

「そうだ！ ビリー・モーレが死んだあと、ロルフ神父は孤児院が閉鎖される前に全員を送りだした。彼を除いて。ロナルドは手もとに残した。彼の性質を心配して、目を離してはいけないと考えたんだ」

「おそらく薬を飲まされました」

ゴランの声が途切れとぎれになる。「……と言った？　よく……こえな……」

「たぶん……」ミーラは繰りかえそうとしたが、言葉が喉に貼りついた。

彼女は倒れた。

イヤホンが耳からすべり落ちた。電話が手を離れてテーブルの下に入りこむ。恐怖のあまり鼓動が速まり、薬が体じゅうの組織に浸透していく。感覚が麻痺しはじめていたが、数メートル離れたイヤホンからゴランの声が聞こえてきた。「ミーラ！　ミーラ……えてくれ……があった？」

もう二度と開けられないのではないかと思いながら目を閉じた。そして、こんな状況でも死ぬつもりはないという意志を明らかにした。

アドレナリン……アドレナリンが足りない……。


どうすれば分泌されるかはわかっていた。最後の力を振りしぼって拳銃を右手に握る。銃身を三角筋に向ける。そして引き金を引いた。深い闇に重い響きを轟かせながら、弾はジャンパーの革を切り裂いて肉を突き破った。焼けるような痛みに思わず悲鳴をあげる。だが、すぐに冷静になった。

ゴランの呼ぶ声がはっきりと聞こえた。「ミーラ！」

彼女は携帯の画面の光のほうへ這っていき、どうにか電話を手にしてゴランに答えた。

「大丈夫です」

ミーラは身を起こすと、ふたたび歩きはじめた。一歩踏み出すだけでも、とてつもない力を要した。まるで夢のなかで、誰かに追いかけられているのに、膝までどろどろした水に浸かって脚が動かずに走れないような感覚だった。

傷口は脈を打っていたが、それほど出血はなかった。

銃の扱いなら心得ている。ミーラは歯を食いしばった。一歩ごとに出口が近づくことを信じて。

「わかっていたなら、どうしてあの男をすぐに逮捕しなかったんですか？」彼女は電話に向かって叫んだ。

「なぜわたしに知らせてくれなかったんですか？」

犯罪学者の声はふたたび鮮明になった。「悪かった、ミーラ。疑いを抱かせないように、彼に対してこれまでどおり自然にふるまってほしかったんだ。現在、彼を監視している。車に発信器を取りつけた。六人目の少女のもとへ導いてくれるかもしれない……」

「でも、彼の犯行では……」

「彼はアルベルトではない」

「それでも危険人物には変わりないんですね？」

ゴランの沈黙は長すぎた。やはりそうなのだ。

「救援を要請した。いまそちらへ向かっている。だが、少し時間がかかるだろう。数キロメートル四方に非常線を張った」

なにをしても、もう手遅れだろう――ミーラは思った。この悪天候だ。おまけに薬が全身に回って力が入らない。絶望的な状況だった。それはわかっていた。そもそもあのタクシーの運転手の言うことに耳を貸して、こんなところまで来なければよかったのだ。それに、なぜここで待っているという申し出を素直に受けなかったのか。そうだ、あの車内に充満していたケバブと玉ねぎのにおいのせいにちがいない。おかげでいま、こうして身動きがとれずにいる。ひとりで来たのは、無意識のうちに心のどこかでそう望んでいたからだ。危険を冒すことに魅力を感じた。死をも恐れないことに。

だめ、ミーラは自分に命じた。死んではいけない。

いまのところロナルド――またの名をティモシー神父――はまだ動きだしていない。だが、それも時間の問題だ。

短い音が三回続いて、ミーラはわれに返った。

「どうしよう」ついに携帯電話のバッテリーが彼女を見捨てた。

そして、ミーラはまたしても闇の手につかまれた。

いったい何度、崖っぷちに追いつめられたことだろう。けっしてこれがはじめてではない。たとえば、あの音楽教師の家で。けれども、こんな状況に陥ったことはあっただろうか？　答えは予想外のものだった。一度もない。

薬を飲まされ、傷を負い、力が入らず、おまけに携帯電話もない。そこまで考えてミーラは思わず苦笑した。電話でなにができるというのか。昔の友だちに電話をかけろとでも？　たとえばグラシエラ。「元気？　わたし、もうすぐ死にそうなの」

なお悪いことに、周囲は完全な暗闇だ。だが、考えようによってはそれが有利に働くかもしれない。ロナルドの姿が見えないということは、向こうにも見られないということだ。

わたしが出口へ向かうのを待ち構えているにちがいない……。

本当は一刻も早くここから脱出したかった。だが、死にたくなければ衝動的に行動するべきではない。

救援が来るまで、ここに隠れていよう。

ミーラはそれが賢明だと考えた。いまにも眠気に襲われそうだった。拳銃はまだ手もとにある。そう思うと安心だった。おそらくロナルドも武器を持っているだろう。だが、そこまで射撃の名手だとは思えない。少なくとも自分ほどには撃てないはずだ。それでも、彼は臆病で心配性のティモシー神父を巧みに演じていた。ひょっとしたら、ほかにも隠している能力があるかもしれない。

ミーラはだだっ広い食堂のテーブルの下にうずくまって、聞き耳を立てていた。反響は役に立たない。よけいな音を増幅させ、暗闇に軋みを立てて距離感の判断を誤らせるだけだ。彼女は雑念を払ってまぶたを閉じた。

彼にはわたしが見えない、ぜったいに見えない。幾度となく自分に言い聞かせる。彼はわたしが銃を持っていることを知っている。少しでも音を立てたり、懐中電灯でわたしを捜したりすれば、その瞬間に命はない。

目の前に不自然な組み合わせの色が光りはじめた。薬のせいだ……。

それらの色が形を成し、突如として生気を吹きこまれる。気のせいではなかった。現実に、食堂のあちらこちらで閃光が瞬いていた。

ストロボをたいているのだ。

ミーラは銃を構えようとしたが、光に目がくらむうえに薬の幻覚作用も手伝って、ロナルドがどこにいるのかわからなかった。

さながら巨大な万華鏡に閉じこめられたようだった。


彼女は頭を振ってみたが、朦朧《もうろう》としたままだった。やがて手脚の筋肉に震えが広がって、自由がきかなくなる。どんなに振りはらおうとしても死が脳裏をよぎり、甘い声でささやきかける。目を閉じればすべてが終わる。永遠に。

どれだけ時間がたっただろうか。三十分？　十分？あとどれだけの時間が残されているのか。

その瞬間、彼の気配を感じた。

近くにいる。すぐそばに。四、五メートルも離れていないだろう。

あそこだ！

ほんの一瞬だった。光の輪のなかに、彼の顔からこぼれる邪悪な笑みが浮かびあがった。

いつ見つかってもおかしくない。しかも、もはや引き金を引く力も残っていなかった。こうなったら、たとえ自分の居場所を知らせてでも先手を打たなければならない。

ふたたびフラッシュの光のなかに彼が姿を現わすであろう方向に銃を向けて、暗闇のなか、ミーラは狙いを定めた。一か八かの賭けだったが、ほかに選択肢はなかった。

引き金を引こうとした瞬間、ロナルドが歌いだした。ティモシー神父が祈りの輪の中心で捜査班のメンバーに披露したのと同じ、とても美しい歌声だった。なんのいたずらか、殺人犯の閉ざされた心にこのような才能が隠されているとは皮肉な話だ。解放された歌声が高らかに死の歌を歌いあげる。

甘美で感動的な旋律のはずだった。だが、ミーラは恐怖を覚えた。脚の力が抜け、腕の筋肉も萎えた。彼女は床に座りこんだ。

フラッシュの閃光。

無感覚がひんやりした毛布のごとく全身をおおう。獲物を闇から引きずりだそうと、ロナルドの足音がはっきりと近づいてくる。

またしても稲妻のごとき煌《きらめ》き。

もうおしまいだ。気づかれた。

本当は、どうやって殺されようと構わなかった。ミーラは思いがけず落ち着きはらって死の誘惑に身をゆだねていた。最後に考えたのは六人目の少女のことだった。

結局、誰だったのかわからなかった……。

ミーラは薄明かりに包まれた。

拳銃のグリップが手から抜き取られ、二本の手に捕らえられた。体が持ちあがるのを感じる。なにか言おうとしたが、声が喉の奥に詰まって出てこなかった。

意識が遠のいた。

けれども体が上下に揺れ動くのに気づいて、はっとわれに返る。ロナルドは彼女を肩にかついで階段を上っていた。

ミーラはふたたび気を失った。

彼女を人為的な眠りから覚ましたのは強烈なアンモ

ニア臭だった。ロナルドが鼻の下で瓶を振り動かしていた。両手を縛られていたが、意識はだんだんとはっきりしてくる。

そのとき、氷のような風に平手打ちを食らった。屋外にいるのだ。どこだろう？　どこか高いところにちがいない、ミーラは直感的に悟った。次の瞬間、チャンがビリー・モーレの突き落とされた場所を示すために見せてくれた孤児院の拡大写真を思い出した。塔だ。ここは塔の上だ。

ふと見ると、ロナルドは自分から目を離していた。胸壁のほうを向いて下界を見下ろしている。

わたしを突き落とすつもりだ！

ロナルドはおもむろに振り向くと、彼女の脚をつかんで端まで引きずっていく。ミーラはわずかに残った力で彼を蹴飛ばしたが、だめだった。

彼女は叫んだ。もがいた。目に見えない絶望が心に満ちあふれる。ロナルドが彼女の上半身を壁の上に押しあげた。頭が大きくのけぞって、はるか下で待ち受ける深淵が目に入る。次の瞬間、雪のカーテンの向こうに遠くから高速道路を近づいてくるパトロールカーの回転灯が見えた。

ロナルドが耳もとに近づき、生温かい息を吐きかけながらささやいた。「手遅れだ。間に合わない……」

彼はミーラを押しはじめた。彼女は背中で縛られた手で、どうにかすべりやすい縁をつかんだ。力のかぎり抵抗したが、それも長くは続かなかった。唯一の味方は塔の床をおおっている氷で、力を込めようとするたびにロナルドは足をすべらせた。彼は苦しさに顔をゆがめ、ミーラの粘り強い抵抗に冷静さを失った。ふいにロナルドが作戦を変更した。ミーラの脚を壁の外に押しあげようとしたのだ。ロナルドは彼女の正面に立った。その瞬間、追いつめられた生存本能がありったけの力をミーラの膝にかき集め、ロナルドの下腹部を直撃した。

不意をつかれたロナルドは腹を抱え、息ができずに前のめりになった。チャンスだ。彼が体勢を立て直す前になんとかしなければならない。

力尽きたいま、利用できるのは重力だけだった。

三角筋の傷が燃えあがるようだったが、ミーラは苦痛に耳を貸さなかった。彼女は身を起こした。いまや氷は敵となっていたが、それでも勢いをつけて彼に突進した。ふいに背後から襲いかかられて、ロナルドはバランスを崩した。腕を振りまわして壁をつかもうとするが、すでに体半分が縁を越えていた。

どうにもならないと悟ると、ロナルドはとっさに手を伸ばし、ミーラを自分もろとも奈落の底に引きずりこもうとした。その手が革ジャンの裾をかすめた。それが最後のおぞましい愛撫だった。ミーラの目の前で、ロナルドは真っ白な雪のかけらに包まれてゆっくりと落ちていった。

そして、暗闇に消えた。

19

どこまでも深い闇。

眠りと起きている状態を完全に分けるもの。熱が上がった。ほっぺたが熱くて、脚が痛み、また吐き気がこみあげる。

一日がいつ始まって、いつ終わるのかもわからない。もう何時間、あるいは何週間ここに横たわっているのかも。自分を飲みこんだ怪物のおなかの中に時間は存在しない。食べたものをゆっくりと消化する胃みたいに、広がったり縮まったりするだけ。それに役にも立たない。ここでは時間はなんの役にも立たない。数ある疑問のなかで、いちばん大事なものに答えることができないのだから。

いつ終わるの？

時間を奪われることは、なによりもひどい罰。ときに首やこめかみにまで広がる、我慢《がまん》できない左腕の痛みよりも。なぜって、よくわかってることがひとつあるから。

これはみんなお仕置き。

といっても、自分がどんないけないことをしたかは、よくわからなかったけれど。

たぶんパパやママの言うことを聞かない悪い子だったから、いたずらをたくさんしすぎた、ごはんのときに牛乳を飲みたくなくて、パパやママが見ていないときにこっそり捨てた、自分で世話をするって約束で猫を買ってもらったのに、フーディニに飽きたら、今度は犬が欲しいと言いだして、パパとママは猫を捨てるわけにはいかないとひどく怒った、あたしはフーディニがどんなにあたしのことを嫌っているかわかってもらおうとした、それとも学校の成績がよくなくて、今年の最初の通信簿はさんざんで地理と図画は落第したから、ひょっとしたら体育館の屋上でいとこと一緒にこっそり吸った三本の煙草のせいかもしれない、でも本当に吸ったわけじゃなかった、ううん、やっぱりお店で万引きしたてんとう虫の形のヘアピンだ、だけどそんなことをしたのはあのときだけ、それから強情を張ってばかりいる、とくにママがあたしの着る服を決めるとき、サイズが合わないって言ってもわかってくれないし、ママはあたしが買った服が気に入らない、ママとあたしの趣味はちがうから……。

起きているあいだじゅう、理由を考えて、いま自分の身に起きていることを理解しようとする。そうして、いつのまにかとんでもないことを想像するようになる。けれども、やっと理由がわかったと思うたびに、そのわりには罰が重すぎるせいで紙の城のようにくずれてしまう。

パパとママがまだ助けに来てくれないことにも腹が

立つ。

ふたりともなにしてるの？　もう娘のことを忘れちゃったの？

けれども、やっぱり考え直す。そして、どちらかがテレパシーを使えることを願って心の中でパパとママに呼びかける。それしか方法がなかった。

ときどき自分は死んだのだと思いこむ。

そうだわ、あたしは死んでここに埋められた。動けないのは棺の中にいるせい。きっと永遠にこのままなんだ……。

でも次の瞬間、ひどい痛みに襲われて、自分が生きていることを思い出す。苦しくて痛いのと同時に自由になる。眠気から引きはがされて、現実の世界に戻る。いまみたいに。

右腕に熱い液体が流れている。たしかに感じる。心地よかった。薬のにおいがする。誰かが手当てをしてくれている。喜んでいいかどうかはわからない。だって、それはふたつのことを意味するから。まず自分はひとりではないこと。そして、その誰かがいい人なのか悪い人なのかわからないこと。

その人はとても手際がよかった。姿を現わすタイミングもよくわかっていた。たとえば、ずっと疲れが体にしみこんでいることも、とつぜんの眠気が体の自然の働きではないことも知っていた。感覚が麻痺しているのは薬のせい。

その人がやってくるのは、薬が効いているときだけ。

隣に座って、根気よくスプーンで食べさせてくれる。甘くて、かまなくてもいいものを。それから水。けっして体に触れずに、口もきかない。こっちから話しかけたくても、唇が言葉の形にならなくて、喉からは声が出ない。その人がまわりで動いているのを感じることもある。あるいは、じっとそこに立ってこっちを見つめているのを。

またしても激痛。喉に詰まった叫び声が牢獄の壁にはねかえる。そして、はっとする。

そうやって気づく。

闇のなかに小さな明かりがぽつんと見える。遠くのほうに。ふいに赤い点が現われて、狭い視界がますます狭くなる。なんだろう？　よく見ようとするけれど、見えない。すると右手になにかを感じた。ついさっきまではなかったものを。ざらざらして、変な形をしたもの。うろこみたいだ。気持ちが悪い。硬い。動物の死体にちがいない。遠くに投げてしまいたいけれど、手のひらにくっついて離れない。ありったけの力で振りはらおうとする。手首を動かすと、やっと謎が解けてくる……動物の死体じゃない。プラスチックでできている。手にくっついているんじゃなくて、粘着テープで手のひらに巻きつけられている。うろこではなく、無数の小さなボタン。

リモコンだった。

そのときわかった。ほんのちょっぴり手首を持ちあげて、それを赤い光に向けて、適当にボタンを押すだけでいい。思ったとおり連続音が聞こえてくる。少し間が空く。続いて、すばやくテープが巻き戻される。聞き慣れたビデオデッキが動く音。そう思ったとたん、目の前に画面が浮かびあがる。

はじめてまわりが明るくなった。

薄黒い高い岩の壁に囲まれている。あたしが横たわっているのは、スチールの手すりと背もたれのついた病院のベッドみたいなものだった。わきには点滴装置があって、チューブの先端の針が右腕に刺さっている。左側はきつく巻かれた包帯でおおわれて、上半身はまったく動かせない。テーブルの上には同じ入れものがいくつも並んでいる。たくさんの、数えきれないほどたくさんの薬。少し離れたところにテレビがあったけれど、よくわからない画像が映しだされているだけだった。

やっとビデオデッキのテープの巻き戻しが終わる。

一瞬、停止する。そして今度はゆっくりと動きだす。映画が始まるときのような雑音が聞こえたかと思うと、明るくがちゃがちゃした音楽が始まった——音は少しゆがんでいる。そして画面にぼやけた色が広がる。青いオーバーオールにカウボーイ・ハットをかぶった男の子が現われる。驚くほど脚の長い馬もいる。男の子は馬に乗ろうとするけれど、うまくいかない。何度挑戦しても同じだった。地面に転げ落ちる男の子と、ばかにしたような顔の馬。それが十分くらい続く。そして、そのアニメはエンドロールもなく終わる。それでもビデオは静止画像を流しつづける。最後までいくと、テープは自動的に巻き戻る。そして、もう一度はじめから繰りかえす。同じ男の子。いつまでたっても馬に乗れない。それでも見つづける。このいらだたしいアニメがどんなふうに終わるのか知っていても。

期待していた。

それだけがあたしに残されたものだから。期待。恐怖のどん底に落ちないための力。このアニメを選んだ人は、まったく逆の結末を考えているかもしれない。男の子が何度馬から落ちて痛い目にあってもあきらめない姿に、勇気がわいてくる。

がんばって、鞍に乗って！　そのたびに心の中で叫ぶ。また眠気が襲ってきて抵抗できなくなるまで。

十二月十一日

第四五矯正管区
[redacted]刑務所気付
ドクター・アルフォンセ・ベレンガー所長殿

件名　十一月二十三日付「極秘」報告書に対する返信

前略
貴刑務所に収監され、いまだに登録番号RK‐357／9で通っている囚人に関して、ご要請どおり追加捜査を行ないました。しかし残念ながら、当該人物の身分については、新たな事実は判明しませんでした。

囚人RK‐357／9が過去になんらかの重大犯罪を犯し、その事実をなんとかして隠そうとしているとのじゅうぶんに根拠のある疑いには、わたくしもまったく同感です。現時点において、その疑いを実証もしくは否定するためにわれわれが取れる唯一の手段は、DNA検査です。

しかしながら、ご存じのように囚人RK‐357／9に検査を強制することは不可能です。実際、起訴罪状（公務員に対する身分隠匿）を想定しないかぎり、本人の権利を著しく侵害することになりかねません。

囚人RK‐357／9が重大犯罪を犯した「実質的」かつ「一義的」な状況証拠が存在するか、あるいは「社会的危険性の確実な根拠」が現存すれば、状況は異なるでしょう。

しかし現在のところ、その可能性は除外せざるをえません。

事実上、DNA検査を実施するには、囚人の日常生活において**偶然落とされるか、あるいは自然に周囲に残された**生体物質を採取するしか方法はありません。

囚人RK‐357／9の潔癖な性癖を考慮して、当事務所は刑務所の看守に対して、予告なしに彼の独房に立ち入り、前述の生体物質を発見するために念入りに調べることを許可いたします。

この一時措置が目的の達成に功を奏することを願って。

草々

副検事　マシュー・セドリス

[redacted]検察庁

J・B・マリン検事総長事務所

20

二月十六日
R陸軍病院

「言いたいやつには言わせておけ。とにかくきみは勇敢な警察官なんだ。わかったか?」

日ごろの一匹狼精神はどこへやら、モレクス巡査部長は仲間意識を前面に押しだした。これほど打ちひしがれた口調は聞いたことがなかった。まるで父親のようだ。だが、ミーラにはありがた迷惑だった。彼女が夜の孤児院に乗りこんだというニュースが広まるなり、心配した上司から思いがけず電話がかかってきたのだ。たとえ正当防衛だとしても、ミーラに対してロナルド

・デルミスの死の責任を問う声は多かった。

ミーラは軍の病院に入院していた。ロシュ警部が賢明にも彼女をマスコミの攻撃から守ろうと考えたため、民間の病院はもともと選択肢になかった。ミーラが大部屋をひとりで占領しているのはそういうわけだった。なぜほかに入院患者がいないのかと尋ねたところ、相手は即答した——ここはもともと細菌兵器にやられた感染者を収容するために建てられた施設だったと。

ベッドは毎週整えられ、シーツは洗濯されてアイロンがかけられる。薬局では期限切れの薬がすぐさま交換される。そうした無駄遣いは、どのみち死ぬなら遺伝子操作されたウイルスや細菌をばらまいてやろうと考える者がいるかもしれないという、およそ現実離れした設定によるものだった。

ばかばかしい、とミーラは思った。

腕の傷はおよそ四十針縫ったが、担当の外科医は、礼儀正しくもほかの傷跡は見て見ぬふりをして、ただ

ひと言、こう言うにとどめた。「ただの銃創なのに、これ以上ない待遇だな」

「ウィルスや細菌は銃弾となんの関係があるんですか？」ミーラは負けじと言いかえしたが、医師はにやりとしただけだった。

その後、別の医師による診察が何度かあり、血圧や体温を測った。ティモシー神父に飲まされた睡眠薬の作用は数時間で消えた。利尿剤の効果はてきめんだった。

考える時間はいくらでもあった。

ミーラは、六人目の少女のことを考えずにはいられなかった。彼女は自分とはちがって、病院じゅうの設備や薬を独占できるわけではない。アルベルトが彼女に鎮痛剤を投与しつづけていることを祈るばかりだ。

ロシュ警部が生存の可能性を探るために招集した専門家たちは、重度の肉体的な損傷だけでなく、受けたショックとストレスも考慮して悲観的な意見を表明した。ひょっとしたら、彼女は腕を失ったことにも気づいていないかもしれない。瞬時に切断された場合によく見られる状態だ。戦争による負傷では、たとえ手足を失っても、体のその部分の感覚は残っており、痛みや、ときにむずがゆさよりも手足の動きを感じるという話を聞いたことがある。それを専門用語では〝幻肢の知覚〟という。

考えるうちに、ミーラは耐えがたくなった。静かな部屋ではなおさらだった。話し相手が欲しいと思ったのは、いったいいつ以来のことだろう。モレクスのほかは誰も電話をかけてこなかった。ゴランもボリスもステルンも、もちろんサラ・ローザも。考えられることはただひとつ、おそらく目下、彼女の処遇について話しあっている最中なのだ。このまま捜査班に残すか否か。いずれにしても、最終的な決断はロシュ警部が下すだろう。

まったく自分のばかさ加減には腹が立った。これでは彼らの不信を買ってもしかたがない。唯一の慰めは、ゴランがロナルド・デルミスはアルベルトではないと断言したことだ。そうでなければ、六人目の少女に対して、これ以上なんの手も打てなくなる。

ひとりでこの場所にいると、捜査の進展に関する情報はいっさい入ってこない。毎日、朝食を運んでくる看護師に頼むと、しばらくして新聞を持ってきてくれた。

六ページまでは事件に関連する記事で占められている。明らかになった数少ない事実が形を変え、誇張されて繰りかえし書き立てられている。世間は新たな情報に飢えていた。六人目の少女の存在が公表されてからは、国じゅうがふたたび団結に目覚め、夜どおしの祈りの集会や支援団体を組織するなど、少し前までは思いもしなかった行動に駆り立てられていた。〝すべての窓にロウソクを〟という運動も始まった。小さな炎は〝奇跡〟を待つことを表わし、六人目の少女が家に帰るまで灯しつづけられる。世間からないがしろにされてきた人々は、この悲劇のおかげで新たな経験をすることができた──他人との触れ合いだ。もはや人の輪に加わるのに言い訳を考える心配がなくなった。いまでは誰もが同じ思いを胸に抱いているからだ──少女への哀れみ。それをきっかけにコミュニケーションをとることができる。いたるところでそうした光景が繰り広げられた。スーパーマーケット、バル、職場、地下鉄の中。どのテレビ番組でも、ほかの話題はいっさい取りあげられなかった。

だが、こうした一連の騒ぎのなかでも、とりわけ派手に宣伝されて、警察さえも困惑する話題があった。

懸賞金だ。

六人目の少女の救出に役立つ情報の提供者に対して、一千万を出すというのだ。激しい論争を引き起こすのにじゅうぶんな額だった。人々の自発的な連帯感に水をさすと主張する者もいれば、これでようやく捜索が本格化すると歓迎する意見もあった。エゴイズムに支配された善意の仮面は、金だけが引き剝がすことができるという理由で。

こうして、いつのまにか国じゅうが分裂した。

懸賞金を出すと発表したのはロックフォルド財団だった。ミーラがその慈善団体を運営しているのは誰なのかと尋ねたところ、看護師は驚いて目を丸くした。

「ジョゼフ・B・ロックフォルドの名前は赤ちゃんでも知ってるわよ」

その反応を見て、ミーラは行方不明の子どもの捜索に没頭しているうちに、自分が世間から取り残されていたことを痛感した。

「あいにくわたしは知らないわ」彼女は答えた。大富豪と名もないひとりの少女の運命が交わるなど、冗談としか思えなかった。つい数日前までは互いに遠くかけ離れた世界に生きていて、アルベルトがふたりを結びつけなければ、おそらく一生そのままだったというのに。

考えるうちにミーラは眠気に襲われ、ようやくここ数日間の悪夢にうなされることなく深い眠りに落ちた。すっきりして目を覚ますと、彼女は自分がひとりではないことに気づいた。

ベッドのわきにゴランが座っていた。

ミーラは身を起こしながら、いつからそこにいたのかと尋ねた。ゴランは彼女を安心させた。「起こさないでおこうと思ったんだ。あまりにもぐっすり眠っていたから。悪かったかな？」

「いいえ」ミーラは嘘をついた。本当は敵に寝込みを襲われたような気分だったが、ゴランに困惑を悟られまいと、彼女はあわてて話題を変えた。「経過観察で入院させられていますが、今日の午後に退院するつもりです」

ゴランは時計を見た。「それなら急がないといけない。もうじき夜だ」

ミーラは驚いた。まさかそんなに眠っていたとは思わなかった。

「なにか進展はありましたか？」

「ロシュ警部を交えて長々と話しあってきたところだ」

なにをしに来たのだろう、と彼女は考えた。もうお払い箱だと伝えに来たのか。だが、そうではなかった。

「ロルフ神父が見つかった」

ミーラは最悪の事態を想像して胃が締めつけられるのを感じた。

「一年ほど前に死んでいた。老衰だ」

「どこに埋葬されていたんですか？」

その問いは、ミーラがすべて察していることを物語っていた。

「教会の裏だ。周囲には動物の死骸を埋めた穴もいくつかあった」

「ロルフ神父はいわばブレーキ役だったんですね」

「まさしくそうだ。ロナルドは境界性パーソナリティ障害だった。いつでも連続殺人犯になる準備ができていた。ロルフ神父はそれに気づいていたんだ。動物を殺すのは典型的なケースだ。そこから始まって、やがて満足を得られないようになると、自分と同じ人間に目を向ける。ロナルドも遅かれ早かれ人を殺すようになっていただろう。そうした行動の根源には、幼少期の精神的なストレスがある」

「すんでのところで阻んだわけですね」

ゴランはゆっくりと首を振った。「実際には、阻んだのはアルベルトだ」

矛盾しているが、それは真実でもあった。

「だが、そんなことを認めればロシュは心臓発作を起こしかねない」

ミーラはゴランが自分を捜査から外すことを言いだしかねているにちがいないと思い、自分からその話を切りだすことにした。

「わたしはもう用無しなんですね？」

彼は驚いたようだった。「なぜそんなことを言うんだ？」

「ばかげた行動をとったからです」

「きみに限った話ではない」

「わたしのせいでロナルド・デルミスは死にました。アルベルトが彼の過去をどうやって知ったのかを突きとめることは、もう不可能です……」

「アルベルトは彼の死を計算に入れていた。何年も前から抱いていた疑念に終止符を打ちたかったからだ。ロルフ神父は、隣人や神に身を捧げた人間として生きられるとロナルドを説得して、偽の神父に仕立てあげた。だが、彼は隣人を愛したくはなかった。みずからの楽しみのために殺したかったんだ」

「アルベルトはどうしてそれを？」

ゴランは顔を曇らせた。「人生のある時点で、ロナルドと接点があったにちがいない。ほかには考えられない。ロナルドがロルフ神父と知りあうよりも先に、彼のそうした気質に気づいた。なぜならふたりは同類だからだ――アルベルトとロナルドは。なんらかの状況で彼らは出会って、互いにそのことを認めた」

ミーラは運命の皮肉を思って深く息をついた。ロナルド・デルミスは、死ぬまでにわずかふたりにしか理解されなかった。彼を世間から隠す以外に方法を思いつかなかった神父。そして、おそらく彼の本性を暴いた同じ仲間。

「きみがふたり目だったかもしれない……」

ゴランの言葉に、ミーラはわれに返った。

「え？」

「もし邪魔をされなければ、ロナルドははるか昔にビリー・モーレを突き落としたのと同じように、きみを殺していたにちがいない」

そして、ゴランはコートのポケットから封筒を取りだして彼女に渡した。

「きみにも見る権利があるだろう……」

ミーラは封筒を受け取って開けた。中に入っていたのは、食堂で追いつめられた際にロナルドが撮った写真だった。そのうちの一枚に自分が写っていた。恐怖に満ちた目をしてテーブルの下にうずくまっている。

「あまり写真写りがよくないですね」ミーラは冗談めかして言ったが、ゴランは彼女がショックを受けていることに気づいた。

「今朝、ロシュが二十四時間の活動休止を宣言した……正確には、次の遺体が発見されるまでだが」

「休暇は欲しくありません。六人目の少女を見つけないと」ミーラは抗議した。「時間がないんです」

「警部もそれはわかっているはずだ……だが、また新たな手立てを模索しているんだろう」

「懸賞金」ミーラはとっさに口にした。

「場合によっては、思いがけない効果があるかもしれない」

「そういえば、医師登録簿の調査はどうなっていますか？　アルベルトが除名されたかもしれないという説は？」

「その線は薄い。そもそも誰も本気にはしていなかった。少女を生かしているであろう薬については、捜査対象から外すことにしよう。入手するには数えきれない方法がある。とにかく抜け目のない、用意周到な人物だ。それを忘れるな」

「どうやら、わたしたちよりもずっと抜け目がないようですね」ミーラは怒りにまかせて答えた。

ゴランは気にしていないようだった。「わたしがここに来たのは、きみを連れだすためだ。言い争うためではない」

「連れだす？　いったいどうするつもりですか？」

「夕食に連れていく……ところで、そろそろ敬語はやめてほしいんだが」

病院を出ると、ミーラはスタジオに寄りたいと言い張った。シャワーを浴びて、着替えたかったのだ。厚手のセーターに銃弾の穴が開いていなければ、そして傷口の血で汚れていなければ、わざわざ着替える必要はなかったのに、と心の中で何度もため息をつく。だが、本当はとつぜん夕食に誘われて動揺していた。せめて汗とヨードチンキのにおいだけでも落としたかった。

ゴラン・ガヴィラ博士――名前で呼ぶことに慣れなければいけない――とのあいだには、これがけっしてプライベートの外出ではないという暗黙の了解があった。食事が終われば、ミーラはすぐにスタジオに戻って仕事を再開するつもりだった。それでも――六人目の少女の件については罪の意識を感じていたが――誘われてうれしくないと言えば嘘になった。

結局、傷のせいでシャワーは無理だった。しかたなく、小さなボイラーの湯を使いきるまで少しずつ慎重に体を洗う。

ミーラは黒いハイネックのセーターを着た。唯一の替えのジーンズはヒップの線があらわになりすぎたが、ほかに選択肢はなかった。革ジャンは銃弾の貫通した左肩の部分が破れていたので着られない。ところが驚いたことに、ゲストルームの簡易ベッドの上に緑色のパーカーが置いてあり、カードが添えられていた。

〝ここでは銃弾よりも寒さが命取りだ。おかえり。きみの友人、ボリス〟

うれしさと感謝の気持ちがこみあげた。とりわけ彼が〝友人〟と記してくれたことに。これまでのわだかまりが嘘のように心が晴れた。パーカーの上にはミントタブレットのケースもあった。この〝友情のあかし〟にはステルンも参加しているのだ。

黒以外の色を身につけるのは、ずいぶん久しぶりだったが、緑のパーカーはとても見栄えがした。サイズもぴったりだった。だが、スタジオの階段を下りてくるミーラを見ても、ゴランは新たな装いには気づかない様子だった。彼自身、日ごろ服装には無頓着なので、おそらく他人の格好など目に入らないのだろう。

ふたりはレストランまで気持ちよく散歩を楽しんだ。ボリスのプレゼントのおかげでミーラは凍えずにすんだ。

ゴランの案内で、肉汁たっぷりのアンガス牛のステーキを出すステーキハウスに入った。窓ぎわのふたり用テーブルにつく。外はなにもかも雪におおわれている。どんよりと赤みがかった空は今夜ふたたび雪が降る前触れだ。店内では人々が楽しそうに談笑している。流れるジャズが雰囲気を盛りあげ、他愛ないおしゃべりのBGMとなっていた。

メニューはどれもおいしそうで、ミーラはさんざん迷ったあげくウェルダンのステーキと、ローズマリーたっぷりのじゃがいものオーブン焼きに決めた。ゴランはリブロースのステーキとトマトサラダを注文した。飲み物はふたりとも炭酸入りミネラルウォーターにする。

ミーラはなにを話していいのかわからなかった。仕事の話か、それとも私生活のことか。後者のほうが興味があったものの、なんとなく気まずい。だが、まずはどうしても訊いておきたいことがあった。

「本当のところはどうなの？」

「なんのことだ？」

「ロシュはわたしを捜査から外すつもりだった。でも、気が変わった……どうして？」

ゴランはためらっていたが、やがて意を決して言った。

「採決を取ったんだ」

「採決？」ミーラは驚いた。「ということは、賛成が上回ったのね」

「大差の勝利だった。嘘ではない」

「でも……どうして？」

「サラ・ローザもきみの残留に手を挙げた」彼女の真意を見抜いて、ゴランは打ち明けた。

ミーラは啞然とした。「わたしの天敵なのに？」

「そこまで言わなくても」

「でも、てっきり反対するものだと……」

「ローザもいろいろ大変なんだ。いまは夫と別居している」

ミーラは先日の夜、スタジオの前でふたりが口論しているのを見たことを話したかったが、無神経だと思われるのが嫌で我慢した。

「そう……」

「子どものこともあるから、簡単に離婚はできないだろう」

ミーラには、単にサラ・ローザの話ではなく、彼自身にも関係することのように聞こえた。

「ローザの娘は摂食障害になった。両親が離れて暮らしているせいだ。だが、同居を続けていたとしてもどうなっていたかはわからない」

「それで、わたしに反感を持っているのは？」

「新参者で、しかも群れで自分以外の唯一の〝雌〟ときたら、きみは格好の標的だろう。もちろんボリスやステルンに八つ当たりするわけにはいかない。昔からの顔馴染みには……」

ミーラはミネラルウォーターを少しグラスに注ぐと、他の同僚たちに話題を移した。

「もっと彼らのことを知りたいの。どんな態度をとっていいかわからないから」それは言い訳にすぎなかった。

「ボリスのことはそれほど知る必要はないと思う。彼は見たままの男だ」

「たしかに」ミーラはうなずいた。

「ちなみに彼は陸軍にいた。そこで尋問のテクニックを習得したんだ。わたしも取り調べに立ち会うことがあるが、そのたびに驚かされる。どんな人物であろうと、相手の頭の中に入るすべを心得ているんだ」

「そんなに優秀だとは思わなかった」

「それは大きな誤解だ。数年前のことだが、ある男を同居していた叔父夫妻の殺人と死体隠匿の容疑で逮捕した。とんでもない男だった。冷酷でこのうえなく落ち着きはらっている。十八時間に及ぶ尋問で、五人の捜査官が入れ替わり立ち替わり問いただしたが、いっさい口を割らなかった。そこでボリスが登場した。彼が部屋に入って二十分後、男はすべてを白状したんだ」

「すごいわ。それで、ステルンは?」

「彼はすばらしい。というよりも、その表現は彼のためにあると言っても過言ではない。結婚して三十七年、双子の息子がいて、どちらも海軍に入っている」

「穏やかな人に見えるけど。それにとても信心深いわね」

「毎週日曜にミサへ行って、しかも聖歌隊で歌っている」

「わたしに言わせればスーツもすばらしいわ。まるで七〇年代のテレビ映画の主人公みたい」

ゴランは笑ってうなずいた。だが、ふと真顔になってつけ加える。「奥さんのマリーは五年前から透析を受けている。腎臓移植を待っているが、まだドナーは現われない。二年前にはステルンが自分の腎臓の片方を提供した」

驚きと感嘆でミーラは言葉が出なかった。

ゴランが続ける。「彼は少しでも希望があるならと、人生の半分以上を妻に捧げている」

「奥さんを心から愛しているのね」

「ああ、そうだろうな……」ゴランの顔に垣間見えた悲哀をミーラは見逃さなかった。

そのとき料理が運ばれてきた。ふたりは黙って食べたが、会話がなくてもちっとも困らなかった。わざわざ沈黙を埋めなくても気まずくならない気心の知れた友人のように。

「そういえば、ずっと言おうと思っていたんだけど」食事が終わりに近づいたころ、ミーラは切りだした。「わたしがここに来て二日目の晩のことよ。まだスタジオに移る前で、泊まっていたモーテルに歩いて帰ったの」

「それで？」

「たいしたことじゃないかもしれないし、ひょっとしたら気のせいかもしれないけど……前庭を歩いていたときに、誰かに尾行されていたような気がするの」

「気がする？」

「わたしの足取りに合わせていたような」

「どうしてきみを尾行したりするんだ？」

「だからいままで誰にも話さなかったのよ。自分でもばかばかしいと思ったから。きっとただの勘違いだわ……」

ゴランはその話を反芻しながら、ふたたび黙りこんだ。

食後のコーヒーを飲みながら、ミーラは時計を見た。

「行きたいところがあるの」

「いまから？」

「ええ」

「わかった。会計を頼もう」

ミーラは割り勘を申しでたが、ゴランは自分が誘ったのだから払う義務があると言って聞かなかった。例のごとく紙幣や硬貨、メモの紙などが一緒くたに入った――一種の芸術でさえある――彼のポケットから、色とりどりの風船が出てきた。

「息子のトミーのだ」

「知らなかったわ。あなたが――」ミーラはとぼけた。

「いや、いまはちがう」ゴランはあわてて言って目を伏せた。そしてつけ加えた。「もう終わった」

ミーラは夜の葬儀に参列したことがなかった。ロナルド・デルミスの葬儀がはじめてだった。参列したのは、もっぱら治安上の理由だった。万が一、遺体が盗まれてなんらかの目的に利用されてしまうようなことになれば、それはその人物の死と同じくらい痛ましいことに思えたのだ。

墓掘り人たちが墓の周囲で汗を流していた。熊手は持っていない。地面は凍りついており、労が多いうえに困難な作業だった。四人のうちふたりが穴を掘り、あとのふたりは懐中電灯で墓を照らし、五分ごとに交替する。ときおり誰かがあまりの寒さに悪態をつく。墓掘り人たちはワイルドターキーのボトルを回し飲みしていた。

ゴランとミーラはその様子を無言で眺めていた。ロナルドの亡骸が納められた棺はまだバンの中だった。そのそばに最後に立てられる墓碑があった。名前も日付もなく、通し番号のみが刻まれている。そして小さな十字架も。

その瞬間、ミーラの脳裏にロナルドが塔から落ちる光景がよみがえった。落ちていく彼の顔には恐怖も、驚きさえもなかった。あたかも死ぬことになんの未練もないように見えた。あるいは彼も、アレクサンデル・ベルマンのようにこうした結末を望んでいたのかもしれない。永遠に消え失せたいという欲望に屈することを。

「もういいか?」ゴランが沈黙を破って尋ねた。

ミーラは彼に向き直った。「いいわ」

そのとき、彼女は墓地の木陰に誰かの気配を感じた。目をこらして見ると、フェルダーだった。どうやらロナルドの密葬はそれほど秘密でもないようだ。

フェルダーはチェックのウールのジャンパーを着て、手には缶ビールを持っていた。長らく顔を合わせていなかった子どものころの友人に、最後に乾杯するかのように。ミーラの心はわずかに明るくなった。悪を葬る場所にも哀れみの余地はあるのだ。

たとえ不承不承ではあってもフェルダーの協力がなかったら、いま、自分がこの場にいることもなかった。彼もまた、この――ゴランの言葉を借りれば――準備のできた連続殺人犯を制するのにひと役買ったのだ。それによって、どれだけの人が犠牲にならずにすんだことだろう。

目が合うと、フェルダーはビールの缶をつぶして、少し離れたところに停めたピックアップのほうへ歩きだした。あのわびしいゴミ捨て場の家に帰るのだろう。不揃いのグラスに注がれたアイスティーのもとに、錆色の犬のもとに。そして、いつか自分の戸口に死がなんらかの形で訪れるのを待ちつづける。

ミーラがロナルドの葬儀に参列しようと思ったのは、病院でゴランに言われたことと無関係ではなかった――

――もし邪魔をされなければ、ロナルドははるか昔にビリー・モーレを突き落としたのと同じように、きみを殺していただろう。

ロナルドは、その後も殺しつづけただろうか。

「これは公にはなっていないが、わが国の統計によれば、目下のところ全国で六人から八人の連続殺人犯が暗躍している。だが、誰ひとりとしていまだ特定されていない」墓掘り人が木の棺を穴に下ろすのを見ながらゴランが言った。

ミーラはショックを受けた。「なぜそんなことが？」

「計画なしに、手当たり次第に襲いかかるからだろう。あるいは、一見まったく異なる犯人像で、まだ誰も関連づけて考えていないからかもしれない。被害者に対して徹底的な捜査が行なわれていない可能性もある……

……たとえば、売春婦の死体が排水溝で見つかったとしよう。ほとんどのケースは、犯罪組織か情夫、あるいは顧客が犯人だ。危険を伴う商売柄、十人の売春婦が殺されても、かならずしも連続殺人だとは思われない。認めたくはないが、あいにくそれが現状だ」

三人目の少女が発見されたことは、電話に出なくてもわかった。

つむじ風に雪と埃が舞いあがった。ミーラは身震いを覚え、パーカーの中でいっそう身をすくませた。

「いったいなんの意味があるのかしらね？」彼女は尋ねた。その問いには、ひそかな祈りが隠されていた。目下捜査中の事件に対しても、みずから選んだ職業に対しても、自分はどうすることもできない。せめて底知れぬ悪の力を把握できない現実を、どうにかして受け入れられるよう祈るしかなかった。それは同時に、救いを求める打ちひしがれた心の声でもあった。

だが、ゴランはこう言っただけだった。「神はなにも言わない。ささやくのは悪魔だ……」

そしてふたりとも黙りこんだ。

墓掘り人たちが穴に凍った土をかぶせはじめた。墓地にはスコップの音だけが響く。そのとき、ゴランの携帯電話が甲高い音で鳴りだした。彼がコートのポケットから電話を取りだす間もなく、今度はミーラの携帯も鳴りはじめる。

21

コバシ一家——父親と母親、十五歳の息子と十二歳の娘——はカーポアルトというゲートに守られた高級住宅地に住んでいた。緑に囲まれた六十ヘクタールの土地にはプール、馬場、ゴルフ場、クラブハウスがあり、いずれも敷地内にある四十の邸宅の所有者とその家族専用になっている。彼らはおもに専門医や建築家、弁護士などで、裕福な中流階級とは一線を画していた。

この選ばれた人間の楽園は、うまく生垣に見せかけた高さ二メートルの壁で世間と隔てられていた。二十四時間態勢の警備に加えて、敷地内には七十台のテレビカメラが目を光らせ、私服警官も一名派遣されて住民の安全を請けおっている。

コバシは歯科医だった。言うまでもなく高収入で、ガレージにはマセラティとベンツ、山の別荘とヨットを所有し、ワインセラーには人もうらやむようなワインのコレクションが並んでいる。妻は子どもたちの教育と、最高級の調度品で家を飾ることに専念していた。

「一家は三週間、熱帯地方に行っていて、昨日の晩に帰ってきました」ゴランとミーラが屋敷に着くと、ステルンが説明した。「バカンスの動機は、まさしく少女たちの誘拐事件です。娘の年齢が近いので、使用人たちに休暇を与えて、少しのあいだ気分転換をするのがいいと考えたそうです」

「いまはどこに?」

「ホテルです。念のために見張りをつけています。妻は鎮静剤を欲しがっていました。じつを言うと、わたしもやや動揺しています」

ステルンの最後の言葉に、ふたりともじきに目にする光景に対して身構えざるをえなかった。

家はもはや家とは呼べず、〝新たな捜査現場〟と化していた。周囲にはテープが張りめぐらされ、なにごとかと詰めかけてくる隣人を遠ざけている。

「少なくとも、マスコミはここまで来られまい」ゴランは指摘した。

彼らは通りと屋敷を隔てている芝生に沿って進んでいった。庭は手入れが行き届いており、花壇はみごとな冬の植物に彩られていた。コバシ夫人がコンクール用に夏から栽培している薔薇《ばら》も植えられている。

入口には警察官が立っており、許可された人物しか通ることはできなかった。クレップとチャンも、それぞれのチームを率いて到着している。ゴランとミーラが入ろうとすると、中からロシュ警部が出てきた。

「とても想像がつくまい……」警部は顔面蒼白で、ロにハンカチを押し当てていた。「この事件は回を追うごとにますます凄惨になる。虐殺を阻止できればどんなによかったことか……よりによって幼い少女たちばかりだ」

どうやらロシュの嘆きは演技ではないようだった。

「おまけに住民たちはわれわれがここで捜査しているのが不満で、知り合いの政治家にただちに退去させるよう迫っているときた。信じられるか？　たったいま上院議員の野郎が電話してきて、さっさと現場検証をすませるよう命令しやがった」

ミーラは屋敷の前に集まっている住人たちに目をやった。彼らだけの楽園を侵害されたように感じているのだろう。

だが、なんの前触れもなく楽園の片隅がぱっくりと口をひらき、地獄へ通ずる道となったのだ。

ステルンがカンフルクリームの小瓶を差しだした。ミーラはそれを鼻孔の下に塗り、死に立ち会うための儀式をすませると、ビニールのシューズカバーとラテックスの手袋をつけた。入口の前に立っていた警察官がわきにどいて、彼らを通した。

玄関には旅行用のスーツケースと土産物の袋が置きっぱなしだった。コバシ一家を熱帯の太陽の下からこの凍てつく二月へと運んできた飛行機は、二十二時ごろ到着している。懐かしのわが家に帰ってみると、そこはもはや以前の姿をとどめていなかった。使用人たちには翌日まで暇をやっていたため、最初に中に入ったのは彼らだった。

むせるような悪臭が漂っていた。

「ドアを開けたコバシ一家は、これに迎えられたというわけか」ゴランがすかさず言った。

おそらく、すぐにはこのにおいの正体に思い当たらなかったにちがいない、とミーラは考える。そして電気をつけたら……。

広い玄関広間では、科学捜査班の技術者や法医学の専門家たちが、それぞれ相手の持ち場を尊重しながら無駄なく動いていた。その様子は、まるで目に見えない振付師に操られているようだった。高価な大理石の床には、ハロゲンライトの光が容赦なく反射している。インテリアはアンティークの家具を基調に、ところどころモダンな要素が採り入れられていた。粉まみれになった三脚のなめし革のソファが、薔薇色の石でできた大きな暖炉前のスペースを区切っている。

少女の遺体は中央のソファに腰かけていた。

目が開いている——複雑な色合いの青い目が。そしてこちらを見つめていた。

めちゃくちゃになった顔のなかで、その視線だけが唯一残された人間らしさだった。腐敗はすでに一段階進んでいた。左腕がないために、かたむいた姿勢になっている。いまにもすべり落ちてきそうに。だが、遺体はかろうじて座っていた。

ブルーの花模様のワンピース姿だった。裁断や縫製はいかにも手がかかっている感じで、おそらく誂《あつら》えたものだろう。ミーラは白いソックスのレースの飾りと、ウエストに貝ボタンで留められたサテンのリボンにも気づいた。

まるで人形のようだった。腐った人形。

それ以上、見ることには耐えられなかった。思わず目を伏せたミーラは、はじめてソファのあいだのダマスク織りの絨毯に気がついた。ペルシャの薔薇とさまざまな色の波模様が織りこまれ、あたかも動いているように見える。彼女は目をこらした。

絨毯はうじゃうじゃうごめく小さな虫におおい尽くされていた。

ミーラはとっさに腕の傷口に手を当てて握りしめた。それを見たら、誰もが痛みに耐えているのだと思うだろう。実際は、その逆だった。

例のごとくミーラは痛みに慰めを求めた。

激痛は一瞬で、このおぞましい光景の注意深い証人となるための力がこみあげるのを感じた。苦痛に満足すると、彼女は手を緩めた。ゴランと話をしているチャンの声が聞こえてくる。「ニクバエの幼虫です。温度の高い場所ではきわめて生活環が早い。そして、とても貪欲です」

ミーラは法医学者の言わんとしていることを理解した。失踪事件は、遺体の発見という結果に終わることが少なくない。そうした場合、関係者には酷すぎる身元確認の手順を踏むだけでなく、しばしば死亡時期の特定という事務的な作業も必要となる。死後の各段階において、とりわけ遺体が回収されるまでは、さまざまな虫が発生する。いわゆる〝死体昆虫相〟は八種類に分けられ、それぞれが死んだ有機体の被る変化の段階に応じて現われる。したがって、入植する虫の種類によって死後経過時間を推定することができるのだ。

ニクバエは卵胎生のハエで、遺体は少なくともこの場所に一週間以上放置されていたというチャンの言葉から、おそらく二段階目に属すると思われた。

「住人が留守にしているあいだ、アルベルトにはじゅうぶんな時間があった」

「しかし、どうしても理解できないことがあります……」チャンがつけ加えた。「七十台もの監視カメラと約三十名の民間警備員によって二十四時間監視されている区域に、犯人はいったいどうやって死体を運びこんだのか」

22

「敷地内では過電流が問題となっていました」説明を求めたサラ・ローザに対して、カーポアルトの警備責任者が答えた。一週間前の監視カメラの画像が三時間途切れていたことが判明した。おそらく、そのあいだにアルベルトはコバシ邸に少女の遺体を運びこんだものと思われる。

「それなのに、なんの対処もしなかったの？」

「はい……」

「わかったわ」とだけ言って、サラ・ローザは責任者がこれみよがしに制服につけている袖章を見やった。職務能力と同様、ただの見せかけだ。住民の安全を保障するはずの警備員は、制服を着たボディ・ビルダーにすぎなかった。彼らが受けた唯一の研修は、定年退職した警察官が義理で講師を引き受けた三ヵ月間の有料講習だった。身につけているのはトランシーバーにつないだイヤホンと、トウガラシスプレーだけ。したがって、アルベルトが彼らの目をあざむくのは難しくなかった。しかも敷地を囲む壁には、全体をおおっている生垣に隠れて、長さ一メートル半の抜け穴があった。この奇抜なアイデアが、カーポアルトの完璧なセキュリティを台無しにしていた。

これで、アルベルトがカーポアルトのコバシ邸を選んだ理由が明らかになった。

新たなアレクサンデル・ベルマンの登場におののいたロシュ警部は、コバシ夫妻のプライバシーの侵害も含めて、あらゆる捜査を認めた。

歯科医の聴取はボリスが担当することになった。

当のコバシにとっては、これほど長時間にわたって取り調べを受けることは予想外だったにちがいない。プロによる事情聴取というのは、大半の警察署で行なわれている取り調べとは似て非なるものだ。通常の聴取では、何時間にも及ぶ心理的プレッシャーを与え、夜どおし同じ質問に答えさせることで容疑者を落とすのが常套手段になっている。

ボリスは逆に、尋問する相手を落とそうとは考えていなかった。重圧によって得た供述は、法廷で優秀な弁護士に攻撃されることは免れず、むしろ不利になると知っていたからだ。また、彼は曖昧な自白にも、追いつめられた容疑者が持ちかける司法取引にも関心を示さなかった。

特別捜査官クラウス・ボリスが求めているのは、完全な自白のみだった。

ミーラはスタジオのキッチンで繰り広げられた予行演習を見学した。役割を交替しながら尋問のシミュレーションを行なう。架空の舞台上で、ボリスがコバシの嘘を見破るのだ。

ボリスはシャツの袖をまくり、片手に水のボトルを持って、脚を鍛えるべく歩きまわっていた。席についたコバシを見下ろし、自分は一瞬たりとも座らずに、その頑丈な体軀で威圧感を与えつづけようとする。

そのあいだにステルンは、容疑者に関して判明した最新の情報を伝える。

「歯科医は脱税している。海外に口座を持っていて、救急外来で得た収入や、毎週末に事実上セミプロとして参加しているゴルフトーナメントの賞金をひそかに送金しているんだ……一方のコバシ夫人には、別の楽しみがあるようだ。毎週水曜の午後、中心街のホテルで、とある有名な弁護士と密会している。ちなみに、その弁護士は毎週末に夫とゴルフをしている……」

こうした情報は尋問の鍵となる。歯科医を揺さぶるために、ボリスはタイミングを見計らいつつ小出しにしていくつもりだった。

舞台には、以前からスタジオのゲストルームの隣にある部屋が用意されていた。窓がなく、息の詰まりそうなほど窮屈な部屋だった。入口はひとつだけで、ボリスは相手とともに部屋に入るなり鍵をかける。そして、いつものように鍵をポケットに入れる。なにげない動作だが、優位に立つには欠かせない。

蛍光灯の光は強力で、同時に耳障りな振動音を発する。この音もボリスにとっては武器となる。彼自身は耳に綿をつめてしのぐ。

部屋は鏡に見せかけた壁で仕切られており、もう一方の小部屋には別の入口があって、他のメンバーが尋問に立ち会うことも可能だ。その際に重要なのは、被尋問者が鏡に対して正面ではなく、つねに横を向くことだった。でないと、見えない視線には気づかなくても監視されている気分になる。

机も壁も白一色だった。単色は容疑者に対して答えを考える余裕を与えない。椅子の脚は一本だけ短く、たえずがたがたして落ち着かない。

ミーラが隣の小部屋に入ると、サラ・ローザがVSA（音声ストレス分析器）を準備していた。声の変化からストレスの度合いを測定する機械である。ほんのわずかな震えや筋肉の収縮によって、人間の声には周波数にして十〜十二ヘルツの変動が見られる。嘘をつくと、緊張のために声帯の血液の量が減少して、それとともに振動も少なくなる。コンピューターがコバシの声のわずかな変化を検知して、嘘を見抜くというわけだ。

だが、それよりもクラウス・ボリス捜査官にとって重要なのは態度の観察であり、それこそが彼を卓越した尋問官たらしめている技術だった。

状況の説明を丁寧に——しかしながら予告なしに——求められたコバシは、取調室に案内された。一家が宿泊しているホテルから護衛を命じられた警察官は、彼ひとりを車の後部座席に座らせ、疑念や不安をつのらせる効果を狙って、スタジオまでわざわざ遠回りをした。

任意の聴取だと言われたため、コバシは弁護士の同席を求めなかった。そうした要求をすることによって嫌疑が濃くなるのを恐れたのだ。まさしくボリスの筋書きどおりだった。

部屋に入った歯科医は自信をみなぎらせていた。ミーラは彼の服装を観察した。夏用の黄色いズボンは、おそらくバカンス中にゴルフをしようと熱帯地方へ持っていったもので、いまでは唯一のワードローブなのだろう。赤紫のカシミアのセーターの首もとからは、白いポロシャツがのぞいていた。

じきに取調官が来て、いくつか質問をすると告げられると、コバシはうなずいて両手を膝にのせた。防御の姿勢だ。

その間、ボリスは鏡の反対側からじっくりと彼を観察していた。

コバシは机の上に自分の名前の書かれた書類がある

のに気づいた。ボリスが置いたものだ。歯科医はそれには触れず、見られていることに気づいているかのように鏡から目を離さなかった。

実際には、書類は白紙だった。

「まるで歯医者の待合室みたいね」ガラスの向こうの哀れな男を見ながら、サラ・ローザが皮肉っぽく言った。

やがてボリスがきっぱりと宣言した。「よし、始めよう」

少しして彼は尋問室に入ると、コバシに挨拶をしてからドアに鍵をかけ、待たせたことを詫びた。そして、これからする質問はあくまで事情説明を求めるためのものであることを再度確認すると、机の上の書類を手に取ってひらき、読むふりをした。

「ドクター・コバシ、あなたは四十三歳ですね？」

「そのとおり」

「いつから歯科医の仕事をしているのですか？」

「わたしは外科矯正治療が専門の歯科医だ。キャリアは十五年になる」

ボリスは時間をかけて空白の書類に目を通した。

「昨年度の収入をお尋ねしてもよろしいでしょうか？」

コバシははっとした。ボリスはさらに追及したいのをこらえた。収入に言及するだけでも、脱税についてほのめかしていることになる。

案の定、歯科医はみずからの経済状況をごまかしていたわけだが、ミーラも悪意とはほど遠い行為だと認めざるをえなかった。これは殺人事件の取調べで、税に関する情報が明らかになったところでなんの関連もなく、ましてや国税庁の事務所に知らせるまでもない。

コバシはほかにもいくつか嘘をついたが、本人はうまくかわしているつもりで質問に答えている。ボリスはしばらく聞き流していた。

その手法は、ミーラにとっては馴染み深いものだった。昔、学校で級友たちがやっているのを見たことがある。もっともボリスの場合、明らかにより高度なレベルで習得したはずだが。

人間は嘘をつく際に、緊張をやわらげようとする心理作用が働く。自分の答えをできるだけ信用してもらうために、記憶に蓄積された正しい情報を引きだし、矛盾する点を修正して目下の虚言に対して加えるのだ。それにはかなりの努力を要し、想像力も駆使しなければならない。

嘘を語るたびに、それらを忘れないよう憶えておく必要がある。つまり、嘘が増えるたびにややこしくなるわけだ。サーカスの軽業師が棒にのせた皿を回すのにも似ている。皿の枚数を一枚増やすごとに、どんどん難しくなり、片時も足を止めずに走りまわらざるをえない。

そして、ますます追いつめられて、ぼろを出しやすくなる。

万が一コバシが作り話をしていたら、ボリスはすぐに見抜くだろう。不安が増せば、背をそらしたり、手をこすりあわせたり、こめかみや手首をこすったりといった不自然な動作が現われる。そしてほとんどの場合、発汗、声のうわずり、せわしない目の動きなどの生理的な変化も伴う。

だが、ボリスのように訓練を重ねた専門家は、それはただの兆候に過ぎず、さらなる一手が必要だと心得ている。容疑者が嘘をついているという確証を得るには、相手に責任を認めさせなければならない。

コバシがすっかり自信を持っていると判断すると、ボリスはアルベルトと六人の少女の失踪に関する質問で反撃を開始した。

二時間後、コバシは突っこんだ質問の嵐にすっかり辟易《へきえき》していた。ボリスはじわじわと外堀を埋めて、弁解の余地を奪った。コバシはもはや弁護士を呼ぶことも思いつかず、ただ一刻も早く帰りたいと願うばかりだった。心理的に動揺した状態では、解放されるためにはどんなことも言いだしかねない。自分がアルベルトだと認める可能性さえある。

たとえ真実ではないにしても。

それに気づいたボリスは、水を持ってくると言って部屋を出て、鏡の裏の部屋にいるゴランたちに報告した。

「彼は無関係です。それに、なにも知りません」

ゴランはうなずいた。

先ほど、サラ・ローザがコバシ一家の所有するコンピューターと携帯電話の分析結果を持って戻ってきたが、やはりなんの手がかりも得られなかった。友人関係や、頻繁に顔を出す場所にも、取り立てて注目すべき点はなかった。

「となると、あとは家だな」犯罪学者は結論づけた。

コバシ邸は、闇に葬られた恐ろしい事件の舞台だったのだろうか——孤児院のときと同じように。


だが、その可能性も薄かった。

「あの屋敷は住宅地の最後の空き地に建てられました。完成したのは約三カ月前で、コバシ一家が最初で唯一の住人です」ステルンが報告する。

だが、ゴランは譲らなかった。「あの家には秘密が隠されている」

ステルンはただちに理解した。「どこから始めましょうか？」

ゴランはしばらく考えてから命じた。「庭を掘ってみよう」

先陣を切ったのは、遺体のにおいを嗅ぎわける訓練を受けた警察犬だった。続いて地中レーダー探査装置も登場したが、緑色の画面に不審なものはなにも映しだされなかった。

ミーラは捜索の様子を見守っていた。屋敷で発見された少女の身元は、目下、チャンが被害者の両親たちのDNAと比較して確認中だった。

作業を開始したのは午後三時ごろ。小型のブルドーザーが土を掘りかえし、設計士が労力と費用をかけてつくりあげたにちがいない庭を破壊した。いまはすべてが容赦なく撤去され、トラックに積みあげられている。

ディーゼルエンジンの音がカーポアルトの静寂を破っていた。そして、それだけでは足りないかのように、ブルドーザーの振動がコバシのマセラティの盗難警報装置をひっきりなしに鳴らしている。

庭が終わると、次は屋内の捜索が始まった。玄関広間の重い大理石の床を剝がし、壁をたたいて隙間を探しては、つるはしを打ちこんだ。車も無傷ではすまなかった。解体して分解され、そのまま放置されている。ワインセラーや地下室も徹底的に調べられた。

この大がかりな捜索を認めたのはロシュ警部だった。巨額の賠償金も支払わなければならないため、失敗は許されない。だが、もはやコバシ一家にこの屋敷で暮らすつもりはなかった。すっかり恐怖に取りつかれているようだった。こんな事件があったあとでは、彼らの絢爛《けんらん》たる生活は以前と同じというわけにはいかず、土地も購入額よりいくらか安い金額で売却せざるを得ないだろう。

午後六時ごろにもなると、現場ではいらだちが色濃くなってきた。

「誰か、あのいまいましい警報を止めてこい」ロシュ警部がコバシのマセラティを指してがなりたてた。

「車のリモコンが見つかりません」ボリスが答える。

「歯科医に電話して止めさせろ。なぜいちいちわたしが指示しなければならないんだ？」

先ほどからずっとこんな調子だった。彼らは団結するどころか殺気立ち、アルベルトから投げかけられた謎を解き明かすことができずに挫折感が漂っていた。

「なぜ彼は少女に人形のような服を着せたのか？」

ゴランはなかばうわ言のようにつぶやいていた。ミーラにははじめてみる彼の姿だった。なにか個人的なことと関係があるのだろうか。おそらく本人も気づいていないなにかと。そのせいで、いつもの明晰な思考が妨げられているのかもしれない。

そう考えて、ミーラはゴランと少し距離を置いた。それにしても、アルベルトの行動には、いったいどんな意味があるのか？

捜査班でゴラン・ガヴィラの手法を目の当たりにするうちに、彼女は多くを学んだ。たとえば、連続殺人犯はさまざまな間隔——数時間おき、数ヵ月おき、数年おき——で殺人を繰りかえすこと。その行為は、自分ではどうすることもできない強迫観念によるものである。したがって、背景には怒りや復讐といった動機は見られない。ただ特定の理由、すなわち殺しをする必要性や快楽のために殺人を繰りかえすのだ。

だが、アルベルトは明らかにこの定義には当てはまらない。

少女たちを次々と誘拐してはすぐに殺害し、ひとりだけ生かしている。それはなぜか。たとえ注意を引くための手段であるとしても、殺すことに楽しみを見出しているわけではない。それはちがう。ほかに理由があるはずだ。児童性愛者のアレクサンデル・ベルマン。自分と同類のロナルド・デルミス。

アルベルトのおかげで、このふたりの行為は阻まれた。結果的には、彼は社会に貢献したことになる。皮肉なことに、彼の悪が善となったのだ。

だが、いったいアルベルトは何者なのか。

いまこの瞬間にも、なにごともなかったかのようにふるまっている人物は、怪物でも亡霊でもないことは確かだ。買い物をして、車を運転して、顔を合わせる人々——店員、通行人、隣人たち——からはこれっぽっちも疑われることはない。

堂々と人ごみを歩いているのに、誰にも見えない。

その仮面の奥に真実が隠されている。すなわち暴力が。それによって連続殺人犯はみずからの能力を試し、少なくとも一時的に劣等感を相殺する。暴力から得られる結果はふたつ——満足と自信だ。ほかの誰と比較する必要もない。人間関係に対する懸念という最低限の犠牲で最高の結果が得られるのだ。

連続殺人犯は他人の死によってのみ存在する。ミーラにはそう思えてならなかった。

夜中になってもコバシの車の警報装置はお構いなしに鳴りつづけ、誰もがそれまでの努力はほとんど無駄だったことを思い知らされていた。

土を掘りかえしても、目ぼしいものは出てこなかった。屋敷は事実上、取り壊されたも同然であるにもかかわらず、壁に隠された秘密も明らかにはならなかった。

ミーラが屋敷の前の歩道に座っていると、携帯電話を手にしたボリスが近づいてきた。


「電話をしたいんだけど、圏外なんだ……」

ミーラも自分の携帯を確かめた。「どうりで、まだチャンがDNA検査の結果を連絡してこないわけね」

ボリスは周囲をあごで示した。「金持ちにも不自由なことがあると思うと、なんだかほっとしないかい?」

彼は笑って携帯をポケットに戻すと、隣に腰を下ろした。ミーラはこの機会を逃さず、パーカーの礼を言った。

「どういたしまして」ボリスは応えた。

そのとき、ふたりはカーポアルトの警備員が屋敷の周囲にテープを張りめぐらしているのに気づいた。

「どうしたの?」

「マスコミがこちらに向かっている」ボリスが説明する。「ロシュが屋敷の撮影を認めた。おれたちができるかぎりのことをしていると示すために、ほんの数分だけニュースで流すことにしたんだ」

ミーラはそれぞれの持ち場につく警官もどきに目を向けた。筋肉質の体に合わせて作られた青とオレンジの制服を着て、真面目くさった表情を浮かべ、これみよがしにトランシーバーのイヤホンをつけた姿は、滑稽にしか見えなかった。

アルベルトは壁に穴を開けて、監視カメラの電源をショートさせるという原始的な方法であなたたちをあざむいたというのに。ミーラは鼻で笑った。

「これだけ探してもなにも見つからないとなると、いまごろロシュは怒りで唇を震わせているでしょうね……」

「あいつはいつでもうまいこと切り抜ける方法を見つける。心配いらないさ」

ボリスは巻き紙と煙草葉のケースを取りだすと、黙って手巻き煙草を作りはじめた。彼がなにかを尋ねたがっているのはわかったが、はっきりと口にする気はないようだ。かといって、このまま黙っていられてもなんの進展もない。

しかたなく彼女は助け船を出すことにした。「ロシュから丸一日の自由時間をもらったときは、どう過ごしたの？」

ボリスは取りつくろうように答えた。「眠ったり、事件のことを考えたり……そうすると、名案が思い浮かぶことがあるんだ。きみはガヴィラと出かけたんだろう？」

やはりそれが訊きたかったのだろう。だが、単なる嫉妬だと思ったのはミーラの勘違いだった。それに気づいたのは、ボリスの次の言葉を聞いてからだった。

「彼はずいぶん苦しんだんじゃないかな」

ゴランの妻のことを言っているのだ。そして、その悲しげな口調から、あの夫婦になにがあったにせよ、捜査班を巻きこむ結果となったことが察せられた。

「わたしはなにも知らないの」ミーラは言った。「彼は話してくれなかったから。それとなく関係が終わっね。それ以来、あの不憫《ふびん》な子は父親と暮らしている」

ミーラはゴランが別離の悲しみに沈んでいることは察していたものの、まさかそんな事情だったとは想像もしていなかった。どうしたら母親が子どもを捨てられるというのか、彼女には理解できなかった。

「どうして出ていったりしたの？」

「それは誰にもわからない。ほかに相手がいたのかもしれない。あるいは、生活に疲れたのかもしれない。本当に誰も知らないんだ……置き手紙さえなかった。ただ荷物をまとめて出ていったんだ」

「わたしだったら、理由がわからないなんて耐えられない」

「奇妙なことに、ガヴィラは彼女を捜してほしいとは言わなかった」ボリスの口調が変わる。彼は周囲を見まわして、ゴランがそばにいないことを確かめた。「それだけじゃない。ガヴィラが知らないことがある。彼にはぜったいに話せないことが……」

たことをほのめかしただけ」

「それなら、きみも知っておいたほうがいいだろう……」

続ける前に、ボリスは煙草をくわえて深く吸いこむと、煙を吐きだした。言葉を探しているのだ。

「ガヴィラ先生の奥さんは、美人で気立てがいいだけでなく、すばらしい女性だった。おれたちを何度となく食事に招いてくれた。まるで捜査班の一員のようだったよ。手に負えない事件を捜査しているとき、血まみれの現場や死体に気を滅入らせているおれたちにとって、あの食事が唯一の救いだった。うまく言えないけど、人生と和解するための儀式というか……」

「それで、なにがあったの？」

「一年半前のことだった。誰もそんなことが起きるなんて、夢にも思っていなかった」

「別れたの？」

「ガヴィラだけじゃなくて、ひとり息子のトミーともミーラはうなずいて、口外しないことを約束した。

「じつは……それから数ヵ月後に、ステルンとおれは彼女の居場所を突きとめたんだ。海辺の町で暮らしていた。おれたちは直接彼女を訪ねていかないで、向こうから話しかけてくることを期待して通りを歩いていた」

「それで彼女は……」

「おれたちを見て驚いたよ。だけど、ちょっと頭を下げたかと思ったら、うつむくようにして、そのまま行ってしまった」

その後の沈黙を、ミーラはどう解釈していいのかわからなかった。ボリスは警備員の目を気にもせずに煙草の吸殻を投げ捨てた。警備員はすぐさま芝に落ちた吸殻を拾いにいく。

「どうしてわたしに話してくれたの？」

「ガヴィラは友人だから。そしてきみもね。まだ知りあったばかりでもさ」

彼女もゴランもまだそれと気づいていないことを、ボリスは知っているのかもしれない。なにかふたりに関わることを。そして、ふたりを守ろうとしている。

「奥さんがいなくなってから、ガヴィラはずっと意地を張ってきた。とりわけ息子のために、そうしなければならなかったんだ。おれたちに対する態度も、なにひとつ変わらなかった。以前のまま厳格で几帳面で論理的だった。ただし、身なりには構わなくなった。だけど、たいしたことじゃないから誰も気にとめていなかったんだ。そうしたら、〝ヴィルソン・ピケット〟の事件が起きた……」

「歌手の？」

「うん。おれたちはそう呼んでいるんだ」ボリスはその件に触れたことを明らかに後悔しているようだった。そして、こう言うにとどめた。「とにかく失敗したんだ。ミスを犯した。そして、ある人物がガヴィラをクビにして捜査班を解散すると脅した。おれたちをかばって、存続を強く求めたのはロシュだった」

いったいなにが起きたのか、ミーラは尋ねようとした。ボリスなら話してくれると信じていた。だが、またしてもコバシのマセラティの警報装置が鳴りだした。

「ああ、もう！　頭に穴が開きそうだわ」

そして、ミーラはなにげなく屋敷に目を向けた。次の瞬間、さまざまな想像が頭を駆けめぐる。警備員たちは一様に眉をひそめ、あたかもとつぜん耐えがたい電波障害が起きたかのように、トランシーバーのイヤホンに手を当てている。

ミーラはふたたびマセラティを見やった。そして、ポケットから携帯電話を取りだした。あいかわらず圏外だった。そのとき、ふいに思い当たった。

「まだ捜していない場所があったわ……」ボリスに告げる。

「どこだ？」

ミーラは上を指した。

「空中よ」

それから三十分もしないうちに、凍てつく夜の寒さのなか、警察の情報通信班が空中の測定を開始した。全員がヘッドホンをつけ、手に持った小型のパラボラアンテナを上に向けている。そして、空中になんらかのメッセージが隠されている場合に備えて、疑わしい電波や周波数を傍受すべく――幽霊のごとくゆっくりと無言で――歩きまわっていた。

そして、メッセージを発見した。

コバシのマセラティの警報装置を混乱させたのも、携帯電話の通話をさえぎっていたのも、そのメッセージの仕業だった。甲高いホイッスルのような音で警備員のトランシーバーに割りこんできたのも。

情報通信班が傍受した電波は、ごく微弱だった。

しばらくして受信機での受信に成功する。

全員が機器の周囲に集まって、闇からのメッセージに耳をかたむけた。

それは言葉ではなく、音だった。

雑音にかき消されたかと思うと、ふたたび現われる。

それでも、はっきりとした音の連続だった。短い音、そして長い音。

「三つの短点、三つの長点、そしてまた三つの短点」

皆のためにゴランが解説する。電波通信の符号では最も有名なもので、これらの基本的な音が意味するものはただひとつ。

SOS。

「どこから発信されているんだ?」ゴランが問いかけた。

技術者が、分析されてモニターにスペクトル表示された信号を見やる。そして、通りのほうを指さした。

「向かいの家からです」

23

最初から目の前にあったのだ。

どうにか事件の謎を解き明かしたい一心で、彼らは向かいの家を交替で二十四時間監視した。誰かがすぐそこにいる。数メートル先に。そして、唯一かつ時代遅れの方法でひたすら助けを求めている。

その二階建ての屋敷の所有者はイヴォンヌ・グレスという女性だった。近所の住民たちによると、画家らしい。十一歳の息子と十六歳の娘とともに暮らしている。一家はイヴォンヌの離婚後にカーポアルトに越してきた。彼女は、若いころに将来有望な弁護士のグレスと結婚するにあたって一度はあきらめた絵画の制作に励んでいた。

当初描いていた抽象画は誰からも理解されなかった。画廊でひらいた個展は、一枚の絵も売れることなく終了した。それでも、イヴォンヌはみずからの才能を信じて筆を置かなかった。あるとき、友人から暖炉の上に飾る家族の油絵肖像画を注文されたのをきっかけに、イヴォンヌは自分の素朴派の画風に開眼する。ほどなく彼女は肖像画家に転身し、ありきたりの写真に飽き、家族を永遠にキャンバスに残したいと願う人々から引っ張りだことなった。

モールス信号のメッセージによって、にわかに通りの向かいの家が注目を集めたとき、警備員のひとりが、ここしばらくイヴォンヌ・グレスと子どもたちの姿を見ていないと証言した。

窓のカーテンは閉まっており、中は見えなかった。ロシュ警部が屋敷に入るよう命じる前に、ゴランはイヴォンヌの番号に電話をかけさせた。少しして、屋敷の中からか細い、けれどもはっきりした音が聞こえてきて、静かな通りに響きわたった。誰も出なかった。

子どもたちだけでも一緒にいるかもしれないと考えて、前夫にも連絡を取ってみた。所在は確認できたが、ふたりの子どもからはもう長らく電話がないということだった。二十歳のモデルに入れあげて家族を見捨て、期限どおりに養育費の小切手を渡して親の義務を果たしているつもりの男では、無理もなかった。

室内に熱源がないかどうかを測定するために、技術者が屋敷の周囲に温度センサーを設置した。

「これで屋敷の中に生き物がいれば、すぐにわかる」技術の力を盲信するロシュ警部が胸を張って言った。

同時に電気やガス、水道の使用状況も確認した。それぞれの料金は銀行口座から引き落とされるようになっていたため、契約は解除されていなかったものの、メーターは三カ月前から止まったままだった。つまり、およそ九十日間のあいだ、家の中では小さなランプひとつ点けられていないということになる。

「そういう状況には慣れていると思うけど」ミーラはそう言いはしたものの、強くは反対しなかった。

「そして、証拠を保全する方法も知っている?」ボリスは皮肉っぽく尋ねた。

「それなら、わたしも行く」

ボリスは一瞬、手を止めて、なにも言わずに彼女を見た。

「足手まといにはならないわ。メッセージを発見したのだって、わたしだもの……」

彼は防弾チョッキをもう一着取って、ミーラに放って寄こした。

少しして、ふたりは車を降りると、ゴランとロシュのもとへ直談判《じかだんぱん》に行った。

「問答無用だ」警部はまったく取りあわなかった。「これは特殊部隊の作戦だ。軽率な行動はいっさい許さない」

「ですが、警部……」ボリスは相手が視線を外せない

「コバシ邸が完成して、一家が引っ越してきた時期とほぼ一致しますね」ステルンが指摘した。

ゴランは指示を出した。「ローザ、閉回路で監視カメラの映像をチェックしてくれないか。この二軒の家はどこかでつながっているはずだ。それを突きとめなければならない」

「また停電にならなければいいけど」サラ・ローザはつぶやいた。

「では、突入の準備をしよう」ゴランが号令をかけた。

そのあいだに、ボリスは移動警察車の中でケブラーの防弾チョッキを装着していた。「おれも行く」車の入口に現われたミーラに向かって、彼は告げた。「誰が止めようと行く」

ロシュが特殊部隊に突入の先陣を命じたのが気に入らないらしい。

「やつらは現場を荒らすだけだ。なにしろ家の中は暗闇だし……」

ように真正面に立った。「ふたりだけでも偵察に送りこんでください。ほかのメンバーは必要が生じたときで構いません」ロシュは譲る気配はなかった。「自分は元兵士です。こうした状況には慣れています。ステルンも、ご存じのように二十年の現場経験があります。もし腎臓を片方切除していなければ、一緒に行くと言っていたはずです。そして、このミーラ・ヴァスケス捜査官は、子どもと少女を監禁していた変質者の家に単身乗りこんでいます」

もしボリスが真相を――人質もろとも命を落とすところだったと――知っていれば、これほど必死に懇願しないだろう。そう考えると、ミーラはいたたまれなかった。

「いいですか、考えてみてください。どこかに生きている少女がいる。だが、その命も長くはもたない。犯行現場を捜索するたびに、犯人に関する手がかりが見つかっているんです」そして、ボリスはイヴォンヌ・グレスの家を指さした。「あそこにアルベルトの足跡が残されているなら、荒らされないうちに保全するべきでしょう。そのためには、自分たちが行くしかありません」

「そうは思わないが」ロシュはちっとも動じなかった。ボリスはもう一歩距離をつめて、警部の目をまっすぐ見つめた。「これ以上、厄介なことになってもいいんですか？　すでに頭を抱えているというのに……」

その言葉は、どこか予言めいた脅しに聞こえた。ボリスが上司に対してこういう態度をとるとは、ミーラには意外だった。あたかも彼女やゴランには関係のない、ふたりだけの問題のようにふるまっている。

ロシュは思わずゴランを見やった。はたして彼は相談役なのか、それとも単に判断の責任をなすりつける相手なのか。

だが、犯罪学者はなにも考えていないふうで、ただうなずいただけだった。

「お互い後悔しないことを願うよ」警部はあくまで連帯責任であることを強調した。

そのとき、技術者のひとりが温度センサーのモニターを持って近づいてきた。「警部、二階でなにかを感知しました……生体反応が出ました」

全員の目がふたたび屋敷に向けられた。

「生体はずっと二階にいる。動かない」ステルンが無線を通じて告げる。

ボリスはカウントダウンをしてから玄関のドアノブを回した。警備責任者からスペアキーを借りてあった。万が一の場合に備えて、全戸の鍵を用意してあるのだ。

ボリスの集中力はミーラにも伝わってきた。ふたりの後ろには、特殊部隊の兵士たちが控えている。まずはボリスが先に入り、ミーラもあとに続いた。ふたりとも拳銃を構え、ケブラーの防弾チョッキ以外にも、ヘッドホンとマイク、右側に小さなライトのついた帽子を装着している。戸外では、ステルンが温度センサーの感知した生体の動きをモニターで確認しながら、無線でふたりを誘導していた。生体は濃淡さまざまな青、黄、赤で表示されており、体の部分によって温度が異なることを示している。形を判別することはできなかった。

しかし、床に横たわっているようには見えた。

怪我をしている可能性もある。だが、近づく前に、まずは手順にしたがって周囲の安全を確保し、偵察を行なわなければならない。

屋敷の外には大型の強力なサーチライト二基が設置され、表と裏から屋敷を照らしだしている。だが、カーテンが引かれているせいで、室内にはかすかに光が届くだけだ。ミーラは暗がりに目を慣らそうとした。

「大丈夫か?」ボリスが小声で尋ねた。

「大丈夫」ミーラは答えた。

一方、かつてコバシ邸の芝生があった場所では、ゴラン・ガヴィラが珍しく煙草を欲していらだっていた。とりわけミーラが心配だった。彼の隣では、サラ・ローザが四台のモニターの前で中腰になり、ケーブルで接続した監視カメラの映像に見入っていた。本当に二軒の屋敷がつながっているとすれば、じきにわかるはずだ。

イヴォンヌ・グレスの家で最初にミーラが気づいたのは、その乱雑ぶりだった。

玄関からは、左側に居間、右側にキッチンが見える。テーブルには開いたシリアルの箱や飲みかけのオレンジジュースの瓶、悪臭を放っている牛乳パックが山と積まれている。ビールの空き缶もあった。食料品庫は開いていて、食料品が床に散らばっていた。

テーブルには椅子が四脚ある。だが、動かされているのは一脚のみだった。

シンクは汚れた皿や料理の残りがこびりついた鍋であふれかえっている。ミーラはライトの光を冷蔵庫に向けた。一枚の写真がカメの形をした磁石で留められている。四十代とおぼしき金髪の女性が、笑顔で男の子とやや年上の少女を抱きしめていた。

居間には、大型のプラズマテレビの前に低いテーブルが置いてあったが、そこも蒸留酒の空き瓶やビールの空き缶、吸殻のあふれた灰皿で埋め尽くされている。ひじかけ椅子が部屋の真ん中に引っ張りだされ、カーペットには泥だらけの靴跡が残っていた。

ボリスはミーラの注意を引いて屋敷の見取り図を見せ、ここからふた手に分かれ、二階へ上がる階段の下で合流するよう指示した。そして彼女にキッチンのほうを示し、自分は図書室と書斎を担当することにする。

「ステルン、階上《うえ》では動きはないか?」ボリスは無線機に向かってささやいた。

「対象はじっとしている」答えが返ってくる。

ボリスが合図すると、ミーラは自分に割り当てられたほうへと歩きだした。

「あったわ」そのとき、サラ・ローザがモニターを指さして叫んだ。「見て……」

ゴランは彼女の背後から身を乗りだした。画面の端のタイムコードによれば、その映像は九カ月前のものだった。コバシ邸はまだ工事中だ。早送りの映像で、正面に労働者たちが蟻《あり》のように群がって見える。

「それからこれも……」

ローザはさらに映像を進めた。夕方になり、労働者たちは現場を去って、翌日の仕事に備えて家に帰る。そこで彼女は通常の再生に戻した。

すると、コバシ邸の玄関のドア枠の奥になにかが見えた。

黒い影。なにかを待っているように静止している。そして煙草を吸っていた。

ときおり見える煙草の火が、その人物の存在を明らかにしていた。男は歯科医の屋敷の中で夜になるのを待っていた。そしてすっかり暗くなると、おもてに出てきた。あたりを見まわしてから、そのまま数メートル進み、ノックもせずに向かいの家に入った。

「聞いてくれ……」

ミーラはイヴォンヌ・グレスのアトリエにいた。キャンバスやイーゼル、散らばった絵の具などで足の踏み場もないほどだった。ヘッドホンからゴランの声が聞こえると、彼女は立ち止まった。

「状況はだいたいわかった」

ミーラは耳をかたむける。

「その屋敷には寄生者がいた」

ミーラには理解できなかったが、ゴランは説明を続けた。

「コバシ邸の建設現場で働いていた労働者のひとりが、毎晩、作業が終了すると向かいの家に入りこんでいた。ひょっとしたら……」一瞬の沈黙が衝撃的な仮説を際立たせる。「その家の家族を監禁していたのかもしれない」

寄生者は宿主の巣を手に入れ、その生態を身につける。気味が悪いほどそっくりに真似て、あたかも分身のごとくふるまう。そして、あらゆる行為を身勝手な理由で正当化する。部外者として拒まれることを受け入れない。だが、ひとたびその虚構に飽きると、自分から宿主を離れて、新たな標的を探すのだ。

寄生者の邪悪な痕跡をイヴォンヌのアトリエに見出しながら、ミーラはコバシ邸の絨毯に群がっていたニクバエの幼虫を思い出した。

すると、ステルンが尋ねるのが聞こえた。「期間は？」

「半年だ」ゴランが答えた。

ミーラは胃が締めつけられるのを感じた。なぜ半年ものあいだ、イヴォンヌと子どもたちは変質者の思いどおりに捕らわれていたのか。この金持ち専用の地区では、大半の家族が俗悪な世間を逃れ、安全というばかげた理想を信じて暮らしているのだ。

半年間。誰ひとり、まったく気づかなかった。

芝は毎週刈られ、花壇の薔薇は専属の庭師によってきちんと手入れされている。車寄せには毎晩、地区の規則で決められた時刻にタイマーで明かりが灯る。子どもたちは家の前の通りで自転車やボールで遊び、女性たちは散歩をしながらおしゃべりをし、お菓子のレシピを交換する。日曜の朝にはジョギングをし、あるいはガレージの前で車を洗う男性の姿も珍しくない。

半年間。誰ひとり、まったく気づかなかった。

昼間もカーテンが引かれている理由を尋ねもしなかった。郵便受けの口からあふれた郵便物にも気づかなかった。秋のダンスパーティや、十二月二十三日のクリスマスのビンゴ大会といったクラブハウスのイベントでも、イヴォンヌと子どもたちが欠席していることを誰も疑問に思わなかった。例年どおり、担当者が——敷地内のすべての家と同じく——クリスマスの装飾を施し、祝日が終われば取り外した。電話は鳴りっぱなしで、玄関のブザーを押してもイヴォンヌや子どもたちは姿を見せなかったのに、誰もなんとも思わなかったのだ。

グレス家の唯一の親戚が遠方に住んでいる。しかし彼らでさえ、これほど長く連絡がないことを訝しく思わなかった。

こんなにも長いあいだ、一家三人は来る日も来る日も助けてもらうことを、あるいはせめて気づいてもらうことを願い、期待し、祈っていたのに、その声は誰にも届かなかった。

「おそらく加虐性愛者《サディスト》だろう。これはゲーム、つまり彼にとっての楽しみだった」

アルベルトがコバシ邸のソファに置いた遺体の服装が思い出される。〝人形の家〟という言葉がミーラの脳裏をよぎった。

イヴォンヌと子どもたちが長きにわたって受けた暴力について、幾度となく考える。半年の暴行。半年の拷問。半年の苦悩。だが、むしろそれですんでよかったのかもしれない。なにしろ世間全体から忘れられていたのだから。

〝法の番人〟が二十四時間の警戒態勢で家の真正面に配置されているにもかかわらず、その目は節穴だった。ある意味では、彼らにも罪がある。いわば共犯者だ。自分と同じように。

またしてもミーラは考えずにいられなかった。アルベルトは一見〝ふつう〟の人々の偽善を暴き出した。彼らは罪のない少女の腕を切り落として殺したりはしない。だが、同じくらい重い罪を犯すかもしれない。無関心という罪を。

ボリスの声に、ミーラはわれに返った。

「ステルン、階上《うえ》の様子はどうだ？」

「いつでも上れる状態だ」

「よし、移動しよう」

ふたりは打ち合わせどおり階段の下で合流した。二階は寝室になっている。

ボリスはミーラに合図して援護を頼んだ。これ以降は、自分たちの位置を明かさないよう無線通信は行なわない。ステルンが通信を許されるのは、万が一生体が動いた場合のみだ。

ふたりは階段を上りはじめた。段をおおっているカーペットにも、いたるところに染みや足跡、食べこぼしが目についた。階段の壁には休暇や誕生日、家族の祝いごとの写真が貼られ、いちばん上にはイヴォンヌと子どもたちの油絵肖像画が飾ってあった。彼らと目が合った者は、じっと見つめられているような気がして困惑するにちがいない。

階段を上りきると、ボリスはあとから来るミーラに手を貸した。そして先に進んだ。半分ひらいたドアをいくつか通りすぎて、廊下の突き当たりを左に曲がる。

その奥に、この家で唯一の生命体が存在するはずだった。

ボリスとミーラはそちらへとゆっくりと歩きはじめた。ひとつ、またひとつとドアの前を通り、やがて次のドアに近づいたとき、ミーラは空中で検知したモールス信号のメッセージと同じ音が聞こえてくるのに気づいた。そっとドアを開けてみると、そこは十一歳の少年の部屋だった。壁には惑星のポスターが貼られ、本棚には天文学の本が並んでいた。格子窓の前には天体望遠鏡が置いてある。

小さな机の上にあるのは技術の結晶——二十世紀はじめの電信装置のレプリカだった。乾電池二個が取りつけられた小さな木板が電極と銅線を通じて穴のあいたディスクに接続され、そのディスクがコイルの上で一定の間隔で回っている——三短点、三長点、三短点。その装置が細いケーブルで恐竜の形をしたトランシーバーに接続されていた。レプリカの上には真鍮のプレートが飾られ、〝一等賞〟と彫りこまれている。

これが信号の発信源だった。

十一歳の少年は、自分たちを捕らえていた男の目を盗んで、学校の課題を送信機に作り変えたのだ。

ミーラはライトを乱れたベッドに向けた。ベッドの下に汚れたプラスチックのバケツがあった。頭板の両端にはなにかがこすれた跡がある。

廊下をはさんで向かい側は十六歳の少女の部屋だった。ドアには色のついた文字で〝ケイラ〟と名前が記されている。ミーラは入口からすばやく中を見まわした。シーツは二枚とも床に丸められている。箪笥の引出しが床に落ちていて、中に入っていた下着がぶちまけられていた。鏡台がベッドの前に移動されている。理由は想像に難くなかった。やはり支柱にこすれた跡がついていた。

手錠だ、とミーラは考えた。昼間、彼らはベッドにつながれていたのだ。

今度は部屋の片隅にプラスチックのバケツが置かれていた。トイレとして使われていたのだろう。

さらに先へ進むとイヴォンヌの部屋があった。マットレスは汚れ、シーツは一枚しか敷いていなかった。カーペットには嘔吐の染みがつき、使用済みのティッシュが散乱していた。壁の一面には、かつて絵をかけていたと思われる鋲《びょう》が刺さっていたが、いまはある種の力関係を見せつけるかのように、革のベルトが吊るされていた。

ここがあいつの遊戯室だった。あるいは、少女の部屋にも押し入ったのかもしれない。そしてふたりに飽きると、少年の部屋へ行って殴りつけた……。

ミーラにとって、怒りは人生で唯一許された感情だった。彼女は喜んでこの深い闇の底から怒りをすくいあげた。

イヴォンヌ・グレスはいったい何度、あの怪物をこの部屋に引き止めて、子どもたちのところへ行かせないようにするために自分の身を投げ出したことだろう。

「なにかが動いている」ステルンの口調が緊迫する。

ボリスとミーラは同時に廊下の突き当たりのほうに顔を向けた。これ以上、調べまわっている時間はない。ふたりは拳銃とライトをそちらへ向け、いまにもなにかが出てくるのではないかと待ち構えた。

「動くな」ボリスが叫んだ。

「そっちへ近づいているぞ」

ミーラは引き金に人さし指をかけて、わずかに力を込めた。耳に鳴り響く鼓動が徐々に音量を増す。

「角のところまで来た」

最初に聞こえたのは、くんくん鳴く声だった。それは毛深い鼻を突きだして、彼らを見た。ニューファンドランド犬だった。ミーラは銃を上に向けた。ボリスを見ると、やはり同じようにしている。

「心配ない」彼は無線機に向かって言った。「ただの犬だ」

もじゃもじゃの毛はべとつき、目は赤く、一本の脚に怪我をしている。

この犬は殺されなかった、そう考えながら、ミーラは犬に近づいた。

「いい子だから、こっちへおいで……」

「少なくとも三カ月は、飼い主なしでここにいたことになる。どうやって生き延びたんだ？」ボリスは訝った。

ミーラが少しずつ近づくと、犬は後ろに下がる。

「脅えている。嚙まれるかもしれないぞ」

彼女はボリスの忠告を無視して、ゆっくりとニューファンドランド犬に近づいた。安心させようと、膝をついて進みながら呼びかける。「大丈夫よ、いらっしゃい」

あと数歩というとき、犬の首に小さな札がついているのが見えた。ライトの光を当ててみると、名前が書いてある。

「テリー、こっちにおいで、さあ……」

ミーラはとうとう犬と向きあうと、鼻の前に手を差しだして、においを嗅がせた。

ボリスはしびれを切らした。「よし、この階は終わりにして、次を調べよう」

そのとき、犬がなにかを指し示すようにミーラのほうに脚を持ちあげた。

「待って……」

「どうした？」

ミーラはそれには答えずに、立ちあがって、ニューファンドランド犬が暗い廊下の奥へ戻るのを見つめていた。

「ついてこいと言ってるのよ」

ふたりは廊下を進んだ。角を曲がると、数メートル先で廊下は終わっている。突き当たりの右側に最後の部屋があった。

ボリスは屋敷の図面を見た。「ちょうど裏側だが、なんの部屋だかわからない」

ドアは閉まっている。その前にいろいろなものが散乱していた——骨のイラストがプリントされたキルト、ボウル、カラーボール、革のリード、それに食べ物の残り。

「食料品庫を荒らした犯人が見つかったわね」ミーラは言った。

「それにしても、なぜここに持ってきたんだろう……」

ニューファンドランド犬は、あたかも自分の小屋だと言わんばかりにドアに近づいた。

「ここでひとりで暮らしていたのね……どうして？」

ミーラに答えるかのように、犬はくうんと悲しそうに鳴きながら木のドアを引っかきはじめた。

「中に入れと言うの？」

ミーラはリードを取ると、犬を廊下に並んだ暖房装置につないだ。

「ここでおとなしくしててね、テリー」

犬はわかったと言うように吠えた。ドアの前のものをどけると、ミーラは取っ手をつかみ、ボリスがドアに手をかける。温度センサーは屋敷の中の他の生体は感知していないが、なにがあるかはわからない。だが、この薄い壁の向こうには、何ヵ月も前に起きた悲劇の痕跡が隠されていることをふたりとも確信していた。

ミーラは取っ手を押し下げ、かちゃりと音をさせてドアを開けた。懐中電灯の光が暗闇を照らし、光の帯が隅々まで動きまわる。

部屋にはなにもなかった。

広さはおよそ二十平方メートル。絨毯は敷かれておらず、壁は白い。窓には分厚いカーテンが引かれている。天井からは小さな電球が吊り下がっていた。まったく使われた形跡がないように見える。

「どうしてわたしたちをここに連れてきたのかしら」

ミーラはボリスにというよりも、自分に問いかけた。

「イヴォンヌと子どもたちはどこにいるの?」

〝彼らの死体はどこにあるの?〟とは言えなかった。

「ステルン」

「なんだ?」

「科学捜査班を中に入れてくれ。ここはひととおり調べた」

ミーラが廊下に戻って犬を放してやると、犬は彼女の手を逃れてまっすぐ部屋に入っていく。あとについて入ると、犬は身をひそめるように隅にうずくまった。

「テリー、ここにいたらだめよ」

だが、犬は動こうとしなかった。しかたなくミーラはリードを持って近づいた。犬はふたたび吠えたが、威嚇するふうではなかった。そして、幅木のそばの床のにおいを嗅ぎはじめた。ミーラはその横にひざまずくと、犬の鼻をどけてライトで照らしてみた。なにもない。が、ふいに目に入った。

濃い茶色の染み。

直径にして三ミリもない。さらに近づいてみると、引き伸ばされ、軽くこすったようにも見える。

ミーラは確信した。「ここよ」

ボリスにはなんのことだかわからなかった。

ミーラは彼を振りかえって言った。「彼女たちはここで殺されたのよ」

「じつは、この家に誰かが出入りしていたことは気づいていたのですが……なにぶんシニョーラ・イヴォンヌ・グレスは独身で魅力的ですし……遅い時刻に近隣の男性が訪ねてきているのだとばかり思っていました」

警備責任者はウインクしてみせたが、ゴランはじっと彼の目を見つめるばかりだった。

「二度とこういうことのないように願いたい」

事務的な口調だったが、脅しの意味合いも込めていた。

警官気取りの男と部下たちは、カーポアルトの弁護士と結託して、この重大な職務不履行をどうにか正当化しようとしているにちがいない。独身で自立している というだけで、イヴォンヌ・グレスを男性関係の派手な女に仕立てあげようとしている。

おそらく、半年間、彼女の家に出入りしていたそいつ——ほかに呼びようがなかった——も同じような言い訳をして、好き放題にふるまっていたのだ。

ゴランとサラ・ローザは、その間の膨大な監視カメラの映像に目を通した。多少の違いはあれ、ほとんどが同じ光景の繰りかえしだったため、大半は早送りで見た。たまに男が屋敷に滞在しないことがあった。監禁された家族にとっては、唯一、心休まるときだったにちがいない。そうはいっても手錠でベッドにつながれ、男の気が向かなければ食べ物も水も与えられなかったことを考えれば、むしろもっと悲惨だったのかもしれない。

暴行を受けることが、すなわち生き延びることだった。これほどの不幸が、はたしてこの世にどれだけ存在するだろうか。

映像では、男が昼間に現場で働いている様子も映っていたが、つねにひさしのついた帽子をかぶっているため、カメラは顔の特徴をとらえることができなかった。

ステルンが建設会社の経営者を問いただしたところ、季節労働者として雇った男だということだった。レブリンスキーと名乗っていたが、偽名だと判明した。建設現場では、しばしば不法滞在の外国人が雇われるので、とくに珍しいことではない。法律上、雇用主は書類を要求する義務はあるが、それが本物かどうかを確認する必要はなかったからだ。

その間、コバシ邸の現場で働いていた労働者たちによれば、男は無口で、いつもひとりでいたという。彼らの記憶をもとにモンタージュ写真を作成したが、一枚ずつ顔があまりにも異なるため、ほとんど役に立たなかった。

警備責任者との話を終えると、ゴランはグレス邸にいる捜査班のメンバーに合流した。そこはすでにクレップとその部下たちの独壇場だった。

指紋採取のエキスパートが屋敷の中を動きまわるたび、耳のピアスがちりんちりんと音を立てる。その様子はさながら魔法の森を飛びまわる妖精のようだった。絨毯は隈なく透明なビニールでおおわれ、あちらこちらに置かれたハロゲンライトが一部、あるいは特定のものを照らしだしている。白い作業服にプレキシガラスの防護マスクをつけた男たちが、ありとあらゆる面に粉の試薬をまき散らしていた。

「オーケー、われらが犯人はあまり用心深い男ではない」クレップが切りだした。「犬とタッグを組んで、そこらじゅうにあらゆる種類のゴミを残していった——缶、煙草の吸殻、空き瓶。クローンを作れるほどのDNAを採取できるだろう」

「指紋は？」サラ・ローザが尋ねる。

「うんざりするほど。だが、あいにく前科はなく、データベースには記録されていない」

ゴランは信じられないといった表情でかぶりを振った。これだけ痕跡が残されているというのに、いまだに容疑者のひとりも挙げることができずにいる。コバシ邸に少女の遺体を持ちこむ前に監視カメラを停止させたアルベルトにくらべたら、この寄生者ははるかに不注意だった。それゆえに、ゴランにはどうしても納得できない点があった。

「死体はどうなったんだ？　映像をチェックしたが、寄生者はこの家からなにひとつ持ち出していない」

「ドアから運びだしたとはかぎらない……」

その言葉の真意を理解しようと、一同が視線を向ける。クレップは続けた。「目下、ゴミ捨て場を調べている。そこで処分した可能性も高い」

ばらばらに切り刻んだのだろうか、とゴランは考えた。この変質者は愛すべき夫やパパを演じて楽しんだ。それが、ある日とつぜん彼女たちに飽きて、あるいは単に向かいの屋敷での作業が終わって、訪問に終止符を打った。はたしてイヴォンヌと子どもたちは、最期が近づいていることを察したのだろうか。

「だが、どうしてもわからないことがひとつだけあるんだ……」クレップが言った。

「なんだ？」

「二階のなにもない部屋だ。あそこでわが婦人警官が小さな血痕を見つけた」

クレップに一瞥を投げかけられて、ミーラは自分のことだと気づいた。ゴランは顔をこわばらせ、身構えるように彼女を見た。科学捜査官はその効果を最大限に利用した。

「あの部屋は、わたしにとってはいわば〝システィーナ礼拝堂〟だ」彼は壮大なたとえを持ち出す。「あの染みから、一家はあの場所で殺されたものと推測される。犯人はあれだけは見逃したものの、ほかは痕跡を残らず消し去っている。それだけではない。壁まで塗り直しているんだ」

「どうしてだろう?」ボリスが尋ねた。

「愚かだからだ。まちがいない。これだけの証拠を残して、死体を切り刻んで排水溝に流すだけでも刑務所行きは免れない。なのに、なぜわざわざ部屋にフレスコ画を描く必要があるというんだ?」

さすがのゴランにも、その意図はわかりかねた。

「それで、どうする?」

「塗料を剝がして、下になにが隠されているのか見てみよう。少々時間はかかるが、この愚か者が子どもじみた方法で隠そうとした血痕は最新技術で残らず検出できるはずだ」

ゴランは納得がいかない様子だった。「現状では、誘拐および死体遺棄罪しか成立しない。終身刑は確実だが、それと正義を貫くことは別の問題だ。真実を明らかにして殺人罪を適用するためには、その血痕が必要になる」

「任せておけ」

目下のところ、容疑者に関してはごく大雑把なことしか判明していない。そこでクレップの集めたデータと対照させることにする。

「男の年齢は四十代」サラ・ローザが特徴を挙げた。

「がっしりした体型で、身長はおよそ百七十八センチ」

「絨毯の靴の跡は二十六・五だから、ほぼ一致するだろう」

「喫煙者よ」

「煙草は手巻きだ」

「おれと同じだな」ボリスが口をはさむ。「そういう奴と共通点があって、じつにうれしいね」

「そして、犬好きだ」クレップが結論づけた。

「ニューファンドランド犬を生かしておいたというだ

「けで？」ミーラが尋ねる。

「いや、そうじゃない。雑種犬の毛も見つかった」

「でも、あの男が家に持ちこんだものだとは断言できないでしょう？」

「絨毯に残された靴跡の泥に交じっていたんだ。工事現場で使われていたセメント、塗料、溶剤などと一緒にくっついていた。したがって、彼が自分の家から持ちこんだと考えるのが妥当だろう」

不用意に口出しをしたミーラに対して、クレップはどうだと言わんばかりの視線を向けた。だが、次の瞬間には得意げな表情は消え、いつものように冷徹な専門家の目に戻った。

「もうひとつある。取り立てて挙げるべきことかどうかは、まだわからないんだが」

「もったいぶらずに言ってくれ」頼まれると断われないクレップの性格をよく知っているゴランは、興味を持った様子でうながした。


「靴跡の泥から大量のバクテリアが検出された。そこで、信頼できる化学者に意見を求めた……」

「なぜ生物学者ではなくて、化学者に？」

「いわゆる〝ゴミ喰いバクテリア〟だとわかったからだ。自然界に存在するが、プラスチックや石油製品の分解といったさまざまな用途に利用されている」クレップは具体的に説明する。「もっとも実際にはなにも食べなくて、酵素をつくりだすだけだ。使われなくなったスクラップ置き場の浄化にも利用されている」

その言葉を聞いたミーラとボリスがすばやく目を見交わしたのにゴランは気づいた。

「スクラップ置き場？　早く言ってよ。それなら知ってるわ」

24

フェルダーは待っていた。

寄生者はがらくたの山の頂上につくった隠れ家の中でじっと息をひそめていた。

何カ月も前から、報復に備えて集めたあらゆる武器を持って。姿を隠そうとは思わなかった。いずれ誰かが訪ねてきて、説明を求められるとわかっていたからだ。

敷地を取り囲む特殊部隊に続いて、ミーラが他の捜査班のメンバーとともに到着した。

フェルダーの位置からは、かつてのスクラップ置き場へ続く道は丸見えだった。おまけに周囲の視界を阻んでいた木々は切り倒されていた。だが、すぐには銃撃を始めずに、機会をうかがう。

フェルダーの最初の標的となったのは、鉄くずのあいだをうろついていた錆色の雑種犬のコッホだった。頭に銃弾を受けて一発でこと切れる。周囲に自分が本気だということを示したのだ。あるいは、もっとひどい死に方をしないように情けをかけてやったのかもしれない、とミーラは思った。

装甲車の後ろに身をひそめながら、彼女は様子をうかがった。ボリスとふたりであの家に足を踏み入れたのは何日前のことだっただろう。あそこを訪れたのは、彼の育った施設について尋ねるためだったが、フェルダーはロナルド・デルミスよりも陰惨な秘密を隠していた。

まんまと一杯食わされたというわけだ。

ボリスが服役の有無を尋ねたとき、フェルダーはあると答えた。ところが、それは事実ではなかった。それゆえ、イヴォンヌ・グレスの家に残された指紋と照合ができなかった。だが、この嘘によって、彼はふたりの捜査官が自分について事前調査を行なっていないという確信を得た。そして、ボリスは彼の言葉をまったく疑わなかった。ふつうは自分の印象を悪くするような嘘はつかないからだ。

だが、フェルダーはそうした。ずる賢い男だ、とミーラは思った。

相手を値踏みし、イヴォンヌの事件とは結びつけられないと確信して、捜査官をおちょくっていたのだ。逆に疑いを持っていたら、自分たちは生きてあの家を出てこられなかったかもしれない。

ロナルドの葬儀の晩にも、ミーラはみごとに騙された。彼が現われたのは、てっきり同情からだとばかり思っていたが、じつは警察の動きを見張っていたのだ。

「捕まえられるものなら捕まえてみろ！」

機関銃の激しい音が空気を切り裂いた。銃弾は装甲車に当たってはねかえり、スクラップを反響させる。

「ちくしょう、おれを殺せ！」

誰も答えず、相手にもならなかった。ミーラは周囲を見まわした。拡声器を持って、武器を捨てるよう彼を説得しようとする者さえいない。フェルダーはすでに死刑宣告に署名したも同然なのだ。彼の命を救うことに関心を持つ者は、誰ひとりとしていなかった。

皆が待っているのは、彼を地上から消し去るチャンスだ。

すでにふたりの狙撃手が配置され、フェルダーが少しでも顔を出そうものなら、即座に発砲できるよう銃を構えていた。いまのところは、彼が怒鳴り散らすにまかせている。そのうちに相手が過ちを犯すだろうという計算だ。

「あの女はおれのものだったんだ。おれのものだ。欲しいものを与えてやっただけだ」

フェルダーは明らかに挑発していた。彼に向けられた周囲のこわばった顔を見ると、その試みは功を奏している。

「殺さずに捕らえるんだ」ゴランが言った。「でないと、彼とアルベルトとのつながりもわからない」

「特殊部隊が同意するとは思えませんが」ステルンが懸念する。

「それならロシュに直談判しよう。交渉人を呼ぶよう命じてもらわなければならない」

「フェルダー本人に捕まる意志がないわ。すでになにもかも見越しているんだもの。自分の最期も含めて」サラ・ローザが指摘した。「華々しいフィナーレを飾るためにふさわしい舞台を求めているのよ」

そのとおりだった。現場に到着した工兵が周囲の地表が何箇所か盛りあがっている部分を発見した。「対人地雷です」ひとりが姿を見せたロシュに報告した。

「これがすべて爆発したら大変なことになります」

地質学者に確認したところ、丘の上にあるスクラップ置き場には、腐敗したゴミから発生したメタンガスが大量に蓄積している可能性があるという。「すぐにここから離れろ。大火災が発生する危険がある」

しかしゴランは食い下がり、せめてフェルダーと交渉する時間が欲しいと直訴した。ロシュはついに折れて、三十分だけ猶予を与えた。

電話を使おうとしたゴランを、ミーラが止めた。電話は料金の滞納で止められている、以前ボリスとともにフェルダーに連絡を取ろうとした際に録音の声が応答したと。そこで電話会社に協力を依頼して、七分間だけ回線をつなげてもらうことになった。ということは、フェルダーに降伏を決意させる時間は二十三分しか残されていない。だが、家の電話がけたたましく鳴りだすと、フェルダーは逆上して銃を乱射してきた。

しかしゴランも負けてはいない。拡声器を手にすると、最も家に近い装甲車の陰に陣取った。

「フェルダー、わたしは犯罪学者のゴラン・ガヴィラだ」

「クソ食らえ！」続いて銃声が鳴り響く。

「いいか、よく聞け。おまえがどれだけ威嚇しようと、わたしには痛くもかゆくもない。それは、いまここにいる全員にとっても同じだ」

　ミーラは気づいた。ゴランにはフェルダーに事実ではないことを信じさせて、騙すつもりなどない。そんなことをしても無駄だろう。あの男はすでにみずからの運命を決めているのだから。だからこそ、ゴランはよけいな小細工はやめたのだ。

「うるさい、黙れ！」フェルダーはまたしても発砲し、弾はゴランの隠れている場所からわずか数センチのところに当たった。防弾チョッキは身につけているものの、ゴランは動揺を隠せなかった。

「おとなしく聞いたほうが身のためだぞ」

　この期に及んでなにを言おうとしているのか。ミーラはゴランの作戦を訝った。

「力を貸してほしい、フェルダー。おまえは六人目の少女を監禁している男を知っているはずだ。われわれがアルベルトと呼んでいるあの男の本名も、おまえにはわかっているんだろう」

「おれの知ったことじゃない」

「そうだろうか。その情報は金になるんだがな」

　懸賞金。

　それがゴランの切り札なのだ。六人目の少女の救出に役立つ情報を寄せた者に対して、ロックフォルド財団は一千万を出すと発表している。

　終身刑が確実な男に対して、そんな切り札を持ち出してどうするのかと思う者もいるだろう。それはミーラにもわかっていた。しかし犯罪学者は、フェルダーの頭に危機を脱する、すなわち〝制度を欺く〟ことは不可能ではないという考えを浮かばせようとしているのだ。生まれてきたときから彼を苦しめ、これほどの状態にまで追いつめた制度を。彼を貧しい、人生の落伍者とならしめたものを。その金があれば、実力のある弁護士を雇って心神喪失を主張することもできる。通常は、金銭的な手段に訴えなければ無罪を勝ち取ることが難しい裕福な被告のための選択肢だ。フェルダーの場合も、刑務所ではなく、指定病院に——おそらく二十年間——措置入院するだけですむ可能性がある。そしてひとたび退院すれば、あとは死ぬまで人生を謳《おう》歌《か》できる。自由な人間として。

ゴランの勘は当たった。フェルダーはつねによりよい人生を欲していた。だからこそイヴォンヌ・グレスの家に入りこんだ。せめて一度だけでも、金持ちになったつもりで、美しい妻とかわいい子どもたち、それにすばらしい物に囲まれて暮らしてみたかったのだ。

そしていま、フェルダーはふたつの結果を得るチャンスを与えられている——その金を受け取って、かつ法の目をくぐり抜けるチャンスを。

みずから進んであの家を出て、彼の死を望んでいる百名以上もの捜査官の前を大手を振って歩いてくればいいのだ。金持ちの男として。そして、ある意味では、ヒーローとして。

怒声も銃声も返ってこなかった。フェルダーは考えているのだ。

その沈黙を利用して、ゴランはさらに彼の期待を高めようとした。

「誰もその金を奪うことはできない。認めたくはないが、おまえに感謝する者も少なくないだろう。だから武器を捨てて、おとなしく降参するんだ……」

またしても善より悪が重んじられた、とミーラは考えた。ゴランはアルベルトに対しても同じ手法を使っていた。

数秒が永遠にも思える。だが、時間が経過するほど、計画がうまくいく確率は高まる。ミーラが装甲車の陰からのぞくと、特殊部隊の兵士のひとりが小さな鏡を取りつけた棒を伸ばして家の中のフェルダーの位置を確認していた。

ややあって、鏡に彼の姿が映った。

肩と首筋しか見えないが、迷彩服のジャンパーを着て、狩猟用の帽子をかぶっている。続いて一瞬、あごひげの伸びた横顔が見えた。

時間にして、わずか十分の一秒の出来事だった。フェルダーが銃を上げる。撃つのか、あるいは降参の合図か――。

次の瞬間、押し殺した口笛のような音が空気を切り裂いた。

ミーラが状況を理解したときには、すでに最初の一発がフェルダーの首に達していた。続いて、別の方向から二発目が飛んでくる。

「やめろ!」ゴランは叫んだ。「撃つな!」

物陰から特殊部隊の狙撃手たちが出てきて、よく見える位置からあらためて標的を狙う。

フェルダーの首の二箇所の傷口から頸動脈の動きに合わせて血が噴きだす。彼は口を大きく開け、足を引きずって這い進んだ。片手で傷を押さえようとしたが届かず、もう片方の手で応戦すべく銃を持ちあげようともがいている。

ゴランは身の危険も顧みず、時間を止めたい一心で飛びだした。

その瞬間、三発目の銃弾が首筋に命中した。

寄生者はついに力尽きた。

25

「サビーネは犬が好きなんです」

彼女が現在形を使っていることにミーラは気づいた。無理もない。この母親はまだ苦悩を受け入れられずにいる。だが、それも時間の問題だ。そうなれば、当分のあいだは取り乱して、眠ることもできないだろう。

だが、いまは時期尚早だった。

こういう場合、なぜだかはわからないが、苦悩はひと呼吸おいてから訪れる。悲報とのあいだには仕切りが存在する。その伸縮自在の壁は、〝あなたの娘さんの遺体を発見しました〟という言葉が相手に伝わるのをさえぎる。言葉は、この静寂という奇妙な感覚に当たってはねかえってくるのだ。崩れ落ちる前に、一瞬、耐え忍ぶかのように。

二時間前、ミーラはチャンからDNA検査の結果が入った封筒を受け取った。コバシ邸のソファで見つかった少女はサビーネだった。

三番目に誘拐された少女。

三番目に発見された少女。

ようやく設計図の一部が浮き彫りになった。ゴランに言わせれば手順というわけだ。あえて遺体の身元を推測する者はいなかったが、誰もが彼女だと考えていた。

同僚たちがフェルダーの家での不測の事態に関して話しあい、あのゴミの山からアルベルトにつながる痕跡を見つけようと苦心しているあいだに、ミーラはひとり抜けだして、警察の車を走らせ、いまこうしてサビーネの両親の家の居間にいた。おもに馬の生産者や、自然と触れあう生活を選んだ人々が暮らすこの田園地帯までは、およそ百五十キロの道のりだった。太陽は沈みつつあり、琥珀《こはく》色の池に流れこむ小川のほとりに広がる森の光景に、ミーラは思わず目を奪われた。それと同時に、自分がこんな時間に訪ねて、サビーネの両親をぬか喜びさせてしまうのではないかと案じた。娘が誰かに保護されている、その手がかりが見つかったのだと勘違いして。まさにそのとおりの展開になった。

サビーネの母親は小柄で痩せていて、顔には深く刻まれた細かいしわが目立った。

膨大な数の写真を手にして、サビーネのわずか七年間で終わった人生を物語る彼女に、ミーラはじっと耳をかたむけた。一方の父親は部屋の隅で壁にもたれて立ち、両手を後ろで組んでうつむいている。そして、ひたすら自分の呼吸に集中しながら体を揺らしていた。この家で実権を握っているのは妻のほうだと、ミーラはすぐに見てとった。

「サビーネは早産だったんです。予定より八週間早く生まれました。だから、きっと本人が早く生まれたがっていたんだろうと話していました。それに……」彼女がほほ笑んで夫を見ると、夫はうなずいてみせた。「生まれてすぐに、お医者さんに長生きしないだろうと言われました。心拍が弱すぎたんです。でも、あらゆる予想を裏切って、サビーネは耐え抜きました。わたしの手の大きさほどしかなくて、体重五百グラムあるかないかでしたが、保育器の中で懸命に戦っていました。そして、時間がたつにつれて心臓はどんどん強くなってきて……おかげで病院も意見を変えざるをえませんでした。おそらく生き延びるけれども、ずっと病院や薬、外科手術にお世話になる生活になるだろうと。つまりは、死んでほしいと祈ったほうがいいと……」彼女は間を置いた。「実際、祈りました。あの子は死ぬまで苦しみつづけるのだと思いこんで、思わず心臓が止まるように願ったこともあります。にもかかわらず、サビーネはどんどん強くなりました。しまいにはふつうの赤ちゃんと変わらなくなって、生後八カ月で家に連れ帰ったんです」

母親はふいに口をつぐんだ。そして、一瞬にして表情が変わる。その顔は憎しみに満ちていた。

「そんなあの子の努力が、あいつのせいですべて無駄になったのよ！」

アルベルトの犠牲者のなかで、サビーネが最も幼かった。彼女はメリーゴーラウンドから引きずり下ろされたのだ。土曜の晩に。父と母の目の前で、ほかの親たちもみんな見ているなかで。

〝どうせみんな自分の子どもしか見てなかったんでしょ〟瞑想室での最初のミーティングのときに、サラ・ローザがそう言った。ミーラはそのあとの言葉も思い出した。〝所詮、他人のことには関心がないのよ〟

だが、ミーラがこの家に来たのはサビーネの両親を慰めるためだけではない。いくつか訊きたいこともあった。一時的に逃れていた苦悩がほとばしる前の一瞬を利用しなければならない。すべての記憶が取り返しのつかないほどにかき消されてしまわないうちに。最も幼い少女が消えた状況について、このふたりが幾度となく事情聴取を受けたことも承知のうえだった。だが、おそらく子どもを誘拐された経験のある担当者はいなかったはずだ。

「実際のところ」ミーラは切りだした。「なにかを目撃したり、気づいたりした人がいるとすれば、それはあなたがただけなんです。ほかのケースでは、いずれもひと気のない場所だったり、犯人が被害者とふたりきりのときに連れ去られていますが、お嬢さんの場合、犯人は危険を冒しています。したがって、計画どおりにいかないことがあっても不思議ではありません」

「最初からお話ししましょうか？」

「ええ、お願いします」

母親はしばらく考えてから話しはじめた。「あの晩は、わたしたちにとって特別でした。娘が三歳になったときに、都会での仕事をやめてここに越してくるとにしたのはご存じでしょう。娘を騒音や光化学スモッグから遠ざけて、できるだけ自然のなかで暮らしたかったんです」

「お嬢さんが誘拐された晩は特別だったとおっしゃいましたが……」

「そのとおりです」彼女は夫を見やってから続けた。「宝くじに当たったんです。かなりの額です。富豪になれるほどではありませんが、サビーネも、将来あの子に子どもが生まれても暮らしに困らないほどの……ふだんは賭事なんかしないんです、本当に。でも、たまたまある朝、くじを買ってみたら当たってしまって」

母親は無理にほほ笑んだ。

「宝くじに当たったらなにをするかって、誰でも訊かれたことはあるものでしょう？」

ミーラはうなずいた。

「その答えがやっとわかったわ」

「お祝いで遊園地に行ったんですね？」

「そうです」

「サビーネがメリーゴーラウンドに乗ったときのことを、もう一度聞かせていただけますか？」

「みんなで青い子馬を選びました。最初の二周は父親も一緒に乗っていたんです。そのあと、サビーネが次はひとりで乗ると言いだして……一度、言いだしたら聞かないものですから、好きにさせたんです」

「子どもはそんなものですよ」ミーラは母親が罪悪感に苛《さいな》まれないようにと気遣った。

母親はミーラの目をまっすぐ見て、きっぱりと言った。「ほかの両親は子どもと一緒に乗っていました。でも、わたしはずっと娘を見ていました。誓って言えます、一瞬たりとも目を離さなかったと。反対側を回るほんのわずかな時間以外は」

子馬がふたたび見えたときにはサビーネが乗ってい

なかったことを、ステルンは〝手品のように姿を消した〟と表現していた。

ミーラは説明した。「わたしたちは、犯人は最初からメリーゴーラウンドに乗っていたと考えています。ほかの両親たちに交じって。そのことからも、ごくありきたりの風貌だったと思われます。そして、父親のふりをしてお嬢さんを連れ去って、人ごみにまぎれこんだのでしょう。お嬢さんは泣いたり叫んだりしたかもしれませんが、誰も関心を払う者はいなかった。単に子どもがぐずっているようにしか見えなかったからです」

母親にとって、アルベルトがサビーネの父親に見えたというのはなによりもショックだったにちがいない。

「お言葉ですが、ヴァスケス捜査官、もしあの場に関係のない男がいたとしたら、まちがいなく気づいたはずです。そうしたことに対しては、母親は勘が働くんです」

否定も反論も許さない断固とした口調だった。

それほどアルベルトのカモフラージュは完璧だったのだ。

二十五名の警察官が十日間、部屋にこもりきりで、あの晩遊園地で撮影された百枚近くの写真に目をこらした。遊びにきていた家族連れが撮ったビデオのテープもチェックした。だが、なにも発見できなかった。サビーネと誘拐犯の姿はどこにも、一秒たりとも残されていなかった。背景にぼんやりと映りこんでさえいなかった。

それ以上、訊くことはなかったので、ミーラは席を立った。帰りぎわ、サビーネの母親が娘の写真を持っていってほしいと彼女に頼んだ。

「この子のことを忘れてほしくないんです」いずれにしても、ミーラには忘れられないことを母親は知る由もなかった。しばらくのあいだは、死んだ少女の面影が新たな傷跡となって心に刻まれるであろうことを。

「犯人を捕まえてくれるんですよね？」

サビーネの父親の問いにも、ミーラは驚かなかった。むしろ予想していた。誰もが尋ねることだった。娘を見つけてくれますか？　殺人犯を逮捕してくれますね？

答えはいつも同じだった。

「できるかぎりのことはします」

サビーネの母親は娘の死を望んでいた。その願いが七年後にかなった。スタジオへ戻る途中、ミーラはそんなことを思いめぐらしていた。来るときには美しく思えた森は風に揺らぎ、まるで空をよじのぼる黒っぽい指のように見えた。

最短距離で帰れるようにカーナビで目的地を設定し、夜用の画面を選択する。その青い光は心をなごませた。ラジオはAM放送しか受信できず、しばらく選局ボタンを押して、オールディズを流している局を見つけた。ミーラは助手席にサビーネの写真を置いた。ありがたいことに、最近では腐敗が進んで死体昆虫相に蝕まれた遺体を身元確認してもらうという痛ましい慣わしは廃れつつある。それもこれもDNA検査のめざましい発展のおかげだ。

短い会話は、ある意味では不完全燃焼だった。なにかが腑に落ちなかった。どこか嚙みあわず、肝心な点が欠けていた。難しいことはなにひとつない。あの女性はある日、宝くじを買って当選した。彼女の娘は連続殺人事件の犠牲者となった。

ひとりの人間の人生で、通常は起こりえないふたつの出来事。

にもかかわらず、悲惨な事件がそのふたつを結びつけた。

宝くじに当たっていなければ、彼らは遊園地には行かなかっただろう。そしてサビーネは誘拐されず、無残に殺されることもなかった。予想外の幸運が、結果として死をもたらしたのだ。

いや、そうではない。ミーラは思い直した。犯人が選んだのは少女ではなく家族だ。どのみち彼らはこういう目に遭う運命だった。

だが、そう考えるとなんともやりきれない気分になった。このままスタジオに戻っても、とても心が休まりそうにない。

ひたすら山道が続いた。ときおり馬の飼育場の看板が目に入る。それぞれの飼育場はかなり離れていて、実際にそこまでたどり着くには、寂《さび》れた間道に入って、さらに何キロも走らなければならなかった。道中で見かけたのは、反対方向へ向かう二台の車と、他の車に徐行運転を知らせる色鮮やかな回転灯をつけたコンバインだけだった。

ラジオからは、ウィルソン・ピケットの往年のヒット曲、『ユー・キャント・スタンド・アローン』が流れていた。

ややあって、ミーラはこの歌手の名を冠した事件の話が出たことを思い出した。ゴランの妻について、ボリスと話をしていたときだ。

〝どこかく失敗したんだ。ミスを犯した。そして、ある人物がガヴィラをクビにして捜査班を解散すると脅した。おれたちをかばって、存続を強く求めたのはロシュだった〟と彼は説明した。

なにがあったのか。スタジオで一瞬見かけた、あのきれいな娘の写真と関係があるのだろうか。あの事件以来、捜査班のメンバーはスタジオに足を踏み入れていなかったのか。

いずれの疑問も、ひとりでは答えを出すことは不可能だったため、いまは考えないことにした。エアコンの温度を一度下げる。外の気温は三度もなかったが、車の中は快適だった。暑くなるのを見越して、運転席に座る前にパーカーも脱いでいた。冷えきった体が温まるにつれて、ミーラの心も少しずつ落ち着いた。

それとともに心地よい疲労が広がる。なんといっても、こうして車を運転するのは楽しかった。フロントガラスの片隅で、このところすっかり雲でおおわれていた空がふいに晴れた。まるで誰かが裾の糸をほどいたみたいに、まき散らされた無数の星が現われ、月明かりがこぼれ落ちる。

誰もいない森の中で、ミーラは優越感に浸っていた。この思いがけなくすばらしい光景が、あたかも自分だけのものであるかのように。道が曲がるたびに、フロントガラスで明るい斑模様が動く。彼女はその動きを目で追った。ふとバックミラーを見た瞬間、あまりのまぶしさに目を細めた。

ヘッドライトを消して尾行している車の車体に、月の光が反射した。

空がふたたび曇って、あたりが暗くなった。ミーラはどうにか落ち着こうとした。モーテルの砂利敷きの前庭にいたときと同じく、またしても何者かにあとをつけられている。あのときは気のせいだったかもしれないが、今度はまちがいない。

落ち着いて、よく考えるのよ。

スピードを出せば、相手の意図を確かめることができる。だが、追跡者の運転の腕がどれほどかはわからない。走り慣れない道で逃げれば事故を起こしかねない。見わたすかぎり人家はなく、いちばん近い町は少なくとも三十キロは先だった。おまけに、夜の孤児院でロナルド・デルミスに薬を飲まされたときの恐怖が勇気を鈍らせていた。あのときまでは自分でもけっして認めようとしなかった恐怖が……。むしろ、なにが起きても自分は大丈夫だ、動揺したりしないと思いこんでいた。ところがいまは、危険な状況に立ち向かう自信がなかった。腕の腱がこわばり、神経が張りつめる。鼓動が速まって、どうしたら止められるのかわからなかった。ミーラはパニックに襲われた。

落ち着いて、考えて。

集中できるようにラジオの音量を小さくする。追跡者はヘッドライトを消しているため、彼女の車の明かりで位置を把握している。ミーラはカーナビを見やると、モニターを外して膝の上に置いた。

そして、ヘッドライトのスイッチに手を伸ばして、ライトを消した。

アクセルを踏みこむ。前方には暗闇の壁が立ちはだかっている。どこを走っているのかはわからない。頼りになるのはカーナビの地図だけだ。右方向に四十度のカーブ。ルートを示す画面上のカーソルに従う。まっすぐ。軽くスリップして直線コースに入る。方向感覚がないと、ほんのわずか操作を誤っただけでガードレールに衝突しかねないため、ハンドルをしっかり握る。左にカーブ、六十度。今度はコントロールを失わないよう一気にスピードを落とし、逆ハンドルを切る。ふたたび直線道路、先ほどよりも長い。いつまでライトをつけずに走れるだろうか。首尾よく追跡者をまくことができたのか。

まっすぐな道を走っているあいだに、ミーラはすばやくバックミラーに目をやった。

背後の車のライトがついていた。

ついに追跡者は正体を明かした。まだあきらめていなかったのだ。ライトは彼女の車だけでなく、その前方の道も照らしだしていた。ミーラはハンドルを切ってカーブを曲がると同時にライトをつけた。そのまま三百メートルを猛スピードで走る。

そして、道路の真ん中で急ブレーキをかけて、もう一度バックミラーを見た。

聞こえるのはエンジンの音と、胸の中で暴れまわる鼓動のみだった。もう一台の車はカーブの手前で停まった。アスファルトに伸びたヘッドライトの白い光が見える。排気管のうなり声は、いまにも獲物に飛びかからんばかりの凶暴な野獣を思わせた。

さあ、出てきなさい。

拳銃を取りだし、撃鉄を引き起こす。ついさっきまでは鳴りをひそめていた勇気がどこから湧いて出たのかはわからない。不合理な対決をうながしているのは、深い絶望だった。

だが、追跡者は誘いにはのらなかった。カーブの向こうのライトは消え、ヘッドライトの部分にかすかな赤い残照が浮きあがる。

やがて車はバックした。

ミーラは動かなかった。少しずつ呼吸が正常に戻る。一瞬、助手席に目をやって、サビーネの笑顔に慰めを求めそうになった。

そのときになって、ようやくその写真のなにかがおかしいことに気づいた。

ミーラがスタジオに戻ったときには深夜十二時を回っていた。神経は張りつめたままだった。あのあとはもっぱらサビーネの写真について考えながらも、追跡者が誰であったにせよ、いまにも横道から現われるのではないか、あるいはどこかのカーブで待ち伏せしているのではないかと恐れて周囲に目を配っていた。

ミーラはアパートメントの階段を駆けあがった。一刻も早くゴランと話をして、いましがたの出来事を捜査班のメンバーに伝えたかった。あとをつけていたのは、おそらくアルベルトだろう。そうにちがいない。でも、なぜわたしなのか。それからサビーネのことも。でも、ひょっとしたら考えちがいかもしれない……。

階段を上り、ステルンから借りた鍵で重い防弾扉を開け、監視員のブースを通りすぎて奥に進む。だが、スタジオは静寂に包まれていた。ミーラは急ぎ足で見てまわったが、聞こえるのはリノリウムの床をこするゴム底の靴音だけだった。最初に居間をのぞくと、灰皿の縁のくぼみに置かれた煙草はほとんど灰となっていた。キッチンのテーブルには夕食の残りがそのままになっている。皿の端にフォークが置かれ、スフォルマートはほとんど手がつけられていない。あたかもとつぜん食事を中断せざるをえなかったかのように。電気はことごとくつけっぱなしだった――瞑想室もそうだ。ミーラはゲストルームへ急いだ。なにかがあったにちがいない。ステルンのベッドは乱れ、枕の上にはミントタブレットのケースが落ちていた。

そのとき携帯電話が小さく鳴って、メールが届いたことを知らせた。ミーラはすぐさま確認した。

〈グレス邸へ向かっている。クレップがなにかを発見したらしい。すぐに来てくれ。ボリス〉

26

イヴォンヌ・グレスの家に着いてみると、まだチーム全員が中に入ってはいなかった。作業服姿でビニールのシューズカバーをつけたサラ・ローザがバンの横に立っていた。最近の彼女は、以前にくらべると驚くほどおとなしくなった。それはミーラも認めざるをえなかった。どこか上の空といった調子なのだ。おそらく家族の問題のせいだろう。

サラ・ローザがミーラに気づいた。「まったく、いままでなにやってたのよ？」

やっぱりあいかわらずだ……ミーラは考え直した。

そして彼女には構わずに、バンから作業服を取りだそうとする。だが、サラ・ローザがステップに足をかけてさえぎった。

「ちょっと、聞いてるの？」

「なによ？」

「少し単独行動が過ぎるんじゃないかしら？」

互いの顔は数センチと離れていなかった。下から見あげているミーラに、煙草とガムとコーヒーのにおいの混じった息がかかる。できることなら相手にしたくなかった。いっそのこと、はっきりと言ってやったほうがいいのかもしれない。だが、ゴランから聞いた夫との別居や摂食障害の娘の話を思い出してぐっとこらえた。

「なんだって、そうわたしにからんでくるの？　わたしは自分の仕事をしているだけよ」

「それで、六人目の少女を見つけたってわけ？」

「見つけてみせるわ」

「それまでこの捜査班にいられればいいけど。いまはわがもの顔にふるまってるけど、別にあなたがいなくたってじゅうぶんやっていけるって、みんなそのうち気づくわ」

サラ・ローザはわきにどいたが、ミーラは動かなかった。

「そんなにわたしが嫌いだったら、あの孤児院の一件のあと、ロシュがわたしを追いだそうとしたときに、なぜ反対したの？」

彼女が振りかえって、おもしろそうにミーラを見た。

「誰から聞いたの？」

「ガヴィラ先生」

サラ・ローザはふいに笑い声をあげて、かぶりを振った。

「だからあなたはここには長くいられないのよ。わかる？　たとえ彼があなたを信用していたとしても、それをわたしに話した時点で、あなたは彼を裏切ったの。ちなみに、彼は嘘をついたわ……わたしはあなたが残るのに反対したのよ」

呆然とするミーラをその場に残して、サラ・ローザはまっすぐグレスの家に向かった。彼女の言葉にとまどいながら、ミーラはその後ろ姿を見つめていたが、やがてバンに乗りこんで服を着替えた。

クレップの予言どおり、そこは彼の〝システィーナ礼拝堂〟となった。かの歴史的な建造物とイヴォンヌ・グレス邸の二階の部屋は、結果としてそれほど大差がなかったのである。

近年になって、このミケランジェロの傑作に対して、長年にわたるロウソクや火鉢の使用で蓄積された埃や煤、獣脂などを取り除いて、本来の美しさを取り戻すための大がかりな修復が施された。修復師たちは切手大の小さな篦《へら》を手に、下に隠れているものを頭に描いて作業に取りかかった。彼らは驚きで言葉を失った。分厚い煤煙がおおい隠していたのは、そもそも想像することさえ不可能な、この世のものとは思えないあざやかな色彩だった。

同じように、ベテラン科学捜査官のクレップは一滴の血――ミーラがニューファンドランド犬の協力で発見したもの――から傑作の存在に気づくに至った。

「家の排水管からは、有機物はいっさい発見されなかった」クレップが報告する。「しかし管は劣化していて、塩酸を流した痕跡がある。おそらくフェルダーは塩酸で遺体を溶かして、細かく分解したんだろう。塩酸は骨組織も簡単に溶かしてしまう」

ちょうどそのとき階段を上がってきたミーラは、最後の言葉しか聞き取れなかった。クレップは廊下の中央にいて、彼の目の前にゴラン、ボリス、ステルンが並んでいた。さらに後ろには、サラ・ローザが壁にもたれて立っている。

「したがって、フェルダーに殺人罪を負わせることのできる唯一の証拠は、あの小さな血の染みだけだ」

「分析は終わったのか？」

「チャンによれば、少年のものである可能性は九十パーセントだそうだ」

ゴランはミーラにちらりと目を向けてから、クレップに向き直った。「よし、全員そろったところで、さっそく始めよう……」

彼女を待っていたのだ。ミーラは満足を覚える一方で、サラ・ローザの言葉を頭から追いやることができなかった。どちらを信用していいのか。最初から敵意をむき出しにしていたあのヒステリックな女か、それともゴランか。

クレップは一同を部屋に入れる前に念を押した。

「十五分たったら出ていってもらう。したがって、質問があれば、いまここでしてくれ」

誰も口をひらかなかった。

「では入ろう」

部屋は両びらきのガラス扉で密閉されていた。その真ん中に、一度にひとりしか通ることのできない小さな入口がある。室内の空気の状態を維持するための措置だ。入る前に、クレップの部下が赤外線の温度計でひとりずつ体温を測った。通常は子どもの熱を測るために使われるものだ。そして、部屋の湿度を一定に保つための加湿器を制御するコンピューターにデータを入力した。

厳重な管理を行なう理由を、最後に入ってきたクレップが説明する。

「最も厄介なのは、フェルダーが壁をおおうのに使った塗料だった。剝がす際に通常の溶剤を用いると、その下にあるものまで溶けだしてしまうんだ」

「では、どうしたんだ?」ゴランが尋ねた。

「成分を分析して、ある染料と水を抽出した。塗膜形成成分として植物由来の油脂を用いた、いわばコラーゲンのようなものだ。あとは、空気中で精製アルコール溶液を塗布して数時間放置すれば、油脂を溶かすことができるというわけだ。実質的に、壁に塗られた塗料の厚みを減らすことができた。塗料の下に血液が隠されていれば、ルミノール反応が出るはずだ……」

3－アミノフタロイルヒドラジンは、ルミノールという別名で知られている。

これは現代の科学捜査には欠かせない物質だ。ヘモグロビンに含まれる色素成分〝ヘム〟の触媒反応を起こす原理を用いて、血痕の検出を行なう。ルミノールは血液中のこの成分に反応して、暗闇でしか見えない青い蛍光を発するのだ。だが、そのためにはまず酸化剤――通常は過酸化水素水――と混合してから、さらに別の水溶液を加えて吹きつける必要がある。

ただし、ルミノールにはひとつだけ欠点がある。蛍光を発するのはわずか三十秒間なのだ。したがって、実質的に検査は一度しか行なうことができない。

そのため、反応が消えてしまわないうちに、長時間露光の可能な数台のカメラで結果を撮影しておく必要があった。

クレップは特殊なフィルターと保護眼鏡のついたマスクを配った。まだ証明されたわけではないが、ルミノールは発癌性が疑われているからだ。

それから、彼はゴランに向き直った。「準備ができたら……」

「さっそく始めよう」

クレップは無線機で外にいる部下に指示した。

部屋の明かりがすべて消される。

ミーラにとっては、けっして歓迎すべき状況ではなかった。こうした閉ざされた暗闇では自然と息遣いが荒くなり、マスクのフィルターを通して聞こえるのは陰気なあえぎ声ばかりだ。彼女は意識して、室内に絶え間なく蒸気を送りこんでいる加湿器の低く機械的な音に呼吸をあわせた。

不安が胸にこみあげ、この時間が永遠に続くように思えた。それでも、どうにか平静を保とうと努める。

少しして別の音が聞こえてきた。壁の血痕を見えるようにする化学溶液が吹きかけられたのだ。かすかな口笛のような音に続いて青みがかった微光が現われ、ほどなく彼らを包みこんだ。まるで海の底から漏れでた太陽の光のように。

最初、ミーラは目の錯覚かと思った。過呼吸によって生みだされた幻ではないかと。しかし反応が広がるにつれて、周囲の仲間たちの顔が浮かびあがる。誰かが部屋の照明をつけたかのようだった。だとすれば、ハロゲンライトの冷たい光は藍色を帯びていることになる。はたしてそんなことがありうるのか、ミーラは信じられない思いでいたが、やがてすべてが腑に落ちた。

ルミノール反応で部屋じゅうが照らしだされるほど、壁には大量の血痕が残されていたのだ。

血液はありとあらゆる方向に飛び散っていたが、中心点はまさに部屋の真ん中だった。あたかもそこに生贄の祭壇があったかのように。天井は満天の星空を思わせる。だが、みごとな光景に見とれていられるのも、この幻想がどうやって生みだされたかに気づくまでだった。

フェルダーは電動のこぎりを使って死体を解体し、水に流しやすい軟塊状にしたのだ。

ミーラは他の面々も同じように戦慄《せんりつ》を覚えているのに気づいた。機械仕掛けの人形のごとく周囲を見まわすと、ずらりと並んだ高解像度カメラが容赦なくシャッターを切っている。十五秒もたたないうちに、ルミノールは次々と新たな血痕を浮きあがらせた。

誰もがこのおぞましい光景から目を離せなかった。

ふいにボリスが腕を上げ、徐々に壁に現われてきたものを指した。

「見ろ……」彼がつぶやく。

一同は顔を向けた。

ルミノール反応の現われていない壁の一部が白いまま残っている。その周囲は青い染みで囲まれていた。

壁にもたせかけたなにかに塗料のスプレーを吹きつけ、その跡が残っているように見える。漆喰を切り抜いたような形に。あるいは写真のネガのように。

誰もが漠然と人間の影を連想した。

フェルダーが正視に耐えない残虐さでイヴォンヌと子どもたちの死体を蹂躙《じゅうりん》しているあいだ、部屋の片隅で、何者かがその光景を平然と眺めていたのだ。

27

誰かがあたしの名前を呼んだ。たしかに。夢じゃない。今度は、そのせいで夢から覚めた。恐怖のせいでも、ここがどこなのか、いったいいつからここにいるのか、とつぜんわかったからでもない。

怪物のおなかに自分の名前がとどろくのを耳にしたとたん、頭を混乱させていた薬の効果が消えた。どこからか、こだまが捜しにきて、やっと自分を見つけてくれたみたいに。

「あたしはここよ！」大声で叫びたかったけれど、うまく声が出なかった。口がまだねばねばしていた。

そのうち音も聞こえてきた。いままでは聞こえなかった音。あれはなんだろう。足音？　そうだ、重い靴が立てる足音だ。何足もの靴。ひとりじゃない。どこ？　音は上から、まわりから聞こえる。どこか、でも遠いところ。とても遠い。そこでなにをしているの？　あたしを捜しにきたの？　きっとそうだ。あたしのために来てくれた。でも、怪物のおなかの中にいるから見えない。それなら声を出すしかない。

「助けて」と言ってみた。

喉に詰まったような声しか出てこなかった。もう何日も死ぬほど苦しくて、乱暴で卑怯な夢ばかり見ていたせいで、この声で我慢するしかなかった。怪物が石の胃の中で自分を消化しようとするあいだ、負けないでがんばるために。そうするうちにも、外の世界であたしはだんだん忘れられていく。

でも、こうして来てくれたんだから、まだ忘れられていなかった。

そう考えると、すっかりなくなったと思った力がよみがえってきた。体の奥深くに隠されていた、いざというときの力が。頭が働きはじめる。

どうしたら気づいてもらえる？

左の腕には包帯が巻かれたまま。脚は重い。使えるのは右腕だけ、まだ命の木につながっている枝。ずっとリモコンを握っていた。あの取りとめのないアニメだけが心の支えだったけれど、いまはもう頭が疲れてしまった。リモコンを上げて、画面に向かってボタンを押す。音量はふつうだけど、もう少し大きくしてみようか。試してみても、どのボタンを押していいのかわからなかった。もしかしたら、どれも同じなのかもしれない。そのあいだにも頭の上で音が聞こえる。女の人の声。でも、男の人もいる。ふたり。

あの人たちを呼ばないと。気づいてもらわないと、このままここで死んでしまう。

死ぬことを考えたのは、これがはじめてだった。いままでは考えないようにしていた。魔よけみたいなものだったのかもしれない。子どもは死ぬことを考えてはいけないから。でも、いまはわかる。誰も助けにきてくれなければ、それが運命なんだって。

いまは手当てをしているのに、長生きさせないのはおかしい。こうやって腕に包帯を巻いて、点滴で薬を与えてくれた。放っておかれているわけじゃない。どうせ殺すつもりなら、どうしてそんなことをするの？そう思っても、なんのなぐさめにもならなかった。ここで生かされている目的はひとつだけ――もっと耐えられないくらいの苦しみを味わわせるため。

だから、いまがここから逃げるための最初で最後のチャンス。家に帰って、もう一度大好きな人たちに会うための。パパ、ママ、おじいちゃん、それにフーディニにも。この悪夢が終わったら、あんな猫でも大好きになってみせる。

手を上げて、リモコンでベッドのスチールのフレームを強くたたきはじめる。自分でも耳をふさぎたくなるような音だったけれど、これも助かるため。もっと強く、もっともっと。プラスチックのリモコンがこわれるまで。こわれてもいい。金属の鐘の音がどんどん大きくなる。喉からとぎれとぎれの叫び声がもれる。

「あたしはここ！」

リモコンが手からすべり落ちて、もうたたけなくなった。けれども、頭の上でなにか音がする。ひょっとしたら……。また静かになる。音に気づいて、耳を澄ましているのかもしれない。だったら、まだ近くにいるはず。もう一度、たたきはじめる。どんなに右腕が痛くても。その痛みが背中を伝わって、左腕の痛みと合流しても。よけいに絶望するだけだとわかっていても。誰にも気づいてもらえなければ、いまよりもっとひどい状態になる。まちがいない。きっと仕返しをされる。そして、罰を与えられる。

冷たい涙がこぼれる。それでも、また音が聞こえて勇気がわいてくる。

岩の壁から影が出てきて、こっちに近づいてきた。

それでもまだ、たたきつづける。影がすぐそばまで来ると、細い手と青い服、肩にたれた栗色の髪が見えた。

影は女の子の声で話しかける。

「もういいでしょ。じゅうぶん聞こえてるわ」

そしてあたしの手に触れる。そうやって触れてもらっただけで、たたくのをやめてもいいと思った。

「お願い」影はもう一度言う。

あまりにも悲しそうな声だったから、言われたとおりやめる。その女の子が、どうしてそんなばかげたことを頼むのかはわからない。このままここにいてほしいとでもいうの？　それでもさからえない。せっかくのチャンスを逃して泣いたほうがいいのか、それとも自分がひとりではなかったことを知って喜んだほうがいいのか。とにかく、はじめて一緒にいると気づいたのが、同じ年ごろの女の子でほっとした。この子をがっかりさせたくなかった。おかげで、ここから逃げだすことも忘れたくらい。

頭の上の声と足音はもう聞こえなかった。今度こそまちがいない。

女の子が手を放す。

「待って……」今度はあたしが頼む。

「心配しないで。また会えるから……」

そして、女の子は闇に消えていく。だけど追いかけたりはしない。その小さな約束だけを心の支えにして。

28

「アレクサンデル・ベルマンのひじかけ椅子」

瞑想室に集まった捜査班のメンバーはゴランの言葉に耳をかたむけていた。彼らは児童性愛者が隠れ家にしていた低所得者用の団地と、彼がインターネットで狩りをするのに使っていたコンピューターを思い起こした。

「地下にあった古い革の椅子から指紋は検出されなかった！」

まるでそれがとつぜんの啓示だと言わんばかりの口調だった。

「ほかのものからは嫌というほど見つかったのに、だ。なぜか？　なぜなら、何者かがわざわざ消したからだ」

犯罪学者は関係書類や写真、孤児院での事件の報告書などがずらりと画鋲で留めてある壁に歩み寄った。そして、そのなかから一枚を手に取って読みあげた。ビリー・モーレの棺の中に納められたカセットレコーダーから見つかったテープの内容を筆記したもので、ロナルド・デルミス少年がロルフ神父に罪を告白している。

「〝ビリーの身になにが起きたのか知っているね、ロン？〟〝神に召されました〟〝神ではない、ロン。誰だか知っているんだろう？〟〝落ちたんです。塔から落ちたんです〟〝だが、きみも一緒にいた〟〝はい〟……そして、そのあとで神父は〝事情を説明しても、誰もきみを罰したりはしない。約束する〟と明言している。これに対するロナルドの答えをよく聞いてくれ。〝あいつがそうするように言ったんです〟……わかるか？〝あいつ〟だ」

た。ゴランはひとりひとりの途方に暮れる顔を見まわし

「そして、ロルフ神父はこう尋ねている。〝あいつとは誰だ？　ビリーがきみに突き落とすように頼んだのか？〟。ロナルドは〝ちがいます〟と答えている。〝では、ほかの子か？〟という問いにも〝いいえ〟だ。〝それでは誰なんだ？　さあ、答えるんだ。本当はそんな人物はいないんじゃないのか？　作り話なんだろう〟と言われて、ロナルドはまたしてもきっぱり否定している。だが、ロルフ神父はたたみかけるように言う。〝ここにはほかに誰もいない。わたしと、きみの仲間たちだけだ〟。そして、ロナルドはついに答える。〝あいつはぼくの前にしか現われないんです〟……」

彼らは少しずつ真相を理解しはじめていた。

少年のように興奮したゴランは、ふたたび壁に近づいて、大人になったロナルドが警察に送りつけてきた手紙のコピーを手に取った。

「どうしても引っかかる一文があった。〝そしてアイツが現われた。ぼくを覚えていた。アイツが教えてくれた〟」

ゴランは手紙を見せて、その部分を指さした。

「見ろ。ここでは〝あいつ〟という言葉が強調されている……これについてはすでに議論したが、どうやら結論がまちがっていたようだ。あのときは典型的な人格解離の例だと考えていた。否定的な〝自分〟が動作主としての〝自分〟と切り離されて、その結果、〝あいつ〟になるとばかり思っていたんだ……。〝ぼくはぼくだったが、ぼくにそうするように言ったのはアイツで、すべてはアイツの責任だ〟と……だが、そうではなかった。われわれはロルフ神父が三十年前に犯したのと同じ過ちを犯していたんだ。告白の最中にロナルドが〝あいつ〟と言ったとき、神父はロナルド本人のことだと思った。罪を客観化しようとしているだけだと考えたんだ。子どもにはよくあることだ。だが、

われわれの知っているロナルドは、もう子どもではなかった……」

ミーラは、ゴランの目つきがやや鋭さを失ったことに気づいた。判断ミスを犯したときは、いつもそうだった。

「ロナルドの言う〝あいつ〟というのは、彼の精神の投影、つまり自身の行為の責任を転嫁できる別人格ではない。アレクサンデル・ベルマンがインターネットで少年たちの狩りをするたびに、彼のひじかけ椅子に座っていたのと同一人物だ。フェルダーはイヴォンヌ・グレスの家におびただしい痕跡を残したが、殺人現場の部屋だけは跡形もなく塗り直した。なぜなら、壁にただひとつ隠したいものがあったからだ……あるいは明らかにしたいものが。どうやっても消えない協力者の痕跡だ。つまり、〝あいつ〟とはアルベルトなのだ」

「あいにくだけど、その説は成り立ちません」サラ・ローザが冷静かつきっぱりと言い切って、皆を驚かせた。「カーポアルトの監視カメラの映像を見たかぎりでは、フェルダー以外には、あの家に入った人物はいなかったわ」

ゴランは向き直って彼女のほうを指し示した。「そのとおり。なぜなら、彼は毎回、短時間の停電を発生させて録画を中断していたからだ。よく考えれば、例の壁の跡も厚紙の型やマネキンでつくりだすことができる。このことは、なにを示しているか？」

「彼が幻想を生みだす天才だということ」ミーラが言った。

「そのとおりだ。この男は最初からトリックを駆使してわれわれに挑んでいる。たとえば、メリーゴーラウンドから連れ去られたサビーネ……あれはみごとだ。十人もの人間、二十もの目があったというのに、誰ひとりなにも気づかなかった」

ゴランは挑戦者の能力を本気で絶賛しているように

見えた。犠牲者に同情していないわけではない。人間らしさに欠けているわけでもない。ただ、アルベルトは彼の研究対象なのだ。アルベルトの頭を動かしている仕掛けを理解することは、彼にとっては心躍る挑戦だった。

「ただしわたし自身は、フェルダーが犠牲者たちを殺したとき、アルベルトも現実に部屋にいたものと考えている。マネキンや同種のトリックを使ったとは思わない。なぜだかわかるか？」犯罪学者は他のメンバーの顔に浮かんだためらいの表情をしばし楽しんだ。

「人型の周囲の壁に飛び散った血痕に、クレップは、彼の言葉を借りれば〝一定の変化〟を見出した。つまり、血と壁のあいだにどんな障害物があったにせよ、それはそこに留まっていたのではなく動いていたのだ」

サラ・ローザは口をぽかんと開けていた。もはやなにも反論できなかった。

「現実的に考えよう」ステルンが口をひらいた。「仮にアルベルトがロナルド・デルミスの少年時代に会っていたとしたら、当時何歳だっただろうか？ 二十歳か三十歳？ だとすると、いまは五十か六十ということになる」

「そうだ」と、ボリス。「そして、殺人現場の部屋の壁にあった影の大きさから考えると、身長は約百七十センチだ」

「百六十九センチ」実際に測ったサラ・ローザが訂正する。

「捜し出すべき人物の特徴がこれだけわかっただけでも前進だ」

その言葉を受けて、ゴランが言う。「ベルマン、ロナルド、フェルダー。三人ともまるで狼のようだ。狼はしばしば群れで行動する。そして群れにはリーダーがいる。それがアルベルトだ。アルベルトが彼らを率いているんだ。この三人は人生のある時点で出会っている。それぞれに、あるいは三人一緒に。ロナルドとフェルダーは同じ孤児院で育って、互いに顔見知りだった。だが、ふたりはアレクサンデル・ベルマンのことは知らないかもしれない……唯一の共通点はアルベルトだ。だからこそ、それぞれの犯行現場にアルベルトはなんらかの形跡を残している」

「それじゃあ、これからどうなるの？」サラ・ローザが尋ねる。

「わかるだろう……ふたりだ。まだふたりの少女の遺体が見つかっていない。結果として、群れのなかの二匹の狼もだ」

「六人目の少女もいるわ」ミーラが指摘する。

「ああ……だが、彼女はアルベルトが手元に置いておくだろう」

三十分ほど正面の歩道に立ち尽くしていたが、ベルを鳴らす勇気はわいてこなかった。わざわざ訪ねてきた理由を説明するのに適切な言葉を探す。人間関係を築くのはとっくにあきらめていたせいで、ほんの少し近づくことさえ不可能に思えた。おかげで決心がつかずに、外で凍えている。

次に青い車が通ったら、絶対に行くことに決めた。

すでに九時を過ぎていて、車はほとんど通らなかった。三階のゴランの家の窓には明かりが灯っている。とけた雪でべちゃべちゃになった通りでは、しずくの滴る金属音と咳きこむ樋《とい》、それに排水溝のかすれ声の協奏曲が奏でられていた。

よし、行こう。

近所の住民の好奇の目を避けるために物陰にひそんでいたミーラは、急ぎ足で玄関へ向かった。古い建物で、一九〇〇年代なかばには工場だったにちがいない。大きな窓、長い軒蛇腹《コーニス》、屋根には煙突が並んでいる。周辺にも同じような建物が多かった。おそらく地区全体が再開発され、建築家の手によって古い工場がマンションに改築されたのだろう。

インターホンを押して、待つ。

一分近くたって、不機嫌そうなゴランの声が聞こえた。

「誰だ?」

「ミーラです。こんな時間にごめんなさい。どうしても話したいことがあって、電話じゃないほうがいいと思ったの。スタジオでは忙しそうだったから、いろいろ考えて……」

「上がってきてくれ。三階だ」

短い電子音に続いて、建物の入口の扉の鍵がひらく。

荷物用のリフトがエレベーターの代役を果たしていた。動かすには手で引き戸を閉めて、レバーを操作しなければならない。リフトがゆっくりと上昇する。三階で降りると、半開きのドアがミーラを待っていた。

「入ってくれ」

中からゴランの声が聞こえた。言われたとおりに入る。広いロフト・アパートメントにはいくつもの部屋があった。床は無垢《むく》の木材で、鋳鉄の暖房器が柱の周囲にしつらえてある。大きな暖炉が室内を琥珀色に照らしていた。ミーラは後ろ手でドアを閉めながらゴランの姿を探した。すると、彼がキッチンの入口からひょいと顔をのぞかせた。

「すぐに行く」

「どうぞごゆっくり」

ミーラは周囲を見まわした。身なりに無頓着な本人とは対照的に、部屋はきれいに整頓されていた。あたりには塵ひとつなく、ゴランが多少とも息子の存在と折り合いをつけるために努力している様子がうかがえた。

少しして、彼が水の入ったグラスを持ってやってきた。

「とつぜん訪ねてきて、ごめんなさい」

「構わない。いつも遅くまで起きているから」そして、グラスを指して言った。「トミーを寝かしつけていたんだ。そんなに長くはかからないだろう。座っていてくれ。なにか飲んでいてくれてもいい。そこの奥にバーカウンターがある」

ミーラがうなずくと、ゴランは別の部屋へ入っていった。少しでも相手の手間を省きたくて、彼女は自分でウォッカを注いで氷を入れた。立ったまま、暖炉のわきで飲んでいると、息子の部屋の半開きになったドア越しに犯罪学者の顔がちらりと見えた。ベッドに座って、なにやら話して聞かせながら、子どもの体をそっと撫でている。枕もとのピエロのランプだけが灯った薄暗い部屋で、毛布に包まったトミーの輪郭は父親の手でつくりだされているかのように見えた。

そうした家庭的な光景のなかでは、ゴランはまるで別人だった。

なぜだかはわからないが、ミーラはふと幼いころに父の会社を訪ねたときのことを思い出した。背広とネクタイ姿で毎朝出勤する父は、会社では人が変わったようだった。いつもはやさしいパパが、真面目でこわそうな人になっていた。その場でしばらくうろたえていたことを、いまでもよく憶えている。

ゴランの場合は逆だった。父としての役目を果たす姿を見ていると、たまらなく愛情がこみあげてくる。

ミーラの人生においては、別の顔を持つことなど考えられなかった。どんなときでも自分は変わらない。中断はありえない。行方不明者を捜し出す警察官でいるのをやめたことはなかった。それというのも、たえず捜しているからだ。非番の日も、休暇中も、買い物をしているときも。見知らぬ人間の顔を見つめることは、もはや習慣となっていた。

姿を消す子どもたちにも、大人と同じように人生がある。だが、その人生が、ある日とつぜん途切れる。ミーラは暗闇に残された小さな足跡をたどる。彼らの顔を心に刻みこんで。たとえ何年たっても、いつでも思い出すことができた。

なぜなら、子どもの面影は何歳になっても消えないからだ。ときには成長した彼らを見ただけでわかることもある。

ゴランは息子におとぎ話を語って聞かせていた。仲むつまじい時間を、ミーラは邪魔したくなかった。ふたりにとっては見せ物ではないのだ。視線をそらすと、写真立ての中の笑顔のトミーと目が合った。遅くに訪ねてきたのは、顔を合わせたら気まずいと思ったからだ。この時刻なら、すでに寝ているだろうと踏んでいた。

トミーはゴランの人生の一部だが、ミーラはまだ知る覚悟ができていなかった。

しばらくして、ゴランが笑みを浮かべて現われた。

「やっと寝ついたよ」

「邪魔したくなかったんだけど、大事なことだと思ったから」

「それはさっきも聞いた。とにかく話してくれ……」

ゴランはソファに腰を下ろすと、彼女に隣に座るよううながした。暖炉の炎が壁に踊る影を映しだしている。

「じつは、またあとをつけられたの」

犯罪学者は眉間にしわを寄せた。

「確かなのか？」

「前回はわからないけれど、今度は確かよ」

ミーラは先日の晩の出来事の一部始終を話した。ヘッドライトを消した車、車体に反射した月の光、追跡者が一転して正体を明かそうとしたこと。

「なぜ何者かがきみを追跡する必要があるのか？」

モーテルの前庭で尾行された気がするとレストランで話したときにも同じ質問をされたが、今度はゴランは自分に問いかけているかのようだった。

「まったく心当たりはないわ」しばらく考えてからミーラは答えた。

「わたしに現行犯で逮捕させようとする以外は」

「きみにばれたのだから、もう尾行しようとは思わないだろう」

ミーラはうなずいた。

「でも、ここに来たのはそれだけじゃないの」

ゴランはふたたび彼女を見た。「なにか発見したのか？」

「発見したというよりも、わかったような気がするの。アルベルトの手品のひとつが」

「どれのことだ？」

「誰にも気づかれないで、メリーゴーラウンドから少女を連れ去った手口よ」

ゴランの目が好奇心にきらめく。

「聞かせてくれ……」

「わたしたちはずっと当然のようにアルベルトが誘拐犯だと考えていた。つまり犯人は男性だと。でも、もし女性だったとしたら？」

「なぜそう思うんだ？」

「きっかけはサビーネの母親の言葉だったわ。メリーゴーラウンドに無関係な男性、つまり父親ではない男がいたら、まちがいなく気づいていただろうって言っていた。母親というのはそうしたことに勘が働くものだと。わたしもそう思うわ」

「なぜだ？」

「警察は、あの晩撮影された写真やビデオをすべてチェックしたけれど、怪しい男は見当たらなかった。そのことから、アルベルトはごく平凡な外見だと考えたけれど……でも、女性のほうが簡単に子どもを連れ去ることができるんじゃないかしら」

「つまり、共犯者がいるということか……」ゴランはその考えが気に入ったようだった。「だが、いまのところその説を裏づける証拠はなにもない」

「わかってる。そこが問題なのよ」

ゴランは立ちあがって部屋を歩きはじめた。そして、ぼさぼさのあごひげをこすりながら考える。

「はじめてではない……こうしたケースは過去にもあった。たとえばグロスター事件だ。フレデリックとローズマリー・ウエストの」

犯罪学者は夫婦が起こした連続殺人事件の概要を手短に説明した。夫は壁職人で妻は主婦。子どもは十人。なにも知らない少女たちを誘拐して、凌辱の限りを尽くしてから殺害し、クロムウェル・ロード二十五番地の自宅の庭に埋めた。ポーチの下からは、逃げだそうとして殺されたものと思われる夫婦の十六歳の娘も発見された。ほかにも、フレデリックの出入りしていた場所からふたりの遺体が見つかった。遺体の数は全部で十二。だが、警察は〝恐怖の館〟が崩れ落ちるのを恐れて、捜索を途中で打ち切った。

この事件を引き合いに出したのは、アルベルトに共犯者がいるというミーラの説がそれほど突飛ではないとゴランも考えたからだ。

「六人目の少女の世話をしているのも、ひょっとしたらその女性かもしれないわ」

ゴランは色めき立ったが、興奮に押し流されないように自制する。

「誤解しないでほしい、ミーラ。きみの洞察力はすばらしい。だが、それを証明する必要がある」

「ほかのメンバーにも話したほうがいいかしら？」

「少し考えさせてくれ。とりあえず、誰かに遊園地の写真とビデオをもう一度チェックさせる」

「わたしがやってもいいわ」

「よし、頼む」

「もうひとつ気になっていることがあるの……これはただの好奇心なんだけど。自分なりに答えを見つけようとしてみたの。でも、だめだった」

「どんなことだ？」

「腐敗の過程では、遺体の目も変化するんだったわよね？」

「そうだ。通常は時間とともに虹彩の色がさめる……」

質問の意図をはかりかねて、ゴランはじっと彼女を見つめた。

「なぜそんなことを訊くんだ?」

ミーラはポケットからサビーネの写真を取りだした。母親を訪ねた際に、帰りぎわにもらったものだ。帰ってくるあいだも、ずっと助手席に置いていた。追跡の恐怖が静まってから、あらためて見なおしてみて、疑念が生じたのだ。

なにかがまちがっていた。

ゴランはその写真を手に取って見た。

「コバシ邸で発見した少女の遺体の目は青かった」ミーラは指摘した。「でも、サビーネの目は茶色よ」

タクシーに乗っているあいだ、ゴランはひと言もしゃべらなかった。ミーラの指摘に、彼はたちまち顔色を変えた。そして驚くべきことを言った。

「よく知っているはずの人物のそばにいながら、じつはなにひとつわかっていない……」そして、彼はつけ加えた。「われわれは騙されたんだ」

最初、ミーラはアルベルトのことだと思ったが、そうではなかった。

急遽、ふたりは手分けをして捜査班の他のメンバーや、トミーのベビーシッターに連絡を取った。

「すぐに行こう」ゴランはなんの説明もなく告げた。

「でも、息子さんは?」

「ルーナさんが二十分以内に来てくれる。眠っているから大丈夫だ」

ふたりはタクシーを呼んだ。

この時刻でも、連邦警察本部には煌々《こうこう》と明かりが灯っていた。交替勤務につく警察官がせわしなく行き交う様子がうかがえる。事実上、全員が今回の事件の捜査に当たっていた。六人目の少女の監禁場所を突きとめるべく、協力的な市民から通報のあった怪しい人物の自宅やその周辺の地域を徹底的に調べているのだ。

タクシーの料金を支払うと、ゴランはあわててあとを追うミーラを待たずに、正面の玄関へと向かった。犯罪行動科学部の階で、サラ・ローザ、ボリス、ステルンがふたりを待っていた。

「どうしたんですか？」最年長の捜査官が尋ねる。

「解明すべきことがある」ゴランは答えた。「すぐにロシュに会わなければならない」

会議室に飛びこむと、連邦警察のお偉方が集まって、延々と話し合いをしているところだった。議題はもちろんアルベルトの事件だ。

「お話があります」

ロシュ警部はひじかけ椅子から立ちあがると、出席者たちに彼を紹介した。「みなさん、ガヴィラ博士はご存じでしょう。もう何年も前から、わたしの部署に協力してもらっていて……」

ゴランは彼の耳もとでささやいた。「いますぐに」

ロシュの顔から愛想笑いが消えた。

「ちょっと失礼します。どうしても外せない用事ができたので」

テーブルの上の資料をかき集めながら、ロシュは背中に出席者たちの視線を感じた。そのあいだ、ゴランは二歩下がって彼を待ち、捜査班の他のメンバーは入口のところに立っていた。

「本当に重要なことだといいが」警部は自分のオフィスのデスクに資料の入った書類入れを放ってから言った。

ゴランは全員が部屋に入るのを待ってから、ドアを閉め、厳しい表情でロシュと向きあった。

「コバシ邸の居間で発見された遺体は、三番目に失踪した少女のものではありませんでした」

その口調と断固とした態度は反論の余地を与えなかった。警部は腰を下ろして手を組んだ。

「続けろ……」

「あれはサビーネではありません。メリッサです」

ミーラは四人目の少女を思い浮かべた。戸籍上では六人のなかでいちばん年上だったが、未熟な体はそうは見えない。そして目の色は青かった。

「続きを聞かせてくれ……」ロシュは繰りかえした。

「これが意味することは、おそらくふたつしかありません。アルベルトは手順を変更した。なぜなら、これまでのところ彼は誘拐した順番どおりに遺体を発見させていたからです。あるいは、チャンがDNA検査の結果を取りちがえたか……」

「どちらも、妥当な考えに思えるが」ロシュは言ってのけた。

「わたしには、前者の可能性はほとんどないように思えます……次に後者についてですが、ミーラに渡す前に、結果に細工するようあなたがチャンに命じたのではないですか？」

ロシュの顔が真っ赤になった。「いいか、わたしは非難されるためにここに座っているわけではない」

「三人目の少女の遺体はどこで発見されたんですか？」

「どういう意味だ？」

警部は精いっぱい驚いているように見せた。

「三人目の少女はまちがいなく見つかっています。でなければ、アルベルトは四人目に進めようとはしなかったはずだ」

「遺体は一週間以上前からコバシ邸にあったんだぞ。きみの言うとおり、三人目の少女が先に見つかったのかもしれない。あるいは、四人目が先だったかもしれない。それでチャンが混同したんだ。そうに決まっている」

犯罪学者は彼の目をじっと見つめた。「孤児院での一件のあと、二十四時間の自由時間を与えたのはそのためですね？　われわれを追いはらったんだ」

「ゴラン、言いがかりもいいかげんにしてくれ。証拠はどこにもないんだぞ」

「ウィルソン・ピケット事件のせいですね？」

「それとはまったく無関係だ」

「もうわたしのことは信用していないのでしょう。それもあながちまちがいではないかもしれない……だが、今回の捜査でもわたしがミスを犯していると考えているのなら、小細工はやめて、はっきりそう言ってください。そうすれば、われわれは責任を取って手を引きます。これ以上、ご迷惑をおかけすることもありません」

ロシュはすぐには答えなかった。あごの下で手を組んだまま、ひじかけ椅子を揺らしている。やがて、彼は落ち着いた口調で話しはじめた。「正直なところ、きみのことについては……」

「はっきり言ったらどうですか？」

口をはさんだのはステルンだった。ロシュは彼をにらみつけた。

「きみは黙っていろ！」

ゴランはステルンに目を向けた。次に、ボリスとサラ・ローザに視線を移した。そして、自分とミーラを除いた全員が知っていたことを悟る。

自由時間をどう過ごしたのかを尋ねたときに、ボリスが答えを濁したのはそういうわけだったのだ――ミーラには思い当たることがあった。そしてイヴォンヌ・グレスの家の外で、特殊部隊よりも先に入ることを拒まれた際に、彼がロシュに対して脅すような口調で抗議したことも思い出した。あれはまさに脅迫だったのだ。

「そうです、警部。すべて話して、おしまいにしましょう」サラ・ローザもステルンに加勢する。

「彼に事情を話さないですますわけにはいきません。やっぱり、まちがっています」ボリスが言った。

彼らはゴランを除け者にする不当な命令に従ったこ

とを後悔しているようだった。

ロシュはまたしてもしばらく考えてから、あらためてゴランとミーラに視線をやる。

「わかった……だが、きみたちはいっさい口をはさまないでくれ」

29

夜明けが少しずつ農村に広がる。

太陽は大地に巨大な波のごとく連なる山々の尾根をかろうじて照らしていた。灰色の牧草地はところどころ雪がとけ、あざやかな緑が顔を出している。谷間には細いアスファルトの道が伸び、田園風景に溶けこんでいた。

車の後部座席の窓に額をくっつけたミーラは、奇妙な落ち着きを感じていた。疲労のせいかもしれない。あるいは、あきらめなのか。この短い旅の目的地でなにが待ち受けていようと、もはや驚かないだろう。前夜、ロシュが大きく感情を爆発させることはなかった。彼女とゴランにいっさい口外しないよう言い含めたあとで、ロシュは自室でゴランとさしで話し合った。

ミーラが廊下で待っていると、ボリスがやってきて、なぜ警部が彼女とゴランには話さないことにしたかを説明しようとした。

「彼はあくまで民間人だし、きみは……ほら、ここでは相談役のようなものだから、それで……」

それ以上の、これといった理由はなかった。ロシュがどんな大きな秘密を守ろうとしたにせよ、あいかわらず捜査状況は管理下に置かれているにちがいない。それゆえ情報の流出を避けることは必須だ。唯一の方法は、にらみのきく直属の部下だけに知らせることだろう。

あとのことは、ミーラにはまったくわからなかった。とくに質問もしなかった。

二時間後、ロシュの部屋のドアがついに開いた。警部はボリスとステルン、サラ・ローザにガヴィラ博士を三番目の現場へ案内するよう命じた。なにも言われなかったものの、彼らはミーラも同行するものと解釈した。

一行は本部を出て、少し離れたところにある車庫へ向かった。建物の外に陣取っている記者たちに追跡されないよう、一般車両用のナンバープレートのついた二台のベルリーナに分乗する。

ミーラはサラ・ローザを避けて、ステルンとゴランの車に乗った。ゴランとの関係が微妙なものとなったいま、これ以上ローザに我慢できる自信はなく、うっかりすると怒りをぶつけてしまいそうだった。

数キロ走ったところで、ミーラは少し眠ることにした。うとうととして、目を覚ますともうじき目的地に到着するところだった。

交通量の多い道ではなかった。ミーラは道端に黒っぽい車が三台停まっているのに気づいた。それぞれに男がふたりずつ乗っている。

野次馬を追いはらうための見張りだろう、と彼女は考えた。

赤レンガの高い壁沿いに一キロほど行くと、重厚な鉄の門にたどり着いた。

道はそこで中断されていた。

呼び鈴もインターホンもない。門柱に監視カメラが設置されており、車が停まるなり、電気の目が動きだして彼らの姿をとらえた。たっぷり一分はたってから、門が自動的にひらく。その先に続く道は上り坂のてっぺんで消えているように見えた。見わたすかぎり家はなく、ひたすら牧草地が広がっていた。

さらに十分以上走ってから、古い建物の尖塔が見えてきた。目の前に姿を現わした屋敷は、大地の奥底から浮かびあがってきたかのようだった。壮大かつ厳格な様式は典型的な二十世紀初頭の建築で、当時、鋼鉄や石油で財を成した者たちは、富を誇示するために、こうした家を競って建てたものだった。

ミーラは正面に大きく掲げられた石の紋章に見覚えがあった。中央に巨大なRの文字が浮き彫りになっている。

そこはジョゼフ・B・ロックフォルドの屋敷だった。六人目の少女の発見者に一千万の懸賞金を出すと発表した同名の財団の会長だ。

彼らは屋敷を通りすぎて、厩舎の近くに二台のベルリーナを停めた。三番目の遺体発見現場——何ヘクタールもの敷地の西端——へ行くには、ゴルフカートに似た電動車に乗らなければならない。

ミーラはステルンの運転するカートに乗りこんだ。彼はジョゼフ・B・ロックフォルドについて、その家系から莫大な財産に至るまでくわしく説明してくれた。

この一大王朝の起源は一世紀以上前に遡る。創始者は彼の祖父に当たるジョゼフ・B・ロックフォルド一世で、言い伝えによれば移民の理髪師の息子だったという。はさみとカミソリを持つことを嫌がった彼は、両親の店を売って金を手に入れた。当時、世間では産《うぶ》声《ごえ》をあげたばかりの石油産業への投資が流行していた。ロックフォルド一世はその将来性を見抜いて、わずかな財産を掘り抜き井戸の掘削に注ぎこんだ。多くの場合、石油は過酷な自然条件に支配された地域で発見される。それに気づいた彼は、一攫千金《いっかくせんきん》を夢見て奮闘する男たちには生きるために不可欠な資源が決定的に不足しているという結論に達した——水である。そこで、主要な石油の鉱床の近くに掘った井戸から水を採取して、石油のほぼ倍の値段で売った。

こうしてジョゼフ・B・ロックフォルド一世は億万長者となったが、五十歳を目前にして、当時としては珍しい急性の胃癌でこの世を去った。

ジョゼフ・B・ロックフォルド二世は父親から相続した巨額の富を投機によってさらに増やした。インド麻から建築、牛の飼育から電子産業まで、利益が見込めるとわかれば、ありとあらゆるものに金を注ぎこんだ。そして、その成功の仕上げとして美人コンテストの女王と結婚し、かわいらしいふたりの子どもに恵まれた。

ところが、五十歳に達しようかというころに胃癌の症状が現われ、それから二ヵ月もしないうちに生涯を閉じた。

彼の長男のジョゼフ・B・ロックフォルド三世は、若くして広大な帝国を受け継いだ。彼の最初にして唯一の命令は、みずからの名前からわずらわしい数字を取ることだった。事業面ではかばかしい業績をあげることもなく、なんの贅沢も許されなかったジョゼフ・B・ロックフォルドは、ひたすら無為な生活を送った。

一族の名を冠した財団は、妹のラーラの発案だった。自分たちきょうだいも、時代がちがえば同じ運命をたどっていたかもしれないという思いから、貧しい子どもたちに栄養のある食事、雨をしのぐ屋根、適切な医療を提供するために設立したのだ。財団の活動資金として、一族の財産の半分が割り当てられた。にもかかわらず、顧問の計算によれば、ロックフォルド家は少なくともあと一世紀は優雅な暮らしができるという。

ラーラ・ロックフォルドは三十七歳で、三十二歳のとき恐ろしい自動車事故に遭ったが奇跡的に助かった。兄のジョゼフは四十九歳。祖父と父の命を奪った胃癌の遺伝子が、十一ヵ月前に見つかったばかりだった。三十四日前から、ジョゼフ・B・ロックフォルドは昏睡に陥り、危篤状態が続いていた。

ミーラがステルンの説明に耳をかたむけているあいだに、電動車はでこぼこした地面を揺れながら進んだ。いま通っている小道は、電動車がひっきりなしに通ったために、この二日間で自然にできたものにちがいない。

三十分ほどして、現場の周辺が見えてきた。遠くからでも、犯行現場ではお馴染みの白い防護服姿の人間が動きまわっているのがわかる。アルベルトが彼らのために準備した見世物を目の当たりにする前から、ミーラは衝撃を受けていた。

現場作業員の数は百名を超えていた。

うら悲しい雨が容赦なく降りしきる。大量の泥をよけながら作業をする人々のあいだを縫うように進みながら、ミーラは居心地の悪さを感じていた。骨が掘りだされるたび、記録され、透明の袋に入れられ、所定の容器に入れられ、ラベルが貼られる。

容器のひとつに、少なくとも三十の大腿骨があった。骨盤も見える。

ステルンがゴランに向き直った。「少女はあのあたりで発見されました……」

彼はテープが張りめぐらされた一画を示した。雨から守るためにビニールでおおってある。地面にはマーカーで遺体のあった位置が記されている。白い線で縁取られた形には左腕がなかった。

サビーネ。

「地面に横たわっていて、かなり腐敗が進んでいました。動物もにおいを嗅ぎつけなかったことを考えると、長らく放置されていたと思われます」

「発見者は？」

「敷地を管理している猟場番人です」

「発掘はすぐに開始したのか？」

「その前に犬を連れてきましたが、成果はありませんでした。次にヘリコプターで上空から地形を確認しました。すると、遺体を発見した場所の周囲の植物がほかとは異なることに気づいたんです。植物学者に写真を見せたところ、地面の下になにかが埋まっている場合にこうした現象が起きるとのことでした」

ミーラは以前にもそうした話を聞いたことがあった。ボスニアで民族浄化の犠牲者を埋めた集団墓地を発見する際にも、同様の手法が用いられた。地中に埋められた死体は地上の植物に影響を及ぼす。腐敗によって土壌中の有機物が増えるからだ。

ゴランは周囲を見まわした。「どれだけあるんだ？」

「三十体、あるいは四十体……見当もつきません」

「いつから埋められていたのか？」

「かなり古い骨も含まれています。そのほかは比較的新しいようです」

「身元は？」

「男性です。それもかなり若くて、十六から二十二、三歳くらいの。歯科所見によって判明しました」

「これまでの事件をすべて忘れさせるほどの一大事だ」犯罪学者はすでにこの件が世間に広まったときのことを考えていた。「ロシュは隠しとおすつもりはないんだろう？　なにしろ、これだけおおぜいの人間がここにいるんだ……」

「ええ、警部はすべての状況が明らかになるまで公表を延期しようと考えているだけです」

「このロックフォルドの広大な所有地のど真ん中に、

なぜとつぜん共同墓地が出現したのか、まだ誰にも説明がつかないからだ」その口調ににじむわずかな憤りを誰ひとり聞き逃さなかった。「われらが警部はその考えに満足しているように思えるが……きみたちはどうか？」

ステルンはどう答えていいかわからなかった。ボリスも、サラ・ローザも然り。

「ちなみに、遺体が発見されたのは懸賞金が発表される前か、それともあとか？」

ステルンは小声で白状した。「前です」

「そうだと思っていた」

一同が厩舎《きゅうしゃ》へ戻ると、ロシュが乗りつけた警察車両の横にたたずんでいた。ゴランは電動車から降りて、決然たる態度で彼に対峙した。

「わたしはまだこの捜査に専念しなければならないのでしょうか？」

「もちろんだ。どういう意味だ？　わたしがきみを簡単に追いだすことができるとでも？」

「簡単ではないかもしれませんね。これまでの事件の謎を解明してきたのは、ほかならぬわたしなのですから。それよりも、好都合だと言うべきでしょう」

「なにが言いたい？」

警部はいらだちをあらわにしはじめた。

「わたしはすでにあなたの判断を正当化するために利用され、責任を負わされているのです」

「なぜそうも自分の立場に確信を持てるんだ？」

「あなた自身、ロックフォルドがこの騒ぎを生みだした張本人だと考えていなければ、このまま隠しとおすことに後ろめたさを覚えないはずです」

ロシュは彼の腕を取った。「いいか、ゴラン、きみはわたしの一存でものごとが決まると思っているようだが、とんでもない。たえず上からの重圧がかかっているんだ。きみには想像もつかないだろう」

「誰が隠そうとしているんですか？　この不愉快な一

件に、いったいどれだけの人間が関わっているんですか?」

ロシュは振り向いて、運転手に車を発進させるよう合図した。そして、あらためて捜査班のメンバーに向き直った。

「いいだろう。全員にもう一度説明する……この事件のことを考えると吐き気がこみあげてくる。けっして口外しないよう脅すつもりもない。なぜなら、きみたちがひと言でもしゃべったら、すべてが一瞬にして失われるからだ。出世も年金も。わたしだけでなく、きみたちもだ」

「わかりました……それで、どういうことなんですか?」ゴランがうながす。

「ジョゼフ・B・ロックフォルドは、生まれてこのかた一度もこの場所から、この家から離れたことがない」

「まさか」ボリスが驚いた。「一度も?」

「一度もだ」ロシュは断言した。「最初は母親の強迫観念だったようだ。かつての美人コンテストの女王のね。病的なほどの愛情を注がれたせいで、彼は幼少期も思春期もふつうの生活ができなかった」

「でも、母親が死んでからは……」サラ・ローザが異を唱える。

「そのときにはすでに手遅れだった。ほとんど他人と関わらなかったせいで、ジョゼフは善悪の判断がつかなくなっていた。彼の周囲にはずっと、自分に頭を下げる人間しかいなかったんだ。つまり一家の使用人だな。そのうえ、いわゆる〝ロックフォルド家の呪い〟が身に迫っていた。男性の相続人は、胃に腫瘍ができてかならず五十歳前後で死ぬことになっているんだ」

「母親は無意識のうちに息子をその運命から救おうとしていたのかもしれませんね」ゴランは考えこむように言った。

「それで、妹は?」ミーラが尋ねた。

「手に負えなかった」ロシュはきっぱりと言った。「ジョゼフより年下だったおかげで、かろうじて母親の拘束から逃れた。そして、金持ちのご多分にもれず世界じゅうを飛びまわって、金を湯水のように使い、悪い連中と付きあってさんざん利用され、あらゆる種類のドラッグや遊びに手を出した。この場所に囚われの身だった兄とは、なにからなにまで異なっていた……五年前の交通事故で、彼とともにこの家に閉じこめられるまではね」

「ジョゼフ・B・ロックフォルドは同性愛者だった」ゴランが言った。

ロシュはうなずく。「そうだ……あの共同墓地で見つかった死体もそれを物語っている。みな若々しい青年ばかりだ」

「それなら、なぜ殺したんですか？」サラ・ローザが尋ねる。

答えたのはゴランだった。そうした事例は何度も目にしてきた。

「まちがっていたら警部に訂正してもらおう。だが、わたしが思うに、ロックフォルドはそうした自分自身を受け入れることができなかったのだろう。あるいは、若いころに誰かにその性的嗜好に気づかれて、ひどく叱責されたか」

口にはしなかったものの、誰もが母親を思い浮かべた。

「それゆえ、その行為を繰りかえすたびに罪の意識を覚えた。けれども、みずからを罰するかわりに、愛人を罰した……死によって」ミーラが締めくくった。

「死体はここにあって、彼は一度も家から出たことがない」ゴランが続ける。「つまり、ここで彼らを殺したことになる。だが、誰ひとりとして——使用人も庭師も猟場番人も——なにも気づかなかったということはありうるだろうか？」

ロシュは答えを知っていたが、部下たちに考えさせた。

「そうは思えない」ボリスが断言した。「買収していたんだ」

「何年ものあいだ、金で黙らせていた」ステルンも眉間にしわを寄せてつけ加える。

人間ひとりの心の値段とは、いったいいくらなのだろう。ミーラはふと疑問に思った。結局は、それがすべてなのだ。みずからの本性が悪であることに気づいた人間は、仲間を殺すことにのみ喜びを見出す。そうした人間には名前がある——連続殺人犯、つまりシリアルキラーだ。だが、その周囲にいて、殺人を阻止するどころか、むしろうながしている人々は、いったいなんと呼べばいいのか。

「彼はこの青年たちをどこから連れてきたのですか?」ゴランが尋ねた。

「まだわからない。目下、彼の個人秘書に対して逮捕状を請求している。少女の遺体が発見されてから、行方をくらましているんだ」

「そのほかの使用人に対しては?」

「金を受け取っていたか、あるいは事実を知っていたことが明らかになるまでは、どうすることもできない」

「ロックフォルドは周囲の人間を買収することを厭わなかった、そうですね?」

ゴランはロシュの考えを読んでいた。警部は認めざるをえなかった。「数年前、ひとりの警官が疑いを持った。彼は家出をしてスーパーマーケットに強盗に入った若者の行方を捜査していた。そして、その足取りを追っているうちに、ここまでたどり着いた。その時点で、ロックフォルドは権力のある友人に手を回し、警官は転属させられた……またあるときは、敷地の壁沿いの道を男女が通りかかったら、壁を飛び越えて逃げてきた半裸の青年と遭遇した。脚に怪我をしていて、かなり動揺している様子だった。男女は彼を車に乗せて病院へ連れていった。しかし数時間後に警官を名乗る男がやってきて、青年を連れていってしまった。以来、誰もその青年を見かけていない。医師も看護師もたっぷり金をつかまされて黙っていた。男女は愛人どうしで、それぞれの配偶者にばらすと脅すだけでじゅうぶんだった」

「なんてひどい」ミーラは思わずつぶやいた。

「ああ」

「それで、妹は？」

「ラーラ・ロックフォルドはとても気が回らなかったんだろう。交通事故でひどくショックを受けたんだ。事故が起きたのは、ここからそう遠くないところだった。ひとりで車を運転しているときに、道から外れて樫の木に激突した」

「いずれにしても、彼女から話を聞かなければならない。ロックフォルドからも」ゴランがきっぱりと言った。「おそらく彼はアルベルトの正体を知っているだろう」

「どうやって話を聞くというんだ？　昏睡状態なんだぞ」

「おれたちは胃の腫瘍に負けたというわけか？」ボリスが怒りをあらわにする。「なにひとつ役に立たないばかりか、あいつを刑務所へ放りこむこともできないなんて」

「それはちがう」ロシュがなだめる。「地獄があるならば、かならずや彼を待ち受けているだろう。いま、彼はゆっくりと、苦しみながら地獄へ向かっている。あいつはモルヒネのアレルギーなんだ。だから麻酔は打てない」

「それなら、なぜ生かしておくんですか？」

ロシュは皮肉っぽく笑って眉を上げた。「妹の希望だ」

ロックフォルドの住まいは明らかに城を意識した造

りになっていた。部屋の大半が黒い大理石でおおわれ、明かりをことごとく吸収している。窓は重厚なビロードのカーテンで隠されていた。絵画やタペストリーのほとんどは田園風景か、狩りの場面だった。天井からは巨大なクリスタルのシャンデリアが吊り下がっている。

中に足を踏み入れるなり、ミーラは背筋の凍るような寒気を覚えた。どれだけ豪奢であろうと、この家は退廃的な雰囲気に包まれていた。よくよく耳を澄ますと、時間の流れにどんよりと凝り固まって沈殿した過去の静寂の響きが聞こえてきそうだった。

ラーラ・ロックフォルドは〝彼らを迎えることに同意した〟。逃げられないとわかっていたのだろうが、その言葉からは彼女が物怖じしない女性だということが察せられた。

ラーラは図書室で彼らを待っていた。ミーラとゴラン、そしてボリスが話を聞くことになった。

ミーラの目が、革のソファに座った彼女の横顔をとらえた。優雅な曲線を描いた腕が煙草を口もとに運ぶ。このうえなく美しかった。離れて見ると、緩やかな丸みを帯びた額からすっと通った鼻筋、そしてふっくらとした唇まで、すべてが絵に描いたようだった。吸いこまれるような深い緑の目は、驚くほど長い睫毛に縁取りされていた。

ところが部屋に入って正面から向きあうと、彼らは驚いた。顔のもう半分は大きな傷跡に損なわれていた。傷は髪の生えぎわから始まって、額を切り裂き、陥没した眼窩に入りこんで、あたかも涙のこぼれた跡のようにあごまで続いている。

ミーラは片方の脚も硬直して自由を失っていることに気づいた。脚を組んでもう片方を重ねても隠しきれない。すぐわきに本が置いてあったが、表紙は下に向けられて、タイトルも著者もわからなかった。

「こんにちは」ラーラは挨拶をした。「どんなご用かしら？」

椅子はすすめられず、三人は部屋の半分近くをおおっている大きな絨毯の上に立ったままだった。

「いくつかお尋ねしたいことがあります」ゴランが口をひらいた。「もちろん、ご了承いただければですが……」

「どうぞ、おっしゃってみて」

ラーラ・ロックフォルドは残り少なくなった煙草を雪花石膏《アラバスター》の灰皿で揉み消した。そして、膝の上の革のケースに入った箱から、金のライターとともにもう一本取りだした。火をつけるときに、細い指がかすかに震えた。

「六人目の少女の発見者に対して、一千万の懸賞金を出すと決めたのはあなたでしたね」ゴランはさっそく切りだした。

「それくらいしかできることがなかったんです」

ラーラ・ロックフォルドは真実を巡って戦いを挑んでいた。彼らを混乱させるつもりなのかもしれない。あるいは、単なる非協調主義によるものなのか。いずれにしてもみずからの身を隠すことにしたこの家の厳格な家風とは、明らかに矛盾した行動に思えた。

ゴランは挑戦を受けることにした。

「お兄さんのことはご存じでしたか？」

「みんな知っています。黙っているだけです」

「なぜ今回は黙っていなかったんですか？」

「なんのことかしら？」

「少女の遺体を発見した猟場番人のことです。てっきり彼も口止め料をもらっているものかと……」

ミーラには、彼女が最初からゴランの意図を見抜いていたように思えた。その気になれば簡単に事件を握りつぶせるだろうと彼はほのめかしていた。だが、どうやらそういうことではなさそうだった。

「あなたは魂の存在を信じますか？」

そう尋ねながら、ラーラはわきに置いた本にそっと触れた。

「そういうあなたは？」

「そのことについては、少し前から考えていたんです……」

「だから、お兄さんから生命維持装置を取り外すことに同意しないんですか？」

ラーラはすぐには答えず、天井に目を向けた。ジョゼフ・B・ロックフォルドは二階の、彼が赤ん坊のときから寝ているベッドにいる。彼の部屋は、さながら最先端を行く病院の集中治療室と化し、本人の体には人工呼吸器、薬や水分の点滴装置、透析装置がつながれている。

「誤解しないでください。わたしは兄に死んでほしいんです」

本心のようだった。

「あなたのお兄さんは、おそらく五人の少女を連れ去って殺し、六人目を監禁している人物を知っています。

あなたには誰だか見当がつきませんか……」

ラーラはひとつしかない目をゴランに向けた。彼の顔を見たのは、これがはじめてだった。というよりも、はじめてみずからの顔を彼の視線にさらしたというべきかもしれない。

「誰がその人物でもおかしくないわ。いま、ここにいる誰かかもしれない。あるいは、かつてここにいた誰かかも。それを調べるのがあなたの仕事でしょう」

「もちろん調べています。ですが、いまのところあいにくわれわれの片思いのようで……」

「すでにおわかりでしょうが、この家にはジョゼフが買収できる人間しかいません。彼に雇われて、給料をもらっている人間しか。それ以外は見たことがないわ」

「じゃあ、あの青年たちは？」ミーラはとっさに尋ねた。

ラーラが答えるまでに、かなりの間があった。「彼ゴランとボリスは、ミーラが正気を失ったと言わんばかりの表情で彼女を見た。

ラーラはまたしても笑った。「それで、どうするの？ 死んだも同然なのに」そして、真顔になって言った。「もう手遅れだわ」

だが、ミーラは食い下がった。「とにかく会わせてください」

「ずっと以前から、彼はあの本に夢中だったのよ。あの人のやりかたを見せてあげたいわ。彼らにもお金を払っていたわ。とくに最近は、魂を売りわたす契約をさせることを楽しんでいた。彼らにとってはゲームだったのよ。風変わりな大金持ちからお金を巻きあげる遊び。ちゃんとサインもしていた。みんなね。金庫から羊皮紙が何枚か見つかったの。サインもおおかた読めるわ。たとえインクが使われていなくても……」

ラーラは不気味な暗示を与えるように笑ったが、ミーラは困惑した。その笑いは深いところからほとばしった。まるで肺の中で長らくふやかしてから吐きだしたように。ニコチンでかすれていたが、それは苦痛のせいでもあった。彼女はわきに置いてあった本を手に取った。

『ファウスト』だった。

ミーラは一歩彼女に近づいた。

「お兄さんにお話を聞かせてもらっても構いませんか？」

30

ひ弱な女性――それがニクラ・パパキディスの第一印象だった。

小柄で、腰が折れそうなほど細いせいかもしれない。その目に悲しみの入り交じった喜びの表情をたたえていたからかもしれない。フレッド・アステアが熱演するミュージカルの歌を思わせるような、あるいは昔の大晦日の舞踏会や、夏の最後の日のような……。

ところが、ニクラは実際にはとても強い女性だった。その強さは、大小さまざまの不幸を経験するたびに少しずつ築かれてきた。彼女は、小さな村で七人きょうだいの長女として生まれた。ただひとりの娘だった。わずか十一歳のときに母親を亡くしたため、父親の世話からきょうだいの面倒まで、家のことを一手に引き受けた。弟たちには、きちんとした仕事に就いてもらいたいと考え、ひとり残らず大学を卒業させた。ニクラが自分のことを我慢して節約に励んだおかげで、彼らはなに不自由なく暮らすことができた。そして、それぞれすばらしい女性と結婚し、ニクラはみずからの喜びと誇りでもある二十人の甥や姪に恵まれた。末弟が家を出たあとも、彼女はあとに残って、老いた父を老人ホームに入れずに面倒を見つづけた。そして、弟や義理の妹たちには自分と同じ苦労をかけないように、口癖のようにこう言っていた。「わたしのことは心配しないで。あなたたちには自分の家族がある。わたしはひとり。自分を犠牲にしたわけじゃないわ」

ニクラは父が九十歳を過ぎるまで、赤ん坊のように世話をしながら介護した。そして父の死後、ふたたび弟たちと会った。

「わたしはもう四十七歳、たぶん結婚することもないわ。自分の子どもはいないけれど、甥や姪たちはわが子のように思えるし、それでじゅうぶんよ。一緒に暮らそうと言ってくれたのはとてもうれしい。でも、いままで口にしたことはなかったけれど、もう何年も前に決めたの。もう二度とあなたたちに会うことはないわ……この身はイエス・キリストに捧げることにしたから。明日から、わたしは修道院に入って、生涯をそこから出ることなく過ごすわ」

「ということは、修道女なのか」ボリスが運転をしながら尋ねた。先ほどから黙ってミーラの話に耳をかたむけていたのだ。

「ただの修道女ではないわ。もっと偉いのよ」

「きみがゴランを説得できたなんて、いまだに信じられないよ。ましてや彼がロシュを説得できたとはね」

「試しにやってみるだけ。失敗したところで失うものはないわ。それに、あの事件の秘密を守るのに、ニクラは適任だと思うし」

「それはそうだ」

後部座席には大きな赤いリボンのかかった箱が置いてあった。「チョコレートはニクラの唯一の弱点なの」ミーラはそう言って、ケーキ店の前で車を停めるように頼んだのだ。

「だが、戒律の厳格な修道院にいるんだったら、一緒に来てもらうのは無理だろう」

「じつをいうと、話はもう少し複雑で……」

「どういうことだ?」

「ニクラは数年しか修道院で過ごしていないのよ。彼女の能力に気づいたときに、修道院は還俗を決めたの」

着いたときには正午を少し回っていた。とにかく賑やかな界隈だった。車の騒音に加えて、ステレオから大音響で流れる音楽、集合住宅のあちこちから飛びだす怒号、さらには通りで繰り広げられる犯罪すれすれの騒ぎが渾然一体となっている。住民がこの地区から出ていくことはなかった。高級レストランやブティック、喫茶店の並ぶ中心街は地下鉄でわずか数駅の距離だったが、彼らにとっては火星ほど遠く離れていた。皆ここで生まれ、ここで死ぬ。一度も町から離れることなく。

ここまで車を案内してきたカーナビは、国道を降りるなり、ルートの表示をやめた。ふたりはギャングの縄張りの境界を示す壁の落書きを頼りにするしかなかった。

ボリスは横道に入ってみたが、どうやら袋小路に迷いこんだようだ。先ほどから一台の車にあとをつけられている。ふたりの警官の乗った車がうろつきまわっているとあれば、町角ごとに立っている歩哨の目を引かないはずがない。

「制限速度を守ってのろのろ運転していれば、文句はつけられないわ」すでにこの地域に何度か来たことのあるミーラが助言する。

目当ての建物は路地の突き当たりにあった。ボリスは焼け焦げた二台の車の残骸のあいだに駐車して、車を降りるなり周囲を見まわした。だが、リモコンでドアを施錠しようとする彼をミーラは制した。

「やめたほうがいいわ。鍵も差しこんだままにしておいて。腹いせにドアをこじ開けられるだけよ」

「それじゃあ訊くけど、車を盗まれないようにするにはどうすればいいんだ?」

ミーラは運転席に歩み寄ると、ポケットに手を突っこんで、赤いプラスチックのロザリオを取りだした。そして、それをサイドミラーに巻きつけた。

「ここでは、これがいちばんの盗難防止装置よ」

ボリスは途方に暮れた顔で彼女を見、あきらめたようにあとについて建物へ向かった。

入口にかけられたボール紙の札には、〝食事は十一時からお並びください〟とある。字の読めない人もいることを考慮して、その横に湯気の立った皿と時計の針を描いた絵が添えてあった。

　料理と消毒薬の入り混じったにおいが漂っていた。

ロビーには小さなテーブルの周囲に不揃いのプラスチックの椅子が何脚か置かれ、テーブルの上には古い雑誌が積み重なっている。子どもの虫歯の予防から性病を防ぐ方法まで、さまざまな情報を伝えるパンフレットもあった。どうやら待合室のつもりらしい。壁の掲示板には、いろいろなお知らせやポスターが所狭しと貼られている。なにやら人の声がするが、どこから聞こえてくるのかはわからなかった。

　ミーラはボリスの袖を引っ張った。「行きましょう。上よ」

　ふたりは階段を上りはじめた。まっすぐな段は一段もなく、手すりはがたがた揺れる。

「いったい、ここはどんな場所なんだ?」ボリスは伝染病がうつったりしたら大変だと言わんばかりに、なにも触らないようにしている。そして、ぶつぶつ文句を言っているうちに上階にたどり着いた。

　ガラス戸の前に、二十歳くらいの愛くるしい娘が立っていて、ぼろをまとって酒とすえた汗のにおいを漂わせた老人に薬の瓶を渡していた。

「一日一回、かならず飲んでください。いいですね?」

　娘は悪臭を気にしているふうもなく、穏やかな高い声で、子どもに話しかけるように、はっきりと言葉を発音した。老人はうなずいたが、きちんと理解しているようには見えなかった。

　そこで娘は繰りかえした。「とっても大事なことですよ。ぜったいに忘れないでください。でないと、この前みたいに、ほとんど死にかけた状態でここに運ばれてくることになりますからね」

　そして、彼女はポケットからハンカチを取りだして、老人の手首に結んだ。

「これなら忘れないわ」

老人は満足げに笑みを浮かべると、瓶を手に、腕の新しいプレゼントを見つめながら歩きだした。

「なにかご用ですか?」娘がふたりに尋ねた。

「ニクラ・パパキディスさんにお会いしたいのですが」ミーラは告げた。

ボリスはここまで階段を上ってきた苦労も忘れて、うっとりと娘に見とれている。

「奥から二番目の部屋にいると思います」娘は背後の廊下を指さして言った。

わきを通りすぎる際に、ボリスの視線は彼女の胸もとに吸い寄せられた。首からかかっている金色の十字架に気づいてショックを受けている。

「まさか彼女も……」

「そのようね」ミーラは笑いをこらえて答えた。

「残念だ」

廊下を進んでいくと、言われた部屋が見えてきた。スチールのベッド、簡易ベッド、あるいは単なるキャスター付きの椅子。そのひとつひとつに、人間の成れの果てが老いも若きも無関係に寝かされている。彼らはAIDS患者や麻薬依存症患者、肝臓が溶けかかったも同然のアルコール依存症患者、もしくはただの重病人だった。

いずれにしても、彼らにはふたつの共通点があった。どんよりした目つきと、人生の落伍者であるという自覚。どの病院でも受け入れを拒否され、おそらく心配してくれる家族もいない。あるいは家族がいても、見捨てられた者たちだ。

彼らは死ぬためにここに来た。それがこの場所の存在理由だ。ニクラ・パパキディスはここを〝港《ポルト》〟と呼んでいた。

「今日はとってもいい天気よ、ノーラ」

修道女は窓ぎわのベッドに横たわった老女の長い白髪を撫でながら、励ましの言葉をかけていた。

「今朝、公園を通りかかったときに、小鳥のためにパンくずを置いてきたのよ。こんなに雪が積もっていたら、ずっと巣の中にこもって温まっているしかないものね」

ミーラはすでに開いているドアをノックした。ニクラが振り向いて、彼女に気づくと顔を輝かせた。

「まあ！」驚きの声をあげ、駆け寄ってミーラを抱きしめる。「来てくれたのね。うれしいわ」

暑がりの彼女らしく、袖をひじまでまくりあげた紺色の薄手のセーターに、膝丈の黒いスカート、スニーカーといういでたちだ。白髪交じりの短い髪は、深い海のような目のおかげで真っ白に見え、無垢で汚れのない印象を与える。ボリスは胸もとにかけられた赤いロザリオに気づいた。ミーラが車のサイドミラーに結んだのと同じものだ。

「彼はボリス、仕事場の同僚よ」

ボリスはやや気後れしながら前に進み出た。「はじめまして」

「シスター・メリーには会ったでしょう？」ニクラは握手をしながら尋ねた。

ボリスの顔が赤くなった。「本当に……」

「いいのよ、みんなそうだから……」そして、彼女はミーラに向き直った。「それで、どうしてポルトまで来たの？」

ミーラは真顔になった。「少女が連続して誘拐された事件のことは知ってるでしょう？」

「わたしたちも毎晩、祈っているわ。ニュースではくわしいことはわからないけれど」

「わたしの口からも言えないの」

ニクラは彼女を見つめた。「六人目の少女のことで来たのね？」

「どうしてわかったの？」

ニクラはため息をついた。「連絡しようと思っていたの。だけど、なかなかできなかった。わたしの力は、もう以前のようではないわ。かなり衰えている。でも、むしろ喜ぶべきかもしれないわね。この力がなくなれば、愛する仲間たちのいる修道院に戻ることができるんですもの」

ニクラ・パパキディスは霊媒と呼ばれるのが好きではなかった。だから、〝神の力〟と言うときには、それ以上の言葉を付け足さないようにしていた。自分のことを特殊だと思っているわけではない。その才能が特殊なのだ。彼女はみずからの力を他人のために役立てるべく、神に選ばれた仲介者だった。

ポルトへ向かう車の中で、ミーラは、とりわけニクラが自分のずば抜けた感覚的能力に気づいたときのことをボリスに語って聞かせた。

「六歳のころには、なくなった物を見つけだす名人として、すでに地元の村で知られていたわ。結婚指輪、家の鍵、故人が家の奥にしまいこんだ遺言書……。ある晩、彼女の家に地元の警察署長が訪ねてきたの。五歳の男の子が行方不明になって、母親が打ちひしがれているとのことだった。ニクラは女性の家へ連れていかれて、息子を捜してほしいと懇願された。そして母親をじっと見つめてから、こう言ったわ。〝この人は嘘をついています。彼女は男の子を家の裏の菜園に埋めました〟と。はたして、男の子はまさにその場所で発見されたというわけ」

ボリスはその出来事を聞いてかなり衝撃を受けていた。そのせいか、修道女との話はミーラに任せて、自分は離れた場所に座っていた。

「今日お願いしたいのは、いつもとはちょっとちがうこと」ミーラは言った。「ある場所に来てもらって、瀕死の男性と話をしてみてほしいの」

ミーラはこれまでにも何度かニクラの力を借りたことがあった。彼女のおかげで事件が解決に至ったことも一度ではない。

「ここを離れるわけにはいかないわ。それはわかっているでしょう。この人たちはわたしを必要としているから」

「それを承知で頼んでいるの。あなたが六人目の少女を救いだす唯一の希望なのよ」

「さっきも言ったけれど、わたしの力はもう働かないかもしれない」

「あなたにとってもメリットがあると思う……少女の発見につながる情報の提供者にはかなりの額が支払われるの」

「聞いたわ。でも、わたしに一千万もの大金をどうしろというの？」

ミーラは周囲を見まわした。あたかも懸賞金でこの場所を建て直すのが当然だと言わんばかりに。

「本当よ。話をすべて聞きだしてもらえれば、そのお金のいちばんの使い道はいくらでも考えることができるわ。どうかしら？」

「今日はヴェラが会いにくるの」

ふいにベッドの老女が口をひらいた。いままでずっと動きもせずに、黙って窓を見ていたのだ。

ニクラは老女に歩み寄った。「そうよ、ノーラ。ヴェラはきっとあとで来るわ」

「約束したのよ」

「わかってる。ヴェラは約束をきちんと守るわ」

「でも、あの人が彼女の椅子に座っている」老女がボリスを指して言ったので、彼はあわてて立ちあがろうとした。

それをニクラが制した。「どうぞ座っていて」そして低い声で続ける。「ヴェラは彼女の双子の妹なんだけど、七十年前に死んでいるの。まだ子どものころに」

ボリスの顔が青ざめるのを見て、ニクラは大笑いした。「大丈夫よ。いくらわたしでも、あの世の人とは話せないわ。でも、ノーラは折に触れて妹が会いにくると言うのよ」

ミーラに聞いた話のせいだ。ボリスは自分がばかみたいに思えた。

「それじゃあ、来てくれる？」ミーラはたたみかけるように頼みこんだ。「夜までには、誰かにここまで送らせるわ」

ニクラ・パパキディスはまたしても考えた。「わたしになにか持ってきてくれたかしら？」

ミーラの顔に笑みが浮かぶ。「車の中でチョコレートが待っているわ」

ニクラは満足そうにうなずいたが、ふいに真顔になった。「その男の人の話というのは、楽しいことではないのね？」

「残念ながら」

ニクラは首のロザリオを握りしめた。「わかったわ。行きましょう」

とりとめのないイメージが現実に見える錯覚を〝パレイドリア〟という。雲や星座、あるいは牛乳の入った器に浮かんだオートミールさえも、なにかちがうものに見えてしまうことがあるのだ。

同じように、ニクラ・パパキディスの目には、物の内部が表面に浮き出て見える。けっして幻覚ではない。したがって、彼女は〝パレイドリア〟という言葉を好んだ。自分の名前と同じくギリシャ語に由来しているからだ。

車の後部座席でチョコレートを次々と口に放りこみながら、ニクラはそうボリスに説明した。彼にとっては、こんなに治安の悪い地域で車が落書きもされずに無事だったことにくらべれば、それほど驚くに値しない話だった。

「なぜ〝ポルト〟と呼んでいるんですか？」

「この場所をどう考えるかによるでしょうね。単なる到達点ととらえる人もいれば、スタートラインだと思う人もいる」

「あなたはどう考えているんです？」

「どちらもそのとおりだと思うわ」

午後一時ごろ、ロックフォルドの敷地が見えてきた。屋敷の前でゴランとステルンが待っていた。サラ・ローザは二階の部屋で、瀕死の男の看病をしている医療スタッフと話をつけていた。

「どうにか間に合ったようだ」ステルンが言った。「今朝、容態が急変したんだ。医師はもう時間の問題だと言っている」

部屋へ向かいながら、ゴランはニクラに自己紹介をして、これからすべきことについて説明したが、同時に懐疑心を包み隠すこともしなかった。これまで彼は、あらゆる分野の霊媒が警察に協力を申しでるのを見てきた。ほとんどの場合、まったく役に立たないか、逆に誤った手がかりや無駄な期待を生みだして捜査を混乱させる結果に終わった。

修道女は犯罪学者のとまどいを目の当たりにしても動じるふうはなかった。相手の顔に不信の表情を見るのは、なにも今回に限ったことではない。

信心深いステルンでさえ、ニクラの力には納得がいかなかった。所詮はいかさまにしか思えなかったが、それが修道女の行為だということで、彼は混乱していた。「少なくとも、それで荒稼ぎしているわけではない」つい先ほど、彼は輪をかけて懐疑的なサラ・ローザに言い訳のように言った。

「気に入ったわ、あの犯罪学者」ニクラは階段を上りながらミーラにささやいた。「自分の疑いを隠そうとしないんですもの」

彼女の意見はチョコレートとは無関係だった。まちがいなく心から出たその言葉を大事な友人の口から聞けたことに、ミーラは感謝の気持ちを抱いた。おかげで、サラ・ローザが植えつけたゴランに対する疑念がすっかり消えた。

ジョゼフ・B・ロックフォルドの部屋は、タペストリーの飾られた広い廊下の突き当たりにあった。

日の昇る東側に大きな窓があって、バルコニーからは眼下に広がる谷を一望することができた。

部屋の中央に天蓋付きのベッドがあり、その周囲にずらりと並んだ医療機器が大富豪の最期に寄り添っていた。心電図モニターの音、息が漏れるようなか細い音と、ときおり大きく吐きだすような音、延々と滴る点滴剤、機器の低くうなりつづける音が、彼のために刻々と時を刻んでいた。

ロックフォルドはたくさんの枕に支えられ、上半身を起こした状態で横たわっていた。刺繍の施されたベッドカバーから出た腕を軽く広げ、目を閉じている。淡いピンクのシルクのパジャマは喉もとがひらき、気管切開の孔が見えている。まばらな髪は真っ白だ。大きな鷲鼻が目を引く顔はやつれはて、体はかろうじてベッドカバーを盛りあげる程度だった。その姿はもうじき五十歳どころか、百歳にも見えた。

ひとりの看護師が首の傷に薬を塗り、呼吸を助けている気管切開口の周囲のガーゼを交換しているところだった。一日二十四時間、代わるがわるこのベッドの周囲でかしずくスタッフのなかで、同席が認められたのはかかりつけの医師と、その助手だけだった。

捜査班のメンバーが部屋に入ると、ラーラ・ロックフォルドと目が合った。こうした場面でも、彼女はけっして取り乱すことはないのだろう。少し離れたひじかけ椅子に座って、衛生上の規則をあざ笑うかのように煙草を吸っている。いまはそんな場合ではないと看護師に注意されると、ラーラは瀕死の兄を見て、ただこう答えただけだった。「でも、これ以上容態が悪くなることはないでしょう」

ニクラは厚遇を受けた患者の臨終の場面を見つめながら、まっすぐベッドに近づいた。ポルトで毎日のように目にする尊厳と無縁のみじめな死とはまったく異なる。ジョゼフ・B・ロックフォルドの枕もとに立つと、ニクラは十字を切った。そして、ゴランを振りかえって言った。「始めましょう」

いまから起きることについて、口述記録を取ることはできなかった。この種の状況は陪審員も考慮に入れない。マスコミが嗅ぎつけることもないだろう。すべてはこの壁の中に留めておかなければならない。

ボリスとステルンはドアを閉めて、そのわきに立った。サラ・ローザは部屋の隅へ行くと、腕を組んで壁にもたれた。ニクラは天蓋のわきの椅子に腰かけた。そのそばにミーラも座る。向かいにはゴランが立っていて、修道女とロックフォルドから一瞬たりとも目を離さなかった。

霊媒は精神を集中しはじめた。

医師はグラスゴー・コーマ・スケール（GCS）を用いて患者の意識障害を評価していた。三つの簡単な項目——開眼、言葉の応答、運動機能——によって、脳神経の危険度を判定する手法だ。

昏睡の状態を示す各段階の点数はけっして無作為ではない。まさに階段を下りるように、意識の状態は少しずつ低下していくのだ。

その状態から奇跡的に回復した人物の証言によれば、周囲の世界をはっきり認識できるか否かと、波間を漂うような苦痛のない静寂の状態について、実際に生と死の狭間でなにが起きているかはわからないという。

さらには、昏睡状態から覚めた人は、この段を一段または二段飛ばしで下りた記憶があり、一部の神経学者はこれが百段近くあると主張していた。

ジョゼフ・B・ロックフォルドが目下、どの段階にいるのか、ミーラにはわからなかった。まだ自分たちのそばにいて、ひょっとしたら言葉が聞こえるかもしれない。あるいは、すでに下方まで下りて、みずからの幻影から解放されているのかもしれない。

だが、ひとつだけ確かなことがあった。ニクラもまた底知れない深みに下りて、彼を見つけ出さなければならない。

「では、さっそく聞いてみましょう……」

ニクラは膝に手を置いた。ミーラはその指が緊張でぎゅっと握りしめられるのを見た。

「ジョゼフはまだここにいる」霊媒は告げる。「とても……遠いところに。でも、まだここになにかを感じる……」

サラ・ローザはボリスにとまどいの目を向けた。彼はあやうく苦笑を浮かべそうになったが、どうにかこらえた。

「彼はひどく落ち着かない。怒っている……まだここにいることが我慢できない……早く行ってしまいたいのに、行けない。なにかが彼を引き止めている……においが彼を妨げている」

「どんなにおい？」ミーラは尋ねた。

「朽ちた花のにおい。とても耐えがたい」

その言葉を確かめるように、彼らは空気を嗅いでみたが、感じるのは心地よい香りのみだった。見ると、窓の下枠に大きな花瓶があり、切りたての花が飾られていた。

「彼に話をさせて、ニクラ」

「話したがっているようには見えない……そう、わたしとは話したくない……」

「どうにか説得して」

「かわいそうに……」

「どうしたの？」

だが、霊媒は言葉を切った。そして、新たにこう言った。「わたしになにかを見せたがっているみたい……やっぱりそうだわ……部屋を見せている……この部屋。でも、わたしたちはいない。彼を生かしている機械もない……」ニクラは緊張した。「誰かが一緒にいる」

「誰？」

「女の人。とてもきれいな……きっとお母さまだわ」

ミーラが横目でこっそりうかがうと、ラーラ・ロックフォルドはひじかけ椅子に座り、動揺を隠せずに何本目かの煙草に火をつけていた。

「なにをしているの？」

「ジョゼフはまだ小さい……彼女は息子を膝に乗せて、なにかを話している……用心するように言い聞かせている……外の世界は危ないことだらけだと。ここにいれば安全だと……約束している。わたしがあなたを守ると。あなたの面倒を見る、けっして見捨てたりしないと……」

ゴランとミーラは顔を見あわせた。ジョゼフの薔薇色の牢獄は、たしかにそうして始まった。母親が彼を世間から遠ざけることによって。

「世の中のあらゆる危険のなかで、いちばん危ないのは女の人だと教えている……外には、なにもかも持っていこうとする女の人がいっぱいいる……彼女たちはあなたの持っているものが好きなだけだと……あなたを騙して、利用するだけだと……」そして、またしてもニクラは言った。「かわいそうに……」

ミーラはあらためてゴランを見た。今朝、彼はロシュの前で、ロックフォルドの怒り――年月とともに連続殺人に形を変える感情のかたまり――は彼がありのままの自分を受け入れなかったことに由来すると断言した。なぜなら、誰か――おそらく母親――が彼の性的嗜好に気づいて、それを許さなかったからだ。相手を殺すのは、すなわち罪を取り消すことなのだと。

だが、どうやらゴランはまちがっていたようだ。

霊媒の話は、ある意味で彼の説を否定していた。ジョゼフの同性愛は母親をむしばんでいた恐怖症に端を発していた。彼女は息子のことを知っていて、なにも言わなかったのかもしれない。だが、だとしたらなぜジョゼフは相手を殺したのだろうか。

「わたしには友だちを呼ぶと約束さえしてくれなかったのに……」

一同はラーラ・ロックフォルドに顔を向けた。彼女あの目に出合うのがどんなことだか、想像もつかないでしょう。どこへ行っても、たえず見られている。たとえどんなに嫌だと思っても。考えただけでうんざりだったわ。たぶん兄は理解しようとしていたのね……わたしのことが好きだったから」

ニクラは催眠状態のまま、ぶるぶると手を震わせている。ミーラはその手を握っていた。

「だからあなたは家を出た。そうですね？」ゴランはなんとしてでも答えを得るべく、ラーラをじっと見すえた。「そして、そのころから彼は相手を殺すようになった……」

「ええ、たぶんそうだったわ」

「そしてあなたは帰ってきた。五年前に……」

ラーラ・ロックフォルドは笑った。「なにもわかっていなかった。騙されたのよ。自分は孤独で、誰からも見放されたと兄は言った。おまえは大切な妹だから、仲直りしなければいけないと。すべてはおまえの強迫

は震える手で煙草を握りしめ、うつむいたまま話していた。

「あの青年たちを連れてきたのは母親だった」ゴランが言った。

ラーラは認めた。「ええ、彼らにお金を渡して」

無傷で残った片方の目から涙があふれでて、その顔はいっそうグロテスクな仮面となった。

「母はわたしを憎んでいた」

「なぜ？」犯罪学者が尋ねる。

「わたしが女だから」

「かわいそうに……」またしてもニクラは言った。

「うるさいわね！」ラーラは兄に向かって叫んだ。

「かわいそうに、妹よ……」

「黙ってて！」

彼女は立ちあがって怒鳴りつけた。あごを震わせている。

「あなたたちにはわからないわ。振り向くと、つねに

観念にすぎないと。わたしは鵜呑みにしてしまった。帰ってきて、最初のうちはなにもなかったわ。兄はやさしくて、わたしのことを気遣ってくれた。子どものころから知っているジョゼフではなかった。あのときまでは……」

ラーラはまたしても笑った。その笑いは、その直後の悲惨な運命を言葉よりも正確に物語っていた。

「交通事故に遭って、こうなるまでは……」ゴランは言葉を濁した。

ラーラはかぶりを振った。「こうなって、やっと兄はわたしがどこにも行かないと納得したわ」

彼女のような若い女性にとって、この家ではなく、みずからの顔に囚われることは、このうえない苦痛だったにちがいない。

「ごめんなさい」ラーラは言って、傷ついた脚でぎこちなく歩きながらドアへ向かった。

ステルンとボリスは彼女に道を開けた。そして、ゴランを見つめて判断を仰いだ。

犯罪学者はニクラのほうを見た。「続きをお願いできますか？」

「はい」その顔には疲労がにじみ、続けるには努力を要したものの、修道女はうなずいた。

続く質問には、全員が固唾をのんで耳をかたむけた。ほかではけっして訊けないことだった。その答えには六人目の少女の生存だけでなく、彼ら自身の生存もかかっていた。いままでに起きたことの意味は理解できなくても、それらの事件を責め苦のごとく一生背負っていくことになるからだ。

「ニクラ、ジョゼフの口から言わせてくれ。自分と同類の男と知りあったのはいつだったかを……」

31

夜になると、彼女は泣き叫びはじめた。

頭痛のせいで安らぎが訪れず、眠りにつくこともできない。とつぜんの激痛は、もはやモルヒネでも抑えられなかった。彼女はベッドでもがきながら、声がかれるまで叫んだ。容赦なく打ち寄せる年波から必死に守ろうとしてきた美貌は、跡形もなく消えてしまった。そして、すっかり粗野になった。あれだけ慎重で控えめだった彼女は、下品になり、悪態までつくようになっていた。誰に対してもそうだった。若くして世を去った夫にも。自分から逃げだした娘にも。そして、あれほどまでに恐れていた神にさえも。

そんな彼女を慰めることができるのは、彼ひとりだった。

彼女の部屋へ行き、暴れたりしないように、絹のスカーフで両手をベッドに縛りつける。すでに髪は残らずむしり取られ、頬の掻き傷に血が入りこんで固まり、顔じゅうにかさぶたの縞ができていた。

「ジョゼフ」彼女は額に触れる息子に呼びかける。「わたしは立派な母親だったと言っておくれ。お願いだから」

涙をたたえた母親の目を彼はじっと見つめ、言われたとおりにする。

ジョゼフ・B・ロックフォルドは三十二歳。約束された死が訪れるまで、あと十八年しか残されていなかった。少し前、さる有名な遺伝学者に、自分も父や祖父と同じ運命をたどるのかどうかを尋ねてみた。当時、病気の遺伝についてはほとんど解明されておらず、答えは漠然としたものだった――その稀な症候群が生まれたときから進行している可能性は、四十〜七十パーセントの確率であった。

それ以来、ジョゼフはその唯一の到達点を見すえて生きてきた。それ以外のことは、すべて〝接近の行程〟にすぎなかった。母親の病気も然り。広大な屋敷の夜は、隅々にまで響きわたる人間とは思えない叫び声に打ち破られた。逃れることは不可能だった。おかげで何カ月も不眠症を患ったあげく、ジョゼフは拷問にも思われる声を聞かずにすむように、耳栓をして床についた。

だが、それだけではだめだった。

ある朝、彼は四時ごろに目を覚ました。夢を見ていたが、思い出せなかった。だが、起きたのは夢のせいではなかった。彼はベッドに座って、なにが起きたのかを理解しようとした。

屋敷は奇妙なほど静まりかえっていた。

ジョゼフは何が起きたかをたちまち悟った。立ちあがって、ズボンとハイネックのセーター、緑のバブアーのジャケットを着る。彼は部屋を出て、すぐ隣にある母の部屋の閉じたドアの前を通りすぎ、大理石の荘厳な階段を下りて、ほどなく外に出た。

敷地内の長い並木道を通って、ふだんは業者や使用人が出入りする西の翼壁の門にたどり着いた。ここが彼の世界の果てだった。幼いころ、探検ごっこで何度もラーラとともにここまで来たものだ。自分よりずっと年下なのに、妹は勇気を見せつけるように外に出た。だが、ジョゼフはいつも内側に留まっていた。それから一年ほどして、ラーラは本当に家を出た。この境線を越えられる強さに気づいた彼女は、それ以来、消息を絶ち、ジョゼフはひとり取り残された。

あの十一月の寒い朝、ジョゼフはしばし門の前にたたずんでいた。そして、おもむろによじのぼって乗り越えた。両足が地面につくと、全身に新たな感覚がこみあげてきた。周囲を照らしだしそうなほど心が弾んでいた。彼は生まれてはじめて喜びというものを知った。

ジョゼフはアスファルトの道を歩きだした。

地平線が少しずつ白む。周囲に広がる美しい自然は敷地内とまったく同じで、一瞬、外に出たことに気づかないほどだった。門はただの口実にすぎないような気がした。全世界はそこで始まってそこで終わり、境界線を越えるたび、もう一度はじめからやり直して、永遠に同じことを繰りかえす。なにからなにまでが同じ、終わりなき無数のパラレルワールド。はじめて、そしてもう一度、小道の向こうにそびえ立つ屋敷を見たときには、幻覚ではないかと思ったほどだった。

だが、もはやそうは感じなかった。少しずつ屋敷から離れるにつれて現実として受けとめられるようになる。

あたりには誰もいなかった。車も、家も見当たらなかった。新たな一日の始まりを告げる小鳥たちの歌声のなかで、アスファルトを踏みしめる自分の足音だけが唯一、人間の存在を示す証だった。木々を揺るがす風も吹かず、おかげで驚いて立ち止まることもなかった。空気は肌を刺すほど冷たく、霜、落ち葉、あざやかな緑の大地のそこはかとない香りがした。

いつのまにか太陽が顔を出していた。牧草地に大量の油が広がったかのごとく、隅々まで熱い陽ざしを投げかけている。何キロ歩いたのかわからなかったが、まだ道のりの半分にも満たない。だが、あまりの心地よさに気にもならなかった。脚の筋肉のなかで乳酸が脈打っている。痛みを心地よく感じることがあるとは夢にも思わなかった。全身に力がみなぎり、すがすがしい空気が巡っている。このふたつがすべてを支配していた。はじめて、なにも考えたくないと思った。その日までは、いつでも頭の言いなりで、歩きだそうとするたび、さまざまな不安に阻まれた。だが、たとえ未知のなにかが周囲で待ち伏せをしていようと、このわずかな時間で、彼は危険だけでなく、なにか貴《とうと》いものを手に入れられることを学んだ。驚くようなもの、すばらしいものを。

それに気づいたのは、彼が新たな音を耳にしたときだった。低くかすかな音だったが、だんだんと背後から近づいてくる。ジョゼフにはすぐにわかった――車の音だ。振り向くと、丘の向こうには小さな屋根しか見えない。やがて一台の車が下り坂に姿を現わし、ふたたび上りはじめた。古いベージュのステーションワゴンだった。まっすぐこちらへ向かってくる。フロントガラスが汚れていて、中に乗っている人間は見えなかった。ジョゼフは無視しようと決め、ふたたび前を向いて歩きだした。車はすぐ近くまで来て、スピードを落としたようだった。

「やあ」

しかたなく振り向く。誰かが冒険に終わりを告げにきたのかもしれない。そうだ。母が目を覚まして、息子の名前を叫んだのだろう。そして、ベッドがもぬけの殻だと知って、使用人に敷地の内外を捜索させた。いま声をかけてきた男は、多額の報酬を期待して自分の車を出し、彼を捜しにきた庭師のひとりにちがいない。

「やあ、どこへ行くんだ？　乗っていかないか？」

その問いかけに、ジョゼフはほっとした。家の人間ではない。車が近づいた。運転手の顔は見えない。彼は足を止め、車も停まった。

「おれは北へ行くんだ」運転席の男が言った。「数キロくらいなら乗せていってやるよ。あまり遠くまでは無理だが、このあたりはほとんど車も通るまい」

年齢はよくわからなかった。四十歳か、それより少し若いくらいだろう。赤みがかったあごひげは伸び放題で、よけいに年齢を推測しにくくしていた。髪も長く、真ん中で分けて撫でつけている。目は灰色だった。

「どうする？　乗っていくか？」

ジョゼフはしばらく考えてから答えた。「うん、あ

「ありがとう」

彼が見知らぬ男の隣に乗りこむと、車は発進した。座席は茶色のビロードのカバーにおおわれ、ところどころ破れて下の生地が見えていた。何年もバックミラーに吊るしっぱなしの車の消臭剤のにおいがどことなく漂っている。低くなった後部座席は広く、段ボール箱やプラスチックのケース、工具、さまざまな大きさのポリタンクが整然と並んでいた。プラスチックのダッシュボードには古いシールを剝がした跡があった。カセットデッキのついた旧型のカーラジオからはカントリーミュージックが流れている。男は彼に声をかけるときに下げた音量を、ふたたび元に戻した。

「ずいぶん歩いたのか？」

ジョゼフは嘘に気づかれたくなくて、男を見ないようにした。

「うん、昨日からさ」

「ヒッチハイクはしなかったのか？」

「もちろんしたよ。トラックの運転手が乗せてくれたけど、途中で方角が分かれたんだ」

「きみはどこへ行くんだ？」

不意をつかれて、ジョゼフは正直に答えざるをえなくなった。

「わからない」

男は笑った。

「わからないなら、なぜトラック運転手と別れたんだ？」

ジョゼフは彼を見て、真顔で言った。「あれこれ訊かれたからさ」

男はますます大きな声で笑った。「なかなか正直で気に入った」

赤いウインドブレーカーは袖丈が短い。明るい茶色のズボンにアーガイル柄の手編みのセーター、分厚いゴム底の作業靴。男は両手でハンドルを握り、左腕には安物のプラスチックのクオーツ時計をしていた。

「きみの目的は知らないし、無理に訊こうとも思わないが、おれはこの近くに住んでいるんだ。よかったら朝飯を食べにこないか?」

ジョゼフは断わるつもりだった。ヒッチハイクをしただけでも彼にとっては大胆な行動だ。そのうえ、どこかわからない場所へ連れていかれ、危険な目に遭うのはごめんだった。だが、それではまたしても不安に支配されるだけだと気づいた。未来は神秘に満ちている、かならずしも危険というわけではない——まさに今朝、そのことを発見したばかりではないか。その成果を楽しむためにも、思いきって行動する必要がある。

「わかった」

「卵とパンチェッタ、それにコーヒーだ」見知らぬ男は請けあった。

二十分後、車は本道をそれて舗装されたわき道に入った。ところどころにできたくぼみを通るたびにがくんと衝撃を受けながら、車はゆっくりと進み、やがて切妻屋根の木の家に着いた。壁をおおう白いペンキはあちこち剝げている。ポーチは壊れ、板のあいだから土がのぞいていた。男は玄関のわきに車を停めた。

いったい何者だろう? その住まいを見ながら、ジョゼフはこの男が自分の世界を広げてくれる可能性は薄いと感じていた。

「ようこそ」中に入ると男が言った。

最初の部屋は大きくも小さくもなかった。家具はテーブルに椅子が三脚、いくつか引出しがなくなっている食器棚、それに何箇所も破れた古いソファ。壁には、どうということのない風景画が一枚、額縁に入れずに飾られている。

ひとつしかない窓の横には煤で汚れた石造りの暖炉があり、黒い炭はすっかり冷たくなっていた。丸太でできた椅子の上には鍋が積み重ねられ、焦げた油がこびりついている。奥にはドアがふたつあり、どちらも閉まっていた。

「悪いがトイレはないんだ。でも、外に木がいくらでもある」男は笑いながらつけ加えた。

電気も水道もなかったが、少しして、男は車の後ろから例のポリタンクを運びだしてきた。

古新聞と外から拾ってきた薪を使って、男は暖炉に火をつけた。そして、どうにかフライパンをきれいにすると、バターを溶かして、そこに卵とパンチェッタを同時に入れた。安い材料とはいえ、たちまち食欲をそそるにおいが立ちこめる。

興味を引かれて見ているうちに、ジョゼフは周囲のことをいろいろ発見する年齢に達した子どものように彼を質問攻めにした。しかし男は迷惑がるどころか、むしろ話したいふうだった。

「ずっとここに住んでいるのか?」

「一カ月前から。でも、ここはおれの家じゃないんだ」

「どういうことだ?」

「あれが本当のおれの家さ」男はあごで外に停めてある車を指した。「ずっと旅をしているんだ」

「それなら、なぜここにいるんだ?」

「この場所が気に入った。ある日、道を走っていたら、わき道を見つけて、なにげなく曲がってみたら、ここにたどり着いたというわけだ。しばらく誰も住んでいない様子だった。おそらく農夫のものだったんだろう。裏に農具の入った小屋がある」

「戻ってくるんじゃないのか?」

「さあね。よくある話さ。田舎でやっていけなくなると、よりよい生活を求めて都会へ行く。このあたりにはほったらかしの農場があちこちにある」

「なぜ売ろうとしなかったんだろう」

男はふいに笑いだした。「こんな場所を誰が買うというんだ? このあたりの土地は一銭にもならないんだよ」

料理ができて、男はフライパンの中身をテーブルの上の皿にそのまま空けた。ジョゼフは待ちきれずにその黄色いどろどろしたものにフォークを突っこんだ。ひどくおなかがすいていて、驚くほどおいしかった。

「気に入ったか？　あわてなくても、まだあるさ」

それでもジョゼフは貪《むさぼ》るように食べ、いっぱいになった口で尋ねた。「まだ当分ここにいるのか？」

「今週末には出ていくつもりだよ。このあたりの冬は厳しい。いまは捨て置かれた農場を回って、まだ使えそうなものを集めているところなんだ。今朝はトースターを見つけた。おそらく壊れているが、修理すれば大丈夫だろう」

ジョゼフは、あらゆる種類の手引書を完成させるかのように、すべてを頭に刻みこんだ。卵とバターとパンチェッタだけでおいしい朝食を作ることから、ポリタンクで水を運んでくることまで。新たな人生で役に立つと考えたのかもしれない。彼にとって、未知の世界は魅力的だった。どれだけ厳しくて困難であろうと、これまでの自分の人生にくらべれば、はるかにすばらしかった。

「それはそうと、まだ自己紹介もしてなかったな」

ジョゼフはフォークを持つ手を止めた。

「名前を言いたくないんなら、それでも構わないさ。きみがおもしろいやつであることには変わりない」

ジョゼフはふたたび食べはじめた。それ以上、男はなにも尋ねなかったが、朝食をごちそうになったからには、なにか言わなければならないという気がしてきた。そこで、ジョゼフは少しばかり自分のことを打ち明けようと決めた。

「ぼくは五十歳で死ぬんだ」

そして、彼は一族の男性に遺伝する病気について説明した。男はじっと耳をかたむけていた。ジョゼフは名前を伏せたまま、自分が金持ちであることや、先祖がどうやって金儲けをしたかを話した——直感と勇気を備えた祖父が幸運の種をまいたこと。父が実業家の才覚を発揮してその遺産を倍に増やしたこと。だが、いざ自分の段となると、これといって話すことはなかった。すでに、なにひとつ足りないものはなかったからだ。彼はふたつのことを子孫に伝えるためにこの世に生まれた。莫大な財産と、死を免れない遺伝子を。

「きみのお父さんとおじいさんの命を奪った病気はたしかに避けられなかったかもしれない。だが、金はどうしようと自由だろう。そんなに窮屈だと思うなら、なぜ豊かな生活を手放さないんだ？」

「金に囲まれて育ったからだ。金がなければ、たった一日でもどう生き延びていいのかわからない。なにしろ、どんな人生を選んだとしても死ぬと決まっているんだ」

「ばかばかしい」男は席を立って、フライパンを洗いはじめた。

ジョゼフはもっとうまく説明しようとした。「ぼくは欲しいものはなんでも手に入る。でも、そのせいでなにが欲しいのかがわからないんだ」

「くだらない話だ。金ですべてが買えるわけじゃない」

「ところが、実際はそうなんだ。もしきみに死んでほしいと思ったら、人に金を払って殺してもらうこともできる。誰にも気づかれることなく」

「やったことがあるのか？」男はふいに真顔になって尋ねた。

「なにを？」

「人に金を払って、誰かを殺させたことがあるのか？」

「ぼくはない。でも、父も祖父もやった。知ってるんだ」

一瞬、沈黙が流れた。

「まあ、さいわいにもきみはそんなことをしないだろうが」

「もちろん。でも、自分の死期を知っていたら、問題は解決したも同然だ。いいか、金持ちが不幸なのは、遅かれ早かれ、自分の持っているものをすべて手放さなくちゃいけないと気づくからなんだ。ところが、ぼくは自分の死を考える必要がない。すでにぼくの代わりに誰かが考えてくれている」

男は手を止めて考えた。「それもそうだ」そして続ける。「だが、なにひとつ決められないのも不幸なことだ。きみには本気で好きなものはないのか？　まずはそこから始めたらどうかな？」

「歩くのが好きなんだ。それから今朝、卵とパンチェッタが好きだとわかった。あとは、男が好きだな」

「それはつまり……」

「わからない。一緒にいても、本気で欲しいとは言いきれないんだ」

「それなら、女で試してみたらどうだ？」

「そうだな。でも、その前に、本当にそうしたいのか考えないといけない。わかるか？　うまく言えないけれど」

「あいにくわからないね。いまさら考えるまでもないんじゃないか」

彼は丸太の椅子の鍋の山にフライパンを置いてから、クオーツの腕時計に目をやった。

「十時だ。町へ行かないといけない。トースターを修理するのに部品が必要なんだ」

「じゃあ、ぼくは失礼するよ」

「いや、ここにいても構わない。よかったら少し休んでいかないか？　すぐに帰ってくるよ。できたらまた一緒になにか食べて、話がしたい。きみはいいやつだ」

ジョゼフはあちこちが破れた古いソファを見やった。とても寝心地がよさそうだった。

「わかった」彼は答えた。「少し眠らせてもらおう、きみさえよければ」

男は笑った。「もちろんだ」そして、出がけに振り向いて言った。「ところで、夕食はなにがいいかな？」

ジョゼフは彼をじっと見つめた。「なんでもいい。楽しみにしてるよ」

そっと揺り動かされてジョゼフが目を開けると、あたりはすでに暗くなっていた。

「疲れてるみたいだな」新たな友人が笑いながら言った。「九時間も眠ってたぞ」

ジョゼフは伸びをしながら起きあがった。こんなにゆっくり休んだのは、ずいぶん久しぶりだった。とたんに空腹に気づく。

「もう夕食の時間か？」彼は尋ねた。

「これから準備するところだ。すぐにできる。鶏を買ってきたから、じゃがいもと一緒に焼こう。それでいいか？」

「もちろんだ。おなかがすいたよ」

「できるまでビールでも飲んでてくれ。窓のところにある」

クリスマスに母がパンチに入れるのを別にすれば、ジョゼフは一度もビールを飲んだことがなかった。彼は六缶パックからビールをひと缶取って、プルタブを引いた。そして、アルミ缶の縁を唇に当てて、ごくりとひと口飲んだ。冷たい液体がみるみる食道を下りていくのを感じる。渇いた喉に心地よい感覚だった。ふた口目を飲むと、げっぷが出た。

「お大事に！」見知らぬ男が叫んだ。

外は寒かったが、家の中は暖炉のおかげで暖かい。テーブルの真ん中に置かれたガスランプの明かりが部屋をうすぼんやりと照らしていた。

「金物屋のおやじが、トースターは直せると言っていた。直し方も教えてくれた。助かったよ。どこかの市で売ってもいいかもしれない」

「そうやって生活してるのか?」

「まあね。たまにはこういうこともする。みんな、まだ使えるものを次々と捨てるんだ。それをきちんと修理すれば、いくらか金になる。なかには手もとに置いておくものもあるけどね。たとえば、あの絵がそうだ……」

男は壁に飾られた額なしの風景画を指さした。

「なぜこの絵を?」ジョゼフは尋ねた。

「わからない。ただ気に入ったんだ。自分の生まれ故郷を思い出すのかもしれない。あるいは、一度も行ったことのない場所かも……なにしろ始終、旅ばかりだから」

「いろいろなところに行ったんだろう?」

「ああ、数えきれないほど」しばし男は思いにふけっていたが、すぐにわれに返る。「おれの鶏料理は最高だぞ。そうそう、きみを驚かせることがあるんだ」

「驚かせること? なんだろう?」


「食事が終わってからのお楽しみだ」

ふたりはテーブルについた。じゃがいもを付けあわせた鶏は、皮がぱりぱりに焼けていて、味つけも申し分なかった。ジョゼフは何度もおかわりをした。見知らぬ男——心の中でそう呼んでいた——はむしゃむしゃと食い、ビールもすでに三本飲んでいた。食事が終わると、男は手彫りのパイプと煙草の葉を取りだして、吸う準備をしながら言った。「今朝、きみが言ったことを何度も考えた」

「なんのことだ?」

「〝したいこと〟の話さ。ある意味ではショックだった」

「そうかな? どうして?」

「人生が終わる瞬間が正確にわかるのは悪いことじゃないと思っていた。おれにとっては、むしろ特権なんだ」

「なぜそんなふうに思うんだ?」

「もちろん、それぞれの考え方にもよるだろうな。たとえば、目の前にたっぷり入ったグラスと、空っぽのグラスが並んでいるとしよう。早い話が、いまの場所に留まったまま、足りないものがどれだけあるのかを数えたてることもできれば、残された時間を精いっぱい生きようと決めることもできるわけだ」

「よくわからないな」

「五十歳で死ぬとわかっているせいで、きみは自分になんの力もないと思いこんでいるんじゃないか。それはまちがっているよ」

「具体的にはどんな〝力〟があるんだろう?」

見知らぬ男は暖炉から小枝を取ると、真っ赤に焼けた先端でパイプに火をつけた。そして、深々と煙を吸いこんでから答えた。「力と欲望は五十歩百歩だ。どちらも同じ忌むべきものから生まれる。欲望は力に依存し、力は欲望に依存する。賢い人間はけっしてこれらをあなどることはない。なぜなら、このふたつによって人間の本質が決まるからだ。きみが今朝言ったとおりさ。おれたちは自分の持っていないものを欲しがる。きみの考えによれば、すべてを手に入れる力を持っていれば、なにも欲しいとは思わない。だが、それはきみの力が金に由来しているからだ」

「なぜだ? ほかの力があるというのか?」

「もちろん。たとえばやる気だ。試してみればわかる。だが、どうやらきみは乗り気じゃないようだな……」

「どうしてだ? ぼくにだってできる」

見知らぬ男はジョゼフをじっと見つめた。「本当か?」

「もちろん」

「よし。夕食の前に、驚かせることがあると言っただろう。見せてやろう。こっちへ来い」

男は立ちあがると、部屋の奥の閉まっているドアの片方へと歩いていく。ジョゼフはためらいつつも、なかばひらいたドアからあとに続いた。

「見ろ」
暗がりのなか、一歩中に入ると、物音が聞こえた。動物かと思って、なにかがせわしなく呼吸をしている。さらに奥に入った。

「入ってこい」男が声をかける。「よく見てみろ」

暗がりに目が慣れるのにしばらくかかった。テーブルのガスランプのかすかな光が、かろうじて少年の顔を照らしだしていた。ベッドに横たわり、手足を太いロープで支柱に縛りつけられている。チェックのシャツにジーンズという服装だが、靴は履いていなかった。口にハンカチを巻きつけられて話すことができない。そのため、ときおりうなり声のような音をもらしている。額の髪は汗で濡れ、囚われた動物のごとく体を動かし、恐怖で目を見ひらいていた。

「誰だ？」ジョゼフは尋ねた。

「きみへのプレゼントさ」

「どうしろというんだ？」

「好きなようにするといい」

「でも、誰だかわからない」

「おれもさ。ヒッチハイクをしていたんだ。ここへ戻ってくる途中に車に乗せた」

「ロープをほどいて、逃がしてやったほうがよくないか？」

「きみがそうしたいなら」

「なぜこんなことをする？」

「これを見れば、力がどんなものだかわかるからだ。それが欲望とどう結びついているのか。逃がしてやりたければ、そうするがいい。だが、ほかにやりたいことがあるなら、きみの胸ひとつで決められる」

「ひょっとして、セックスのことを言っているのか？」

見知らぬ男は失望した様子でかぶりを振った。「きみの世界は極端に狭い。人間らしい生活を送りたいと思っているのに——神の偉大なる創造物である人間らしく――思い浮かぶことといえばそれだけか……」

「人間らしい生活とは、どんなものなんだ？」

「きみが今日、言っただろう。人を殺したければ、誰かを雇ってやらせればいい。だが、それで本当に人の命を奪う力を得られると思っているのか？　その力を持っているのは、きみの金だ。きみじゃない。自分の手で命を奪わないかぎり、力の本当の意味を理解することはできない」

　ジョゼフはもう一度、少年を見た。見るからに脅えている。「でも、ぼくは知りたくない」

「怖いからだ。結果を恐れている。罰せられるのを。あるいは罪悪感を抱くのを」

「なにかを恐れるのは当たり前のことだ」

「いや、それはちがう、ジョゼフ」

　ジョゼフは名前で呼ばれたことに気づかなかった。いまは男と少年を交互に見つめるだけで精いっぱいだった。

「きみならできると言ったら？　人の命を奪って、誰にもばれないとしたら？」

「誰にも？　じゃあ、きみは？」

「忘れたのか？　彼を誘拐して、ここまで連れてきたのはおれだ。だが、彼の死体を埋めてしまえば……」

　ジョゼフはうつむいた。「誰にもばれない？」

「ぜったいに罰せられないと言ったら、やってみたいと思うか？」

　ジョゼフは長いこと自分の手を見つめていた。呼吸はだんだんと速まり、心の中でこれまでに感じたことのない幸福感が高まっていく。

「ナイフをくれ」彼は言った。

　見知らぬ男はキッチンへ行った。待ちながら、ジョゼフは涙を流して目で訴えかける少年を見つめていた。その静かにあふれでる涙を目の前にして、彼は自分がなにも感じないことに気づいた。五十歳で、父と祖父から受け継がれた病気で死んでも、誰も泣いてはくれないだろう。自分が裕福な少年として育った世界には、どんな同情もふさわしくないのだ。

見知らぬ男が刃の鋭い長いナイフを持って戻ってきた。そして、彼の手に載せる。

「命を奪うこと以上に満足を覚える行為はない」男は言った。「敵にせよ、自分に危害を加えた相手にせよ、とにかくどんな人間の命であってもだ。神と同じ力を授けられるんだ」

男はジョゼフを残して部屋を出ると、ドアを閉めた。壊れかけた鎧戸の隙間から月明かりが射しこみ、手の中のナイフがきらめきを放つ。少年が身動きし、ジョゼフはたしかに恐怖を感じた。その音だけでなく、においも。酸っぱい息、わきの下の汗のにおい。床を軋ませながらゆっくりとベッドに近づく。少年に自分の身になにが起きるのかをわからせるように。ナイフの刃を平らな胸に当てる。なにか言うべきだろうか。だが、なにも思いつかない。一瞬、身震いして、それから思いもよらぬことに気づいた。彼は勃起していた。

ナイフを数センチ持ちあげて、少年の体にゆっくりとすべらせる。胃のところまできて手を止めた。息を吸い、刃先を少しずつ回してシャツの生地を貫き、肌に触れた。少年は叫ぼうとしたが、出てきたのは苦痛の叫びからはほど遠いものだった。ジョゼフはふたたびナイフを数センチ押しこんだ。皮膚が剝がれるかのように深く裂ける。白い脂肪が見える。だが、まだ切り口から血は出てこなかった。そこで、さらに深く刃をねじこむ。やがて生温かい血を手に感じ、次の瞬間には内臓から血が一気に噴きだした。少年は背を丸め、無意識に彼の手術に協力している。彼はふたたびナイフを押しこんだ——刃先が背骨に達するまで。少年はいまや、こわばった筋肉と肉のかたまりにすぎなかった。背を丸めたまま、しばらく体を硬直させる。やがて、無生物のごとくベッドにぐったりと横たわった。

その瞬間、警告音が……

……一斉に鳴りだした。医師と看護師が万一に備え、クッションを手に患者のまわりに集まった。床にうずくまっていたニクラは必死で息を吸おうとしていた。あまりに凄惨な光景を目にしたショックで、催眠状態から急に覚醒してしまったのだ。ミーラは彼女の背に手を当てて呼吸をさせようとする。医師がジョゼフ・B・ロックフォルドのパジャマの胸もとをすばやくひらき、ちぎれたボタンが部屋に転がった。ボリスは少ししてわれに返ると、ミーラに駆け寄って手を貸した。医師は看護師から手渡された電極パッドを患者の胸に貼り、ショックを与える前に叫んだ。「離れて！」ゴランはミーラに歩み寄ると、「彼女をここから連れだそう」と声をかけ、ニクラを助け起こすのに手を貸した。サラ・ローザとステルンとともに部屋を出る際に、ミーラは最後にもう一度、ジョゼフ・B・ロックフォルドを振りかえった。体は電気ショックで振動していたが、あろうことかカバーにおおわれた下半身は勃起していた。

なんてやつ。ミーラは憤りを覚えた。

短音を発していた心電図モニターが長く鳴り響いた。しかしその瞬間、ジョゼフ・B・ロックフォルドは目を開けた。

唇が震えはじめたが、声は出てこない。気道を確保するべく気管切開を行なった際に声帯が傷ついたのだ。

本来ならすでに死んでいるはずだった。周囲の機器は、彼がいまや生命のない肉体と化したことを示していた。にもかかわらず、彼はなにかを伝えようとしていた。あえぎ声を発するその姿は、水に溺れて、わずかな空気でも吸おうともがいているようにも見えた。

だが、それも長くは続かなかった。

ついに見えない手が彼を引きずりこんだ。ジョゼフ・B・ロックフォルドの魂は死の淵にのみこまれ、あとには抜け殻だけが残された。

32

意識を取り戻したニクラ・パパキディスは、ジョゼフとともに見た男の似顔絵を作成するべく連邦警察の担当者からの質問を受けていた。

ジョゼフが〝見知らぬ男〟と呼んでいた人物が、はたしてアルベルトなのかどうかはわからなかった。長いあごひげにふさふさの髪のせいで、目立った顔の特徴を示すことはできなかった。あごの形も定かではなく、鼻はぼんやりとした輪郭にすぎない。目の特徴もはっきりしなかった。

灰色だということ以外は。

完成した似顔絵はすべての警察特務隊、港、空港、それに国境警備隊にも配られた。ロシュ警部は新聞社にコピーを配布することも検討したが、その似顔絵を作成するに至った経緯の説明を求められることはまちがいない。霊媒の存在が明らかになれば、警察は万策尽きて、暗中模索の結果、やぶれかぶれになって超能力者に救いを求めたと思われるのが落ちだろう。

「それくらいの覚悟は必要です」ゴランは警部に進言した。

ロシュはロックフォルド邸につめている捜査班の前に姿を現わしたが、修道女には会おうとしなかった。そもそも最初から、この件には関わりたくないと思っていたのだ。そして例のごとく、すべての責任をゴランに押しつけようとしていた。もっともゴランのほうも、ミーラの直感を信じた時点で責任を引き受けるつもりだった。

「考えたんだけど」屋敷の前で話しあうゴランと警部の様子を移動警察車から眺めながら、ニクラは気の置けない友人に声をかけた。

「なにを？」ミーラが尋ねた。

「やっぱり懸賞金はいらない」

「でも、その男がわたしたちの捜している人物だとしたら、あなたには受け取る権利があるわ」

「でも、欲しくないの」

「あなたが毎日心を砕いている人たちのためにできることだけを考えればいいのよ」

「必要だけど、いままで足りなかったもののことを？彼らにはわたしたちの愛と手厚い看護が惜しみなく注がれている。それに、神の存在が身に沁みるようになると、それ以上はなにも必要としなくなるものよ」

「もしお金を受け取れば、さらに新たな善意が寄せられる可能性も……」

「悪は悪しか生みださないわ。世の中、そういうものよ」

「悪はつねにその姿を誇示しようとする。以前ある人がそう言っていたわ。善はちがう。なぜなら悪は痕跡を残すから。善は申し立てることしかできないと」とつぶやいて、ニクラはにやっと笑った。「ばかばかしい」

すぐに言い足す。「いい？　ミーラ。善はほんの一瞬で消えてしまうから、形に残しておくことができないだけ。あとには塵ひとつ残さないわ。善は清らかよ。それに対して悪は汚い……でも、わたしには証明できる。善をね。だって毎日目にしているんですもの。あの哀れな人たちが最期に近づくと、できるかぎり一緒にいるようにするの。手を取って、彼らの言葉に耳をかたむける。たとえ罪を告白しても裁いたりはしない。彼らが自分の身に起きつつあることを理解したとき、たとえそれまで悪とは無縁のすばらしい人生を送ってこようと、あるいは悪事を働いて、それを悔やんでいようと……とにかく、きまってほほ笑みを浮かべるわ。なぜだかはわからないけれど、かならずそうなの。そのほほ笑みこそ善のあかし。そうして死に挑むのよ」

ミーラは心が救われたような思いでうなずいた。そして、それ以上懸賞金の話をするのはやめた。おそらくニクラの言っていることが正しいのだろう。

もうじき午後五時になろうとしていた。修道女はくたくたに疲れていたが、まだやり残したことがある。

「その空き家を見たらわかるかしら？」ミーラは尋ねた。

「ええ、場所もわかるわ」

スタジオに戻る前に一度、偵察に行くだけですんだはずだった。霊媒の情報を確かめさえすればよかったのだ。

だが、結局チーム全員でそこへ向かうことになった。

サラ・ローザはニクラの指示に従って車を走らせていた。天気予報では、ふたたび雪が降りだすと言っているが、空は晴れわたり、太陽はまたたく間に沈んでいく。しかし地平線にはすでに雲が寄り集まり、早くも稲光が垣間見えた。

天気は急速に崩れつつあった。

「急ごう」ステルンがうながした。「じきに暗くなる」

例の舗装された小道のところで車は曲がった。タイヤの下で小石がぱちぱち音を立てる。もう何年も経過しているにもかかわらず、木造の家はまだその場所にあった。白いペンキはすっかり剝げて、わずかに残っている部分は染みにしか見えなかった。長年の風雨にさらされて、木の板は虫歯のごとく朽ちていた。

一同は車から降りてポーチへ向かった。

「気をつけろ。崩れるかもしれない」ボリスが注意する。

ゴランは最初の段に足をかけた。まさに修道女の描写どおりの場所だった。ドアは軽く押しただけでひらいた。中に入ってみると、床には土が積もり、テーブルの下で人間の気配に驚いたネズミがごそごそ動いているのが聞こえる。ゴランは、いまや錆びたバネの枠組みを残すばかりのソファに気づいた。食器棚もある。石の暖炉は一部が壊れていた。彼は奥のふたつの部屋を調べるために、ポケットからペンライトを取りだした。ボリスとステルンも入ってきて室内を見まわしている。

ゴランは最初のドアを開けた。「寝室だ」

しかしすでにベッドはなく、その部分の床の色は周囲よりも明るくなっていた。ここでジョゼフ・B・ロックフォルドは血の洗礼を受けたのだ。二十年近く昔にこの部屋で殺された少年が誰だったのかは、もはや知る由もなかった。

「家の周囲を掘りかえして死体を探してみる必要があるな」ゴランは言った。

「現場検証が終わりしだい、墓掘り人とチャンのチームに連絡します」ステルンが応じる。

その間、家の外では、サラ・ローザが凍える手をポケットに突っこんで落ち着きなく歩きまわっていた。その様子を、ニクラとミーラは車の中から眺めていた。

「あの人のことが嫌いなのね」修道女が言った。

「正確に言うと、嫌われているのはわたしのほうなのよ」

「なぜだか考えてみた？」

ミーラは彼女を横目で見た。「いまここで罪の告白をしろというの？」

「そうじゃないわ。ただ、相手を責めるには確信がないとだめだと言っているだけ」

「わたしがここに来てから、どれだけストレスを抱えていると思う？」

ニクラは降参のしるしに両手を上げた。「だったら、あまり考えないことね。ここを離れたら全部忘れてしまいなさい」

ミーラはかぶりを振った。ときとして、宗教を奉じる人たちの感覚にはついていけないことがある。

家の中では寝室から出てきたゴランが、当然のごとく、もうひとつの閉じたドアへ歩を進めていた。

このふたつ目の部屋については、霊媒はなにも言っていなかった。

彼は取っ手をペンライトで照らしてドアを開けた。隣の部屋とほぼ同じ広さだった。そして、なにもなかった。壁は湿気にやられて黒ずみ、隅には苔が生えている。ゴランはペンライトの光を動かしてみた。壁の一部を照らしたときに、なにかが光を反射したのに気づいた。

ライトを止めて、目をこらして見ると、十センチ四方の光沢のある四角いものが五枚貼られている。彼は近づいて、ふいに足を止めた。画鋲で無造作に壁に貼られていたのは、スナップ写真だった。

デビー。アネケ。サビーネ。メリッサ。カロリーネ。

写真では五人とも生きている。アルベルトは殺す前に写真をここに持ってきていた。そして、この部屋の、この壁に永遠に残したのだ。彼女たちは服も髪も乱れていた。容赦ないフラッシュが真っ赤に泣きはらした目を見開かせ、そのまなざしは脅えている。

彼女たちはほほ笑んで、手を振っていた。

おそらくレンズの前で、この愚劣なポーズを強いられたのだろう。恐怖に支配された快活さは身の毛がよだつようだった。

デビーの口は不自然な笑いにゆがみ、いまにもまた涙があふれてできそうだった。

アネケは片手を上げ、もう片方の手はわきに下ろしていた。力なくあきらめたような姿勢だ。

サビーネは周囲を見まわしているところを撮られた。幼心に説明のつかないことを理解しようとしているみたいに。

メリッサは緊張して反抗的だった。だが、明らかに最後には屈したふうだった。

カロリーネは身をこわばらせ、笑顔を浮かべながらも目は笑っていなかった。疑っていた。

すべての写真を見てから、ゴランは他のメンバーを呼んだ。

不条理。理解できない。ただひたすら残忍。

ほかには表現しようがなかった。スタジオへ戻る車中では、誰もが押し黙ったままだった。

夜は永遠に終わりそうになかった。誰ひとり、いつものようには眠れないだろう。ミーラはすでに四十八時間ぶっ続けで起きていた。その間、あまりにも多くのことが起きた。

イヴォンヌ・グレス邸の壁でアルベルトの痕跡を発見。夜にゴランの家を訪ね、追跡について報告、さらに共犯者の存在を提起。そしてサビーネの目の色の問題をきっかけに、ロシュの策謀が露呈。ロックフォルドの幽霊屋敷を訪問。共同墓地。ラーラ・ロックフォルド。ニクラ・パパキディスの協力。連続殺人犯の思考の追跡。

そして、最後にあの写真。

これまでの仕事でも、写真は数えきれないほど見てきた。海や学芸会で楽しそうにしている子どもたちの姿。捜査の最中に両親や親戚がそうした写真を見せてくれる。子どもたちは姿を消し、児童性愛者のコレクションや死体安置所の記録の写真で――たいていは裸か、大人の服を着せられて――ふたたび姿を現わす。

だが、あの空き家で見つかった五枚は、そうした写真とは異なった。

アルベルトは自分たちがあそこにたどり着くのを知っていた。そして待っていたのだ。

はたして、自分が意のままに操っていたジョゼフの頭に霊媒が入りこむことまで予想していたのだろうか。

「はじめからわかっていたにちがいない」ゴランはそう言っただけだった。「彼はつねにわれわれの一歩先を行っている」

わたしたちはずっと騙され、裏をかかれて、無駄足を踏んできたのだろうか、とミーラは考えた。とにかく、いまは不意打ちに備えなければならない。みずからの陣地へ戻ろうとしている仲間たちの肩には、まさにその重圧がのしかかっていた。

まだふたりの遺体が発見されていない。

ひとり目は言わずと知れた亡骸。ふたり目は、時間の経過を考えればやはり死んでいると考えるのが妥当だろう。誰も口にする勇気はなかったが、六人目の少女の殺人を阻止する望みは絶たれたも同然だった。

年端もいかないカロリーネがどれだけ怖い思いをしたのか、誰ひとり想像はつくまい。これまで発見された少女たちよりも、さらにひどい目に遭っている可能性はあるだろうか。だとしたら、アルベルトは六人目に対して華々しいフィナーレを準備しているにちがいない。

ボリスがスタジオの前にワゴン車を停めたときには、すでに十一時を回っていた。ほかのメンバーは先に降りて車のドアを閉めたが、ボリスがふと見ると、皆、階段の下で待っていた。

彼ひとりを置き去りにしたくなかったのだ。

恐怖が全員を結束させた。いまや彼らに残されたのは仲間だけだった。ミーラでさえ捜査班の一員となった。ゴランもだ。一時は蚊帳の外に置かれたものの、それはほんの短いあいだのことで、しかもすべては状況を管理しようとするロシュの独断だった。だが、その距離は縮まった。過ちが許されたのだ。

彼らは建物の階段をゆっくりと上った。ステルンがサラ・ローザの肩に腕を回して言った。「今夜は家族のところに帰るんだ」だが、彼女は激しく首を振るばかりだった。ミーラには理解できた。ローザにはこの絆を断ち切ることはできなかった。さもないと、もはや全世界に正義は存在しなくなってしまう。そして、かろうじて世界を守っている門は悪の王者に大きく開け放たれ、悪は世界じゅうに蔓延することになるだろう。彼らはそうした戦いの最前線にいて、たとえ形勢は不利でも、降参するつもりはまったくなかった。

全員そろってスタジオの中に入る。最後になったボリスがドアを閉め、すぐに仲間のあとを追った。彼らは催眠術にかかったかのように廊下に立ち尽くしていた。なにが起きたのかわかったのは、彼らの背中の隙間から、床に横たわる死体が垣間見えたときだった。サラ・ローザは悲鳴をあげた。ミーラはそれ以上耐えきれずに顔をそむけた。ステルンは十字を切った。ゴランは言葉を失った。

五人目のカロリーネ。

今度の遺体は、彼らに向けられたものだった。

第四五矯正管区

[redacted]刑務所

所長　ドクター・アルフォンセ・ベレンガーの報告書

№2　　　　十二月十六日

J・B・マリン検事総長事務所気付

マシュー・セドリス副検事殿

件名　検査結果（極秘）

前略　昨晩、囚人RK‐357／9の独房を抜き打ちに検査したことをご報告いたします。

貴事務所の勧告に従って、「偶然落とされたか、あるいは自然に周囲に残された」生体物質を採取するために看守が予告なしに独房に立ち入りました。

非常に驚いたことに、独房は「清浄」であることが確認されました。そのことからも、囚人RK‐357／9は検査を予想していたのではないかと思えてなりません。彼はいかなる状況にも動じず、われわれの動きをことごとく予測かつ計算しているように見えます。

今後、囚人がミスを犯すか、あるいは偶然の状況に変化が生じないかぎり、具体的な結果を得ることはかなり困難であると推測されます。

この謎を解明するには、おそらく唯一の可能性しか残されていないでしょう。われわれは、囚人RK‐3

57／9が何度か、独房に移したためと思われますが、独り言を言っているのに気づきました。低い声でぶつぶつつぶやき、うわ言のようにも聞こえますが、いずれにしても、貴事務所の事前の承諾を得たうえで、ひそかに隠しマイクを仕掛けて録音するつもりです。

今後も引き続き抜き打ち検査を行なって、是が非でも彼のDNAを確認する所存です。

ちなみに、最新の観察結果も書き添えておきますと、囚人はつねにおとなしく協力的です。けっして文句を言わず、ミスを誘おうとするわれわれの試みにもうんざりしている様子はありません。

時間はあまり残されていません。八十六日後には、彼を釈放せざるをえないでしょう。

草々

所長　ドクター・アルフォンセ・ベレンガー

33

二月二十二日

通称〝スタジオ〟は本日をもって〝五番目の現場〟と呼ぶ。

以前とはなにもかもが変わってしまった。

暗雲が漂うなか、彼らはゲストルームにこもって、チャンとクレップのチームがアパートメントを調べ終わるのを待っていた。タイミングよく知らせを受けたロシュ警部は、もう一時間以上ゴランと話しこんでいる。

ステルンは簡易ベッドに横たわり、片手を頭の下に置いて天井を見つめていた。そのポーズはさながらカウボーイのようだった。ズボンの完璧な折り目はこの数時間の影響をまったく受けていない。彼はネクタイの結び目を緩める必要性も感じていなかった。ボリスは寝返りを打ったが、眠っていないのは明らかだった。カバーの上で左足が落ち着きなく動いている。サラ・ローザは携帯電話で誰かと連絡を取ろうとしていたが、電波が弱くてうまくいかなかった。

ミーラはときおり無言の仲間たちに目をやりつつも、膝の上にのせたノートパソコンのモニターに見入っていた。サビーネが誘拐された晩に遊園地で撮影された写真のデータを送ってもらったのだ。すでにチェックはすんでおり、なんの成果も得られてはいなかったのだが、犯人は女ではないかという例の推理に基づいて、もう一度自分の目で確かめておきたかった。

「いったいどんな悪魔がカロリーネの遺体を運びこんだのか……」ステルンが問いかけるようにつぶやいて、

一同の注意を引いた。

「わたしも知りたいわ……」ローザが応じた。「スタジオには、かつて証人を保護していたときとはちがい、警備隊は配置されていなかった。建物にはほかに住人もなく、警備システムも作動していない。アパートメントの唯一の入口は玄関の防弾扉だった。

「玄関を通ったんだろう」寝たふりをしていたボリスが起きあがって、そっけない口調で言った。

だが、それ以上に彼らをいらだたせていることがあった。今回は、アルベルトはなにを伝えようとしているのだろうか。自分の追跡者に、なぜこんなにも疑惑を抱かせようとするのか。

「わたしには、ただ捜査を攪乱しているだけに思えるけど」サラ・ローザが推測する。「わたしたちは彼に近づきすぎたのよ。だから混乱を引き起こそうとしたんだわ」

「いいえ、アルベルトはそんなふうにやみくもに行動したりしない」ミーラは反論した。「これまでの経緯から、すべての行動を念入りに準備していることがわかっているもの」

サラ・ローザは彼女を見すえた。「それで？　なにが言いたいの？　わたしたちのなかに、忌むべき怪物がいるとでも？」

「彼女はそんなつもりで言ったのではない」ステルンが口をはさんだ。「ただ、アルベルトの設計図に基づいた動機があるはずだと言っているんだ。彼はゲームを楽しんでいる。最初からわたしたちをリードして……そうでなければ成立しないゲームを、次々と新たな手を繰りだして」

「もう一度、過去の事件を洗い直してみたらどうかしら」ミーラは無駄だとわかっていながらも提案した。

なんの反応も返ってこないうちに、ゴランが部屋に入ってきて、後ろ手でドアを閉めた。

「聞いてくれ」

慌ただしい口調だった。ミーラはノートパソコンを閉じて、耳をかたむけた。

「われわれは引き続き捜査を行なうが、状況は少々厄介になった」

「どういうことですか？」ボリスが尋ねる。

「すぐにわかる。とにかく落ち着いてほしい。説明はあとで……」

「なんのあとで？」

ゴランが答える前にドアがひらいて、ロシュ警部が現われた。そのあとに続いて体格のいい男が入ってくる。年齢は五十代、しわくちゃのジャケットに猪首とアンバランスな細いネクタイ、そして火の消えた葉巻をしっかりくわえている。

「さあ、さあ、入ってくれ」部屋の中にいるメンバーには挨拶もせずに、ロシュは男に声をかけた。警部は落ち着きを見せようと笑みを浮かべていたが、引きつった笑顔はむしろ動揺を示していた。

「諸君、状況は混迷を極めているが、このことはけっして世間に知られてはならない。言うまでもなく、わたしとしてもこのまま頭のおかしなやつに優秀な部下の捜査を攪乱させておくつもりはない！」

必要以上にはっぱをかけるのは、いまに始まったことではなかった。

「そこで、念には念を入れて、新たに協力を依頼することにした」警部は隣の男を紹介せずに続ける。「わかってほしい。いまこそ捜査の飛躍的な進展が求められている。事態はきわめて厄介だ。われわれはまだアルベルトを見つけるに至っていないというのに、向こうはここまで入りこむことに成功したのだ。それゆえ、ガヴィラ博士の同意を得て、ここにおられる軍警察のモスカ大尉に事件が解決するまでお手伝い願うことにしたというわけだ」

〝お手伝い〟というのがどれほどの役に立つのか。それがじゅうぶんわかっていながらも、誰も異を唱えることはしなかった。モスカの登場で、彼らに残された選択肢はふたつとなった。この場に留まって少しでも信用を取り戻そうと努力するか、あるいは捜査から下りるか。

テレンス・モスカは警察機構では誰ひとり知らぬ者はいない存在だった。六年間に及ぶ麻薬密売人組織への潜入捜査で一躍名を馳せた人物だ。逮捕者は百名にものぼり、そのほかにもさまざまな極秘任務に携わってきた。だが、連続殺人事件や病的な犯罪に関わった経験はない。

ロシュが彼を呼んだ理由はただひとつ。何年も前、彼とモスカは警部の椅子を巡って争った仲だった。日ごろのロシュの言動を考えれば、日増しに現実的となる失敗の重圧から少しでも逃れようと、死なばもろとも覚悟で天敵を巻きこもうとしてもおかしくはない。ある意味では危険な賭けだった。裏を返せば、それだけロシュが追いつめられているということだろう。万が一、テレンス・モスカがアルベルトの事件を解決するようなことがあれば、ロシュが出世競争で遅れを取るのは必至だ。

口をひらくより先に、大尉はロシュよりも一歩前に進み出て自治権を主張した。

「法医学者も科学捜査官も、まだ重要な証拠は発見していない。わかっているのは、このアパートメントに入るために、犯人が防弾扉をこじ開けたということだけだ」

しかし帰ってきたとき、ボリスはこじ開けた跡には気づかなかった。

「犯人は痕跡を残さないよう細心の注意を払った。きみたちを震撼させるために」

モスカはあいかわらず葉巻を嚙みながら、ポケットに両手を突っこんだまま一同を見まわした。他意はなくても、無言で彼らを責めているも同然だった。

「目撃者を発見すべく、すでに周辺の聞き込みを命じた。車のナンバーが判明するに越したことはないが……犯人がどんな理由でここに死体を置き去りにしたにせよ、われわれは即座に行動を起こさねばならない。なにか思いついたことがあれば、遠慮せずに言ってくれ。さしあたりはそれだけだ」

そしてテレンス・モスカはくるりと背を向けると、誰にも反論したり口をはさむ隙を与えずに犯行現場へと戻っていった。

だが、ロシュはその場に残った。「時間は残り少ない。とにかくアイデアを出して、即座に実行に移す必要がある」

そう言うと、彼も部屋をあとにした。ゴランがドアを閉めるなり、捜査班のメンバーは彼を取り囲んだ。

「どういうつもりなんですか？」ボリスが詰め寄る。

「なんでいまさら番犬なんか連れてくるのよ？」サラ・ローザも口をそろえた。

「落ち着くんだ。きみたちはわかっていない」と、ゴラン。「モスカ大尉こそ、まさにいま必要な人物だ。わたしが彼の協力を要請した」

一同は啞然とした。

「きみたちの気持ちはわかる。だが、ロシュに逃げ道をつくってやると同時に、われわれが捜査を続けられるようにしたつもりだ」

「表向きは、わたしたちはまだ捜査班にいることになっていますが、テレンス・モスカが一匹狼であることは周知の事実です」ステルンが指摘した。

「だからこそ彼を推薦したんだ。まわりをうろつかれずにすめば、こちらがどうしようと彼の知ったことではない。われわれはここで行なっていることを報告するだけでいいんだ」

一見、これ以上の解決策はないように思えたが、それでもひとりひとりの胸にわだかまる疑念は消えなかった。

「わたしたちを見張らせるつもりでしょう」ステルン

はうんざりしたようにかぶりを振った。

「モスカがアルベルトのことに気を取られている隙に、われわれは六人目の少女の捜索に専念するんだ……」

名案だった。まだ少女が生きていることがわかれば、事態は一気に好転するだろう。

「アルベルトがカロリーネの遺体をここに置いていったのは、われわれを動揺させるためではないか。たとえお互いなにひとつ釈明する必要がないことを知っていても、つねに疑いはつきまとう」

だが、その見方が気休めにすぎず、なにを言おうと暗雲を吹き飛ばすことができないのはゴランがいちばんよくわかっていた。五人目の遺体を発見して以来、メンバーはお互いを以前とはちがった目で見るようになった。互いに長い付き合いではあるものの、誰かが秘密を抱えているのではないかという思いを捨てきれなかった。まさにアルベルトの思う壺だった——捜査班の足並みを乱すことが彼の狙いなのだ。不信の種が芽を出しはじめるのも時間の問題ではないかと、犯罪学者は懸念していた。

「最後の少女には、もうあまり時間が残されていない」彼はきっぱりとした口調で続けた。「アルベルトは設計図を完成しつつある。あとはフィナーレを飾るだけだ。だが、彼はここにきて、自由に動くことを望んでいる。それゆえ、われわれをゲームから締めだしたんだ。なぜなら、われわれには少女を捜しだす唯一の切り札が残されているからだ。その可能性を持つ人物は、アルベルトがすべてを計画してから捜査班に加わったために、疑われることはない」

ふいに注目を浴びて、ミーラは落ち着かなかった。

「わたしたちにくらべれば、きみははるかに制約がない」ステルンが励ます。「もし単独で行動しなければならないとしたら、きみはどうする?」

じつのところミーラには考えていることがあったのだが、いままでは黙っていた。

「彼が少女のみを選んだ理由がわかったような気がするの」

まだ捜査の初期段階のころ、瞑想室でその疑問が提示された。なぜアルベルトは少年も連れ去らなかったのか？　彼が少女の体に触れていないことを考えると、性的な意図は隠されていないだろう。

彼はただ殺すだけだった。

それなら、なぜ少女なのか。

ミーラは考えて、やがてある結論に達した。「全員が女性でなければならなかったのは、六人目の少女のためだったのよ。おそらくアルベルトは最初に彼女を選んだ。わたしたちに最後だと思わせて。そして、ほかの犠牲者がみんな少女だったのは、単なるカモフラージュにすぎない。とにかく、最初にアルベルトの幻想が向けられたのが彼女だった。どうしてだかはわからない。きっと特別なものを持っていたんだと思う。ほかの人にはないなにかを。だから、最後まで彼女の身元を隠さなければならなかった。誘拐した少女のひとりが生きていることを知らせると同時に、わたしたちにその少女の身元を知られないようにする必要もあった」

「それが彼自身の正体につながるから」ゴランがつけ加える。

だが、ミーラは誰の力も借りない推理の魅力にとりつかれていた。

「ただし……」彼女は仲間の考えを見抜いて言った。「ただし、わたしたちとアルベルトのあいだになんのつながりもないかぎりね」

もはや失うものはなにもなかった。全員の前で自分が尾行されたことを話すのにも、ためらいはなかった。「同じことが二度あったの。もっとも、確信を持って言いきれるのは一度だけだけれど。モーテルの前庭では、ただの錯覚だったかもしれない……」

「それで？」ステルンが興味深げに尋ねた。「なにがあったんだ？」

「何者かにあとをつけられたの。ひょっとしたら、ほかにも同じようなことがあったのかもしれないけど、断言はできないわ。気づかなかったから……でも、どうして？　わたしを見張るために？　だとしたら、なんのために？　わたしは重要な情報を知っていたわけではないし、あなたたちのなかではつねにしんがりだった」

「きみを脱線させるためじゃないか」ボリスが当てずっぽうで言う。

「それもちがうわ。わたしは〝線路〟を走っていたとも言えないもの。もっとも、真相に近づきすぎて、知らないうちに重要人物になっていたとしたら話は別だけど」

「だが、モーテルの一件は、きみがここに来たばかりのときに起きた。したがって、〝脱線〟の推理は成立しない」ゴランが指摘する。

「だとしたら、残る説明はただひとつ……誰があとをつけたにせよ、わたしを脅すことが目的だった」

「その理由は？」サラ・ローザが尋ねた。

ミーラは彼女を見つめた。「二度とも、追跡者はあえて自分の存在を隠そうとはしなかった。むしろ、進んで姿を現わしたわ」

「それはわかった。でも、そもそもなぜそんなことをしなくちゃいけないの？」ローザは引き下がらなかった。「ちっとも理解できない」

ミーラはだしぬけに向きを変えると、身長差を見せつけるように彼女と向きあった。

「なぜなら、最初から六人目の少女を見つけられるのはわたしだけだったからよ」そして全員の顔を見る。「気を悪くしないでほしいの。でも、今日まで見てきてわかったわ。連続殺人犯を捜しだすことに関しては、あなたたちは比類ない才能を持っているかもしれない。でも、行方不明者の捜索なら、わたしのほうがだんぜん経験と知識があるわ」

誰も反論はしなかった。その意味では、ミーラはアルベルトにとって脅威と言えた。彼の計画を断念させることのできる唯一の存在だからだ。

「もう一度まとめると、彼は最初に六人目の少女を誘拐した。わたしがすぐに少女の身元を明らかにしていれば、彼の設計図は完成しなかった」

「だけど、あなたは明らかにしなかった」ローザが言った。「口ほどにもないわね」

ミーラは挑発には乗らなかった。「モーテルの前庭であれだけわたしに近づいたことが、アルベルトにとっては、そもそものまちがいだったかもしれない。もう一度、あのときに戻る必要があるわ」

「どうやって？　まさかタイムマシンを持っているなんて言わないでしょうね」

ミーラはほほ笑んだ。そうとは知らずに、ローザは真実にあと一歩まで迫っていた。時間を戻す方法ならある。またしてもニコチン臭い息に気づかないふりをしながら、彼女はボリスに向き直った。「催眠術にかかった捜査官から、なにを聞きだせるかしら？」

「リラックスして……」

ボリスの声はささやきに近かった。ミーラは簡易ベッドに横たわり、両手をわきに下ろして目をつぶっていた。彼はその隣に座っている。

「そうしたら百まで数えて……」

ステルンはランプにハンカチをかぶせて、ほの暗い部屋を演出していた。サラ・ローザは自分のベッドに落ち着き、背を向けていた。ゴランは隅の椅子でじっと様子を見守っている。

ミーラはひとつずつゆっくりと数を数えた。やがて呼吸が落ち着いてくる。数え終わるころには、すっかりリラックスしていた。

「それじゃあ、いまから言うことを心の中で思い浮かべてくれ。準備はいいかい?」

彼女はうなずいた。

「きみは広い草原にいる。天気のいい朝だ。顔に温かい陽ざしが当たって、土と花の香りが漂っている。きみは靴を脱いで歩いている。足の裏にひんやりとした大地を感じる。小川のせせらぎが呼びかける。きみは近づいて、岸辺にしゃがみこむ。手を水に浸して、その手を口に運んで水を飲む。とてもおいしい」

意味のない光景ではなかった。ボリスはミーラの五感を操作するために、感覚を呼び覚ましているのだ。これで、モーテルの前庭にいたときの記憶をよみがえらせることが容易になる。

「喉の渇きが癒やされたところで、おれの言うとおりにしてほしい。数日前に戻ってくれ……」

「わかったわ」ミーラは答えた。

「夜だ。きみは車でモーテルまで送ってもらった……」

「寒い」ふいにミーラは言った。ゴランは彼女が体を震わせたような気がした。

「それから?」

「送ってくれた警官がうなずいて、車をUターンさせる。わたしは前庭の真ん中でひとりになる」

「どんな様子だ? 教えてくれ」

「明かりはほとんどない。看板のネオンだけ。その看板は風で軋んでいる。目の前にバンガローがいくつも並んでいるけれど、どれも窓は真っ暗。今夜の宿泊客はわたしだけ。バンガローの裏にはうっそうとした森があって、高い木が風に揺れている。足もとには砂利が敷かれている」

「歩きはじめてくれ……」

「自分の足音しか聞こえない」

本当に砂利の音が聞こえてきそうだった。

「いまはどこにいる?」

「わたしの部屋に向かっているところ。管理人室の前を通りすぎる。誰もいないけど、テレビがついている。わたしはチーズトーストが二枚入った紙袋を持っている。それが今日の夕食。息が真っ白になるほど空気が冷たくて、足を速める。聞こえるのはわたしが砂利を踏みしめる音だけ。わたしのバンガローはいちばん奥にある」

「そのまま進んで」

「部屋まであと数メートル、わたしは考えごとをしている。地面に小さな穴があったけど、気づかなくて転びそうになる……そのとき音が聞こえた」

ゴランは自分でも気づかずにミーラのベッドのほうに身を乗りだした。あたかも彼女の身に迫った危険を阻止しようと、前庭に駆けつけようとするかのように。

「なにが聞こえたんだ？」

「砂利を踏む音。わたしの後ろで。誰かがわたしの歩調に合わせて歩いている。気づかれないように近づこうとしていたけど、リズムを乱した」

「それで、きみはどうする？」

「落ち着こうとするけど、本当は怖い。走りたい気持ちを抑えて、また同じ速さで歩きはじめる。そのあいだに考える」

「なにを？」

「拳銃を抜いても無駄。向こうも銃を持っていたら、先に撃ってくるはずだから。それから、管理人室のつけっぱなしのテレビを思い出して、先に始末されたんだと思い当たる。次はわたしの番だと……とたんにパニックになる」

「それでも、どうにか平静を保つ」

「ポケットに手を突っこんで鍵を探す。助かるには部屋に入るしかない……そうすればこっちのもの」

「きみはまっすぐドアを目指している。残すところ、あと数メートル。そうだな？」

「そう。見えるのはドアだけ。ほかのものはまったく目に入らない」

「でも、いまは少し時間を戻そう……」

「やってみるわ……」

「血管に血がどくどく流れて、アドレナリンが駆けめぐっている。きみは全身の神経をとがらせる。そのときの味覚を説明してくれ……」

「口はからからだけど、唾の酸っぱい味がする」

「触覚は……」

「汗をかいた手のひらに、部屋の鍵がひんやりする」

「嗅覚は……」

「風が腐ったゴミのにおいを運んでくる。右側にはゴミバケツが並んでいる。それから松の葉と、松脂のにおい」

「視覚は……」

「前庭に伸びた自分の影が見える」

「それから？」

「バンガローのドア、黄色くて、ペンキが剝げている。そしてポーチに上がる三段の階段」


ボリスは最も重要な感覚をわざと後回しにした。ミーラの追跡者に対する唯一の知覚が音だったからだ。

「聴覚は……」

「なにも聞こえない。わたしの足音だけ」

「もっとよく耳を澄ますんだ」

ゴランはミーラが思い出そうとして眉間にしわを寄せたのに気づいた。

「聞こえるわ。相手の足音がする」

「その調子だ。でも、もう少し集中してほしい……」

ミーラは言われたとおりにする。そして、ふいに言った。「いまのはなに？」

「わからない」ボリスは答えた。「そこにはきみしかいないんだ。おれにはなにも聞こえない」

「でも、たしかに聞こえたわ」

「なにが？」

「あの音……」

「どんな音だ？」

「どこか……金属的な音。そう、金属音がする。地面で、砂利の上で」

「もっとくわしく説明してくれ」

「わからない……」

「いいから……」

「あれは……コ、イ、ンだわ」

「コイン、確かか？」

「ええ。小銭の音よ。向こうは落としたことに気づいていない」

思いがけず道が開《ひら》かれた。前庭でコインを見つけるのだ。見つけて、指紋を採取する。そうすれば追跡者の正体が明らかになるだろう。それがアルベルトかもしれない。

ミーラは目を閉じたまま、ひたすら繰りかえしていた。「コイン、コイン……」

ボリスは命じた。「もういいぞ、ミーラ。目を覚ますんだ。五まで数えてから、手をたたいて目を開けろ」そして、ゆっくりと数えはじめる。「一、二、三、四……五」

ミーラはぱっと目を開けて、とまどいの表情を浮かべた。そして、起きあがろうとしたが、ボリスがそっと肩に手を当てて制した。

「まだだ」彼は言った。「頭を回して」

「うまくいった？」ミーラは彼を見つめて尋ねた。

ボリスはにっこりした。「証拠が見つかりそうだ」

なんとしてでも見つけなければ。彼女はそうつぶやきながら、前庭の砂利に手を這わせた。わたしの信用に関わる……わたしの命に。

そう思えばこそ、懸命に捜した。だが、急がなければならない。あまり時間はなかった。

捜索範囲はわずか数メートル。まさしくあの晩のバンガローまでの距離と同じだ。彼女はジーンズが汚れるのもお構いなしに四つん這いになり、切り傷からにじむ血と砂にまみれた手を白い砂利に突っこんだ。だが、傷の痛みは感じず、かえって集中することができた。

コイン、彼女は繰りかえしつぶやく。どうして気づかなかったの？

ひょっとしたら、すでに誰かが拾ったのかもしれない。宿泊客か、あるいは管理人が。

彼女はほかのメンバーよりも先にモーテルへ来た。もはや誰も信頼できなかった。それと同時に、誰からも信頼されていないような気もした。

急いで見つけなければ。

次々と小石をかき分けながら、気がつくと彼女は唇を嚙んでいた。いらだっていた。自分に腹を立てていた。世間のあらゆるものに。何度か深呼吸をして、気を静めようとする。

なぜだかわからないが、警察学校を出たばかりの新米だったころのことを思い出した。すでに自分が心を閉ざしていることを自覚していて、他人と関わることに困難を感じていた。あるとき、感じの悪い年上の同僚とパトロールをしていた彼女は、容疑者が逃げこんだと思われる中華街の路地を歩きまわっていた。彼女は歩くのが速すぎて、容疑者を見つけることができなかった。だが、ある飲食店の裏を通りかかったときに、同僚は牡蠣《かき》の水槽の中になにかがあるのに気づいたようだった。おかげで彼女は淀んだ水に膝まで浸かって、腐った牡蠣のなかを探しまわるはめになった。なにもないのは明らかだった。おそらく同僚は新入りを戒《いまし》めようとしただけなのだろう。それ以来、牡蠣は食べられなくなったが、大事な教訓を学んだ。

いま、こうして懸命にかき分けているざらざらの砂利もテストなのだ。

まだ物事の本質を見極める力を失っていないことを示すためのテストだ。彼女はその才能に長けていた。だが、そんな自分に満足する一方で、ある考えが脳裏をよぎった。あの年上の同僚にされたように、今度も誰かにからかわれているのかもしれない。

本当はコインなどないのだ。なにもかも罠だった。

そのことに気づいた瞬間、サラ・ローザが顔を上げると、ミーラが近づいてくるのが見えた。年下の同僚を前に、防御を失い無力感にとらわれた彼女は、怒りが消え、目に涙があふれるのを感じた。

「あなたの娘なんでしょう？　彼女が六人目の少女なのね」

34

夢にママが出てきた。

話しながら〝魔法の〟笑みを浮かべている――いつもそう呼んでいた。怒っていないときは、とってもすてきだから。世界じゅうでいちばんやさしい人になる。でも、最近はめったに笑わなくなった。

夢の中のママは自分のことを話しているけれど、パパのことも話している。やっとふたりは約束をして、もうケンカはしていない。ママは仕事のことや、あたしが家にいなかったあいだのことを聞かせてくれて、ビデオで見た映画を全部教えてくれる。でも、あたしの好きな映画じゃない。待ってて。そう言いたかった。家に帰ったら見せてもらうから。でも、夢の中ではママに声が届かない。まるで画面を通して話しかけているみたいに。どんなにがんばっても、なにひとつ変わらない。ママの笑顔はだんだんと消えていく。

髪をそっとなでられて、目を覚ました。

小さな手が頭と枕を行ったり来たりして、やさしい声が歌をささやく。

「来てくれたのね！」

彼女はあたしがいまどこにいるのか忘れさせてくれる。いまはそれが心の支えだった。夢なんかじゃない。この女の子は。

「ずっと待ってたのよ」ちょっぴりせめる。

「わかってる。でも、いままで来られなかったの」

「許してもらえなかったの？」

女の子は大きな目でじっと見つめる。「ううん、やることがあったの」

ここに来られないくらい忙しいのがどんなことなのか、さっぱりわからない。でも、いまはそんなことはどうでもいい。ききたいことがいっぱいあった。とりあえず、いちばん気になっていることをきいてみた。

「あたしたち、ここでなにをしてるの？」

女の子もここにとらわれていると思ったから。たとえベッドにしばられているのはあたしだけで、もうひとりは怪物のおなかの中で自由に歩きまわることができたとしても。

「ここはわたしのうちなの」

思いがけない答えが返ってくる。「じゃあ、あたしは？　どうしてここにいるの？」

女の子はなにも言わずに、また髪をなではじめる。いまの問いに答えたくないのがわかったから、それ以上はきかない。たぶんそのうちにわかる。

「あなたの名前は？」

女の子はにっこりした。「グローリア」

けれども、あたしは女の子をじっと見つめる。「ちがう……」

「なにが〝ちがう〟の？」

「あたし、あなたを知ってる……あなたはグローリアじゃない……」

「いいえ、そうよ」

必死に思い出そうとする。どこかで見たことがある。どこかで見た。まちがいない。「牛乳のパック！」

女の子はとまどっている。

「そうだわ。チラシにも顔がのってた。町じゅうに貼ってあった。学校にも、スーパーにも。あれは……」

どのくらい前だった？　たしかまだ四年生のころだった。「三年前よ」

女の子はあいかわらずわけがわからないようだ。

「まだ、ここに来たばかりなの。せいぜい一カ月しかたっていないわ」

「ぜったいにちがう。少なくとも三年はたってるわ」

女の子は信じない。「そうじゃないわ」

「そうよ。それに、あなたのパパとママもテレビに出て呼びかけていた」

「パパとママは死んだわ」

「うそ、生きてるわ。あなたのことを……そう、リンダと呼んでた。あなたの名前はリンダ・ブラウンよ」

女の子は身をこわばらせる。「わたしはグローリアよ！　あなたの言ってるリンダは別の人だわ。人違いよ」

女の子の声がだんだん大きくなるのに気づいて、それ以上はなにも言わないことにする。女の子が行ってしまえば、またひとりになってしまう。「わかったわ、グローリア。あなたがそう言うなら。勘違いだったみたい。ごめんなさい」

女の子は満足してうなずく。そして、なにもなかったかのように、またあたしの髪をなでて歌いはじめる。

そこで話を変えてみる。「あたし、とっても苦しいの。腕が動かないの。ずっと熱があるし。よく気を失うし……」

「すぐによくなるわ」

「お医者さんにみてもらいたいの」

「医者にみてもらっても、おおごとになるだけよ」

どこかしっくりこなかった。誰かほかの人の口から聞いて、何度もくりかえすうちに、少しずつ自分の言葉になっていったかのように。

「あたし、死ぬのね」

大粒の涙がふた粒こぼれ落ちる。グローリアは手を止めて、その涙をふいてくれた。そのままなにも言わずに、じっと手を見つめる。

「あたしが言ったこと、わかった、グローリア？　あなたが助けてくれなければ、あたしは死ぬわ」

「スティーヴが治してくれるって言ったわ」

「スティーヴって？」

グローリアはぼんやりしながらも、ともかく答える。

「スティーヴ、あなたをここに連れてきた人よ」

「つまり、あたしを誘拐した人ね」


グローリアがまたこっちを見る。「誘拐したわけじゃない」

いくら怒らせてしまうのが怖くても、言わないわけにはいかない。自分の命がかかっているのだから。

「いいえ、そうよ。そしてあなたにも同じことをした。まちがいないわ」

「誤解よ。彼はわたしたちを助けてくれたの」

思いがけない言葉にびっくりした。「ばかみたい。あたしたちを助けた？」

グローリアはよろめく。目がうつろになって、そこにとてつもない恐怖が浮かびあがる。後ずさりしたとたん、あたしはその手首をつかんだ。グローリアは振りきって逃げようとしたけれど、答えを聞かないうちは離すわけにはいかなかった。

「誰から助けたの？」

「フランキーから」

グローリアは唇を震わせている。言いたくなかったのだ。けれども言ってしまった。

「フランキーって誰？」

グローリアが手をふりはらう。それ以上、引き止める力は残っていなかった。

「また来るわ」

そう言って、グローリアは行こうとする。

「待って。行かないで」

「もう眠ったほうがいいわ」

「いやよ。お願い、ここにいて」

「いいえ、もう帰らないと」

グローリアが行ってしまうと、我慢できずに泣きだした。絶望のあまり、苦いかたまりが喉にこみあげて、胸にも広がる。体を大きく震わせてしゃくりあげる。叫ぶ声が粉々になる。

「お願い！　フランキーって誰なの？」

けれども、誰も答えてくれなかった。

35

「名前はサンドラです」

テレンス・モスカはノートのページのいちばん上に書き留めた。そして顔を上げ、あらためてサラ・ローザを見た。

「いつ誘拐されたんだ？」

彼女は答える前に居住まいを正して、もう一度、頭の中を整理しようとした。「すでに四十七日が経過しています」

ミーラにはわかっていた。サンドラはほかの五人よりも前に連れ去られた。そして、アルベルトは彼女を利用してデビー・ゴルドン――血の誓いを交わした親友――を誘いだした。

ふたりはある日の午後、公園で馬の調教を見物していて知りあった。ひとたび言葉を交わすと、すぐに親近感が生まれた。デビーは家から離れて寂しかった。サンドラは両親の別居のせいで。それぞれの孤独に結ばれて、彼女たちはすぐに友だちになった。

ふたりとも乗馬体験のチケットを受け取った。偶然ではない。アルベルトがふたりを引きあわせたのだ。

「サンドラが誘拐されたときの状況は？」

「学校へ行っているあいだです」ローザが続ける。

ミーラとゴランはモスカがうなずいたのに気づいた。

連邦警察本部の一階にある広い資料室には、全員が——ステルンとボリスも——そろっていた。ロシュ警部がこの奇妙な場所を選んだのは、このニュースが漏れるのを防ぐと同時に、あくまで尋問の形式はとりたくなかったからだ。

この時刻になると、資料室にはもう誰もいなかった。中に入ると、書類のぎっしり詰まった棚が延々と続いている。唯一の明かりは調べ物用の机の電灯で、一同はその周囲に集まっていた。声も物音も部屋じゅうに響きわたり、そして暗がりに消えていく。

「アルベルトに関して報告することは？」

「顔も見ていないし、声も聞いていません。誰だか見当もつきません」

「いまさら訊くまでもないことだが……」テレンス・モスカは言った。あたかも、そのせいで彼女の罪が重くなるとでも言わんばかりの口調だった。

公式には、現時点でサラ・ローザは行動の自由を制限されているわけではない。だが、誘拐と未成年者の殺人幇助《ほうじょ》で起訴されるのも時間の問題だろう。

彼女にたどり着いたのは、ミーラがメリーゴーラウンドから連れ去られたサビーネの件を調べているときだった。少女の母親と話してから、おおぜいの人間がひとりとして誘拐に気づかなかった点に注目していたミーラは、アルベルトが女性を使ったのではないかと考えた。だが、共犯者は誰でもいいというわけではない。脅すことの可能な相手にちがいない。たとえば、六人目の少女の母親。

そして、あの晩に遊園地で撮影された写真をノートパソコンで見ているときに、この信じがたい仮説が裏づけられた。ある父親の撮ったスナップ写真の背景に写っている髪と横顔の一部を見たとたん、ミーラはうなじがむずむずする強烈な感覚に襲われ、続いて名前がはっきりと頭に浮かんだ——サラ・ローザだ！

「なぜサビーネなんだ？」モスカが尋ねた。

「わかりません」ローザは答える。「あの子の写真が送られてきて、どこに行けばいいのか知らされただけです」

「そして、きみの行動は誰にも気づかれなかった」

瞑想室で、ローザはこう言った——どうせみんな自分の子どもしか見てなかったんでしょ。所詮、他人のことには関心がないのよ。ミーラはそれを思い出した。

ローザがそれをじゅうぶんに理解していたのは、彼女が誘拐を仕組んだ張本人だったからだ。

モスカは続けた。「つまり、彼はサビーネの家族の行動を把握していたことになる」

「おそらくそうだと思います。指示はきわめて正確でしたから」

「どうやって命令を受け取ったんだ？」

「すべて電子メールです」

「送信元をたどろうとはしなかったのか？」

大尉の質問には、すでに答えが出ていた。サラ・ローザは情報処理のエキスパートだ。彼女に無理なら、まず不可能だろう。

「少なくともメールは全部保存してあります」彼女は仲間を見やった。「彼はとにかく抜け目がないわ。それに、したたかよ」弁解がましい口調だった。「そして、わたしの娘を監禁している」ローザはつけ加えた。

彼女の視線はミーラを避けた。

ローザが初日から敵意をあらわにしていたのは、六人目の少女の身元を突きとめられる人物がいるとしたら、ミーラをおいてほかにはいなかったからだった。もし突きとめられてしまったら、娘の命も危険にさらされる。

「ヴァスケス捜査官を外すように命じたのも彼だったのか?」

「いいえ、それはわたしの言いだしたことです。足手まといになると思ったので」

この期に及んでも、サラ・ローザは彼女に対する侮蔑を隠そうとしなかった。だが、ミーラは許した。彼女はサンドラのことを思っていた。ゴランの話では摂食障害を患い、いまは変質者の手に落ちて、片腕を切断され、想像を絶する苦しみにあえいでいる少女を。これまでずっと彼女の身元を突きとめようと頭を悩ませてきた。それが、ようやく名前が判明したのだ。

「それゆえ、ヴァスケス捜査官を二度も追跡した。脅威を感じて、捜査から下りざるをえなくなるように」

「はい」

ミーラは記憶を手繰《たぐ》った。車で追跡されたあとにスタジオへ戻ると、誰もいなかった。ボリスから携帯メールを受け取って、全員がイヴォンヌ・グレス邸にいることを知った。自分も駆けつけると、サラ・ローザが警察車両のわきで身支度をしていた。なぜほかのメンバーとともに家の中にいないのかはとくに尋ねなかった。彼女が遅れてきたことに疑問を抱かなかったのだ。あるいは、ローザのほうが一枚上手だったのかもしれない。考える隙を与えないように彼女に食ってかかり、逆にゴランに疑いの念を抱かせたくらいなのだから。

〝ちなみに、彼は嘘をついたわ……わたしはあなたが残るのに反対したのよ〟

ところが実際には反対しなかった。そんなことをすれば疑われる恐れがあったからだ。

テレンス・モスカは先を急がなかった。ローザの答えをすべてノートに書き留めて、よく考えてから次の質問に移った。

「それで、ほかにはどんな命令に従ったんだ？」

「寄宿学校へ行って、デビー・ゴルドンの部屋に忍びこみました。そしてブリキの箱から日記を盗み出して、誰にも気づかれないように南京錠に細工をしました。それに、壁から娘と一緒に写っている写真を剥がしました。そして、孤児院でのふたり目の遺体発見につながるGPS受信機を残してきました……」

「いずれ誰かに気づかれるとは思わなかったのか？」モスカが指摘する。

「ほかにどうすればよかったんですか？」

「五人目の少女の遺体をスタジオに置いたのもきみか……」

「はい」

「自分の鍵で入ってから、防弾扉にこじ開けた跡を残した」

「疑われないためです」

「そうか……」そして、モスカは彼女を長いこと見つめた。「なぜきみは遺体をスタジオに運びこんだのか？」

全員が聞きたかった答えだ。

「わかりません」

モスカは鼻で大きく息をした。これで会話は終わりだという合図にちがいない。大尉はゴランのほうを見た。「もういいだろう。きみさえ質問がなければ……」

「ありません」犯罪学者は答えた。

モスカはローザに向き直った。「サラ・ローザ特別捜査官、いまから十分後に検事に連絡して、きみに対して正式に起訴状を作成してもらう。合意したとおり、この会話はわれわれのあいだだけにとどめておく。今後は優秀な弁護士がいないかぎり、口をひらかないことをすすめる。最後にひとつ訊きたい。きみ以外にも誰かがこの件に関わっているのか？」

「夫のことを言っているのでしたら、あの人はなにも知りません。わたしたちはもうすぐ離婚することになっています。サンドラがいなくなってすぐに、離婚の件を知られたくないからと言って、夫を家から追いだしました。夫は娘に会いたがっていて、わたしが邪魔しているのではないかと思っているので、最近はよく口論します」

ミーラはふたりがスタジオの前で激しく言い争っているのを見ていた。

「わかった」モスカは言って、立ちあがった。そして、ボリスとステルンに向かってローザを示した。「すぐに誰かを派遣して、正式に逮捕する」

ふたりはうなずいた。大尉は身をかがめて革の鞄を手にした。ミーラは彼がノートを黄色いファイルの隣にしまうのに気づいた。その表紙にワープロで入力された文字の一部が見える。〝ウ〟……〝ソン〟、〝ピ〟。

ウィルソン・ピケットだ。ミーラは思いあたった。

テレンス・モスカはゆっくりと入口へ向かい、そのあとにゴランが続いた。ミーラとボリスとステルンは、サラ・ローザとともに残った。ふたりの女性は言葉も交わさず、互いに信頼していない相手を見ようともしなかった。

「ごめんなさい」ローザは涙ぐんで言った。「こうするしかなかったの……」

ボリスはそれには答えず、かろうじて怒りをこらえる。ステルンはこう言うにとどめた。「わかっている。これで少しは心が落ち着いただろう」だが、その言葉に説得力はなかった。

サラ・ローザは訴えるように彼らを見つめた。「どうか娘を捜して。お願い……」

ほとんどの人間は、連続殺人犯はつねに性的な動機に基づいて行動すると——まちがって——思いこんでいる。アルベルトの事件に関わる前は、ミーラもそう考えていた。

しかし実際には、最終的な目的がなんであるかによって、さまざまな動機が存在する。

〝幻覚・幻視型〟というのは〝別の自己〟に支配され、相互にやりとりをしたり、命令を受けることによって殺人を犯す。そうした命令は、幻覚や、あるいは単に〝声〟の形を取る場合が多い。彼らの行動は、しばしば妄想によって引き起こされる。

〝ミッション型〟はなかば無意識に行動を起こし、周囲の世界を改革しなければならないという使命感にかられている。その実現の過程では、同性愛者、売春婦、裏切り者、弁護士、国税庁の役人といった特定のタイプの人間を排除することが避けられない。

〝権力型〟は自己評価が低く、みずからの手で犠牲者の生死を決めることによってのみ満足感を得る。殺人には性行為が伴うが、それは相手を辱《はずかし》めるための手段にすぎない。

最後の〝快楽型〟にとっては、殺人は単なる娯楽である。性的な目的を持つ場合もこのタイプに分類される。

ベンジャミン・ゴルカは、この四つの型すべてに当てはまる。

女性との関係をうまく築くことができず、好きなものに対する接し方がわからなかった彼は、幻覚に悩まされ、おおぜいの売春婦を凌辱したあげくに殺した。

その死に直接の責任を負ったのは八名だったが、犠牲者の数は三十六人とも言われ、それ以外にも死体をうまく隠してさらに殺害を重ねた疑いがある。逮捕されるまでに、彼はじつに二十五年にわたって殺人を繰りかえした。

逮捕までに時間を要したのは、犯行場所が多岐にわたり、しかもそれぞれが遠く離れていたためだった。

犯人の特定に至ったのは、ゴランと捜査班が徹底的な追跡を開始してから三年後のことだった。彼らは一見、関連性のなさそうな殺人事件のデータをコンピュータに入力して、ある円形放射図を完成させた。その図を道路地図に重ねあわせてみると、図の線が商品配達のルートと一致することに気づいたのだ。

ベンジャミン・ゴルカはトラック運転手だった。

逮捕劇はクリスマスの晩、高速道路のサービスエリアの広場で繰り広げられた。ところが、起訴手続きの最中のミスによって心神喪失が認められ、措置入院という結果に終わった。ただし、病院からは一生出ることはできなかった。

逮捕をきっかけに、国は犯罪史上最も凶悪なこの殺人者の名前を公表した。だが、ゴランや捜査班のメンバーにとっては、ベンジャミン・ゴルカは永遠に〝ウィルソン・ピケット〟だった。

サラ・ローザを逮捕するために派遣されたふたりの警官が到着すると、ボリスとステルンも資料室を出ていった。ようやくひとりになったミーラは、ずらりと並んだ書類のなかから目当ての資料を見つけた。

ページをめくってみても、犯罪学者がその事件に有名な歌手の名をつけた理由はわからなかった。そのかわり、はじめてスタジオに足を踏み入れた際に壁に貼ってあった娘の写真を見つけた。

彼女の名はレベッカ・スプリンゲル。ゴルカの手にかかった最後の犠牲者だった。

資料にはたいした情報は記録されていなかった。捜査班のメンバーにとって、なぜこの事件の傷がいまだに癒えないままなのかを考えているうちに、ミーラはボリスの言葉を思い出した。

〝とにかく失敗したんだ。ミスを犯した。そして、ある人物がガヴィラをクビにして捜査班を解散すると脅した。おれたちをかばって、存続を強く求めたのはロシュだった〟

なんらかの落ち度があった。しかし、手もとのファイルにはミスのことはいっさい記されておらず、それどころか捜査は〝模範的〟で、〝期待どおりの成果をあげた〟とある。

だが、テレンス・モスカが関心を示しているとしたら、この記録のとおりであるはずがない。

そのうちに、裁判でのゴランの口頭供述書を見つけた。そのなかで、犯罪学者はベンジャミン・ゴルカを〝自然界における白いトラほど稀な、純然たる異常者〟と定義している。

さらに、こうもつけ加えられていた。「こうした存在は発見するのが困難だ。一見、ふつうと異なるところはどこにもなく、いたって平凡な人間である。だが、その平凡な仮面の下には、彼らの内なる〝自己〟が隠されている。ほとんどの場合、〝野獣〟と呼ばれる類のものだ。ゴルカはこの野獣にみずからの夢を与えて欲望を育てた。やがて、彼はこの野獣と決着をつけなければならなくなった。おそらく一定期間、命がけで戦っていたと思われる。だが、結局は妥協せざるをえなかった。野獣を黙らせる方法はただひとつ、満足させることだと悟ったのだ。そうしなければ、内側から貪《むさぼ》り食われてしまうと」

この供述書を読んでいると、いまにもゴランの声が聞こえてきそうだった。

「そしてある日、現実と夢とのあいだに裂け目が生じた。ベンジャミンがそれまで夢に描いていたことを計画しはじめたのは、まさにそのときだった。人を殺したい衝動は誰にでもある。しかし、さいわいなことにわれわれはその衝動を抑え、阻止する能力に恵まれている。だが、破壊点はつねに存在する」

〝破壊点〟という言葉が気になりながらも、ミーラはさらに読み進め、ある部分に目を留めた。

「……その行為は早急に繰りかえされる。なぜなら効果はすぐに消え、記憶が薄れて不満や不快感が取って代わるからだ。もはや想像だけでは満足できず、その儀式を繰りかえす必要が生じる。必要は満たされなければならない。際限なく。際限なく」

外に出てみると、彼は鋼鉄の非常階段に座っていた。煙草に火をつけ、指のあいだにはさんで口もとに運ぶ。「妻には言わないでくれ」防火扉から出てきたミーラを見て、ステルンは言った。

「ご心配なく。黙っているわ」ミーラは請けあって、彼の隣に腰を下ろした。

「それで、なにをすればいいんだ？」

「どうしてわたしが頼みごとをしにきたってわかるの？」

ステルンは答える代わりに眉を上げてみせた。

「アルベルトはぜったいに捕まらない。あなたもわかっているでしょう。おそらく彼はすでにみずからの死を計画しているわ。それも設計図に含まれているのよ」

「彼が死のうがどうしようが、わたしには興味がない。ひとつだけ確かなのは、彼がキリスト教徒ではないということだ」

ミーラは彼を見つめ、ふと真顔になった。「彼はあなたたちを知っている。あなたたちについて、驚くほど多くのことを。そうでなければ、五人目の少女の遺体をスタジオに置かせたりはしない。あなたたちが過去に扱った事件を調べたにちがいないわ。誰がどう動くかを知っている。だから、つねに一歩先を行っているのよ。とくにガヴィラのことはよく知っているはずだわ……」

「どうしてそう思う？」

「ある過去の事件の供述書を読んだの。アルベルトはガヴィラの理論の裏をかくかのように行動している。彼は比類なき連続殺人犯よ。おそらく自己愛性パーソナリティ障害でもない。その証拠に、自分自身よりも、他の犯罪者が注意を引くように仕向けている。抑制できない衝動を抱えているわけでもなく、むしろ完全に自制できている。自分のしていることを楽しむよりも、挑戦することに魅了されている。それについて、あなたはどう思う？」

「簡単だ。なんとも思わない。興味はない」

「どうしてそんなに無関心でいられるの？」ミーラはいきり立った。

「無関心だとは言っていない。興味がないと言ったんだ。同じ意味ではない。その点について言えば、わたしたちは彼の〝挑戦〟に応じたことは一度もない。わたしたちが焦燥感にかられているのは、まだ救いだすべき少女がいるからだ。それに、自己愛性パーソナリティ障害ではないというのもちがう。なぜなら、彼の狙いはわたしたちの注意を引くことだからだ。ほかの誰でもない、わたしたちだけのね。そうじゃないか？新聞記者は格好のネタに大騒ぎしているが、アルベルトにとってはそれはどうでもいいことなんだ。少なくとも、いまのところは」

「彼がどんなフィナーレを考えているか、わからないから」

「そのとおり」

「でも、たしかなのはアルベルトがいま、この瞬間にもあなたたちの注意を引こうとしていること。過去の事件というのは、ベンジャミン・ゴルカのことよ」

「ウィルソン・ピケット」

「話してもらえないかしら……」

「資料を読んでくれ」

「ボリスに聞いたわ。当時、なにか問題があったと……」

　ステルンは短くなった煙草を投げ捨てた。「ボリスは自分がなにを言っているのかわかっていないことがある」

「お願い、ステルン。どんな状況だったのか話してちょうだい。この件に興味を持っているのは、わたしだけではないの……」ミーラはテレンス・モスカの鞄に事件のファイルが入っていたことを打ち明けた。

するとステルンはしばらく考えてから口をひらいた。

「わかった。しかし言っておくが、けっして楽しい話ではないぞ」

「覚悟してるわ」

「ゴルカを逮捕するにあたって、わたしたちは彼の暮らしぶりを徹底的に調べた。あの男は事実上、トラックに寝泊まりしていたが、一枚の領収書から、相当な量の食料を買ったことがわかった。それでてっきり彼が捜査の手が迫っていることに気づいて、どこか安全な場所へ逃げて嵐が過ぎ去るのを待つつもりなのだと考えた」

「でも、そうではなかった……」

「逮捕から一カ月ほどたって、ひとりの売春婦の失踪が届けられた」

「レベッカ・スプリンゲル」

「そのとおり。だが、失踪したのはちょうどクリスマスの前後だった……」

「つまり、ゴルカが逮捕されたころね」

「そうだ。そして、その女性が売春していた場所は、まさにトラックの通り道だった」

ミーラは推論した。「ゴルカが彼女を監禁していて、食料は彼女のためだった」

「女性がどこにいて、あとどれだけ持ちこたえられるのかはわからなかった。そこでゴルカを問いただしたんだ」

「でも、彼は言おうとしなかった」

ステルンは首を振った。「いいや、あいつはなにからなにまで白状した。ただし、女性の監禁場所を教えるにあたって、ひとつの条件を出した──ガヴィラ博士の前でしか言わないと」

ミーラには理解できなかった。「それのどこが問題なの？」

「問題は、ガヴィラ博士の居場所がわからなかったことだ」

「ゴルカはどうしてゴランの失踪を知っていたの？」

「いや、知らなかったんだ。そして、わたしたちがガヴィラ博士を捜しまわっているあいだに、時間はどんどん過ぎた。ボリスはゴルカにありとあらゆる尋問方法を試みた」

「なにか聞きだせたの？」

「いや。だが、尋問の録音テープを何度も聞くうちに、ゴルカがなにげなく井戸のある古い倉庫のことに触れているのに気づいた。レベッカを見つけたのはボリスだった。彼ひとりで発見したんだ」

「でも、彼女はすでに餓死していた」

「ちがう。ゴルカが食料と一緒に置いていった缶切りで血管を切ったんだ。だが、さらに腹立たしいことに……法医学者によると、彼女が自殺を図ったのはボリスが発見する二時間前だった」

ミーラは背筋が凍るのを感じた。だが、それでもあえて尋ねる。「そのあいだ、ゴランはいったいなにをしていたの？」

ステルンは本心を隠すかのように笑みを浮かべた。

「一週間後、彼はガソリンスタンドのトイレで見つかった。ドライバーたちが救急車を呼んだ。急性アルコール中毒で意識不明の状態だった。息子をベビーシッターに預けて、家を出て、妻に捨てられた憂さ晴らしをしていたんだ。病院に駆けつけると、彼はまったく別人のようになっていた」

捜査班の警官とゴランのような民間人が奇妙な絆で結ばれているのは、おそらくこの出来事と無縁ではあるまい。不幸はしばしば人々を結びつける。そしてミーラは、ゴラン本人から聞いた言葉を思い出した。ジヨゼフ・B・ロックフォルドの件でロシュ警部に騙されていたことがわかって、彼の家を訪ねた晩のことだった。

〝よく知っているはずの人物のそばにいながら、じつはなにひとつわかっていない……〟

本当にそのとおりだ、とミーラは思った。どんなに考えても、ゴランが発見されたときの状態は想像がつかなかった。酩酊して意識を失ったゴラン。考えれば考えるほど困惑せざるをえなかった。そこでミーラは話題を変えた。

「どうして〝ヴィルソン・ピケット事件〟と呼んでいるの?」

「親しみを持てる呼び名だろう?」

「わたしの知るかぎり、ゴランはいつも犯人を実名で呼ぶわ。事件が風化しないように」

「いつもはね」ステルンは認めた。「だが、あのときは例外だった」

「なぜ?」

ステルンは彼女を見つめた。「べつに頭をひねらせようとしているわけではない。教えても構わないんだ。だが、真実を知りたいのなら、これから言うことをしてもらいたくてね……」

「なんでもやるわ」

「ベンジャミン・ゴルカの事件では、じつに稀なことが起きた……」そして、ステルンはつけ加えた。「連続殺人犯の手を逃れて生き延びた人物に会ったことがあるか?」

36

連続殺人犯の手からは逃れられない。

どんなに泣いても、憤慨しても、頼みこんでも無駄だ。それどころか殺人の快感を増幅させるだけである。生き延びるための唯一の方法は逃げること。しかし恐怖やパニック、それに状況を把握できないことも相まって、無事に逃げだせる可能性はほとんどない。

それにもかかわらず、ごく稀に、連続殺人犯が殺人を実行できない場合がある。その行為を終えようとする瞬間に、なにか――被害者のちょっとした動作や言葉によってふいに作動するブレーキ――が彼を押しとどめるのだ。

そうして、シンシア・パールは助かった。


ミーラがシンシアに会ったのは、彼女が空港近くのマンションに借りている小さなアパートメントでだった。質素な部屋だが、生まれ変わったシンシアにとっては大事な成功のあかしだった。運の悪い経験や度重なる過ち、まちがった選択とともに、昔のシンシアには別れを告げたのだ。

「生活のために売春をしてたの」

シンシアはあっけらかんと打ち明けた。ミーラにはにわかに信じがたかった。目の前の若い女性は、そんな重い人生を背負ってきたようには見えなかったのだ。

シンシアは二十四歳になったばかりだった。彼女は職場の制服姿でミーラを迎え入れた。数カ月前から、スーパーマーケットでレジ係をしているという。自分では意識していないようだが魅力的な女性で、赤い髪を後ろでひとつに束ね、まったく化粧っ気のない地味な装いをしていても、その野性的な美しさは損なわれていなかった。

「ステルン捜査官と奥さんがこのアパートメントを見つけてくれたの」シンシアが説明した。

ミーラは彼女の虚栄心をくすぐるように部屋を見まわした。さまざまな様式の家具はスペースを占有するだけでなく、調度品を備えることの大切さを示すために置かれていた。彼女はそこが自分の場所だと自覚して、大切にしていた。部屋は隅々まで掃除が行き届き、きれいに片づいている。家具の上にも、小さな磁器の動物が整然と並んでいた。

「大好きなの。コレクションしてるのよ」

いたるところに子どもの写真が飾られていた。シンシアは年端もいかないうちに母親になり、息子は福祉団体に引き取られて里子に出された。

いつの日か、また息子と一緒に暮らすために、彼女は更生プログラムに参加しはじめた。そして、ステルン夫妻の通う教会にも顔を出すようになった。さんざん人生の浮き沈みを経験したあげくに、ようやく神に出会ったのだ。シンシアは新たに得た信仰を誇りに思い、聖セバスティアヌスのメダルを身につけるようになった。それと、薬指にはめた細いロザリオリングだけが彼女のアクセサリーだった。

「パールさん、ベンジャミン・ゴルカの事件のことは、話したくなければ無理にとは言いませんが……」

「ううん、きちんと話すわ。最初は思い出すのもいやだったけど、やっと乗り越えられたから。知ってる？ あたし、彼に手紙も書いたのよ」

その手紙にゴルカがどんな反応を示したのか、ミーラは知りたくもなかったが、あの鬼畜野郎のことだ。おおかたそれを使って夜ごとマスターベーションをしているにちがいない。

「返事は来たんですか？」

「ううん。だけど、思うの。あの男にはやっぱり神の言葉が必要なんじゃないかって」

目の前に座って話しているシンシアは、しきりにブラウスの右袖を下に引っ張っていた。どうやら、いまや過去のものとなったタトゥーを必死に隠そうとしているようだ。まだ消すための手術の費用を払うことはできないのだろう。

「それで、事件のあらましはどうだったんですか？」

シンシアの顔が曇った。「出会いは偶然が重なったの。あたしは路上で声をかけるよりも、バーに行くほうが好きだった。そのほうが確実だったし、あったかいでしょ。あたしたち、バーテンにはいつもチップを弾んでたのよ」少し間があく。「あたしが生まれたのは小さな町で、美人は不幸になるって言われてた。みんなそれを口実にさっさと町を出ていくわ。友だちは残って、同じ町の人どうしで結婚して、結局一生不幸なまま過ごすのよ。だから、美人は特別だと思われる。みんなの期待を一身に集めて。希望の星ってところかしら」

ミーラには理解できた。この話の続きもあらかた想像がついた。シンシアは高校を卒業すると、町を出て都会に行ったが、そこは期待していたとおりの場所ではなかった。それどころか、自分と同じような少女とおおぜい出会った。心に同じ孤独と不安を抱えている少女たちと。売春は予想外の不運ではなく、たどり着くべき当然の結果だった。

そうした話を耳にするたびに心が痛くなる。まだ二十四歳だというのに、シンシア・パールのような女性たちは若さというはじけるようなエネルギーを燃やし尽くしてしまった。彼女は人生の出だしで道を踏み外し、転げ落ちたところにベンジャミン・ゴルカが待ち受けていた。

「あの夜は、ひとり引っかけたの。結婚指輪をしていて、まともそうな男だった。彼の車で町外れまで行ったわ。ところが、事が終わったらお金を払うのを拒んだから、引っぱたいてやったの。結局、あたしは道に置き去りにされた」ため息をつく。「ヒッチハイクもできなかった。誰も売春婦なんか乗せてくれないもの。それで、次の客が中心街まで連れ帰ってくれることを期待して、声をかけはじめたの」

「そこにゴルカが通りかかった……」

「大きなトラックが近づいてきたのを、いまでも憶えてるわ。あたしは好きなように乗る前に値段を交渉した。親切そうに見えたわ。あたしにこう言ったのよ。『外でなにしてるんだい？　早く乗らないと凍えるぞ』って」

シンシアは目を伏せた。生活のためにしていたことを話すのをためらっているのではなかった。自分がそんなにも無防備だったことを恥じているのだ。

「運転席の後ろのほうに行ったわ。ふだんは彼が仮眠するところ。本当に家みたいだった。なんでもあるの。ポスターだって貼ってあったし……彼が特別ってわけじゃなくて、トラックの運転手はみんなそうなのよ。だけど、そのポスターは、どこか妙なところがあったの……」

ミーラは資料で読んだ記述を思い出した——ゴルカは犠牲者に卑猥なポーズをさせて写真を撮り、それをポスターにしていた。

どこか妙なのは被写体が死体だったからだが、シンシアには知る由もなかった。

「彼がおおいかぶさってきて、あたしは好きなようにさせた。変なにおいがしたから、とにかく早く終わってほしかった。彼はあたしの首筋に顔をうずめてて、少しまわりが見えたわ。いつものように相手が興奮してきて、そのあいだ、あたしは目を開けて……」またしても間があいたが、息を吸うにしては少し長かった。

「どれくらいたったかわからないけど、だんだん暗がりに目が慣れてきて、天井に文字が書いてあるのに気づいたの……」

蛍光塗料が使われていたはずだ。ミーラは犯行現場の写真で見ていた。

そこには〝殺してやる〟と書かれていた。

「思わず悲鳴をあげたわ……でも、彼は笑いだした。蹴飛ばしてどかそうとしたけど、重くてびくともしなかった。彼はナイフを取りだして切りつけてきた。最初は二の腕、次にわき腹、それからおなかを切られた。血が出てくるのがわかって、ああ、もう死ぬんだって思ったわ」

「でも、彼は手を止めた……どうして？」

「いつのまにか口走ってたの……自分でも気づかないうちに。パニックのせいかもしれないけど、よくわからない。とにかく、こう言ったの。『お願い、あたしが死んだら子どもの面倒を見て。リックっていう名前で、五歳で……』」シンシアは苦々しく笑って、首を振った。「信じられないでしょう？　あの殺人犯にかわいい子どもをゆだねようとしたなんて……まったく、なに考えてたのかしら。でも、あのときはそれが当然だと思ってた。だって彼はあたしを殺そうとしていて、抵抗できなかったんだもの。それで、なんらかの形で償いをしてもらわなきゃって思ったの。ばかげてるわよね？　でも彼はあたしに借りがあるって考えたのよ」

「ばかげているかもしれないけれど、そのおかげで命が助かったわ」

「でも、そんなことを言ったなんて自分でも許せないの」

シンシア・パールの頬にこらえていた涙がこぼれ落ちた。

「ウィルソン・ピケット」その瞬間、ミーラはつぶやいた。

「ええ、覚えてるわ……あたしは死にかけた状態で、彼は運転席に戻った。それから少しして、駐車場で降ろされたわ。でも、ちっともわけがわからなかった。血がどんどん流れだして意識が朦朧としてたから。戻る途中、ラジオからあの忌まわしい歌が流れてきた……『イン・ザ・ミッドナイト・アワー』……それから気を失って、目が覚めたときには病院だった。なにも思い出せなかった。警察に、この傷はどうしたんだって訊かれたけど、どう答えていいのかわからなかった。退院して、しばらく友だちの家にいたの。ある晩、ニュースでゴルカが逮捕されたのを知ったけど、写真を見せられても、彼の顔には見覚えがなかった……ところが、ある火曜日の午後、ひとりで家にいたときにラジオをつけたら、あのウィルソン・ピケットの歌が流れていた。そのときになって、はじめて思い出したの」

捜査班がゴルカをそう呼ぶようになったのは、彼が逮捕されたあとだった。彼らは自分たちのミスの戒めとして、その名を選んだのだ。

「恐ろしかった」シンシアが続ける。「まるで、もう一度殺されそうになったみたいに。そして、ふと思ったの。もっと早く思い出していれば、誰かの命を救うことができたかもしれないって……」

最後の言葉はただの決まり文句だと、ミーラはその口調から察した。だからといって、シンシアが犠牲になった女性たちをなんとも思っていないわけではない。ただ、自分の身に起きたことと彼女たちに降りかかった運命のあいだに、仕切りのようなものを置いているだけだ。それは、このような経験を乗り越えるための数ある手段のひとつだった。

そして、シンシアは確認するかのようにつけ加えた。「一カ月前、レベッカ・スプリンゲルの両親に会ったの。最後に殺された女性よ」

殺されたのではない、ミーラは心の中でつぶやいた。もっとひどいわ。彼が自殺するように仕向けたのよ。

「ベンジャミン・ゴルカの犠牲者の追悼ミサで。あたしと同じ教会に通ってるのよ。ミサのあいだじゅう、ずっとあたしを見てた。罪の意識を感じたわ」

「なにに対して？」わかっていながらも、ミーラはあえて尋ねた。

「生き残ってしまったことに対して、たぶん」

ミーラは礼を言って、席を立った。ドアへ向かおうとしたとき、彼女はシンシアが急に黙りこんでしまったことに気づいた。なにかを訊きたいのに、どう切りだしていいのかわからないといった様子だ。そこで、ミーラはもう少し彼女に時間を与えようと決めて、そのあいだにトイレを借りることにした。シンシアは場所を教えてくれた。

トイレは狭くて、シャワーにはストッキングが干してあった。そこにも小さな磁器の動物が飾られ、壁や床は一面ピンク色だった。ミーラは洗面台に身をかがめて顔を洗った。またしてもみずからを切りつけたい衝動が抑えがたくなっていた。すでに消毒薬は用意してある。五人目の少女の死を悼む儀式をずっと先延ばしにしていたが、今夜やることにしよう。

いまの自分には、あの苦痛が必要だった。

顔と手をタオルで拭いていると、棚にうがい薬の瓶が見えた。だが、それにしては液体の色が濃すぎる——バーボンだった。シンシア・パールにも秘密があるのだ。かつての人生から引きずっている悪しき習慣。この狭いトイレに閉じこもって便座に座り、ぼんやりタイルを見つめながら酒を飲む。いまではすっかり生まれ変わったシンシアだが、たえず心の片隅の影を確かめずにはいられないのだろう。

誰にもあることだ、とミーラは考えた。でも、わたしの秘密はもっと遠い過去のもの……。

しばらくして外に出ると、勇気を出したシンシアに、今度一緒に映画やショッピングに行ってほしいと言われた。彼女が心の底から友だちを必要としていることがわかったので、ミーラにはその小さな幻想を打ち砕くことはできなかった。

だから、二度と会うことはないとわかっていながらも、彼女の携帯電話の番号を登録した。

二十分後、ミーラは連邦警察本部に到着した。入口ではおおぜいの私服警官が身分証を提示していた。パトロール隊も続々と戻ってきている。誰かに招集されたのだ。

なにかあったにちがいない。

エレベーターは長蛇の列だったので、ミーラは階段を選んで、急いで三階まで上った。スタジオで遺体が発見されて以来、ここに捜査本部が移されていた。

「モスカが全員を招集した」ひとりの刑事が電話口でそう話しているのが聞こえた。

ミーラはミーティングが行なわれる部屋へ向かった。入口付近には、席を取り合う人々があふれていたが、ひとりが騎士道精神を発揮して先に入れてくれた。

ミーラは最後列に空いている席を見つけた。前の列の端のほうに、ボリスとステルンが座っていた。ステルンが彼女に気づいて、うなずいてみせた。ミーラはシンシアを訪問したことを告げようとしたが、彼はあとで話そうと身振りで伝えた。

耳をつんざくような音が、一瞬、会場のざわめきをさえぎった。スタッフが演台の上にスタンドを設置して、マイク軽くたたいてテストしている。椅子を追加するために、オーバーヘッド・プロジェクターとコーヒーマシンがわきにどけられた。すでに壁ぎわには何名かの警官が立っていた。

これほどおおぜいが集まるのは、ただごとではない。なにかとんでもないことが起きたのだろうか、ミーラは心配になった。おまけに、ゴランとロシュの姿はまだ見当たらなかった。おおかたテレンス・モスカとどこかのオフィスに缶詰になって、発表の内容をつめているのだろう。

いいかげん待ちくたびれたころ、ようやく警部が入口に姿を現わした。彼は中に入ったが、演台には上らずに、誰もが避けていた最前列の席についた。その表情からはなにも読みとれなかったが、脚を組んで、ほかの警察官たちと一緒に開始を待つ様子は落ち着いているように見えた。

ゴランとモスカは連れ立って現われた。入口近くの刑事たちはわきに寄り、ふたりは早足で演台のほうへ向かった。ゴランは壁ぎわに置かれた机にもたれ、モスカはスタンドのマイクを取って、絡まったコードを伸ばしてからおもむろに口をひらいた。「諸君、ちょっと聞いてくれ……」

部屋は静まりかえった。

「さて、今日、諸君に集まってもらったのは、重大な話があるからだ」モスカは全員に向かって語りかけたが、主役はまちがいなく彼ひとりだった。「スタジオで発見された少女の件だ。あいにく諸君の想像どおり、犯行現場にはなにひとつ残されていなかった。だが、われらが捜査官はこうした状況を意にも介さない。指紋も体液もなければ、外部からの侵入の痕跡もない……」

モスカは明らかに時間を稼いでいた。気づいたのはミーラだけではなかった。その証拠に、周囲の刑事たちもいらいらしはじめている。唯一、落ち着いているのはゴランで、彼は腕を組んで聴衆を眺めていた。彼の存在は完全にただの飾りで、もうひとりがこの場を取り仕切っている。

「しかし」モスカが続ける。「連続殺人犯が遺体をあの場所に置いた理由は明らかになったと考えていい。それは、諸君の記憶にも新しい、あのベンジャミン・ゴルカの事件と無関係ではない……」

ふいに波が押し寄せてきたかのように、部屋にどよめきが走った。モスカは最後まで話させろと言わんばかりに、両手を広げて聴衆を静めた。そして、片手をポケットに突っこむと、がらりと口調を変えた。

「当時、われわれはミスを犯した。重大な過ちだ」

そのミスの責任を取るべき人物は名指しせず、一般的な表現を用いたものの、最後の言葉を意図的に強調する。

「しかしさいわいなことに、われわれはその過ちをまだ埋め合わせることができる……」

そのとき、ミーラの視界の端をなにか妙なものがよぎった。ステルンが前方を見すえたまま、右手をゆっくりわきに下ろしてホルスターのスナップを外し、いつでも取りだせるように拳銃に手をかけている。

ミーラは瞬時にその所作をとらえ、驚愕した。

モスカが続ける。「ゴルカの最後の犠牲者のレベッカ・スプリンゲルは、彼の手によって殺されたのではない……真犯人はわれわれのなかにいる」

ざわめきがとまどいに変わり、ミーラはモスカの視線が聴衆のひとりに向けられているのに気づいた。ステルンだった。彼は立ちあがると、慣れた手つきで銃を抜いた。ミーラはどうしていいかわからずに、同じように銃を抜こうとした。ところがステルンは左側を向いて、その銃をボリスに突きつけた。


「いったいどういうつもりだ?」不意をつかれたボリスが問いただす。

「両手を上げるんだ。頼むから、同じことを二度言わせないでくれ」

37

「本当のことを話してもらおう」

軍警察の取調官三人が交代でボリスの尋問に当たった。自白を引きだすテクニックなら、ボリスはひとつ残らず知っていたが、取調官たちはひっきりなしに質問攻めにして、彼を消耗させようとした。睡眠を奪えば、たとえどんな戦法を取ろうが揺さぶることができる。

「なにも知らないと言ったはずだ」

ミーラはマジックミラーの裏から同僚の様子を眺めていた。小部屋には彼女ひとりしかいなかった。隣にはデジタルビデオカメラが設置され、本部のお偉方――ロシュも含めて――が優秀な部下の抹殺に直接手を下すことがないように、尋問の一部始終を閉回路システムに転送している。その気になれば、彼らは自分のオフィスの椅子にふんぞりかえったまま、ひとりの部下の運命を決めることもできるのだ。

だが、ミーラはどうしてもこの場にいたかった。いまだにこの重大すぎる告発が信じられなかったのだ。

〝レベッカを見つけたのはボリスだった。彼ひとりで発見した〟

ステルンの話では、いま目の前にあるのと同じような尋問室で、ベンジャミン・ゴルカは無意識のうちに井戸のある古い倉庫についてボリスにぽろりともらしたとのことだった。

当時の資料には、ボリスがひとりで現場に到着して遺体を発見したと記録されていた。

〝ゴルカが食料と一緒に置いていった缶切りで血管を切ったんだ。だが、さらに腹立たしいことに……法医学者によると、彼女が自殺を図ったのはボリスが発見する二時間前だった〟、ステルンはそう説明した。

二時間。

しかし資料によると、当時の法医学者は、レベッカの胃に残っていた食べ物を分析し、死亡による消化プロセスの中断を検討した結果、正確な死亡時刻の割り出しは不可能であると判断していた。したがって、彼女はその運命の二時間よりもあとに死亡した可能性もあると。

そして、靄に包まれていた事実がいま、はっきりと姿を現わしたというわけだ。

告発の内容はこうだった――ボリスが到着したときには、レベッカ・スプリンゲルはまだ生きていた。その状況を目の前にして、彼は決断を迫られた。彼女を助けてヒーローになるか、あるいは殺人者が夢にまで見る理想郷を実現するか。

完全殺人。動機が存在しないために、けっして罰の下されない犯罪。


一度でいいから、自分と同じ人間の生死をこの手に握ってみたい。しかも、いまなら法の網をかいくぐることも可能だ。なぜなら、この罪は他人に着せられるのだから。告発者――何人いるのか定かではないが――によれば、それが当時のボリスの心境だった。

ベンジャミン・ゴルカの裁判にあたって作成した供述書で、ゴラン・ガヴィラは述べていた。〝人を殺したい衝動は誰にでもある。しかし、さいわいなことにわれわれはその衝動を抑え、阻止する能力に恵まれている。だが、破壊点はつねに存在する〟

あの無防備な娘を目の前にしたときに、ボリスはその破壊点に達したのだろうか。所詮は売春婦だと思って。だが、ミーラには納得がいかなかった。

最初はただの仮説にすぎなかったのが、ボリスの自宅の強制捜査で崇拝の対象物が発見されたことで、次第に容疑が固まっていった。若き捜査官が記念品に選んだのは、事件の解決後に裁判所の証拠保管室から持ち去られたレースのショーツだった。

「観念したらどうだ、ボリス。なんなら、ひと晩じゅうここにいてもいいんだぞ。明日も、あさっても」尋問官は唾を吐いた。そうした行為も被尋問者を精神的に追いつめる。

ミーラのいる小部屋のドアがひらいて、テレンス・モスカが入ってきた。上着の襟に目立つ油染みをつけている。おおかた昼食に胸焼けのするファストフードでも食べたのだろう。

「どうだ?」例のごとくポケットに手を突っこんだまま、モスカが尋ねた。

ミーラは振りかえらずに答えた。「まだなにも」

「時間の問題だ」自信たっぷりの口調だった。

「どうしてそう思うんですか?」

「どんなやつも遅かれ早かれ降参する。あいつだって、それはわかってるさ。できればあまり手間取らせないでほしいが、いずれ彼も楽なほうを選ぶだろう」

「なぜ全員の前で逮捕させたんですか?」

「抵抗する隙を与えないようにするためだ」

ミーラには、息子同然に思っていたボリスに手錠をかけるステルンの涙ぐんだ目がどうしても忘れられなかった。ボリスの自宅の強制捜査の結果を聞くと、彼はみずから逮捕役を買って出た。そして、いくらロシュが思いとどまらせようとしても聞かなかった。

「もしボリスが無関係だったら?」

モスカはミーラと鏡のあいだに巨体を割りこませ、ポケットから手を出した。「わが二十五年のキャリアで、無実の者を逮捕したことは一度もない」

ミーラの顔に皮肉っぽい笑みが浮かぶ。「世界一、優秀な警察官というわけですね」

「わたしの事件では、陪審員はかならず有罪判決を下す。それは、わたしの非凡な才能のせいではない。本当の理由を知りたいかね?」

「焦《じ》らさないでください」

「世界がクソッたれだからだ、ヴァスケス捜査官」

「そう考えるからには、なにか特別な経験でもおありなんですか？　ぜひともお聞きしたいものだわ……」

モスカはとくに腹を立てたりしなかった。こうした類《たぐい》の皮肉は嫌いではない。「ここ数日の出来事、われわれの懸命の捜査、例の……あいつはなんといったか？」

「アルベルト」

「そう、その頭のおかしなやつが、みごとな手腕で、みずからの『ヨハネの黙示録』をつくりあげた……『ヨハネの黙示録』がどんなものか知っているかね、ヴァスケス捜査官？　聖書によれば、人間は死を迎えるときに、いままで犯した罪をすべて裁かれるという。いまこの瞬間にも、これだけの恐怖をもたらしているアルベルトの影響は、わが国だけではなく世界じゅうが押さえこまなくてはならないものだ……ところが、いまはどうなっていると思う？」

モスカが先を続けようとしないので、ミーラは尋ねた。「どうなっているんですか？」

「どうもなっていない。みごとに。どいつもこいつも平然と隣人を殺し、強奪し、殴り倒す。殺人者が思いとどまったり、泥棒が良心の咎《とが》めを感じたりすると思うかね？　もっと具体的な例を挙げよう。今朝、ふたりの監察官が早期に出所した模範囚の家を訪ねた。その男が地域の警察分署で書類にサインをするのを忘れたからだ。ところが、その男はどうしたと思う？　銃をぶっ放したんだ。理由もなく。監察官のうち、ひとりは重傷を負った。男は家に立てこもって、近づこうとすると誰かれ構わず撃ってくる。なぜだと思うか？」

ミーラは認めざるをえなかった。「わかりません」

「わたしにもわからない。だが、部下のひとりが病院のベッドで生死の境をさまよっていて、わたしは明日の朝までに、哀れな未亡人に頼まれて証明書を書くはめになるかもしれない。彼女の夫がばかばかしいとしか言いようのない状況で死んだとすれば」そして、モスカは静かな口調でつけ加えた。「世界はクソッたれだ、ヴァスケス捜査官。そしてクラウス・ボリスは罪人だ。以上。わたしだったらあきらめるがね」

テレンス・モスカは背を向けると、片手をポケットに突っこんだまま、ドアをばたんと閉めて出ていった。

「おれはなにも知らない。まったくの茶番劇だ」ボリスが言い張る。あくまで冷静に。いったん感情を爆発させてからは、長期戦に備えて力をセーブしているのだ。

ミーラは目の前の光景にうんざりしていた。つねに人に対する見方を改めなければならないことに、飽きあきしていた。そこにいるのは、自分を笑顔で捜査班に迎えてくれたボリスだ。焼きたてのクロワッサンとコーヒーを持ってきてくれたボリス。寒さに震えていたらパーカーをプレゼントしてくれたボリス。鏡の向こう側にいるのは、いままで一緒にアルベルトにまつわる多くの謎を解いてきた同僚だった。愛想がよくて、ちょっぴり不器用で、喜怒哀楽をあらわにして仲間と話す、少年のような男性。

ゴラン・ガヴィラのチームはばらばらになってしまった。こんな状態では、とても捜査は続けられまい。サンドラを救いだす望みも打ち砕かれた。いまごろ彼女は、どこかで残りわずかな生きる力を使い果たそうとしていることだろう。結局、彼女は名前を与えられた連続殺人犯ではなく、大人のエゴイズムや罪によって殺されるのだ。

それがアルベルトの考えついた最上のフィナーレだった。

思索にふけっているうちに、ミーラは目の前のガラスにゴランの顔が映っているのに気づいた。背後にいるのだ。だが、尋問室を見ているわけではなかった。彼女はガラスに映ったゴランの目を見た。

そして、振りかえった。ふたりは長いこと黙って見つめあった。同じ失望、同じ悲しみがふたりを結びつけた。ミーラは当たり前のように彼に歩み寄って、目を閉じ、唇を求めた。生まれ変わることを願って、彼の唇に身をゆだねた。

街に汚れた雨が降り注いでいた。雨は通りを水浸しにし、排水溝を詰まらせ、絶え間なく樋にのみこまれては吐きだされた。ふたりを乗せたタクシーは、駅の近くの小さなホテルの前に停まった。建物の正面はスモッグで黒ずみ、鎧窓は閉じたままだった。ここに泊まる客には窓を開ける時間などなかった。たえず人の出入りがあった。そのたびにベッドが整えられる。廊下では、ボーイが眠い目をこすりながらシーツやバスルームの備品をのせたワゴンを押している。朝食のトレーがひっきりなしに運ばれていた。ここにはシャワーを浴びて着替えるためだけに来る者もいる。そして、愛を交わす男女も。

フロント係はふたりに二三号室の鍵を渡した。互いに黙ったまま、手をつないでエレベーターに乗る。だが、恋人どうしには見えない。道に迷うのを恐れているふたり連れのようだった。

部屋に置かれた家具は不揃いで、消臭剤とニコチンのにおいが染みついていた。ふたりは堰《せき》を切ったように唇を重ねた。今度は、もっと激しく。服よりも先に頭の中の考えを取りはらおうとするかのように。

彼は片方の手で小ぶりの胸をおおった。彼女は目を閉じた。

中華料理店の看板のネオンが雨にぼんやりときらめき、ふたりの影を闇に彫りこむ。

ゴランは彼女の服を脱がせはじめた。

ミーラは逆らわずに、彼の反応に注意を向けていた。

彼は平らな腹部をあらわにしてから、ふたたび胸のほうへ唇を這わせる。

最初の傷跡がわき腹に現われた。ゴランはまったく気にすることなくセーターを脱がせた。あちこちの傷があらわになる。だが、彼の視線が止まることはなく、あいかわらず唇を動かすことに集中している。

驚いたことに、彼はそうした古い傷にゆっくりと口づけをした。まるで跡を消し去ろうとしているようだった。

ジーンズを脱がせると、彼は脚にも同じようにした。まだ血がにじんでいるところや、血が固まったばかりのところに。つい最近、カミソリの刃が立ち止まって、温かい肉体に沈みこんだ箇所も。

体を通して魂に罰が与えられるたびに感じる苦痛を、ミーラはふたたび味わった。だが、古い痛みとともに、いまはなにか甘美なものも感じる。

くすぐるような刺激は傷を癒やすと同時に、心地よく肌に突き刺さった。

次はミーラが脱がせる番だった。ゴランはふわりと身を起こした。彼の体も苦悩の痕跡をとどめていた。肋骨は絶望によってゆっくりと浮き彫りにされた。悲しみが肉を削ぎ落とし、ところどころ骨が突きだしている。

ふたりは激しく、ほかのどんな男女とも異なるふうに愛しあった。やり場のない怒りと、切迫感に包まれていた。この行為を通して、互いの体に入れ替わろうとするかのように。そしてほんのひととき、なにもかも忘れた。

すべてが終わると、ふたりは並んで横になって――体は離れても心が結ばれたまま――呼吸のリズムを数えた。やがて沈黙を装った疑問が生まれる。それは、ふたりの上を黒い小鳥のごとく羽ばたいていた。

ミーラはまたしても悪の根源について考えた。みずからの悪の。

最初は肉体に刻まれ、やがて服をまとって隠れようとする。

とする。

その疑問はひとりの少女、サンドラの運命とも交わる。自分たちがこうして感情をやりとりしあっているあいだにも、彼女は――近くにいるにせよ、遠くにいるにせよ――死にかかっている。

先に口をひらいたのはミーラだった。「わたしの仕事は、行方不明になった人を捜すことなの。とくに子どもを。なかには何年も行方がわからなくて、なにも憶えていない子もいるわ。それがいいことなのか、悪いことなのかはわからない。でも、たぶんこの仕事のせいで、わたしはよけいに問題を背負いこむことになる……」

「なぜだ?」ゴランも会話に加わる。

「誰かを引っ張りだすために闇に身を投じるたびに、動機を探さないといけないの。ふたたび光のもとに戻れるくらい、強い理由を。それはもとの場所に戻るための命綱のようなものよ。これまでに学んだことがあるとすれば、闇はわたしたちを呼び、めまいとともにいざなうということ。その誘惑に逆らうのは難しい……自分の助けた人と一緒に外に出ると、わたしたちはひとりではないと気づく。あの黒い穴から出てくるたびに、なにかがあとからついてきて、たえずつきまとうようになる。それから逃れるのは難しいわ」

ゴランは彼女に顔を向けて、まっすぐ目を見つめた。

「なぜわたしにそんなことを話すんだ?」

「わたしは闇から出てくるから。そして、そのたびに闇に戻らなければならないから」

38

女の子は両手を背中に回して、暗がりのなか、壁にもたれている。もうどれくらいそうやって、こっちを見つめているだろう？

試しに呼んでみることにする。「グローリア……」

彼女が近づいてくる。

いつものように好奇心を目に浮かべているけれど、いまはなにか別のものがある。疑いだ。

「思い出したことがあるの……わたし、前に猫を飼ってた」

「あたしもよ。フーディニっていうの」

「かわいい？」

「ちっとも」でも、彼女がそんな答えは聞きたがっていないことに気づいて、すぐに言い直す。「かわいいわ。白と薄い茶色で、いつも寝てばかりで、いつもおなかをすかせてるの」

グローリアは少し考えてから、また質問する。「どうしてわたしは忘れていたんだと思う？」

「わからない」

「考えたの……猫のことを忘れていたんだったら、ほかのこともみんな思い出せないんじゃないかって。たぶん、わたしの本当の名前も」

「でも、〝グローリア〟って好きよ」そう言って、安心させる。本当の名前はリンダ・ブラウンだと言ったときの反応を思い出しながら。

「グローリア……」

「なあに？」

「スティーヴのこと、教えてくれる？」

「スティーヴはわたしたちのことが大好き。あなたもすぐに好きになるわ」

「どうしてあたしたちを助けてくれたなんて言うの?」

「だって、本当のことだから。本当に助けてくれたんだもの」

「あたしは助けてもらう必要なんてなかった」

「知らなかっただけで、危ないところだったんだから」

「危ないって、フランキーのこと?」

グローリアはその名前を怖がっている。決心がつかない。話すべきかどうか。そして、よく考えてから、もっとベッドに近づいて、やっと聞こえるくらいの小さな声で言う。

「フランキーはわたしたちをひどい目にあわせようとしてる。わたしたちを捜してる。だからここに隠れてないといけないの」

「フランキーが誰なのかも、どうしてそんなことをするのかもわからない」

「わたしたちにはなにもしてないけど、わたしたちの両親にはしたわ」

「あたしのパパとママにも? どうして?」

信じられない。作り話みたい。でも、グローリアはちっとも疑わなかった。

「わたしの両親は彼をだましたの。お金を盗んだのよ」

またしても彼女の口から、誰かに借りてきて、いつのまにか頭にきざみこまれたような言葉が出てきた。

「あたしの両親は誰のお金もとってないわ」

「わたしのパパとママはもう死んだわ。フランキーが殺したの。それで、彼は自分の使命を果たすために、わたしを捜してるわけ。だけど、スティーヴは大丈夫だって言ってる。ここならぜったいに見つからないって」

「ねえ、グローリア、聞いて……」

ときどきグローリアはうろたえて、最後まで考えるには手を貸さなきゃいけないこともある。

「グローリア、いまはあたしとしゃべってるのよ……」

「わかってる。それで、どうしたの？」

「あなたのパパとママは生きてるわ。少し前にテレビで見たのをおぼえてる。トークショーで、あなたのことを話してた。お誕生日おめでとうって」

グローリアはその言葉を聞いても混乱している様子はない。すべて本当のことかどうか考えはじめている。

「テレビは見てはいけないの。スティーヴがいいって言ったテープだけ」

「スティーヴ。悪いのはスティーヴなのよ、グローリア。フランキーなんていない。あなたをここに閉じこめておくために、スティーヴが考えだしただけ」

「フランキーはいるわ」

「考えてみて。彼を見たことがある？」

グローリアは考える。「ううん」

「だったら、どうしているなんて思うの？」

たとえグローリアが同い年だとしても、十二歳よりもずっと幼く見える。まるで脳が成長するのをやめて、九歳のまま止まってしまったように。つまり、スティーヴがリンダ・ブラウンを誘拐したときから。だから彼女は、なんでも考えるのに時間がかかるのだ。

「スティーヴはわたしが好きなの」もう一度言う。でも、今度は自分に言い聞かせるように。

「ちがう、グローリア。彼はあなたが好きじゃない」

「だったら、ここから出てもフランキーに殺されたりしない？」

「ぜったいに大丈夫。それに、一緒に出れば、ひとりじゃないから」

「一緒に来てくれる？」

「もちろん。だけど、スティーヴから逃げだす方法を考えないといけないわ」

「あなたは具合が悪いんでしょ」

「わかってる。それに腕が動かないの」

「折れてるのよ」

「どうして？　思い出せない……」

「スティーヴがあなたをここまで運んできたときに、一緒に階段から落ちたの。彼はとっても怒ってた。あなたを死なせたくないの。だから、彼を好きにならなきゃいけないって教えられないんだわ。とても大事なことなのに」

「あたしは彼が好きじゃないわ」

　グローリアはしばらくしてから言う。「〝リンダ〟って名前、好きよ」

「よかった。だって、それがあなたの本当の名前なんだもの」

「じゃあ、そう呼んで……」

「わかったわ、リンダ」はっきり発音すると、彼女がにっこりする。「これで、あたしたちは友だちよ」

「ほんとに？」

「名前を交換したら友だちになるって、聞いたことない？」

「あなたの名前はもう知ってるわ……マリア・エレーナでしょ」

「そう。だけど、友だちには〝ミーラ〟って呼ばれてる」

39

「そいつはスティーヴっていったわ。スティーヴ・スミッティ」

ホテルのシングルベッドの上で、ゴランに手を握られたまま、ミーラはその名前を吐き捨てるように発音した。

「なにも考えないで生きていたような、ろくでなしの男だった。どうでもいい仕事を渡り歩いて、しかもどれひとつとして一カ月も続かなかった。ほとんどは働かないでぶらぶらしていたわ。両親が死んで家を相続して――わたしたちはそこに監禁されていたんだけど――彼は生命保険の保険金で暮らしていた。それほど大金ではなかったけれど、彼の〝偉大なる計画〟を実現させるにはじゅうぶんな額だった」

ミーラはその言葉を大げさに言ってみせた。そして、いかにばかげた話だったかを思い出して枕の上で首を振った。

「スティーヴは女が好きだったけれど、近づく勇気がなかったの。ペニスが小指ほどの大きさしかなくて、ばかにされると思っていたのよ」一瞬、恨みを晴らすような嘲笑が顔に張りつく。「だから女の子に興味を持つようになった。小さい子とならうまくいくんじゃないかと思って」

「リンダ・ブラウンの事件は憶えている」ゴランが言った。「そのころ、わたしは大学の教壇に立ったばかりで、警察はたくさんのミスを犯したと考えていた」

「ミス？　とにかく大騒ぎだったわ。スティーヴは犯罪者としてはお粗末としか言いようがなかった。数々の痕跡を残していたし、目撃者もおおぜいいた。でも、警察はなかなか発見できなくて、犯人は巧妙だと言いだす始末だった。本当はただの間抜けにすぎなかったのに。とてつもなく運のいい間抜け……」

「だが、うまくリンダを言いくるめた……」

「彼女の恐怖心を利用したのよ。実際にはいもしない人物――フランキー――を考えだして悪役を押しつけて、自分は善人におさまった。命の恩人に。あのばかは想像力も欠けていたわ。フランキーというのは、あいつが子どものころから飼っていたカメの名前だったのよ！」

「だが、うまくいった」

ミーラは興奮を静めて続けた。「相手が恐怖に脅えて混乱した女の子だったからよ。そういった状況では、いとも簡単に現実を見失ってしまう。かくいうわたしだって、実際には地下室にいたのに、〝怪物のおなか〟だと思っていた。上には家があって、まわりには似たような家が、いたってふつうの家がたくさんあった。家の前を通る人は、まさかわたしがその下にいるなんて思わなかったわ。もっと痛ましいのは、リンダが家の中を自由に歩きまわるのを許されていたこと。ちなみに、グローリアというのは、彼が最初に振られた女の子の名前だったんだけど、とにかくリンダは外に出ようと思わなかった。玄関のドアはほとんどいつも開いていたというのに。彼は散歩に出かけるときも鍵はかけなかったから。フランキーの話をしていれば大丈夫だと思ったのよ」

「だが、きみは運よく生きて逃げることができた」

「腕は壊死しかかっていたわ。医者はなかばあきらめていた。それに、ひどい栄養失調だった。あの男はお粥《かゆ》みたいなものしか与えてくれなかったし、怪我の手当てに使っていたのは、薬局のゴミ入れから拾ってきた期限切れの薬だった。だから、とくに薬物を飲ませる必要もなかったのよ。あまりにひどい貧血で、意識を取り戻したのはまさに奇跡だったわ」

外は土砂降りの雨で、通りに残った雪を洗い流していた。ふいに突風が吹いて、鎧窓ががたがた揺れる。

「あるとき、誰かがわたしの名前を呼ぶ声が聞こえて、昏睡状態から目を覚ましたの。人の足音が聞こえて、注意を引こうとしたら、そのときリンダが現われて、やめるように言われた。わたしは助かるのと引きかえに、自分がひとりではないというささいな喜びを手に入れた。でも、わたしはまちがっていなかったわ。わたしの頭上には、付近一帯をしらみつぶしに捜索していた警察官がいた。まだわたしを捜していたのよ。もっと大声を出せば、気づいてくれたかもしれない。わたしたちを隔てているのは薄い木の床だけだったから。ふたりいたうち、ひとりは女性で、わたしの名前を呼んだのはその人だった。でも、声に出していたわけじゃなくて、心の中で呼んでいたのよ」

「それがニクラ・パパキディスだった。そうだろう？ そういう事情できみたちは知りあった……」

「そのとおり。わたしが呼びかけに答えなくても、なにかを感じとったのよ。それで、数日後にまたやってきて、まだわたしの気配を感じるかどうか、家のまわりを歩いてみた……」

「では、リンダのおかげで助かったわけではないのか……」

ミーラはふんと鼻を鳴らした。「リンダ？ 彼女はスティーヴの話しかしていなかったわ。無意識のうちに、彼の小さな共犯者になっていたのよ。なにしろ三年ものあいだ、彼が世界のすべてだったから。スティーヴが地上に生き残った最後の人間だと思いこんでいたのね。それに、子どもというのは大人を信じるものでしょう。でも、リンダはともかく、スティーヴはもうわたしを手放すつもりだった。もうじき死ぬと思っていたのよ。だから家の裏の物置小屋に穴を掘って準備をしていた」

新聞に載ったその墓穴の写真は、自分にとっては別の意味もあった。

「助けだされたとき、わたしはほとんど死にかけていたわ。救急隊員に担架にのせられて、スティーヴに地下へ連れていかれるときに一緒に転げ落ちた階段を上って運びだされたことも知らなかった。おおぜいの警察官が家を取り囲んでいたことも、野次馬が集まっていて、わたしの救出劇に拍手喝采が起きたことも気づかなかった。だけど、そのあいだじゅうニクラの声がずっと頭の中で状況を教えてくれて、光のほうへ行ったらだめだとささやいていた……」

「なんの光だ？」ゴランは興味を引かれて尋ねた。

ミーラはほほ笑んだ。「彼女は光があると信じていたの。信仰のようなものかしら。たぶんどこかで読んだのね。わたしたちが死ぬと、肉体を離れた魂はトンネルをさっと通りすぎて、突如まばゆい光が現われると……彼女には言わなかったけど、実際にはなにも見えなかった。ひたすら真っ暗だったわ。でも、彼女をがっかりさせたくなかったの」

ゴランは彼女の上に身をかがめて、肩にキスをした。「なんていう目に遭ったんだ」

「運がよかったのよ」そう言って、ミーラはサンドラ――六人目の少女――のことを考えた。「彼女を救いださなければならなかったのに、わたしはなにもできなかった。まだ生きている可能性はどれくらいあるのかしら」

「きみの責任ではない」

「いいえ、そうよ」

ミーラは身を起こしてベッドの端に腰かけた。ゴランはふたたび彼女に腕を回した。やさしく肌を撫でる手は心までは届かずに、またしても彼女との距離が遠ざかった。

ゴランはそれに気づいたものの、それ以上求めることはしなかった。「シャワーを浴びてくる」彼は言った。「家に帰らなければいけない。トミーが待っている」

ミーラは裸のまま、じっと動かなかった。やがてバスルームに湯が流れる音が聞こえてきた。あの忌まわしい記憶を残らず追いはらって、もう一度、頭の中を真っ白にして、少女のころのように他愛もないことでいっぱいにしたかった。だが、それは力ずくで奪われた特権だった。

スティーヴの家の裏の物置小屋に掘られた穴は、いまも空っぽではない。その中に、彼女の他人に共感する力が埋められているのだ。

ミーラは枕もとのテーブルに手を伸ばして、テレビのリモコンを取った。ゴランのシャワーのように、意味のないおしゃべりや光景が頭の中に残っている邪悪なものを洗い流してくれることを期待して、テレビをつける。

画面には、暴風雨に飛ばされまいと踏ん張って、マイクを握りしめた女性が映っていた。右側にはニュース番組のロゴがあり、画面の下にニュース速報のテロップが流れている。そして女性のはるか後方に、たくさんのパトロールカーに囲まれた家が見えた。回転灯が夜の闇を切り裂いている。

「……一時間以内に、ロシュ警部が記者会見を行なう予定になっています。とりあえず現時点で言えるのは、なんの罪もない少女たちを誘拐して殺害し、国じゅうを恐怖と混乱に陥れた凶悪犯の正体が判明したということです……」

ミーラは金縛りにあったように動けず、目は画面に釘づけだった。

「……男は保護監察中の前科者で、今朝、通常の訪問で自宅を訪ねたふたりの監察官に発砲しました……」

ボリスの尋問が行なわれていた部屋の隣で、テレンス・モスカから聞いた話だった。ミーラは耳を疑った。

「……負傷した監察官が病院で死亡したことを受けて、現場に派遣された特殊部隊が突入しました。男を殺害後、住居に突入し、そこで驚くべき発見をしたのです……」

少女は、彼女はどうなったの？

「……いまテレビをつけた方のために繰りかえします。前科者の名前はヴィ、ン、チ、ェ、ン、ト・ク、ラ、リ、ッ、ソ……」

アルベルトよ。ミーラは頭の中で訂正した。

「……捜査本部によりますと、六人目の少女はまだわたしの後ろの家の中にいるとのことです。救急医療チームによる応急措置を受けています。まだ確認できていませんが、どうやらサンドラは生存している模様です」

環境音傍受記録　No.7
十二月二十三日
午前三時二十五分
　　　　　　　　　　　録音時間　一分三十五秒

囚人RK-357／9
……知っていて、準備ができていて、待ち構えている［筆記者には理解不能な一語］……われわれの怒りにふさわしい……なにかをする……なによりも信頼の置ける……［理解不能な一文］ばか正直で言いなりにな
る……あざ笑うことはない……知っていて、準備ができていて、待ち構えている［理解不能な一語］いつでもわれわれにつけ入るやつがいる……罰が必要だ……罰を与える……物ごとを理解するだけではなく、ときに結果を行動に移す……知っていて、準備ができていて、待ち構えている［理解不能な一語］……そして殺して、殺して、殺して、殺して、殺して、殺して、殺して、殺して、殺して、殺して、殺して、殺して、殺して、殺して、殺す。

40

二月二十五日

犯罪行動科学部

アルベルトの正体はヴィンチェント・クラリッソだった。

男は武器を使用した強盗罪による刑期が短縮され、二ヵ月ほど前に出所した。

ひとたび自由の身になると、みずからの計画を実行に移した。

暴力犯罪としては前例がなかった。精神疾患の徴候もない。連続殺人犯になりうる要素もいっさいなかった。

武器を使用した強盗というのは、裁判でヴィンチェントを弁護した弁護士に言わせれば〝通りがかりの事故〟だった。重度のコデイン依存症の青年による愚行というわけだ。クラリッソはまともな中流階級の家庭の出身で、父親は弁護士、母親は教師だった。看護学校を卒業後、一時期は自宅近くの診療所で手術補助を担当する看護師として働いた。サンドラの腕を切断したあと、彼女を生かしておくために必要だった知識は、おそらくそのときに習得したものと思われる。

ゴラン・ガヴィラの捜査班では、アルベルトが医師である可能性を指摘したが、あたらずといえども遠からずだったというわけだ。

ヴィンチェント・クラリッソは、みずからの人格のゆがんだ胚の中に、こうした経験をすべて蓄積していた。怪物と化すために。

だが、ミーラには納得がいかなかった。

彼じゃない。タクシーに乗って連邦警察本部の建物へ向かう途中、彼女は何度となく考えた。

テレビでニュースを見たあと、ゴランは二十分ほど電話でステルンと話して最新情報を得た。ミーラが心配そうに見つめるなか、ゴランはしばらくホテルの部屋の中を歩きまわっていた。ゴランはルーナに電話して、もう一晩トミーの世話を頼むと、サンドラの発見された現場へ急行した。ミーラも一緒に行きたかったが、彼と行動をともにしている理由は釈明できない。そこで、あとで犯罪行動科学部で落ちあう約束をした。

すでに深夜十二時を回っているというのに、街は大いににぎわっていた。おおぜいの人が通りにあふれかえり、雨のなか、ようやく悪夢が終わったことを祝っている。クラクションが鳴り響き、人々が抱きあって喜ぶ光景は、まるで新年を迎えたかのようだった。クラリッソの共犯者がいた場合に備えて、逃亡を阻止するためにあちこちの道路が封鎖され、渋滞がひどくなっていたが、それは同時に一連の事件が大団円を迎えた場所をひと目見ようとする野次馬たちを近づけないためでもあった。

歩く速度と変わらないタクシーの中で、ミーラはラジオから新たな情報を得た。テレンス・モスカはすっかりヒーローに祭りあげられていた。事件が解決したのは、彼にとって思いがけない幸運だった。だが、直接の恩恵をこうむるのは捜査の責任者だけというのが世の常だ。

一向に進まない車の行列に見切りをつけたミーラは、激しい雨に立ち向かうことに決めて、タクシーを降りた。連邦警察の建物まではまだ数ブロックある。彼女はパーカーのフードをかぶると、考えにふけりながら歩きだした。

ヴィンチェント・クラリッソの姿は、ゴランの描いたアルベルト像とは一致しなかった。

ゴランによれば、犯人は六人の少女の遺体を標識のように利用した。特定の場所に置いて、みずからは理解していながらも、けっして解明されることのない恐怖を世間に突きつけた。犯罪者たちを陰で操る謎めいた存在で、彼らの人生のどこかの地点で全員に会っている男にちがいないと考えていた。

〝いずれも狼のようだ。狼はしばしば群れで行動する。そして群れにはリーダーがいる。それがまさにアルベルトだ。アルベルトが彼らを率いているんだ〟ゴランはそう断言した。

ヴィンチェントがアルベルトではないというミーラの確信は、その年齢を聞いたときにますます強まった――三十歳。孤児院のロナルド・デルミス少年や、ジョゼフ・B・ロックフォルドと知りあうには若すぎる。実際、捜査班では五十歳から六十歳のあいだにちがいないと推定していた。しかも、大富豪の記憶のなかで彼に会ったニクラの描写ともまったく似ていない。

そして、雨のなかを歩きながら、ミーラはみずからの疑念を深めるもうひとつの理由を見つけた。フェルダーがイヴォンヌ・グレスとその子どもたちをカーポアルトの屋敷で虐殺したとき、クラリッソは服役中だった。したがって、殺害に手を貸して血痕に浮きあがった人型を壁に残すことはありえない。

彼じゃない、警察はミスを犯している。でも、きっとゴランが気づいて説明するだろう。

連邦警察本部に到着すると、廊下には明らかに浮かれたような空気が漂っていた。捜査官たちは肩をたたきあい、特殊部隊の制服姿で戻った者たちは犯行現場の生々しい様子を語って聞かせていた。その報告は口から口へと伝えられ、少しずつ新たな詳細が加わって話がふくらんだ。

ミーラはひとりの婦人警官に呼びとめられ、ロシュ警部が至急会いたがっていると告げられた。

「わたしに？」彼女は驚いて問いかえした。

「そうです。オフィスでお待ちです」

階段を上りながらミーラは考えた。ロシュに呼ばれたのは、事実を照合するうちに、当てはまらないことがあると気づいたからではないか。本部全体を包みこんでいる興奮状態はすぐにおさまって、皆、冷静さを取り戻すにちがいない。

犯罪行動科学部には私服の捜査官が数名いるだけで、いずれも浮かれ騒いではいなかった。深夜にもかかわらず勤務中だということを除けば、雰囲気は日常となんら変わらなかった。

さんざん待たされたあげく、ようやくロシュの秘書が呼びにきた。オフィスのドアの前まで来ると、警部が電話で話しているらしい声が聞こえてきた。しかし中に入ると、驚いたことに警部はひとりではなかった。ゴラン・ガヴィラと一緒だった。

「こっちへ来てくれ、ヴァスケス捜査官」ロシュが手招きをした。彼もゴランも、デスクの向こう側に立っている。

ミーラはゴランに近づいた。彼は曖昧な表情で振りかえった。わずか一時間前に生まれた親密さは明らかに消えていた。

「たったいまゴランに話していたところだ。明日の朝の記者会見には、きみたちふたりにも同席してもらいたい。もちろんモスカ大尉も一緒に。きみたちの協力がなければ事件は解決しなかった。ぜひとも感謝の意を表したい」

ミーラは驚きを隠せなかった。そして、その反応にロシュが困惑しているのに気づいた。

「警部、失礼を承知で申しあげますが……わたしたちはまちがっているんじゃないでしょうか」

ロシュはゴランに向き直った。「このたわ言を、きみはどう思うかね？」

「ミーラ、すべて解決したんだ」犯罪学者は冷静に言った。

「いいえ、まだよ。あの男はアルベルトじゃない。矛盾だらけだわ。わたしは……」

「まさか記者会見でそんなことを言うつもりじゃないだろうな？」ロシュが異を唱える。「だとしたら、同席は取り消しだ」

「ステルンも同意するはずです」

ロシュはデスクの上の紙を振ってみせた。「ステルン特別捜査官は、取消し不可かつ即時効力の辞表を提出した」

「なんですって？　どういうことですか？」ミーラにはわけがわからなかった。「このヴィンチェントはアルベルトの特徴と一致しません」

ゴランが説明しようとする。その目に一瞬、彼女の傷跡にキスをしたときのやさしさがよぎった。「彼がわれわれの捜していた男だという証拠は揃っている。少女の誘拐および死体遺棄に関してぎっしりメモが書きこまれたノート、カーポアルトの警備システムの設計図のコピー、デビー・ゴルドンの寄宿学校の見取り図、服役中に勉強を始めた電子工学および情報処理の参考書……」

「アレクサンデル・ベルマンやロナルド・デルミス、フェルダー、ロックフォルド、それにボリスとの接点もすべて見つかったというの？」ミーラは憤然として尋ねた。

「現在、彼の家を徹底的に捜索中だ。そうした接点もじきに見つかるだろう」

「それだけじゃないわ。わたしが考えたのは……」

「サンドラが証言した」ゴランがさえぎった。「自分を連れ去ったのは彼だと」

それを聞いて、ミーラは落ち着きを取り戻した。

「彼女の容態は？」

「医師は楽観している」

「これで納得したか？」ロシュが口をはさんだ。「混乱を引き起こすつもりなら、ただちに家に帰ってもらおう」

そのとき、インターホンで市長が至急面会を求めていると秘書が告げた。ロシュは椅子の背にかけてあった上着を取って歩きだしたが、ゴランを振りかえって言った。「いまのが公式見解だと彼女に説明してくれ。同意するか、さもなければ退場だと」そして、ドアをばたんと閉めて出ていった。

ふたりきりになると、ミーラはゴランがなにかちがうことを言うのではないかと期待した。だが、彼は追い討ちをかけただけだった。「残念ながら、まちがっていたのはわれわれのほうだった」

「どうしてそんなことが言えるの？」

「なにもかもが失敗だった。まちがった道を切りひらいて、見境なく突き進んだ。責任の大半はわたしにある。すべてはわたしの推理だった」

「ヴィンチェント・クラリッソがどうやって彼らと知りあったのか、考えてみたらどう？　それでも彼が黒幕だったと言える？」

「それはどうでもいい……問題は、彼の犯行に気づくまでに予想外に時間がかかりすぎたということだ」

「どう考えても客観的な判断には思えないわ。その理由を当ててみましょうか。ウィルソン・ピケット事件のときに、ロシュはあなたをかばって、上層部が解散を求めていたにもかかわらず、捜査班を存続させるのに手を貸した。あなたはいま、そのときの恩返しをしているのよ。この説が認められれば、ロシュはテレンス・モスカを引き離すことができる。警部の椅子も安泰だもの」

「もう解決したんだ！」ゴランは声を荒らげた。

ふたりはしばし黙りこんだ。やがて、ゴランはドアへ向かった。

「ひとつだけ教えて……ボリスは自白したの？」ミーラは彼の背に向かって問いかけた。

「まだだ」ゴランは振りかえらずに答えた。

彼女はひとり部屋に取り残された。両手をわきに下ろしたまま、ぐっと拳を握りしめる。同時に悪態が口をついて出た。彼女はステルンの辞表に目を落とした。手に取ってみる。この形式的な数行のどこにも、彼の決意の真意は記されていない。だが、ステルンがかつてはボリスから、そしていまはゴランからなんらかの極秘情報を得ていることは確かだ。

辞表をデスクに戻したときに、上部にヴィンチェント・クラリッソの名が記された電話の通話記録に気づいた。彼の交友関係に有力な後ろ盾がないかどうかを確認するために、ロシュが取り寄せたのだろう。ジョゼフ・B・ロックフォルドのような人物が関わっていたことを考えると、誰が登場してもおかしくはない。だが、彼は社交的なタイプではなかった。通話は一件のみで、しかも前日だ。

その番号を見て、ミーラはどうも見覚えがあるような気がしてならなかった。

ポケットから携帯電話を取りだして、その番号を打ちこむと、すでに登録してあった名前が表示された。

41

呼出し音は鳴ったが、誰も出なかった。

なにやってんのよ、早く起きて。

タクシーのタイヤがアスファルトにたまった水を跳ねあげるが、さいわい雨はやんでいた。通りはミュージカルの舞台のごとくきらめき、いまにもポマードで髪を撫でつけたタキシード姿のダンサーが現われそうだった。

回線が切れ、ミーラはもう一度かけてみる。これで三度目だった。十五回目の呼出し音で、とうとう相手が電話に出た。

「こんな時間に誰よ？」シンシア・パールの声は眠そうに間延びしていた。

「ミーラ・ヴァスケスよ、憶えてる？　おととい会ったでしょう……」

「ええ、憶えてるけど……明日にしない？　あたし睡眠薬飲んだところなの」

アルコール依存症の回復者だけでなく、連続殺人事件の生存者が眠りにつくために薬を服用するのは驚くことではない。だが、ミーラは待てなかった。いますぐ彼女の答えを聞く必要があった。

「いいえ、シンシア、悪いけどいま話したいの。そんなに時間は取らせないわ……」

「わかったわよ」

「昨日の朝八時ごろ、電話があったでしょう……」

「ええ、ちょうど仕事に行こうとしていたところだったわ。おかげで遅刻して、上司にお目玉食らった」

「電話は誰からだったの？」

「保険の調査員だって言ってたわ。ほら、例の件で補償金を請求してたから……」

「名前は名乗った？」

「たしかスペンサーとか。どこかにメモしたはずよ」

確かめても無駄だ。ヴィンチェント・クラリッツォは偽名で電話をかけ、彼女に疑われないための口実を用いたのだ。ミーラは続けた。「メモは捨てても構わないわ。それで、どんな用件だったの？」

「電話で事件の話を聞かせてほしいって。ベンジャミン・ゴルカのことも」

ミーラは驚いた。ヴィンチェント・クラリッツォは、なぜウィルソン・ピケット事件のことを知りたがったのだろう。彼が五人目の遺体をスタジオに置き去りにした結果、レベッカ・スプリンゲルを殺した真犯人が、ベンジャミン・ゴルカではなくボリスだったことが判明した……。

「どうして聞きたかったのかしら？」

「報告書を書きあげるためだって。保険って、ほんとにめんどくさいのね」

「ほかには、なにか訊かれたり言われたりしなかった?」

シンシアはすぐには答えなかった。また眠くなったのかと思ったが、そうではなく、ただ考えていただけのようだった。「ううん、なにも。とっても丁寧だったけどね。最後に、手続きは順調に進んでいるって言ってた。きっと補償金はもらえるわ、でしょ?」

「よかったわね。こんな時間にごめんなさい」

「あたしの話が、例の行方不明の女の子を見つけるのに役立つんだったら、ちっとも構わないわ」

「じつは、もう見つかったの」

「ほんとに?」

「テレビで見なかった?」

「夜は九時には寝ちゃうの」

シンシアはもっと詳細を知りたがったが、ミーラには時間がなかった。そこで、ほかの電話がかかってきたふりをして通話を切った。

すでにシンシアと話す前から、新たな事実に気づきつつあった。

ボリスは罠にかけられたのかもしれない。

「いまからスピード違反をしても、見なかったことにするわ」彼女が言うと、タクシーの運転手が振り向いた。

「その必要はありません。もう着きました」

ミーラは料金を支払って降りた。目の前には警察官がずらりと並び、何台ものパトロールカーが回転灯をひらめかさせていた。さまざまなテレビ局のライトバンが通りに列をなしている。カメラマンはつねに背景に家が映りこむ角度にカメラを設置していた。

ミーラはすべてが始まった場所に来た。〝グラウンド・ゼロ〟とも呼ぶべき犯行現場。

ヴィンチェント・クラリッソの家。

どうやって警備をかいくぐったのかは、よく憶えていないいなかった。とりあえず首から身分証を下げて、この管轄区の警官ではないことに気づかれないように祈った。

先に進むにつれて、本部の廊下で会った同僚の顔もちらほら見えた。車の周囲に集まって話している者もいれば、サンドイッチとコーヒーで休憩を取っている者もいた。そのなかに法医学者のバンを見つけた。チャンはステップに腰を下ろして報告書を書いていて、ミーラが前を通りすぎても顔を上げなかった。

「どちらへ行かれるんですか？」

振りかえると、太った警察官が息を切らしながらやってくる。あらかじめ言い訳を用意しておくべきだったが、なにも考えていなかった。もはやこれまでか。

「わたしの部下だ」

クレップがふたりのほうに進み出た。科学捜査官は首に絆創膏を貼っていて、そこから翼のある竜の頭とひげが見えた。新たにタトゥーを彫ったようだ。彼は警察官に向かって言った。「通してやってくれ。許可は得ている」

警察官はその言葉を信用して、くるりと向きを変えると、来たほうへ戻っていった。

ミーラはなんと言ったらいいのかわからずに、クレップを見た。彼はウインクをすると、そのまま行ってしまった。考えてみれば、助けてもらってもそれほど驚くことはないのかもしれない。ふたりとも——方法は異なるとはいえ——皮膚や肉体にみずからの歴史を刻んでいる、いわば同類なのだから。

家の玄関へ続く小道は坂になっていた。砂利の上には、ヴィンチェント・クラリッソの命を奪った銃撃戦の名残りの薬莢《やっきょう》がまだ落ちている。玄関のドアは入りやすいように蝶番が外されていた。

一歩足を踏み入れるなり、強烈な消毒薬のにおいが鼻をついた。

居間には六〇年代に流行したフォーマイカの家具が

置かれていた。もともとアラベスク模様だったが、いまは保護用のビニールにおおわれたソファ。つくり物の火の灯った暖炉。黄色いカーペットに調和したバーカウンター。壁紙には、キンギョソウに似た大きな茶色の花がデザインされている。

部屋を照らしているのは、ハロゲンライトではなく電気スタンドだった。これもテレンス・モスカの新たな手法だった。大尉にとってこれは〝舞台〟ではなく、あくまで簡素な現場でなければならない。かつての古きよき警察学校のようだ、とミーラは思った。そのモスカの姿がキッチンに見えた。彼よりも体の引きしまった同僚たちと、ちょっとした会談をしている。彼女はそちらのほうへは行かないようにした。できるだけ気づかれないようにしなければならない。

中にいる者は全員がシューズカバーとラテックスの手袋を身につけていた。ミーラもそれに倣《なら》い、周囲に溶けこむように気をつけながらあたりを見まわした。

ひとりの刑事が本棚から本を抜きだしていた。一度に一冊ずつ。取りだして、ざっとページをめくってから床に置く。食器棚の引出しを調べている者もいた。そして、家具の上の置物を分類している者も。まだ動かしていないものと調べ終えたもの。誰もが異様に手際がよかった。

部屋には塵ひとつなく、ひと目見ただけで、どこになにがあるのかがわかる。それぞれのものに割り当てられた場所はかくあるべきといったように。さながら完成したパズルの中にいるようだった。

なにを探していいのか、ミーラにはわからなかった。この家に来たのは、言うまでもなくここがスタート地点だったからだ。彼女を動かしたのは、ヴィンチェント・クラリッソがシンシア・パールにかけた一本の電話だった。

唯一の生存者から話を聞こうとしたのであれば、クラリッソはベンジャミン・ゴルカを知らない可能性が高い。だとしたら、スタジオで発見された五人目の遺体は、ボリスへの見せしめではなかったことになる。

この論理だけでは同僚の無実を証明するには不十分だ。ほかにもボリスがレベッカ・スプリンゲルを殺したことを示す動かぬ証拠がある——裁判所の保管室から盗まれ、彼の自宅の強制捜査で見つかった被害者のショーツ。

それでもなにかが腑に落ちなかった。

短い廊下の突き当たりの部屋を見たときに、消毒薬のにおいのもとがわかった。

部屋には酸素テントがかぶせられた病院のベッドが置かれ、まるで無菌室のようだった。大量の薬に手術着、医療器具もある。この手術室で、ヴィンチェントは幼い患者に腕の切断手術を施し、その後、ここは彼女の病室となったのだろう。

別の部屋の前を通りすぎると、ひとりの捜査官がプラズマテレビと格闘していた。そこにはデジタルビデオカメラのプラグが差しこまれている。画面の前にはひじかけ椅子があり、そのまわりにサラウンドシステムのスピーカーが置かれていた。テレビの横には、壁一面にミニDVが山と積まれ、日付のみで分類されている。捜査官はそれを一本ずつビデオカメラに挿入しては、映像を確認していた。

そのとき、画面に遊園地が映しだされた。冬の陽ざしに包まれ、子どもの笑い声が響いている。ミーラはその中にカロリーネの顔を見つけた。アルベルトによって最後に誘拐され、殺された少女だ。

ヴィンチェント・クラリッソは、被害者たちを入念に観察していた。

「ちょっと、手を貸してもらえないか？　機械は苦手なんだ」捜査官は映像を停止させようとしながら言った。戸口に人の気配を感じて、一瞬、祈りが通じたと思ったのだろう。だが、その喜びもつかの間、振り向くと誰の姿もなかった。ぽかんとしている彼を残して、ミーラはさらに奥へと進んだ。

三番目の部屋は最も重要な場所だった。

背の高いスチールのテーブルがあり、壁はメモやさまざまな色の付箋が貼られたボードでおおわれている。まるで瞑想室にいるようだった。ヴィンチェントの計画は詳細に築きあげられていた。地図、道路地図、時刻表、時刻表の訂正。デビー・ゴルドンの寄宿学校の見取り図、さらに孤児院の見取り図。アレクサンデル・ベルマンの車のナンバーと、出張の予定表。イヴォンヌ・グレスと子どもたちの写真、フェルダーのスクラップ置き場の写真。大富豪ジョゼフ・B・ロックフォルドの特集を組んだファッション雑誌の切り抜きもある。そして、もちろん誘拐された少女全員のスナップ写真も。

スチールのテーブルにも、表やメモが散らばっていた。とつぜん作業が中断されたかのように。ひょっとしたら、このなかに連続殺人犯のつくりあげた設計図のエピローグが――おそらく永久に――隠されているのかもしれない。

ミーラは振りかえって、ふいに凍りついた。それまで背後にあった壁は、暴力犯罪の捜査に当たっているメンバーの写真でおおわれていた。そこには彼女の姿もあった。

わたしは本当に怪物のおなかの中にいたんだわ……。

ヴィンチェントは捜査班の動きを逐一追っていた。だが、ウィルソン・ピケット事件に遡るものはどこにもなかった。ボリスの犯罪をにおわせるものも。

「ちくしょう。誰も手伝ってくれないのか？」隣の部屋で、またしても捜査官が毒づいた。

「どうしたんだ、フレッド？」

ようやく誰かが腰を上げたようだ。

「この映像はいったいなんなんだ？　それに、なんだかわからなければ、どうやって分類しろというんだ？」

「見せてみろ」

ミーラは写真の壁を離れた。もうこの家に用はない。彼女は見つけたものではなく、ここにはなかったものに満足していた。

ベンジャミン・ゴルカはいなかった。ボリスもいなかった。それだけで、じゅうぶんだ。

五人目の少女に関しては、見落としていた点があった。あるいは、うまい具合にまちがった方向へ誘導されつづけていたのかもしれない。その証拠に、ヴィンチェント・クラリッソは捜査が狙いとは異なった方向へ進んでいると気づいたとたん、シンシア・パールに電話をかけて詳細を聞きだしたのだ。

ミーラはこの情報をロシュへの手土産にしようと考えた。警部のことだから、それを利用してボリスの容疑を晴らし、テレンス・モスカの功績を目立たなくする方法を見つけてくれるだろう。

ふたたびテレビの部屋の前を通ったとき、画面が目に入った。フレッドとかいう捜査官と同僚は、画面に映る場所を特定できずに困っていた。

「ただのアパートメントだよな。それ以外になにがわかるか？」

「それはそうだが、報告書にどう書くんだ？」

「〝場所不明〟でいいじゃないか」

「本気で言ってるのか？」

「ああ。きっと誰かが知ってるさ」

だが、ミーラは知っていた。

そのとき、ふたりはようやく彼女に気づいて振り向いた。ミーラはテレビの画面から目を離すことができなかった。

「どうしたんですか？」

彼女はなにも答えずに、その場をあとにした。そして早足で居間を横切りながら、ポケットから携帯電話を取りだして、電話帳のゴランの番号にかける。

彼が電話に出たときには、すでに外の小道まで来ていた。

「なにがあった？」

「いま、どこにいるの？」思わず警戒したような口調になる。

だが、ゴランは気づかなかった。「まだ行動科学部だ。サラ・ローザが病院にいる娘に会いにいけるよう手配しているところだ」

「あなたの家には、いま誰がいるの？」

彼は少しずつ心配になってきたようだ。「トミーと一緒に家政婦のルーナさんがいる。なぜだ？」

「すぐに帰って」

「なぜだ？」ゴランはいらだたしげに繰りかえす。

ミーラはおおぜいの警官をかき分けて進んだ。「ヴィンチェントはあなたのアパートメントを撮影したビデオテープを持っていたわ」

「どういうことだ？」

「下調べをしているということよ……もし共犯者がいたとしたら？」

ゴランは一瞬、黙りこんだ。「きみはまだ現場にいるのか？」

「ええ」

「それなら、きみのほうが近い。テレンス・モスカに救援を頼んでから、わたしの家に行ってくれ。そのあいだにルーナさんに連絡して、しっかり戸締りをするように言っておく」

「わかったわ」

ミーラは電話を切ると、踵を返して、モスカと話すために家へ戻った。

根掘り葉掘り訊かれないことを祈って。

42

「ミーラ、ルーナさんが電話に出ないんだ」

夜が明けつつあった。

「大丈夫よ。もう着くわ。すぐそこよ」

「わたしもなるべく早く行く」

閑静な住宅街の通りに、パトロールカーがタイヤを軋ませて停まった。マンションの住民はまだ寝静まっている。早起きの小鳥が木々の枝や軒先でさえずるばかりだった。

ミーラは建物の入口へ走った。何度もインターホンを鳴らす。誰も出ない。別の部屋のブザーを押してみた。

「どなたですか?」

「警察です。急いで開けてください。お願いします」

電子錠が外れた。ミーラはドアを押し開けると、三階へ急いだ。ふたりの警察官もあとに続く。エレベーター代わりのリフトは使わなかった。階段のほうが早い。

なにごともありませんように……子どもが無事でいますように。

ミーラはとっくの昔に信じるのをやめた神に祈った。たとえその神が、ニクラ・パパキディスの力を用いて自分を囚われの身から解放してくれたとしても、何度となく自分より不幸な子どもを目にしてきては、とても信仰を保つことなどできなかった。

もうあんな思いはたくさんです。どうか今回だけは……。

階段を上りきると、ミーラは閉まったドアを何度もたたいた。

ルーナさんはぐっすり眠りこんでいるだけだわ、とミーラは自分に言い聞かせた。すぐにドアが開いて、無事に顔を見せてくれるはず……。

だが、なにも起こらなかった。

警察官のひとりが進み出る。「ドアを破りましょうか？」

ミーラは息が切れて答えられず、ただうなずいただけだった。警察官たちが短い助走をつけて思いきり蹴ると、ドアは大きくひらいた。

静かだった。だが、ふつうの静けさではなかった。虚ろで重苦しい静寂。生気を欠いた静寂。

ミーラは拳銃を抜くと、警察官たちをしたがえて中に入った。

「ルーナさん！」

彼女の声が部屋に響いたが、誰も返事をしなかった。ふたりの警察官に別の部屋を調べるよう合図すると、ミーラは寝室へ向かった。

ゆっくりと廊下を進みながら、拳銃を握りしめている右手が震えるのを感じた。脚は重く、顔の筋肉は引きつり、目がひりひりした。

トミーの部屋にたどり着いた。ドアに近づき、空いているほうの手で部屋の中が見えるまで押し開ける。

板戸は閉まっていたが、枕もとのピエロの形のランプが回転し、壁にサーカスの動物の影を映しだしていた。壁ぎわのベッドには、ベッドカバーにおおわれた小さな体が見えた。

まるで胎児のように丸くなっている。ミーラは足音を忍ばせて近づいた。

「トミー……」低い声でささやく。「トミー、起きて……」

だが、小さな体はぴくりともしなかった。

枕もとに来ると、彼女は拳銃をランプのわきに置いた。吐き気を覚えた。ベッドカバーをめくりたくなかった。すでに知っていることを確かめたくなかった。

なにもかも捨て置いて、いますぐ部屋を出ていきたいかった。またしても、こんな現実と向きあわなければならないなんて。何度となく目にしてきたせいで、もはや逃れられない運命なのかとさえ疑った。

だが、ミーラはベッドカバーの端に手を伸ばさないわけにはいかなかった。ベッドカバーをつかみ、思いきってめくる。

彼女はベッドカバーを持ったまま、しばし呆然と立ち尽くした。古いクマのぬいぐるみが、無邪気に笑いながらじっとこちらを見つめていた。

「あの……」

ミーラははっとわれに返った。ふたりの警察官がドアからのぞきこんでいた。

「向こうに鍵のかかった部屋があります」

蹴破るように命じかけたとき、家に入ってきたゴランが息子を呼ぶ声が聞こえた。「トミー、トミー!」

ミーラは廊下に出た。「寝室にはいないわ」

ゴランは顔色を変えた。「なぜだ? じゃあ、どこにいるんだ?」

「向こうに鍵のかかった部屋があるわ。あなたがかけたの?」

混乱と不安のあまり、ゴランには理解できなかった。

「なんのことだ?」

「鍵のかかった部屋が……」

ゴランが、ふいに身をこわばらせる。「聞こえたか?」

「なにが?」

「あの子だ……」

ミーラにはわけがわからなかった。ゴランは彼女のわきを通って、書斎のほうへ駆けだした。

マホガニーのデスクの下に息子が隠れているのを見つけて、彼は涙をこらえきれなかった。かがみこんで息子を抱き寄せ、思いきり抱きしめた。

「パパ、怖かったよ……」

「わかっている。もう大丈夫だ」

「ルーナさんは帰っちゃった。目が覚めたら誰も……」

「いまはわたしがいるだろう?」

デスクの下にしゃがみこんだゴランの言葉にほっとして、ミーラはドアのところに立ったまま、拳銃をホルスターに戻した。

「さあ、朝ごはんにしよう。なにがいい? フリッテッレでいいかい?」

ミーラはほほ笑んだ。もう心配ない。

ゴランがふたたび言った。「おいで、抱いていってやろう……」

そして、彼はデスクの下から出てくると、足を踏ん張って立ちあがった。

だが、その腕の中に子どもの姿はなかった。

「友だちを紹介しよう。ミーラだ……」

ゴランは息子が彼女を気に入ってくれることを期待していた。いつもは知らない相手にはなかなか馴染もうとしない。トミーはなにも言わず、ただミーラの顔を指さした。ゴランはあらためて彼女を見た。泣いていた。

涙はどこからともなく、だしぬけにこみあげてきた。しかし今度ばかりは、涙をいざなった苦しみは無意識から生まれたものではなかった。ひらいたのは体の傷ではなかった。

「どうした? なにがあったんだ?」そう彼女に尋ねるゴランは、本当に腕に重い子どもを抱いているようにふるまっていた。

ミーラはどう答えていいかわからなかった。ゴランはふりをしているようには見えなかった。子供を抱いていると思いこんでいるのだ。

部屋にやってきた警察官たちが、その様子に驚いて割って入ろうとした。だが、ミーラは彼らを制した。

「下で待ってて」

「ですが、まだ……」

「外に出て、本部に連絡して、ステルン捜査官をここに寄越すように言って。仮に銃声が聞こえても心配しなくていいわ。撃つとしたらわたしだから」

ふたりはためらいつつも言われたとおりにした。

「どうなっているんだ、ミーラ?」尋ねるゴランの口調には、いっさい弁解がましいところはなかった。むしろ、どうやっても反論できない真実にショックを受けているようだった。「なぜステルンに来てもらうんだ?」

ミーラは指を口に当てて、静かにしてと合図した。

そして、くるりと向きを変えると、廊下を引きかえしてドアの閉ざされた部屋へ向かった。彼女は力いっぱい錠をたたいて壊すと、ドアを開けた。

部屋は真っ暗だったが、まだかすかに腐敗ガスのにおいを感じた。大きなダブルベッドの上に、二体の遺体があった。

一方は大きくて、もう一方は小さい。

黒ずんだ骨はわずかに残った布地のような皮膚に包まれ、抱きあうようにひとつに溶けていた。

ゴランが部屋に入ってきた。においに気づいて、遺体を見る。

「これはいったい……」自分の寝室にあるふたりの死体が誰のものなのか、わかっていないようだ。ゴランは廊下を振り返って、トミーが入ってくるのを止めようとした……だが、彼の姿は見えなかった。

あらためてベッドを見る。小さな遺体を。突如、真実が容赦なく襲いかかる。そのときになって、ようやくゴランはすべてを思い出した。

彼は窓ぎわに立っていた。外を見つめていた。何日も雪と雨が続いたあとで、ようやく太陽が輝いていた。

「アルベルトが五人目の少女の遺体で示そうとしていたのは、このことだったのね」

ゴランはなにも言わなかった。

「そして、あなたは捜査の目をボリスへ向けさせた。テレンス・モスカに調べるべき方向をほのめかすだけでじゅうぶんだった。彼の鞄の中に入っていたウィルソン・ピケット事件の資料、あれはあなたが彼に渡したのね……それに、あなたはゴルカの事件の証拠品をいつでも見られる立場にあった。そして、裁判所の保管室からレベッカ・スプリンゲルのショーツを盗んで、ボリスの自宅の強制捜査のときに発見させた」

ゴランはうなずいた。

息は脆く、肺に吸いこもうとするたびに粉々になる。

「どうして？」尋ねるミーラの声は喉でひび割れた。

「出ていったあと、彼女がこの家に帰ってきたからだ。思い直したのではなかったから。わたしにただひとつ残された愛するものを奪おうとしたから。あの子が彼女と一緒に行きたがったから……」

「どうして？」もはやあふれでる涙はこらえずに、ミーラはもう一度尋ねた。

「ある朝、目が覚めると、キッチンからわたしを呼ぶトミーの声が聞こえてきた。行ってみると、トミーはいつもの場所に座っていた。朝食を作ってくれとわたしにせがんだ。それがうれしくて、実際にはあの子がいないことを忘れるほどだった……」

「どうして？」すがるような口調だった。

するど今度は、よく考えてからゴランは答えた。

「ふたりを愛していたから」

そしてミーラが止める間もなく、窓を開け、身を躍らせた。

43

ずっとポニーが欲しかった。

だだをこねて、父と母を困らせたことを憶えている。わが家にはそんな場所はないということも考えずに。裏庭は狭すぎたし、ガレージの横のちっぽけなスペースは祖父が菜園にしていた。

それでも、あきらめなかった。両親はほんのいっときの気まぐれで、すぐに気が変わると思っていたようだが、誕生日が来るたびに、あるいはサンタクロースに手紙を書くたびにねだった。

二十一日間に及んだ監禁の末、ミーラが怪物のおなかを脱出し、三カ月の入院を経て家に帰ってみると、裏庭で白と茶色のとてもきれいなポニーが待っていた。

ついに願いがかなったのだ。ところが、彼女は素直に喜べなかった。

その安くない買い物をするために、父は知人たちに頭を下げてまわって寄付を頼んだ。もちろん彼女の家もお金が余っているわけではなく、つねに慎ましく暮らしていた。ミーラがひとりっ子だったのも、おもに経済的な理由からだった。

両親は彼女に弟や妹をつくることをあきらめ、そのかわりにポニーを買った。にもかかわらず、ミーラはうれしくなかった。

この贈り物をもらえるところを何度となく夢に見た。口をひらけばポニーのことばかり。買ってもらって、たてがみに色とりどりの房飾りをつけて、丁寧にブラシをかけてやる場面を思い描いていた。かわりに猫で試したことも一度や二度ではない。そのせいでフーディニは彼女を嫌って、近づこうとしなかったにちがいない。

子どもがポニーに惹かれるのには理由がある。けっして大きくならず、子どものころの魔法は永遠に解けることがない。それがうらやましいのだ。

ところが、ミーラは救出されると、ひたすらすぐに大人になることだけを望んだ。自分と、自分の身に起きたことのあいだに距離を置きたかった。少しでも運に恵まれていたなら、忘れることも夢ではなかったかもしれない。

だが、どうやっても大きくなることのないポニーは、彼女にとって、ある意味で耐えがたい時間との契約だった。

スティーヴの家のおぞましい地下室から生きて出られたことは、いわば新たな人生の始まりだった。左腕を元どおり使えるようにするために三ヵ月入院したあとは、世界のあらゆることに対して自信を取り戻す必要があった。日常生活だけでなく、大切な人との関係も。

誘拐される前に血の誓いを立てた親友のグラシエラは、どこかよそよそしい態度をとるようになった。もはや新発売のチューインガムをひと箱買って、きっちり同じ数に分けることも、ちっとも恥ずかしがらずに目の前でおしっこをすることも、ボーイフレンドができたときのためにディープキスの練習をすることもなかった。グラシエラは変わってしまった。話すときには、互いに作り笑いを浮かべる。ずっとそのままだと、頰の筋肉が引きつってしまいそうだった。彼女は愛想よく、やさしくしようと努力するようになり、下品な言葉遣いさえやめてしまった。少し前までは互いに名前で呼ばずに、〝くさい雌牛〟、〝そばかすだらけの雌ブタ〟などと言いあっていたというのに。

人さし指の先に錆びた釘で点をつけたのは、恋人にも婚約者にも邪魔されずに永遠に友だちでいるためだった。それなのに、たった数週間で埋めがたい溝ができてしまった。

考えてみれば、その指先の小さな点がミーラの最初の傷だった。だが、すっかり消えてしまったあとのほうが、むしろ苦痛は大きかった。

「わたしのことを月から帰ってきたみたいに見るのはやめて!」とにかく大声でそう叫びたかった。人々のあの表情ときたら、とても耐えられるものではなかった。案ずるように首をかしげ、口をすぼめる。学校でも、とくに優秀ではないのに、まちがいは大目に見てもらえた。

そうした周囲の寛容さには、うんざりだった。気分はまさに、深夜のテレビで放送しているモノクロ映画の世界だ。自分があの怪物のおなかに隠れているうちに、火星人が襲来して、地球上の人間と残らず入れ替わってしまったかのようだった。

考えられることはふたつ。世界がすっかり変わってしまったか、怪物が二十一日間の妊娠の末に新たなミーラを産み落としたか。

周囲はけっして事件のことに触れようとしなかった。おかげで、彼女はいまにも壊れそうなガラスの泡に閉じこめられているようだった。虚構の世界に耐え抜いてきたあとは、せめて少しでも現実に触れたい――そう願う気持ちは誰にも理解してもらえなかった。

そして十一ヵ月後、スティーヴの裁判が始まった。ミーラはそのときを長らく待っていた。新聞やテレビでも大々的に報道されたが、両親は娘に見せようとしなかった――あなたを守るためよ、と言って。だが、ミーラは両親に隠れてこっそり見た。

彼女もリンダも証言台に立つことになっていたが、検察官はミーラの証言のほうを重視した。リンダは、自分を閉じこめていた男を堂々とかばいつづけたからだ。そして、あいかわらず自分がグローリアだと思いこんでいた。医師はリンダを重度の精神障害であると診断した。そのため、スティーヴに止めを刺すのはミーラの役目となった。

逮捕されたスティーヴは、病気のせいにして罪を逃れようと、ありとあらゆる手を使った。実際にはいもしない共犯者を仕立てあげて、その命令に従っただけだと言い張った。リンダに信じこませた話を、世間にも訴えようとした。例の悪党のフランキーだ。だが、警察の捜査によって、それが昔飼っていたカメの名前だということがすぐにばれた。

それでも、世間はその説を信じようとした。スティーヴは怪物というには〝平凡〟すぎた。自分たちとどこも変わらなかった。だから、背後に別の人物――いまだ正体不明の本物の怪物――がいると考えたほうが安心だったのだ。

ミーラは、スティーヴにすべての罪だけでなく、それによって自分が被った苦痛も償わせる決意で裁判に臨んだ。なんとしてでも彼を刑務所に入れなくてはならない。そのためには、それまで頑なに拒んでいた哀れな被害者の役を演じる覚悟さえあった。

手錠をかけられたスティーヴが入れられた檻と向かいあうかたちで証人席に座ったミーラは、彼のほうはいっさい見ずに、すべてを語るつもりだった。

だが、ふとその姿が目に入ったとたん――骨と皮ばかりに痩せたせいで、だぶだぶになった緑のシャツのボタンを襟もとまできっちり留め、台の上のメモを取ろうと震える手を伸ばしている。髪は片側だけ短く刈られ、もう半分は長いままになっていた――思いがけない感情が芽生えた。苦悩だ。それと同時に、自分をやりきれない思いにさせた、そのみじめな男に対して怒りも感じた。

ミーラ・ヴァスケスが他人に対して共感を覚えたのは、それが最後だった。

ゴランの秘密に気づいた瞬間、ミーラは泣いた。

ど、う、し、て？

心の奥底に封じこめた記憶がささやく――それは共

感の涙だと。

　ふいに堤防の一部が決壊して、驚くほどさまざまな感情が一気に流れだした。そして、他人が感じていることさえ理解できるような気もした。

　ロシュが現場に到着したとき、彼がみずからの優秀な部下、〝明晰な頭脳〟と称えてやまなかった男に、毒を盛られて恐れおののいているのが手に取るようにわかった。

　一方のテレンス・モスカは、出世が確実となった喜びと、その理由をめぐる気まずさのあいだで葛藤しているようだった。

　ステルンの動揺と苦悩は、彼が家に入ってきた瞬間にはっきりとわかった。そして、彼がすぐさま腕まくりをしたのは、この悪夢のような状況で平静を取り戻すためだったということも。

　共感。

　ただひとり、なにも感じることができない相手は、ゴランだった。

　ミーラは、リンダのようにスティーヴの策略にはまることはなかった。フランキーの存在は端《はな》から疑っていた。それでも、この家に子ども――トミー――がいるような錯覚にとらわれた。話には聞いていた。電話口で父親がベビーシッターに息子の様子を尋ね、世話を頼むのも聞いた。そして、ゴランが息子を寝かしつけるときに、その姿さえ見たように思いこんでいた。とても許す気にはなれなかった。信じてしまった自分にも腹が立った。

　ゴラン・ガヴィラは十二メートルの高さから飛び降りても死ななかったが、現在、集中治療室のベッドで生死の境をさまよっていた。

　彼の自宅には警備隊が置かれたものの、それも家の外だけで、家の中を歩きまわっていたのはふたりだけだった――一時的に辞職が保留にされているステルン特別捜査官と、ミーラだ。

なにかを探しているわけではなかった。ただ、すべての出来事を時系列に並べて、考えうる疑問に対する答えを知ろうとしていた。ゴラン・ガヴィラのようなバランスのとれた穏やかな人間が、いったいいつの間に殺人の計画を温めていたのか。復讐のばねが弾《はじ》け飛んだのは、いつだったのか。みずからの怒りに駆り立てられるようにして設計図をつくりはじめたのはいつか。

ミーラは書斎にいた。ステルンは隣の部屋を調べている。警官として、これまで数えきれないほどの家宅捜索を行なってきたが、誰かの人生がここまで徹底的に暴かれることには、いまだに驚きを禁じえない。

ゴランが思索にふけっていた避難場所を見まわしながら、彼女はささいなことに気づいては無関心を装おうとした。ときによって、そうしたなにげない習慣は重要なことを示している場合もある。

ゴランはガラスの灰皿にクリップを入れていた。鉛筆は書類ケースの上で削る習慣があった。デスクの上には写真の入っていない写真立てが置いてある。

その空のフレームは、ミーラが愛せると信じていた男性の抱える深淵への入口だった。

いまにものみこまれそうになって、彼女はたまらずに目をそらした。そして、デスクのわきの引出しを開けた。中には一冊のファイルが入っていた。手に取って、すでにチェックしたファイルの上に置く。だが、それはほかとはちがった。その日付から、少女の連続誘拐が明らかになる前にゴランが調べていた事件だとわかる。

資料のほかに、カセットテープも何本か入っていた。ミーラは資料を読みはじめた。必要ならテープも聴いてみるつもりだった。

それは、ある刑務所の所長——名前はアルフォンセ・ベレンガー——と検事総長事務所とのあいだでやりとりされた書簡だった。内容は、登録番号でのみ識別されている囚人の特異な行動について。

ＲＫ‐３５７／９。

男は数カ月前、深夜にひとり、全裸で田舎道をさまよっているところをふたりの警察官によって拘束された。その直後から、男は警察官に対して身元を明かそうとしなかった。データベースによる指紋照合の結果、前科もないことが判明した。だが、裁判官は男を司法妨害で有罪とした。

現在、服役中である。

ミーラはカセットテープを一本手に取って眺めた。ラベルには日付と時刻しか記されていない。彼女はステルンいったい、なにが録音されているのだろうか。彼女はステルンを呼んで、いま読んだ内容を手短に説明した。

「でも、刑務所の所長はこう書いているわ……〝当刑務所に収監以来、囚人ＲＫ‐３５７／９はつねに模範的な態度を示し、諸規則も遵守しております。ひとりでいるのが好きなようで、他人と打ちとけようとはしませんが……看守のひとりが最近発見した男の奇妙なふるまいにこれまで誰も気がつかなかったのは、そのためもあるのでしょう。囚人ＲＫ‐３５７／９は、みずからの手が触れたあらゆる物品を布切れできれいに拭き、毎日落ちる頭髪や体毛を一本残さず拾い集め、さらには食器と便器を使用のたびに完璧に磨きあげるのです……〟。これについては、どう思う？」

「なんとも言えないな。わたしの妻も掃除にはひどくこだわる」

「まだ続きがあるわ。〝つまり、男は潔癖症か、あるいは、こちらのほうがより妥当な仮定かと思われますが、いわゆる『生体物質』を是が非でも残すまいとしているように見受けられます。こうした事実から、囚人ＲＫ‐３５７／９は過去になんらかの重大犯罪を犯しており、ＤＮＡ検査によって正体が判明することを恐れているのではないか――われわれはそう疑うようになりました……〟。これは？」

ステルンは彼女から資料を受け取って目を通した。

「十一月か……だが、最終的に彼のDNAからなにか判明したかどうかは書いていないのか？」

「どうやら検査を強制することは不可能で、DNAの無断採取は憲法上の権利の侵害に当たるようだわ……」

「それで、どうしたんだろう？」

「彼の監房を抜き打ち検査して、皮膚や髪を採取しようとしたの」

「彼は独房に収容されていたのか？」

ミーラは資料をめくった。たしか、それについて記されていた部分も読んでいたはずだった。「これだわ。所長がこう書いている。〝これまで男は別の囚人一名と雑居房に入れられていたため、みずからの生体的痕跡を同居人のものに紛れこませることも容易だったはずです。そこで今日、われわれは最初の一手として、男を独房に移す対策をとった次第であります〟」

「それで、DNAの採取には成功したのか、それとも失敗したのか？」

「どうやら、この囚人は看守よりずっと賢くて、いつ検査しても独房はつねにきれいだったようよ。でも、そのうちに彼が独り言を言っていることに気づいて、なにを言っているのか突きとめるために隠しマイクを仕掛けた……」

「そこで、ガヴィラ博士の登場か？」

「専門家の意見は求めているけれど、わからないわ……」

ステルンはしばらく考えこんだ。「カセットを聴いてみるべきかもしれない」

書斎の家具の上に、古いカセットレコーダーがあった。おそらくゴランが思いついたことを録音するのに使っていたものだろう。ミーラからカセットテープを受け取ると、ステルンはレコーダーのところへ行ってテープを入れ、再生ボタンを押そうとした。

「待って」

　ステルンは驚いて、ミーラを振りかえった。彼女は青ざめていた。

「これは……」

「どうしたんだ?」

「名前よ」

「名前?」

「彼が独房に移される前に、一緒に雑居房に入っていた囚人の……」

「なんていうんだ?」

「ヴィンチェント……ヴィンチェント・クラリッソ」

44

　アルフォンセ・ベレンガーは六十代の童顔の男だった。

　真っ赤な顔は、毛細血管で編んだ目の細かいセーターをかぶせたようだった。笑うと、決まって目がふたつの裂け目のようになる。刑務所には二十五年間勤め、あと数カ月で年金生活に入るはずだった。釣りが大好きで、所長室の片隅には釣り竿と、釣り針やルアーの入った箱が置いてあった。もうじき、それが一日のうちの大半を占めるようになるだろう。

　ベレンガーは有能だと見なされていた。彼が所長に就任してから、刑務所内で大きな暴力事件は一度も起きていない。囚人を人間らしく扱い、看守もめったに力に訴えることはなかった。

アルフォンセ・ベレンガーは聖書を読んで、無神論者となった。だが、〝悔い改め〟を信じ、〝人間はみずから望めば誰でも許しを与えられる権利がある〟というのが口癖だった。たとえ罪を犯した者でも。

正直者というもっぱらの評判で、自分のことは協調性があると考えていた。だが、しばらく前から眠れなくなった。妻は年金生活が近づいているせいだと言ったが、そうではなかった。囚人RK－357／9の正体も、残忍な罪を犯しているかどうかもわからないまま釈放しなければならないと考えると、悪夢にうなされるのだ。

「こいつは……一筋縄ではいきません」セキュリティの柵を通って、独房の並ぶ棟へ向かいながら、彼はミーラに言った。

「どういう意味で？」

「なにがあっても動じません。一度、掃除をやめるのではないかと期待して、水道を止めたんです。ところが、彼は乾いた雑巾ひとつで独房内を残らず拭きました。そこで雑巾も没収すると、今度は囚人服を使いはじめたんです。食事のときに食器を回収することにしたら、なんと食べるのをやめました」

「それで、どうしたんですか？」

「まさか飢え死にさせるわけにはいかないでしょう。まさにいたちごっこですよ。お手上げです」

「科学鑑定は？」

「この独房に移って三ヵ月になりますが、DNAの抽出にじゅうぶんな生体物質は発見できませんでした。わたしにはとても理解できません。なぜそんなことが可能なのか？　われわれは毎日、睫毛や皮膚の破片といったかたちで無数の細胞を落としているというのに……」

釣りで鍛えた忍耐力を発揮すれば、どうにかなる、とベレンガーは踏んでいた。だが、実際にはどうにもならなかった。最後の手段が、今朝になってとつぜん訪ねてきてとても事実とは思えない話を語ったこの女性捜査官だった。

長い廊下を進み、白く塗られた鉄の扉にたどり着く。一五番の独房だ。

所長がミーラに顔を向けた。「本気ですか？」

「三日後にこの男が釈放されたら、もう二度と会うことはないような気がするんです。だから、ええ、本気です」

重い扉がひらき、すぐに背後で閉じた。ミーラは囚人RK‐357／9の小さな宇宙に一歩足を踏み入れた。

想像していた姿とも、ニクラ・パパキディスがジョゼフ・B・ロックフォルドの記憶で目にしてから描いた似顔絵とも異なった。ただ一点を除いて。灰色の目。

小柄な男だった。肩幅は狭く、鎖骨が突きだしている。オレンジ色の囚人服は大きめで、袖もズボンの裾もまくりあげなくてはならなかった。髪は少なく、側頭部にかたまっていた。

彼は簡易ベッドに座って、膝にステンレスのスープ皿をのせており、それを黄色いフェルトのぼろ布で磨いているところだった。その横にカトラリー、小さな歯ブラシ、プラスチックの櫛が整然と並べられている。おそらく磨きあげたばかりにちがいない。彼はわずかに顔を上げてミーラを見たが、磨く手は止めなかった。

その瞬間、ミーラは確信した。彼はわたしがなぜここに来たのかを知っている。

「こんにちは」彼女は声をかけた。「少しお邪魔しても構いませんか？」

男は礼儀正しくうなずいて、壁ぎわの椅子を指した。ミーラはそこに腰を下ろした。

狭い空間に、ぼろ布が絶え間なく一定のリズムで金属をこする音だけが響く。独房の区画は、孤独を耐えがたいものにするために、刑務所特有の騒音からは遮断されている。もっとも囚人RK－357／9は、この環境に不満はないようだった。

「ここにいる誰もが、あなたは何者なのだろうと疑問に思っているわ」ミーラは切りだした。「ある種の妄想にもなっている。この刑務所の所長にとっても、検事総長事務所にとってもね。ほかの囚人はあなたのことを伝説のように語っているわ」

彼はミーラをじっと見つめていた。表情ひとつ変えずに。

「でも、わたしは疑問に思わない。すでに知っているから。あなたは、わたしたちがアルベルトと呼んでいる人物よ。ずっと捜していた人物」

男は無反応だった。

「アレクサンデル・ベルマンの隠れ家で、あの児童性愛者のひじかけ椅子に座っていたのはあなたね。そして、まだ子どものころに、孤児院でロナルド・デルミスと出会った。フェルダーがイヴォンヌ・グレスと子どもたちを殺したときに、彼女の屋敷にいた。壁の血に浮きあがっているのは、あなたの影だわ。そして、ジョゼフ・B・ロックフォルドがあの空き家で最初に人を殺したときにも、一緒にいた……彼らはあなたの弟子だった。あなたはたえず陰に身をひそめながら、彼らの憎しみをかきたてて、悪意をあおりたてた……」

男はリズムを狂わせず、一瞬たりとも手を止めずに磨きつづける。

「そして四カ月ほど前、逮捕されることにした。明らかに自分から進んでね。まちがいないわ。その後、刑務所で同じ監房のヴィンチェント・クラリッソと出会って、彼が刑期を終えるまでの約一カ月間で、すべてを教えこんだ。クラリッソは出所すると、すぐにあなたの計画を実行しはじめた……六人の少女を誘拐して、左腕を切断してから、誰も真相を知りえないおぞましい現実を突きつけるために、遺体を置き去りにした……ヴィンチェントが使命を果たしたとき、あなたはここにいた。だから、あなたに疑いをかける人は誰ひとりいない。この四方の壁が完璧なアリバイとなる……でも、あなたの最高傑作はゴラン・ガヴィラだった」

ミーラはポケットから犯罪学者の書斎で見つけたカセットテープを取りだすと、簡易ベッドの上に放りなげた。男は自分の左脚から数センチのところに落ちたテープを目で追ったが、動きもせず、よけようともしなかった。

「ガヴィラ博士はあなたに会ったことはない。あなたのことを知らない。でも、あなたは彼を知っていた」

ミーラは鼓動が速まるのを感じた。怒り、恨み、そしてそれ以外にもなにかがこみあげる。

「あなたは、この中にいながら彼と接触する方法を考えた。まさに天才だわ。独房に移されると、あなたは頭のおかしい人のように独り言を言いはじめた。看守が隠しマイクを仕掛けて、録音した内容を専門家に聞いてもらうであろうことは、最初からわかっていた。しかも、名もない専門家ではなく、その分野の第一人者に……」

ミーラはカセットテープを指さした。

「全部聴いたわ。何時間にもわたる環境音傍受……このメッセージは不特定多数に向けられたものではない。ゴランに向けられたものだった……〝殺して、殺して、殺して〟……それを聴いて、ゴランは妻と息子を殺した。彼の心に訴えかけるのは、ずいぶん根気のいる作業だったはずよ。ひとつだけ教えて。どうやったの？ どうしてうまくいったの？ あなたはすばらしいわ」

男は皮肉を理解していないのか、わかっていたとしてもちっとも気にかけていない様子だった。それどころか、話の続きを聞きたくてたまらないようだ。その証拠に彼はミーラから目を離そうとしなかった。

「でも、人の頭の中に入りこむ手法を使っているのは、なにもあなただけじゃない……最近、わたしは連続殺人犯について多くを学んだ。幻覚・幻視型、ミッション型、権力型、快楽型の四つのタイプに分類されることを知った……でも、もうひとつ、五番目のタイプがあるわ。つまり〝サブリミナル型〟よ」

ミーラはポケットから折りたたんだ紙を取りだして、丁寧に広げた。

「最も悪名高いのは、チャールズ・マンソン。あの〝ファミリー〟の信者にシエロ・ドライブでの虐殺を行なわせた。でも、さらに象徴的な事件がふたつある……」彼女はメモを読みあげた。「二〇〇五年には、フジマツという名の日本人が、チャットで知りあった世界各地の十八人に、バレンタインデーにみずから命を絶つよう働きかけた。みんな年齢も、性別も、経済状況も生まれも異なる、ごくふつうの男女で、とくに悩みも抱えていなかった」そして、彼女は囚人に目を向けた。「どうやって全員を従わせたのかは謎だわ……でも、もうひとつ、もっとわかりやすい例がある。一九九九年に、オハイオ州アクロン出身のロジャー・ブレストが六人の女性を殺した。逮捕されたときに、彼は警察官に対してルドルフ・ミグビーという人物に〝指示された〟と話した。陪審員も裁判官も有罪と見なして、薬物注射による死刑を宣告した。二〇〇二年には、ニュージーランドでジェリー・フーヴァーという無学の労働者が四人の女性を殺して、やはりルドルフ・ミグビーという人物に〝指示された〟と警察に自白した。検察側の精神分析医は九九年の事件を思い出して――フーヴァーがその事件を知っている可能性は低かったから――実際に、男の仕事場の同僚でルドルフ・ミグビーという人物が存在することに気づいた。その男は一九九九年にはオハイオ州アクロンに住んでいた」ミーラはふたたび男を見た。「どう？　あなたと似ているかしら？」

男はなにも言わなかった。スープ皿はすでに輝いていたが、彼はちっとも満足していないようだった。

「〝サブリミナル型〟は実際には犯罪を犯さない。だから、罪に問われることも、罰せられることもない。チャールズ・マンソンを起訴するには巧妙な司法上の戦略が必要だった。それでも死刑が終身刑に減刑された……一部の精神分析医は〝暗示者〟と定義したわ。あなたたちの持つ、より弱い人格を支配する力にちなんで。でも、わたしには〝狼〟と呼ぶほうがふさわしいように思えるの。狼は群れで行動する。それぞれの群れにはリーダーがいる。そして、ほかの狼はしばしばリーダーのために狩りをする」

囚人RK‐357／9はスープ皿を磨き終えて、自分の横に置いた。そして両手を膝に置いて、話の続きを聞く姿勢をとった。

「でも、あなたにかなう者はいないわ……」ミーラは笑った。「弟子の犯した犯罪に関わった証拠はいっさい残さない。決定的な証拠が出なければ、もうじき自由の身に戻れる……そして、誰もあなたに手を出すことはできない」

ミーラは深いため息をついて、じっと男を見つめた。

「残念ね。せめて、あなたの正体がわかれば歴史に名が残るのに」

彼女は男のほうに身を乗りだすと、低く脅すような口調で言った。「わたしが突きとめてみせる」

そして立ちあがると、ありもしない手の埃を払ってから独房を出ていこうとしたが、ふと足を止めた。

「あなたの最後の弟子は失敗したわ。ヴィンチェント・クラリッソは、あなたの設計図を完成させることができなかった。なぜなら、六人目の少女はまだ生きているから……つまり、あなたも失敗したのよ」

男の反応をうかがうと、ほんの一瞬、その顔になにかがよぎったような気がした。しかし、あるいは気のせいだったのかもしれない。

「また会いましょう」

ミーラは手を差しだした。男は不意をつかれて驚いた様子だった。まじまじとミーラを見つめ、それからゆっくりと腕を上げて、彼女の手を握る。その手のやわらかな感触に、ミーラは嫌悪感を覚えた。

男が手を離した。

ミーラは彼に背を向けると、鉄の扉へ向かった。三度たたいて待つ。そのあいだ、ずっと肩甲骨あたりに男の視線を感じていた。外で錠の外れる音が聞こえる。扉がひらく前に、囚人ＲＫ‐３５７／９がはじめて口をひらいた。

「女だ」彼は言った。

その言葉が理解できずに、ミーラは振りかえった。囚人はまたもぼろ布を手にして、別の皿を丁寧に磨いていた。

外に出ると、鉄の扉が背後で閉まり、ベレンガーが彼女に向き直った。その隣にはクレップの姿があった。

「うまくいったか？」

ミーラはうなずいた。そして、あの囚人が握りしめた手をクレップに差しだした。科学捜査官はピンセットを持って、彼女の手のひらから薄い透明のニスを慎重に剝がした。そこにあの男の表皮の細胞がついているはずだ。細胞を保護するために、クレップはすぐにアルカリ溶液の容器に入れた。

「では、こいつの正体を暴くとするか」

九月五日

ところどころ浮かんだ白い雲が、澄みきった青い空を際立たせている。全部寄せ集めれば、たちまち太陽を隠してしまうだろう。だが、どの雲もその場に留まって、風に運ばれてゆくのを待っていた。

とても長い季節だった。冬はなんの前触れもなく、その座を夏に明け渡した。あいかわらず暑い日が続いている。

ミーラは両側の窓を開け、髪にそよ風を受けながら車を運転していた。彼女は髪を長く伸ばしていたが、最近のちょっとした変化はそれだけではなかった。服装も以前とはちがう。ジーンズをやめて、いまは花柄のスカートをはいている。

助手席には大きな赤いリボンのかかった箱。この贈り物は深く考えずに選んだ。いまはあらゆることを直感にゆだねるようにしていた。

物事にはつねに不測の事態がつきまとうからだ。

この新たな生き方を、ミーラは気に入っていた。ただし、今度は気まぐれな感情が問題になっている。人と話している最中や、用事を片づけているとき、涙を流しているとき、ふいに感情がこみあげてくる。わけもなく、奇妙で心地よい郷愁にかられる。

ほとんどの場合、感情はどこからともなく現われて、気持ちの高ぶりや震えとなって全身に広がる。

いまではその理由もわかっている。だが、それでも子どもの性別は知りたくなかった。

〝女だ〟

ミーラは考えまいとした。あのことについては、なにもかも忘れようとしていた。ほかに対処すべきことがあったから。たとえば、このごろはよく、だしぬけに空腹に見舞われる。おかげで少しは女らしい体つきになった。それから、とつぜん我慢できない尿意をもよおすこともある。そして、これはまだ慣れないが、最近おなかを蹴られるようになった。

こうした変化のおかげで、ミーラはひたすら前だけを見ることを覚えた。

それでも、ときおりあの事件の記憶がひとりでに脳裏によみがえることは避けられなかった。

囚人RK‐357／9は、三月のある火曜日に刑務所を出た。名前のないまま。

だが、ミーラのトリックは功を奏した。

クレップは上皮細胞からDNAを抽出し、ありとあらゆるデータベースと照合した。未解決事件のまだ特定されていない生体物質とも比較した。

結局、なにも判明しなかった。

おそらく、まだ設計図の全容を理解していないのだろう、ミーラはそう結論づけた。そして、言い知れぬ不安を覚えた。

名前のない男が自由を手に入れると、当初は警察の絶え間ない監視下に置かれた。彼は社会復帰の支援団体が用意した家に住んで——皮肉なことに——デパートの清掃係として働きはじめた。そして、それまでと同じように、自分についてはいっさいを明らかにしなかった。やがて少しずつ監視の人員は減らされた。彼らの上司は、これ以上臨時の出費を認めるわけにいかなかったのだ。その後、自発的な巡回が数週間続いてから、ついに全員が引きあげた。

ミーラも男から目を離さずにいたが、やはり徐々に面倒になってきた。妊娠がわかってからは、いっそう監視は疎《おろそ》かになった。

男はなにひとつ痕跡を残さず、その目的さえ想像することもできない。ミーラは最初、憤りを抑えられなかったが、やがて自分なりに折り合いをつけた。

これまで行方不明者を見つけつづけてきた自分の最

後の願いは、あの男に姿を消してもらうことだったのだ、と。

右側の標識に住宅街を示す矢印が見えると、ミーラは右折した。

美しい町並みだった。通り沿いには木が植えられ、草花はどれも、誰かに迷惑をかけたくないと言わんばかりに向きをそろえている。整然と並んだ家々の前には、それぞれ広い庭がついている。

ステルンから渡された地図は、目の前の三叉路で切れていた。ミーラはスピードを落として周囲を見まわした。

「ステルン、どこにいるの？」電話に向かって文句を言う。

答えが返ってくる前に、携帯電話を耳に当てた彼が、遠くから腕を上げて合図しているのが見えた。

ミーラはステルンの指示に従って車を停め、外に降り立った。

「やあ、調子はどうだい？」

「吐き気と脚のむくみと、しょっちゅうトイレに駆けこまなくちゃいけないのを除けば……まあ、元気よ」

ステルンは彼女の肩に腕を回した。「行こう。みんな裏にいる」

上着とネクタイがなく、かわりに青いズボンと、胸もとを開けた花柄のシャツを着たステルンは、まだなんとなく違和感があった。あいかわらずミントタブレットが手放せないのかどうかはわからない。

ステルンに案内されて裏庭へ行くと、彼の妻はテーブルを整えていたが、ミーラに気づくなり、駆け寄って抱きしめる。

「こんにちは、マリー。元気そうね」

「当然だ。いまはわたしが一日じゅう家にいるんだからな」ステルンは大声で言って笑った。

マリーは夫の肩をぽんとたたいた。「すっかりわが家のシェフよ」

ステルンはサルシッチャとトウモロコシが用意されたバーベキューグリルのほうへ向かった。すると、入れ替わりにすでに半分空いたビールの瓶を持って、ボリスが近づいてきた。彼はミーラを思いきり抱きしめると、そのまま抱えあげた。「ずいぶん重くなったな」

「失礼ね！」

「それにしても、ずいぶん遅かったじゃないか」

「心配してくれてたの？」

「いや、腹が減ってただけだ」

ミーラは笑った。ボリスはあいかわらず思いやりに満ちていた。もちろん彼女が刑務所から救いだしたからだけではなかった。最近、ミーラはデスクワークとテレンス・モスカから言いわたされた昇進のおかげで、たしかに体重が増えた。新任の警部は、例の小さな〝ミス〟を帳消しにしたくて、着任早々、彼女に断われない話を持ちかけたのだ。ロシュは事件の終結直後に辞表を提出した。長年にわたる勤務と彼が勝ちとった絶大な称賛に対するメダルの授与を祝うセレモニーを想定した退職手続きについて、事前に本部に相談することなく。本人曰く、今後、政界進出の可能性もなきにしもあらずとのことだった。

「どうしよう。箱を車に置いてきちゃったわ」ミーラはふいに思い出した。「かわりにとってきてくれない？」

「もちろんだ。すぐ戻ってくるよ」

ボリスのがっしりとした体が見えなくなると、ミーラはあらためてほかの面々に目を向けた。

桜の木の下に、車椅子に座ったサンドラがいた。彼女はとつぜん歩けなくなった。病院を退院してから一カ月後のことだった。医師にはショックによる神経障害と診断され、いまは厳しいリハビリのプログラムに取り組んでいる。

失った左腕の代わりには義手が取りつけられていた。

少女の隣には、父親のマイクが立っていた。ミーラはサンドラを訪ねるうちに彼とも知りあい、なかなか感じのよい男性だという印象を持った。別居しているにもかかわらず、妻のことを娘同様に気にかけて、献身的に愛情を注いでいた。サラ・ローザも一緒にいたが、以前とは別人のようだった。刑務所にいるあいだにすっかり痩せてしまい、わずかなあいだに髪も白くなった。刑は予想以上に重かった——懲役七年および懲戒免職、そのうえ年金受給の資格剝奪。今日この場にいられるのは、特別な許可が下りたからだ。少し離れたところに立っている監視役のドリス捜査官が、ミーラに頭を下げて挨拶をした。

サラ・ローザが立ちあがって近づいてきた。そして、どうにかミーラにほほ笑んでみせる。

「元気？　赤ちゃんは順調？」

「いちばん困るのは服よ。サイズがどんどん変わって、これじゃあお金がいくらあっても足りないわ。そのうちバスローブで外出するかもしれない」

「言っておくけど、楽しめるのもいまのうちよ。この先、もっと悲惨な状況が待ち受けているんだから。最初の三年は、サンドラはちっとも目を閉じようとしなかったわ。そうでしょ、マイク？」マイクがうなずく。

彼らにはこれまでにも何度か会っていたが、子どもの父親のことは誰もミーラに尋ねようとしなかった。おなかの中にいるのがゴランの子だと知ったら、はたしてどんな反応を示すのだろうか。

ゴランはあいかわらず昏睡状態が続いていた。ミーラは一度だけ会いにいった。ガラス越しにのぞきこんだが、すぐに耐えきれなくなって、その場を立ち去った。

窓の外に身を躍らせる前、彼が最後に口にしたのは、妻と息子を殺したのはふたりを愛していたからだ、という言葉だった。それは明らかに悪を愛によって正当化した論理で、ミーラには受け入れることができなかった。

また、別のときにゴランはこうも言っていた――

〝よく知っているはずの人物のそばにいながら、じつはなにひとつわかっていない……〟

彼が妻のことを言っていたのだとわかると、その言葉は聡明さを表わすものではなく、むしろありふれた真実にすぎなかった。自分がまさにその状況に置かれるまでは。にもかかわらず、その言葉を理解したのは、ほかならぬミーラ自身だった。彼女はゴランに対してこう言った。〝わたしは闇から出てくるから。そして、そのたびに闇に戻らなければならないから……〟

ゴランも幾度となく同じ闇に身を置いていたはずだ。

だが、あるとき闇から抜けだしてみると、背後になにかを感じた。もはや捨てることのできないものを。

ボリスが箱を持って戻ってきた。

「遅かったのね」

「あのぽんこつ車のドアが閉まらなかったのさ。新しい車を買うべきだ」

ミーラは彼の手から箱を奪うと、サンドラに差しだした。

「お誕生日おめでとう」

ミーラは身をかがめて少女にキスをした。サンドラはミーラに会うといつもうれしそうだった。

「パパとママからiPodをもらったの」

そう言って、見せてくれた。ミーラは言った。「すごいわ。さっそく健全な正統派ロックを聴かないと」

マイクが異を唱えた。「ぼくはモーツァルトのほうがいい」

「〈コールドプレイ〉がいいわ」とサンドラ。

ふたりで一緒にミーラのプレゼントの包みを開けた。いろいろな金ぴかの飾りやスタッズがついたベルベットのジャンパーだった。

「わあ！」有名デザイナーのロゴに気づくと、パーティの主役は声をあげた。

「その〝わあ〟っていうのは、気に入ったたってこと？」サンドラはジャンパーから目を離さずに笑顔でうなずいた。

「用意できたぞ」ステルンが叫んだ。

一同は東屋《あずまや》の日陰のテーブルを取り囲んだ。ふとミーラが見ると、ステルン夫妻は付きあいはじめた恋人どうしのように互いに姿を探し求めたり、触れあったりしていた。ちょっぴりうらやましかった。サラ・ローザとマイクは娘のために仲のよい両親を演じていた。だが、マイクはサラに対しても気配りを見せている。ボリスはくだらない話ばかりして大笑いし、それを聞いてドリス捜査官は料理を喉に詰まらせていた。なにも考えなくてもいい楽しいひとときだった。おそらくサンドラも、いまだけは自分の状況を忘れているにちがいない。彼女はたくさんのプレゼントをもらい、チョコレートとココナッツのケーキに飾られた十三本のロウソクを吹き消した。

パーティは三時過ぎにおひらきになった。そよ風の誘いに、思わず芝生に横たわって眠りたくなるほどだった。女性たちはテーブルを片づけていたが、おなかの大きなミーラはステルンの妻に免除してもらった。代わりに、彼女は桜の木の下のサンドラのところへ行った。少し疲れを感じて、車椅子の横の地面に腰を下ろす。

「とってもすてきなところね」サンドラが言った。彼女は汚れた皿を家の中に運ぶ母の姿を見てほほ笑んだ。「今日がずっと終わらなければいいのに。ママがいないと寂しくてたまらなかった……」

過去形を用いたのは偶然ではなかった。そうすることで、サンドラは母が刑務所に入る以前のことを思い出していたのだ。

これが過去を整理する努力の一部であることを、ミーラはよく知っていた。サンドラは感情をきちんと位置づけ、恐怖と決着をつけなければならない。たとえすべてが終わったとしても、恐怖は何年ものあいだ待ち伏せをして、またよみがえってこないとはかぎらないから。

いつか、ふたりで自分たちの身に起きたことを話しあえるかもしれない。そのときには、先に自分の話をしよう、とミーラは考えた。そうすればサンドラも勇気が出るにちがいない。お互いに、これほどまでに似通った体験をしているのだから。

まずは自分の言葉を見つけることが大切だろう。たっぷりと時間をかけて……。

ミーラはサンドラがいとおしくてたまらなかった。あと一時間もすれば、サラ・ローザは刑務所に戻らなければならない。そうやって別れるたび、母と娘は苦しみに耐えなければならないのだ。

「秘密を教えてあげるわ」それ以上考えたくなくて、ミーラは話を変えた。「だけど、ほかの人には内緒ね……この子の父親は誰だと思う?」

サンドラは生意気そうに笑ってみせた。「みんな知ってるわよ」

ミーラは唖然としたが、次の瞬間、ふたりして笑いだした。

離れたところから、ボリスが不思議そうな目を向ける。「これだから女ってやつは」大声で言って、ステルンのほうを見た。

ようやく笑いがおさまったときには、ミーラはすっかり気分がよくなっていた。大好きな人たちを、またしても見くびって、話をややこしくしていたのだ。実際には驚くほど単純だというのに。

「彼は誰かを待っていた……」ふいにサンドラが真顔で言った。ヴィンチェント・クラリッソのことを話しているのだ。

「知ってる」ミーラはそれだけ答える。

「わたしたちのところに来るはずだったの」

「その男なら刑務所にいたわ。もっとも、わたしたちも知らなかったけど。名前までつけたのに。知ってる？　アルベルトっていうのよ」

「ちがう。ヴィンチェントはそんなふうに呼んでなかった……」

　とつぜんの熱風が桜の葉を揺らす。ミーラはふいに背筋が凍るのを感じた。彼女はゆっくりとサンドラのほうを向いて、たったいま自分の言ったことの意味には気づかずにこちらを見つめる大きな目を見つめかえした。

「そうじゃなくて……」少女は繰りかえす。「フランキーって呼んでた」

　太陽の光がさんさんと降り注ぐ午後だった。木々の梢では小鳥たちがさえずり、空気には花粉と香りが満ちていた。芝生が手招きをしている。自分とサンドラが想像以上に多くの共通点を抱えていることに気づいた瞬間を、ミーラは忘れることができなかった。もっとも、その一致は最初からわかっていたことだった。

男ではなく女だけを選んだ。

スティーヴも少女が好きだった。

家族を選んだ。

自分もサンドラと同じようにひとり娘だった。

全員の左腕を切り落とした。

自分はスティーヴと一緒に階段から落ちて左腕を折った。

最初のふたりは血の誓いを立てた親友どうしだった。

サンドラとデビー。はるか昔の自分とグラシエラ。

〝連続殺人犯というのは、みずからの行動によって物語を語っている〟かつて、ゴランがそう言っていた。だが、その物語は彼女自身の物語だった。

　ミーラはありとあらゆる細部によって過去へと押し戻され、嫌でも恐ろしい真実に向きあわざるをえなかった。

〝あなたの最後の弟子は失敗したわ。ヴィンチェント・クラリッソは、あなたの設計図を完成させることができなかった。なぜなら、六人目の少女はまだ生きているから……つまり、あなたも失敗したのよ〟

だが、そうではなかった。これこそが、まさにフランキーの真のフィナーレだったのだ。

すべては彼女のためだった。

そのとき自分の中でなにかが動いて、ミーラはわれに返った。すでにふっくらしているおなかに目をやる。これもフランキーの設計図に描かれていたことなのか——その疑問は口にすることさえ恐ろしかった。

神は口を閉ざし、悪魔はささやく……。

あいかわらず太陽の光がさんさんと降り注いでいる。小鳥たちは木々の梢で疲れを知らずにさえずり、空気には花粉と香りが満ちていた。芝生も依然として手招きしている。

見わたすかぎり、そしてどこへ行こうと、世界は同じメッセージを伝えている。

なにもかも最初から変わっていないと。

なにもかも。

フランキーも。

現われては、ふたたび果てしなく広がる影のなかへと消えていく。

著者の覚書

犯罪小説に〝暗示者〟（本作品の原題 *Il suggeritore* ＝〝ささやく者〟の意味）が登場するようになったのは、宗教の異端派やカルト集団が社会問題となりはじめたころだった。ところが、これはさまざまな問題を引き起こした。最も難しいのは、裁判で用いられる可能性もある〝暗示者〟の意味を定義することだろう。なぜなら、罪に問われることと罰することは真っ向から対立する概念だからだ。

実際、犯人と暗示者の行為とのあいだに偶然の結びつきがないかぎり、後者の背負う罪がどのようなものか、仮説を立てることは不可能だ。さまざまな状況で犯罪をそそのかした人物を訴えても、往々にして有罪判決を下すまでには至らない。というのも、暗示者の場合は単なる教唆罪にも及ばないからだ。このような行為は意識下のコミュニケーションレベルであり、暗示者の側で犯罪を意図したものではない。ただ、誰もが多少なりとも心に抱いている闇の部分を浮き彫りにして、何らかの悪事を犯すよう仕向けていることは確かだ。

しばしば例に挙げられるのが、一九八六年に起きたオッフェルベック事件である。ある家に、何者かわからない相手からたびたび電話がかかってくるようになった。そしてある日とつぜん、その家の主婦はスープに殺鼠剤を入れて家族全員を殺してしまったのだ。

忌まわしい罪を犯す者は、しばしば心の声や幻覚、想像上の人物と道義的な責任を分かち合う傾向にある。したがって、どこまでが精神障害で、どこからが暗示者のひそかなたくらみなのかを区別するのは難しい。

本書の執筆に当たっては、犯罪学や法精神医学の専門書、法医学の参考書のほかに、連続殺人や凶悪犯罪に関して貴重なデータベースを蓄積しているＦＢＩの資料も参考にした。

作品中で引用している事件の多くは実際に起きたものだが、現時点で捜査が終わっていなかったり、あるいは裁判が始まっていないケースもあるため、一部名前や地名を変更している。

物語に登場する捜査の手法や法医学の技術は、基本的には事実に基づいているが、ストーリーの進行上、部分的にフィクションも採用したことをお断わりしておく。

謝辞

小説を書くことは孤独な作業だと思われがちだが、実際には多くの人の協力なしには不可能で、なかにはそうとは知らずにストーリーを考えてくれた人もいる。構想の段階から私にインスピレーションを与え、つねに私を支え励まし、ある意味では生活をともにした人たちだ。

いま、やっとのことでこうしてお礼が言えて、心からうれしく思っている。

この作品と著者に時間と労力を惜しみなく注ぎこみ、文体や表現を隈なくチェックしてくれたルイジとダニエラ・ベルナボ。彼らの貴重なアドバイスで、私は作家として成長することができた。読者の心に残る言葉があったとしたら、それはすべて彼らの努力の賜物だ。ありがとう、ありがとう、ありがとう。

最後までわれわれを信じて出資してくれたステファノとクリスティーナ・マウリ。

私自身の〝暗示者〟であるファブリツィオ。彼の忌憚のない意見や毅然とした態度がどれだけ心強かったことか。すべてのページ、すべての言葉を心から愛してくれてありがとう。

死ぬまで離れたくない友人のオッターヴィオ。本当に特別なヴァレンティナ。私にいっぱい愛情を注いでくれるかわいいクラーラとガイア。大事なときに、いつもそばにいるジャンマウロとミケーラ。わが人生の光、クラウディア。マッシモとロベルタ、力添えと心からの友情に感謝。

いちばんの親友、ミケーレ。助けてほしいときにいつもいてくれて、ありがとう。私もいつでも助けてあげよう。

思わずつられてほほ笑んでしまう笑顔の持ち主、ルイーザ。車の中でずっと大声で歌ってくれたおかげで、夜道を無事にローマまでたどり着くことができた。

ダリアと、私に彼女を与えてくれた人生にも感謝する。その独自の世界観のおかげで、私も世の中の見方が変わった。

私の子どものころからの夢を見守ってくれたマリア・デ・ベリス。作家になれたのは彼女のおかげだ。

比類なき〝盟友〟のウスキ。

数々の冒険をともにしてきた勇み肌の仲間、アルフレード。

いないけれど……いつもいるアキッレ。

ピエトロ・ヴァルセッキとカミッラ・ネスビットをはじめ、〈タオドゥエ〉社の人たち。

この小説が産声をあげるのを見守ってくれたエージェンシー〈ベルナボ〉の関係者。あらかじめこの物語を読んで、貴重なアドバイスで推敲に協力してくれた友人たち。

おおぜいの家族。いま生きている人も、すでに天に召された人も……そして、これから生まれる人も。

この物語も、そのほかの作品も、すべて最初に目を通してくれた兄ヴィトー。たとえ聞こえなくても、この本に流れている音楽は彼のものだ。それから、彼を幸せにしているバルバラ。

いろいろなことを教えてくれ、ひとりであれこれ試してみることを許してくれた両親。これまでの、そしてこれからの愛情以上にありがたいものはない。

自分の夢も私の夢も信じている、妹キアーラ。彼女がいなかったら、私の人生はひどくつまらないものだっただろう。

そして、何かを感じたくて本書を最後まで読んでくれた方々にも心から感謝する。

ドナート・カッリージ

なお、本書の収益の一部は遠距離養子縁組（必要のある子どもたちにグループで資金援助を行なう制度）の団体に寄付されます。あらためて寄付をご希望される方は、左記の口座にお振込みいただくようお願い申し上げます。

遠距離養子縁組協会（マルティィナ・フランカ）
ナポリ銀行　マルティィナ・フランカ支店
IBAN-IT 87 T010 1078931100000000248

訳者あとがき

連続殺人犯《シリアルキラー》の精神状態を解明していくプロットから、イタリア版『羊たちの沈黙』とも称される本書は、二〇〇九年に刊行されるや否や、イタリア国内のみならず、スペイン、フランス、ドイツ、イギリス、オランダ、ポルトガル、デンマーク、ギリシャをはじめヨーロッパ各国で話題となり、たちまちベストセラー入りを果たした。

そして同年、イタリアの書店が世界中の文学作品からすぐれたものに与える「バンカレッラ賞」を皮切りに、フランス国鉄ミステリ大賞（ヨーロッパ部門）、マッサローザ文学賞、カマイオーレ推理小説賞、ベルギー推理小説賞、地中海推理小説およびノワール小説フェスティバル大賞など、いくつもの文学賞を受賞する。

また、前述の国々以外にもブラジルやロシア、イスラエル、ヴェトナムなどで翻訳され、ドナート・カッリージの記念すべきデビュー小説は、文字どおり世界中のいたるところで読まれることとなった。

物語は、とある森で六本の少女の腕が発見された場面から始まる。世間を震撼させていた連続少女誘拐事件の被害者のものだった。ところが、それまで連れ去られた少女は五人。はたして六人目の被害者は誰なのか。

著名な犯罪学者ゴラン・ガヴィラと、失踪人捜索のエキスパートであるミーラ・ヴァスケス捜査官を迎えた特別捜査班が懸命に犯人を追跡するが、そんな彼らをあざ笑うかのように、ひとり、またひとりと腕を切り落とされた少女の遺体が発見される。やがて驚愕の事実が明らかになった——六人目の少女は生きている。

何としてでも少女の命を救いたい。時間との戦いのなか、ゴラン・ガヴィラの導きによって捜査官たちは犯人像を絞りこんでいくが……。

息づまるスリリングな展開、犯罪心理学の理論に基づいた緻密な捜査手法や犯罪者の分類、捜査班内部の感情のせめぎ合い、けっして完璧ではないそれぞれの捜査官が抱える心の傷。本作品の魅力を挙げればきりがないが、とりわけ注目したいのが、この物語の舞台がどこでもないということだ。

読んでいただければわかるが、本書には具体的な地名や国名はいっさい登場しない。舞台となる場所は、冬は分厚い雲におおわれる凍えるほど寒い街ということしかわからない。登場人物の国籍も明らかではなく、彼らの名前から、おそらくスペイン系、ドイツ系、イタリア系、フランス系、あるいはイギリス（アメリカ）系ではないかと類推するしかない。唯一明記されているのは、霊能者ニクラ・パパキディスがギリシャ人を祖先に持つということだけだ。通貨の単位すら定かではない。

ここまで徹底的だと、この多国籍であると同時に無国籍の設定はおそらく意図されたものにちがいない。そう思って、この点について著者に尋ねてみたところ、案の定、次のような答えが返ってきた。

「(ユーロなど)通貨の単位を明記すれば、物語の舞台として、どうしても除外される国が出てくる。けれども、私は読者に自由に設定してもらいたかった。というのも、たとえばこれらの事件がアメリカで起こっていると書けば、日本の読者はひょっとしたら〝自分たちとは縁のない遠い国の話〟だと思うかもしれない。場所を特定しないことによって、いま、この瞬間にも自分の身近で起きていることだと感じ、その結果、本作品のテーマである〝悪〟に臨場感が生まれる」

つまり、本書の舞台は〝どこでもない〟と同時に、あらゆる場所であり、それは具体的な国や都市だけでなく、時間も空間も超越した普遍的な概念――言うなれば人間の魂――でもあるのだ。


著者のドナート・カッリージは大学で法学を専攻し、一九九〇年代にイタリア国民を恐怖に陥れた連続殺人犯、〝フォリーニョの殺人鬼〟ことルイジ・キアッティをテーマに卒業論文を書いた。その後、彼は大学に残って、さらに犯罪学と行動科学を学んでいるが、そうした経歴が本作品のアイデアの原点となっていることは間違いない。

映画やテレビドラマの脚本家を経て、晴れて念願だった作家としてデビューしたカッリージは、この三年でさらに二冊の小説を発表して話題を呼び、イタリアのミステリ界で着実にキャリアを築いている。

日本でもジャンリーコ・カロフィーリオやアンドレア・カミッレーリなど、イタリアのミステリ小説はわずかながらもこれまでに翻訳されているが、とりわけカミッレーリは二〇一二年に英国推理作家協会主催のインターナショナル・ダガー賞を受賞するなど、近年は英語圏でもイタリアのミステリに注目が集まっている。そうしたなか、カッリージも将来有望な若手作家として、今後ますますの活躍が期待されるひとりである。彼なら、かならずやその期待に応えてくれることだろう。何しろデビュー作で、これほどまでに心の襞にまとわりついて離れない物語をみごとに描ききったのだから。

最後に、この独自の世界観に基づいた作品を翻訳する機会を与えてくださった翻訳会社リベルと早川書房に心から感謝を捧げたい。

二〇一二年十二月

HAYAKAWA POCKET MYSTERY BOOKS No. 1867

清《し》水《みず》由《ゆ》貴《き》子《こ》

上智大学外国語学部卒,
英米文学・イタリア文学翻訳家
訳書
『門外不出　探偵家族の事件ファイル』リサ・ラッツ
他多数

この本の型は，縦18.4センチ，横10.6センチのポケット・ブック判です．

〔六人目《ろくにんめ》の少女《しょうじょ》〕

2013年1月10日印刷　　2013年1月15日発行

著　者　ドナート・カッリージ
訳　者　清　水　由　貴　子
発行者　早　川　浩
印刷所　星野精版印刷株式会社
表紙印刷　大平舎美術印刷
製本所　株式会社川島製本所

発行所 株式会社 **早川書房**
東京都千代田区神田多町2－2
電話　03-3252-3111（大代表）
振替　00160-3-47799
http://www.hayakawa-online.co.jp

（乱丁・落丁本は小社制作部宛お送り下さい
送料小社負担にてお取りかえいたします）

ISBN978-4-15-001867-2 C0297
Printed and bound in Japan

ハヤカワ・ミステリ〈話題作〉

1828 黒い山 レックス・スタウト 宇野輝雄訳

親友と養女を殺した犯人を捕らえるべく、美食家探偵ネロ・ウルフが鉄のカーテンの奥へ潜入。シリーズ最大の異色作を最新訳で贈る

1829 水底の妖 R・V・ヒューリック 和爾桃子訳

新たな任地に赴任したディー判事。だが、船上の歓迎の宴もたけなわ、美しい芸妓が無惨に溺死した。著者初期の傑作が最新訳で登場

1830 死は万病を癒す薬 レジナルド・ヒル 松下祥子訳

〈ダルジール警視シリーズ〉療養生活に入った警視は退屈な海辺の保養所へ。だが、そこでも殺人が！ 巨漢堂々復活の本格推理巨篇

1831 ポーに捧げる20の物語 スチュアート・M・カミンスキー編 延原泰子・他訳

ミステリの父生誕二百周年を記念して編まれた豪華アンソロジー。ホラーやユーモア・ミステリなどヴァラエティ豊かな二十篇を収録

1832 螺鈿の四季 R・V・ヒューリック 和爾桃子訳

出張帰りのディー判事が遭遇する怪事件。お忍びの地方都市で判事が見せる名推理とは？ シリーズ全長篇作品の新訳刊行、ここに完成

ハヤカワ・ミステリ〈話題作〉

1833 秘密 P・D・ジェイムズ 青木久惠訳
顔の傷跡を消すため私立病院に入院した女性ジャーナリストが、手術後に殺害された。ダルグリッシュ率いる特捜班が現場に急行する

1834 死者の名を読み上げよ イアン・ランキン 延原泰子訳
〈リーバス警部シリーズ〉首脳会議の警備で市内が騒然とする中で、一匹狼の警部は連続殺人事件を追う。故国への想いを込めた大作

1835 51番目の密室 早川書房編集部・編
〈世界短篇傑作集〉ミステリ作家が密室で殺された！『天外消失』に続き、伝説の名アンソロジー『37の短篇』から精選する第二弾

1836 ラスト・チャイルド ジョン・ハート 東野さやか訳
〈MWA賞&CWA賞受賞〉少年の家族は完全に崩壊した。だが彼はくじけない。家族の再生を信じ、妹を探し続ける。感動の傑作！

1837 機械探偵クリク・ロボット カミ 高野優訳
奇想天外、超愉快！ミステリ史上に例を見ない機械仕掛けのヒーロー現わる。「五つの館の謎」「パンテオンの誘拐事件」二篇を収録

ハヤカワ・ミステリ〈話題作〉

1838 卵をめぐる祖父の戦争
デイヴィッド・ベニオフ
田口俊樹訳
私の祖父は十八歳になるまえにドイツ人をふたり殺している……戦争の愚かさと若者たちの冒険を描く、傑作歴史エンタテインメント

1839 湖は餓えて煙《けぶ》る
ブライアン・グルーリー
青木千鶴訳
寂れゆく町で、挫折にまみれた地元紙記者が追う町の英雄の死の真相とは？　熱き友情と記者魂を描き、数多くの賞に輝いた注目作！

1840 殺す手紙
ポール・アルテ
平岡　敦訳
親友から届いた奇妙な手紙は、男を先の見えない事件の連続に巻き込む。密室不可能犯罪の巨匠が新機軸に挑んだ、サスペンスの傑作

1841 最後の音楽
イアン・ランキン
延原泰子訳
〈リーバス警部シリーズ〉退職が近づく中、反体制派ロシア人詩人が殺され、捜査が開始される。人気シリーズがついに迎える完結篇

1842 夜は終わらない
ジョージ・ペレケーノス
横山啓明訳
二十年越しの回文殺人事件をめぐり、正義を求める者たちが立ち上がる……家族の絆を軸に描く、哀切さに満ちた傑作。バリー賞受賞

ハヤカワ・ミステリ〈話題作〉

1843 **午前零時のフーガ**　レジナルド・ヒル　松下祥子訳

〈ダルジール警視シリーズ〉ダルジールの非公式捜査は背後の巨悪に迫る！　二十四時間でスピーディーに展開。本格の巨匠の新傑作

1844 **寅《いん》申《しん》の刻**　R・V・ヒューリック　和爾桃子訳

〈ディー判事シリーズ〉テナガザルの残した指輪を手掛かりに快刀乱麻の推理を披露する「通臂猿の朝」他一篇収録のシリーズ最終作

1845 **二流小説家**　デイヴィッド・ゴードン　青木千鶴訳

冴えない中年作家は収監中の殺人鬼より告白本の執筆を依頼される。作家は周囲を見返すため、一発逆転のチャンスに飛びつくが……

1846 **黄昏に眠る秋**　ヨハン・テオリン　三角和代訳

各紙誌絶賛！　スウェーデン推理作家アカデミー賞最優秀新人賞、英国推理作家協会賞最優秀新人賞ダブル受賞に輝く北欧ミステリ。

1847 **逃亡のガルヴェストン**　ニック・ピゾラット　東野さやか訳

すべてを失くしたギャングと、すべてを捨てようとした娼婦の危険な逃亡劇。二人の旅路の哀切に満ちた最後とは？　感動のミステリ

ハヤカワ・ミステリ〈話題作〉

1848 特捜部Q ―檻の中の女― ユッシ・エーズラ・オールスン 吉田奈保子訳

未解決の重大事件を専門に扱うコペンハーゲン警察の新部署「特捜部Q」の活躍を描く、デンマーク発の警察小説シリーズ、第一弾。

1849 記者魂 ブルース・ダシルヴァ 青木千鶴訳

正義なき町で起こった謎の連続放火事件。ベテラン記者は執念の取材を続けるが……。アメリカ探偵作家クラブ賞最優秀新人賞受賞作

1850 謝罪代行社 ゾラン・ドヴェンカー 小津薫訳

ひたすら車を走らせる「わたし」とは？ 女を殺した「おまえ」の正体は？ 謎めいた「彼」とは？ ドイツ推理作家協会賞受賞作。

1851 ねじれた文字、ねじれた路 トム・フランクリン 伏見威蕃訳

自動車整備士ラリーは、ある事件を契機に少年時代の親友サイラスと再会するが……。英国推理作家協会賞ゴールド・ダガー賞受賞作

1852 ローラ・フェイとの最後の会話 トマス・H・クック 村松潔訳

歴史家ルークは、講演に訪れた街で、昔の知人ローラ・フェイと二十年ぶりに再会する。一晩の会話は、予想外の方向に。名手の傑作

ハヤカワ・ミステリ〈話題作〉

1853 特捜部Q ―キジ殺し― ユッシ・エーズラ・オールスン 吉田　薫・福原美穂子訳

カール・マーク警部補と奇人アサドの珍コンビは、二十年前に無残に殺害された十代の兄妹の事件に挑む！　大人気シリーズの第二弾

1854 解　錠　師 スティーヴ・ハミルトン 越前敏弥訳

少年は17歳でプロ犯罪者になった。アメリカ探偵作家クラブ賞最優秀長篇賞と英国推理作家協会賞スティール・ダガー賞を制した傑作

1855 アイアン・ハウス ジョン・ハート 東野さやか訳

凄腕の殺し屋マイケルは、ガールフレンドの妊娠を機に、組織を抜けようと誓うが……。ミステリ界の新帝王が放つ、緊迫のスリラー

1856 冬の灯台が語るとき ヨハン・テオリン 三角和代訳

島に移り住んだ一家を待ちうける悲劇とは。英国推理作家協会賞、「ガラスの鍵」賞、スウェーデン推理作家アカデミー賞受賞の傑作

1857 ミステリアス・ショーケース 早川書房編集部・編

『二流小説家』のデイヴィッド・ゴードン他ベニオフ、フランクリン、ハミルトンなど、人気作家が勢ぞろい！　オールスター短篇集

ハヤカワ・ミステリ〈話題作〉

1858 アイ・コレクター

セバスチャン・フィツェック
小津　薫訳

子供を誘拐し、制限時間内に父親が探し出せなければ、その子供を殺す——連続殺人鬼を新聞記者が追う。『治療島』の著者の衝撃作

1859 死せる獣 ―殺人捜査課シモンスン―

ロデ&セーアン・ハマ
松永りえ訳

学校の体育館で首を吊られた五人の男性の遺体が見つかり、殺人捜査課課長は休暇から呼び戻される。デンマークの大型警察小説登場

1860 特捜部Q ―Pからのメッセージ―

ユッシ・エーズラ・オールスン
吉田　薫・福原美穂子訳

海辺に流れ着いた瓶から見つかった手紙には「助けて」と悲痛な叫びが。「ガラスの鍵」賞を受賞した最高傑作。人気シリーズ第三弾

1861 The 500

マシュー・クワーク
田村義進訳

首都最高のロビイスト事務所に採用された青年を待っていたのは華麗なる生活だった。だが彼は次第に巨大な陰謀に巻き込まれてゆく

1862 フリント船長がまだいい人だったころ

ニック・ダイベック
田中　文訳

漁業会社売却の噂に揺れる半島の町。十四歳の少年は、父が犯罪に関わったのではと疑いはじめる。苦い青春を描く新鋭のデビュー作